家書

卷一

金宇澄 等・著
夏楠・编

天津出版传媒集团
百花文艺出版社

图书在版编目（CIP）数据

家书 / 金宇澄等著；夏楠编. -- 天津：百花文艺出版社, 2021.1
ISBN 978-7-5306-7993-7

Ⅰ. ①家… Ⅱ. ①金… ②夏… Ⅲ. ①散文集-中国-当代 Ⅳ. ①I267

中国版本图书馆CIP数据核字(2020)第240606号

家书
JIASHU
金宇澄等著　夏楠编

出 版 人：薛印胜　**编辑统筹**：汪惠仁
责任编辑：刘　洁　**视觉设计**：朱赢椿
美术编辑：郭亚红
出版发行：百花文艺出版社
地址：天津市和平区西康路35号　**邮编**：300051
电话传真：+86-22-23332651（发行部）
+86-22-23332656（总编室）
+86-22-23332478（邮购部）
主页：http://www.baihuawenyi.com
印刷：山东临沂新华印刷物流集团有限责任公司
开本：787×1092毫米　1/32
字数：459千字
印张：25.125
版次：2021年1月第1版
印次：2021年1月第1次印刷
定价：288.00元（全四卷）

如有印装质量问题，请与山东临沂新华印刷物流集团有限责任公司联系调换
地址：山东省临沂市高新技术产业开发区新华路1号
电话：(0539)2925659
邮编：276017

目　录

若无盛佩玉，何以成就邵洵美

◎ 邵绡红

邵绡红 —— (Shao Xiaohong)

1932年生，祖籍浙江余姚，世居上海，是邵洵美与盛佩玉的次女。毕业于上海第二医学院(后并入上海交通大学医学院)。任南京口腔医院副主任医师，从事口腔医疗预防教学事业三十余载。创办江苏新医学院(现南京医科大学口腔系)。花甲之年开始寻亲觅友、汇集资料，经二十余载，偕弟妹编纂邵洵美作品系列十一卷，已出版九卷。2005年出版《我的爸爸邵洵美》，2015年出版《天生的诗人——我的爸爸邵洵美》，2017年出版《乐爸爸所乐》。

案前是那本看得卷了角的书——妈妈的回忆录《盛氏家族·邵洵美与我》。每看到她写在前面的这句平淡的话，就会触动我："我的亲人们，我记这些，绝不是留恋和夸耀富贵之家；为的是在我脑子还清醒时，分辨好坏。"

她是从出生讲起的，翻看几张照片就了解了我家三代之前是晚清朝廷的大臣。妈妈和爸爸是姑表姐弟。两人的深厚感情从妈妈的文字，从他们1923年的订婚照的表情看得出。妈妈珍藏着他赴英期间寄来的许多明信片、在各地留念的照片，还有他稚嫩的画作、那两片写上思念之情的粉红色绸缎，以及很多留有爸爸各时期手迹的纸片。这些物件，辗转各地的几十年里她从不离身。爸爸回国后出版的两本诗集，好多首诗一读就知道是为他的心上人写的。《天堂与五月》的扉页上就印了"给佩玉"；而《花一般的罪恶》封面上的花是一朵茶花。"茶"正是我妈妈的小名，"毓茶"是她祖父盛宣怀为她取的名字。

妈妈自幼性情和善，娇柔貌美，一笑，面颊上就会浮出两颗酒靥，人见人爱，说"笑起来像一朵茶花"。她没有进过学堂，家里人为她请了家庭教师，传统的基础教育之外她还学了点英文。我看了她写的书，的确，是非好坏她能明辨。

她敬畏神灵，但批评不合理的旧传统，如祖父病重，祖母命叔叔结婚来"冲喜"；对祖父过世大出丧，又做水陆道场，她说这些"是无谓的浪费和迷信"。她尊重长辈，但一些旧习俗她有异议，如新娘到夫家，何必要婆婆实施"开箱礼"；寺庙里对女性信众称谓“×门×氏”是种不平等。

她惜物如金，但不爱财，不愿做富商五姑父的嗣女；和邵洵美北上寻友讨论《新月》的去留，途经天津，表哥（赵一荻的二哥）特邀邵洵美夫妇去参观他的酒店，有炫富之意，她甚为不屑；她祖母庄太夫人过世，盛府第二次分遗产，她拒绝姐姐要她出头争一份，不愿去起诉哥哥。

她的回忆录中，能看到一个清纯的千金小姐如何陪伴她心仪的才子度过多彩而又坎坷的一生。虽然他有这样那样的缺点给她烦恼，但对他的爱她始终深藏在心。她和他同爱憎共命运，她看似是个家庭妇女，但每有困难常是她扭转乾坤。在现实生活的大是大非面前，紧要关头，她都能刚强地做出正确的决定。

嫁进邵府，妈妈一下子要面对复杂的一大家子。爸爸邵洵美有一个妹妹和五个弟弟，老祖母柴太夫人、父母之外还有嗣母史夫人。此外早已出阁的姑奶奶、姑太太全家也住在府里。婚后几个月，祖母就关照爸爸邵洵美，由他“当家”。实际上是柴舅公在管家。家道已经中落。两房没有分家，他说“作为重孙，我开始执管产业的日子，便也是我开始负债的日子”。他还有一种念头，觉得“这份家产是祖宗的遗业，虽然法律上为我所有，但良心上似乎不应独得。所以大家欠了账我便去付，大家欠了债我便去还债，大家要用钱我便去借钱”。爸爸天性乐观，烦恼也只是倾吐在给妈妈看的诗《爱的叮嘱》里：

盛佩玉待字闺中。

摄于1923年

你是知道的,我怎愿,
我底玉石之书去走进那金银之宝库?
进去了时你是知道的,
我底有归宿的心又入了无目的的路。
为什么呢?
好端端的鱼,
要独自在泛滥汹涌的浪涛中去游泳?
为什么呢?
小小的羊儿,
要独自在狮洞虎穴狼窟前游行?

那时,爸爸已经走进文学之门,写诗作文。他却被迫与尘世间的利权交锋。他厌恶封建家庭里虚伪的礼节和糜烂的生活;他厌恶表面光彩,背地里丑恶的人际交往。所幸有妈妈做伴。新房里四壁贴着妈妈的蝇头小楷。爸爸从两人的照片上剪下头像,贴在纸上,画了两个幼童坐在屋顶上仰望星空。两人还在谈笑中合作写了个短篇小说《手心里的景象》,以盛浩文的笔名发表。

他开办了金屋书店,出版《狮吼》复活号半月刊和《金屋月刊》。说来也令人惊讶,他出国前只是在上海圣约翰大学的"备馆"读了两年高中,转学到南洋路矿学校,读了一年毕业。到伦敦,在那里一个语言学校待了半年后,报考剑桥大学伊曼纽尔学院,是个旁听生,充其量只上了几个月的课。然而两年后爸爸归国时,让人刮目相看:所办的刊物里,诗歌、散文、小说、书评井喷般地大量出现;与那些父兄辈文友交往侃侃而谈,出口成章;他一口纯正的英语,译诗、译文笔触自然。那是经过他那精通六国外语的导师慕尔牧师的教育和引导,是英国文学的滋养,是那批留学英法的朋友的熏染,也源于他勤奋的自学。

他喜欢结交朋友。在法国认识的诗人徐志摩与他成了知己。为徐志摩,他入股新月书店;又为了搭救张光宇兄弟等漫画家办的《时代画报》,盘下他们的美术刊行社,而结束了自己的金屋书店。1931年,与徐志摩、孙大雨合办《诗刊》。由于他的新诗写得美,又因为他读了英法许多诗歌文章,受到当时欧洲流行的唯美主义文学思潮的影响,中国的文学界批评他是"中国唯美诗人的代表"。

1931年11月,徐志摩空难离世。爸爸捶胸痛号。次年年初上海发生了"一·二八"事变,日机在空中盘旋,闸北居民区被炸,死伤无数。商务印书馆和其他的图书馆被炸,烧焦的书页随风飘到市区。在这人心惶惶之际,我呱呱落地,增添了妈妈的慌乱。爸爸则镇定地和友人出版抗日快报《时事日报》,报道日军惨无人道残害我百姓及十九路军英勇抵抗的新闻并附照片。国家受到巨大损失,死伤大量军民,却换来政府让步的"和约"。爸爸极其愤慨,写下他第一篇时评《容忍的罪恶》。自此,他不再唯美。在写作、出版文艺作品的同时，他还关心国内外时事，分析时局国策，写了许多评论。

美术刊行社改组为时代图书公司，前后出版九种刊物；因而他与文坛、画界、影剧界乃至金石界、摄影界、音乐界的诸多朋友时相往来。爸爸爱书爱才爱友。朋友喜欢跟他谈天说地，也喜欢邀他写文章。他为让朋友施展才华出书刊，又仗义助人慷慨解囊。漫画家鲁少飞看在眼里，画了《文坛茶话图》，誉他为“文坛孟尝君”。爸爸的朋友亲切地唤我妈“阿嫂”，徐志摩甚至跟我叔叔一样喊她“茶姐”。漫画家张氏兄弟1935年退出时代图书公司，办《独立漫画》，封面上登漫画讥讽爸爸，但私下友谊依旧。正逢妈妈三十岁生日，两兄弟买了很大的生日蛋糕，怕坐汽车压坏，托着蛋糕大老远从市区坐三轮车到杨树浦。有朋友沈宜甲伤寒症住院，爸爸看望回来说他病危，医生嘱咐服中药要配人参。妈妈拿出产儿必备的人参为他救治，可见她视爸爸的朋友为友。出版那么多成功的刊物，作者和编辑、出版人的投契自然必要，许多作家的文章里提到和邵洵美的交往。没有女主人殷勤招待，客厅里哪能谈笑风生？主客哪能深夜促膝长谈，甚至于通宵达旦地欢叙？没有她的大度，他岂能助人如此慷慨？即便后来家中已经空虚，还翻出一包翡翠给爸爸，帮《大英夜报》渡过难关。她的回忆录里提到近百位爸爸的朋友。爸爸有不少挚友，在他办抗日刊物时，他们不顾安危送来文稿画作。

邵洵美与盛佩玉新婚。

摄于1927年1月

爸爸在《一个人的谈话》里说“我现在所得到的一些快乐，完全是我故意逃避了我的环境而得到的”。在他的长篇小说《贵族区》里提到的“大户人家”表象背后那些人物的丑陋生活，有的正是他自己的家庭里日常发生的，他所厌恶的，而又不得不因“孝悌”所累去应付。他的快乐是读书，是写作，是出版，是推进中国文化传播。他先后办了三个出版社、十四份刊物，主编了其中的六份刊物。《我的书斋生活》里，他写了妈妈怎样照顾他静心写作。书店办得兴旺，然而爸爸是才子儒商，一点儿不懂生意经。出版书籍，不顾是否热销，朋友交情为要。他原本开书店也不为营利。这些当经理的画家嘻嘻哈哈，并不擅管理。时代图书公司连年亏损，诗人卞之琳说：洵美办出版，“衣带渐宽终不悔”。妈妈不但不抱怨他为之尽倾家产，甚至陪嫁的私蓄也陆续拿出来填补那些填不满的窟窿。

听了陌生人瞎说，鲁迅写文章讽刺邵洵美，做了“富翁家的赘婿”，“邵公子有富岳家，有阔太太，用陪嫁钱，做文学资本”。他一定不认识邵洵美。因为我爸爸的爷爷邵友濂和我妈妈的爷爷盛宣怀是好朋友，都是光绪年间的朝廷大臣。邵友濂官至巡抚，做过台湾和湖南“省长”，也做过上海道台，还出使过沙俄。盛宣怀当时是邮传部长，是李鸿章手下推动中国现代化的主力。他们又是儿女亲家，二人结合是亲上加亲，何来入赘之说？

妈妈听了淡淡地说：“结为夫妻，不分你我。你爸爸用钱又不是去吃喝嫖赌。”关于出版总是赔本,她一针见血地指出:“铺得太开了!”

且不说出的书籍,光是刊物从一本《时代画报》扩展到九本。“一·二八”之后,十二个朋友合议出版一本幽默杂志——《论语》半月刊,这倒是一本读者众多的刊物。“时代”五个股东里三个是漫画家。他们先前是办《上海漫画》的,这时许多漫画家聚集在“老大哥”张光宇的身边,《时代漫画》应运而生。这两本刊物销路数万,激起了爸爸想效仿英国报人北岩爵士读者百万的雄心。这时候“话剧之父”唐槐秋与爸爸成了至交,在我家住了半个月。来访的演员多,促成了《时代电影》的出版。爸爸写时评政论,不吐不快,《十日谈》出版。因该刊芒刺太多,几次为抗议新闻检查抽去文图出版。怕影响“时代”其他刊物的正常发行,他又另设一出版社。《十日谈》太横冲直撞,不能平心探讨,他又出了本“不说鬼话”的《人言周刊》,亲自编辑。为了填补“时代”系列的缺门,文学不可少,于是他再出一本纯文学的刊物《文学时代》,根本就不想想,在局势不稳,人们为柴米油盐操心之际,能有几人欣赏纯文学?张光宇心心念念要办一本高档的艺术刊物,于是大开本的《万象》一鸣惊人。可是它“叫好不叫座”,《万象》成本高,勉强出了三期,大大亏空。张光宇兄弟退出“时代”,去办独立出版社。爸爸依然乐在其中。加上时代印刷厂是买了当年德国最先进的影写版印刷设备,那是他的最后一笔资产(嗣母所有的一条弄堂的房产,失火留下的一片地皮出售所得)。机器质量极好，但是它运作能力强，承接的生意不多，机器常年吃不饱，工人停歇的时间多。他付出了极高的代价而难以收回成本。

他的读书面很广，为一篇文章他要读很多书：以1934年为例，他写了文章八十一篇。其中那篇畅谈文艺方方面面的《一个人的谈话》，连载十六期，引述国内外作家作品六十余篇。在这篇文章里有不少跳跃着他的思想火花的文字。他说道："人总是半神半兽的，他一方面为美而沉醉；一方面又会被丑来牵缠。""通俗剧很难有风格，它不是去表现自己的趣味，而是去迎合人家的趣味。"他指出："雕刻家都变成了裁缝，这是中国文学的根本征象。"他又把自己关进书房，研究美国诗，读了五十多位英美诗人的作品，以《现代美国诗坛概观》为读者分类介绍。他还抽空为徐志摩在《新月月刊》写了个开头的小说《珰女士》续写，连载二十八期，又为《时代画报》写"时代讲话"十六篇。没有妈妈为他摆平困局，他哪能沉下心来做学问。

那几年他结识了一批外国朋友，有墨西哥漫画王子珂弗罗皮斯、沙龙女主人弗丽茨夫人、百万富翁沙逊爵士、工部局乐队指挥梅百器，以及英国剧作家瑙埃尔·考德和美国女作家艾米丽·哈恩等。哈恩是个对新奇的事物都充满兴趣的人，结识了英语流利又人脉广阔的邵洵美，她很快就熟悉了中国的风土人情，跟他的朋友交往。他为她取了个中文名字——项美丽。两人合作出版中英双语的《声色》画报，合作英译沈从文的

邵洵美夫妇与长子祖丞。

摄于1929年

《边城》。

1936年，陶亢德离开《论语》，爸爸接手执编第八十三期。他本人原也出言风趣，写了许多幽默文章。为了既要发言又不会惹事，想出“春秋笔法写论语”，他又动足脑筋出版有趣的专号。这期间还出版“论语丛书”，更是赔本为十位诗人出版《新诗库》。为此，他用英文写了篇《新诗历程》，认真研究新诗理论。与此同时，他写了《文学的过渡时代》与《伟大的晦涩》，指出“新文学的出路：一方面要深入民间去发现活词句及新词汇；一方面又得去研究旧文学，以欣赏他们的技巧、神趣及工具。我们要补足新文学运动者所跳过的一段工作。我们要造一个文学的过渡时代”。他又在《伟大的晦涩》里说道：“读书的真正乐趣是在于能读了再读。批评家不应当故意去为作者戴上一副镣铐，涂上一种色彩。伟大的作品一定是对人性深刻了解的表现。绝不能归入某种主义、某种意识到旗帜之下。”他也在探讨新文学的发展存在的问题。

1936年年底发生了“西安事变”。他在次年年初出版了两本与《论语》完全不搭的“论语小册子”。一本是他用研究版本的角度和文学史观写的《蒋委员长西安半月记，蒋夫人西安回忆录读后感》，另一本是《和议不屈》。1936年10月10日，正是“国事紧张，杀机已伏”之时，也是中日“和议的风声极其紧张”之际。他翻出家藏古籍南宋郑忠愍的《北山文集》，发现这千古不朽之作，似有先见之明。他觉察到当时的局势与彼时的情景何其相似：郑公反对秦桧与金议和，冒死一再奏谏，主张“和议不屈”。因而他写了一篇文章刊在《论语》上，发表自己对国事的意见。次年翻印了郑忠愍的十四篇奏疏和两篇传记，出版“论语小册子”第一种《和议不屈》，此文作为序。而这个时候，《辛报》上竟连载着他的半自传长篇小说，述说他在英法留学时期与朋友的交往，他们一个个回国后都颇有成就，他称他们为“儒”。小说题为《儒林新史》。他真忙！卞之琳说邵洵美，“未到‘八·一三’，已经捉襟见肘”。邵洵美自己也有所悟。1937年，他用毛笔写了一帖“祖传遗物，十载中已变卖殆尽。穷不我弃者，半屋书，几箱帖，老婆一个，儿女五人耳”。

日军的铁蹄已从东北到华北，没有料到他们到上海，从吴淞口登陆。我家和印刷厂所在的杨树浦成了交战的前沿。“八·一三”事变，一夕之间失去家、失去事业的他，在逃难到租界的慌乱中，衣食无靠，他说：“我唯一的安慰是我老婆的信心与同情。”我们几经辗转，搬到霞飞路，屋小人多，住所拥挤，居然不到五天，妈妈就为他布置了个小书房，甫一坐定，他就写出英文的《孔子论诗》。这是因为他认为：“现在人对新诗有成见，多半是因为看不惯它的形式，我劝他应当去读《论语》。”他又安下心来整理一大堆字纸。1938年年底到1939年夏，在好友张若谷主编的《中美日报》上连载三十一篇“金曜诗话”，以六十多位作家的作品来引证他的论点。那绝非一朝一夕能够写成的，是他在战前忙碌的写作编辑工作中偷闲积累而成的；也全赖出逃前妈妈冷静地理好要紧的东西，把他书桌抽屉里的纸张全部倒进包袱带出来，保有了他多年来研究新诗理论写下的提纲和草稿。妈妈心地善良，厂里工人家里有红白事她关心给贴补，还让家里的厨子到厂里当工人学技术。逃难时她让厂里工人先撤，这个当口手头拮据，只能找到一辆卡车，她说："工人的箱子不能撂下，那是他们勤劳所得。"

惨烈的淞沪战争打了三个月，日军沿铁路北上。上海的局势稳定下来。听说杨树浦对外侨开放，是妈妈提醒爸爸："印刷机是家里唯有的财产了。请外国朋友项美丽帮帮忙。"项美丽果然从英国巡捕房拿到通行证。她雇了十个工人，坐了载重卡车，五次通过日本兵驻守的外白渡桥进杨树浦。老房子已经被人盗窃，她搬出好多衣物和书籍。两次去厂里搬机器，爸爸偷偷安插进两个有经验的老工人，拆下机器。后来安装，一个螺丝都没有少。为了怕日本兵阻挠她进中国人的工厂，爸爸特地和他的老同学，律师顾苍生商量，出具一份假文书，让项美丽冒充工厂的主人。不然那贵重的德国印刷机毁于战祸，我们哪有后来的生财之道？这台中国唯一的影写版印刷机在1949年中华人民共和国成立之后发挥了很大的作用。

伪政府成立了。五叔变成了"苏浙皖统税局"局长，来拉爸爸落水。在《一年在上海》里，爸爸描述一大家子颠沛流离、生活艰难的日子。他回顾自己的大家庭如何会败落，"黄金变泥土"；又冷静地自忖"唯其在这种大变动中，我们格外应当管住我们的情感,立定我们的主意”。这也就是妈妈书中所写的,夫妻半夜笑谈:“想发财有的是路!”但他们决定,绝不走那种路,“人生一世,名节第一”。这正是爸爸的人生格言:“不爱金钱爱人格。”二人同心同德,情愿典卖家私、清贫度日,绝不附逆。

国民政府节节败退已迁到武汉。半壁江山陷落,百姓遭殃。和“时代”有老关系的通讯社以及三叔所在上海近郊的游击队都传来消息。那时不少外国作家记者访华,从武汉、南京带回的信息,痛击爸爸的心。他急切地想办一份刊物,要让世界知道日本军国主义对中国的侵略恶行;他要让同胞们知道战火已蔓延至大半国土,各地都在奋力反抗。但如今,他两手空空,一大家子生活靠典卖细软。想出刊物,岂非梦想!所幸正义无国界。爸爸说服项美丽和他合作出版中英姐妹版抗日刊物《自由谭》(*Free Speech*)和《直言评论》(*Candid Comment*)。那时敌伪势力已潜入租界,要想出版报刊,华人常常挂外国人的名义。项美丽真敢担当,两份刊物上都印上是她编辑,是她发行。项美丽的好友《大美晚报》的主人斯塔尔(C.V.Starr)出资,帮助印刷。那是1938年9月到1939年春,两本刊物有许多文字图片实时记录下国人遭受日军的暴行、伪军的残害,以及各条战线(国民党军、八路军、游击队、后方百姓)的抗日活动,它们是中国人民抗日的部分史实记载;其中有不少重要文章,如毛泽东的《论持久战》的英译。那是借住在项美丽家的中共地下党员杨刚翻译的。爸爸还为之出版单行本五百本,大部分由地下党取走，余下的爸爸亲自秘密发送给在上海的外国朋友。妈妈知道他们在干掉脑袋的事儿，没有任何组织和党派的支持，完全是他们自发的。编辑部就隐蔽在弄口项美丽家，她怎么会不担心？在她的回忆文章里写着：那颜体的“自由谭”三个字是洵美自己写的；而英文版名字那两个生僻的字，项美丽居然一个字母也没有拼错，说明她是亲历其境的。日军很狡猾，知道项美丽不识中文，请她吃饭，想套出谁是中文版的编辑。她以谎言搪塞。日军又以登广告利诱，不成，转而威胁。她始终不予合作，不欢而散。日伪捣毁了《大美晚报》的印刷所，又暗杀写抗日文章的编辑朱惺公。危在旦夕，两刊只得停刊。没有妈妈无畏的支持，爸爸怎能办得成这抗日刊物？

太平洋战争爆发。蛰居沦陷了的上海，爸爸以集邮为乐，1943年居然每日一篇《中国邮票讲话》，以六十篇文章从清代第一张邮票讲到1942年在香港和重庆发行的邮票。文学家写集邮专题，文笔诱人夹杂故事，还有科普的内容。沦陷时期毫无收入，珍爱的首饰不能按时赎回被当铺吃没，妈妈坦然说：“少了这装饰又何损我的颜色。”“颜色”是指她的妆容，也是指她的本色。那些年，爸爸是全心扑在书上：买书，看书，写书，出书。家里的事情都在脑后。全家人吃穿，七个孩子上学看病全在妈妈身上。为维持一家人的生活，她忍痛把家里值钱的“金银铜铁锡木纸”几乎都变卖了。爸爸懒得上街，衣着鞋袜都由妈妈买来，尺寸都在妈妈心里；他不想去理发店，妈妈为他剪

复刊后的《论语》半月刊书影。

发修胡须。

敌伪多次拉拢爸爸遭拒，他们知道在重庆的中国政府部门有爸爸的老友，想要他出面去沟通，以谋求“中日议和”。爸爸耻于充当这个角色，始终不予合作。1944年秋，因太平洋战事失利，日本败绩已露，敌伪又来纠缠。为躲避他们的逼迫，爸爸带我哥出走，妈妈慨然独自保护六个子女留守。在我眼里从来没有看到有什么事妈妈没法解决。她三十岁后她受哮喘病的折磨，加上接连生育儿女，体质柔弱，但她有刚强的性子。胜利前美机轰炸上海，她镇定地想法抚慰我们，倒治愈了她的喘疾。

抗战胜利伊始，百废待兴，爸爸却有事赴美。妈妈念及工厂应当复业，等不及爸爸回来，为停歇了九年的印刷机试机，考虑节省昂贵的进口油墨，她请漫画家王敦庆协助，出版了一本影集《星象》，里面有许多电影明星的照片。我记得，有白杨、秦怡、上官云珠等，还有一张是周璇和我的姐姐邵绡玉坐在摇荡船里拍的。这一招一举三得：试了机器，出了产品，又给时代印刷厂影写版机器做了广告。妈妈又想到过去时代印刷厂总是不赚钱，靠热销的《论语》盈亏相抵。但是让《论语》复刊岂是易事？要有《论语》特色的稿源，最要紧的是谁来任主编和审稿，稿酬等事如何定夺？这都是过去她从不知晓的事务。她想了又想，要在爸爸的老友中选与《论语》关系密切的，有学问又诚实可靠的。她想到了李青崖老先生，两次登门恳邀，说动了他。妈妈又邀他出面召开《论语》复刊组稿会议，促成了战前出版了一百一十七期的《论语》半月刊复刊。妈妈真有才华！她是以爸爸的事业为事业。

爸爸回国后接手主编《论语》。一篇篇"编辑随笔"里有他敞开胸怀直抒己见的佳作。这汇集了近百位作家画家的幽默智慧的名刊到一百七十七期停刊。在第一百六十三期他写了篇《说官材》，竭尽讽刺。他自己也曾做过官。1927年南京成立特别市，市长刘纪文邀他任市政府秘书。他看到官场的腐败，任职四个月就辞职不干，不愿与他们沆瀣一气，情愿回家搞出版，和写写画画的朋友们说说笑笑，赔光家底也心情愉悦。正如他说的："不爱权力爱天真。"在国民党政府逃离，有钱有势的人纷纷离境之时，第一百七十三期《论语》出了《逃难专号》。胡适拿了两张机票，邀爸爸妈妈去台湾。爸爸以不能丢下孩子和工人为由拒之。叶公超得悉，与国民党海军司令桂永清协商，腾出半艘军舰，让我们全家和印刷厂全体员工连同机器设备一并赴台。爸爸妈妈商量再三，谢绝了叶公超的盛情。

中华人民共和国成立，爸爸对为人民办出版很有信心，他集资扩大时代书局，出版爱国书籍，还特意请识得俄文的朋友来编辑苏联文学翻译作品。政府需要爸爸那套德国进口的影写版印刷设备，老友夏衍、丁聪来洽谈。为验收机器质量，爸爸去了北京。他想在北京开展书店业务，带全家长住。不料编辑汪氏父子对苏联的情况并不了解，居然不知道苏联作家还有政治派别。出版物犯下错误遭到批判,大批书籍积压,书店关门。爸爸,当年为《论语》,你请国学渊博的林达祖助编,是识才。而这次聘汪氏父子,实在是失误啊!

机器出售得到的一大笔款子怎么会在三五年间就消耗殆尽?我想,举家迁京,妈妈张罗置办家具什物,孩子上学,花费不菲;爸爸身体不好,我和玉姐不适应北京气候,喘病频发,一一生病。我还咯血住院,发现患了肺结核和结核性骶髂关节炎,哥哥伴我回上海就医。在仁济医院手术住院半年多,进口的链霉素用了一百多瓶。因我是主治医生叶主任的私人病人,手术必须另外付给主刀、助手、麻醉师费用,没有卖印刷机的这笔钱,哪能够治愈我当时极为严重的"串骨流珠"?爸爸想在北京开办书局的分店,可是并不了解北京出版行业的情况,失望而归。在北京生活两年余,全家来回折腾,开销可想而知。

回到上海,爸妈想到节流还得开源,投资商店蚀本,想办实业。有朋友建议,建厂做化学纯石碳酸。谁知复旦大学指导做的是实验室的扩大试验,正式投产效果不佳,于是以失败告终,盘给一家药厂,浪费了很多时间,又花费了很多钱财。其实那时应当在时代印刷厂原址办个一般的印刷厂,业务熟悉。这是我事后诸葛亮之见而已。家中食指浩繁,那笔巨款几经折腾已快告罄。

那时正是我手术后恢复期,也是跟爸爸接触最密切的一年。烦闷中他又重拾集邮的爱好。我时常坐在他身旁,看他细心剪玻璃纸给他宝贝的邮票做护袋。一天,他说:“我给你取个英文名字叫Scarlett(斯嘉丽)。它少一个t,就是猩红(scarlet)之意。你的名字是小红。”又一天,爸爸突发奇想要给我取个雅号:“英文叫China Beauty。噢,这不是中国美人的意思,是瓷器美人。你从小多病,像瓷器一样易碎,真要珍爱维护!”还有一次更有意思,要给我们姐妹都改名字。他说:“你姐姐小玉改成礼玉;妹妹小珠改成传珠;小燕改成书燕;你呢,绡红改成诗红。”这建议很好,但他讲过了就忘了,我听过了也忘了。1995年,我到美国在项美丽家小住,《纽约客》杂志社的同事来家,在她九十大寿派对上,有人问我,你哥哥姐姐的名字是跟随爸爸妈妈的名字取的,为什么你叫绡红?当时我竟哑然无答。后来才记起四十三年前的事。啊!爸爸,你的诗里有花,有血,有火。你想给我的名字里加上诗,寄予美好的愿望。可憾,我的人生不如诗!

也是那个时期,爸爸看我在他满是英文书的书架边徘徊,似是对这些书感兴趣。他便教我翻译《苏联文学》(*Soviet Literature*)里的两篇短篇小说。从此我对英文阅读有了兴趣和信心;也知道可以用中文的成语增加读译文的兴味。我复习报考,以同等学力进医学院读书。

当爸爸从商办厂相继失败,又将陷入困境时,朋友帮忙,他再次拿起笔,以翻译外国文学名著为生。那是二十世纪五十年代中期。这倒是发挥了他中英文俱佳的才智,让外国诗人用中国文字传递他们诗的意境。有人赞他“译笔华美熨帖，才气纵横”，真是“穷而后工”。

中华人民共和国成立后，妈妈像是脱胎换骨一般，在居委会热心工作，发挥她的才干。她先后负责里弄的卫生、扫盲、绿化等群众工作。1958年，里弄要办食堂，她竟同意让出家中的一楼做公社食堂。满墙的书籍和四十箱古书碑帖堆在二楼一间房里。顶天立地的书架给食客放置碗筷。

万万没想到飞来横祸。1958年秋，爸爸突然被捕入狱。我把妈妈和小弟弟接到南京来同我一起生活。那正是困难时期，她能屈能伸，一直家里有老阿妈做家务的妈妈，为我们亲自买洗烧，还养鸡种地，面颊和双手的冻疮肿烂。她心里苦，但悲喜不形于色，始终和颜悦色，精打细算过日子，只是轻轻独言“你爸爸拿不到一张纸、一支笔”。

三年多毫无音信。1962年春，爸爸出狱归来，又遭肺心病的折磨，呼吸困难，日夜不能平卧。待疾病渐渐好转，他又投入翻译工作。施蛰存在《闲寂日记》里记载了1963年至1965年，去邵洵美家十六次之多。爸爸向他借阅有关雪莱的书、萨特的《论存在主义》以及贺拉斯的作品集。关于贺拉斯，爸爸在1927年的文章里提到过，三十六年后又拟做深入研究。他还是那么用功！

爸爸曾经在给我的信里委婉地提到想来南京。但那个时候我的小家出了乱局，丈夫照滨被隔离审查，封存折减薪酬，大女儿惊吓中精神出现问题。我工作的医院里也掀起风波，我的出身、爸爸的状况，同事们都知晓。我怎能让爸爸来南京，令他雪上加霜！

岂料动荡开始，爸爸收入断绝，三餐不继，哪来营养？疾病加重，又没有公费医疗，几度病危。又得悉一个个好友的噩耗，哀莫大于心死，他选择了放弃。

死神在爸爸身边徘徊，妈妈煎熬在心。爸爸离世，悲伤之余她坦然处理他的身后事，坚持每月省出钱来归还各项欠费。她写道："生活还是要继续下去。"

妈妈始终相信邵洵美的理想和人格，赏识他的才华，了解他的价值。不甘于他的声名埋没在烟雾中，她拖着重病之躯默默笔耕，写了三十万字的回忆录。她老来居于狭小的空间，却发出巨大的能量，她眼光远，胸怀大。1982年，国家要求客观地研究现代文学史，她读到《新文学史料》第一期的文章《现代文学史资料的重大建设》。"资料汇编丛书"提到各个文学社团有"新月派""论语派"等，还有许多作家的名字。她便借东风，适时行动：发表文章《忆邵洵美》，刊于1982年南京师范大学《文教资料简报》第二期，后来几年力促出版社重版爸爸过去的译著，以及出版他译好但未出的译著，她写信给在译文出版社的女婿方平，催促他寻找译稿，信中说："争取出版邵洵美的书，是为了恢复名誉。搭着邵洵美的亲戚、老友的关系。我自己又不和人家有接触，一个家庭老妇……"爸爸的译著一本本出版，她以稿酬买了许多书，寄赠给爸爸的老友，从舆论上推进对邵洵美的回忆和研究。她的思维与行动扭转了为邵洵美正名的情势。1985年2月，父亲得到平反。

妈妈为了写第一篇回忆爸爸的文章而翻资料的时候，我第一次看到爸爸的文字——他的诗集《花一般的罪恶》和他在《天下》月刊发表的英文《诗论》(*Poetry Chronicle*)的抽页。那是母亲从她这些年随身携带的那只蛇皮包袋里拿出来的。妈妈曾经有万贯家财，但那只装满金银珠宝的箱子已空空荡荡。不过包里还有好多珍品：爸爸给她的信物、家人的照片、爸爸的手迹。居然还有一张我初三时从一本纪念册上撕下的爸爸为我题词的纸：

> 蹉跎莫遣韶光老，
> 人生唯有读书好。
> 此乃翁秀卿先生读书乐句，余常用以自勉。
> 小红永志心头。

这些年我记在心头，却找不到此笺，原来妈妈为我收藏。我又记起小学毕业时爸爸在我的纪念册上题过的字："花好不在多。"那时我不懂，爸爸告诉我，这是郑板桥写的对联，上联是"室雅何须大"。现在我明白，这正是爸爸为人的格言之一。

1989年，妈妈病重住在我家，从对门的杨苡老师处获悉项

老年盛佩玉在南京。

美丽仍在《纽约客》工作，妈妈当即嘱咐我去信，还拿出四张“米尔斯先生”(Mr. Mills，项美丽的宠物长臂猿)的照片附在信里。我感觉到她的迫切。对这位美国女作家，妈妈为什么如此急切期待？直到读项美丽赠我的《中国与我》(*China to Me*)，看到书里介绍她与邵洵美合作秘密出版抗日刊物《自由谭》和《直言评论》的故事，我方才明白。我请项美丽托人寄来《直言评论》第一期至第七期的目录和第三期整本。一生为邵洵美出版事业出力的助手王永禄，讲述过有关细节：在《大美晚报》的主人斯塔尔的资助下，两本杂志的编辑仅他们两人，加上课余来帮忙校对打字的经叔平。我在上海图书馆看到过《自由谭》，当时为了掩护邵洵美，使他免遭敌人迫害，编辑人和发行人都印上项美丽的名字。我儿媳帮我去美国印第安纳大学图书馆找到《直言评论》的前七期，后来又在项美丽的女儿处得到她珍藏的第八期。我看到两本刊物里有许多文字和照片，真实记录了日军的暴行、伪军的残害和中国各条战线的抗日活动，其中还有不少重要文章。1995年，我赴美和项美丽重聚时她又为我证实和补充了不少细节。

如今，我和项美丽的女儿及好友张伟收集到完整的中英两套《直言评论》，在挚友王京芳的帮助下，获得资助，正在影印，即将出版。这实现了妈妈的冀望：用实物证明邵洵美的品格与作为，以及他的爱国情操。

1989年，病中的妈妈叮嘱我：“有人要写邵洵美，之前我都写好了，在我的三十万字里。再写，应当写他的文学方面。”妈妈所做的这些触动了我，我开始着意向她，向家人、长辈，向爸爸的老友、同人打探往昔的家事、爸爸的故事。妈妈还为我提供资料，虽然不够周全，甚至还有点错误，但想想，妈妈当年并不介入爸爸的出版业务，能写出这么多内容，已经十分了不起了。就是这些，为我寻找爸爸的足迹提供了一条捷径。

几年时间里，我在南京、上海两地往来，到图书馆，到爸爸的老友处搜集资料。1999年，因我儿在美国，我带了半箱资料去芝加哥。临行前，哥哥专门为我写了本备忘录，题为《家事》。我到美国后，他越洋答复我问题的信札过百。我在照顾孙儿的同时完成了初稿。经过不少前辈、朋友的帮助、指点，一本记述爸爸一生的书——《我的爸爸邵洵美》终于问世，那是十几年前，2005年。书到手，欣喜和遗憾同时涌上心头：通读全文发现有很多错，不少事情没有写清楚，疑点重重。

妈妈的三十万字“日记”已由我妹妹邵阳、吴立岚夫妇整理在前一年出版，书名为《盛氏家族·邵洵美与我》。没有想到，历历往事她记得如此详尽。我也从这本珍贵的回忆录中读到了许多资料，印证了我的记述；同时也发现我错漏了不少内容，有的细节描述略有误差。两书对照，哥哥提供的大量资料许许多多是实情，但极少数亦有出入，还有一些属于口耳相传。书成后这些年，我已经会熟练地使用电脑。邵洵美的研究者逐渐多了起来，我有机会读到更多文章，还有不少旧书刊重版，可以补充或纠正我原先获得的素材。在北京我又住了十年。我还获得不少来自前辈和爸爸的老友、同人的资料;一些热心的朋友们也给我提供了不少有价值的资料。十年过去,我的书页上补缀斑斑!

这些年最重要的收获是弄清了“我的爸爸邵洵美是一个什么样的人”。爸爸说过:“杜甫把他的一生都写进了他的诗里。”我发现爸爸时常把他的生活和思想写进文章。他最初是一个富家子弟，因对诗歌、文学的爱好慢慢步入编辑出版领域;从慷慨助人办出版到全心投入出版。他从一个崇尚唯美的新诗人成长为一个投身抗日宣传的爱国者。说到底,他其实是一个认真做学问的读书人,也是个诗人。他写诗,译诗,出版诗友的诗。他关注诗坛的发展,研究新诗理论。抗战时期他谈诗人的使命,和平时期他议新时代诗人该如何写诗。他对诗歌的膜拜是从踏上文学道路到生命尽头一以贯之的。他在诗歌领域确有建树。纵观他的一生,他看事物、待人处事、做生意,乃至他做编辑,对作者对读者,他都是像在写诗一般。在一无所有的困顿中,他仍然在怀念杜甫;即使身陷囹圄、重病垂危之际,他还有雅兴作诗。

妈妈盛佩玉不仅是个温婉的淑女，也是个为家庭付出一切的贤惠妻子。没有她的相伴和全心全力出谋划策,没有她的支持和无私无畏,邵洵美不可能成为邵洵美。没有妈妈执着地为夫正名,邵洵美将永远埋没在时代的尘霾中;没有妈妈重病时对我的叮嘱,世人何以能够识得邵洵美的真容?

妈妈不是她书里反思自己那样,“生在世界上没有作为,不能原谅自己”。她在她“一生匆匆忙忙忧忧郁郁”中活出了她的价值。

整理于2019年春天,上海

肖复兴 —— (Xiao Fuxing)

作家。1947年生，北京人。毕业于中央戏剧学院。曾到北大荒插队六年，当大中小学的教师十年。曾任《小说选刊》副主编、《人民文学》杂志社副主编。已出版长篇小说、中短篇小说集、报告文学集、散文随笔集和理论集百余部。曾获上海文学奖、冰心散文奖、老舍散文奖等多种文学奖项。近著有《肖复兴新散文画作选》《绝唱老三届》《八大胡同捌章》《底层的叩问》《来自波希米亚的森林》等。

北大荒

◎ 肖复兴

一

每个人都会有属于自己的精神家园。我一直以为,这样的精神家园,一般都会在青春时建立起来,说其属于精神,但一定也有具体所指,并非虚缈,而是实在的。

我的精神家园属于北大荒。

1968年,我刚到北大荒的时候,真的是非常的好笑,自以为是,急公好义,路见不平,拔刀相助。用当时东北老乡的话说,其实就是"傻小子睡凉炕,全凭火力壮"。

那一年,我二十一岁。看到队里的三个人挨批斗,于心不忍,要知道一块链轨板是十七斤半重,每一次批斗下来,他们的脖子上都是鲜血淋淋。于是,我带头出场了,自以为是跟样板戏里的英雄人物李玉和出场一样呢,要拯救那三个人于危难之中。

那三个人中,一个是队上的司务长,说是他贪污了食堂里的粮票;一个是复员兵,被叫作"二毛子",因为母亲是个俄罗斯人,怀疑他是特务,到他家掘地三尺要挖出他里通外国的电台;一个便是赵温,有人说是和队上赶大车的大老张的女儿乱搞。

第一场戏,演的是访贫问苦。和我一起去北大荒的还有八个同学,当时流行小演唱"八大员",指的是炊事员、饲养员之类,我们就被队里人戏称为"九大员"。我们分别悄悄地跑到这三个人家里,踏雪迎风,身后甩下无边无际的荒原,心里充满小布尔乔亚的悲天悯人情怀。我走进的第一家,是二队最北的一间用禾辫子盖的泥草房,是三位中的一位,是个地地道道的贫农的家。我看见家里穷得叮当响,而他自己则光着膀子穿着一件单薄的破棉袄。不知道我来了哪一股子劲儿,当场脱下临到北大荒之前姐姐给我的那件崭新棉大衣,披在他的身上,感觉良好地当了一回救世主。

他就是赵温。我们二队的木匠,干一手好木匠活儿,唱得来一腔好嗓子京戏。

第二场戏,演的是激扬文字。我和同学一起连夜赶写了三张告示,慷慨激昂,挥斥方遒,有事实有理论,有文采有感情,掷地有声,不容辩驳。

第三场戏,演的是现场辩论。那时,我们的食堂是全队的中心,大会小会,一切活动,都要在那里举行。一连几个收了工的晚上,我们真是有种"一点浩然气,千里快哉风"的意思。

我以为我们在节节胜利。根本没有料到,第四场戏就要开场,我已经走到了危险的悬崖边上。

队上的头头儿搬来了救兵,要演出一场气势汹汹的借刀杀人。他们找我们"九大员"分别谈话,向我大背整段整段的关于无产阶级专政下继续革命的语录,密如蛛网遮下来,雨打芭蕉打下来,先把我说晕,然后,义正词严地向我指出问题性质的严重。显然,队上已经认定,我是"九大员"中的罪魁祸首。

就在这时候，赵温走到我的身旁，很多当地的农民走到我的身旁。他们都不善言谈，只是默默地陪伴着我，约我到他们家里吃饭喝酒。默默地却形成了一股气场，静水无声，却有着渗透和冲击的力量。有一天晚上割高粱，每人一块地，谁割完谁回家。我割得慢，别人早割完回家了，我还在吭哧吭哧地割，等我快割到头儿的时候，才听见前面嚓嚓的声音，高高的高粱穗全部倒在地上，我看见面前站着的是一脸汗珠的赵温。他什么话都没说，和我前后脚回去了，临到他家门口，他叫住了我，说："你嫂子做好饭等你呢。"

我知道最后我终于幸免于难，在于他们，我才发现，并不是谁高抬贵手，也不是我自以为是悲天悯人如李玉和一般在救他们，而是他们搭救了我。我第一次感到有一种来自民间的力量，如同脚下的土地一般结实有力，让我的脚下有了根。

记得1974年春节过后的初春，我告别北大荒的时候，朋友帮我从木材场找来那么多的木头，每一块都有两米多长，我觉得没办法运回北京，找赵温帮我锯断，化整为零，好带回家。赵温看看那一堆木料，对我说："你看看，不是水曲柳就是黄檗，都是好木料呀，锯断了多可惜，回家就没法子打大衣柜了，你还得结婚呢。"

他说得我心头一热。是啊，我是还要结婚，那时候结婚都讲究打大衣柜。他想得很周全。只有家里的人才会想得这样周全。

于是，他没有帮我锯断木头，而是帮我打了两个硕大无比的木箱子,把这些长长的木料分别装进去。他把那些长长的有好几寸的钉子一个个钉进木箱盖，最后用他那大头鞋使劲地踢了踢箱子，对我说:“挺结实，就是火车搬运工摔也摔不坏了！”然后,他弯腰蹲在地上一边拾起没有用完的钉子和榔头等工具,一边又对我说:“装一个箱子太沉,没有法子运,即使能运,到了北京,你自己也搬不动。”

他想得很仔细。他蹲在积雪没有融化的地上,四周散落着被斧头削砍下的木屑，新鲜得如同从雪中滋生出来的零星的碎花和草芽,我心里很感动。我不知道该说些什么,他也不再说话,装上一袋关东烟,知道我不抽烟,自己一个人默默地抽着。我知道,我离开了北大荒,但无法忘怀这里的一切。即使我走得再远,我的根仍然扎在这里。我的心头忽然涌出一种家的感觉,这种感觉让我和这里的人彼此有了牵挂。

当一切时过境迁之后，对知识青年上山下乡那场轰轰烈烈的运动,历史严肃的回顾与评价和一般人的回忆与诉说,彼此不尽相同。也许,历史讲究的是宜粗不宜细,而一般人却是宜细不宜粗吧。因为那些被历史删繁就简去掉或漏掉的细处,往往却是一般人最难忘记的地方,是一般人的生命、生活和与情感休戚相关的人与事吧。同样是一场逝去的过去,从中打捞上来的,历史学家和一般人是多么的不同:前者打捞上来的是理性,如同鱼刺、兽骨和树根,硬巴巴的;后者则打捞上来如同水草一样的柔软的东西。在那场现在评说存在着是是非非的

肖复兴在北大荒留影。

摄于1969年冬

上山下乡运动中,悲剧也好,闹剧也好,毕竟至今还存活着我们和当地农民及老职工之间那种淳朴的感情,以及由此奠定的我们来自民间群众的立场,是唯一留给我们的慰藉,是开放在北大荒荒凉原野上细小却芬芳的花朵,是那些对于一般人来说最柔软的部分,也是最坚定的部分。也许,这就是历史揉搓的皱褶中的复杂之处,是动荡的时代中未能被泯灭的人性。是的,历史可以被颠覆,时代可以被拨弄,命运之手可以翻手为云覆手为雨、残酷无情,人性却是不可以被残杀殆尽的。这就是人性的力量,是我们普通人历尽劫难万难不屈而能够绵延下来的气数。

也许,这就是现在我所说的精神家园的感觉和力量吧?想想那里,就会让自己的心里踏实、温暖。是那种有了依托的踏实,有了实实在在温度的温暖。

二

2004年夏天,我和伙伴们重返北大荒,临别的那天晚上,农场的领导都出面,为我们饯行。赵温坐在我的身边。他已经七十多岁了,牙都快要掉光了,木刻似的皱纹深深地爬满一脸,瘦削的身子,像是一只枯叶蝶一样,瘦得让人心痛。

晚饭前,他就来到了宾馆找我,一直坐在我的身边,几乎没有说什么话,就那么静静地坐着。我记得以前他是抽烟的,而且抽得挺厉害的，现在他不抽烟，也不喝茶，就那么静静地听别人讲话。灯光的暗影里，他像打坐入定了那样的安详，瘦削的剪影贴在了白墙上。一直到要吃晚饭了，他对我说："你去吃，我在这里等你。"我拉着他说："走，一起去吃！"才把他拉了去。在饭厅里，他坐在我的旁边，他的旁边坐着建三江管理局的局长，是当时这里的最高长官。我向他介绍着赵温，告诉他这是我们大兴岛二队的一个老人，我们的关系一直很好。他很热情地微笑着冲赵温点点头。赵温有些木然，没有什么表情，岁月让他久经沧海难为水，对于"当官的"有一种本能的疏离和拒绝。虽然一直是他手下最基层的兵，但似乎从来没有见过面。这也是可能的。我看见副局长喜子坐在旁边的一张桌前。我猜想他大概是有意躲开我，昨天晚上的饭桌上，他和我挨着坐在同一桌，快要散席了，我刚想走的时候，喜子突然站了起来，后退了两步，晃晃悠悠地指着我冲我说道："肖复兴，我告诉你，三队那个老孙的老婆子什么都不是，别看你为她哭，你看她家弄得那样子，鸡食都上了锅……"我知道他是喝多了，他手里握着的酒杯还在不停地晃，酒都晃洒了。但是，他的这一句话，还是让我惊愕，并把我惹火了，我走到他的面前，打断了他的话，问他："那我倒想问问你了，你是什么？"然后，我转身就走了。

今天，也许，喜子是对昨天酒醉之后说的话有些后悔，不大好意思了，坐在一旁去了。

我一直在犹豫,要不要过去和他说几句话,毕竟明天清早就要离开这里了。晚宴到了尾声,他始终没有过来。我犹豫了一下,就这样散了?要不要有个告别的话和哪怕那么一点儿意思?我发现他的眼神有时向这边扫过来,似乎和我一样,也是在犹豫不定。我想了想,还是应该我主动一些吧,就端起了一个杯子,往里面斟满酒,站了起来,向他走了过去。

他看见我过来了,显得很高兴,端起酒杯,也站了起来,迎着我笑了起来。如果什么话也不说,就这样把杯中的酒碰了,也许一切都真的当一锅糊涂粥喝了,也就好像是什么都没有发生一样,结束圆满得花好月圆。

我走到他的身边,对他说了这样几句话:“明天我们就要走了,我先敬你一杯。我知道你从二队、从大兴岛调到建三江,为建三江的建设立下过汗马功劳……”

开头的这样几句,他静静地听着,显得很高兴,很受用,没有说话。

我接下去的话,立刻让他的脸上变了颜色。我说:“临走了,我只想提醒你一句,这话是对你说的,也是对我自己说的,别忘本,甭管当了多大的官,别忘了我们都是从二队、从大兴岛那里走出来的,那些现在还在那里的人,他们确实什么都不是,他们就是最底层的老百姓,你还想让他们是什么呢?你别不高兴,听我把话说完,我刚才说了,问你的这些话,其实,也是问我自己的话,我们都应该提醒我们自己,不应该忘本,不应该忘了他们！”

我光顾着把我心里的话倾诉完，一时没有注意到他是在竭力控制着自己，更没有发现今天他又喝多了，酒精再一次让他没有克制住自己。只见他把酒杯啪的一下摔在桌子上，一屁股坐了下来，说了一句：“你这么说，我不跟你喝了。”然后就控制不住地骂了起来。

我也火了，要和他争吵。这时候，一直沉默的赵温腾地站了出来，像母鸡护鸡雏一样，一把把我挡在身后，指着他的鼻子骂：“你是什么东西！”一下子，他不说话了，全场鸦雀无声。

第二天清早，赵温来为我们送行，我们上了车，车门要关的那一瞬间，赵温突然跳了上来，七十多岁的人，腿脚还像是年轻人一样灵便。他不容分说地对司机道：“拐一个弯，先到粮油加工厂的宿舍。”

司机有些不情愿：“那边是小道，不好走啊。”赵温说：“好走，就在大道边上。”司机又说：“那边是集贸市场，堵车。”赵温说：“不堵，拐一点儿就能直接上公路上了。”

赵温说得很坚定，司机不再说什么了，因为昨晚的不愉快，谁也不会再说一个普通的北大荒瘦干瘦干的老人什么都不是了，没有人再出面干涉赵温，这是一个北大荒的老人最后的一点儿要求了。

我们都知道，赵温特意从他家的地里为我们摘了香瓜和玉米，天没有亮就爬起床，烧开锅，开始烀玉米。他希望我们带走它们，这是他能够向我们表达的最后一点儿心意了。他知道,我们不知道什么时候才能够再回来了。我不敢想,如果没有答应赵温的要求,车子扬长而去,那将会是一种什么情景？

我永远也不会忘记,香瓜和玉米都被拎上了车之后,赵温和他的老婆紧紧地跟着汽车跑的情景。我把头探出车窗望着,站在道边的赵温两口子的身影越来越小,飞扬起的尘土毫不留情地淹没了他们的身影。

我常常想起赵温,想起北大荒。我常常会这样想,我们每天生活在最普通的百姓之中，但我们的心不见得就一定是和他们在一起,也许,反而貌合神离与他们离得很远,自以为比他们高明而高贵。我说过,并且我一直坚信,在北大荒这块土地上培育的真挚爱情，和北大荒这些乡亲培养的我们的人民立场,是我们知青岁月里最大的收获,没有了这两点,或者我们抛弃了这两点，我们的青春才真的是蹉跎而没有丝毫可以回忆的一片空白。

我一直都是这样认为的,无论我们怎样思念这里,千里万里来过这里几次,我们都不过是候鸟,飞来了,又离去了,而像赵温,却一辈子在那里,在那个被七星河和挠力河包围的大兴岛上默默无闻地生活着,荒草一样,春来春去,岁岁枯荣,然后,生老病死,被人随意地践踏,被人无情地遗忘。但是,就是这些人,如果没有了他们,我们还会再回去吗？是的,不会了,我相信,不会了。大兴岛上正因为有他们在,才让我觉得再远再荒僻也值得回去。回去的感觉和回家一样,那里不仅有我的青春过往,那里更有曾经给予我许多关爱的亲人一样的乡亲,那里有曾经培育我青春期成长的土地,才会如此牵着我的心。所谓精神家园,应该就是这样子的吧?或者说应该是这样的一种涌动在心底里的感觉吧?

有时候,我也会想,即使回去,也只是看看他们而已,我能为他们、为大兴岛做什么呢?什么也做不了。但起码不应该忘记他们,起码不要对他们说一些居高临下的话。说实在的,我在酒桌上对那个副局长说的那些话,不说出来,憋在心里,我会更难受。那些话,是对他说的,也是对自己说的,包括他包括我在内的所有人,都应该时刻问问自己:他们真的什么都不是了吗?我们又都真的人五人六的是些什么了吗?

乾坤万里眼,时序百年心。逝去的岁月,残存的记忆,无尽的慨叹,一去不返的青春,都付与历史和我们各自的心去重构和沉淀。

我想起英国学者柯林武德在《历史的观念》中说过这样的话:“现在和过去之间的间隙被连接,并不只是由于现在的思想有能力思考过去,而且也由于过去的思想有能力在现在之中重新唤醒我们自己。”能够帮助我们拥有重新唤醒自己的能力,是柯林武德说的“过去的思想”的能力,在我看来,这样的“过去的思想”的能力,就是我们常说的精神家园的能力。

写于2009年12月14日,北京

我的『阿娘』

◎ 夏中义

夏中义 ——（Xia Zhongyi）

1949年1月生于上海。现任上海交通大学中文系教授、博士生导师，中国美术学院南山讲席教授，中国文艺理论学会副会长。曾任华东师范大学教授、上海大学兼职教授。学术著作有《朱光潜美学十辨》《学案·学统·学风》《王国维：世纪苦魂》等。

“奶奶”是北方人的称呼。我1949年生在上海,从小认父亲的母亲叫“阿娘”。

阿娘当过“二奶”,那是小辈在老人家去世后很久才搞明白的。

依稀记得阿娘躺在老房子三层阁的板床上闭眼的那个夏天,恰逢中共、苏共开始在报上论战。小学未毕业的我在弄堂阴凉处见邻居正翻开《人民日报》,入目便是中国共产党中央委员会致苏联共产党中央委员会公开信的内容,我还来不及惊讶,家人已噙泪唤我快上楼,阿娘已在弥留之际了。

隔壁王阿姨说,阿娘其实很有些灵异:她已料到那天要上西天,所以便早早地上了马桶(沪上坊间拉屎用的红漆铜箍圆柱状木桶),用温水擦身,且把里里外外、上上下下的旧衣服全换新了,再清清爽爽、安安静静、直挺挺地躺在床上……

小时候我曾疑心,这大概是王阿姨特地编出来哄人的,为了让家人节哀,别太悲伤。然而王阿姨说,这是她断断续续、亲眼从旧板壁的裂缝里瞅见的。这话我信,因为王阿姨也住三层阁,有一条容一人才过得去的狭长走道,走道右侧便是阿娘用长木板纵向隔出的小卧室。阿娘是在这间卧室里断气的。

这卧室我很熟,从我牙牙学语,会叫“姆妈”“阿娘”时,我就与父母住那儿了。屋里只放得下一张双人床,床畔有一个矮矮的鞋柜,柜上叠放两只木箱,箱内塞满棉被,一掀盖,便有一屋子的樟脑味,微微有些刺鼻。抬眼是朝东的“老虎窗”,一米见方。窗是开在房顶上的,好像屋脊蹲着一只老虎,故有其名。记得幼时半夜醒了,父母躺在一团漆黑里,我最怕在屋顶打滚的野猫叫春,几声凄厉,几声抽泣。更怕落单的野猫用鼻子贴着老虎窗瞅你,猫眼绿得像发光的玻璃球。我猜它大概想扑进来吃我。

大概因为我是家里长子, 便是阿娘的长孙, 阿娘有所偏心;也可能父母后又生了大妹,三层阁挤不下,所以阿娘让我下楼,伴她住二楼厢房。厢房比小阁楼宽三倍,天花板是平平的,不像阁楼天花板是斜面,斜到低矮处,只宜小孩子出入,大人则非弯腰不可。

大厢房印在我心头的一个最深刻的情景是:有天黄昏,我病了,发高烧,晕得天旋地转,家穷,不能送医院救治,阿娘说她能治。她抱我上厢房的床,床边多了一只方凳,方凳上有一对粗瓷蓝边菜碗,一碗是清汪汪的水,另一碗则用草纸紧扣碗沿宛若鼓面。阿娘在暮色微茫中手拨佛珠,努着嘴念念有词,听不清她在说什么。蓦地,她用拇指、食指、中指从水碗捉起一小撮液体,又噗噗噗地甩到另一只碗的纸面,一边甩,一边凝望窗外星云苍茫,有节奏地低唤我的小名:“阿义哎,回来!阿义哎,回来!……”似乎我那晕得出窍的小魂灵已迷失于苍穹,阿娘要把小魂唤回家。当时我半迷糊半清醒。迷糊是因为体温高得厉害,清醒则是被阿娘的神神道道吓得毛骨悚然,连屁也不敢放。

上海外白渡桥一带。

摄于二十世纪二十年代末期

眼瞅着绷紧的草纸被水滴渐渐泡软，塌陷，后来水积多了，纸面漾起水泡一二，盈盈地闪烁着窗外灯火，阿娘瞳仁顷刻发亮，似有大发现，紧盯着那对清圆水泡，亢奋道：“有了！有了！阿义的魂回来了！”语音未落，便迅捷举碗，昂脖一口吞了那对水泡，腮帮子鼓鼓的，又猛地对我喷了一脸……我被惊得瞠目结舌，深陷的眼窝定然睁得出奇的大，阿娘长长地吁了口气：“阿义的魂总算被叫回来了。”

从此，阿娘再也不让我离开她的膝下，并屡屡求佛来保佑我。

阿娘对佛很虔诚，常年吃素。她最爱吃煎老豆腐，薄薄的，两寸见方，用花生油煎得两面焦黄，再撒上几粒粗盐。她还定期请菩萨品尝老豆腐。

她把菩萨供在三层阁的一个不见光亮的悬空佛龛里，还垂着布帘。每逢初一、十五，她便独自在三楼楼梯口与佛龛之间架一长条跳板，约三米，小脚裹得像尖粽子一般，颤悠悠地过去点红烛、烧香、叩拜，再供上一碟老豆腐。在絮絮叨叨地恭请菩萨赏光之余，总不忘补一句：“保佑我的阿义身体好，读书聪明。”

阿娘没上过学，不识字，却特别敬惜有字迹的纸。扫地扫着一张被踩过的字纸，她会赶紧捡起，一边掸去字纸上的灰尘，一边叹息：“罪过，罪过。”

阿娘对我确实颇多期待，那时我还没读小学。当周边没人时,她会突然把我圈在臂弯,眼神直勾勾地问我:“阿义,谁对你最好?”“阿娘!”“你听阿娘的话吗?”“听!”“你要好好读书!”“好!”“你以后赚钱了,会给谁用?”“给阿娘!”阿娘顿时把我搂住,脸笑成一朵黄灿灿的秋菊。

后来读书了,我渐渐获悉阿娘曾活得很苦。阿爷在我父亲未读完小学四年级便入土了,阿娘靠剪纸花糊口。实在混不下去了,只好搭帆舢混迹沪上做帮佣。阿娘命好,撞上了一个仗义的小老板,为报答阿娘替他生了男孩儿(我应叫他“叔叔”,1949年去境外),就在跑马厅(今人民广场)附近的一条弄堂置下一栋石库门房子,请阿娘当二房东。从此阿娘在沪上就真正扎根,站住脚了。父亲到上海当学徒就有床睡了。当年我母亲还是一个倔强的浙东村姑,因受不了外公的苛刻家政,一气之下跑到上海谋生,阿娘的老房子也成了她的第一歇脚点。阿娘见她勤快,肯吃苦,劝她别去打工了,就留在阿娘麾下,当儿媳妇算了。于是我也就成了父母的长子。多少年了,当我也为人夫、为人父后,母亲告诉我,那时阿娘并不嫌她年轻、火气大,而她也没嫌父亲麻子脸(儿时患天花的后遗症),就这样瓶瓶罐罐、汤汤水水地过起日子来了。但在阿娘生前,我丝毫未闻阿娘当过“二奶”的事。我只是诧异阿娘为何每个月都要让我陪她到菜市街去见一位公公。我也不懂阿娘为何要让我叫他“公公”。其实公公待人很和蔼,是个浑身来劲、脸庞永远红彤彤、脑袋光得发亮的小老头,一口绍兴话,见着我,总笑嘻嘻地扬起左臂摸一下我的后脑勺。他没有右臂。据说他青年时硬气，见一小偷潜到他楼下的织袜厂偷棉纱，便冲下楼揪住不放，不幸被盗贼咬断手指，却又误以为轻伤能挺过去，未及时医治，致使伤情恶化，不截肢将危及生命，遂成单臂。

公公硬气仗义，还体现在他心特别软。别看他年少风流时常去青楼泡妞，他还真恋上了一位真心爱他的风尘女子，花大钱赎身并娶其为妻，人称“新太太”。新太太满心想生个儿子，让丈夫家旺财旺，然而烟花生涯已剥夺了她当母亲的权利。因为爱丈夫，她默认丈夫打女佣的主意。这女佣就是阿娘。

直到阿娘过世了好久，我才弄懂来龙去脉：原来阿娘去公公家，是身为二房东须定期向大房东缴租金（比如底楼客堂那对唱甬剧的戏子、二楼亭子间的新嫂嫂、三层阁的王阿姨，每月将房租交给阿娘，再由阿娘上缴公公）。也因此，我又渐渐悟得阿娘与公公虽有“一日夫妻百日恩”，但终究不是活在同一档次。

记得有年春节，我陪阿娘去公公家拜年，巧逢新太太从香港返沪，见我探头探脑地晃过她的卧室门，便一把抱我进去，搁在宽宽的红木太师椅上，我两条腿着不了地，悬着，这时我才见识蕴有自然山水纹理的大理石还可像圆镜片一般嵌在椅背上，看上去又亮又光滑。四周诚然是一派喜庆气、富贵气和洋气。最洋气的是朝南临街那八扇彩绘玻璃长窗，屏风般五彩缤纷，又缤纷得光怪陆离，这是在外国人的天主教堂里才有

上海法租界街景。

摄于1936年前后

的。明晃晃的光彩映得红木衣橱、红木八仙桌、红木茶几满目锃亮。新太太嗓门不小，音质爽朗，很会说。她说新年来的都是客，阿义年纪小，也不能怠慢，也要视同贵宾，于是贵宾所享有的口福，我一道也没落下：先是一碗桂圆鸡蛋；再是一盅宁波芝麻汤团；三是一盏碧螺春茶，杯子用青花瓷盘托着，盘里有一颗青橄榄，我偷偷用门牙一嗑，有檀香味，很涩，从未尝过，没敢放嘴里嚼。

最让我开眼界的是八仙桌上有一药棉囊着的红漆锦盒，盒里星星点点地爬着小虫，一颗颗莲子、红枣、枸杞被它们咬出许多洞洞，虫子就在这些洞里钻进钻出。看起来有点反胃。新太太说这虫子叫“面包虫”，人吃下去大补；且说人吃这面包虫，还千万不能咬碎，要让它们慢慢地从舌头爬到喉咙口，再咽下去，才不破坏营养。我听着直恶心。

后来读小学了，在语文课上翻成语词典，觅得“锦衣玉食”四字，才大悟新太太的面包虫所吃的堪称“玉食”。因为我母亲只在生妹妹坐月子时，才舍得吃红枣、桂圆、鸡蛋，平时吃不起。全家七口(阿娘、父母、我和三个妹妹)，全靠父亲一人挣钱(父亲是五金店店员)，母亲只能节俭地把每一个铜板掰成两半来用，才勉强让全家吃饱。至于吃好、开荤、能尝糖果和水果解馋，那就得耐心熬到过大年、穿花衣、放鞭炮那时候了。至于“锦衣”，大概更是新太太们的专利了。那年春节，她就穿一身锦缎，似是牡丹彩凤吉祥纹饰，绝无俗艳，倒是华贵而不张扬。

上海西藏路、延安路。

摄于石库门拆迁时期，约1994年

（摄影：许海峰）

银盘脸，又白又嫩，黛眉，红唇，金丝边眼镜，烫发呈波浪形，有香水味，是淡淡、甜甜、柔柔的那种，闻着不刺激。这是我孩提时唯一能近距离目睹的“大美人儿”。

我从小就直觉“他们”与“我们”不一样，内心不免有一丝羡慕，但并不因此嫉妒，也从不曾像底层愤青一般质问人间不平等，更未埋怨父母为何不把自己生在豪门。

现在再回想，我从小直面“高端阶层”时的那份平常心，可能源自阿娘的为人本分。试想阿娘既与当老板的公公曾这般亲近，却从未耳闻阿娘因此对公公胡搅蛮缠。或许她从心底认定做人最宜讲本分，是你的那份当属于你，不属你的那份便不耗心思去想，也不打人家算盘，甚至连眼珠子也不转过去。与新太太相比，阿娘每天的日子过得无甚光泽，也无动静：大凡晨起皆嘴含一口水不吐，也不说一句话，待自己洒扫厢房，把角角落落都擦干净了，才吐出水，刷牙，洗脸，且用已浸了一夜的刨花水来梳头，再把乌黑油亮的长发绾成发髻盘在脑后。从未见阿娘用化妆品，冬季护肤只倒几滴甘油抹脸，得掺水，否则太黏。抹手背则用贝壳装的蛤蜊油，更价廉。

阿娘活得很低调，很卑微，但又不无尊严。每次到公公家，从不踩新太太的门槛，都是一扭身直上三楼厨房。那儿砌着一座烧柴火的灶头，上有两口锅，灶边有水缸与白木小餐桌。这是阿娘帮佣时便习惯的空间。或许在这狭小空间，她才活得心安、从容、实在。

后来她与公公见面，大体也是在这厨房。厨房外有一晒台，若有太阳，公公会在那儿晒一簸箕自己腌的霉干菜。那是绍兴人的特色。无论天涯海角，绍兴人到哪里，霉干菜也就晒到哪里。每次辞别公公，阿娘都会带一小包霉干菜回家吃。虽然她不是绍兴人，她生在浙江象山。

阿娘从未对我讲过她与公公的“浪漫情缘”。我所看见的公公与传说中的“小开逸事”无甚干系。我从未见过他西装领带、貂皮高靴。相反，入夏时我倒曾撞见他赤膊在晒台翻弄霉干菜。后大概觉得不好意思，便披上对襟长袖香云纱衫，左袖露出的手背暴着青筋，右袖则空荡荡地下垂。这时，我又直觉公公其实与阿娘还挺般配。

还记得最后一次离开公公，阿娘牵着我摸黑下楼，到楼梯拐弯处时，阿娘突然拉开一扇移门，说：“这是阿娘住过的二层阁。”里边很暗，没有窗，也没亮灯，只够放一张单人铺，成人须低头才得以进出。

阿娘生前几乎从不在人前讲她自己的故事。但她对我讲过的故事很像是民间的传说，我至今未敢忘怀——

话说有一片风平浪静的海，海上漂着一条舢板，除摇橹的艄公外，还有三位乘客：赤脚的庄稼汉、腼腆俏丽的少妇与一袭黄袍的青年和尚。突然船舱飘浮异味，浓臭，艄公忍不住：“谁干的好事？！”庄稼汉辩解：“不是我！”少妇脸红到脖子根，低头，不敢看任何人，恨不得钻到船舷的缝隙里去。唯有出家人淡定得像一缕烟:“不好意思,是我。”艄公释然。渡船靠岸后,少妇见人散去,便一溜碎步,追上和尚,气喘吁吁道:“师父,师父,请留尊姓大名。”和尚转身,低眉合掌,顿首作揖道:“出家人慈悲为怀。阿弥陀佛。”遂飘然而去……

我不禁问:“阿娘信佛,与这故事有关系吗?”

阿娘低头不语,半晌,又自语:“人在江湖,亏有贵人相助啊。”

这个“贵人”未必指有钱人、富贵人,而是指当人生跌落低谷,期盼有人救急,扶一把,这“扶一把”弥足珍贵,这“伸援手”者才是世间难得的“贵人”。这么看,公公当是帮阿娘在上海实实在在地活下去的“贵人”。

也从这角度看,当过“二奶”的阿娘是我们家族能有幸在沪上繁衍的“贵人”。是的,若没有阿娘的老房子,也就没有我父母在上海的相遇,那也就没了我与三个妹妹的诞生,也就更谈不上有我们的后代。

也因此,我永远不会忘记阿娘的老房子,是在上海市黄浦区龙门路信平里2弄27号——虽然为了人民广场的绿地扩建,老房子已被连根拔掉,而代之以四季绿荫,但我不会忘却我生命的根是扎在阿娘的老房子里的。

母亲也至死不忘老房子是阿娘留给后代的厚重遗产,所以拆迁老房子所得的十八万元,母亲一分钱也舍不得用。她说她没权利滥用。临终,她将钱一分为四,给了她的四个儿女,亦即阿娘的一个孙子、三个孙女。

我把我所得的四万五千元钱亦一分为四，借教育基金的名义，分赠我的儿子、大外甥女与两个外甥。我想，阿娘若九泉下有知，会说阿义懂事。

写于2013年平安夜，沪上学僧西渡轩

金宇澄 ——（Jin Yucheng）

作家。曾名金舒舒，1952年生于上海，祖籍吴江黎里。担任《上海文学》执行主编，曾主编《漂泊在红海洋——我的大串联》《城市地图》等。1985年开始写作，代表作《轻寒》《洗牌年代》《碗》《繁花》《回望》等。获茅盾文学奖、鲁迅文化奖、施耐庵文学奖、华语文学传媒大奖“2012年度小说家”等奖项。有作品入选2013年度“中国好书”、中国改革开放四十年最有影响力小说等榜单。

一切已归平静

◎ 金宇澄

我母亲说,我父亲以前喜欢逛旧家具店,1948年在苏州买了一个边沿与四脚都透雕梅花的旧圆桌,另一个柚木旧圆台,请店家刨平了台面,上漆,木纹很漂亮。那梅花桌子是1966年抄走的,柚木圆台一直在家,现放着我的笔记本电脑。

1990年,父亲在卢湾区一旧家具店橱窗里,看到三张日本式矮桌,样式相同,三张相叠在一起。他走进店堂,穿过旧家具夹弄,看这三张暗褐色矮桌。

店老板一般"识相",注重来客年龄、打扮、神色,不讲话。父亲想打听什么,但没作声,最后怏怏出来,在这一刻,他感到自己是真的老了。

"一定是日本租界的东西。"他对母亲说。

他的两颊早有了老年斑,这位昔日的抗日志士,早已失去敏锐谈锋,即使看到熟悉的"地下党"电视剧,一般在沙发里坐着,不知是不是睡着了。

记得一次他转过脸, 对我母亲说:"冷天里还穿法兰绒料子? 白皮鞋?"

母亲耳聋,不习惯用助听器,膝上堆着报纸和一本《中国老年》杂志,她看一眼屏幕,没明白他的疑问。

这是我听到父亲唯一的不满,他的话越来越少了。

他曾是上海沦陷期的中共情报人员,常年西装革履,也经常身无分文,为失业苦恼。

“穿不起西装，总要有七八套不过时的，配背心、皮鞋。秋大衣不可以冬天穿，弄得不好，过去就叫‘洋装瘪三’。”

他不许我吃日本料理，每提起就深恶痛绝：“日本饭是最坏的东西。”或许那是我母亲讲的，六十年前，他误将盘子里的生猪血，当作番茄酱的原因。

出事那年，是因为“日共”某组织在东京暴露，很快影响到上海的系统。某个深夜，父亲与他的“堂兄”——他的单线联系人同时被捕。警车驶近四川路桥堍，“堂兄”突破车门跳车，摔成重伤。

父亲被押到宪兵司令部（今四川路桥信谊药厂），由东京警视厅来人严刑审讯。他记住“堂兄”摔得血肉模糊的脸，始终坚称自己由金华来沪探亲，不明“堂兄”近况，本埠不认识其他人，在本埠无任何社会关系。金华是国民党地区，他讲出很多金华细节，但不会说金华方言，所幸东京警视厅人员疏忽了这个最重要的破绽。翌日，他被押往日军医院对质，“堂兄”已奄奄一息，只微微捏了他的手。两天后，“堂兄”在医院去世。

随后的一年，他被囚禁在上海提篮桥监狱。

日占时期，这座“远东第一大狱”仍以设计精良著称，整幢建筑通风通声，稍有异常响动，几层楼都听得清，新犯进门循照英制，三九寒天一样脱尽衣服，兜头一桶臭药水消毒；糙米饭改成日式食量，每餐一小碗。囚徒必做一种日式体操，平时

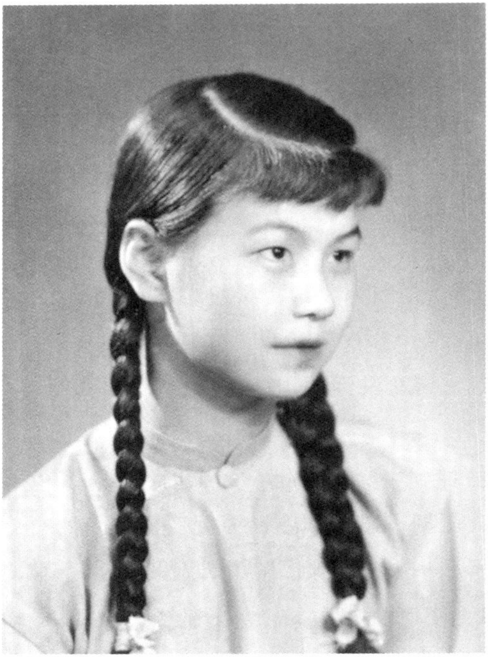

金宇澄母亲身着的淡绿色旗袍，
纽扣是新式低领，不是盘纽。

在监室里跏趺一样静坐,不可活动。四周极为静寂,只有走廊里狱警反复来回的脚步声,钟摆一样的规律。

有天傍晚,他听到一个日本看守的低声哼唱,经过面前的铁栅, 歌词为俄文,“Эй ухнем,Эй ухнем,Эй ухнем,Ещё разикещё раз(哎哟嗬,哎哟嗬,齐心合力把纤拉),Разовьём мы кудряву Разовьём мы кудряву(穿过茂密的白桦林,踏着世界的不平路)……Эй тыволга мать-река,Широка иглубока(伏尔加,可爱的母亲河,河水滔滔深又阔)”。静坐狱中,歌声出自一敌方士兵之口,包括词句的全部含义,他深感惊异。断断续续的《伏尔加船夫曲》,熟悉的旋律送入他的耳鼓,正是日苏最敏感时期, 这个年轻日本兵参战之前是干什么的?是学生?现实的隔阂,在熟知的歌声中搅动,产生难言的感受。

次年,他被押解至上海南市(南车站路)监狱。一年后,押解至杭州监狱。

两地都属汉奸管辖,监狱等于是嘈杂的菜市场,杭州监狱更甚,克扣口粮,犯人已到食不果腹的境地,必依靠亲友接济度日。监室走廊里每天摆有外来的馄饨担,也有卖小笼包、春卷、蛋炒饭、大肉面以及“包饭作”摊档,收受各类钞票或细软,付了账,或一个银假牙,小贩递进铁窗一碗三鲜面、片儿川或几个菜肉包,狱卒听之任之。一人在牢里吃,四面是饥肠辘辘的饿眼,几乎每天有饿殍被附近的庙祝抬出去。

记得一个身披獭皮大衣的北方人,趾高气扬地进监室,出手阔绰,常常拿出钞票和首饰,从外面大馆子里叫菜,叫热毛巾揩面,终因缺少社会朋友帮助,日渐懂得讨价还价,锱铢必较,数零钱吃馄饨面,吃廉价盖浇饭,最后无钱可拿,一件一件剥下衣衫,以得充饥,没有接济,坐吃山空,最终饥寒而亡,死时蓬头垢面,仅穿一套底衫裤,如缩毙街头的乞丐。

附近监室,囚禁着不少身份复杂的英、美籍男女,基本已失去风度,绒线衣和洋装每个缝隙里,蠕动着密密麻麻的虱子,除了押走的几个之外,不久都饿死了,没人管。

这期间,父亲患重症伤寒、败血症、肺病、关节炎,头发大把脱落。所幸有监外几位好友的接济,多方搭救,一年后被狱卒背出门来,保外就医。

他得以重返上海人间。他年轻,他的活力神奇地抵御了严重的疾病,恢复了年轻人的体魄和风貌,他依旧是情报系统必要的一环,他的联系人在法国公园、帝帝斯咖啡馆(DDS)以及三官堂桥的棚户里等他。

日本宣布投降的那天晚上,是他和朋友庆祝胜利的狂欢之夜。一群青年人开怀痛饮,漫无目的地闲逛,高声谈笑,无所顾忌。陶醉中走进西区时,已是子夜了,他们看见附近绿树丛中某幢大洋房,通体灯光雪亮,门窗大开,顿悟这是某大汉奸的宅第,于是大摇大摆推开铸铁院门,进入这所大房子。满地狼藉,宅主显然已逃匿,猫狗全无踪影,凌乱的大菜间里有几箱洋酒,众人打开箱盖,人手一瓶,巨大枝形吊灯照耀着一张张年轻人光彩夺目的面孔,于是歌唱起来,声震屋宇,一直闹到东方既白,一个个醉倒在细木地板的波斯地毯上。等下午醒来,这幢折中主义风格的豪宅仍不见一个人影,只有花园里小鸟在鸣叫。

父亲说,静安寺以西,也即"大西路"的"美丽园",沦陷时期是汪伪要人最有名的"汉奸窝",现只有上年纪的"老上海"才知道。

父亲的两个大书橱,装有不少共产国际著作,列宁、斯大林文集,包括一些政论剪报、线装本旧诗词,初版红布封套《鲁迅全集》是母亲买的,与之相配的是父亲的《饿乡纪程》、蓝丝绒面的《海上述林》。他的阅读兴趣一直与时代同步,二十世纪四十年代是高尔基的《克里姆·萨姆金的一生》,五十年代除了《静静的顿河》,还有《三个穿灰大衣的人》《拖拉机站站长和总农艺师》等苏式主旋律小说。他钟爱和敬佩俄国画家列宾的作品,有多本中译苏联美术评论,对苏联文化完全接受,包括苏联大马戏团、钢琴家和乌兰诺娃来沪演出,他都清晰地记得,保存那些并不显眼的节目单。

运动初期,他裁开两大张红纸,大字书写"四海翻腾云水怒,五洲震荡风雷激"语录,贴在两扇玻璃门上,以示对运动的

金宇澄父母留影于上海外滩黄浦江船上，组织刚刚批准他们结婚。
摄于1950年10月

理解。没半个月,这几扇门被人多次打开,搬走大部分闲书、日记、相册,包括一对威基伍德青花瓷盘、一座铸铁少年像(记得背面常附有同色的蟑螂卵)、一尊据说是真正的宣德炉等等,遗留的就是现今泛黄的共产国际理论著作——列宁、斯大林的文集,政论剪报,初版红布封套的《鲁迅全集》。

1978年,运动结束开始“落实政策”,父亲和母亲的日记及几大册照相簿都已发还,盘子和零星器物自然不知去向。某一日,父亲接到通知,让他带了当年结具的清单,到上海龙华机场认领图书。父亲和我兴冲冲赶到那个巨大的飞机库,发现库内是一个满眼旧书破纸的超大型堆栈,人头攒动,尘灰飞扬。

无数的人,无数双手,在无数的书册中翻寻,空气充满了旧纸霉味。他立刻就明白了,此番根本找不到自己的书,找不到他喜欢的巨册铜版纸《浮士德百图》。四周都是书主,人头攒动,满眼是书,曾经一本一本从全市各个书橱里取出,由黄鱼车或汽车,敲锣打鼓运至四面八方封存的书,汇集到这个杂乱高广的所在。书与主人间的联系早就彻底割断了,每个来者此刻都念想着过去。这座大库确实也盛满了过去,但只是一种复杂堆叠、深不见底的破碎回忆,每人要找的每一页字纸,已熬煮于目眩神乱的旋涡之中,必与主人无缘了。每一位来者虽被告知,可按单据取回同等数量的书册,但现场只充满了焦虑与绝望,大家都流着汗,手眼所到之处,只有他人的陌生书册,普遍心情不佳。

金宇澄父亲（二十八岁,《时事新报》记者）与母亲(二十岁,复旦大学中文系大二学生）恋爱期间在太湖留影。摄于1947年4月7日

那天父亲跟一个小青年争了几句，对方基本是失主的代表或家属了，却不明白也不爱惜这些旧物，一路乱翻乱扯，随手把一函一函整套线装书拆散，东拿几本，西挑几本。父亲拉住小青年说：这样做是不对的，拿回去也没有用。对方大声回答：这是个人自由！现在谁怕谁啊！

明显是个受害者，倒蛮有当年害他长辈的那种作风！父亲事后说。

没有预期的喜悦，父亲意兴阑珊，说他不拿超过原值的图书，包括他认定的好书，因此从飞机库带回的大多是便宜版本。即使这样，细翻这几大捆旧册，看到藏书印、私人便条、剪报、某页的一丝头发，都叫他不安。一本《给初学画者的信》（苏联赫拉帕科夫斯基著，人民美术出版社1957年版），藏书印“墨海”，双框白文。扉页是主人匆匆的钢笔字迹：

> 支援官亭抗旱归来路过书店，见而购之。
> 王坚强　65.3　补记

没有主人的地址。

王坚强，这个人活着还是死了？父亲说。

三十年前红地墨笔写的领袖语录，早不知去向，橱中失去不少内容，增加的是《盐铁论》等重版读本，当年打扫厕所的无

父亲1943年至1944年在南市监狱、杭州监狱写给友人的信，涉及最多的内容是“饥寒交迫”。

数个夜晚,他是在静读这类新版古籍中度过的。到1982年,这沓读书笔记被他包了牛皮纸,贴一标签“扫闲堂笔记”,然后束之高阁。以后,橱里摆了他和母亲从西安、昆明、桂林带回的小纪念品,我曾给他一块火山石,他也贴一小纸“1988.8.1,长白山”(我上山之日),放在橱里。

橱里一直摆有他和我母亲的合影。

那时他们年轻,多有神采,凝视前方的人生,仿佛无一丝忧愁,他们是热爱生活的一对。

其实合影拍摄的这年之前, 父亲奉命回苏北解放区接受审查,母亲在复旦。上大二,不知听了哪个同学的话,想去北方解放区。她的资本家哥哥大惊失色,赶到北火车站,将她从即刻开动的火车上拖回来,关在家里一个月。

一切都归于平静了,现在他们都戴老花镜,银发满头。雨雪即将来临之时,父亲辗转不能入眠,狱中旧伤隐隐作痛,母亲一直是热心的报刊读者和离休组织开会对象, 他们身体还算硬朗,没有和孩子住在一起。

有一天早晨,父亲择了菜,喝了一杯茶,然后对母亲说,今天不吃菜了。母亲没听清,去厨房才发现,父亲已把豌豆苗装到黑袋子,丢进了十二层的垃圾通道,无法找回,而择剩的枝梗都盛在塑料篮子中……母亲说不出话来, 把那些枝梗装入黑塑料袋,扔进十二层的垃圾通道。第二天她给每个亲友打电

父亲1948年在苏州买的圆桌，现摆着金宇澄的电脑，在这里，他完成了《繁花》。

话，提到父亲这个过失，可惜那些青翠的豌豆苗。她大声诉说这事，使听者都有触动。

某一年，父亲突然被告知去北京开会，实际是坐汽车转好长的一段路，被禁闭在一幢不知名的小洋楼里，周围有多幢这类小楼，属于本系统人员，因某大案的株连，每个“有问题”者，独拘一座小楼，书面交代问题，每周允许和家人通信一次，也就是几张无信封的内文。父亲一直不知小楼的位置是在淮海中路1273弄“新康花园”，距离他长乐路的家只隔两站路。我的母亲也完全相信，他在北京“长期学习”，不在上海。之后是父亲在来信里无意提到“昨晚大雨，响雷”，看了这一句，母亲忽然意识到了，他就在上海！因为她记得这晚沪上大雨，空中响彻巨大的雷声。但母亲不能在回信里疑问。

那个阶段，父亲每天独坐，默写那些写不完的材料，有一天听到窗外有小贩叫卖面包（当时有这类小贩）的吆喝声，是十分熟悉的一种声调……终于想起来，他以前在家里多次听到这种声调，耳熟能详，“卖面包嘞，罗宋面包、豆沙面包……”离家半年以后，他才明白，小楼与家的距离不远，是小贩游街串巷的同一个范围，这亲切的嗓音，经过了小楼旁草坪和宁静的梧桐，一直游荡，最后可以返回自己熟悉的家，这似乎让他明白，也只有小贩们的世界，才是真正的自由王国。

离休后的第二年,父亲见到了情报系统的老上级。1949年后,这位老人即被禁锢于江西某农场,直到二十世纪八十年代平反。八十多岁的老先生,忽然变为享受相当级别待遇的一位老干部,但他没有任何同事和朋友,有时被司机开车送到一个重要会场去,发现谁也不认识,只能回来。

父亲同老人晤面那天,颇有几十年前接头的色彩,两人坐在静安公园一个茶室,凑得很近,压低声音说话。父亲说,老人讲话的方式和语言,仍然是几十年前的那一套,像没受过的政治教育和学习,甚至夹杂江西老农的词汇。

在"白区工作"的岁月里,老人是一个重要的存在,是父亲最崇拜的领导之一,广交三教九流的朋友,面对双重或三重间谍(情报如生意,做苏联情报、轴心国情报、日本情报、国共两党情报)游刃有余,精通几国语言,衣着考究,用一个古董锡兰银烟盒、海泡石烟斗,喝咖啡、下午茶,每夜收听同盟国新闻短波,密切关注时局。

一切都变了,老人从尘封几十年的箱笼里,取出陈旧的英国斜纹呢大氅、压满皱褶的呢帽,手里的"司的克(手杖)"早已不见,改为他儿子在四川买的竹杖,他时常恍惚以为还在1948年或1950年,清醒时却讲,现在一切都好了,只是没朋友,没事做。

父亲说,他要做的事,四十年前已做完了。

那一段时间，父亲每隔一天就收到一张双面蝇头小字的明信片，他当夜必定也是密密写满了一张，回寄对方。这是南京老友寄来的，南京明信片为中式竖写，父亲是西式横写，一来一往，不亦乐乎。

这位老友当年搭救父亲出狱，但后来疏于往来，不知怎么又接上了联系，相互在信里作旧诗，讲无数的旧话。这种赤裸文字的卡片，在小辈眼里是过时和怪异的。

几年之后，老友去世。

明信片无法收寄，父亲丧失了观看蝇头手书的机会，出门的次数更少了，但是他有一部缩字本《廿四史》，每天用放大镜看这些细小的印刷体。

在老境中，友人终将一一离去，各奔归途。他们密切交往的过程，结束在双方无法走动、依赖信件或电话的时期，然后是勉强的一次或几次探病，最终面临讣告，对方也就成了一则不再被使用的地址和电话号码。死者的模样仍然是在的，在生者的脑中徘徊，却不再有新的话题，只注视前方，逐渐黯淡。这种化分之后的形象，终也有一天，将同保存印象的主人一起，忽然消失，人的全部印象，连带记取他的生者本身，全都消失后，才是真正的死亡。人生是在周而复始替换这些印象中，最后彻底结束的。

某年冬季，父亲见到一位不速之客，是当年同学的小儿子，同学在1966年过世，现在见到晚辈，父亲非常喜悦。

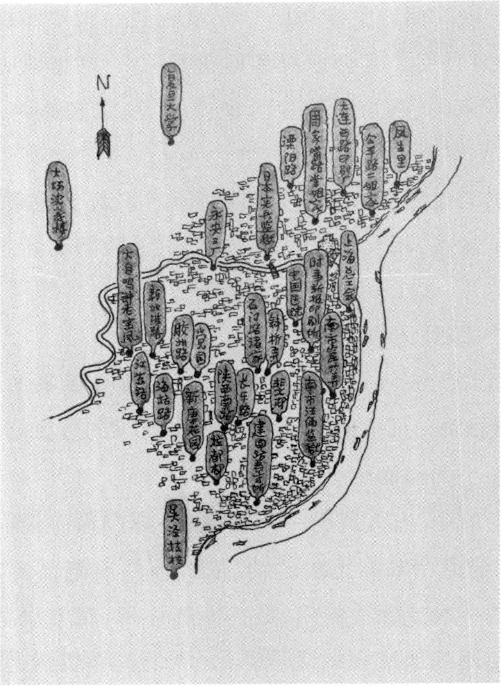

金宇澄父母在上海居住过的地方。

（绘图：金宇澄）

来人是外地中学教员，瘦弱，中等身材，衣着朴素，典型的白面书生。来沪出差，萌生了探望的想法，他带来一本回忆集，收有我父亲的文章，父亲的地址是按书中介绍的作者单位打听到的，很不容易。我父母都很高兴，招待这位远方的“外侄”。年轻人儒雅、礼貌，话音不高，母亲听不太清楚，只是说我父亲那次饮了不少酒，讲了不少关于过去的动感情的话，从没见他这么高兴和激动过。

父亲认为，这是一位非常了解父辈历史的青年，看法很有见地，做中学教师有点委屈了。

客人供职的中学，在外地某镇，抓教育不力，给教师发不出多少工资，他这次来上海，担负了联系“希望工程”的任务。

父亲立刻答应想办法，写了几个单位地址和电话号码，依此可以找一些人，相信是有用的。

就这样，两代人联系在一次午饭中。下午四时，客人告辞，我的父母坚持送客至楼下，一再嘱咐，有闲暇一定再来坐，希望还能见面。

三天后，父亲接到一位老朋友的电话，说家中也接待了这位外地教员，对老一辈人的往事，对方极其熟悉。父亲哑然，之后整个下午，父亲按那天给出的地址，一个一个通电话，对方均表示没见过这个小镇教员，无人联系“希望工程”之事。

这位儒雅的白面书生，去到哪里了？

事后母亲说，那天临走，年轻人说回乡没有车资，父亲给了他一笔钱。

这事使我们不安了。

我大哥希望父母去外地休养一段日子，或考虑和儿子同住，至少不再冒冒失失，把一个陌生人接到家里来。钱是小事，出其他问题就麻烦了。两个老人，都不能出事，是否要报案？请派出所分析一下？那天父亲写下的电话号码和地址，要赶紧通知到对方。

父亲没说什么，大家都呆呆地看着他，等他说话，提供些什么线索。

“这年轻人还不错，也许是缺钱。”父亲最后说。父亲的判断，或许是对的，直到今天，再也没有新事发生。

只是从此，他不再提往事了，也不再提这个青年。

在晚饭之前的那段平静黄昏，父亲开了灯，伏在《廿四史》缩字本前，用放大镜看那些小字。他已经九十二岁了，他聪敏、沉着、自尊，在漫长的人生中，他已经无法再一次寻找年轻时代的神秘未来，只能在放大镜下，观看密密麻麻的过去。

写于2014年12月14日，上海

书箱和牵牛花

◎ 林少华

林少华 ——(Lin Shaohua)

翻译家。祖籍山东蓬莱,1952年生于吉林九台。毕业于吉林大学研究生院。曾在暨南大学、日本长崎县立大学任教,现为中国海洋大学外国语学院教授。兼任中国日本文学研究会副会长、青岛市作家协会副主席、《外国文艺》编委等职。现居青岛。著有《村上春树和他的作品》《落花之美》等作品。译有《挪威的森林》《海边的卡夫卡》《奇鸟行状录》《在世界中心呼唤爱》以及《心》《罗生门》《金阁寺》等日本名家之作五十余种。

一

中国当代作家中,至少有两位叫我服气和喜欢。一位是史铁生,文笔细腻考究,文气舒缓沉静,有一对默默凝视宇宙的心眼。另一位是王小波。王小波同史铁生相反,文笔腾挪迅速,犀利机警,出言无忌,妙趣横生,确如一个敢说皇帝正在光屁股的顽皮的孩子。不过,我喜欢他还有一个相当私人性质的原因,那就是他和我有若干相似甚至相同之处:同年来到这个世界,同年去干农活儿,小时候同样不愿意说话,上大学之前同样只读了七年书。这还不算,近日重看他的《我的精神家园》,发现我们两人的精神家园的缘起体验也很相似。

他的那本《我的精神家园》随笔集中有一篇文章就叫《我的精神家园》。文章说他十三岁时经常从他爸爸的书柜里偷书看。那时候政治气氛紧张,他爸爸把所有不宜摆在外面的书都锁了起来。"在那个柜子里,有奥维德的《变形记》、朱生豪译的莎翁戏剧,甚至还有《十日谈》。"因为偷书——有时是被哥哥唆使——而挨了他爸爸好几次揍,但挨揍"也不后悔"。

看到这里,我不由得想起我的爸爸和他的书箱。王小波的爸爸是大学教授,有书柜,而且一定是一排排装了很多很多的书的书柜。我爸爸是半山区一个"人民公社"(现已改为"镇")小小的基层干部,没有书柜,仅有一个书箱。小时家里只有两个箱子。一个是装衣服的,颜色算是紫红吧,是母亲的嫁妆。不大,一个人就可以抱起。另一个即爸爸的书箱。这个大些,一个人抱不过来。但做工明显没那么好,黄色,油漆有些斑驳了。箱盖也没有回扣到四边,只是一块书桌面大小的平板。其实并非专用书箱,装什么都可以,只因爸爸用来装书,就成了书箱——他没有书柜、书橱、书架,有了也没地方放。家实在太小了,也太穷了。

书箱里装满了书,一摞摞堆起来,十几摞挤在一起。找下面的书,必须把上面的书都倒腾出来。我也从十二三岁时开始翻爸爸的书箱。里面既有《青春之歌》和《战斗的青春》,也有《三国演义》《水浒传》之类。爸爸倒是不锁,但在箱盖内侧的正中间贴了一张纸,上面用毛笔写道"不要看旧书",掀开箱盖这几个字正好对着眼睛。爸爸所说的旧书,指的是古书,即使封面很新也是旧书。而我偏偏喜欢看这样的旧书。趁爸爸下乡或去县城开会一连几天不在家时,我赶紧把书箱翻个底朝上,把压在最下面的旧书找出一两本,再尽可能按原样把上面的书放回摆好。每次这样做时心都怦怦直跳,不时瞄一眼窗外,生怕爸爸忽然从外面回来。我不知道爸爸到底是从未觉察还是觉察也佯作不知,总之一次也没被他骂过,更没像王小波那样因此挨过揍。于是,我得以一本接一本看爸爸书箱里的书。看完旧书看新书,看完新书看旧书。回想起来,书箱里充其量也就一二百本书,但在当时我的眼里,无疑是书库、书山、书海。晚上趴在书箱盖上点一盏煤油灯或白天在西山坡松树林里靠

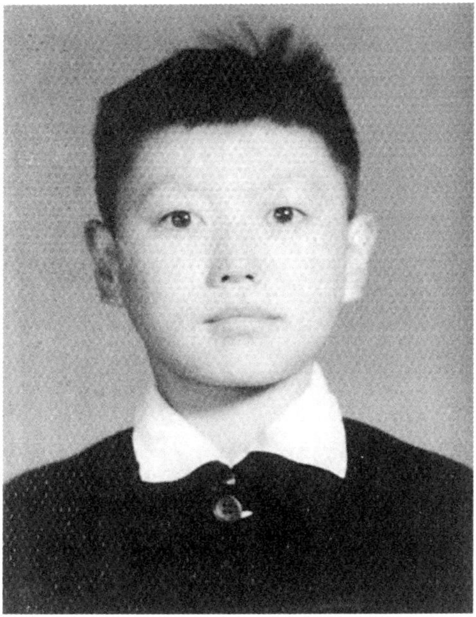

读中学时的林少华。
摄于1965年

着树干看书,是我一天中最欢喜的时光。

说来也怪,那时候看书我就对字本身很着迷。也就是说,较之故事情节,很多时候我对词语的节奏感和文采更有兴趣。每看一本书都要把描写风景,描写人物的长相、心情和志向的漂亮句子抄在硬壳本上,并且每隔一段时间就复习一遍。即使在乡下务农期间也没完全停止。这样,早上出工时望着田野上方轻轻飘移的白色雾霭,傍晚收工路上望着远方天际璀璨的夕晖,夜里躺在炕上望着窗外银灿灿的满天星斗,脑海每每现出相应的漂亮句子。如果没有书,没有书上的漂亮句子,没有对书和字的迷恋,我恐怕很难保证自己不会在很多人沉沦的蹉跎岁月里随之沉沦,也不会在日后不少同学下海经商或改行从政的风潮中始终以书为友——看书、教书、译书、写书。

看书,至今仍为一句漂亮的表达兴奋不已,那是神奇的邂逅;教书,最快意的莫过于在教室目睹语言在学生脸上激起浪花,那是交流的快慰;译书,任凭笔锋捕捉另一种语言的律动和喘息,那是转达的喜悦;写书,眼看胸中所感所思接连注满绿色的方格,那是创作的幸福。而这一切,都离不开字。我时常想,如果生活中没有书没有字,而只有图像、手机、汽车、烟酒和山珍海味,那会是怎样的生活呢?那会是健全的生活吗?至少对于我不是。我害怕图像掏空我的想象,手机劫掠我的修辞,汽车惊散晨雾和夕晖,烟酒忽悠爸爸的书箱……一句话,怕它们侵蚀或置换我的精神家园。

春秋流转，光阴荏苒。在翻译园地里我已差不多耕耘了三十年，尝试写作也已十载。书译了五十多本，仅村上春树作品就译了三十几本，保守估计也有六百万字。纯属自己写的“嫡系”文字也不止百万。汉语汉字，这些倾情记录过我们民族五千年风云长卷和完美传达过唐诗宋词、《红楼梦》的神奇的精灵，这个世界上唯一“万世一系”的幸存“字种”，同它相比，一切都显得黯然失色。每次临窗伏案，我心中都充满敬畏之感和喜悦之情。无论翻译还是写作，哪怕催稿再急我也不敢率尔成章，不敢敷衍了事。

二

王小波还有一点让我觉得我和他共享一个精神家园——他在那篇《我的精神家园》的后半部分提到了牵牛花：

> 安徒生写过《光荣的荆棘路》，他说人文的事业就是一片着火的荆棘，智者仁人就在火里走着。当然，他是把尘世的嚣嚣都考虑在内的了，我觉得用不着想那么多。用宁静的童心来看，这条路是这样的：它在两条竹篱笆之中。篱笆上开满紫色的牵牛花，在每个花蕊上，都落了一只蓝蜻蜓。这样说固然有煽情之嫌，但想要说服安徒生，就要用这样的语言。维特根斯坦临终时说：告诉他们，我

度过了美好的一生。这句话给人的感觉就是:他从牵牛花丛中走过来了。虽然我对他的事业一窍不通,但我觉得他和我是一头儿的。

其实,王小波在这里并不是想说服安徒生,也不是想评说维特根斯坦的事业,他只是想说牵牛花,只是想在“我的精神家园”里说牵牛花,那有可能是他的精神家园里开放的唯一的花。这让我觉得我和他“是一头儿的”。一棵牵牛花,长蔓这一头儿牵着我,那一头儿连着他,两头儿也“是一头儿的”。

牵牛花是我最早认识和嵌入记忆的花。从十二三岁开始,就和爷爷奶奶住同一座草房,我和父母住东头儿,爷爷奶奶住西头儿,院是一个院。奶奶最喜欢种牵牛花,于是就有了这样的场景:我在东屋放下从爸爸书箱里翻出的书,走到院子就看见西屋窗前的牵牛花。是的,每到夏秋时节,小院木篱笆就忽一下子爬满牵牛花,平日寂寞的小院顿时变得热闹起来,就好像突然来了一群花枝招展、叽叽喳喳顽皮的小姑娘。不过花的颜色并不全是王小波笔下的紫色。紫色固然最多,但也有其他颜色,粉色的、白色的、淡蓝色的、白蓝相间或白紫相间的,五彩缤纷,争奇斗艳。牵牛花比人醒得早,人还没睁眼没张嘴,牵牛花就悄悄张开嘴巴, 张成一个个玲珑剔透的小喇叭。薄薄的,颤颤的,嫩嫩的,艳艳的,水灵灵,娇滴滴,玲珑剔透,楚楚动人。真想上去吻一口,用舌尖把上面晶莹的露珠舔进嘴里。

林少华于广州留影。

摄于1976年

那是真正的花篱。花篱外面跑着叫着七八只芦花鸡和三五只白鸭,花篱里面有一排金灿灿的向日葵,有好多架黄瓜和两三垄西红柿。说来也怪,六个孙子孙女,奶奶单单喜欢我这个长孙。鸡鸭下蛋了,第一个煮给我吃;黄瓜长大了,第一根塞给我啃;西红柿变红了,第一个留给我尝。奶奶屋梁上悬着一个不大的柳条篮,她每每从篮里摸出小红灯笼似的西红柿给我。记得最好吃的是一种叫毛柿子的西红柿,桃形,不大,顶部有尖,毛茸茸的,咬一口能甜得人发抖。奶奶自己却不舍得吃,笑眯眯看着我狼吞虎咽。对了,篱笆西端有一棵不高的杏树,牵牛花在篱笆上爬不开了,就爬到杏树上去。杏熟的时候,嫩黄色的杏有的贴着牵牛花,有的在牵牛花下捉迷藏。它们当然逃不过奶奶的眼睛。奶奶拎个小筐摘下来,等我放学回来吃或第二天塞进书包让我在上学路上享用。那时不比现在,艰苦岁月,贫穷乡间,有杏吃已经美上天了。

这么着,看见牵牛花,眼前有时就浮现出已经去世三十多年的奶奶慈祥的面庞,甚至嗅出嫩黄瓜的清香,舌底生出毛柿子和黄杏那甜甜黏黏的汁液,心头泛起悠悠忽忽的乡愁……

不过,我的生命旅途中有好多好多年没有牵牛花开放。大学毕业后我离开了家乡,远走天涯,南下广州。若干年后研究生毕业又重返广州。广州以花城著称,木棉花、玉兰花、紫荆花、鸡蛋花、扶桑花,到处是花,四季皆花,正可谓“花花世界”。唯独没有牵牛花。那些花当然美丽,但对于我仅仅是视觉上、感官上的美丽，而没有精神上的联系和情感上的沟通。一句话，那里的花不属于我，那不是之于我的花，不是开在王小波和我的“精神家园”里的花。不是广州人不好，不是那座城市不好——一如不是广州的花不美丽——事实上我事业的主要部分也是在广州木棉花下完成的。我在那里翻译了二十世纪八十年代轰动一时的山口百惠主演的日本电视连续剧，在那里翻译了后来风靡全国的村上春树的《挪威的森林》，在那里破格晋升为副教授又常规晋升为教授……我既未面黄肌瘦，又未穷困潦倒，既未声名狼藉，又未江郎才尽。可我就是觉得与这座岭南名城隔了一层，就好像大家在花团锦簇、灯红酒绿的街头轻歌曼舞之际，我一个人在都市的夜空下往来彷徨。又好像所有广州市民外出欣赏盛开怒放的木棉花、玉兰花的时候，我独自躲在墙根下恓恓惶惶寻找祖母种的不起眼的牵牛花。不错，广州是没有牵牛花，这怪不得广州。广州何必非有牵牛花不可呢？然而牵牛花始终牵挂着我，等待着我，二十多年后它忽然出现在我生命后半段的进程中。

二十世纪末，我借开会之机，由济南转来青岛。来青岛必去海边。好在旅馆离海不远。那时从海边直线走回我住的旅馆，要穿过一大片渔村。渔村虽大，却很安静，几乎见不到人。房舍多是青砖平房，都带小院。我在院落之间的小路东张西望慢慢走着。烤地瓜的香味，摊煎饼的香味。月季花，凤仙花，鸡冠花。久违的味，久违的花。我知道，我的心的那层硬壳正在缓缓剥离。又走了一会儿,忽见一堵残缺的青砖院墙上爬满了牵牛花,深紫色的、粉红色的、淡蓝色的、条纹的,薄薄的花朵在阳光下抖出妩媚的光彩,但多少透出几分疲惫,似乎等我等得太久了,累了。我忘情地心疼地看着它们,一股莫名的乡愁从心底缓缓涌起,眼角甚至有些湿润。

命运这东西也真是不可思议——我不知道是不是牵牛花的关照——回广州不久，青岛一所大学即问我愿不愿意来青岛。于是,1999年初秋我告别广州,北上来到青岛。倏忽十年过去了。

我不太清楚乡愁和精神家园是怎样一种关系。在我身上,二者好像有所区别,又似乎是一个东西。如果说爸爸不到一立方米的书箱不断扩展它的边框或疆域，最后幻化为我的精神家园,那么精神家园的正中开放的,就是祖母木篱笆上的牵牛花。在这个意义上,乡愁或可说是其他所有精神、所有情感的基石和酵母。由此生发出悲悯、仁慈和爱,生发出文学情思和日常美感。那不仅仅是怀旧,也是一种向往;不仅仅是惆怅,也是一种顽强;不仅仅是感怀,也是一种信仰。而其理性结晶,我认为就是良知。施之于教育,使得我叩问大学的灵魂和教授的操守;施之于文化,使得我懊恼文字的窘境和优雅的消失;施之于翻译，使得我选择并坚守了村上春树和他的“高墙与鸡蛋”。就此而言,乡愁也是一种力量,一种无形而强韧的力量,而这未尝不是精神家园的力量。

心中最理想的状态是：那只油漆斑驳的书箱爬满了牵牛花，“在每个花蕊上，都落了一只蓝蜻蜓”。而我，就偎在旁边看书……

完稿于2009年12月17日，青岛

父亲、母亲与爸爸

◎ 袁瑶瑶

袁瑶瑶 ——（Yuan Yaoyao）

作家。1954年出生于台湾台南市。与夫婿阮义忠办摄影家出版社、摄影家杂志社、曾做过慈善基金会志愿者、专栏作家，翻译过近十本摄影类丛书。

想着写家书,久未见面的亲人一一浮上心头。思绪从壮年弃世的父亲、哥哥飘到老年福厚的母亲,再转到特立独行的姐姐、仁厚慷慨的大妹、敏锐聪慧的小妹。脑海里翻腾着一长串想对他们每一个人说的话。一个身影突然闪进来,让我一惊,是爸爸!我怎么都没想到爸爸?他往生才四年,我就把他给忘了?

"爸爸"是我的继父,在我十四岁那年就进入我们一家的生活。漫长的四十多年,他的存在对我而言竟像是一缕轻烟,若有若无。想到这里,不禁惶恐。跟爸爸也不是没感情,但他确实在我人生抉择方面没起过任何作用。他是一家之主,却总是被忽略,母亲与我们之间的各种喜怒哀乐,仿佛都是背着他发生的。我试着在记忆中搜索他的身影,有感激,有隔阂,还有无法回避的无奈与忧伤。

第一次见到他是我读初一时。一个寒冷的冬夜,我们就着昏黄的灯泡,趴在怎么擦都还是有菜味的自助餐店桌上写功课。妈妈领着一位清癯修长、表情腼腆的老先生从后面厨房进来:"孩子们,跟孙伯伯说谢谢,这么晚了还帮我们送煤气来!"一年多后,我们开始叫他爸爸,但我始终没将他的影子与我父亲的叠在一块儿。

父亲于四十九岁那年因心肌梗死骤然离世,留给四十岁不到的母亲五个小孩儿、一大笔债务。父亲是四川眉山人,家里开酱园,记得听他说过,老家院里有几十缸甜面酱、辣椒酱、豆瓣酱什么的,个个大得像水缸。大学没毕业,他就响应“一寸山河一寸血,十万青年十万军”的号召,投笔从戎、抗日报国去了。父亲的本名叫袁建华,不巧跟军中长官同名,被命令改名时,他干脆填了个“一”:“看谁还跟我同名!”

母亲是安徽省当涂县人,在南京长大,名王肇兰,外公四十九岁那年才有了她,故小名九宝。外公经商有成,她从小娇生惯养,被双亲捧在手心。外公去世后家道中落,念中学的她遇到当军官、骑大黄马的父亲,十九岁不到便嫁给了他。1949年怀着大姐,来到台湾。

记得我小时候收音机一播《母亲你在何方》,她就会哭,说对不起外婆。歌词的头几句我还记得:“雁阵儿飞来飞去白云里,经过那万里可曾看仔细。雁儿呀我想问你,我的母亲可有消息?秋风儿吹得枫叶乱飘荡,嘘寒呀问暖缺少那亲娘。母亲呀,我要问您,天涯茫茫,您在何方……”

父亲无所不能,幽默、风趣、爱玩,烧得一手好川菜;会讲故事,写武侠小说,会在三更半夜把所有小孩儿叫起来看月食。空气清冷,我却始终记得他的笑容与臂膀有多温暖!父亲爱热闹,三天两头找朋友、部下来家里吃饭,没钱请客就叫妈妈去跟邻居借。

他去世那天,读小学五年级的我正在学校玩躲避球,二月天疯得一身热腾腾的汗,见到读一年级、三年级的两个妹妹手牵手怯生生地来找我,还挺不愿意游戏被打断。但几分钟之后，我便学到了一个人生的大道理：世界能在转瞬间从极乐化为至悲。

天塌了，除了母亲，没人能顶。小时候，父亲给我的印象多过母亲，很多事都是他教的，有他在就有欢乐。母亲则比较像是一个美丽优雅的影子，什么都依赖爸爸，总是恬静地陪在一旁，含笑注视一切。有时会在夜里听到她嘤嘤啜泣，但爬出被窝总会看到父亲搂着她，不停地跟她说悄悄话。

父亲去世那天，家里哭声不断，乱成一片，眷村里的太太来了好多个。母亲瘫在床上，邻居说她哭昏了好几次。忘了哥哥姐姐在哪儿，我哭一阵，发一阵呆，也不知过了多久，听到外屋一阵骚动，父亲的长官驾临了。母亲这时突然醒过来，清晰地要求长官，一定要帮忙申请抚恤金和我们的助学金。

从那一刻开始，母亲变得很会盘算，除了在大学附近经营自助餐店，晚上还去补习班学打字，梳洗得很整齐，穿着风衣，可是面颊不像以前那样圆润。晚上八九点，十次中有八次，姐姐得像玩官兵捉强盗那样，把我抓回来陪她一起洗那堆油腻腻的碗盘。写好功课，我们再一起把餐桌并起来，铺上棉被当床。半夜起来上厕所，经常看到母亲在暗暗的灯光下算账，写东西。有一次大妹胖胖的小手臂被老鼠咬了一个洞，她傻呵呵地说不感觉疼，母亲却哭了好几回。

虽然有两个帮工，母亲每天还是必须亲自去市场买菜，无论刮风、下雨、出大太阳，两手各提一二十公斤的食材，步行一个多钟头回家。回忆那段日子的辛苦,母亲说:“我穿过公园回家,实在提不动了,就告诉自己,先走到前面那棵树下再说……然后再到另一棵……”

记得有一次大学联考,店铺附近的大学是考场,预计会有好几千名学生和家长来附近用午餐。母亲从前一天晚上便和工人开始忙,准备了比平时多数倍的菜肴,中午却没人来吃饭。原来学校把后门关起来了,所有人都往前门一带的自助餐店去了。

母亲撑不住了,却很少跟我们说。我每天照样上学、玩耍,后来才知道有人鼓励她再婚。对象条件不错,但媒人转告只能带两个小的过门:“你还年轻,要多替自己想想。老大十六岁,可以嫁人了;老二让他上军校;老三不大不小,可以送孤儿院。”还好母亲没听从,因为老三就是我!

追求母亲的有好几位,但她不为所动,最后选择了年近花甲的爸爸,因为他老实可靠。最重要的是,他跟母亲说:“这五个小孩儿都很聪明,不念书可惜,我一定会好好栽培!”

“就是饿死,我也要把五个儿女都带在身边!”母亲后来常说,她一步路都没走错,“老孙有个小煤气行,我去了可以工作养小孩儿,谁也不用靠!”她果真让爸爸设法买下合伙人的股份,自己在店里坐镇,粗细活儿一把抓。生意越来越好,最旺时还有两家分店。

可是,母亲跟爸爸无论是生长背景、生活习惯、个性喜好

袁瑶瑶(前排右三)小学四年级时的全家留影（包括她的干哥哥)。今回首，照片中的所有男性都在壮年过世。
摄于1964年

都南辕北辙，彼此之间经常因为生活琐事不愉快。爸爸是河北省武强县人，只身在台湾，从陆军上校的官职退役之前，就有纪律严明、一丝不苟的声誉。妻子儿女都在老家，当年随军来台湾时只带着十来岁的长子，父子俩感情疏离。在遇到母亲之前，他独自住在煤气行楼上，自己用小电炉、旧电饭锅烧饭；白天看店，晚上看书，周末跟老战友打麻将。

爸爸不善言辞，急起来便咆哮。母亲说他孤僻，不会与人沟通，讲话尽拣难听的！爸爸很节俭，衣服破了也不愿买新的，擦起桌椅、窗户，清水都成泥水了也舍不得倒，说可以浇花。母亲没米饭就吃不饱，爸爸却最爱吃馒头、榨菜、面条，捧起白饭就像要吞药。

他时常嫌母亲挥金如土，买些没用的东西，让母亲提起来就有气："北方人吝啬，我们南方人可没这么小家子气！"他觉得母亲太宠小孩儿，可多说两句母亲就跳脚："我的孩子用不着你管！"母子几个其乐融融，看到他来就自然噤声，等到他"哼"一声，面无表情地默默走开，我们就吐吐舌头，继续笑闹。

平时看到他，我会恭敬地说"爸爸早""爸爸好"，然后溜之大吉。偶尔应付一下，跟他多讲两句，他就显得高兴，把握机会说教。说教的内容枯燥之至，我脚都站麻了，也不见他喘口气、喝口水。这样亲近的机会其实也不多，大半在放假、过年。他也讲故事，尤其喜欢谈北方老家的奇人奇事，把年轻时看官兵砍人头的细节描绘得让人特别难受。

爸爸也不是不风趣。有天放学回家,我问有没有水果,他未语先笑:“有一半!”“什么是有一半?”“有水,没有果。”提到我的生父,他就频频摇头:“我们炮兵学校里的教官,就数他最吊儿郎当,军帽斜着戴,裤子后面口袋还插本小说。”“从前好多人打你妈主意,没想到我闷不吭声就把她带回家了。大家都吓了一跳,说我是老狐狸!”

我们一个个离家上大学,母亲瞒着他给我们额外寄零用钱。我们毕业找到工作,母亲趁他不在家,带我们上百货公司置装,吃大餐。哥哥服兵役时在军舰上搞小福利社,让同袍白吃白喝,亏了一大笔钱。之后他每次生意失败,也都是母亲私下贷款,帮他补窟窿。

我们各自成家立业后,二老也退休了,相偕回河北老家探亲。亲戚们若有所求,在能力范围之内,母亲无不亲自操办、一一圆满。没有我们环绕身边,母亲渐渐发现,爸爸其实也有些优点:“他大方向看得清,这些年多亏他只进不出,我们才能攒下这栋大房子。”

比较明显的改变是母亲开始常说爸爸的好:“以前在部队出巡时,他曾经看到桥下有个弃婴,就抱起来专程绕路,送去福利院。你爸爸的老部下都特别感念他,说他们一群流亡学生,当年由你爸爸负责教导。有次一个学生不见了,多方打听,才知道人们怀疑他是间谍,被抓去拷问。是你爸爸挺身担保,才让那个年轻人被放了。”

可两人还是吵吵闹闹,每次回家就听他们彼此告状。母亲的听众当然比较多, 但她牢骚发完总不忘叮咛:“你们要孝顺爸爸,记住他的大恩大德。要不是他,你们说不定早就流落街头了!”

爸爸写得一手苍劲的蝇头小楷,所有文献、资料都被他整理成册,用毛笔整整齐齐地加注心得。老书桌上永远摆着一个小木相框,里面是蒋介石的肖像,右边空白处写着“孙书麟同志留念”。绿绒垫与玻璃板之间压着年代久远、老旧泛黄的格言、简报,好像一抽出来就会碎。结婚多年后,有天他交给我一大沓整理过的纸头:“这是你们阮义忠写的!”原来是当年的情书,我早不知放哪儿了,爸爸却替我留着。

哥哥往生后,惯于嫌东嫌西、看什么都不顺眼的爸爸变体贴了,跟母亲讲话轻柔了许多;母亲发怒,他也很少回呛。哥哥跟父亲一样英俊,从小聪明胆大,早在二十世纪八十年代,便单枪匹马去闯天下。前十年吃尽苦头、赔掉母亲大半积蓄。再两年事业有了起色,在南京开了间不小的贸易公司,每次回台湾都大包小包地带东西,看我们拆礼物时开心得很。

母亲终于盼到了儿子发达, 哥哥却于一个严冬清晨在南京撒手而去,跟父亲一样心肌梗死,才四十七岁。七十岁的母亲终于现了老态,老得那么惶然、无助、涣散,连打理自己的兴趣都没有,不时喃喃唤着父亲的小名:“你害得我还不够,还要把我的儿子带走……”

袁瑶瑶的爸爸和母亲去美国

看望小妹时留影。

摄于二十世纪九十年代

我跟爸爸陪母亲去取回哥哥的遗物，看到她颤抖地打开衣橱，张开双臂抱起哥哥挂在里面的成排西装，张口痛哭，却一点儿声音也没有，仿佛整颗心已裂成碎片，散落在魂牵梦萦的故土。

我不知道那几年母亲是怎么过的，但我相信是她的善良、坚强与智慧治愈了她。或许，爸爸还是牵她回来的大功臣，虽然他还是像小孩儿一样，三不五时地闹，不愿母亲离家半步。有一天，母亲说："我最近突然发觉，和这个始终不对头的人在一起，日子远远超过了你们那死去的父亲！"

爸爸一辈子粗茶淡饭，八十多岁时还能爬扶梯修屋顶，九十多岁时还能种花、除草。他从来不花钱买，都是捡人家扔下的盆景、枝干，却把前院打理得生机盎然，粉蝶飞舞。他过了几年特别顺心的日子，女儿们供养一切，请来的菲律宾帮佣珍妮又跟他十分投缘。珍妮不但把二老照顾得非常好，还被爸爸调教出一手好面食，饺子包得跟爸爸一模一样，一握一个，白胖胖的，这是女儿们没学会的。

大姐写作，大妹当老师，我是丈夫阮义忠的贤内助。小妹在美国读书，求学二十多年后重返单身生活，回台湾陪二老住，比其他姐妹尽的孝都多。潜心向佛的她讲佛经故事，引领母亲念经抄经，并在爸爸逐渐衰竭的日子里贴身伺候，直到老人家在她的怀里吐出最后一口气。

爸爸享年九十九岁，告别仪式庄严又隆重，灵堂被小妹布置得花团锦簇。整个仪式都被记录下来,寄给了他在大陆的儿孙。他的同辈都已凋零,晚辈在世的也不多,但邻居来了不少。一位头发花白的学生向母亲鞠躬:“老师福厚,有师母照顾。若不是您,他很可能会孤老一生,连送终的人都没有!”

爸爸走了之后,母亲彻底轻松起来,说自己从没这么安然自在过,拄着拐杖跟老邻居吃小馆、打小牌,偶尔还会梦到爸爸来跟她说话。八十七岁的她每天清晨必定端坐书房,燃香,放音乐,提起毛笔抄《心经》《金刚经》。整个人红光满面,白发晶莹,人人都说她是老菩萨。

我也梦到过爸爸一回,梦中的他看起来无忧无虑,比初见时还年轻。前些日子回家看母亲,满园的花草树木依旧生气勃勃,绿的特别绿、红的特别红。母亲说,珍妮捡什么花草枝叶回来,都是一插在土里就活。我猜,爸爸还是常常回来,到花园里浇浇花,在每个房间找母亲。

写于2015年1月3日,台湾台北

十八岁之歌

◎ 翟永明

翟永明——(Zhai Yongming)

诗人。四川成都人,毕业于成都电子科技大学,曾就职于某物理研究所。1981年开始发表诗歌作品,1986年离职,后专注写作。1998年在成都开“白夜”酒吧,亦为文化沙龙,在此间策划、举办了一系列跨领域文化活动,经营至今。编剧作品有电影《蜻蜓之眼》,与贾樟柯合作《24城记》。曾获意大利“齐珀·皮斯托亚(Ceppo Pistoia)国际文学奖”、华语文学传媒大奖“杰出作家奖”等奖项。

我出生在四川成都，一岁之前我一直住在一座古寺——新津崇阳观里。我妈在那里生下了我，几年前我曾重返崇阳观,古寺尚在,但不知能保留多久。一岁之后的生活发生了重大变化。我随家迁往贵阳,在那里长至八岁。之后又迁回成都,在成都读完小学、中学、大学。小学三年级时的一次迁家使我十数年毗邻本市一家图书馆——西城区图书馆，由此带给我持续终生的阅读兴趣。

《十四首素歌》这首诗是我有意与二十世纪八十年代的诗《母亲》遥相呼应之作,可以看作是我给母亲写的一封家书(真正的家书随着母亲的去世终成空想,是我难以释怀的),也是我多年后对母亲那一辈人的致敬之作；甚至可以说是在经历两代人不同的世界观冲突之后的握手言和之作。我也正是要在这首诗里表现我对她们那一代人的从不理解到理解，这也与母亲对我的不理解到理解同步发生。这可以视为母与女的“成长”经验,我把这一经验与母亲的“革命”与我们经历的“革命”混合到一起了。

诗中第三章节可以说是一个母亲的成长故事：

黄 河 谣

母亲说:“在那黄河边上
在河湾以南,在新种的小麦地旁
在路的尽端,是我们村”

在黄河岸边　是谢庄
母亲姓谢　名讳
若香草和美人之称
她从坡脊走来

河流扩大
坡地不断坍塌　泥土
涌到对面的河滩之上
母亲说:“我们的地在一点点失去”

于是就有了械斗、迁徙
就有了月黑风高时的抢劫
一个鬼魂的泅渡
就有了无数鬼魂的奢望
那些韶华红颜的年轻女孩
她们的爱人都已逝去
“在黄河上刮来的刮去的寒风
每年刮着他们年轻的尸骨”

我在《十八岁之歌》的章节中写到我母亲十八岁时的经历,感觉到的确这不仅仅是我们母女的命运,也是许多我周围

十五岁的宣传队队员翟永明。
摄于1970年

经历过这两段“革命”的人的命运。年轻时我因这些经历而痛苦和激愤，年长之后因理解这一切而变得淡然和开阔。而这种变化也呈现在这两首诗中，成为不同的风格与调式。这真的是有意思的。

1996年，我既想给母亲写一首素歌，也想给那一段历史写一首素歌。无论我们这一代人如何评价那一段历史，但我父母一辈是把自己的一生都交了出去，我试着去尊重和理解他们的选择。我尤其想写影响了他们一生，现在已消逝，而且永不会再有的革命理想主义，我有时觉得这不仅仅是一代人，而且也是整个人类的悲哀。

十八岁之歌

母亲说：在她的少女时代
风暴和斗争来到她的身边
钢枪牵起了她的手
尸骸遍野塞满了她的眼睛

我的母亲：儿童团长
她的兄长挎枪乘马
是远近驰名的勇士
生生死死
不过如闺房中的游戏　她说

她放下织梭
跟着爱人远去

敌人来到：携枪，或运炮
村庄被倾覆　亲戚四散奔逃
在母亲的眼里　我看到
那些人的影像：
他们是我的姑表中亲

血缘里的一部分
有时从相册里探出没有呼吸的脸
或者目光严峻
或者沉默寡言
战斗、献身、矢志不移
他们被血浸透的单纯
像火一样点燃　在那些战争年代

我的十八岁无关紧要
我的十八岁开不出花来
与天空比美　但
我的身体里一束束的神经
能感觉到植物一批批落下

鸟儿在一只只死去　我身内的
各种花朵在黑夜里左冲右突
撞在前前后后的枯骨上
我的十八岁无关紧要

在那些战争年代　我的母亲
每天在生的瞬间和死的瞬间中
穿行　她的美貌和
她双颊的桃花点染出
战争最诡奇的图案
她秀发剪短　步履矫健
躲避着丛林中的枪子儿和
敌人手中的导火线　然后
她积极的身躯跑向
另一个爆破点

母亲讲述的故事
都有大胆的结论
不寻常的死亡方式——牺牲
或不具体的
更悲切的动机　不同于我
对死亡的担心

对虚无世界的忧心忡忡
对已经到来　将要离去的
归宿的疑问

没有人来听我们的演说
也没有人关心我们相互的存在
当然　也没有人来追捕我们
亡命的生涯　而且
也没有子弹穿过
我们的鬓发　没有五星
成为我的发饰　我只是
让幻想穿透我的身体
让一个命运的逆转成为我
骨髓里的思想

写于2013年1月中,成都

李亚伟 ——— (Li Yawei)

诗人。1963年2月26日出生于重庆酉阳。二十世纪八十年代与万夏、胡冬、马松、二毛、梁乐、蔡利华等人创立“莽汉”诗歌流派，与赵野、默默、万夏、杨黎等人发起“第三代人”诗歌运动，创作过《男人的诗》《醉酒的诗》《好色的诗》《空虚的诗》《航海志》《野马与尘埃》《红色岁月》《寂寞的诗》《河西走廊抒情》等长诗和组诗，出版有诗集《莽汉·撒娇》《豪猪的诗篇》《红色岁月》。获第四届《作家》杂志“作家奖”、第四届华语传媒诗歌奖、第一届鲁迅文化奖。

家事散记

◎ 李亚伟

我对祖父的记忆在我十六岁时戛然而止，那年，我考上了大学，之后祖父去世。我的印象中祖父表情阴郁，非常沉默寡言，对家里事从来不管不问，成天坐在家门口躺椅上抽烟，但偶尔会自顾自地哼出一两句古诗词或是谁也听不懂的曲儿来，而且，永远只有一两句。后来，我猜想，那应该是他漫长的沉思中一些往昔生活在往外冒泡，或者，如我祖母说的，是他以前那些鬼混日子里不得不露出的兔子尾巴。祖母颇有些嫌弃晚年的祖父，因为他没有收入，整天无所事事，脾气还不好，在家里像个多余的人。但在每月收到父母从外地寄来的家用钱时，祖母会派我去给他买一点儿散装白酒喝。在我的记忆中，只在我高中时，祖父对我谈过诗歌和书法，还背诵过他年轻时写的一些诗词，并试图教我写诗填词，但我那会儿正处于叛逆的年龄，他的话大多做了耳边风。所以我虽然和祖父生活时间较长，但他并未对我有过什么像样的教育。祖父辈的家族历史，我也差不多是从祖母处听来的。

同样，我父亲也一直非常沉默寡言，他的很多故事也主要是从我母亲处听来的。根据我们家的情况，我有时想，男人回避的历史，由女人讲述出来，必定有很多演绎成分，比如，我祖母谈及家族来历时老是语焉不详，谈及家族财产和人际关系也大都使用形容和比喻，谈得较为详细的几乎都是过去的快乐日子和祖父辈的一些怪诞经历。男人注重时间、地点等能落地的史实，女人则注重快乐、恐惧等情感经历，这从另一面来说,其实也再现了历史,更能反映历史中最重要的因素——命运。所以,我对我们家祖父、父亲沉默而由祖母、母亲讲述的家族琐事,并不因为它偶尔缺失具体年月和地点而觉得虚幻。相反,我感受更加深刻,不需要去刻意揣摩它的确定性,因为我认为,这是从另一角度进入历史——从人类情感的角度。

但这一切,也没有自己的切身经历来得深刻。

我出生在重庆一个叫酉阳的小县城,县城正中有一条河流穿过,河上有一座叫碧津桥的老桥,县城就以这条河流和碧津桥为坐标分成一、二、三、四共四个村。小学阶段,小孩儿们经常划分地盘娱乐和斗殴,我们一村的小孩儿最能惹事和打架,还经常越过碧津桥或浮水过河去袭击骚扰其他地盘的孩子。小时候不知道原因何在,后来才想明白一点原因:我们这条街上,很多小孩儿都没有家长管教,很多家里还出过劳改犯。我是随祖父母长大的,我也去过父亲的工作单位人民银行,他在里面有一间房子,我在那里住过,但他一年也只回来几次,母亲则基本只在春节才回来过年。我祖父和父亲都戴眼镜,看上去,是我们那条街最有文化的了。

1974年,我十一岁,小学刚毕业,和一拨儿小孩儿去学校后面的地里偷摘西红柿被抓住后,当场有人指认我姓李,说我祖父是被镇压的,是大地主。那会儿,我以为镇压就是枪毙,于是我说,我祖父还活着,并且报了我祖父的名字,但是情况更加糟糕,后果更加严重:那一年,我们实验小学毕业生里只有

李亚伟的父母。

摄于二十世纪五十年代

我一个人没能升上初中。从我祖母的只言片语中我得知,他们说被镇压的那人是我祖父的兄弟,而我祖父是军阀。和我一同偷摘西红柿的小孩儿们的家庭成分用祖母的话来说,偏低,是一些小商贩、贫农、富农之类;我家成分高,我被指了出来。

于是,我到了农村读初中,那地方叫铜西公社,我母亲被下放在这里的供销社工作,我才算是正经八百地跟母亲生活了两年,也才开始接受母亲的教育。母亲的教育很严,一开始我非常不适应,比如自己的生活学习一律需自己料理。早上起床找不着衣服鞋子,母亲绝不会帮着找。想吃什么必须自己去买和做,母亲绝不会代劳。母亲也不会烧饭,我跟着她一直吃食堂,但是担水、做卫生等活儿全落在了我身上。从那时起,我学会了自己的衣服自己洗晒叠,被子每天起床必须叠整齐放在固定位置。她还多次教我打行军背包,对我有点半军事化管理。晚饭后母亲会教我一些文化知识,其中,最讨厌的是珠算,最喜欢的是文学故事。《三国演义》她是挑着讲的,从吕布、貂蝉开讲,后来我读《三国演义》一开始觉得不好读,读到丁原、王允就熟悉和顺溜了。多年后,我在大学中文系上外国文学课,听老师讲拉伯雷的《巨人传》,让我大吃一惊,原来母亲很早给我讲过其中的故事,后来我猜,她以前看到的可能是民国译本,因为故事的主人翁——那两个大吃货高康大和庞大固埃在母亲的讲述里是叫高干大和胖大官儿。

那一年,我姐姐也初中毕业到此地当了知青,我也开始经常和几个知青玩。当地管外地来的干部一律叫同志,我母亲叫崔同志,我叫小知青。

乡下这两年于我来说,基本上是一个被祖母用传统溺爱方式养成的小懒汉进行独立生活训练的两年。

多年前我曾经写过一篇叫作《逃学读书》的小文,颇能再现我那两年的成长“模式”。

逃学读书

若干年前的一个秋天,在四川盆地边沿的一个乡下。我十一岁,初一,坐在一条小河边,眼前是闪闪发亮的河水,手里是崭新的《水浒传》。这一天,我没有去上学,这是我的“处女逃”,我后来在高中和大学成为逃学“标兵”就是从这次开始。人生很多第一次往往都是被动的,而我这次逃学却是主动的。

小学毕业,我们学校全年级只有我一个人没有读上初中,当时我只知道是因为我太调皮,不知道别的原因,我只得来到这个农村中学上学。这学校其实只是一个小学,小学五年级之上勉强设立了初一初二两个班,这在当时叫作“戴帽”中学,我能去这个学校的原因是我妈妈因我父亲的原因到此地供销社工作,我初中刚毕业的姐姐也来此地当了知青。

我班上的同学全是当地农村的孩子,普遍比我大四五岁，班主任一个人教除数学之外的所有课程。一开始我与这个学校完全无法融洽，老想着城里和我一般大的同学们。后来“评水浒，批宋江”的运动在全国大肆展开，供销社里来了一批《水浒传》，我几乎是哭了一场才让妈妈给买了一套。七十一回，上下册，这是我手头除连环画之外的第一套正经的文字版图书。这玩意儿可太好了，我翻来覆去不知读了多少遍，直读得章回情节滚瓜烂熟，精彩语句倒背如流。

读完《水浒传》，我基本上从儿童一下变成了少年，从一个因挫折打击性格往死胡同钻的儿童一下转身变成豪爽少年了。

我胆子变大，脸皮变厚，看不起同龄小孩儿，开始热衷当时大孩子的娱乐——书包里藏匕首、香烟，偶尔偷酒喝。我基本上“矫枉过正”了。

我和一些知青成了朋友，一个女知青让我读了《青春之歌》，我至今不知她是有意还是无意。那一年，我春心萌动，喜欢看漂亮成熟的女人，把城里那些奶声奶气的小女孩儿彻底抛在了脑后。当那位女知青告诉我她有鞭炮送我，要我自己从她裤兜里拿时，我感觉到了林道静的女人气息从我的阅读里弥漫出来。革命和性呼唤，理想和生理冲动，冲得我差点晕了过去。

但我毕竟是一个豪爽男孩儿，对《青春之歌》里的革命者充满兴趣，所以更愿意和男知青玩，朗费罗、普希金、普列汉诺夫、屠格涅夫都读过。十二岁，读了很多成人读的书，现在想起都很过分，但更过分的是还硬着头皮读完了黑格尔的《小逻辑》，以上图书全部没读懂。

十三岁，我回城里上高中，由于初中刚好是“学制要缩短”的革命岁月，加上我小学跳过一级，迎头碰上的男女同学还是通通比我大两岁以上，感觉还是不好玩，内心落落寡合。不过不要紧，那年，我已经半生不熟，什么都不懂，装得什么都懂，装得和什么人都可以交流。

那是一个荒废学业的岁月，那是一个自由的岁月，那是一个读书无用的大无畏的岁月，我经历着想女人而又不敢与女人交往的假多情时光，对现实满腹心思而又一筹莫展的青春。我由于读了很多苏联那些融爱情和革命于一体的图书，以至于手抄本《曼娜回忆录》到我手上时，一点儿都没提起我的瘾头。

最是无聊之时，无聊的时光戛然而止。学校开始抓高考了。抓高考的基本方法是提前一年先把学生扒拉成两类，一类好一类差。好的编成快班，差的编成慢班。然后，把全校最好的教师堆在快班里，加班加点，轮番辅导，把差生于无声处慢慢抛弃掉。在把学生扒拉成两类时，学校很是认真，进行了很多次摸底考试，摸学生们可怜的老底。记得第一次古文摸底时我只用十来分钟就做完作业，让从不正眼看我的语文老师大为吃惊。他在几天后又来了一次突然袭击，用更多内容的古文来摸学生们的老底。当时，我很聪明地认为，这次基本可能是冲我这个坏学生来的，我怀着骄傲而又乞讨赏识的小心眼儿，摇着尾巴，字斟句酌，满时间操作。我的作业真正让老师服了气，这位老师从此对我青眼有加，我被扒拉进了快班。

后来，我才明白，比起极少读书的同学，熟读一部《水浒传》帮了我古文考试的大忙。还有就是，文史类各科我虽不太认真，但考试成绩怎么都低不下去，原因也是我杂书读得不少。无聊的岁月，读杂书让我进了快班，还帮我混进了大学。

我没能上初中主要是因为我祖父的出身，之前我从来不知我祖父是一个出身很“复杂”的人。

我的祖父名叫李继芳，二十多岁时生下我父亲后去了国民党军队的一支部队里当兵。他这个年龄才去当兵，原因是我们本家有一位高祖叫李孝渊，辈分是我祖父的祖父辈，比我祖父大两辈，但年龄却只有一辈的差距，这位高祖有一支部队，外号叫“黑军”，被国民党军收编了，编入黔军，高祖做了师长，我祖父因为有文化，被这位高祖叫去部队上混，当时叫作“投笔从戎”，祖父先是做副连长，还在贵州讲武堂读过书，后来一直在师政治部。1945年不知什么原因回家，他自己不讲，谁也不清楚他为何又弃戎经商。只知道他回家后参与家里的盐生意,做过袍哥会的大爷。我祖父直接做大爷叫“上山插柳”,他之前的郭姓大爷是“插柳上山”,也就是一步一步上去的。郭家后人现在还与我们家有往来,也算是几代交好的范例了。这些是我父亲后来告诉我的,在我祖母嘴里,却是一些跳跃的片段,加入了她的情绪,其中不乏生动之处:祖父做过军官,在部队学会了医术,会治别人,但不会治自己,晚年自己一身是病。祖母最早的讲述中,常埋怨祖父的出身害了后人。她老是叫我好好读书,最好做个老师,因为我们家祖上出教书先生和当兵的,但她让我要死了当兵的心,我们家因为祖父成分问题,现在的部队不要,我父母后来都是因此被放到了地方上。我祖父很贪玩,喜欢结拜兄弟,恶习多,喜好烟酒肥肉浓茶。有一次从部队带回家一个小老婆,但在祖父外出办事时,小老婆被我祖母送给了别人,而且,送的是祖父的朋友。这一招,让我祖父从此断了纳妾的念头。在我成年后,祖母的讲述客观多了,还夸过祖父豪爽、义气、朋友多,只是后来光景不好,朋友都散掉了。她没说祖父的朋友们是怎么散掉的,经我后来多次打听才恍然:死掉或逃掉了,没多少落下好下场。祖母偶尔也在讲述中炫耀自己的能力,祖父、父亲受到冲击后,她却做了居委会代表,并且将我们家庭的成分一步步由军阀、地主、商人改为小商,并终于让我在高中阶段填写家庭出身时,写上了“干部”二字。

我的祖父,对我没有什么直接的教育和影响,但我在我的诗歌创作中却多次提到他,或许,某些影响或遗传不需要什么具体的事物。下面这首诗写了祖父和我,仿佛暗中有什么交融:

时光的歌榭

我是歹徒,在鸟里当乌鸦,住在喜马拉雅山的羽毛里
我看得见一百年前爷爷骑着赤兔马嗒嗒嗒在人间碰运气
我也看得见一群兄弟还生活在地球仪上,和动荡的社会待在一起

每当深夜,大眼蝙蝠吊在岁月的窗户上吱吱吱想死的时候
一个兄弟手中的玫瑰就会带来夜深酒吧中的啼哭
嗨!中国的玫瑰之红正在超越最近一场革命所达到的程度

在初夏之夜,河豚在南方出海口的水面咯咯咯说话
我还听得见在天上,圆月中祖母哄我玩的声音
月亮无耻地照着我的童年,使我脸红
她的秀目也曾照着古代的塔楼,我从那儿悄悄起飞

去当一只鸟
花和村庄也正在某个社会分开，花向远方出发后就成了二奶
被我爷爷在时光的素湍中泡着漂进了神话

我爷爷是玫瑰花丛中狂饮滥写的过客
他斜着身子在人世外当差和度假，在孤坟的小窗前写回忆录
他的那些拜把兄弟也在歌榭里搂着后辈烧去的纸扎的小姐唱着永不回头的光阴

如今我降落在现世报的文化里，像个青年教师在午休时踱步
在爱与恨的距离中做着大案，夜间飞回最高的山峰
在月色中扣动生与死的邈远门扉，让兄弟伙俯身酒碗时也能听见
月亮在它的圆圈里发出的时间的空响

我父亲李承模生于1929年，1949年还在龙潭高中上学，刘邓部队从湘西入川经过龙潭中学时随部队到了重庆；我母亲崔泰凤生于1930年，那一年在万县女子中学读书，也随从鄂西入川的刘邓部队到了重庆，他们在西南军区干训队学习时认

识并结婚。

祖父在国民党军队干过,父亲又参加解放军,这样的家庭组合在当时一定不少,后来的命运也大多相似。祖父在二十世纪五十年代初因为有一定的社会名望还被政府安排做了医生,但随后的运动一次次让祖父受到影响。我的父亲也从地区公安处转业到了银行。有一次我在电影院惹事进了派出所,那年我十二岁,不懂事,母亲的训斥在当时让我半懂不懂,大概是:你们李家男人就是有惹是生非的遗传,出坏人,出傻子,出土匪、军阀,诉说我们李家男人爱坐牢。

这样的内容我祖母也描述过,在她的语言里,我们家男人似乎很容易根据相貌特征获得另外的称号,比如“蓝老祖”“麻老祖”“黑叔叔”等,个子在当地都较高大突出,年轻时性格轻率,容易惹是生非,喜欢冒险和交朋结友,他们都曾给家里带来过严重的灾难。我的父亲因为是独子,按当时的民间风俗,独子难养,要过继给小孩儿多的家庭才容易养大,于是祖母将父亲过继给了有点亲戚关系的黄老太爷黄甫成,黄老太爷当时是国民党军的旅长。他让父亲拜师向一位有点亲戚关系的官员学文化,这位国民党官员叫庹贡庭,原先是国民政府的地区专员,在解放军解放四川之前,被蒋介石临时任命为川鄂湘黔绥靖副主任,主任是宋希濂。不久,刘邓大军进川,国民党军队溃散瓦解。

我的祖母在1949年将我们家仅剩的两个男丁——我的父

亲李承模和我的堂叔——外号叫“黑叔叔”的李承福分开，一个送去参军，一个坚决送到乡间，差不多是想把“鸡蛋装在不同的篮子里”。

后来想起祖母、母亲的话，才有些明白，家族遗传不但是存在的，而且很神奇，比什么生肖、星座、血型强多了，再想想祖父和父亲晚年的沉默和平静，似乎又有另外的感受，那是晚熟类男人的特征。祖母和母亲曾多次教育我，要对女人好，不要害别人，不要让女人担惊受怕等，确实让我多次思考过社会、时代、人生等不少问题。我的祖辈们曾经有很多血淋淋的往事，但都是听祖母和母亲讲过，祖父和父亲一直没有说过，直到最近一两年，父亲逐渐失明失聪之后才开始有所提及，但他更愿意提及他学生时代的生活和更早的祖父一辈的经历，之后的经历难有只言片语。

写于2014年1月20日，云南

八十年代那些云烟

◎赵野

赵　野 ———— (Zhao Ye)

诗人。1964年出生于四川兴文古宋,毕业于四川大学外文系。出版有诗集《逝者如斯》《信赖祖先的思想和语言——赵野诗选》以及德中双语诗集《归园 *Zuruck in die Garten*》。现居大理和北京。

一

回忆总是充满忧伤,我们怎么也抓不住过去的人和事。现在我尽量简单地陈述,以免陷入自恋和伤感。我出生在古宋,古宋位于四川南部,现属于宜宾地区。那个地方没有给我留下什么印象,破败、杂乱,完全没有想象中的古朴和诗意。我自认为和它离得很远,从未深入到它的内部,感受它的节奏和纹理。我只是在那儿寄居了一段时间,多年以后我终于意识到,我其实是没有故乡的人,“乡愁”这个词对我而言,永远只有形而上的意义。

我最早的记忆连着一片月光,那是一年农历正月十五的晚上。我们那儿有“偷青”的习俗:那晚孩子们可以到任何菜地里去偷蔬菜。有时主人也会在菜地里守着,见人来时就大声吆喝。这种偷采行为在当晚有一种合法性,但也不能和主人正面冲突。看到主人有防备,孩子们就会窜到别的菜地去,经常要跑好多地方。那时夜空非常清澈,月亮把地面照得明晃晃的,我跟着我的哥哥姐姐,还有别的孩子,折腾了整整一宿。

我父亲在我出生前,就被调到农村;母亲是小学教师,老是在各个公社的学校间调来调去,周日才回家。我们住在城里一间十来平方米的平房里,姐姐带着我。我没有上过幼儿园,更大些的时候,我对此感到很遗憾,觉得童年失落了好多东西。上小学前,夏天我常常会在父亲那儿,下河洗澡、摸鱼,跟着父亲在水田里捉黄鳝,夜晚在院坝上点起一大堆烟熏蚊子,父亲会给我讲很多《三国演义》《隋唐演义》《说岳全传》的故事,还有他家族的故事。

我每天放学就回到山上,一个人,没有伙伴,喜欢看书,其实那时也没什么书可看。我相信那段生活造成了我不善言辞和怕见生人的性格,伴随我到现在,也许会伴随我一生。

1978年,我考上了县重点中学,到离家六十多公里的叙永县城上学。进中学不久,我买到了《何其芳选集》第一卷。《预言》里的那些诗篇全在里面,让我陶醉,我能全部背下来。这是我真正的文学启蒙,在此以前,我从来没读过如此美好的东西,我连一本像样的古诗选本也没有。在那样的年纪,那样的时期,遭遇《预言》仿佛是天意。后来我想,我对诗歌的迷恋和我的诗歌审美的源头就在那儿。现在云彩和树木在我眼前变得忧郁,河水流动总有那么多的意蕴,我开始随着季节的变迁感时伤怀。

这期间我结识了文科班的许廷扬,一个来自更偏远山区的文学青年。他更多是写小说或散文,给我推荐孙犁和贾平凹,我对他们却没有兴趣。几年后我读到孙犁的《荷花淀》,才喜欢上那种质朴、简洁、准确的叙事和文体。而我当时狂热地爱着何其芳那些绮丽缥缈、优美圆润的伤感诗句。

我一直认为,年轻时环境对人有着决定性的影响。在一个没有传统、没有底蕴的地方,忧伤和志向都是秘密的。种子种下了,多年后才长得出白马西风、帝国斜阳。

在寒假时我遇到了许晓鸣,一个大哥级的朋友,他已在四川大学(后简称“川大”)上学。他那时正在写诗,那个年代谁又不写诗呢?许晓鸣以谦谦君子之风,鼓励我的习作,寄给我刚出的《冯至诗选》和卞之琳的《雕虫纪历》。有些门就这样偶然打开了,有些东西不经意间就决定了我写作的方向。冯至的十四行诗和卞之琳那些技艺精湛的作品,至今为我所钟爱。多少次在我家楼上,看着心仪的女孩儿在街上走过,我就会想起“明月装饰了你的窗子,你装饰了别人的梦”。

当年高考复习期间我写了很多诗。受智利女诗人米斯特拉尔的《死的十四行诗》影响,我写了一组《爱的十四行》,共三首。这组诗后来在川大开启了我的诗人生涯,那是我的作品第一次公开露面,我第一次使用了现在这个名字。

1981年9月,我离家到成都上学。二十年后我写道:“从古宋到成都,一路月光/把流水照得发亮/从春天到秋天,鱼群激越/游向更大的海洋/而那些梦想,秘密或羞涩/像宿疾悄然生长/燕子却眼含泪水/飞过祖传的高墙。(《往日·1981》)”

二

二十世纪八十年代疾风骤雨,今天想到的却是云淡天高,那种暴雨涤荡过后的清新、透彻和青春盛筵。马松在《灿烂》一诗中写道:“我与花平分秋色/一灿一烂。”这就是我的八十年代。那是我生命中最明亮、个性最舒展、心灵最纯净的一段,此刻往事浮现,心中还涌起秘密的骄傲和悲悯。

1982年3月,我们叙永一中的三个同学在川大扔进一颗石子,搅动了一池春水。先是许廷扬路过成都,住在我的宿舍里,早我一年入学的浦宁成了化学系的学生干部,并已在写诗。我们三人青春热血,把我们的诗抄在浦宁从化学系弄来的一块黑板上,再把这块黑板竖在学校主要的教学楼——文科楼的入口处。我给我们这诗歌板报取名“白色花”,来源于七月派诗人阿陇的诗句:“要开作一枝白色花/因为我要这样宣告/我们无罪/然后我们凋谢。”

板报面世当晚,许廷扬就离开成都了,我因为羞怯,竟不敢去看效果。后来听同宿舍同学说有很多人在围观,还有人抄着上面的诗,我才踏实下来。以我当时的能力,完全不知道下一步何去何从。两天后,胡冬敲响了我宿舍的门,我第一次超越“同学”这个范畴,有了同志和战友。这是一个改变命运的细节,我从此步入了诗歌江湖。一个月后,我过了十八岁生日。

胡冬是历史系1980级的,早在写诗,有强大的组织能力和行动能力。因他的掌舵,我们立即因“白色花诗社”而变得小有名气,诗社有三十多个成员。我们每周更换一期,并很快扩展成两块黑板。大概四期后,浦宁就受到系里的压力,撤走了化学系那块黑板。胡冬又带着我们不知从哪儿偷了一块补上。学

赵野在成都写诗的日子。

摄于1988年(摄影:肖全)

校明显不喜我们的行为,却只是以一些温和的手段干扰我们,我们也以各种小伎俩从容应对,颇有乐趣。到1982年5月,终于来了一次高潮。

文科楼大门外有两面墙,专用于张贴各种海报和告示。五月的一个星期天晚上,我看到文科楼外面的墙上有一篇好几页的大字报,署名“战海”,非常严厉地批判我们的诗歌晦涩、灰暗、低沉、不健康,等等。随后几周,几十篇文章贴出来了,除了几篇貌似公允,一边各打五十大板外,其余全是支持我们、为我们辩护的。这局面使我们可以一直置身事外,每天像观众一样看热闹,心里暖洋洋的。我至今也不知道那个“战海”是谁,是某人的自发行为,还是学校的授意。我们自己则肯定没有写过或组织别人写过一篇反击文章。这次事件像一阵好风,把我们吹向美妙的云端,我们收获了最初的自信、虚名和成就感。

三

9月初,我过完暑假回到学校,胡冬非常欣喜地告诉我,形势一片大好。暑假期间,他和他的高中校友万夏、廖希聚会时,发现彼此成了同道。万夏在南充师范学院(后简称“南师”)、廖希在西南师范学院(后简称“西师”)都组织了诗社,并都在各自的学校有着相当的影响力和号召力。他们当即决定三个学校要联合起来，第一次聚会定在西师，时间是1982年的国庆节。

当时川大还有一个以唐亚平、文雪为首的女子诗社，和我们有着美好深厚的友谊。几周后，胡冬、陈梁、唐亚平和我登上了开往重庆的火车。陈梁是中文系新闻专业的，胡冬对他有很高的评价，他后来成了中国电视界的栋梁人物。

一到西师，我们立即感受到了有如水泊梁山般的兄弟情谊。万夏带着两个同学也从南师过来了。一大帮子人每顿大碗喝酒大块吃肉，指点江山，激扬文字。廖希和他的朋友们为了这次聚会，卖掉了手表、衣服以及别的一些值钱的东西。我不知我是怎样融入这种热烈的江湖氛围的，因为那时我滴酒不沾，性情也不豪放。

这场精神狂欢的高峰是在一个黄昏，大家在嘉陵江边点燃篝火，热血沸腾，青春呼啸，真有风云际会的感觉。此前我们已一致决定要成立一个联合诗社，要办一份刊物，要形成一个新的流派，以区别于当时对我们有着绝对影响的朦胧诗，也提出了很多新的主张。那晚聚会的主旨是命名，一次革命的命名，一代人的命名。我们都自觉是开路先锋，在淘汰了一批各式各样奇奇怪怪的名字后，“第三代人”这个注定要载入历史的名词，得到了与会所有人的首肯。我们的分代简单却格局宏大，1949年前的不算，1949年到1966年前是第一代，北岛们的朦胧诗是第二代，而我们是第三代。

接下来,我们一定很和谐地讨论了很多细节,最后一晚在西师的一间宿舍里,却出现了戏剧性的分裂甚至决裂。分歧是从讨论具体的诗歌作品上开始的,而我成了引爆人物。那时我少不更事,内心有着严格的诗歌标准,完全不懂江湖里那种微妙的感觉。先是我觉得廖希和他的朋友们的诗作问题较大,以我的审美,认为那些作品不够成熟,不够好,并且直言了出来。接着对方指责我的作品不具备独创性,没有摆脱朦胧诗的影响。今天我要承认他们的指责是对的,那正是我最喜欢北岛等人的朦胧诗的时期,我主张要有传承,根本就没想要彻底摆脱他们、取代他们。

争吵渐渐升级,言辞越来越激烈。川大的朋友因为和我的情谊,出来支持我,南师的朋友也基本上站在我们这一边。双方的火药味都很浓,对艺术主张的捍卫最后变成了青春活力的率性表达和意气用事。前年万夏还和我谈起这段往事,说我拍了桌子,扔了板凳,我自觉自己那时没有这种豪气和脾气。总之结果是大家不欢而散,西师的朋友们怒气冲冲,扔下我们走了。天刚发亮,万夏和我们相约再聚后,从北碚直接乘车回南充。唐亚平有事留在重庆了。胡冬、陈梁和我先是去沙坪坝的红卫兵墓群缅怀一番,然后去菜园坝火车站,发现我们三人身上总共只有不到五元钱,只够买半张回成都的火车票。

我们买了三张站台票上车,车过江津后开始查票,我们逃无可逃,被带到列车长面前。胡冬对列车长说我们是川大历史系的学生,出来实习掉了队。我们展示了校徽,我掏出了身上所有的硬币,里面有好多一分二分的。善良的列车长相信了我们,让我们用三元钱补了一张三个人的联票,把那些硬币留给了我们。第二天清晨到成都,我们堂堂正正地出了站,用剩下的钱在车站吃了一顿丰盛的早餐,坐公交车回到了学校。

四

胡冬从我们诗社的投稿箱里发现了几篇诗作，惊叹其才华。作者胡晓波是经济系的新生,我们以最大的热情邀请他加入我们的阵营。胡晓波腼腆内向,数周前我们在成都小聚,他还说起一次诗社活动时胡冬让他出了十块钱，他拿出钱后心里却一直在嘀咕这钱是不是以后还会还他。这笔钱当然没有下文，他为此整整心疼了两个月。胡晓波毕业后就远离诗歌了,现在在成都经营几家夜总会,他的第一任妻子唐丹鸿却成了诗歌界颇有声名的女诗人。

不久,成都科技大学(现已并入川大)的北望找上我们。北望是1979级的,慷慨大气,成熟练达,极有个人魅力和号召力,在他们学校也聚了一批人，我后来才明白他的真正意图是要通过诗歌这个形式组织学生社团,从事民主运动。北望对“第三代人”这个概念和我们几个学校准备结成诗歌联盟的事,表现出极大的热情。我们和西师那边已经彻底闹翻了，一个月后，胡冬、北望和我乘长途汽车，经过一天颠簸，和万夏他们继续共谋大计。

在南充，我们商量了三个学校结盟办刊物的诸多细节，气氛和谐美好，还是一样的意气风发，一样的古道热肠。但记不清什么原因，回学校后我们决定的所有事情都没有结果。我们的“白色花”也在随后的冬天里自然凋谢了，胡晓波说是他坚持编完并出版了最后两期，而我和胡冬却不知干吗去了。

新学期开始后，胡冬好像变了一个人似的，很少见到他的影子。我自己是绝无能力组织起一群人的，我们的社团等于崩溃了，而北望在成都科技大学却搞得轰轰烈烈。我们两个学校只有一街之隔，我就天天和他们混在一起。北望和他的朋友们对我表示了足够的欢迎和尊重，和他们在一起我更有如鱼得水的感觉。那个春天，北望和我到处活动，联合成都的八所大学，成立了“成都大学生诗歌联合会”，筹办《第三代人》诗刊，我被推举为主编。那又是一段风风火火的日子，几乎每周都在不同的学校有活动或聚会。青春像花朵一样绽放着，任意挥霍，那份舒展和美丽多年后还会让我叹息和感动。

结识胡冬与北望，和他们建立起兄弟般的友谊，是我的幸运。我刚从一个偏远的小镇出来，怀着诗歌梦想，多愁善感，不谙世事。我信奉庞德“技巧是对一个人真诚的考验”和艾略特“纯净部落的方言”的写作信条，对写作以外的事并不热心，也不太明白。“我唯一关心的是我的语言”，这既是我的心声，也是我的生命态度。我因为写作获得了他们的欣赏和认同,从此进入了一个辽阔悠远的世界。当北望和他的朋友们组织起近两百人的"大学生诗歌联合会"时,我被推到一个引人瞩目的位置,出尽了风头。虚荣和轻浮在年轻时是可以被原谅的,那时我确实很年轻,被我的朋友们宠爱和包容着。很多曾经相濡以沫的朋友,后来相忘于江湖了,此刻回想过去,我对他们要表达深深的感激。

五

1983年夏天,北望毕业了。他带着一大摞诗稿回到他的家乡旺苍,在那儿打印出"成都大学生诗歌联合会"第一期会刊,中国第一本《第三代人》诗刊。同一段时间,北京正在搞起一场声势浩大的"清除精神污染"运动。

二十世纪八十年代的成都风调雨顺,温和宜人,人民安居乐业,享受着闲散、率性和颓废的生活。诗人在这儿如鱼得水,蔑视金钱和物质,放纵个性和情欲。万夏因此写道:"仅我腐朽的一面/就够你享用一生。"

在1984年至1985年,四川的诗人们纷纷有了集体的归属。江河、翟永明、钟鸣、柏桦和张枣,先是被称为"四川五君",后来孙文波又把自己和廖希加上,称为"四川七君";李亚伟、胡冬、万夏、马松等人的"莽汉派"已结成正果;宋渠、宋炜、石光华、刘太亨搞起了“整体主义”;周伦佑、杨黎、蓝马等搞起了“非非主义”;尚仲敏和王琪博也在重庆弄“大学生诗派”,并印了一张《大学生诗报》。而我自己却像是江湖里的孤魂野鬼,无门无派,无归无属。

我想,我的青春热血在1987年已被耗尽。如今我常常感到游走在生活边缘,老处于一种超低空飞行的状态,感觉到米兰·昆德拉那种“不能承受的生命之轻”。

1988年年初,我以“停薪留职”的名义,离开了我的单位,再也没回去过,从此开始游离在各种体制之外。回到成都后,我即写出了《字的研究》,这是一首值得纪念的作品。到1989年10月,钟鸣爬上我寄居的八楼,要我和他一起办《象罔》。差不多在同时,我写出了《春秋来信》,然后就进入二十世纪九十年代了。

再往后的事,离我太近,我还有点梳理不清楚。首先我们都经历过“生活还是艺术”的挣扎,并在心如死灰中一头扎向现实的深渊。我知道这样说似乎也不够公正,我们内心也许就不具备真正坚硬神圣的基石。我们一面忍受生活的无聊琐碎,一面又以唯美主义和享乐主义为旗帜,从中追逐巨大的欢乐。快乐可能是肤浅的,却真实怡人。

晋人张翰“秋风起思故乡鲈鱼和莼菜之美”遂挂冠而去的高蹈,以及“使我有身后名不如及时一杯酒”的豪迈,对我来说是另一种精神向度。风暴过后,物质和财富成了新的主角,我们重新开始学习生存,接受命运,习惯卑微。当“一生的理想,在窗外/冻成了一颗霜粒”时,醇酒美人就成了我们无奈而美好的归宿。

我知道这个世界正以加速度变化着，我们所有的经验和价值观都源于我们农业时代的趣味和标准，这眼花缭乱的一切,与我们根本没有关系。好多东西都一去不复返了——童年时清澈的天空和河流,年轻时纯粹的友谊和情怀,也包括那些优雅理想和伟大志向。每个年代都有自己的疯狂和想象力,我应该谦卑地与生活达成和解。

接下来,我能跳出这个时代的加速器吗?我看着它呈螺旋状上升,越来越快,让人目眩。我对这一切已没有好奇心,只想置身事外,懒懒地晒晒太阳,吹吹风,读一些闲书。我对汉语诗歌已没有那么大的抱负,但梦想还在。我会以一种完全自然的方式坚持一些东西,无所谓成败。面对人生的虚无,如普希金所说,我不再期望激情和幸福,但求享有平静和自由。

这已经够了。

写于2008年,修改于2009年12月

鲁　敏 ———— (Lu Min)

小说家。1973年生于江苏省东台市。十八岁自江苏省邮电学校毕业后开始工作，历经营业员、干事、企宣、记者、秘书等职。二十五岁决意写作，欲以小说之虚妄抵抗生活之虚妄。已出版《六人晚餐》《奔月》《荷尔蒙夜谈》《墙上的父亲》等作品。曾获鲁迅文学奖、庄重文文学奖、冯牧文学奖、人民文学奖、郁达夫文学奖、百花文学奖等奖项，入选《人民文学》“未来大家TOP20”、《联合文学》“二十位四十岁以下最受期待的作家”等榜单。有作品译为德、英、日、西班牙、意大利、阿拉伯、俄等文字。现客居北京。

以父之名

◎鲁敏

一

不是母亲打电话提醒,我肯定又忘了。这个月的某一天,父亲的忌日,烧纸给他。这样的提醒一年数次:鬼节、冬至、他的生日,还有清明与除夕夜。我总是忘掉,却也并非因为被“生”的事情忙着或闲着——他活着时,我就不大会记起他。

母亲说,她要送来叠好的金元宝与银元宝,很多,因为今年是他去世整二十年。母亲与父亲谈不上有感情,可能还相反。但母亲对这些事一直很看重。我都能看见那个画面:阴天的下午,午睡了起来,她叠起元宝,手上全是金粉银粉,光线不好的客厅,她习惯了节约电,也习惯了长期的独居,连续几天没有人说一句话。我在外面喝茶,在银行排队,听出租车司机责难油价,热腾腾地活着。接到母亲的电话,嬉闹的笑还来不及收掉,几乎不相信:二十年了!这么长……同时一阵惊惧,倘若母亲年老健忘了,甚或也去了,就没有人会记得父亲了。他与世界最后一点儿形式上的联系,将会在我手上彻底断了。

十一岁的女儿用粉笔在地上画圈,给亡灵们的纸钱要烧在一个划定的圈里。外公、外公,她颇有兴致地念叨着,平常她不可能喊出这称谓。她与我父亲没有见过。

父亲不知我的毕业找工作、结婚生养、买房、换工作。这二十年,我做了人生中的许多事情,他都不知道。

那许多的仓皇、打击、恩爱、凶狠,他都不知道。

我十六岁时,他死了。他都不知道,我后来又长高了一些。

我给渐渐旺起来的火喂纸,母亲叠成的元宝们打着滚,萎缩着消失了。

也许任何一种灰烬都会随风上扬,但纸钱的灰,这样一小块一小块的,黑色、灰色的,在路灯的光晕下盘旋,像是真的通到了天地鬼神。我长久地看着。女儿找到一根小树枝,游戏般地挑动灰烬,让没有烧完的纸灰重新红彤彤的。

这纸煳味好闻。女儿嗅嗅她的手。

别捣得太碎,他们得不到了。

这——是——迷——信! 女儿轻声地说,带着学生气。为什么要烧纸呢?她每次都要这样问一问。

我盯着慢慢白了的灰。为什么烧纸呢?亡去者永远不知,生存者亦知虚无。

二

我与父亲,从没真正生活在一起。一般讲,我只在春节见到他。

他是本村早期的大学生,考到南京念大学,继而被分配在那里工作,颇为荣光。重要的城里的工作使得他只在春节才能回乡。本地还有另一个在南京军区工作的人,他们两个一回来,就过年了。整个正月,他们两个与村里的书记、会计、医生、小学校长等有头有脸的人，会被人们邀着吃“春子”，从正月初五吃到正月半，经常一天两顿。他们在人家的堂屋里伸手伸脚地围着八仙桌坐着，喝酒、打牌、交换各自的烟、谈论国家大事。

再冷的天，父亲都穿毛料的衣服；那个军官，则是穿威风凛凛的制服。他们从不穿棉袄，看上去比当地的任何人都单薄，可这是气派和合适的，大家都一致同意：城市的人，是不怕冷的。这正是城市人漂亮的地方。

父亲死后，七七第四十九天，家里人请人放焰口，并烧掉他的许多东西。全是从南京收拾回来的，大部分我都没有见过，那完全是一个陌生人的物件，一个活了四十四岁的男人，半生的家当。奶奶再次哭得昏过去，姑姑们闭上眼淌泪，妈妈要张罗饭菜，便由我主要负责烧东西。俄文字典、围巾、画报、小木摆件、塑料杯。印象最深的是他的一件羽绒衣，两面穿，一面银灰色、一面褐色，十分肥厚。真好烧啊，一扔到火里，羽毛就砰地炸开来，热气烘烘。我惊讶得忘记了心疼。想起父亲每年回乡过年，乡下那么冷的三九四九天，他从来没带回过这件羽绒衣。他是对的，他表现得像一个漂亮的城里人。大家至今都记得他穿毛料服，裤腿上有两条线。

每年春节期间，我与父亲，说不了几句话。有那么几句，竟也记得。

我家有个习惯，一到春节，就替四周的邻居写对子，早先是爷爷，他做过私塾先生，写得端正老实，全是妇孺皆知的老派对子。后来爷爷老了，或者也未必是老，总之，换成父亲写了。父亲喜欢这个角色。他把家里装糖果的瓷罐子拿出来调墨汁，把方桌上全部的东西都拿到别处，架势很大。倘若邻居没有特别指定，他便玩乐，自作主张改动上下联的几个字，让人念得半生不熟，或另取唐诗、录古句。有时他也写新编的。歌颂农村风貌的那种，是广播里报的，他注意听村广播站的内容，却一边听一边哈哈地嘲笑。他还会给对联加"裱"，抓起一张报纸，随意地团成一个团，然后蘸着金黄色的调料，在对联边沿整齐地印上一朵朵花，挺绝。不过他有分寸，不会在人家堂屋、正门的对子上游戏。

有一次，写到"春风和煦×××"，他问前来取对联的小个子男人，指着第四个字："认得？""不，怎么可能认识呢。"矮小的邻居高高兴兴地摇头。"你呢？"父亲问我。

三年级的我紧张起来，父亲从来没问过我的成绩，我考的许多一百分、三好学生等许多荣誉他从不知道……我常常感到能分享的人很少。可是，这个字偏巧我不认识。父亲没作声，继续写，也不教我，邻居打招呼走了他也没停。那整个半天我怏怏不乐。我其实并不真想在父亲面前显得多么出色，但我生气他如此没有道理的考验。这种随心所欲，让我感到莫大的生疏。

我一直记得那个半草的"煦"字，大红的纸、黑墨。我到现

父亲爱玩各种乐器，擅长
拉手风琴和二胡。

在都不喜欢这个字。

除夕前全家大扫除,他只负责一件事,替大家擦皮鞋。他很有兴致,一只只先抹去旧灰,接着,浓浓地上油,放着,“养”一会儿。然后找来一小块旧的真丝布,紧贴着皮面不要命地飞速地抽动。再旧的皮鞋,这样子一弄,都亮得惊人,他快活地把一家人的皮鞋排在一起。浓浓的鞋油味,非常洋气地往鼻孔里钻着。大年初一,我穿上他擦过的红色猪皮鞋,然而这鞋子是上一年买的,我嫌小了,有些挤,只穿了小半天,便换下来了。他竟不高兴了,像嫌弃乡下孩子似的:“最起码的……一个人,要学会穿皮鞋……”

我那时不大清楚,到现在也不以为然,一个人,会不会穿皮鞋,有什么要紧之处。有一点,现在我擦皮鞋,跟他的习惯一模一样。尤其是最后一道,真丝布与皮质之间的摩擦速度,我相信那对于皮鞋亮不亮,很关键——这些所谓的细节,在别人看来完全不值一提,也并非说我多么珍惜,但我与父亲所打的交道实在太少,况且,童年的事,一旦记上,就一直记着了。

正月里,父亲几乎每天都打牌到很晚,摸黑回来,还有酒气,裤口袋里乱糟糟的,全是牌桌下来的零钞。他早上起得很迟,替他准备的四只水潽蛋,热了又凉了。如果这天没有人请“春子”,吃午饭时他就跟我们一起。他不太说话,很快吃完,用一条手绢擦擦嘴,然后到外面,到光秃秃的晒场上转圈子。他一出门,我才开始真正放松地吃起来,让妈妈给我拣瘦肉,嚼出声音,添好几碗汤。我不习惯他在我家的饭桌上,有他坐着,我吃不好。

实际上我相当地怕他。我记得他曾经打过我,就在短暂的寒假里。某天,奶奶和母亲忙碌着做鱼做肉时,我吃了一块她们熬出的油渣。不巧,却是块嚼不烂、咽不下的油渣,我刚要吐掉,父亲不知什么时候站在我后面,严厉地命令我一定要吞下去。我嚼了又嚼、咽了又咽,却还是难以下咽。七八岁的我很快哭起来,父亲继续骂我。他甚至踢我,用他的皮鞋踢我的腿。可能并不是真踢,因为并不怎么疼,可我被那没有缘故的责难给打蒙了,实实在在地惧怕起父亲,我巴望着他赶紧回南京。我不要过年。

这一块我无法吞下的"油渣",曾被我隐约地写进一篇小说。我本不该这么利用这个私人细节,可我没忍住。

再长大一些,我了解到更多父亲的事情。这虽然并不能够使我轻易地谅解父亲当时用皮鞋踢我的事情,但我可以宽容地推测:每一个回乡度假的春节,他是不快活的,没有人真正了解他、体恤他——他在南京另有他的生活,他正周旋于他的个人欲望之中。他看到老家、看到我母亲,是气恼与回避的。他是借"油渣"拿我撒气;可能,他也生气我对他的不亲昵。再进一步说,他跟我一样、跟母亲一样,也是一个没有体会到天伦之乐的人,他同样没有完整意义上的家。

三

父亲与母亲的事情,错在他,并且有许多令人羞耻、被乡人传说的细节。那些事情,而今说来也不新鲜,无非就是男女之事,故也不必全部回忆出来。况且他为此受到了很严重的惩罚,甚或牢狱之灾,甚至不止一次。他先后两次成了劳教分子,他的罪名叫“生活腐化”。

有一个情节,如同想象力糟糕的小说,母亲说给我听过。父亲第二次出事,天下皆晓,独我们全家不知。暑期快到了,时为老师的母亲还浑然不觉地跟同事们说:今年要早点把家里的玉米收了,带孩子到南京好好玩一玩……终于有两个女教师不忍心,尾随我妈妈上厕所,她们的手放在裤腰带上,却只是假装要解手,然后,在臭气熏天、苍蝇翻飞的学校厕所里跟我妈说:你还说什么去南京!你家小孩儿爸爸又给抓了!

我的记忆始终在我所知晓的母亲的这一方,父亲当时在南京的具体情形,我永远无从得知。总之,他后来的病,当是有这方面的原因,所谓抑郁成疾,他得的是肝病。

我相信,作为从乡下飞出去的鲲鹏,父亲曾是个心高的男人,对自我的期许也是高的。我听许多人说起过他杂拌儿般的才能:会拉小提琴和手风琴、会修收录机或是缝纫机之类、烧得一手口味清淡的好菜、桥牌打得漂亮、投篮时三分球十发九

父亲和他自己组装的收录机，那时
脸色已经开始发暗,有了病相。

中、钢笔字写得比毛笔字还好、模仿毛体字活灵活现。许多人赞赏他，当然这也可以很好地解释他在南京的那些男女之事。但人生的后几年，他的声望急转直下，连村头荷锄者都用轻蔑、谴责的语气谈论他。他回家来过年，没有人再请他写对联了，更不要说吃“春子”、打牌玩钱。他被道德压得脑袋冲下，满嘴是泥。

而人们曾经对他多么好啊，记得有一年奶奶在春节里做寿，却碰上下湿雪的天，父亲在晒场上放炮仗，脚下一滑，跌了个很难看的大跤。要是别人，大家肯定会笑话整个正月，可对父亲，大家却夸了他整个正月，说他是个真正的孝子，他为老母亲跌个大跤呢。人们对他越好，他一出事，对他便越差，或是显得越差。这种对比，是可怕的。

幸之，他慢慢就得了病，面色白亮变为黧黑，身体浮肿；然后，他死在南京，可以永远地不再回来过年了。

故而，我与他的生分，到后期，也有顺应时势的意思，我有充分的理由，因为我站在大部分人的这一边。我似乎是母亲的小卫士。很多同情妈妈的女人说我有主心骨。但也有很多人，花了太多的时间谈论父亲的奇事，并慷慨地眷顾到我：一个在南京城工作的人的女儿、一个劳教分子的女儿、一个老师的女儿、一个第一名的好学生。走到哪里，我都可以看到刚刚闭上的嘴，连比我小的孩子们都想方设法用他们的方式对我施以侵扰。这一年，我刚上五年级，母亲决定让我跳一级，离开她所在的小学，直接送我到外地亲戚家上初一。她给大家的解释是:那里教学质量高。

这样,像拔萝卜似的,我被突然拔离了家与母亲,离开了我家的蓝色窗户。蓝色木窗,这是父亲有一年过春节时突发奇想的作品,他自己动手刷的。每到春天,这蓝色窗户配着我家的桃花与梨花,好看得不能再好看了。我最喜欢这一片蓝窗小景,它代表着我那个年纪对浪漫的高级想法。然而,这一走,我竟再没有机会在春天里看到这扇蓝色窗户了,从十一岁起,我只有寒暑假才回去,也算是个小小的游子。说实话,而今,我真愿意缩短几年的寿命,去换回我少年的某一个春日下午。放学的我,大老远地,欢喜地盯着我家的蓝色窗户,没有任何忧愁地蹦跳着往家里走。

亲戚对我很好,包括那里的邻居与同学,但问题是,他们都知道我父亲的事,这使我并不能正确地消化他们的友好。初中三年,自觉寄人篱下,颇为飘零。

我在日记里夸大其词地描述一只猫所给我的温暖——那小东西,冬天的夜里,喜欢蜷在我的床尾睡觉,它热乎乎的身体，隔着被窝压着我的脚；我一个人穿过几大片田埂步行上学,初春的浓雾前后不见人,我百感交集地走;我盼望周末时妈妈来看我,她离开时,看着她替我刷干净的鞋和滴着水的衣服,抽泣得上气不接下气;晚上做作业,为了油灯摆放得靠谁更近,与亲戚家的孩子反目成仇,几个星期不说话。

而与此同时，我学会了乖巧，我与不同的人都能谈得热火朝天，我习惯被另眼相看，也习惯不被重视，习惯亲亲热热，更习惯客客气气。我越来越像个好孩子。

但我认为那三年我成长得并不好。记得某一天，有个外地的马戏团来当地表演，应当是较拙劣的吧，可我连看几场，心念闪动，萌发了跟着他们偷偷跑掉的念头，像受到命运虐待的孩子那样，让所有的人都懊恼去吧，他们本该对我更好……整个寄居的三年，类似这种孩子气、颇为阴暗的自我折磨，还有其他不少。这账该算在谁的头上呢?父亲。

然而，又是然而，到我明晓男女事的年纪，到了这男女之事不再是事情的时代，我替父亲沉痛了。他的悲剧性清晰地浮现出来。我像理解并惋惜任何一个旧年代的中年男人那样理解他。所以直到现在，对各种此起彼伏、大同小异的出轨情状，我有着不太确定的心态，像是根本无所谓，偶尔也会来点道德洁癖，更多时候，觉得那根本就是落在人生之上的灰。生而为人，完全不落灰，或许也是不真实的吧。

当然，这并不能改变我对父亲的感情，我对他的认知，定型在一个过去了的时态里，这个时态顽固地告诉我：那些事情是丑陋的、令人唾弃的。

也许，曾经有过那么一个改善的时机。

四年级暑假，我被送到父亲那里待了一两个星期。父亲的单位是个规模颇大的军工厂，食堂、影院、理发店、公共浴室等等自给自足。他带着我参观了一大圈,允许我每天下午到电影院边上的小卖部去买一个冷饮。南京的夏天很热,树荫却好,每天睡完午觉,我贴着树荫,到电影院边上去买一根“马头牌”小雪糕,边舔边看电影海报。我特别想进去看上一场电影,但从来不敢跟父亲提这个想法。再说,吃着雪糕、看看海报,很不错了。我到南京之前,周围的小孩子们都非常妒忌我,回去之后,我会详细跟他们说说下午的海报与雪糕。

但我不会说我早上的食堂。父亲给了我一项任务——负责到食堂去打早饭,因为他是一直要睡到上班的。食堂里要排长队,要计算饭票与菜票,绿豆稀饭打在铝锅里,小咸菜放在倒扣的锅盖上,馒头或油条则插在另一个大茶缸里。我到底是个乡下孩子,非常不适应热气烘烘、地面油腻的食堂,手忙脚乱,每次买早饭都十分紧张,生怕丢了饭菜票或打翻稀饭。我个子又矮,窗口的女人会骂,语气凶且同情:这是谁啊,让这么小的孩子来打粥,看烫着了……这些,我不会跟父亲说的,只把他的一份放在他床头, 如果哪天洒掉太多, 我就不吃稀饭。

直到回到老家,我把食堂那个女人的话学给母亲听,有些像诉苦。其实,并没那么严重,但总的来说,就算跟父亲单独待了两个星期,他是他,我是我。没有交流。

我倒记得他窗台上有一小盆茉莉花,我天天看着,闻它的清香,在夜里尤其地好。离开时,我倒舍不得那盆花了。

四

我对父亲的紧张与不适应,直到很多年后才解除。

他得病住院的那一年,我已经到南京读中专了。他一个人住在医院里,母亲仍在乡下小学,她带的毕业班,正在最要紧的冲刺阶段。每个周末,我从学校挤公共汽车去看他,拿走他换下的脏衣服,衣服上有便污,也有他吐的血。在我们女生宿舍楼的晾衣架上,我用衣撑摇摇晃晃地送上父亲的衣服,高高挂起,楼道里的女生们三三两两地走过,没有人注意到。可是我能闻到:就算漂洗了很多遍,他的衣服仍然带着医院与疾病的味道、男性的衰弱味。就像我的心情,非常复杂——我对他还是没有丁点儿感情,虽然他害了重病。他对我而言,仍然只是一个寒假回乡度假的人,一个与母亲关系不好的人,一个对我很生分的人,一个我并不理解也不想理解的人。

某次洗衣服,发现他有件老汉背心破了好几个洞,洞的旁边则是褐色的血迹。宿舍楼公用洗衣间的灯光昏黄地照着,这突然让我怜悯起父亲来。那件略显寒苦的老汉背心忽成了件婴孩衣服一般,情境怪异,我突然意识到:父亲快要去了。一下子,我感到我不再怕他了,也不怨他了,他成了大病之人,他弱小,他在消逝。在一种近乎轻松的心境中,我到商店替他买了一件新的老汉背心,也就几块钱。没想到,这件事让父亲大为

父亲与妹妹的合影，大约三四年后，父亲去世，鲁敏与父亲没有合过影。

高兴,他对邻床的病友夸耀我,我的成绩如何好,中考总分全盐城区第三名! 看她多么懂事,才十五岁,帮我洗脏衣服! 还替我买了件新的!一定是用奖学金的钱!她得的可是特等奖学金,全校唯一一个! 这是父亲病危之后,他病友的妻子告诉我的,他的病友,比他早死半个月。病友的妻子来医院办什么事,隔窗看到昏迷的父亲,她忍住伤心泪,拉住我看了几眼:哦,你爸爸一直夸你懂事! 成绩好!

可我不领情,尤其不愿他夸我的成绩与奖学金。我所读的那个学校是个中专,正是他让我读了这个中专。在我们乡下人看来,中专是最好的,能得到学费全免、伙食费、城市户口之类迅速而可靠的回报。可这根本不是我要走的路! 我只想读大学、一直往上, 直到没有什么可读了为止——我从小擅长考试,在分数上我总会赢。在我无休止的哭闹争取下,母亲勉强同意让我报考高中,我高兴了,心中大定。但几天后,父亲从南京赶回来了,他与我的班主任连夜商量(一到高中,女生就完蛋了! 就算她能撑住,但万一考不上大学呢),在志愿书送到县里的最后一刻,他们私自替我改成了中专:邮电! 不是金饭碗也是银饭碗! 他们高兴地向我宣布,像押了个大元宝。

我的大学之路,就这样断送在父亲手里! 虽然可能也有母亲及班主任等的意见,但,是他回来改的志愿! 这真是活活杀了我呀,我对大学有那样的野心! 我不能原谅。我从不隐瞒这一点,我对母亲多次坦白。

鲁敏进入邮电学校，穿着邮
电制服在夫子庙照相馆。
摄于1987年

中考的那整个暑假,我躲在闷热的蚊帐里绝望地躺着。为了庆祝我全区第三名的成绩以及邮电学校(哧,银饭碗!)的录取,家里大摆宴席,请亲戚、当地的人物、我的校长与老师们。我无礼地坚决不肯出来敬酒。他们在外面笑什么、吃什么、喝什么啊,在欢庆我失掉的远大前程吗?

直至今天,经过任何一个大学、哪怕是三流大学的校门,我都感到痛苦,跟当初一样新鲜和尖刻。时间丝毫没有减弱这一点。虽然我并非多么不满意我现在的生活,并可以理智地知道,没有经过高等教育,未尝不可算作是纵养出另一种野莽的天性。但这解决不了我执着不放的问题——踏上左边的路,就永远不知道右边的路。我不能不想,如果走右边,我会进入哪一个岔道,我将要碰到的人、经过的事,以及成为的另外一个人。

父亲去世后,母亲丢掉乡下的教师工作,带着我与妹妹一起住到父亲留下的小房子里,她想让我们在南京生活,她有着本能的对城市的向往与占有欲。那几年,我们过得颇为艰难,一个细节我总忘不了:菜叶汤是一道很好的菜,但如果加了豆腐,那简直就是完美,但不能太好,所以一块豆腐须分两顿来吃。我总记得母亲把一块豆腐小心地分成平均的两片,在浅色的碗里泡着水,她总惦记着换水,以保持那豆腐不坏。很快我毕业到邮局工作了,拿了第一个月的工资:八十四元。母亲劝我:看,幸好你父亲替你改了志愿。你不要再生他气了。

我数数那八十四块钱,存了五十块钱,三十四块钱给了母亲。我自己不用钱。不,我还是生他气。我与好几个初中同学保持着通信,我工作的这一年,他们都已经大二了,他们的信从各地寄来,落款上写着如砭我目的大学的缩写。虽然他们没有人考到很好的大学,可这并不表示我不会考到。可现在,我在数钱,多么羞耻的动作! 我像任何人一样喜欢钱、知道它的实际且巨大的效用, 可是我的第一笔工资, 比他们早拿了三年, 这大大毁坏了我与金钱的关系——我不喜欢花钱这个动作,它不能带给我轻松的享乐。我总觉得我应该去做一个不会挣钱的人,在教室里寒酸而虔诚地背书。我巴不得远离物质,可坚硬的物化的俗世严厉地给了我第一个没有声音的耳光,我顺从了,很早就与世故的社会亲密地并肩而行。

我常常思念教室、思念我不存在的清贫而纯真的大学。我至今都会做上课的梦。我高兴地等着老师报分数,我知道我会是第一个被念出名字的人。

五

我只后悔我对父亲的两件事。

他曾经给过我一个通讯录。那是我考上中专之后,我在纸上列下了我可能通信的所有人的地址:两个小学同学、很多的初中同学、我喜欢的化学老师、两个表哥、中考时认识的另一个因为考中专而愤怒的男生……写满了两张信纸，随身带着。寒假里，父亲偶然看到这两张纸，对母亲说：看，她都没想到写下我的地址。

但隔几天，他找来一个通讯录，六十四开的黑皮本子，怪精致的，抄上我的那些地址正好。我很喜欢，但你们相信吗，我不要，就是不要，他的东西我怎么肯要。我在正月十五之前离家返回南京的学校了，把通讯录扔在家里一个显眼的地方。

父亲则是过了农历正月十五之后才回南京——也挺有趣，他在南京工作，我在南京上学，但我们从没一起坐过长途汽车，我放假和开学都比他早，所以这也正常。听母亲说，在他离家之前，他把通讯录送给了我的小姑妈。小姑妈在镇上开了个卖床上用品的小店，一辈子没有离开过此地。我想，那通讯录，那画着电话与小房子的一格一格，她最多用来记记床单或被面的流水账吧。父亲去世后，我有些想把那个通讯录要回来，但不愿向小姑妈开口。我与父亲的生分，亲友们都知道。就算他不在了，我还要这个面子。

他还曾给我送过一只西瓜，就在他生命中的最后一个初夏。快要放暑假了，他到学校来看我，抱着西瓜，站在女生宿舍的楼下，我住在六楼，得爬。他在楼下喊我，但我不愿下去接他。宿舍的同学说：你爸爸在下面喊你呢。我说我知道，我装着忙于复习抬不起头。

过了很久，他爬上六楼，脸色极差，衣服汗湿得贴在身上。

父亲的毕业照(后排右三)。

摄于1970年

我想起来了，公交车站到我们学校，本身就要走很远，我还想起了他的身体。我有些理亏，却更加感到一种不高兴。淡淡地说了几句，什么时候考完回家、车票订好了没有那一类的。他很快走了。我招呼同学吃瓜，红红的瓜汁四处淌着，她们吃着，都说甜。我一口没吃，说胃不舒服。

两个月后，他突然发病，然后死了。

现在想想，那一天，我本可以稍微热情一些，或者下楼去接他一下。或者，我该吃他一片西瓜。他送我的东西本来就少，我收下的更少。

至今，我所保存的，只是他的一些照片，主要是大学时期的。他读的大学是南京航空学院(现在的南京航空航天大学)，照片里的父亲在吊单杠，在男声小合唱，在长江大桥上跟他的同学们摆成革命的集体造型，他们的胸前都别着主席像章。照片全是黑白的，大小各种尺寸。下方颇为随意地用手写体标着日期与地点——全是父亲自己冲的，那时的理科大学，流行这样，暗房技术是起码的小活儿。

偶尔翻看这些照片，公允地评价父亲的容貌，他是好看的、亲切的，当时正年轻，又健康，还那么快活的样子。我甚至有一阵子还挑出他的一张标准照随身带着，那黑白小照实在是文雅英俊，我是只取其炫耀性的审美意义：这个人是我父亲呢。其实我真不太相信，这就是我每一年在春节期间所接触的那个不冷不热、陌生得令我浑身不自在的父亲。

当然,加起来,哪怕从一岁算起,算到十六岁,我跟他相处的时间总共不超过三百天。还不包括他有几年春节因为劳教没有回来。我总是无法清楚地想起他的长相,他活着时就记不清。

我还无法明确他的年纪。当然,他死在四十四岁,要是活着,今年也才六十四岁。但这些年,我觉得他在变小,差不多跟我一般大了,而不久后,还将成为我的弟弟,直到我老了,甚至成为我的儿子——这纯粹是一种岁数的比拟,没有角色或情感的成分。我所感到的是,记忆里那个模糊的零碎拼图般的父亲,越来越抽象了,连年纪这一点也不像了。他到底是我的什么人?

倘若他活着,我会教他上网跟人下棋?肤浅地展示我得到的某个荣誉?随意支使他替我女儿检查作业,在所谓的父亲节里买一件打折的T恤……这可能是世界上任何一个女儿对父亲正在做的事。我放纵自己尽情想象着我与他之间各种形式的俗世友好,可是,真不像啊!我感到滑稽、廉价,像演戏——因为我知道这完全不可能。我可以肯定,就算他真的活到今天,我们一定还是不好。我与父亲,就是不合的。

可是我一直很留意别的父亲、和我父亲年纪差不多的男人、我女儿的父亲、我同学的父亲等等。我留意他们的父女关系,他们那么要好,像情人一样,真令我惊叹。我认识一个男子气十足的父亲,因为女儿的出国而大失风度,众人面前,只要提起,就会像老婆婆那样地红眼圈,我欣赏这个父亲的痴情。我偷看我女儿与她父亲的亲密，动物一样，他们缠在一起打闹,完全把我冷落在一边。我的一个女友,像骂儿子一样气狠狠地骂她高血压的父亲,老人家喜欢顽皮地偷偷喝酒。

我旁观着世界上的父亲与女儿们。我知道那很好,但说实话,倒也不是多么羡慕。我心里始终有一块冷静的去处,那是结了冰的湖面。

六

父亲留在南京的小房子,四十平方米,底层,没有地板,地上只是漆,红漆上刷着连环的空心梅花,看上去倒有几分立体感的华丽——若干年后,搬家,我在沙发角落里发现一个六边形的软铁皮模子,全是灰,上面残留着黄漆与红漆,原来这地板是父亲自己设计的。他的确有巧劲儿。我也有点,尤其是到南京之后,家里什么小东西坏了,我最喜欢捣鼓,并能神奇地修好,而母亲就爱说:看,你随你爸爸,脑子好、手巧……这总让我有一些扫兴,我回嘴:才不是!否则谁来修呢!这是没办法!

遗传学并没有错，照母亲看来，我还随了父亲的许多方面:喜欢一切糯米的食物,数学好,讲话快,牙齿比一般人白。可这又能证明什么?血缘到底算什么?它给了我什么?我之所以成为现在的我,受益于他给我的什么影响?爱与同情,还是

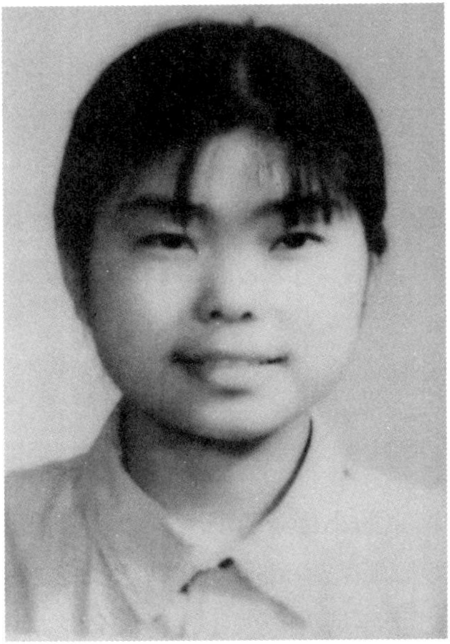

鲁敏十六岁时的
借书证照片。

恰恰相反……倘若非要表现得有情有义，像一篇乖顺的文章去做个总结：是啊，那是我惧怕过的人、怨恨过的人、伤害过的人、怜悯过的人……去他的，这些词全都是隔靴搔痒！酸腐的文艺腔！我想我还是活得没良心一些吧，就像一片树叶，从哪棵树上掉下来的，有那么重要吗？

父亲房中留下的那套家具有些怪。全黑、高光漆，很亮，上面用细金笔描着少许的山水画，又雅又怪，放在那么小的单间里，很不对劲。当然，我们搬进去住的时候，父亲已经去了，真奇怪他为何喜欢这样亮亮的黑色。邻居们告诉我：嗨，鲁工(由于那些事情，他终身只是个助理工程师，但同事与邻居都喊他鲁工)可喜欢这家具了，他跟我们说，全南京就这一套……可是，这个……我们当时就觉得，家里摆着黑家具，漆亮漆亮的，有点像那个东西，不吉利啊……你看看，没住多久，他半夜就发病！吓死人哦，地上吐的全是血……

事实上，我倒慢慢喜欢起这套家具。

黑色的书桌，我天天晚上趴在上面用功，连考了四十多门课的自学考试、换来三个文凭(我还在为大学的事憋气，茫然地做无用功)，一直到我结婚，用了它十二年。黑色梳妆台上堆满了我们的搽脸油，不值钱的，但小瓶子们颜色艳丽。黑色电视柜，母亲在上面放着她喜欢的旧茶叶盒，用作装饰。这套家具，看着我们吃了不少年的菜叶汤，苦日子衬着黑家具，般配。

最终换房子时，这套家具也旧得很了，很多地方漆皮都翘起来了。但母亲无论如何也不愿意白白扔掉。家具于是被拆散了,电视柜与衣柜放在老房子里给租屋的人用。大床贴上皮子翻新。梳妆台母亲带走。我用得最多的那张书桌,则不知所终。那张梳妆台,至今都还在母亲的阳台上,被母亲搁着洗衣粉与衣架之类,细金笔勾出的山水画完全被遮住了。但它上方的镜子却还干干净净的,正映着阳台外飘着浮云的天。

我伸过头去,我的脸便也被它照着,在浮云的背景里面容恍惚:镜中人不是我,而是二十年前,那个刚刚目睹父亲吐出最后一口浊气的女儿,以父新亡之名,她紧绷着脸,下巴硬硬的,看不出难过。

写于2009年

致母亲

◎ 李修文

李修文 ——（Li Xiuwen）

作家。出生于1975年，湖北荆门人。毕业于湖北大学中文系。出版有长篇小说《滴泪痣》《捆绑上天堂》，中短篇小说集《闲花落》《浮草传》，散文集《山河袈裟》《致江东父老》等。曾获鲁迅文学奖、茅盾文学新人奖、电视剧飞天奖、大众电视金鹰奖等多种奖项。现为湖北省作家协会主席、武汉市作家协会主席。

农历大年初七，夜深了，小雨不止，阳台上的花倒是开出了几朵，不知道从何处传来一阵男子的哭喊声：“妈妈，妈妈！”我隔着窗子向外看，四处都黑黢黢的，终究一无所见——这是武汉封城的第八天，我早已足不出户，所以，我注定了只能听见哭声，却看不见哭声背后的脸。临睡之前，在一连多日的骇人安静之中，我又看到了一个视频：一位感染病毒而死去的母亲被车运走，她的女儿一边追着车向前跑，一边哭喊：“妈妈，妈妈！”

——我从来没有像今天这样强烈地想念母亲。

“夜来幽梦忽还乡”，在梦里，漫山遍野都是母亲。幼时坐客车去县城里看父亲，只差五分钱，车费终究还是没有凑够，我们被赶下了车，一边走，母亲一边哭。少年时，月光下，我守在稻田的边上眺望着母亲，她通宵不睡，连夜收割完整片稻田。就算她与我相隔甚远，微风也不断送来了她的汗味。大学毕业后，第一次回家过年，年过完之后，我要再去长春。临别时，我拒绝了她的相送，但是我知道，她一直跟在我的背后偷偷送我，我一回头，她便跑开了。其后，还是在梦里，我忽然开始上天入地，火车上、大海上、新疆边地、沪杭道中……我一步不停，四处游走，但是，处处都站着母亲。

此中情形，白居易早就写过了：“鹅乳养雏遗在水，鱼心想子变成鳞。”他是在说：为了让儿女紧随在自己的身后，鹅会将自己的食物嚼碎之后遗落在水面上，而水中之鱼一心只想着仔鱼的身上长出鳞片，唯其如此，它们才能算作长大成人。是啊，只要雏鹅还没跟上，仔鱼尚未生鳞，母亲们便喊也喊不走，推也推不开。所以，管你是在杀伐征战，还是正落荒而逃，漫山遍野里都站着母亲，她说你受了苦，你便是千藏万掩，终究也是瞒不住。由是，古今以来，多少笔下云蒸霞蔚之人，只要念及母亲，全都变作了答话的小儿。问你吃了没吃，你就乖乖答吃了没吃；问你暖还是不暖，你就好好说暖还是不暖，再多的花团锦簇，都要听话退下。到了此时，那一字一词，不过是母亲让你咽下的一饭一粥：

爱子心无尽，归家喜及辰。
寒衣针线密，家信墨痕新。
见面怜清瘦，呼儿问苦辛。
低回愧人子，不敢叹风尘。

写下这首《岁末到家》的蒋士铨，与袁枚、赵翼共称为“江右三大家”。其母钟氏，绝非目不识丁之人，自己也写有诗册一卷，且律儿甚严。因为家贫，自他四岁起，母亲便以竹篾为器，教他识字。到他十岁，为防他成为膝下之儿，母亲竟怂恿父亲，将他绑在马背上，跟着出门谋生的父亲遍游塞北苦寒之地。出门之前，母亲特地嘱咐他：在路上，不管遇见何等险阻，绝不做惊人之态，绝不发惊人之语，如此，见识方能积成气节，男儿之身，才能安得下一颗男儿之心。果然，就算后来蒋士铨被授翰林院编修，一生作诗也去空疏尚白描，而独重"忠孝节义之心，温柔敦厚之旨"。除了这首尽显人子之心的《岁末到家》，春愁与秋望，灾害与流民，他一一写来，如说家常却莽莽苍苍，实在是母命难违，也从不愿相违。越老，十岁出门前母亲说过的话便越清晰，它们在他的诗里住了一辈子。

晚清之时，翰林院也有一位编修，名叫周寿昌，忠直耿介，无论何人，但凡事非，皆敢犯颜，即便面对煊赫一时的名将赛尚阿，他也直接表奏朝廷，怒斥其作战不力。如此之人，必是群小之忌，非得要除之而后快不可，众口铄金之后，黑的白的全都被涂抹到了他身上，一时之间，人皆不敢近。恰在此时，周寿昌写给母亲的那首《晒旧衣》却不胫而走，多少人读之泣下，这才终于有人站出来表奏朝廷，为他说句公道话。这首《晒旧衣》，由此在天下传诵，更是引得当年清明时，诸多不识一字的百姓请人将其写于纸上，再焚烧在至亲的坟头：

卅载绨袍检尚存，领襟虽破却余温。
重缝不忍轻移折，上有慈母旧线痕。

妈妈，三十年了！你给我缝制的粗绨衣袍一直还在，衣领已残，衣袖虽破，一手触及，却仍有你的体温。妈妈，就算我想将它重新缝补，终究不忍也不敢轻易地将它拆开，只因为那里有你缝补过的痕迹啊妈妈！这一切，多像唐代福建的第一位进士欧阳詹所言："高盖山前日影微，黄昏宿鸟傍林飞。坟前滴酒空流泪，不见叮咛道早归。"——妈妈，你看见了吗，黄昏来了！高盖山前的日头也快要看不见了，可是在我的身边，再也没有了你，满山的林子里，只有回巢的鸟在飞来飞去，你在哪里呢？怎么再也听不见叮咛我早点回来的声音了呢妈妈？

所以，和他们相比，我是多么幸运啊。就在刚才的梦境里，稻田边上，我睡着了，猛然惊醒，这才看见，月光也消失了，微风变作了大风。我站在稻田边四顾，全然看不见母亲的身影，一下子，我的心提到了嗓子眼儿，举步便在稻田里狂奔起来。脚底下，湿漉漉的泥巴飞溅，纷纷扑打在我的脸上和身上，可我什么也顾不上，一意向前，跑两步，再站住，之后又再向前跑，只是母亲在哪里呢？天可怜见，就在我哽咽着几乎要大声哭喊的时候，大风重新变作微风，又送来了母亲的汗味。我循着那汗味上前，一路都踩在母亲刚刚割倒的稻子上，眼泪却终究忍不住涌出了眼眶。

也因此，世间虽说多有堪怜之事，其中最是堪怜的，却是那些终其一生都在寻找母亲的人。譬如苏曼殊，其人身世，半生成谜。在故国，他是六亲不认的庶生子，年岁及长，他这才知道，就连庶母也并非自己的生母，直至二十五岁，他才东渡日本，第一次见到自己的生母。其后，谒母几令成病，倏忽之间，他竟七次探母，每一回相别，都是欲狂欲死，哪怕别后，他也要假托母亲之口来作诗:“月离中天云逐风,雁影凄凉落照中。我望东海寄归信,儿到灵山第几重?”更有瞿秋白,其母在贫病之中不堪羞辱而吞火柴头自杀之时,年仅四十一岁。闻信归来,跪倒在母亲身边的瞿秋白写道:“亲到贫时不算亲, 蓝衫添得新泪痕。饥寒此日无人问,落上灵前爱子身。”自此之后,要我说, 这位历劫之子其实早已定居于孤寒之中, 诸多因缘与生死,在母亲谢世之日便已一一了结。既然已经了结,眼前所见,便无一是苦,也无一不是苦。只不过,就算如此,心中到底还是有一桩事放不下,那就是母亲死后迟迟未能下葬。在写给羊牧之的诗中, 这个在未来哪怕死到临头也要耽溺于集句之戏的人,照旧显出了一颗欲了未了之心:

君年二十三,我年三岁长。
君母去年亡,我母早弃养。
亡迟早已埋,死早犹未葬。
茫茫宇宙间,何处觅幽圹?
荒祠湿冷烟,举头不堪望。

子别母尚且如此,母别子又当如何? 唐人李贺,天生“鬼才”,却只得年二十四岁。其母郑氏,儿丧之后,痛不可当,几无生念。恰在此时,半夜残梦之中,她又见到了儿子。儿子告诉她,自己之别母而去,不过是天庭里新添了一座玉楼,天帝令众仙作文以志，皆不能令他称意，故而将儿子从凡间招入天庭。现在，赋已成矣，儿子也已位列仙班，不信你看我生前诗文，世人皆言我“贺诗清峭，人物超迈，真神仙中人”，如今，我不仅没有受苦，反而归于了无尽清虚，真可算得上是难得的圆满——这幻梦一场，是为名典“玉楼赴召”。杜牧逢人便会说起此事，李商隐甚至将其写进了《李贺小传》，说到底，都是因为不忍，都是因为要代替李贺紧紧抱住尘世里凄凉的母亲。

说回阳间尘世，安史之乱中，李白也亲睹过送别儿子的母亲：“老母与子别，呼天野草间。白马绕旌旗，悲鸣相追攀。”宋亡之后隐居不出的于石，在诗中记下过一位被夫家驱逐的年轻母亲，她一边哭行一边回望尚还幼小的儿子：“尔饥谁与哺，尔寒谁与衣。明年尔学行，谁与相提携？”还有元代的与恭和尚，纵有佛法庇佑，人子之心仍然像大雁一样从寺庙里飞出，在母亲去世后的茅屋之上高旋不止：“霜殒芦花泪湿衣，白头无复倚柴扉。去年五月黄梅雨，曾典袈裟籴米归。”更有常州黄仲则，年仅四岁，其父便别妻弃子，撒手西去，此后全赖母亲扶持养大，虽说出世便有一身少年豪气，终敌不过世事寒凉，少年变作中年，豪气渐成穷酸气，瞿秋白论及他时有云：“词人作不得，身世重悲酸。吾乡黄仲则，风雪一家寒。”到头来，浑身命数一如其师邵齐焘所说：“性本高迈，自伤卑贱，所作诗词，悲感凄怨。”如此一来，时运断绝，他便不得不一次一次拜别老母，四处飘零谋生，才能换回活命的口粮，也因此，其诗《别老母》一出，虽说通篇都是苦寒之语，却叫天下里多少四处奔走又一无所获的儿子们鼻子发酸，背过了身去？正所谓“唯彼穷途恸，知余行路难”，一切奔走、徒劳和欲走还留，全都被他说中了：

> 搴帷拜母河梁去，白发愁看泪眼枯。
> 惨惨柴门风雪夜，此时有子不如无。

就是这样，天底下的忠臣孝子，及至贩夫走卒，又有哪一个，或是危急之间，或是一场生涯的真相大白之日，不想重新做回一条细线，再被母亲穿进手中的针孔呢？明末之际的史可法，困守扬州，先后五次拒绝清军劝降，最终大势难支，破城之日近在旦夕，城破之前，他给母亲写下了最后一封信，信中说：“儿在宦途一十八年，诸苦备尝，不能有益于朝廷，徒致旷远于定省。不忠不孝，何颜立于天地之间！今以死殉城，不足赎罪。望母亲委之天数，勿复过悲。儿在九泉，亦无所恨。得副将德威完儿后事，望母亲以亲孙抚之。”此一封信，悲意难禁，却又有无尽的慷慨之气溢出纸外，当时后世，但凡读到，有几人不为之哽咽，又有几人不为之胆色一壮？城破之后，史可法被押解至清军统领多铎身前，拒降数十次之后，引颈受戮。因为天气炎热，尸首很快腐烂，直到无法辨认，以至于战后无法收尸，只得以残存衣袍下葬——人间与天上，草木和禽兽，你们何曾有知，离他死去相隔未远，督师白洋河之时，他还写下过给母亲的诗？

> 母在江之南，儿在淮之北。
> 相逢在梦中，牵衣喜且泣。

这一首《忆母》，只有寥寥二十个字，不说儿之将死，只说母亲的喜且泣，句句都是白话，字字却诉乱世：是啊妈妈，莫怪我们只能在梦里相逢，只因为，我除了是你的儿子，还是这满目乱世的儿子！事实上，比写下这首诗更早一些时候，史可法以大学士督师扬州，恰逢明将左良玉以清君侧为由进犯南京，史可法只好回师勤王，当他渡江而归，抵达燕子矶时，左良玉早已望风而逃，而扬州势急，他也只好片刻不留，重新挥师渡江至扬州。在燕子矶，当他倚马北望母亲居处，举步难行之际，还曾留下过一首《燕子矶口占》：

> 来家不面母，咫尺犹千里。
> 矶头洒清泪，滴滴沉江底。

两首诗，四十个字，八十年之后，被那位写下过《岁末到家》的蒋士铨读到，恻隐终究难消，径自上了梅花岭去拜谒史可法的衣冠冢。其时乾隆十一年，蒋士铨春闱落第，归途中恰好路过扬州,上了梅花岭,只见残阳如血,人迹与残枝双双萧瑟,满目里唯有孤坟一座。念及阳世之人归家尚有母亲倚门而望,孤魂野鬼却只能在江山易主之后的残山剩水里望江而哭,又念及苏轼名句“岂似凡人但慈母,能令孝子作忠臣”——我的儿,你且行且去,是在尘世做人,还是在地下做鬼,为娘的,什么都遂了你。你要糖,我便给你糖,你要亡,如果,我是说如果,你铁定了心非得要亡,那么,我,也许你去亡。是啊,梅花岭上的蒋士铨所亲近的,不仅仅只有一个孤臣孽子,更有孤臣孽子的母亲,她也会和自己的母亲一样,“见面怜清瘦,呼儿问苦辛”,但是,她终究是一个孤臣孽子的母亲。是为此故,写下《梅花岭吊史阁部》的蒋士铨竟然一反其崇直尚浅之风,尽显激昂之气, 开篇即直斥了致使一位母亲丢失自己儿子的南明弘光朝廷:“生无君相兴南国,死有衣冠葬北邙。”而后才说:“碧血自封心更赤,梅花人拜土俱香。”

——写至此处,天快亮了,而我依然没有像现在这样强烈地思念过母亲。

在幽暗的天光下, 我看见阳台上的花朵旁边又多出了一颗花苞,然而,花苞边的枝叶,被风吹动,死死地按压住了花苞,就好像,既然知道灾难近在咫尺,母亲们使出了全身力气,这才惊慌失措地拦下了非要出门的儿子。恰在此时,楼里传来了婴儿的哭声,我知道,这个婴儿的母亲,那个年轻的见人就点头的姑娘,因为成了疑似病例,此时,正一个人在这个城市的某一处隔离，所以一连好几晚，一到后半夜，整栋楼里都会响起这个婴儿的哭声。此中情形，多像清代女诗人倪瑞璿的忆母之诗：“河广难航莫我过，未知安否近如何？暗中时滴思亲泪，只恐思儿泪更多！”可是，今晚却有所不同，婴儿的哭声之后，我竟然听到了他的母亲，那个姑娘的哭声。猝不及防地，我的心骤然一紧，随即，我又听到了那姑娘的笑声，之后，那姑娘再接着哭，接着笑，终于还是号啕了起来。如果我没有猜错，那应该是，结束了隔离的母亲，终于回到了自己儿子的身边。

妈妈回来了！还有，妈妈笑了！幽暗里，我的鼻子也在发酸，记忆却不由分说地将我送往了各个与母亲相见之处：还是在幼时，母亲为了补贴家用，挑了一担子面粉去汉江对岸的镇子上售卖，我也跟着她，亦步亦趋。雾气太大了，上渡船的时候，我几乎看不见她，突然又听见有人落入江水的声音，一下子，我被惊慌裹挟，大声呼喊着母亲，却听不见她的一句应答，我便一边喊，一边在雾气中的人群里横冲直撞，也不知道喊了多久跑了多久，一只手轻轻地搭在了我的肩膀上。我一回头，恰好看见了笑着的、刚刚从江水中爬上船、全身都湿透了的母亲。前些年，正在我债台高筑之际，父亲生病了，我和母亲全都在北京的医院里陪护，每天中午，母亲都会去食堂里打饭吃，只是每一回都回来得特别晚。这天中午，因为她回来得太晚了，所以我便去找她。半路上，手机响了，我仓皇着去找了一处避风之地接电话，哪里知道，一眼就看见了正在用开水泡着剩饭吞下的母亲，刹那间，我呆若木鸡。然而，此中所见，早已被黄仲则一言道尽——“此时有子不如无”——所以，最后，我并没有上前惊扰，而是跑回了病房里去等她，没过多久，我就看见她挂着一脸的笑回来了。

——写至此处，天已经蒙蒙亮了，妈妈，此时此刻，如你所知，阴霾还未散尽；如我所见，阳台上的花苞仍然没有打开。好在是，那啼哭的婴儿已经重新在母亲的怀中入睡，我也要睡了妈妈，但愿不要一觉醒来再看见有人追着车一边跑一边喊：“妈妈！妈妈！”

写于2020年2月，武汉

纽约

◎ 阿乙

阿　乙——————(A Yi)

本名艾国柱，1976年生于江西瑞昌。曾从事警察、体育编辑、文学编辑等工作。出版有小说集《灰故事》《鸟看见我了》《春天在哪里》，小说《下面，我该干些什么》《模范青年》，随笔集《寡人》。曾获《人民文学》年度青年作家奖、华语文学传媒大奖最具潜力新人奖、林斤澜短篇小说奖、蒲松龄短篇小说奖等奖项，入选《人民文学》“未来大家TOP20”、《联合文学》“二十位四十岁以下最受期待的作家”等榜单。

父母没有给我提供什么动力,没有给我翅膀,或者往我的精神的发动机里添加汽油,没有给出什么教诲。如果完全按照他们的心意来,他们倒是愿意将我捆起来,锁进某间房子里。我清楚记得,2002年夏天,当我看完世界杯,打点行李离开县城时,父亲跟踪着我的目光。那是失势君王的目光。大权旁落,再也不能掌控自己的臣民。我的母亲则很忧伤。我的祖母抱着被褥,坐在我脚下,恳求我将她带走。她以为这样就能将我拦下。"你要走,就把我一起带走啊。"她哭着说。

"我又不是不回来,"我说,"回去,快回去。"

我像在赶一条狗回去。他们想尽办法。保举我去组织部上班的公安局局长打电话来,说你怎么能轻信那些招聘广告呢。实际上这件事在七八年后还有回响,当时我在北京,一位来自故乡的老同学不停称赞我有勇气,而在喝醉之后,我问他你说的可是真话,他迟疑很久,慢慢地说:其实大家说你是"孬子"。所谓孬子就是傻子。"放着铁饭碗不要,到外边打工,小艾真是个孬子啊。"他复述着别人对我的评价。我们平静、嫌弃而又哀伤地看着对方。没多久我离席而去。心里想,这样的故乡不要也罢。

我的故乡,瑞昌,自新石器时代有人居住以来,没出过一位名人。瑞昌八景之首曰苏亭墨竹,就是说苏东坡路过本地某亭时误将墨汁滴落在竹子上。瑞昌古名赤乌,是说程普驻军本地，忽而见到天上飞红色乌鸦，就说赤壁赢了，后果然赢了。以为吉兆。

1997年我二十一岁，从江西省公安专科学校毕业，返回九江市，在教委盖章后，返回瑞昌市（县级市），到公安局报到，局政治处随手一画，我被分配至洪一派出所。我从省城回到县城，用时两个半小时，而自县城去洪一，也是两个半小时。当吉普车抵达时，牛走在马路中央的暮色里，街道只有几十米长，没有几盏灯火。整个洪一乡没有一寸柏油路或者水泥路。汽车加油需要找一家小卖部，店主会对着塑料管吮吸，自油桶里吸出油后再塞到油箱里。

我想起我的父亲耗尽一生，从村庄奋战到乡镇，最后才混到县城。而我几乎在一天之内，像坐上一辆失事的马车，从省城、地级市、县级市、沿途的城镇一气坠落到洪一乡。

在小说《蚕丝》里，阿利桑德罗·巴里科这样写：埃尔维·荣库尔呆呆地站立着，望着这只巨大的熄灭的炭火炉，他的身后是一条八千公里的漫漫长路。而他的前面一无所有。他在突然间看到了他以为看不见的事情。

世界的末日。

像极了我当时的心情。在早上，我的女同学——那些在梦中我往往遇见的人——还在用假声说普通话，娇滴滴的。而晚上，我便遭受到一些乡音浓重的人的围观。每一个掉到这里的

阿乙就读警校时和同学留影。

摄于1995年

新毕业生都像是天上掉下的礼物,勾起他们极大的兴趣。在他们眼里,我们是一匹尊贵的兽,而我们自己,却只是感到被命运羞辱了。我们,派出所、土管所、乡政府以及中学的年轻人,习惯在傍晚坐在一间没有招牌的餐馆喝本地酿造的谷酒,吃各种野味,然后各自回到单位后院的菜地,蹲在那里,将食指探进喉咙口,来回抽引,吐出一堆有着化肥气味的秽物来。每天的暮色总是来得很早。我们被一种无形的东西深刻地镇压着,寸步难行,对自身的悲哀苦不堪言然而又欲言又止。终于,我戳着桌子向他们宣布:我要从这里,洪一,出发,沿着县城、省会、直辖市、沿海城市、首都的轨迹,去纽约。

我有力地戳着桌子。一级一级往上爬。从最底层的地方往上爬,爬到世界的"首都"。非如此不可。我全身洋溢着一种可怕的激情。这种激情曾经出现在拿破仑、于连·索雷尔身上。然而当它附体在二十世纪的我身上时,最终就是我自己,也跟着伙伴们大笑起来。"你知道纽约长什么样吗?"伙伴问。直到今天,我对它的想象仍然简单而粗线条:被恐怖分子撞掉的双子大厦,下午的光芒反射在玻璃墙面,直升机的影子掠过高架桥,几名黑人玩弄着双节棍从闾巷深处走出来。它只是一个标记。

1999年我被调回到县城,在公安局办公室。

2001年我被借调到县委组织部,在秘书科。

我写通知、简报、信息、通讯、报道、先进事迹、领导讲话以及年终总结，写、写、写，有时被领导画个大叉，有时还得去会议室倒开水。每天下班，我都像被刮过一遍，遍体鳞伤，躺在沙发上发呆。

“今天如何？”父亲会问，我取出县报，指出发表位置。他戴上眼镜，走到灯泡下，一行行往下读，然后面无表情地递还过来。有一天他说：“出去转下喏。”我知道这意味着什么，便说自己下乡时看见路边一个姑娘长得好看。我是随口说的，却不料几天后被叫到一个神秘的远亲家。她已坐在那里，穿着她单位的制服。县城就是这么局限。

一天，家里闯进一群砌匠，将三楼全面占领了。

“要刷什么漆？”母亲急匆匆地请示我。

“你想刷成什么样就刷成什么样。”

“这种事怎么能随便呢，是你结婚用的房子啊。”

“那就刷成白色的。”

他们用最好的白漆将白墙再刷一遍，装上华贵的窗帘，买来席梦思床垫。在县城夜宵摊，我和一帮弃民，抽烟，喝酒，继续口齿不清地谈论着北京、上海，彼此打气，因此到现在我还记得这样一些警句：长风破浪会有时，直挂云帆济沧海。有志者事竟成，破釜沉舟，百二秦关终属楚；苦心人天不负，卧薪尝胆，三千越甲可吞吴。当我们对一件事表现得犹豫不决时，不妨问自己一个永恒的问题：我还可以活多久呢？

有时我也讲我哥。我哥在县城矿产局上班，忽然失踪，半年后才从杭州打电话来，说已是一名程序员了。“此前呢？他一直在捡垃圾。”我添油加醋地说。他们低下头，啧啧有声。这样的英雄很难做。我们只有大专文凭，不怎么会外语、计算机和驾驶，而这是盛传的“二十一世纪三大通行证”。我哥曾说：“等你什么都学会了再出去，就老了。”但我还是气短。

我没有说我两次出门的事。一次是天津(北方干燥的空气使我出了很多鼻血)，一次是南昌。楼有入云高，人们戴眼镜，我像老鼠沿街边走，不敢按电梯按钮。其中一次面试官排出十几人阵势，轮番鄙夷地看我的简历。在回家路上，中巴发出松垮的声音，朝着夕阳爬行，大城市在背后越来越远，我不属于它。而父亲总是站在家门口看我归来，几乎是控制不住地笑。他的眼神既慈悲又嘲讽。

很难想象，在我不停地往外投简历后——这几乎是一种绝望而固执的举动，有一次有了明确的回应。我在西祠胡同“记者的家”看见一则招聘启事，将简历和几篇文章发过去，对方打电话来粗暴地命令：“过来，马上上班。”

我想了很久，决定走掉。我得乘着火车走，不能待在这里让它一遍遍经过，总是让它经过。“骗我干什么？将我拐卖了？”我对劝阻的姐姐说。而我的父亲说：“我倒不怕别的，就怕你丢掉在公安局的工作。你在那边没上到班也就罢了，要是这边工作也丢了，多可惜。”

普通高等学校

毕业证书

中华人民共和国国家教育委员会印制

No. 00756734

学生艾国柱性别男，一九七六年十二月二八日生，于一九九四年九月至一九九七年七月在本校治安管理专业叁年制专科学习，修完教学计划规定的全部课程，成绩合格，准予毕业。

校（院）长：

校　　名：

一九九七年七月一日

学校编号：970326

阿乙的毕业证。

“我就想去看看。”我说。

“有什么好看的,来回不知道糟蹋多少钱。”

就是这话让我有了彻底出走的心。

次日上午我抵达河南,面对鳞次栉比的高楼展开双臂,低喊道:“啊!”这是一个仪式,我来了。心里却虚弱,在走向陇海西路时感到腿发飘。

我在郑州晚报大楼门前等了五个小时。它装着茶色玻璃,有二十层高,像冷漠的雕像或上帝,审判着下边渺微的我。我提着难看的包,在金属滚动门外焦灼地游荡,不时偷看穿着淡灰色制服的保安——他也不时看一眼我。我尽量表现得像是在等一个熟人。

每当有人走来,我便满怀期待地迎上(又不敢露出期待的表情)。他们斜眼打量,毫无表情地走进去,我极其失落。中午妈妈打电话来,问:“怎样了?”

“还在等,快了。”

“家里在吃饭。不好就快回来。”

她这样说我心里便起了深重的悲哀。一直到下午三点我才敢拨通招聘人的电话,他像不记得这事,嗯啊很久,才说:“你等着,等我刷完牙过去。”夕阳将尽时,他趿着拖板走来,说:“你是艾国柱吧?”

“是。”

我的体力顷刻耗尽。不过当他将手搭在我肩膀,带我走进大楼时，我又陷入一种巨大的温暖和由这温暖带来的羞涩中。他将脚丫踩在茶几上，说：“小伙子，以后就在这里做。”

“就这样？”

“是啊，就这样。”

“怎么做呢？”

他像土寨主那样宽宏大量地笑起来。不一会儿，他喊来一位穿白衬衫、戴眼镜的年轻人，说：“这就是你的老师。”那人点头哈腰，带我去了编辑大厅。后来我知道这老师其实是实习生，叫郑江波。当夜，我被安排进报社宿舍，铁栏杆，上下铺，地潮，里边已住进一人，我请他吃酥糖，并看着他吃完。他沉默寡言，像根木头，倒头就睡，不久打起鼾。我睡不着，走到窗前，外边黑漆漆一团，连风也是陌生的。我是如此孤单，然而我又知道，对我来说，时间开始了。

2003年，我从《郑州晚报》跳槽到上海的《青年报》。

2004年，跳槽至广州的《南方体育》。同年，跳槽至《新京报》。

2006年，跳槽至《体育画报》。

2009年，我所在的杂志执行主编被突然宣布解职。我像是一个和自己无关的人，站起来，指责这种卸磨杀驴的行为极其猥琐，并痛骂空降下来的新主编。他说：“你也可以走了。”

我就走了。

我坐在街头，用了很久才搞清楚自己已离职。是啊，离开一个单位了。这并不重要。我像狗一样甩动着脑袋上的水珠，忽然想到，我差点沿着洪一（乡）—瑞昌（县）—郑州（省会城市）—上海（直辖市）—广州（沿海城市）—北京（首都）的轨迹去了那地方——纽约。这家杂志是时代华纳集团旗下一本刊物的中文版，每年派人去纽约学习。他们买回POLO牌子的T恤或别的免税品。我已做到主笔，也许只要熬下去就多少有一次机会。这是我距离十二年前那句吹牛皮的话最近的一次。

后来我还处了一位女友，她出生在纽约——她出生在约克郡。我想纽约是不是“新的约克郡”的意思。

后来我知道当初打电话让我去郑州上班的那位兄弟，杀害了他的妻子。

后来我受邀去了一趟伦敦。

后来我的小说发表在美国、英国、瑞典的杂志上。

后来我病了，病得很厉害，差点英年早逝。病是因为自2002年至今，我活得太挤了。虚荣让我毫不怜惜地使用自己的身体。

后来我做了一个噩梦：在一种难以违逆的催促下，我答应回县城生活。父亲露出孩童般的笑容，说：“你总算回来了。”我晦暗下去，好像北京永远地关上大门。那些过去的同事朋友都来探望，说“要得要得，你回来要得”。

“这次不跑吧？”

“不会了。”

我说得眼泪出来了。

很快我在家里的床铺和单位的办公桌都安排好了，我看到它们,就像看到僵硬而憋屈的一生。我把那个送我回县城的北京姑娘带到雨地泥泞里,她就是平静看我,说别急别急。我说都什么时候了还不急。后来送她走,火车站冷,大雪覆盖铁轨,一列火车喷着气,扑哧扑哧驶来。我一只脚站在踏板上,一只脚站在站台上,犹豫不决。直到火车拉响汽笛。

后来我看到一则新闻:2013年8月，瑞昌范镇派出所的民警巡逻至高泉村路段时，发现三名衣衫褴褛的越南男子，SUNG MTSUNG(中文名:宋枚枪)、SUNG SUASAY(中文名:宋速沙)、MUA CHAVANG(中文名:苗差旺),他们是在3月未办理任何手续及证件的情况下非法入境到我国的，并在瑞昌某地务工。

我出生在下沉村。童年,当我去父亲所工作的横港乡时,偶尔会路过高泉村。我没想到它竟然也是别人的终点。

写于2013年12月18日,北京

家書

卷二

金宇澄 等·著
夏楠·编

天津出版传媒集团
百花文艺出版社

目　录

一九七〇年代家信

◎丁雄泉

丁雄泉——(Ding Xiongquan)

画家、诗人。1928年生于江苏无锡，成长于上海。在上海美术专科学校有过短暂学习经历,但自认是一名自学的素人画家。1952年移居巴黎,结识了眼镜蛇画派(Cobra Group)成员,建立了深厚的友谊。六年后移居纽约，与美国的波普画派及抽象表现主义的艺术家们颇有渊源，然从未认为自己属于任何艺术派别。移居美国后采用一些新媒材进行创作。作品被收藏于许多世界知名美术馆与基金会。发表过十三本诗集与画册。2010年5月17日逝世于纽约。

编者按：艺术家丁雄泉十八岁少小离家，重返家园却是在三十三年之后，二哥月泉、三哥秋泉与他在北京相拥而泣。隔海相望的漫长年月里，丁雄泉与哥哥们不间断的书信往返，使他深感慰藉。通过书信，他们互相报告家居近况，也畅谈内心对艺术的看法。以下信件均选自《丁雄泉一九七〇年代家信》，由龙门雅集提供。

一

月泉、秋泉二位兄长：

来了，来了，终于来了，每次接得家信一则是忧，一则是喜，见到了仁泉大哥的来信，恍似一把火把我全身烧焦，眼泪隐隐地在眼中，想要大哭，但小孩儿、老婆都望着我，我不能哭，一哭就无法控制，或许会哭上三天。自从离开你们到现在，我还没有哭过，心中积了无数的泪，遭遇过太多的伤心事，化愤怒为力量，化悲哀为爱情吧！

母亲一定是去了，好在她老人家也是好福气。杜甫诗云“人生七十古来稀”，年纪老些的人对死看得淡一些，昨夜整夜失眠，我感觉好像被针刺，我尽量想法子使得自己平静，约朋友大吃一顿，想想快乐的事情。太悲把人刺激变得疯狂，当然我无法忘记母亲的一切，尤其在外，工作到半夜回家，小孩儿老婆都已安睡，一个人孤零零坐在黑暗中想想往事，想想上海的你们。有时极想要坐在母亲身旁,坐上三日三夜。

但一想,我们四兄弟也都人生半百,也接近死亡,自然母亲飞天而去。我的小女觅阳[1]大前天对我说:“我真希望不要诞生,因为我不要死。”我对她说:“你是我的客人,我请你到这个世界上游玩,就像我是你祖父、祖母的客人。有一天我回去会很伤心悲哀,但你看春天花开,夏天吃西瓜,秋天捉蟋蟀,冬天滑雪,世界上快乐的事很多。”我知道五岁的小觅阳一定是一知半解。

倒是你们一定是心中又急又吓,忧愁悲哀一齐涌到,对这样的大事,一定难抑伤心。我心中有说不出的对你们的爱……

未知母亲是否落葬?葬在无锡?可否写一封信给我,也可让我知道一些。我一定要把我的眼泪串起来做成一副项链,给觅阳戴上,当然我时常将觅阳当成母亲,摸摸她的手,因为她的脸、手、脾气依旧继承了母亲的血肉及灵魂。

1971年3月24日　纽约

二

月泉、秋泉二哥三哥如晤:

接4月3日信,知母亲已回返自然去。

---

[1] 丁雄泉女儿 Mia Ting。后正式更名丁迷雅。

我读着你们的信，没有哭，心中也不难过，好像母亲已来探望过我，好像与我共坐同桌，虽然是无声，但是我确确实实感觉得到，比起真实还要真实。有时想起了我还是她老人家的分身之一，就像一棵树一样，就像小觅阳也是我的分身之一，何况我就把小觅阳当作母亲一样地爱她，我的思想不会像普通人一样的庸碌。我时常读唐宋的古诗，就像和古代诗人深夜倾心长谈，也知道当前的环境，为什么有革命把皇帝推翻，为什么共产党能带领人民，不像一些人不管这些事，终日终身只知弄钱，从来没有看到真正的东西（古代大诗人在生活、自然中找到的那些，像李白、杜甫、白居易）。

讲到我，我整日多是在想创作。就像一个人，一生就想把一座大山磨成一根细针，创作是全心全意不断的，不然的话，画如何脱颖而出？发财一定是意外之财，用钱赚钱是资本主义的手段。我离开中国到现在，还是东借西补，房钱也是一件伤脑筋的事儿，有一次三个月不用担心，已是大快活的事儿，我已习惯了这样。记得上次我在巴西时就这样说，看看你们，你们都是自己以为了不起，如果来个易地而处，你们去画图，我来经商……

一百年前荷兰有两兄弟，哥哥去巴黎画图，画了数年始终卖不出一张画，终是靠弟弟每月接济，房钱、饭钱、颜料钱，有时候他多买一些颜料，多画一些画就没有钱吃中饭。

哥哥一生画了九百多张油画和一千张草稿，有五六百封给弟弟的信。他学画到死只有十年,平均每天完成一张,最终郁郁自杀而死,弟弟也在哥哥死后六个月过世(他们也像是一棵树)。哥哥的名字叫凡·高,他每年总是吸引数万人去荷兰欣赏他的画,最近美国各大城市举行他的展览会(从荷兰运送画作),到处人山人海,我去了两次都没有挤上。我在法国时曾去过他的墓地,有十数次之多,带了一册唐诗坐在墓石上看蝴蝶飞来飞去。

他的画是非常热情、冲动的,我认为一个太理智或者冷酷性格的人都应该看看他的画,有时真能把人性更改过来,像贝多芬的交响乐一定会把一个小气的人改成气魄大的人一样。文化是人类的结晶。春天,大家都知道好,不知道好在什么地方,你读了诗就知道春天好在什么地方。冬天的雪十分美丽,可是一个只会弄钱的人一定会说,雪有什么好,又不值钱……

最近十年来我不断地日夜不停地画图, 因为我每次画了七八个月总有一些新发现,再从这新发现中又更进一步,这样不断地画才能青出于蓝。外人不懂,好像画家这么容易,拉出手来就是一张画,更不知很多已成名的画家痛苦万分,因为找不到新的东西,老是自己抄袭自己,停留在老地方,古人所谓“江郎才尽”。那时唯一的补救,便是多读书、多旅行。

总而言之做画家比做和尚还需要纯粹精神。和尚头脑已无烦恼,画家还要创造。普通的人都不知画的伟大之处,只知值多少钱。

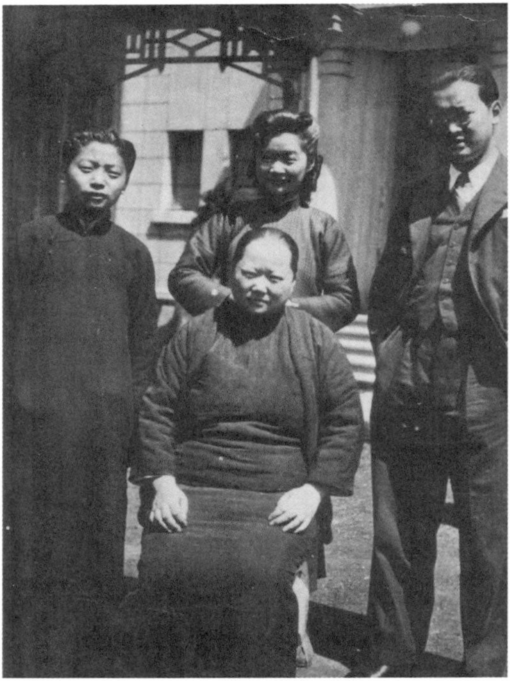

丁雄泉(左一)和大哥、大嫂
一起与母亲合影。
摄于1944年

我每天早晨去画室工作，中饭晚饭多是在外边吃，有时一直到第二天早晨。每天四分之三的时间都花在工作上。我这散漫写来，好像久别重逢的长谈。今天我告诉了几个好朋友，我的母亲已飞天而去，返回太极，女的代我哭起来，男的代我叹气，我说："你们怎么搅到我不哭倒要你们哭了，来，来，来，我请你们喝酒吃饭。人生一世，草木一春，死只有一次，其余的日子都是美好的。"

此封信我用机器再印一份，寄仁泉一阅。我还是再向你们致深深的情意，做了这么多事，使得我这个人不孝，好在我专心画图，牺牲了不少时间，已丧失了很多天伦之乐。我时常与我的画倾心相谈，好像逢十天八天抱一抱小孩儿已成习惯。我绝不计形式，服孝或许不会，不过她老人家与我肩肩相行、桌桌共坐，深深印在我的心灵深处。

你的信和这信的添印品一起用航空快信寄巴西面厂。

祝好，好，好，好。

1971年4月　四弟阿雄上

三

月泉、秋泉二位兄长握手如晤：

接到你们5月8日的长信，心中温暖愉快，恍如在上海家中时吃馄饨一样高兴。一大碗四大张纸，一口气吞日月，慢慢细嚼,一句句极似一张张馄饨皮子。尤其是滚汤鲜味无穷,一口气呵成,一口气吃完。我也时常佩服你们,尤其是二哥,我们小时候就像两只蟋蟀,当然我是跟在你们后面,可是有说不出的羡慕及佩服。

纽约天气还是冷,春天姗姗来迟,终日灰尘满天飞,全世界最脏的城市就是纽约城。老鼠比八百万人还多,蟑螂苍蝇到处都是,尤其是小偷强盗多似过江之鲫,家家都被偷过,不能开窗,跑出去一趟,回来若没有贼偷,那一定满脸灰尘。何况,生活紧张弄得我心情时常暴躁, 画图到画成时由暴躁转成荒凉,只见满纸一片潇潇冷风、洒洒冷雨,荒凉千里。在美国,人人没有什么希望,只想赚钱,假若有希望也是希望成为富翁,物质生活无出其右,可是物质的变质也一泻千里。买来的一切都是日本制造的东西,差不多都是不重要、大同小异的东西,隔了数月,这些东西很快变成垃圾。在美国有抛不完的垃圾,光是纽约城一天就有四百吨垃圾。很多人四十五岁、五十岁就患心脏病而死,忙,忙,忙,忙得根本不走路而是奔跑的,睡觉都睡在飞机、火车中,赚来的钱,钱上加钱又去赚钱,极似一部机器,死后放在泥土里发霉,活着时吃顿饭也只有数分钟,这些都是些所谓成功的商人,所谓人上人,体面、有派头的绅士,真是该死。

我有时终日饮茶,开窗从画室里往外面看,只见人跑来跑去,极似蚂蚁。我要把心静下来,把心中烦恼都扔出去,再把太阳光收到皮肤里去,把天上的白云放在胃里,悠然自得,我的身体就像要开花的花,我的心就是花,一开就开到画上,一张好画就有这样的力量,能把一切无生气的人,变得有生气。

一天的生活,早晨八时还没有睁开眼睛,已听见觅阳与擎夕二人像鸟叫一样叽叽喳喳。我早饭两杯咖啡,每杯加牛奶和糖。老婆九时差一刻即伴觅阳去学校,步行约十三分钟,九时半老婆回家,顺便把小菜、油盐都买回来了。我把擎夕交给老婆。我走十分钟去公共汽车站,三角美金车钱,约十分钟到了再走十分钟,即到画室,走上三楼。中饭有时吃中美洲式的饭,米饭、红豆,加上一块肉。下午六时回家。在画室里一天到晚不停放唱片,都是中国音乐,越剧、京戏,或许外面马路上太美国化了,心中太空虚,也不是,或许是中西合璧,或许是平衡,或许是思乡病,或许是懒惰。

我画画倒是专心,有时数小时不停,心和精神早已在数千里外的大海上空,与日月共行,我喜欢海阔天空。人人都说我的画气魄大,我写的诗天马行空。明年春天有一本我的诗集由荷兰诗人伯特·斯希尔贝克(Bert Schierbeek)翻译成荷兰文字,约一百五十页。六个月前在纽约有一本《纽约诗坛》杂志,上面有一专题文章介绍中国古今诗,上面有毛主席的诗一首,也有我六首诗。今年我又写完一本(第六本)诗集,我喜爱把我们这一代人的苦闷和荒唐写出来,让大家一笑。

在文学艺术里有动的和静的,有阳刚与阴柔,有热情的表

丁雄泉在上海外白渡桥。

摄于 1950 年前后

现与优雅的抒情，尤其是像曹操诗言志，像杜甫“语不惊人死不休”，贾岛“两句三年得，一吟双泪流”，卢延让“吟安一个字，拈断数茎须”。人生一世，草木一春，天光云影，光怪陆离！海底水流，五颜六色，又回到人间，好像陆地神仙也。

当然我是动的阳刚热情的一个人，天天在饭店洗碗，晚上做梦也洗碗，这损失就太大了，洗碗时洗碗，不洗碗时就把天上的月亮也当作碗来洗一洗，那岂不更好？

玉麒侄现在未知画画否？我倒希望他能够多多少少临摹一些古画，如人物画，临李公鳞、赵孟频，山水画临董源、黄公望、米芾，花鸟临徐渭、八大山人，多读些唐诗，将来能有机会到国外锻炼一番，这些都是根基(中国国宝)，十分重要。我见许多中国画家无这些根基，精神思想都随风飘来飘去。在外国没有什么可学，只有刺激。把你体内所有的都像炼钢一样地炼好了吐出来，不然的话，一生一世什么都没有，浪费了一生。随便老生常谈拉拉扯扯，写了一堆。

敬祝健康！想得开！

1971年5月30　四弟阿雄于纽约城

(我写了这一封信，被一个日本和尚看见了。他要讨去放在日本京都古庙当作文学家的家信收藏，我乐得给他，给他之前，把它用机器复印数份，一份寄给大哥。附上美国新闻报纸，带有我的肖像照。)

四

月泉二哥、秋泉三哥握手：

接5月30日四页长信，谢谢你的爱护和赞美，我颇有“半夜灯前少年事，一时随雨到心头”之感，更觉“人面不知何处去，桃花依旧笑春风”也。

朝为媚少年，夕暮成丑老，人世光阴花上露，太阳出满天下，东方红。谢谢你和秋泉的慷慨相助，真是明月逐人归。

上星期日我已大功告成，不断地奋斗，终于把十五张大画画了出来。经过不断变化，毁灭再画，创造又毁灭，终而像一棵大树生满了香蕉橘子。害得我神经紧张，吃了不少镇静剂药片使人懒洋洋，不然太刺激，压力太大像火山爆发可能发神经，好在现在是风平浪静。图画像千花百卉争明媚，好像在大海中漂流三个月，现掬水月在手，看日斜江流孤帆影，坐看青出于蓝天，躺看牵牛织女星，立看万紫千红的彩虹。

美国钢铁城毕次堡博物馆[1]，连带三人看我的画第一次选了九张，第二次又选五张，第三次选了一张，终于十五张选出来了。我想我一定画了七八十张，不好的都随风而去，等于“黄鹤一去不复返，白云千载空悠悠”。

上个月我去旧金山拜访张大千，他送了我三支名贵的牛

---

[1] 正式名称应为“匹兹堡卡耐基艺术博物馆”。

耳毛笔，我也看到他的花园，也吃到了他的太太烧的小菜，他住的地方一片大好山水，阳光明媚，美不胜收。

1972年6月7日

五

月泉二哥、秋泉三哥如晤：

我假想明天要死，今天我把一切我所喜爱的事情，欢喜吃的，欢喜爱的，都真诚去吃，去爱，去画心中想出来的图画，果然明天死掉了，也没有什么遗恨难过。明天不死，再来一次，这样你更能发挥出你潜意识里的能力，生命更灿烂似艳阳天。

1973年1月12日　纽约城

六

仁泉大哥：

忽接你的信，一惊，忽又觉得感慨万千，一个人的人生真像春夏秋冬。我们都是在秋天里的人，太阳就要下山，正是夕阳无限好的时候！应该出门去走走散散心，应该像鸟一样飞一下，好吃的多吃一点儿，好看的多看一下，我想做人也不过如此。有时想想，做人真好，真美妙，有时想想做人也不过如此，不管有钱没钱，身体得好。人生一世，草木一春。时辰一到，撒

丁雄泉四兄弟，左起：大哥丁仁泉、二哥丁月泉、三哥丁秋泉和丁雄泉。

摄于 1985 年

手西归。如此而已。

当我死的时候,一定微笑地去西方极乐世界。不相信?我简单告诉你听,我是时常“穷则变,变则通”。一个画家,尤其像我这样一个画家,不是画工笔画的人,要买我画的人就是喜爱我的豪放、颜色富丽。假使我节省,我的画就不会豪放,因为储蓄生活一定单调,那我用色一定不会富丽。艺术与生活是打成一片的,古来伟大的诗人画家(不分中外),都是一样。可惜,我就得不到金牌,像唐明皇给李太白的,凭金牌可到任何地方的官府拿钱花。花钱也是培养情感,没有情感的人根本无法一气呵成,连气韵生动也没法。当然一张好画或一首好诗都是大气磅礴,浩气长存,锋芒毕露,所谓一泻千里与一掷千金是同样的道理。

1976年11月10日　纽约

七

仁泉大哥握手:

你信上又说你也深刻地研究“禅”,禅更简单,所谓万宗归原,万里一空。说个简单例子,下雨天忘了带雨伞、雨衣,普通人都匆匆忙忙地奔回去,或大叫出租汽车或怨声载道地骂山门,若是你真能修得了道,你在下大雨忘记带雨伞的时候,你会觉得自己突然变成了一只鸭,欣赏雨的美丽,觉得十分难得,又看到了一些意外的境界。

再说一些,像“花”是最令人神往的。花的香味和颜色的艳丽又加上新鲜,可是不光如这些,花蕊可酿蜜,开花结果,每一只橘子都由一朵白色的小花变化而成,清香无比,可是你将花瓣一片一片摘下来,里面什么都没有。还有比花更妙的是水,水是一切生命的因素。我们身上的水像地球运行一样自然。

水能忍受一切,能变成冰山忍受几千年,能在一道闪电光下化成雨,能变成白云,能躺在抽水马桶里而不怨,能睡在瓶里而不烦恼。火是原动力,水才是生命的创造者。

1978年2月15日　纽约

庞　均 ——— (Pang Jun)

油画家。1936年生于上海。江苏常熟人，是中国现代艺术先驱、工艺美术家庞薰琹之子，是徐悲鸿先生的关门弟子。1949年考入杭州艺专（后改为中央美术学院华东分院，现为中国美术学院）。师承林风眠、潘天寿、黄宾虹、倪贻德、颜文梁等。1952年转学至北京中央美术学院，师承徐悲鸿、吴作人等前辈。从1954年到1980年步入专业创作艺术生涯，先后在北京美术公司创作组、北京画院中央戏剧学院舞台美术系兼职教学。

天不老，情难绝

◎庞　均

父亲庞薰琹[1]最后的信，文字平淡，语气平和，他没有任何说教，但他总结一生经验的感觉和心思，道出了令人省思的艺术哲学，这就是艺术有“没有修养的艺术”和“有修养的艺术”之别。

日子总是会过去的，渐渐成了历史，而历史如麻，历史之实情，后人难以厘正。许多活的、有生命的经验就被虚伪的言辞吞没了。又奈何？

“家书”有两种：一种是有文字的书信或鉴诫教训文；另一种可称为“无字家书”，它存在于日常生活语言、精神、行为、作风之中。这是一种更加活的、有生命力的教育。在我成长的过程中，父母给我的“家书”就是这种“无字家书”。

1936年，我出生于上海，母亲很有心，留下了当天的年历和出生时辰，成了我最珍贵的生命文物。听母亲说，我出生第二十八天，还没有满月，应徐悲鸿先生之邀，全家迁往北平，父亲任教于北平国立艺专。此间又发生了我生命危急的大事——患了丹毒传染病。那个年代还没有发明“盘尼西林”，药房看错了英文字，拿成了毒药，我服后快死了！当年美国新建的协和医院是不许中国人进入的，父亲外文好，抱我冲进医院，医生才收下了我。我只记得住在单独病房的玻璃罩内，有

[1] 史上既有“庞”姓也有“庞”姓，据庞薰琹家族考证，其姓氏，非“庞”。多年以来在出版物上常常混淆为“庞”，是为误会，特此说明。——作者注

特别护士，实际是一台刚安装完的“烤电机”，装好了最后一颗螺丝钉就把我塞了进去，我就此大难不死。

中国的二十世纪三十年代，是个多么辉煌、浪漫、天才辈出的年代！艺术各个方面都出现了代表性的“第一人”，如：马思聪是第一位小提琴家，戴爱莲是第一位芭蕾舞舞蹈家，傅雷是第一位出色的文学翻译家，刘海粟是办美术学校第一人，徐悲鸿是传播法国学院派教学第一人，张旋是花腔女高音第一人，聂耳是创作抗战歌曲第一人，冼星海是创作交响合唱第一人，巴金是写大时代家庭文学第一人，鲁迅是推广木刻艺术第一人又是讽刺文学第一人，等等。而我的父亲庞薰琹（留法）、母亲丘堤（留日），他们是提倡现代、前卫艺术的先驱，组织了历史上赫赫有名的“决澜社”，他们对“平凡”“庸俗”“低能”“浅薄”感到愤怒；提出“绘画绝不是自然的模仿，也不是死板形骸的反复”，“要用生命来赤裸裸表现我们泼辣的精神”，“用狂飙一般的激情，铁一般的理智，来创造我们色、线、形交错的世界吧”。请不要忘记，当年他们不过二十五岁左右。

1937年更是世界大动荡的开始，7月7日卢沟桥事变，不到一岁的我随父母逃离北平。坐了末班火车，没有电，一片漆黑，火车窗的玻璃早已成碎片。车停了！父亲抱着我想下车看一下。黑夜中看见似乎是国民党兵，刺刀上膛，就说：“小孩儿在这里放一下，我前去问问。”结果才知道还在京郊丰台，这里早已被日军占领。故，我平生第一次坐在了日军的刺刀之下。妈

庞均和母亲在昆明。

摄于 1938 年前后

妈说,听到火车上有人弹钢琴,原来是位外国女钢琴家,她说要与心爱的琴分手了，所以最后弹奏一曲贝多芬钢琴奏鸣曲……多么坎坷的大时代，多么辛酸的浪漫情怀……七十六年后的今天,我还在想这些事。

1937年后,还有许多事,我不知道了。听父亲说,在逃难的途中,有很长的时间是坐船,但土匪海盗多,经常包围船,所以每晚父亲要站在船头开一枪吓跑土匪海盗。我的记忆是从三岁在昆明开始的，记得最深刻的就是收养了一条好乖好聪明的小黑狗。我同姐姐坐在马背的竹篓里再坐长途汽车到重庆。成都是我童年的故乡，我经常半夜趴在田地中躲日本飞机轰炸。

抗日战争胜利,我十岁。几十年来在我心中留下了不可磨灭的伤痛！我从小喜欢音乐,父亲在法国就拉得一手好“梵婀玲”,1943年在成都,国民党教育厅厅长的儿子,有一部红色小汽车玩具,还有儿童小提琴,令我羡慕至极。我什么都没有,只能不停地画画,从两岁半已经画到五岁半,没有任何玩具。后来那把提琴送给了我,父亲教我拉《结婚进行曲》,到了重庆,我斗胆拉给马思聪听,他只说:“不要乱拉,会拉坏的,连姿势都不对,等你长大再说。”1946年,父亲失业,生活艰辛,马思聪从广州来信跟父亲说,他是广东艺专音乐系的主任,缺一位美术系主任,盼父亲前往就任,故父亲决定全家迁移至广州。在南下之前,长辈们共商先去江西庐山避暑小住,相约的有傅雷

父亲庞薰琹和庞壔、庞均(右)姐弟。
摄于 1939 年前后

全家，有黄苗子、郁风，有刘海粟前妻——她后来嫁给一位十分有钱的萧先生，生有一女，即电影明星萧芳芳。大人们每天都在用英语打桥牌，父亲却在一边闷声不响地对着树荫蔽天的树林写生，每日五六个小时以不同造型的叶片构成茂郁繁盛之密林，亦是他一生的代表作。每天看着父亲对着窗外用水彩色画在绢上，类似“工笔”“没骨”之法，又是西方古典造型之用笔，对我影响很大。面对不知真面目的庐山——每天云雾会冲进屋内，又从另一扇门飞出去，我亦写生了几十幅水彩作品。整天的日子是这样过的：上午在妈妈面前背唐诗、宋词，然后拉那不堪入耳的小提琴，下午去玩耍写生。天天在隔壁总是听到傅聪弹钢琴奏鸣曲，真是天才。一个文学家爸爸怎么教的？终于忍不住，我进到了傅雷的书房，请教：“您怎么教钢琴？”傅伯伯很得意地打开了留声机，说：“阿聪弹的所有曲目，我都有名家演奏的唱片，他在外屋弹，我在里屋听，同步开始；我做记录，再讲给他听差别在哪里！”啊！傅雷真的把傅聪当成约翰·克利斯朵夫了，这是他的梦。随后，傅雷放了一首帕格尼尼提琴曲给我听，他说：“等你拉到这个程度你就是音乐家了！”

大文学家的傅雷，当然不放松儿子读书。一天，傅聪背书背错字，桌上的瓷盘即刻砍上去，傅聪的鼻梁流血了，留下终身的伤疤。回到屋里，我问母亲：“傅伯伯为什么如此残暴？”妈妈回答：“傅伯伯幼年吃过很多苦，因为没有爸爸，母亲望子成龙，当读书不好时，他的母亲就点上蜡烛，让蜡烛油滴到肚脐眼，以此惩罚。”傅雷在坎坷中成长，成了中国文学的骄傲，难得的人才，他的中文比中国人好，英文比英国人好，法文比法国人好，他精通美术与音乐之道。五四运动以来，中国第一代天才的知识分子就是这样长起来的。像我这般第二代知识分子，在前辈之文品、人格的浸润下成长，历经战争年代。大人失业、孩子失学，饿着肚子，把吃饭钱拿去看一场外国文艺电影。交不起房租……然而，凭借在恶劣环境中的抗压性、意志力，险路还是走过来了。

1947年开始生活于广州，音乐始终伴随着我，马思聪就住隔壁，每天听他练帕格尼尼《二十四首随想曲》。有一天他拉着我的手商量：“你学大提琴吧！中国还没有大提琴家，你的手很大。”我回答：“我只想学小提琴。”马伯伯答应了：“好吧！我有两把小提琴，借你一把，明天到我家上课。”

他教学严格，手拿提琴弓拉空弦就学了半年，他说这是掌控音色好坏的基础之基础，后来就把我转给他的得意门生教了。十年后，1957年，我已从中央美术学院毕业三年之久，在北京已是尽人皆知的“青年画家”，加入中华全国美术家协会。马思聪是中央音乐学院院长，文艺特级知名人士，但他还在想念我，要我去听他的音乐会。结束后坐在他的车上，我表示喜欢他演奏的门德尔松的《小提琴协奏曲》第三乐章和帕格尼尼的《魔鬼的笑声》，他还高兴地唱给我听。对马伯母的钢琴伴奏，我是不敢恭维，她经常跟不上拍，但不能说。其实马伯母非常喜欢我。马思聪再三要我到他家欣赏他得意的意大利古琴阿玛蒂。他取出克莱斯勒灌录的最后一张唱片，非常珍贵！琴的音色达到极致，人性十足，有如老人没有丝毫火气的谈话，音有些不太准，但更有妙趣。艺术就是如此：有法之极便是无法。五十五年过去，那天籁的绝响，依旧徘徊在我脑海里。我还在寻觅，想得到旷古绝伦之琴音。

1947年，十一岁是我生命中最重要的一年。冥冥之中，艺术已是我终身要走的路。广州艺专就坐落在光孝寺内，我开始油画写生，整个光孝寺就是如画的天和地，它对外是关闭的，没有香客，似乎也不见僧人。有一棵近两千年的菩提树，据说是全国最大的古树，大殿内有尊活佛，我每天泡在树下，拾了数百片菩提树叶，制成叶脉筋，还可画画。这年在广州，父亲为我们姐弟办了一个“庞壔、庞均姐弟画展”。父亲自己设计展览海报。他们的教育方式是：行多言少，言语道断。《孟子·近心下》：“言近而指远者，善言也。”父母的家教其实很严格。我们从小没有任何玩具，但纸笔相伴永远不缺。他们无形地给了我“要做艺术家”的理想。

1949年是中国历史上一个极不平常的年份。我那年十三岁，可能因有两次开个展的记录，校方同意我以同等学力名义参加考试，结果考入杭州艺专，后改为中央美术学院华东分院。我成为全国年纪最小的大学生。三年后转入北京中央美术

庞均在中央美术学院毕业。

摄于 1954 年

学院，经徐悲鸿同意，多读一年，于1954年毕业于中央美术学院，年仅十八岁，亦是全国最小的大学毕业生。

1950年，全国第一届文代会，政府特邀四位文艺界重要人士会面，有庞薰琹、马思聪、郭兰英、王昆。本来政府希望父亲担任故宫博物院院长，但父亲表示希望办教学，中国缺少一所现代化的设计学院。他建校的想法受到政府的支持。

二十世纪五十年代，知识分子经历了一次重大冲击，父亲放下了画笔，终日沉默寡言，过着闲云野鹤般的日子。对于他内心的真实想法，我不得而知，他在巴黎和德国看了许多古典名作，对苏联的绘画表示冷淡，记得苏联赠送中国的第一幅油画是格拉莫夫画的《斯大林演说》。格拉莫夫是苏联美协主席，功勋人民艺术家，我拉父亲看这幅画，他仔细地看了很久，我问他“好不好”，他一句话都没说就走开了。我知道无言之意是：“没什么了不起，没水准。”他心中自有美学标准在。他心里唯一的理想、安慰就是在政府的支持下尽快创建中央工艺美术学院。

1957年，中央工艺美术学院（简称“工艺美院”）正式成立，但是没有校址，后来选定北京西郊白堆子一所停用的轻工业系统干部学校。这个校址财产不属于文化部和教育部，工艺美院最后归属于当年的国务院手工业管理局，局长是邓洁（部长级干部），一群教授都是中国民主同盟的成员，家父在中央美院党支部已经通过入党，但他为了团结其他教授，选择加入

“民盟”。上级决定邓洁部长为工艺美院院长，庞薰琹为第一副院长(实际院长)，教授们热烈讨论教育方针、如何建系。当时雷圭元和张仃都在国外访问，他们没有参与任何工艺美院建院工作。何燕鸣是年轻党员、院长秘书，他做了不少工作。工艺美院建系方针，教授们与邓洁局长发生矛盾，教授们一致认为要建立一个包豪斯（Bauhuas，1919年德国成立世界第一所设计教育学院)式的现代设计学院。而邓洁站在手工业管理局的立场上，主张建校发展手工艺，用师父带徒弟的办法成立“象牙雕刻系”“编织系”“泥人张”“面人汤”等手工艺系，双方理念驴唇不对马嘴。教授们为国家走向现代化培养设计人才的热情一落千丈，认为办教育不是为出口工艺品培养技术工人，激动地到文化部请愿，要求工艺美院由文化部领导。“大鸣大放”的日子，《人民日报》请庞薰琹写文章，他写了一篇题为《跟着党走，真理总会见太阳》的文章，提到工艺美院就像刚出生的婴儿，面临被“掐死”的命运。此文发表后，给父亲带来了冲击。

那段日子里，母亲再次心脏衰竭住进协和医院，1958年4月8日病逝，享年四十八岁(后来得知实际五十二岁，与父同年)。我二十二岁失去母亲，她离世前最后的话是：“我梦见回到福建，鼓浪屿很美，大海与阳光非常非常美。”为纪念母亲和这段伤心的日子，按照母亲的回忆与幻觉，我于2012年画了鼓浪屿，取名《母亲最后的回忆》。

1958年，二十二岁的我开始遭受批判：认为我喜爱灰色调是“人生观灰,看社会一片灰暗”。恰恰相反,在这之后,我的灰调子更为出色,没有终止;从俄罗斯画派暗淡的灰升华为北欧画派明亮的灰,更上一层楼。

1959年,我创作了第一幅油画成名作《工地洗衣组》(中国美术馆收藏),灵感来自灰调黄昏的密云水库工地。作品在故宫午门“建国十周年美展”展出,同董希文的新作《春到西藏》挂在一起。刚从苏联学习回国的罗工柳说:“庞均的色彩非常好!”白发苍苍的父亲“戴了帽子”以后,深居简出,不同任何人来往,他的世界就是他自己和古典音乐与写书。我的作品展出,是他唯一的安慰,他独自看了三次。以上的事,都是别人告知我的。在家他从未谈起,我也不问。他把在巴黎画的画和一些较为前卫的作品销毁了。他晚年自己闷在家中画起油画,用三十年前已经糟粕的画布和颜料。我送新颜料和笔给他,固执的他只留下白色,其他全部退回,他说:“我画画不是给人看的,只是安慰自己。”大概他想法国了!我劝说:“现在中国美术馆开始给老画家开画展,你也可以。”他的回答是:“开画展与其被人批判,不如不开。”二十世纪八十年代,我在香港时,他终于开了画展,看来他很高兴,他的一生,大概也只开过不到七次画展。

以上种种都不是什么具体的“家书”,却是我人生最深刻的教训,正如高尔基写了《童年》《在人间》《我的大学》,都不是写学校而是写社会。

二十世纪七十年代后期,我被指定画风景,放在北京王府井大街北京画廊出售,1976年至1980年北京只有我、曹达立、闫振铎三位油画家(被称为“三剑客”)画风景,引起全国画家和青年学子的注目,因为全国“美院”都停招学生,但爱画画的青年大有人在,处处可见青年在自学写生,我也是每日背着画箱出现在北京公园的各个角落。后起的画家谈起以前的事,说:“我们小的时候只要听说庞均出现在颐和园或香山都互相告知,收起画箱跟着你走。”确实如此。有时我专心地写生,突然回头，竟然有几十位背着画箱的青年静静地坐在山坡上看着我画画。这都是三十六七年前的往事。

1980年年初,经北京画院的批准,我离开了内地。如果说1947年至1954年是我青少年期学习与创作的艺术生涯，那么1954年至1980年就是我艺术创作与教学的艺术生涯。这二十六年是坎坷多变、大起大落的,使我思想成熟,艺术理念更加坚定。我无怨无悔,感谢社会冶炼了我的人生。离开内地的前夕,父亲同我做了唯一的亦是最认真的一次谈话,他说:“你的灰调子很好,世界上也很少有,很难得。世界上没有几个能画好灰调子,我在巴黎就是画了一幅灰调子的屋顶,马上被一位重要收藏家收藏,因此而出名。你离开内地,就画你的灰调子。一个展览三十幅画就够了。你一定会很出名、很成功的。”这就是他一生第一次也是最后一次口述的教导。他在临终前给我的几封短信,语气平淡,但十分耐人寻味,字里行间深藏对生命意义与艺术境界及品位的教导，他是站在金字塔的顶尖看待问题的。

父亲生命最后的信：

1983年8月11日："学校方面我早已自动退至二线，学校给了我顾问的名义……我决定把一些好一点儿的作品，交给美术馆。美术馆、美协、学校主持，在11月4日至17日在美术馆为我举行画展，本来我不主张搞什么画展，刘开渠现在是美术馆馆长，他坚持要举行，我只有听之任之……画商都是唯利是图，美国对美术也是不重视的，学绘画的年轻人，一般水平不高……法国现在对待外国画家是比较冷淡的，联邦德国、加拿大、澳大利亚对中国人比较热情。当然，想看一些作品要去法国、意大利和英国。英国和法国收藏比较丰富。"

1984年1月28日："我已经到老境了，雇出租汽车没有财力，也多一事不如少一事，学校我现在根本不去，做个空头顾问，实际上是"不顾不问"。从展览会闭幕后，一直没有拿起画笔，对画似乎已无兴趣。听音乐的爱好，似乎未变，还是喜欢一些古典的……我对于现代的绘画，老实说也是一点儿兴趣也没有，像我这样的人，算是过时的人物了，这一点我有自知之明，我现在对一切都无所谓，现在也很少有人来看我，我也不希望有人来，因为所谓无事不登三宝殿，我这菩萨已经不灵了。"

1984年6月30日（庞薰琹生日第二天）："我又多加了一

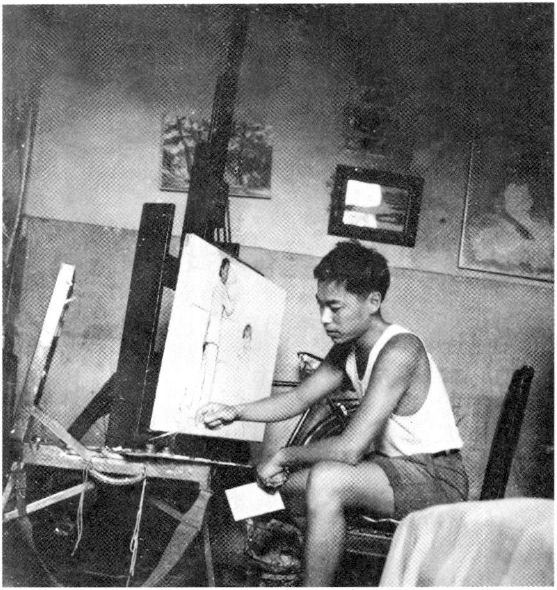

庞均在北京家中。

摄于 1968 年

岁……下午有兴趣画了两个小时左右的画,一般画油画,我也不卖画,不管世界上什么时髦,我画我的画……听说苏立文已经见到你了……北京开了一家法国餐馆,离我家不远,可是实在太敲竹杠,据说一个人最少要花一百元,这样的饭吃下去可能不会合乎'养生之道'……工艺美院的院长现在是常沙娜,工艺美院有能力的教师太少了……现在需要大胆有办法的人,才能打开局面……很多人见到我就问你,有人还造谣言。"

1984年11月11日:"时间是飞快的,转眼1984年又过去了……现在农村变化最大,买电视、录音机的人不少,甚至有人买小汽车,看来最穷的还是知识分子……从世界各国的绘画发展来看,必然会发生一个变化,要在世界上立足,自己的作品还是应该有自己的特点。现在涌现出不少年轻人是很有发展希望的,今年的全国美术展览会按分类在各地展出,油画在湖南展出,我有一幅今年的画,我只用了一两天的时间,而且每天也只是画两三个小时,画面上只有线而没有色块,这样只是做一种尝试。"

1984年12月29日:"我已不如去年,今冬不如今春,有一个时期一点儿食欲都没有……本来学校要我搬到东郊去,有一厅四室,可是那里交通不便,同时我也没有精力再搬家,同时和学校的一些人沟通我也觉得麻烦,这里现在人少,我可以清静,也不会生什么闲气。今年只是在年初画了两三幅画,以后我没有再画,我觉得多画一幅少画一幅,都是一样,我国人多,所以在绘画方面也涌现出不少人才，确实有些人很有才能，但艺术修养方面比较差，这大概是看得少的缘故，欧美的一些画家的作品，可能因为我老化了，也同样觉得艺术修养差。今年只是写了一些小文章，最近一个时期对音乐重新产生兴趣，可能我会在这方面写些东西，我要做、能做、想做的工作并不少，但是显然我的精力在急速衰退，这是没有办法的事。”

数月之后，1985年3月18日，我父亲庞薰琹因病与世长辞，享年七十九岁。由他一手创办的中央工艺美术学院随后变为清华大学美术学院。偌大的中国竟然没有一所独立的设计学院，此乃文化艺术教育一大憾事。

限于篇幅，1980年以后不在此详述。香港七年，台湾二十五年，教学从头做起，从专任讲师到专任教授。除了艺术还是艺术。父亲写给我的信，文字平淡，他没有任何说教，但他总结一生经验的感觉和心思，道出了令人省思的艺术哲学，这就是艺术有“没有修养的艺术”和“有修养的艺术”之别。在大时代的变革中，没有自己的特色就不能在世界上立足，技术再好虽工亦匠。

我必须再提三位老前辈，他们是刘海粟、林风眠、常玉。不管舆论对刘海粟有什么争议，但从清末民初以来，把西方艺术教育方式植入国内，他仍是第一人，中国老一代的艺术家大多毕业于上海美专。我母亲丘堤亦是上海美专第三期学生。在那个年代，刘海粟主张画人物、画人体，收到政府伤风败俗的禁止令，在没有办法的情况下，他就自己当起人体模特，这是一件了不起的事，亦是十分前卫的艺术家行为。他人品大气、大度，自信，亦很骄傲，画如其人。他的水墨与油画，虽然我并不喜欢，但不可否认总是表现得很大气，有大师般的随意态度，无可非议。1978年，我与刘海粟同时在北京香山写生，他的作品留了一块白布，写了一首诗，后两句是"兴到图成秋思远，人间又道是梵高(凡·高的旧译名)"。他把自己说成是当今的凡·高，狂夫之言乃趣也。

画完下山后他对我说："你爸爸是小弟弟。"我把我的画给他看，他居然说："好！画得比你爸爸好，还可以再大胆一点儿！"当然，我懂他的意思，即《荀子·劝学篇》曰："青，取之于蓝，而青于蓝。"他的这幅作品，我请到"新春画展"展出。我的父亲既同徐悲鸿交好，亦同刘海粟交好。他说确实刘海粟比他年长很多，他很尊重他，刘海粟去工艺美院参观，父亲很兴奋，他们之间完全讲法语。之后我有几次同刘海粟见面，他只要见到我，不论有多少人在场，他就只同我聊天。他九十多岁时他同我说："我这一辈子从来没有富过，亦没有穷过。"看他心宽体胖、心安理得，似乎在传授生活的哲学。他自信、自爱、不计较他人之仇的态度使我受益匪浅。

林风眠乃是父亲好友。1980年，我拜访了关山月，又到广州画院同黄笃维先生告别。他要我到香港一定要见林风眠，转告倘若他生活不好，广州永远有一幢别墅在等他。林风眠后来

庞均与妻子籍虹、女儿庞铫。

摄于 1975 年

吃足了苦头,因为他的法国夫人于1949年前后定居巴西,因此林风眠被怀疑是间谍……在香港,林风眠同我见面吃饭,他很沉闷,言简不尽意,饭桌上只问我:“你爸爸还好吧?”在马路上有人向他打招呼:“林老先生。”他却回答:“你认错人了。”如此赫赫有名的老画家,又是如此低调,发人深思。他九十岁时,拿九十幅作品在台湾开画展,不久后他离开了人间。

常玉是我父亲在巴黎最好的朋友。父亲在巴黎大学学习美术、音乐后,想进巴黎美术学院,常玉坚决反对。理由是那个年代巴黎美术学院的教学已是没落陈旧的学院主义,对艺术创作不利,后来父亲进了大茅屋工作室,与巴黎画派为一体。该画派缺少一位东方画家,正想把父亲纳入,要求不变风格且签约十年,遭到父亲拒绝。父亲想自己独立举办画展,经人介绍,邀约权威评论家在咖啡馆见面,请他写文章。待父亲到了咖啡馆,老评论家已在等他,见面第一句话便问:“你几岁来到巴黎?”答曰:“十九岁。”又问:“你对中国文化了解多少?”父亲哑然,他想把一卷作品打开,请老评论家观赏,没想到遭到老评论家阻止:“你十九岁来到巴黎,不看都知道你画怎样的画,劝你还是回到中国,当你了解中国文化后再来到巴黎开画展,待到那时,你不请我,我也会为你写文章。”父亲于是下定决心回国,成立了“决澜社”。在动荡的年代,他的画风确实迈向了实验“中国化”之路。在一批留法前辈中,他的画风是独一无二的。以上精彩的故事,他经常讲述给他的学生,我从七岁开始听,也听懂了。这是一种刻骨铭心的受教,因此我从小到大,绝不临摹西方大师们的作品,只在观画中用心细想他们的优缺点及技巧所在。

毕加索晚年临摹了许多齐白石的作品,他曾说:“我一生中最想去的就是中国,最怕去的也是中国,我怕去中国后否定了自己。”他对张大千说:“艺术方面,西方人是最笨的,中国人最聪明;第二是日本人,不过日本人亦是从唐朝学来的;第三是非洲人。我就不明白,你们现在的中国人,为什么还要到巴黎来学画?!”早年台北故宫博物院副院长谭旦先生,他亦是父亲同期留学巴黎的朋友,抗战期间在昆明照过很多我小时候的照片。他在台湾的学生都当官去了,晚年只有我陪伴着他。他告知我,他法国的老师也曾劝他回国研究中国文化,不要学法国。他去世前一个月对我说:“我一辈子想实现的东西没有做到,却被你庞均实现了。”一代前辈斯人已去!第二代的我,亦是古稀之年,迈向老境。

前辈的经验、学问、技巧往往不是明明白白的文字教科书。最鲜活、最有生命力的部分是在他们无言的行为之中。才华和灵气是不存在于言语间的,需要后辈从他们的创作轨迹和作品中去发觉深藏的艺术元素。艺术路是要自己走的。作为晚辈的我,懂得前辈没有走完的路,甚至是刚迈出脚步想走的路,一定要继承他们的思想走下去。文化不能断层。

写于2013年1月8日,台湾

老照片上的那些往昔

◎ 费明杰

费明杰 ——（Fei Mingjie）

雕塑家。1943年生于上海，长于香港，现居纽约。在北美洲及亚洲举行过多次展览，并在美国创作多件公共艺术作品。作品透露出对东西方现实与神话故事、人与大自然关系的思索，常以动植物的造型来做雕塑，充满隐喻。现于美国新泽西州威廉帕特森大学教授雕塑。

摄影是近代史上很伟大的发明之一，假如这一百年没有照片作为记录，我们现代人类的记忆就会完全不同。摄影的普遍化，我相信是美国“二战”胜利后的一大贡献。二十世纪五十年代，我十多岁在香港时，我父亲送给我的第一台相机，是美国柯达公司出产的小方盒布朗尼(Brownie)相机，这是一台玩具照相机，它让我开始有了自己拍摄照片的经验，也许它也开启了我个人生命的影像回忆的思维方式。记忆中，年幼时我有些本人及家人的照片，但离开上海时并没有带走，只留下些许记忆而已。故事可由人写，但照片的形象是我们脑海里的灯火。我的照片叠印着我生命的年岁形象与影子。什么都忘了，可只要看见了老照片，就能记起拍摄时那一刻的情景。我找到了两张二十世纪四十年代在上海拍的照片。就从这儿开始吧。

上海童年

我童年的记忆最早可追溯到二十世纪四十年代的上海。在那儿，我生于一个父母都是艺术家的家庭。家里有他俩的画室。放眼望去，满目的图片、油画以及石膏雕塑。空气中弥漫着颜料和松节油的气味。每天跟随父母和他们的学生在画室中进进出出。日复一日的耳濡目染，也许在我的潜意识里印刻下了对艺术创作的最初感受。我就在这样的环境里长大。

到五六岁时，正值上海解放前夕。我家居住的虹口，也像当时上海大部分地区一样,相当混乱。大人不让小孩儿出门上街,唯恐遭遇劫持不测。虽然我太过年幼,不会理解动荡的时局,但透过面向大街的窗户,仍可看到令人不安的景象。粘贴着“米”字形防空纸条的玻璃窗,一时间成了我一窥外面世界的主要通道。当时物质极度匮乏,人们害怕被抢,父亲出门买米时,需将大捆的纸币贴身挂着,再外裹长袍,并有人陪同,方敢上路。街上不时出现一类被叫作“流氓”的男人。他常将手中的银圆摆弄出一种特殊的有节律的沙沙声。路人经过,一听便知这是个做换钱生意的家伙。大人频频警告我不许走近他。我也看到戒严时街道被封闭,变得荒漠一般的杳无人迹。那时物价飞涨,钱币极速贬值,一张纸币几乎与手纸等值。记得有一次弄堂里出现一箱被人遗弃的金圆券纸币,全新的,没人敢动它,有个小孩儿去拿了一张,发现纸质极好,于是折了一只飞机飞得很远。这下所有在场的小孩儿都拿了这些金圆券折了飞机满天飞。

一天早晨,我听到枪声从街对面的戏院传来,接着一杆白旗撑了出来。第二天,街上传来爆竹声和喧闹声。邻居敲开我家的大门,一起去迎接人民解放军进驻上海。上海解放了!

我从小就与祖母同睡一床。在七岁上小学一年级时,有一天,祖母直到中午也没起来和我们一起吃午饭。母亲便进屋探视。不一会儿,她哭着出来告诉我们,祖母走了。这是我人生第一次面对死亡。因为祖母似乎是在睡梦中平静地离去的,所以

费明杰唯一一张与祖母一起的照片。
摄于 1944 年

这时我并没有留下任何惊恐的印象。我们去了火葬场为她送行。大人们哭着从焚烧炉的观察小孔中察看火化的过程。我求着大人们也让我看一眼。最终父亲将我举起,我看到了让我终生难忘的烈焰燃烧人体的景象。

八岁那年,我得了阑尾炎,病得很重,手术并发感染。那年头药物奇缺,又兼朝鲜战争初起,我只好休学躺在床上近一年,慢慢自己恢复。记得我病愈初次下床,虚弱得举步维艰。重返校园后,我加入了少年先锋队。小朋友每天都唱着像《东方红》之类的革命歌曲。

那段时间,我父亲在广州工作,后来不知为何他去了香港做一些项目。有一天,一封来自香港的电报说我父亲在港意外受伤了。我母亲设法从公安局弄到一张通行证,便带着我坐火车赶去香港。我们带着很少的行李,就一个手提箱而已。姑妈送给我们一个金华火腿,要我们带去给父亲养伤用。一路上由我提着火腿,母亲则照看好手提箱。这是我第一次离家长途旅行。前途茫茫,很不是滋味。坐了三天火车。晚上睡在座位上面的铺位。我整天黏在窗前,贪婪地观望着外面不断向后移去的景色。

香港出海

初去香港的头一年,很是辛苦。因我母亲和我不会说广东

六七岁的费明杰在母亲画室。

摄于 1950 年,上海

话,父亲也只会一点儿"洋泾浜"广东话,所以我不太出门,除非父亲带着我们一起出去。时值盛夏,母亲那时正怀着妹妹,住在没有冷气的小房间里真是闷热难耐。

我当时进了住家附近的一个蹩脚小学就读。但因为广东话、英语都不行,所以被留了一级。同学知道我不会讲广东话,总想欺负我。好在我比他们长得高大一些,才避免了一些皮肉之苦。但口头的谩骂欺侮却是少不了的。那时处于来港第一阶段:挣扎求生存。

一年之后,妹妹出世了。原本就狭小的家就显得更局促了,所以父亲领着我们搬到了一处较远但较大一点儿的房子住。虽然居住条件有了一些改善,但对于我这样一个九岁的小孩儿来说,要在香港适应生活真是艰难,一切的一切,都与上海不一样。通过日常的练习,渐渐地,我开始能够用广东话与人沟通了。在我从十多岁开始由少年向青年转化的过程中,经历了很多身心的变化。香港,一个受英国人影响的国际大城市,就像上海一样,为我展开了一个平面。在这平面上,作为一个小孩子,能够渐渐地平稳起步,让我有了信心,我觉得在这里可以生存了。有了这样的信心,我似乎看到了前途,从这里开始,我可以一点一点地探索我要走的路了。

香港最令人难忍的是夏季。香港的暑热感觉与上海截然不同。这里的难受之处在于太过潮湿闷热,汗出得都可以滴下水来。晚上是一定要洗澡的,广东话叫"冲凉"。所以这"冲凉"

二字便是我最早学会的广东话。“冲凉”一词生动地描写了当地人洗澡的方式。取一盆水,先用毛巾、肥皂将身上擦拭好,再举起满盆的水兜头冲下。由此产生的感觉,对我来说,也是来港后人生旅途上的一种文化冲击。

晚上冲凉后,最开心的事莫过于去看电影了。那时我们小孩子去看的多半是工余场的电影,那是大人们放工以后去看的场次。电影院里有冷气,还有外国电影看。事实上,那时的外国电影因无详细的中文字幕,其实看得并不太懂。那些简单的字幕实际上是一张张的幻灯片,出现重要情节时做提示用,点到为止而已。尽管如此,电影给我带来的视觉上的刺激,还是很令人兴奋的。从中我看到很多外国的情景以及想象的世界,也从电影中学到很多古代的、现代的或将来的故事。就这样,通过看电影以及读书,我学到了不少英文。我对中文片则是兴趣缺缺,因当时的中文片水准很差。那时还有不少粤语片,水平更差,多为话剧或粤剧的简单纪录片,影片表达的观念比较少。而外国电影(特别是西方电影)的故事情节、表演艺术、摄影技巧以及场景画面都非常引人入胜,所以我一直偏爱看外国电影。记得我父亲也很喜欢看电影。可以说那时所看的电影对启发我的想象力起了重要的作用。香港还有各种西方杂志,那也是我爱翻爱看的。总之,早年我在香港受到很多西方文化的影响,也因此产生了对它们的期望和憧憬。

后来家里境况有了好转,又搬了一次家,从九龙搬到了香港岛。这一回,我终于拥有了一间自己的房间。香港岛物质和文化的条件胜于九龙。读书的学校也比以前的好。这时的我已能用广东话与人沟通了,甚至会“讲三字经”(粗口),尽管与当地人讲的还有些距离。我的英语也有些基础了。这样我感到自己渐渐地融入了香港社会。

电影还是照看不误。此时的外国电影字幕有了不小的进步,居然可以将电影中的对话用中文字幕同步打出。所以我在听到对话的同时,又能看到字幕。这对我学习英语无疑很有帮助。

二十世纪五十年代,不断有人从内地拥入,致使香港的学校系统严重超载,现有的师资和校舍不足以应付过多的学生。当时香港的教育是英国式的,即以英语教学为主。学校基本上有两种,一种是英语学校,另一种是中文学校。所谓英语学校主要是政府办的学校。其分支则是教会学校,其中又分男校和女校,而男女同校的学校是很少见的。较好的教会学校多为天主教学校。其教风严肃,并给学生一个正统规范的英语教育。学校的教员多从外国引进,比如神父、修女之类的。而政府学校聘用的教员也是来自英国或中国香港的从师范学校毕业教师。所以英文学校的教学质量一般都较高,因此也比较难被录取。尤其像我这样从内地来的学生,要想进这种英文学校,更是难上加难,除非你拥有特殊关系,或具有出众才能,才可望跻身于其中。真正能达此愿的内地学生,也是少之又少。我读

费明杰的父亲在表演木偶。

摄于 1959 年

的是私立英文书院,男女同校,中国人任校董,在教育部注册的中国人办的学校。

当年香港的中学历史课程的内容设计很是独特,分为“世界历史”与“中国历史”两类。世界史中没有中国部分,中国史中没有世界部分。世界史用英文教,中国史用中文教,两史只教到十九世纪。这种设计当然是为当时的政府统治着想,用以限制当时的学生了解现代中国在政治上之地位。不过,其他课程的设置模式,也是沿袭国外的传统教育理论,其关键是要学生心理上不觉得与内地存在任何国家意义上的关联。我们一面读英文,莎士比亚、狄更斯等大文豪的文章,一面读中国古文,唐诗、孔子《论语》,形成了典型的当代英文书院的特殊教程以及教育文化现象。在我就读的学校里,英文由英国人来教授。但这些外国人并非教师科班出身,大多是英国文员的太太,抑或是浪迹香港来找份英语教学工作混饭吃的人。

有一年的生日,父亲送了我一部玩具照相机,使我对摄影产生了极大的兴趣。我拿着相机,到处乱拍。这或许是我亲自动手进行艺术创作的开始。与此同时,我在家里也喜欢东摸西搞,做飞机模型,做船模,做风筝,做各式各样的玩具之类的手工。甚至对做家具,也有不少兴趣。尽管经常看见母亲和她的学生们在家里绘画,目睹很多美术作品的制作过程,但我并未跟着他们画任何东西,也从未跟任何人学做什么,只是一味顾着做自己喜欢的手工玩具,以及玩玩拍照、素描。

在香港,吃对我来说是一种美食趣味启蒙,因双亲常研究香港的沪菜、粤菜与西餐的菜谱,作为一个好奇的少年,我也跟着尝试一切可能的菜式,慢慢开始有些了解本地食肴的风味。诸如港式奶茶、西饼吐司、粤式饮茶、牛腩云吞面、烧猪烧鸭,等等。香港为我展现了一个立体的食品系列,内含东南西北的风味,再加脯品,如蛇兽海鲜与异国进口之瓜果,特别是从东南亚运进的水果。在一个上海孩子的眼中,这些都是从未见过、摸过或嗅过的食物,光是嗅闻到街头食品、水果小吃之类的香味,亦是人生一乐也。我九岁来港之前从未喝过什么饮料,像汽水、果汁、凉茶、廿四味、火麻仁、蔗汁等等。也未曾品味西餐,如冷盘、牛排、鱼子、鲑鱼、香肠、热狗、蛋糕、馅饼、冰激凌。还有些水果是我们听过但未品尝过的。所以每种新水果都会伴随着一个新奇的故事。有人送了一只马来西亚果王榴梿来家,闻到那令人掩鼻的气味没人敢试,后来妈妈说拿来了就试下吧,打开榴梿的外壳就是一大挑战,随后尝其味又甜又臭又香,很难用文字来解释这种感味之趣。吃过果王之后什么果子都敢试试了。在香港接触到各种媒体,如漫画、杂志、小说、音乐、照片、影片,无论是来自当地或从外面进口的,迟早都会影响到人们的身心,特别是对处于成长期的孩子。我发现很多文化或日常生活中的经历与我的感官或思想发生了某种密切难忘的联系。在往后的人生道路上,我常常回忆起这些特殊的感受。

当时,人体对我来说好像还是一个极其神秘的主题,百看百思不腻。媒体广告更是夸张地暴露身体,我们会设法偷混入电影院去看那些“少儿不宜”的影片。同时香港各种各样的黄色行业也正在跟这大都市平行同进,使我有机会窥知不少秘密。记得当年晶体管收音机开始从日本进口,轰炸香港市场,不久每家每户都拥有一台或多台这种新式收音机。中西通俗音乐开始成为当地的流行音乐文化。我们学跳舞,摇滚、曼波、恰恰、慢四步、快四步。这类音乐开始让我们的脑子和身体旋转起来,这些非中国形式的节奏演化成青少年的狂热,那也是我们的“阿飞年代”。好莱坞电影对我也有一种很大的影响,因为我父亲是电影界中人,我便有机会看到较多各色的电影。我那时就相信,一部好电影应具有强大的想象力甚至具有兴奋剂作用,而外国电影的题材以及想象的意识在文化层面上与华人世界的巨大差异,则成为我个人奇异幻想的开始。

那时有吴家三兄弟在跟着我母亲学画。老大乔治比我高一年级。他在会考及格后,次年申请赴美留学成功。这给了我一个很好的留美憧憬。他的父亲吴医生一直鼓励我也去美国读书。这样我也开始做起了留美读书之梦。接着我去香港的美国图书馆做研究,了解美国大学的状况。在那儿我找到一些书给我提供了不少有用的信息,特别是了解到不少美国大学为学生提供奖学金以及其他形式的帮助。当时我对美国的认识很朦胧,主要印象多是来自看过的美国电影。事实上,在当时,

费明杰带妹妹第一次去浅水湾
玩沙玩水。
摄于 1954 年，香港

除了吴医生一家之外，我再也没有其他的渠道得到有关赴美留学的知识。自此我便展开渔翁撒网式的大搜索，写信给美国学校，寻找留美读书的机会。

吴医生的经历本身就是一个很精彩的个人奋斗的故事，他毕业于耶鲁大学在中国的医学院，抗战时，他在中国后方军队医院行医，又参与修建缅甸公路之医疗服务。后来他与家人来到香港。当时英国人不承认他的中国医学文凭，因而不能在香港执业行医。尽管他当时已四十多岁，仍决定出国留学，去加拿大大学进修医学。两年后他成功地取得英国医学执照，回香港成为一名医生。

那一年，吴医生的大儿子乔治刚读完高中，会考成功。美国肯塔基州一所大学收他入学。当我看到乔治真的拿到了美国大学的奖学金，感觉有了希望。当乔治准备好了以后，他决定坐船去美国。我充满羡慕地送他上船。目送着船只远去，我感到了更大的鼓舞，我一定要找到我自己的留美机会。我一直在考虑，我究竟能申请到什么样的学校、什么样的专业呢？想来想去，觉得艺术还是我的专长。其他诸如数学、物理、化学、英文之类都是我的弱项。当我向父亲表明想去美国学艺术时，父亲并不同意。他觉得如果能够去美国，我应该学些比较实用的科目。他提出我可以去学设计，我对设计也很有兴趣，就决定集中申请美术学校。这类学校通常会要求我寄几张素描、油画之类的作品去审核，于是我认真准备了一些作品寄去以争

费明杰(左四)的船刚离开码头时照的照片,费明杰父亲在照片上写下这几个字:希望你自强不息。
摄于 1961 年

取奖学金。同时在这一年,我要进行会考了。

在当时的香港,中学会考是一个重要的考试,它可能决定一个人未来职业生涯的去向。因此,首先我要通过这个考试,才能充分考虑人生的前途发展。像我这样一个普通的学生,在当时的香港,连对进入最高学府——香港大学都不敢想象,又如何敢想出国留学呢?由于我是一个国际笔友俱乐部的成员,并已拥有世界各地的笔友,我们写英文信和交换明信片、图片之类的纪念品。这种友谊和交往帮助我了解到外面的世界。

自从吴医生指出了我出国及获得国外奖学金的可能性,我开始认真地考虑此事。我甚至为此请过算命先生,我没有宗教背景,但我相信我命中注定有奇迹好运。

晚春,我会考合格,同时我接到多封申请赴美入学的回信,寄来的信多数是拒绝,少数是接受,但奖学金一个都没有。我祈祷,向耶稣、圣玛丽、菩萨、孔子和所有我找得到的圣人,我天天烧香祈祷。有一天奇迹来了,美国俄亥俄州的哥伦布艺术学校给了我全额奖学金,那封信我看了又看,开始相信我得到的奇迹,我告诉我的父亲,他很高兴和惊讶,并告诉我,他将给予我最大的支持来完成我留美的心愿。

接下来就是去美国领事馆办签证拜见官员,填写各种形式的英文表格,英语面试,检查身体,提供个人家庭背景和金融支持的文件。我完成了所有这些要求,只等最后签证获得批准,就可以订票定期,最终由家庭会议讨论是坐船还是坐飞机。我们最后决定坐船,因为我可以带多件行李,同时这种远洋轮船航程会给我人生不能预料的经验。船会停日本与夏威夷,最终目的地是旧金山,全程十八天。

接下来便是很忙碌的出国准备，但一切都顺利地在开船之前办好。我知道离家的时间到了,我不得不与朋友和家人在当年香港最新的海运大厦码头道别。最后家人与在船上送行者也要离船了。船号大响三声,船启动了,仪式是给岸上的亲人挥手扔掷卷纸条拖拉,很动人的一刻纸条终端的我,眼泪直流,前途未知,船已出海,天在黄昏。

写于2011年圣诞,纽约

关于刘丹画册序的信

◎刘丽明

刘丽明 ——（Liu Liming）

作家。1949年生于南京。1968年至1976年插队落户在江苏省句容县。1985年入职《新华日报》。1986年《扬子晚报》创办，历任该报编辑、主任编辑，2005年退休。中央电视台长篇电视系列剧《礼仪小姐出租公司》主要编剧之一。1996年至2005年为多家报纸撰写专栏。发表近百万字散文、评论、随笔，曾出版一部小说。

编者按:这是姐姐写给弟弟的一封信。弟弟刘丹[1]委托姐姐刘丽明为其画册写序。出于慎重,姐姐数易其稿,仍觉不通。后辞序,弟弟仍耐心等待。一年半之后等来的这封书信,看不到常人理解的血缘牵系,却无时不在某种精神上相契。诚如作者所言:“刘丹相信我,不单单因为我是他的姐姐,更是因为他直觉到我和他可以在精神的本源处相通,那个本源的‘家’才是我们更为看重的。它也是世间亲情的源头。写这封信我是借助亲情之力超越亲情,我想上天赐予我们在血缘上的偶遇应该有一点儿灵性的意义。”

答应给你的画册写序,先是延宕了一年写不出来,后来写了上万字,都被我自己否定了,写了一封辞序的信给你,一晃又是半年了。可你未变,只是等待,真叫我不安。我这里可写的都已写过,怎奈“过尽千帆皆不是”啊!如今只能找到一些单薄而看不出意义的材料了,比如:初见石头时眼睛里那层云翳——一种似存在非存在的障碍,我疑心是个错觉便忽略不计了。还有随云翳而起的一丝诧异:石头怎么就成了你绘画语言的基本元素了呢?此问题与第一眼的疏离感有什么关系,我

[1] 刘丹,画家,刘丽明的弟弟,1953年生于南京,1978年考取江苏省国画院研究生,2005年定居北京。其水墨作品在当代艺术领域独树一帜。

也没打算追究。就像人们所习惯的那样,对待未知我们总是把答案预设在已知处,并向有权威的他者求解,谁会向自己不靠谱的感觉求解呢？除非无路可走,才会走到你说的“在未知中创造答案”的路上去,这是一条找不到承诺的路。

让我一点点细说。

石头让我在视觉上无措。那些诡谲繁复的孔洞,难以理喻的皱褶，每一处都是去向不明的入眼点，它们诱惑着我往里看,我却被一种习惯卡在外面,云翳包裹住我的眼眶,保护其不被解析,似乎一旦将眼光散开,各随其深入,我的视觉结构就散了架。像面对迷宫一样,我畏惧石头的语法。

平时我看到一个事物,比如一座楼房、一个家用电器,甚至一个人,我会给他们套上长宽高的框架,使他们依凭着三维坐标的注解,变得简洁而清晰。可假如我用长宽高去套石头,它一定是不顺遂的,它的语言在长宽高的干预下,不仅不能变得晓畅明白,反而更加复杂拗口,画石者只要是依着外在的尺度去画它,画出来的孔洞与皱褶,一定是有云翳遮着的。这是体系之间的不相容。石头好像不是我们这个三维空间的产物,它是从多维空间“下凡”到我们这里来的。当其表面受拘于三维的理解时,它的多维语言只能潜伏在内部风起云涌。内部的剧情传不出来，外面的眼光看不进去，云翳是我与石头的障碍。

可为什么这种隔绝,到了你的画里,全然不见了？石头在

全家福，二弟刘丹居前排右一，身后手扶刘丹肩膀的是刘丽明。刘丽明身旁是爷爷、妹妹、奶奶、大弟。后排是姑姑和爸爸、妈妈。
摄于1960年前后

你的笔下,好像内外翻了个个儿,精准的长宽高的几何描述成为其隐藏的筋骨,繁复的内部组织的肌理则通达至外,成为至清至察、叫人望而生畏的表象。这是怎样令人震惊的内省形式!这样内省式的颠覆却是没有动静的,只是通过镜像的反转便悄然化掉了那层云翳。

看你画里的石头,比看真的石头更能直观到当代微宇宙无法预言的空性,你让量子时代不断遭到质疑的时空意识的不可靠性或虚假性呈现于外,可传统的空间概念并未被你抛弃而是收纳把握于内了,你甚至充分发挥了其经典的有效性(当然,这也是功夫在身的人所拥有的一种自然属性了),于是你画中的石头与现实中的个体既开创性地完全不像又本能地相像至极。

我极希望弄明白你到底对石头施了什么魔法,使它从宏观世界“转世”到了微观世界?在你画作的展览会上,人们乐于把真的石头放在一旁,给宏观意识留下一席之地,让它与画里的石头相对照。可对照能对照出什么来呢?唯有从你所说的“格物致知、双向发现”的作画过程里,去探讨一点儿方法——这八个字的蕴藏何其丰富,我只能做一个简单的线性描述。“格物”,如高精度的探测仪潜行屈入、穷尽对象内部,偶尔会扫描到不明就里的踪迹,留下与传统情境不协调的陌生印象(对象不仅是石头,也包括画者所用的笔墨纸砚等材料,格物是多方面的)。“致知”,是由那些处境尴尬的不愉快的陌生印

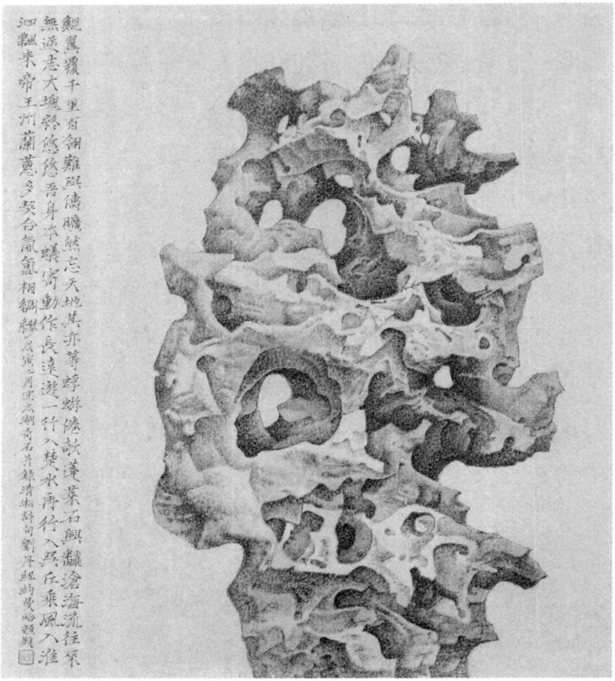

刘丹画作《玲珑石》，1998年作，
纸本水墨。

象发动的一场创造，它们为了其存在的真实性不被忽略，要求创造新的与之契合的情境以获得绝美的统一场，于是呼唤调动储存在画者肌肉神经里的经验技艺——储存不丰是不行的，经验不能活化也是不行的，终于因缘聚合，成就了画者独特的笔墨。所以这一场创造，同时完成了不变与变——石头的宏观结构与实物毫厘不爽，但笔墨变换了情境。由此启发了作为观者的我，要想拓展自己的审美体验，对照石头画得有多像是不够的，进入这种笔墨创造的情境才是主要的。情境才是新语言的载体。

借助这种情境，石头内部受困于三维魔咒（至少千年以上）的多维语言从此释放了出来。被释放的还有花和山水。有意思的是，你的山水演绎了石头元素，创造的契机却来自烛光。你说你观察烛光“看到的不是火苗，而是光的现象，以及围绕在四周由于光的跳跃而产生的形似片状的层次众多的景观”。

同样以目接光，我们是以光的折射建立起世界的三维模型，你却无视连续匀滑有着既定道路的光亮，偏偏选取了跳跃而不确定的烛光开启灵感，可见一个人向外探索与向内探索是同构或相应的，甚至不同领域最前沿的探索也是同构或相应的，否则无法解释这样的巧合：量子论的出世，正是源于普朗克在研究中发现物体发光时不愿把能量展匀，而是以一定数值的整数倍跳跃式变化，接着才由爱因斯坦发展出光具有明确的粒子性这样惊人的论断的。也正像普朗克提出了划时代的见解以后,却心惊胆战,因为这是旧制度难以赦免的异端教义。你的山水长卷将个人形式的原创性推到了如此险异的边缘, 也同样是步步如履薄冰地伴随着反复的风险追问的。宏观世界的参照物彻底消弭于形外,你将石头不可知的内结构打开来让我们看到了连续的坐标变换的多空间连绵,其拧转偏斜的幅度之大,随机活变的密度之高,却在奇险中保持着完整与稳定,显然,自由意志不是靠掷骰子实现的,而是通过有序的能量组织实现的。但这种有序的组织没有外在的规则可以依靠,唯一的依靠,是在长期训练下建立起来的强大的内省。

格物致知,都需要在沉思的状态中进行,否则创造的秘密照样溜掉。当我们站在宏观意识的角度去审视这个秘密的时候, 会以为创造与有序是对立的, 它取决于直觉或灵感的降临,倏忽来去,很难把握。但假如我们跟着你的石头、花、山水、那无数警觉的(获得自觉意识的)孔洞与皱褶,进入“想心甫作,境界即萌”的微观微察世界,就可以发现,创造的秘密亦如大量生住异灭的量子一样,有着概率上的可信任性,它亦有日常化的一面,是可以通过内省状态的修炼去接近与把握的。它告诉我们:长宽高的意识未免太粗重,唯有让这种几何体的意识向内坍缩, 缩到那个让目光终止的零点。在这个视线的边界,是有着通向另一个空间的缝隙的,但是只有精微的意识才能察觉，才能接受缝隙的指引去穿越，颗粒稍粗一点儿，就以此为终，被挡在这一边了，穿越或渗透，是一个死而复生的过程。

有了穿越的大信，当你在某一个空间里达到超越常人的偏斜度时，你是不失中正的，因为你有此界人(包括你自己)此时都未必清楚的未知的彼界做平衡，也只有这样的作品才具备史诗般的张力，并且在对立的概念里深入两边的风景而保持来回穿梭的自由。

从焦点透视到散点透视，从西方绘画的构成论到中国水墨画的生成论，从传统到前卫，从宏观到微观，从科学到玄学，从显在到隐在，如此跨越，是如何完成的？不要以为将众多矛盾集于一身不可思议，只要比现有的意识更细一层，就可以统一它们了。虽然物理学上的统一场论耗尽了爱因斯坦后半生的精力也没能建立，未来能否建立还不得而知——就怕这个统一场位于科学止步、玄想开始的地方，那数学演算岂不就到不了了？可美学却是无所不及的呀，那些相互矛盾的理念，都是有形态的意识，是向着物质化的方向一生二、二生三分化而来的，艺术创造所要做的，永远是逆水行舟，返回物质化的史前期。

不知不觉写了这许多，意犹未尽。感觉文字对你绘画的理解还在伺机深入，其境界的变化也未有穷期，可最低限度，我已开始回报你的耐心。如果不是你无限期、不移易的等待，那个似有还无的视觉痉挛,或许就被我丢掉了。而它恰好遮蔽住一个宇宙的入口——这不是巧合,我相信很多宇宙相互隐藏,都留下了这样既通又不通的入口。尽管我们是姐弟,我的文字与你的画,也是没有其他的途径,只能借这样的入口相会的。幸会呀,差点错过,一笑。

写于2008年4月21日,修改于2011年12月,南京

往事如烟

◎施慧

施　慧———— (Shi Hui)

艺术家。1955年生于上海。1982年毕业于浙江美术学院工艺系，现为中国美术学院教授，博士生导师，纤维与空间艺术工作室主持人。1986年开始从事现代纤维艺术创作，1987年作品《寿》入选第十三届瑞士洛桑国际壁挂双年展，实现了中国当代壁挂艺术走向世界的零的突破。二十世纪九十年代至今坚持纤维艺术在当代艺术中的创作方向，作品以使用棉、麻、宣纸、纸浆等纤维材料为特征，体现出东方精神的文化底蕴。

往事,如烟。

1955年5月,我出生在上海南汇路上的一座小楼里,那是一座什么样的小楼?我曾经去南汇路上寻觅,却无法得出判断。留在我记忆中的只有那房间里的一张大床,和我常在那个铁管制的床脚地板上摆弄着我的洋娃娃的情景。接下去的记忆,是我常常往返于两个外婆家,一个住在南昌路,一个住在延安西路。每次都是父亲接送,两边都叫着“姆妈”。长大一点儿后我才知道,我的生母顾敏卿在我八个月大的时候就因突发心脏病而离世,在我三岁时父亲和继母林嘉桢结婚了。

小时候跟着外婆(林嘉桢的母亲)的时间最长,而大多数时间是住在淮海中路一家叫青鸟的照相馆的楼上,据说那里原来是一个做缝纫的大车间,公私合营后,我的大姨夫家将那里租了下来,一家五口住在里面。因为外婆常住在大女儿家,帮他们一家打理、烧饭,我也就跟着外婆住,大姨有三个儿子,没有女儿,所以他们一家都很接纳我。从大姨家的窗户看出去,斜对面就是重庆中路,2路和5路有轨电车在夏日的夜晚叮叮当当的声音特别清亮。而正对面是上海妇女儿童用品商店,每天行人川流不息。白天我总爱搬个小凳子站在上面,那里成了我观看上海花花世界的窗口。

1959年,父亲和母亲响应支援内地的号召去了江西南昌工作,把我留在上海由外婆管着。记得有一年,外婆把我送到隔壁弄堂的幼儿园,结果有一天下暴雨,整个弄堂积水,把很多孩子困在里面,外婆吓坏了,之后就再也不送幼儿园了。外婆叫高淑芳,识字,能写信,会做衣服,还烧得一手好菜,累了休息的时候会抽上一支烟,这在她这个年纪是不多见的。我们那个年代的城市孩子,每年到春节时一般家里都会给做一套新衣服,其实就是穿在棉袄和棉裤外面的布罩衫和罩裤,里面的棉袄和棉裤那都是要好多年才会更换的(个子长高了穿不下了,就传给下一个)。女孩子们盼过年那就是盼着穿一套新衣服,而我小时候的新衣服基本上都是外婆做的。外婆是福州人,还会做年糕,每到春节时,就是外婆大显身手的时候。在大姨家搭起磨盘,开始磨米浆,从上午开始,一直要磨到傍晚。然后把装好米浆的布袋吊起来沥水,差不多时再用磨盘压在米浆袋上,把最后的水分压出来,第二天上午就可以入蒸笼蒸了。蒸笼里先铺上一层纱布和粽叶,再将白白稠稠的米浆(拌入红糖的米浆则呈咖啡色)倒入蒸笼,最令人兴奋的时刻是,当米浆占有蒸笼八分高的时候,开始在米浆上面摆入各种好看好吃的东西:猪油丁、花生粒、红枣、蜜饯、核桃仁……然后蒸上两个小时,两笼香喷喷的年糕就好了。蒸年糕好像是过年最重要的一个环节了,至今记忆犹新。磨米浆起先是我看着外婆磨,长大一点儿后我就一勺一勺地帮着外婆往磨石上面的小洞里灌入浸好的湿米,再长大后就是我掌磨了……

每一年的年三十晚上,外婆都要到住在南京西路同福里

五岁的施慧与继母林嘉桢一起。

摄于 1960 年

的舅舅家过的。外婆有三个女儿,只有一个儿子,所以年三十必定是在舅舅家,而年初一外婆则在南昌路的家里等着她的子孙们来给她拜年,每人一碗八宝粥。我那时就是个跟屁虫,外婆到哪儿我到哪儿,感觉自己成了外婆最贴身的孩子,总有一种幸福感。外婆的大家庭给了我很多温暖的回忆,"慈祥能干的外婆"形象早早就印入了我的记忆中。

我的祖籍是浙江东阳。大概七岁时,父亲带着我去东阳城里看望祖父施晓湘。祖父在东阳中学任国语老师,对国画、诗词等均有很深的修养。祖父在城里租的房子是个小院,门口几级台阶下来是一条石板路,远远地笔直通到东阳中学。石板路的旁边是一条小溪,常有人在溪涧的石板上用木棒槌敲打衣服,祖母告诉我那是在洗衣服。小院的后面还有一口井,那是我第一次看到井,感觉很新鲜。清晨,在小院的拐角处每天都有挑着担子卖豆腐脑的(后来成了我的最爱),嫩嫩白白的豆腐脑还带着温热,盛上一碗,撒上一点儿葱花和油条渣,浇上一点儿酱油,简直是人间美味啊!祖父的书房也是他的画室,里面有一张很大的画桌,儿时的记忆还很深,祖父一手抱着我,一手在桌面的宣纸上点画着他的山水和花鸟。长大以后我才知道,祖父是上海中华艺术大学科班出身的中国画画家,曾受到潘天寿先生邀请就任国立艺专教员的职位,但因家室之累和耳背之疾他婉谢了。1964年春,父亲突然接到祖父病危的

五岁时的施慧。

摄于 1960 年

消息，第二天就带上我和母亲从南昌赶往东阳，在县城医院的一间病房里，只见祖父瘦高的身躯直直地躺在病床上，只有嘴角在微微嚅动，十分钟后，就听到父亲从胸腔迸发出来的悲戚的呜咽声。

第二天，我们护送祖母回老家——横店镇南上湖公社浬泗塘大队，那是我第一次到农村，却没想留下了很好的印象(不但没有被吓着，反而开心得不得了)。那美好应该是来自祖上留下的白墙青砖黑瓦房的漂亮的翘角、木质门窗的好看的窗格，木结构的二层阁楼被祖父改建成了书房，并安装了玻璃窗，明亮而宽敞；来自房屋的后山那一面绿茵茵的斜坡，只要从窗台上架一条木板，就可以走到山坡上，然后又可以从坡的另一头进入另一幢房子里，比城里的捉迷藏空间大多了，坡上有好多山羊在吃草，那是书中才有的景象；来自祖母烧的醇香而富有灶头柴烟味的东阳米粉干——浇头上的豆腐干是当地特有的烟熏豆腐干，香极了；来自对厨房灶台的新鲜感，最有趣的是夹在两个大锅之间的热水罐，多聪明的想法呀，我拿着干柴枝塞进炉灶里，那火苗忽蹿忽蹿的……这一次对东阳老家的探访竟然让我日后困境中对全家下放农村的遭遇丝毫没有顾虑，甚至还有些窃喜，然而现实并不是一个九岁孩子眼里见到的那样。

父亲继承祖业，1948年毕业于杭州艺专(现中国美术学院的前身)应用美术系,1950年进上海电影制片厂从事电影美术、舞台美术及室内设计。1959年，国家要在江西南昌筹建电影厂,父亲响应组织上支援内地的号召去了南昌。没想到两年后项目就下马了,大部分人员都回迁上海,父亲却被江西省文化局挽留,派往江西省文艺学院筹建美术系,三年后文艺学院又停建,变成文艺学校,父亲又被调往江西省第二轻工业厅任美术师,主持了很多展览会的总体设计。父亲是一位多面手、一位兢兢业业的美术设计师。

要上小学了,父亲把我从外婆家里接回。那时起,我才对父亲有一个概念。父亲是个很爱干净的人,外表给人讲究、利索的感觉,生活也很有规律。他每天早起后第一件事情就是拉开窗帘,打开收音机。洗漱完后先给鱼缸里的各种神仙鱼、孔雀鱼喂食，再给黄莺喂食，然后坐下来吃着早饭听着黄莺唱歌。每天下班回到家的第一件事也是拉窗帘,这后来成了我的任务,但我却总是忘记,常常因为天黑了窗帘还没有拉上而受到父亲的训斥。每个星期六上午是父亲放下工作做卫生的时间,扫地,拖地,给地板打蜡(一个月一次),给鱼缸换水,清洗鸟笼的底部,这其中只有扫地的工作后来是交给我的,但总是还要被他批评说扫帚不要挑起来,要压住地面扫。父亲做什么事都很认真、仔细、井井有条,就像他做设计一样。我没有看到过父亲在单位里工作的状态，却目睹了他每天晚饭后在家中的大书桌上绘图的情景。那时我就觉得我们家的书桌好像特别大，书桌上面铺着一张大图纸，泡上一杯茶，点上一支烟，父亲开始进入他的工作状态。除了铅笔、橡皮、丁字尺、梅花形的调色盘等必备的工具外，父亲总是备着一块大手帕。父亲作画时，嘴角习惯性地叼着一支烟，这支烟基本是不抽的，每当他全神贯注地作画时，那长长的烟灰来不及掸掉就会掉落在图纸上，这时，父亲就用那块大手帕迅速地把烟灰拂去。现在回想起来，那时他先后为北京人民大会堂江西厅、上海苏联展览会食品馆、上海市工业展览会、全国新技工培训展览会、江西省手工业产品展览会做设计。直到后来设计毛主席纪念章，父亲仍然是那股子认真劲儿，为了使毛主席的头像更具立体效果，他自己雕刻模型，再以拓制的手法制作成非常逼真的设计稿。父亲对待所从事的工作认真专注、一丝不苟的神情、那在大书桌前精心作画的情景，深深地印在了我的脑海中。而令人唏嘘的是，1971年11月，肺癌晚期的父亲被“放”出来，从集训队带回来的不是他在那里制作完成的一些日用物品（如木质的小板凳、竹筒制作的食品盒或笔筒），而是一套工具，他说那些留给那里的同志做纪念，他现在回家了，以后还可以继续做。

继母林嘉桢可以称为是一位具有顽强性格、坚忍气质的中国女性。她祖籍福州，十几岁随父亲到山东烟台后转到上海。1948年就读上海新闻专科学校（今复旦大学新闻系前身），

施慧与父母的最后一张
家庭合影。
摄于 1967 年

一年后作为进步青年和十几位同学一起奔赴浙江四明山游击队参加革命,中华人民共和国成立后在上海市公安局工作。母亲是那种严于律已、对革命事业无限忠诚的战士,在公安局工作时就从来没有星期天,终因劳累过度患上了肺结核。母亲那时工资很高,一个月有九十多元,她认为自己的报酬太高了,几次强烈要求减工资,领导拗不过她,给她减了二十元,殊不知她的行政级别也由此降下来了,但她毫无怨言,她认为很多有家室的同志比她困难。后来母亲从公安局转到上海图书馆工作,她的职务和级别就再也没有提升过。

母亲给我的印象一直是文雅而坚忍的,最早的印象来自她1949年年初的一些照片中。穿着旗袍披着散肩烫发的她,活脱脱一位时髦的上海大小姐,一点儿不输于那些上海滩的明星,而穿着公安制服的她又是那般挺拔而精神。很早就听母亲说,她考大学前一直想学美术,但外祖父因为学美术费用高而拒绝了她的要求,所以当她遇见父亲时,被父亲的才华所感动,一心扑在工作上、三十三岁仍没有成家的母亲接受了父亲。而由于我的存在,母亲终身没有生育,她认为既然接受了我,就要对我负责到底,而不允许有任何其他的因素来干扰对我的抚养。她那时认为,这么可爱的孩子交给别人抚养不如交给她更放心,她坚信自己会成为一个好母亲,母亲的胸襟是伟大的。她后来告诉我,我第一次看到她时,就对她笑,而父亲之前带来的阿姨我都不对她们笑,也许这就是缘分吧。

母亲和父亲结婚的第二年，父亲就去江西了，母亲毫不犹豫地选择和父亲一起去江西，调到江西省图书馆任采编部主任。由于母亲之前与上海图书馆的关系，所以母亲经常到上海出差购书，可以来看望寄放在外婆家里的我。母亲把我带入了她的兄弟姐妹的大家庭中，使我感受到了来自许多长辈和表兄弟姐妹之间的爱。

1968年10月，母亲接到图书馆的通知，所有图书馆的中层干部全部下放江西农村接受教育。记得从接到通知到出发只给了三天的时间，当时父亲已经被隔离了，母亲一个人担起了把整个家打包的任务，我帮不上一点儿忙，只是看着母亲用一个一个的纸箱包装着家什，一部分带去农村，一部分寄放在南昌的朋友家里。上海大概是一个比较特殊的城市，一般工薪阶层包括干部家庭，家里的家具都是自购的，这在今天看来是再理所当然不过的事，我们家从上海搬去南昌时就带去了书桌、柜子、沙发等。但到了江西才发现，很多家庭，尤其是干部家庭，家里的家具基本都是向公家租用的，家具的一角都会贴着一个小小的单位标签，但租用的家具里是没有沙发的。那时我们家的调子在南昌的干部家庭中显得有些格格不入，圆形的玻璃桌配着四把沙发椅，书架上挂着蕾丝的遮帘，一米宽的大鱼缸装有灯管等保温设施，一台绿色面板的缝纫机，木质的地板不用水拖是打蜡的，这在上海的知识分子家庭中很正常，但在南昌就显得格外的刺眼。三天后，江西省图书馆的十几位中层干部,带着子女们踏上了去江西清江的火车,母亲的心情一定是沉重的,我则带着对东阳老家田园诗性的向往,愉快地乘上了火车。

现实与想象的距离是如此之大, 江西这片老革命根据地的土地是那样的贫瘠。我们去的地方叫清江县昌付公社(现江西省樟树市昌傅镇),那里有好几个大队,最好的大队每天的满劳动力工分(十分)是一块五毛钱,而最差的是五毛五分。母亲在别人挑选完后,去了最低工分的安岗大队古连石村,那是一个只有二十八户人家的小村子,后来加上下放的家庭,变为三十二户。我们分到的房子原来是一户中农的家,木建筑,一个厅堂,两边各两间厢房,后来竟住了三家下放干部。我们住的这一厢,外檐的墙是别人家的外墙,前后两间的隔断用的是土砖(没有烧制过的),朝南只有一个小窗,没有电灯,地是泥巴地。母亲后来说,我到那里后嘴巴整整噘了三天。

由于农村潮湿,我一到那儿,全身就发湿疹,好多上海知青也都有这种反应。母亲自力更生, 向别人学习做三合土地面,改善环境。下放干部的艰难是多重的,父亲那时工资停发了,只给他少量生活费,我的生活费、外婆和东阳祖母的生活费都须母亲来承担。母亲勤俭持家,自己养鸡,自己学做霉豆腐、腌咸菜。按人口我们分得两分地,母亲用来种了很多蔬菜:青菜、茼蒿菜、大白菜、豌豆、蚕豆、长豇豆、西红柿……那里的村民竟然没见过西红柿,好奇地问母亲是什么,后来村民们发现红了的西红柿是酸的,在未转红之前的绿色西红柿是甜的,以至第二年母亲种的西红柿还未成熟就都不翼而飞了。那时我经常挑着尿桶和母亲一起去给菜地施肥,我那时挑担还很有样子,左右换肩自如。就在我们为自己的劳动付出可以得到果实回报而欣喜时,传来了要取消下放干部工资的消息,这对母亲无疑是巨大的打击!一方面在告诉你,你要永远留在农村自力更生;另一方面在告诉你,你的原单位已经不再需要你了,你的干部生涯也就此了结。我不知道母亲当时是怎样度过那个坎儿的,那些日子是怎么过来的,好在一年后这股风声慢慢平息了。

在母亲那个年龄学挑担子、干农活儿显然是困难的,挑不了担子就用手提,下田跟不上农民的速度就在一个田角割着稻子。后来队里知道了母亲会做衣服,就批准她可以不下地,母亲用她那台从大上海转战到南昌,再转战到中国农村生产队的蝴蝶牌缝纫机,度过了她最艰难的一段时间。四年后,母亲凭着她的能力和为人,被调到公社知青办工作,在那里,她尽可能地帮助知识青年们解决各种问题,同时也以她的革命观教育和鼓励知青积极向上,成了很多知青的良师益友。

跟随母亲下放那年我十三岁。我们是最早到村里的一批下放干部,记得第一个月我们被指派在村民家里吃饭,每天换一户人家,今天想来,那是最好的一种体验。我和母亲下放的村子虽然工分最低，但是交通却很方便，到火车站只有几百米,而且村里竟然有两个女孩儿在县城中学读书。所以在我到村里一个多月后,就跟着那两个女孩儿去了清江中学读书,成为那个学校接收的第一个下放干部的孩子。1969年后又陆续来了几个南昌的孩子，北京国家建设委员会一批下放到清江的干部孩子也在那个学校读了一年左右,记得当时是七个人,全是女孩儿,其中有谷牧的小女儿刘燕远。我的青少年时期和那所学校紧紧地联系在了一起。

清江中学坐落在临江府上,是早年清江县的县城,我们读书时,县城已迁到樟树镇。学校旁边有一座荣复军人疗养院,可能是这个小镇最有其代表性的地方。从昌付火车站到临江镇站有慢车两站路，当中隔了个游村站，整个行程是十七分钟,十几公里,三毛钱火车票。这是我第一次离开家里、独自生活的开始。那时很多大城市的中学都停课了,而这所学校的教学仍秩序井然。我在南昌育新小学读到了七年级(那时候学校都顾不上小学生升中学的事儿),所以到清江中学后就直接进入初二学习。班里的同学都比我大,在生活上都很照顾我,他们丝毫没有因为我的家庭问题而疏远我,这使我感到很温暖。但毕竟十三岁的年龄还是很恋家的,每到周四我就想回家,有时就逃课了,而回去总是要被母亲说上几句,教导我学习对于未来的重要性。但那时对我来说,能尝到母亲做的饭菜、睡进家里的热被窝是最重要最幸福的了。长大一点儿后,为了节省

施慧(左一)和上海知青们一起。

摄于 1975 年

三毛钱,我经常会与同村和附近农场的同学一起走路回家,大概要两个多小时。一路上弯曲的小道和绿荫蔽日的树林像春风拂面,给我带来清新和豁然的心情。每周回家我还会帮母亲去后山的松林里拾松果、捡干枝、挖山土、做煤饼,到竹林边的深井中打水,条件虽然艰苦,但大自然的气息总能让你感受到一种生命的力量和希望。昌付,中国南方丘陵中的陋村小镇,那灶台柴炊的味道、山野烧荒的熏烟,松林、竹林、田埂、山冈在我少年的记忆中被强烈地保留下来。

刚到清江中学时,校舍的条件还很差,宿舍就像一个简易的大棚,八至十个横着一列的高低上下铺床,排了十几排。为了睡下来不至于直接看到高高的三角形的屋梁, 在梁上架铺了一层晒谷子的大竹簸,每到晚上,就听见老鼠在上面“嗒嗒嗒嗒”窜来窜去的声音,我只能把头缩进被子里面睡,生怕老鼠掉下来会钻进我的耳朵。到了高中,我们才搬进新盖的宿舍楼。农村的冬天显得特别寒冷,床垫被根本挡不住从门缝里钻进来的寒风,我们就用稻草简单地扎一下铺垫在下面,虽然翻身时会有窸窣的声响, 但是却暖和很多。冬天的教室也非常冷,我们不停地跺脚和搓手,每到下课一站起身都会打一个寒战,然后哆哆嗦嗦地去上厕所。下课后的一个取暖运动,就是大家排着队顺势往一个墙角使劲地挤, 被挤出的人跑到队尾又继续加入,现在想起那一幕,还是能感受到少年时期生命中涌动着的那股劲儿。那时母亲给我的生活费是每个月五元,在伙食的安排上基本是每个星期可以吃二至三餐的大蒜炒肉片，这在农村同学的眼里已经是很好的条件了。那时我们的初中同学中，很多都是已经定了亲的，她们来读书，用的都是男方家里的钱，说好了初中一毕业就要结婚。而她们的伙食是每个星期只能吃二至三餐学校食堂的菜，其他都是吃自己从家里带来的菜，萝卜干、咸菜，最多的是一瓶瓶的用盐稍微腌了一下的红辣椒，后来我也学着跟她们吃辣椒，有一次午餐吃她们的辣椒竟然吃了八两饭。

清江中学有一个农场，我们都叫它花果山，因为农场在一座小山上，种了非常多的桃树，我们每次上“农基”课都是去那里劳动，除草、施肥，还学剪枝和嫁接。那里还有一个养鸡场，有一次我被分配去打扫养鸡场，那股怪异的味道至今也忘不掉。学校还组织我们去参加了半个月的修大堤会战，背着铺盖卷下去，几个人一组住在农民家里，记得当时我那个组是住在一户农民家的阁楼上，上面堆了很多稻草，还放了一口棺材，一上去把我们吓一跳，但是没有选择，只能挨着棺材打着地铺睡。十五天的修堤都是挑土，每天吃的是豆腐乳和萝卜，记得有两次萝卜汤里放了咸肉，我们就像饿极了的猫闻到鱼腥一样拥上去。学校组织的还有初冬挑塘泥、到砖瓦厂挑砖装窑，这些对我来说都是狠狠的磨砺。那时母亲给我看的书是《钢铁是怎样炼成的》和《牛虻》，对我的影响很深，保尔的名言：“人的一生应当这样度过：当他回首往事的时候，不因虚度年华而悔恨,也不因碌碌无为而羞耻……”所以那时我并不觉得这种劳动是一种无奈,而视为一种对自己的磨炼。时过境迁,我在中学里学的很多知识都已淡忘,只有那段经历始终没有忘却,成为我青春成长的锤炼,使我受益至今。

县城中学的假期比城里的中学要多, 除了寒暑假之外还有春假秋假,不是让你春游秋游,而是参加春耕春种和秋收割麦。农村的孩子虽然在学校读书,但是农忙的时候都要回家帮忙。那时的我,把自己当成一个和农民一样的孩子,接受和学习自我生存的能力,我只有一个念头,别人能做到的,我也能做到。放春假回到村里,晚上顶着月亮拔秧,早上跟着村里人一起下田插秧,有时候两条腿上会同时爬上三四只蚂蟥,但经历了第一次之后也就习以为常了,用手使劲地拍打,蚂蟥就会掉下来。夏天“双抢”时,跟着村里人一起下地割稻,一天也不落下。收割时一列人排下来,一个顶一个,如果你慢一拍,后面的人就顶上来了。为了不示弱,我必须使出全身的力气,没有半点歇息才能不掉队。休息的时候,村里总有一位长者挑来一担井水,两把用葫芦劈开制成的大碗勺大家轮流舀着喝,那时候的井水简直就是世界上最好喝的冰镇水,清甜又爽口!在第三年“双抢”结束时,生产队终于给了我五块钱作为工分的报酬,他们没有再把我看成老林的孩子,而是独立的一分子,那是我凭自己的努力拿到的人生第一笔钱。农村就是这样锤炼人的,在锻炼你肌体的同时锤炼着你的意志。我对于农田劳动

施慧在高考的那年。

摄于 1977 年

的积极态度以及同村民们的和谐相处，与母亲的教育是分不开的，她从来都是鼓励我去参加队里的劳动，哪怕气候突变时她也不阻拦，并默默地以她的坚忍影响着我，也许她认为拥有了这样的能力，以后不论遇到什么样的变化，我都能靠自己的力量生存。

初中毕业时，有几个临江镇的同学找到了工作，穿上了工人的制服。那普蓝色的背带裤是我们那时最向往的装束。我和母亲说，我不想读高中了，我要去工厂当工人，母亲严肃地制止了我的想法。高中毕业时，正逢母亲在公社知青办工作，母亲鼓励我做义工，我做了公社广播站的播音员兼公社招待所的招待员。

当广播员的时候早晨五点一刻就要起床，打开机器十五分钟后，我开始播音了："昌付公社广播站，现在开始今天的第一次播音……"记得冬天时，我披着大衣奔到广播站，打开机器后又奔回来，缩进被子里再赖床五分钟。在公社招待所，我每天扫地、擦桌子，将床上的被子叠得整整齐齐，等待着客人，每当有人来入住，我都觉得很有成就感。直到1975年母亲调回南昌工作，我才随母亲一起结束了在农村头尾八年的生活。

在恢复高考前，母亲一直不肯为我找工作，她始终坚信我应该继续读书。1977年，在大学停招十年后，中国终于恢复了高考，我参加了1977年的高考，但因录取的学校不理想，我又继续参加了第二年的高考。1978年，我终于被梦寐以求的父亲的母校浙江美术学院录取，那种激动和百感交集的心情是无法用语言来形容的,那时祖父和父亲都已离开了人世。当我跨进西湖边的浙江美术学院时，我从心底里感激母亲给予我的坚强信念,使我能够在这里告慰父亲的在天之灵。

时代的冲击使我失去了优越的条件，农村的生活让我学会使自己回到一个最平凡的起点，在正面的迎战中我懂得珍视磨难中成长的价值，生活的点点滴滴构筑起我生命中最柔软却最坚定的部分。2013年7月,我回到阔别四十年的清江中学参加活动,见到了当年的班主任方惠美老师,我代表远道而来的同学发言,没有说完即已哽咽……

往事,并非如烟。

写于2015年1月3日,杭州

徐 冰 ———— (Xu Bing)

艺术家。祖籍浙江温岭,1955年生于重庆,长在北京。1977年考入中央美术学院版画系,1981年毕业留校任教。1990年移居美国。2007年回国就任中央美术学院副院长、教授。作品曾在纽约大都会博物馆、伦敦大英博物馆、法国卢浮宫博物馆、纽约现代美术馆等艺术机构展出。1999年获得美国文化界最高奖——麦克阿瑟天才奖。2004年获得首届威尔士国际视觉艺术奖(Arts Mundi)。2006年获美国版画家协会“版画艺术终身成就奖”。2010年被美国哥伦比亚大学授予人文学荣誉博士学位。

琐忆

◎徐冰

一

一直以来我惦记母亲比较多，也是因为自小我就给她找了很多的麻烦。我出生的时候母亲难产。当时我家住在重庆沙坪坝一带,她被抬到担架上,奔往一家稍微大点的医院。平时接生就在附近医院，那天几个抬担架的工友不知怎么就去了这家大点的医院,也幸亏遇上有经验而且镇定的主治医生。最主要的情况是,她在怀我六个月的时候都没查出来有身孕,后来还是一个中医大夫给确诊的;此前她都以为她是“断经痨”病,吃下各种各样的药,自然也影响到我的先天体质,自小我就体弱多病,是一个吃饭很慢、干什么都慢的孩子,不怎么招父亲待见,母亲却备加呵护。

一岁半的时候,我随母亲迁去北京,那之前我是很少见到父亲的。我母亲在上海读教育专业的时候,我父亲在念上海美专。父亲是地下党,母亲是民盟人士,同为浙江籍的革命青年,可能最初是在什么同乡会上互相认识了。我父亲长得挺精神的,一头浓密的鬈发,额头高,眼窝深。我母亲个子比较高,长得不算好看,但是朴素、自然。我记得他们讲起那时送暗号,骑一辆破自行车,把信塞在自行车的车把里。不是送情书,是搞地下工作。“白色恐怖”时期,上海美专被国民党抄了,那天父亲正好在外面兼课,回到学校时学校已经不能待了,他只好去了重庆西南局。我母亲留在上海,整天哭,也没办法读书,便追随去了重庆,结果相聚没有几年,父亲又给调去了北京。

二

母亲家是个有钱的大户人家。据母亲回忆,家里每周有一天做斋饭,是开放给穷人和街头流浪汉的。我姥姥总穿得很破落的样子,按我妈的话说是“看上去穿得跟个叫花子一样破”。我母亲是她四十五岁时才生的,特别疼爱。我母亲要去上海念书了,她在她衣箱的各个角落里塞满了大洋。所以我母亲也是一个节俭并对孩子们特别疼爱、付出特别多的人。

她是一个在佛教徒家庭里长大的人。她认为世界上没有无缘无故的事情,什么东西都是有原因的。

父亲的家谱看起来很厉害,从唐代就有记载,叫《徐氏巷南之谱》,而且说其中一本《巷南之谱》是本谱的第四十九代,说明在唐朝以前就有四十九代的记载。家谱一套四册,一本是本谱,一本是过去历史上皇帝封的奖或表彰之类的记载,第三本就是这一本《巷南之谱》,第四本是过去的一些诗文集。这版家谱是民国时期石印的,发给徐家后代。二十世纪七十年代的时候,这些家谱本来是堆在大队部准备烧掉的,有一个人刚好翻这些书,翻到后面看见他的名字,于是留下来这一本《巷南之谱》,我想这个人应该是我父亲他们那辈的一个人。通过这本家谱,我也就零零碎碎地了解了一些祖上的故事。

徐冰父母的结婚照。

摄于1951年5月,重庆

一岁徐冰(左一)与哥哥和姐姐。

摄于1956年

简单地说，唐代有一个叫徐洛的人，在宫廷紫光阁里任“紫光大夫”，朝里内乱，他怕引火烧身，就告病归田，去了天台山，买地修庙。从朝里出来的徐氏家道开始破落，此后的二十多代无具体记载，只有某某娶某某氏、墓失修的记录，女的都没有名字。但这中间有一两代人勤俭持家，慢慢攒了点钱，后代也是这性格，有了一点儿钱，开始读书，然后又有那么一两代人书读得挺好。记载中，有一个人有六个儿子，全中了科举，但他没让儿子们去做官，而将他们安置在浙江沿海一带，每隔七十五里地安置两个儿子，让他们成家立业，繁衍生息。然后这个人骑马巡看他们过得如何。从地图上看，现在还有上徐、中徐、下徐三个地名。又因防卫海盗，徐氏后人开始练武，几代人下来越练越好。有一代人是特别健壮，臂力过人，武艺精湛，最擅长大刀，就像年画里关公的大刀。当时的科举有文举和武举，徐家参加武举，中了武进士。据父亲说祖上的大院后头一排房全是搁兵器的，中间那个屋子就横一把大刀，这大刀一直保留到1958年大炼钢铁，给奉献了。

话说这徐家武进士，大刀练得再好也中不了状元。因为最后一级考试内容，是将老虎从笼子里放出来，你得赤手空拳把老虎再轰回笼子里。实际到这级别已不是功夫的问题，是要有特殊技巧的，通过发意念或什么的，让老虎失去了兽性，这是最高一级的考核，但徐家在海边呢，就没见过老虎。

父亲很少和我们说工作上的事，但上了年纪之后，偶尔会把这些家里的事拿出来讲一讲。

三

昨天我在北京的郊区听课。

有一个叫张力的老师，是中国教育问题专家，我初听到他的声音时觉得很年轻，也有点耳熟，因为他的声音比较特别。中途休息，他走来拍拍我说：“徐冰，你不认识我了？我是张力呀，你父亲的学生啊！你父亲对我特别好，我常去你们家的。”我一下想起来他原来是那个年轻有朝气、喜欢画画的学生团委书记张力。

此时我非常想念我父亲。我正是在校长大厦学习，我想父亲做了一辈子大学的管理工作，他得听多少报告，要多有耐心呀。

父亲在北京大学历史系当党总支书记，做了很多年的行政工作，是个不成功的知识分子。他是一个性格特别温和的人。今天的我会想，父亲在北大那么复杂的一种环境里，对他来说确实不是他能胜任的。

张力一直说我父亲对学生如何的好，是一个如何善良的人，一下让我感觉到当时我们在北大中关园的那个家的情景和家里特有的一种温度。那真是我们家最好的时光。哥哥、弟弟、妹妹和我都在上大学，他们三个是1978年一起考上的，平时住校，到周末就回家来，围着父母一聊就聊到深夜。父亲多才多艺，房间的墙上挂着洋笛，书架上架着长箫，他会作诗和书法，会滑冰、游泳、钓鱼。记得我们出去玩，他随手摘一片苇叶，就给我们做出一只帆船，放在水上就能走。

父亲最爱的是植物，这不知是否与做中医的爷爷有关。父亲离休后，我家内外就更是被各种花草挤得满满的，院子弄得像植物园，我们每个周末的任务就是端水，每个孩子得端上十盆。我记得有一天，一个老人在我家院子边上看了好长时间，我跟父亲说后，父亲去问，原来那老先生是科学院植物研究所的，他说我家的喇叭花开得特别大，很稀有，他判断是法国的一种喇叭花品种，向我父亲求证。我父亲养护花草是如此尽心，我确实忘不了。在他病危期间，我们去医院守护，到走的时候他就会叮嘱，哪棵花要浇水了，什么草要搁在窗户边了，或者该转个方向了，像下盲棋似的。

四

我们兄妹五个，我在中间。父亲对我特别严。因为他老觉得我散漫、娇气、体弱，还特别敏感，不像那时提倡的工人阶级革命后代的那种朝气蓬勃、人晒得黑黑的样儿，那时他就给我扣上过“精神贵族”的帽子。我想他对我唯一满意的地方就是我画画。

在去纽约以前我是有机会出国的，我没去，主要因为我父亲不太愿意我们出去。

那时我在中央美术学院学习古元的这一套，从平淡生活中提取出艺术的形式。其实那时候我做得不错，父亲对我很满意，因为他喜欢正统朴素的艺术。美院的创作传统是延安的，技术上是十九世纪欧洲的，后来我有机会出国，父亲不赞同，他认为我的创作是基于深入生活表现生活，和西方这套不一样。最后我还去问了古元，因为我刻的很多反映生活的小木刻受到了他的表扬，所以也敢去问他。他回了我一句说，徐冰的路子适合在中国发展。我听了这话很受鼓舞，感觉原来我还有我发展的一个路数似的。那时我也比较理想主义，觉得中国应该迎来现代版画的阶段，我应该在中国做这个事，就决定不出去了。直到我父亲去世后，我们兄妹几人才到国外去。

《天书》就是在他住院期间做的。我刻那个东西把手腕刻得特别疼，父亲知道了，他说，徐冰你刻这个东西呢，不要太执着，非要刻到什么程度。意思是说，你这个手要是怎样了，是不合算的。其实他以前对我的态度，是我病着也要赶着我去参加“学农劳动”的。他过去是顾不了太多家里的事的。我能看出来，去世之前，他最舍不得的就是这个家，他对世界的遗憾一定很多，但对这个家没有。他感受到子女的孝敬。我母亲又特别地庇护孩子，特别地爱护他，真是尽全力留住他。

父亲在肺癌晚期，治疗了七个月。但他是生命力很强的一个人,好几次病危又被抢救回来,那些护士说这个徐老师生命力太强了,很少见到的。我想这跟他的祖上习武加研究中医有关系。

二十世纪八十年代初我随他回过一次老家,那会儿我在上美院,他也还在职。浙江因为开放早,老家温岭请在外的温岭籍人回乡做客,请了父亲和我。祖屋偏远,最后一程需步行,挑夫担着担子,老远隔着稻田地,我父亲指着一大片竹林,说那就是咱们家。我疑惑那怎么是?在我想象中老家很穷,一定是一间破房子,因为我知道再难我母亲也要每月给父亲老家寄十元钱。我没怎么问,一直跟着他走到一个四四方方的大院子前,外边有两条河,就像护城河一样,河边就长满了竹子。

院子的门是用石头垒起来的,上边有块石匾一样的东西,刻着三个字:进士第。记得父亲和我说,徐家祖上留下来的就是这三个字和两句祖训。祖训后来都让我们记得烂熟——"孺子所居道德服乡里,修仁有训清白遗儿孙。"我后来有一次回温岭,那个大石门已经倒了,但是字的漆还很鲜艳。因为有一个老人家,也是徐家后代,他每年都用红漆去描一遍那些字。

院子里还有三个大石锁,实际上就是武进士练武用的,三个大石锁一个比一个大,最大的一个没有几个人一起是挪不动的,现在倒在那里供人搓衣服用。

回忆祖上的事情,使得我跟父亲亲近一点儿了。此前一直有一种隔阂的感觉,彼此都不表达,我家人都是内向的人。

1989年年底,我父亲去世。

1990年,我去了纽约。

五

母亲身上有很多女性优秀的东西,永远是呵护着这个家,往前走。

她从重庆调到北京后,被安排到北大附小当校长。她没去。后来在北京大学图书馆学系做教学秘书,一做就是一辈子。这个家的人都有点惰性。她是北大最老的秘书,退休前和退休后挺长一段时间,她会给新来的秘书讲课。

我最幸福的时期是在幼儿园。每天早上工友推一辆三轮车来接我们去幼儿园,车上有一个小罩子,像个可移动的小房子,里头有两排小椅子。其实幼儿园离我们住的地方不远,但是不知道为什么要用三轮车来拉。

当时母亲将她的一个侄女杨香菱从老家叫来带我。母亲还安排她上夜校,她也在这里学习,后来在这里成家,给她介绍对象那天我还有印象。可能我对别人的依赖性特别强,比如说杨香菱已经带了我几个月,我开始上幼儿园,但老是找她,必须随时看到她,看不到就哭,哭得不行。所以我刚上幼儿园的头几个月,她就拿着小板凳坐在幼儿园外头,如果我们进了屋子,她就待在窗户下边,我还老得看着她的头,否则就不行。

中午我们睡午觉，她就赶紧跑回去吃饭，但要在我们睡醒之前赶回来。甭管外头多晒多冷，她都得在外头待着。从照片里看，那时候我特别胖。还记得有一阵外头闹一种传染病，不让我们出幼儿园，父母就带着水果糖，穿着黑棉大衣来看我们。他们看我特别胖，胖得跟棉球似的滚出来，很高兴，给我糖，我拿着糖就跑回去了。

再稍微大一点儿，就是三年困难时期。我母亲不太会持家，她把所有的钱、粮票都交给当时照看我们的阿姨，后来这个阿姨谈恋爱，就把我们很多粮食都拿给她男朋友了。因为那时候粮食本来就很有限，又出现了这种事，我身体就变得特别不好。我隔一段时间就生病，一发烧就得在家躺着，每天去北大校医院打针。每天等着母亲来接我去打针。我在床上躺着，那时候也没什么书可看，就是躺着，等下午的光线慢慢暗下来。那时我三天两头生病的原因是扁桃腺发炎，个子也不高，后来医生说还是得把扁桃腺给割了。我印象很深的是，我母亲跟很多人反复讨论割掉的利弊，因为听说割了以后会对性别有影响，又说个子会高起来，我也不知道。但没办法，因为老发烧总好不了，只能割了。我总记得我在北京大学第三医院等着母亲拿冰棍来的时光，因为割了扁桃腺得吃凉的，她每天一下班就买两根冰棍，在冰棍化掉之前骑车赶到医院。她后来说，我那时每天站在窗里伸着头，等她把冰棍拿来。

母亲是一个很有个性的人。

其实有很多与父亲有关的事还是对我有影响。

我还记得,我们几个同学去玩,有队伍游行过来,大家凑去看热闹。我也跑过去,看到在最前面的人就是我父亲,他被押着。印象当中就是他那双大皮鞋被拖着走,这是一双我熟悉的鞋。大家看完了以后,我并没有跟同学说什么,他们可能也没有意识到。父亲也不可能看到我。我还是跟同学一块儿,往前走,我也不愿意扫大家的兴,有懦弱、认命的一面,这是我的性格。

回头看,我父亲有一种自嘲的性格,第一次游街是在北大,他被戴了高帽子,闹完了,他没摘掉高帽,一直戴着它,走出校门,走回了家,回家后把帽子搁在箱子里头,说,想做一个纪念让他的老同学看。

写于2010年11月30日,北京

家中日记

◎ 张晓刚

张晓刚 —— (Zhang Xiaogang)

艺术家。1958年生于昆明,1982年毕业于四川美术学院油画系,现生活、工作于北京。作品主要被美国古根海姆美术馆、法国巴黎圣德尼美术馆、上海美术馆、日本福冈美术馆等收藏。

一

9月1日，多云见晴

我不知道自己是否还有“故乡”，当我思念故乡时，发现她早已变成“废都”。当我再次遇见来自“故乡”的朋友时，我听到他们的口音里已经掺杂了太多种方言。也许“故乡”在今天已成为某种对故乡的想象和追寻，成为对这个曾经令人感到温暖的词的某种理解和思念。多少次当我买好机票，登上飞机，系上安全带，听着空姐在广播中告诉大家将于何时降落目的地时，我对自己说：“我将要回家了。”不管上一次回去的经历有多么糟糕，我仍然强迫自己愉快地意识到这一点——我是有故乡的。那里有我喜爱的光线、深绿色的树木、土黄色的房屋，群青色的天空上常常没有一丝云彩。黄昏中一帮朋友会坐在一个湖边一边喝酒一边发呆，或者说一些无头无尾的话，常常自己把自己感动一番，然后再喝一瓶酒，再对着被染成暗红色的山峦发出一连串的“象声词”——“哇”“嘿”“默默塞塞”……但是我早已清楚，这一切早在十多年前就只存在于自己的回忆和构想之中了，关于故乡的美好早已只存在于朋友之间的“谈论”之中了，我们的故乡早已成为别人的城市了，关于故乡的自豪和眷恋早已被人拐走了。我们从故乡逃离出来，一方面拼命地去抓取故乡所无法满足的种种欲望，另一方面企图去证明自己的心中是的的确确有一个故乡的。也许是这样的,只有当我们远离她时,她才会永远地存在于我们的灵魂之中?而当我们再次怀着对她的思念回到她身旁时,才发现自己竟在不知不觉中成了一个“第三者”。

我的故乡被迫地一次次“出嫁”,一次次地被抛弃。她的清纯在被迫地一次次整容之后,早已荡然无存,支离破碎。她的质朴早已被豪华所替代,她的亲切早已被世故所遮蔽,她的善良早已被各种盗版所欺骗,她的个性早已被以全球化为借口所改装,她的面孔早已被改写成一段一段低劣的广告词,她的身躯早已被炒作成一支支虚假的股票,她成了一个名副其实的实验品和待售者,成了少部分人牟取暴利的美丽的借口。就是这样,故乡在不知不觉中,成了一个传说,一个梦想,一支开弓的箭,一个不再出现的“戈多”……

无论如何,故乡的太阳永远令我神往。

二

9月18日

在此收录一封我根据二十世纪八十年代末的记忆重新书写的家书。我曾经平均一两周就必须寄出一封类似这样的谎话连篇的家书给母亲,随着母亲的去世,这些书信也永远地消失了。

母亲与家人,外公(前排右一)后立
着的是母亲。
摄于二十世纪四十年代

MaMa：您好！

几封来信都收到了，勿念。正如您长期以来给我的许多来信中所说到的那些事一样，这几封信里所说到的关于我的生活如何如何以及所遭遇的种种不测，都是不存在的，没有发生过的——这一切和以往一样，都是来自您的想象，或者说来自某种臆测。当然，这一切都源自您长期以来的焦虑、危机感和对人的彻底绝望。（我可能言重了，请谅。）

实际上我在这里生活得很好。虽然一个人远离故乡，在一个相对陌生的环境里工作、生活，甚至朋友很少，相对孤独一点儿，但这样对我是有好处的。至少这样可以使我获得某种安宁，让我能专心地学习、工作，远离过去喧闹繁杂的生活，使我能好好地清理一些自己的想法，反省自己的许多行为——这也是我为何突然选择到这样一个实际上我并不喜欢的城市里来，并且待在这个城市的边缘角落的原因之一。我在这里每天生活得很有规律，早上七点起床、吃早餐，然后进教室上课；中午在食堂打饭吃（这里食堂的饭菜很好，什么时候您来时我带您品尝一下），中午学会了睡个午觉；下午或者继续上课，或者就在家画画；晚饭有时候朋友会约我出去吃，没人约我就继续去食堂。现在食堂也改革了，增加了小炒，五毛钱一份麻婆豆腐，一元钱一份炒肉，味道很好。晚上我一般待在自

穿列宁装的母亲。

摄于二十世纪四十年代

己的寝室中看看书、写写信,同时听听自己喜欢的音乐。有人建议我去买一台二手电视,我正在考虑,但我很讨厌那些虚假的电视节目。我的身体很好,不用担心,偶尔一点儿伤风感冒,属正常事情,何况这样对身体的新陈代谢也是一种促进。我和同事、学生相处得挺好,领导对我也很关心,若遇到什么困难,单位都会帮忙解决的,请您放心。在我寝室的隔壁,就住着我们学校的党办主任(他因家属在外地,故也住单身宿舍),他一般会工作到晚上十一点才回房休息,有时他就会提一瓶酒来敲我的门,找我喝上两口,“谈谈心”,然后再回去倒头便睡。

秋天来了,夏天终于过去了,虽然不用每天拿凉水冲地降温,用凉水擦床上的竹席,但这里毕竟与昆明不同,气温仍然在三十摄氏度,每天清晨仍然是被刺眼的太阳给晒醒,但是到了晚上很明显地气温降了很多。每到周末,我们这一层单身宿舍就我一个人,非常安静。我常常用拖把将我住的这半层的过道拖干净,这样每当我走上楼回到自己的小屋时会觉得心情很好。反正也没人,可以光着身体走来走去,很自由。这里因是单身宿舍,用电不花钱,所以我买了一个小电炉,可以烧点水,偶尔也煮两个鸡蛋什么的。我学会了一种用硬纸做灯罩的方法,于是我房间的每个角落都有了大大小小的灯,到了晚上可以随意调配,房间里一下显得很有生气和情调,让我内心充满了温暖和想象。这里唯一的缺点就是整个两层楼只有一个厕所一个水龙头,洗澡也在厕所里。到了夏天,我们为了洗澡常常得排队,从晚饭后开始,有时候得排到凌晨一点。一般我总是最后一个,因为我不想站在那儿傻等,浪费时间。冬天就更麻烦了,没热水。学校有公共澡堂,每到周末开放,但也是人满为患。来这儿后我学会了自己烧热水擦澡,虽然麻烦一点儿,但是很方便,我称之为“干洗法”。听说学校领导答应马上要进行改造了,到那时我再请您过来小住,现在还不太方便。不过您放心,我相信这种状况很快会改变的。至于您问起的关于“分房”的问题,那要等到结婚才有资格申请,而这一天何时到来,我还没想过。

好吧,今天先到此,祝安康!

又及:请您以后别再给我寄钱寄吃的了。我在这里什么都不缺,也花不了什么钱,住房是单位的,食堂吃饭国家有补贴,教师每月除工资外还有六元钱的“材料费”。

三

8月18日,晴,多云,有点闷

今天L兄来访,谈到了一些触及文学、历史和电影的话题。我们有重合的两个文学偶像:一个是不可思议的陀思妥耶夫斯基,另一个是同样不可思议的怪人卡夫卡。从后者的无法模仿的叙述性谈到我喜爱的另一个作家马尔克斯。他认为马氏的精湛在于他的构思能力，固然伟大，但仍可通过学习去达到。而陀氏和卡氏则实在难以超越,这是由两个人的一些基本气质造成的。听后觉得很有道理。之后谈到某位作家曾说过的一句话,“真正的文学是为虚无而写作的”,非常精彩。可惜在今天这个崇尚社会学意义上的成功的时代，很多作家在面对虚无和大众时往往无奈地选择了后者。因为寂寞和小众在今天看来只能是某种不可取的生存方式，尤其当文学与电影结伴而行共同营利时。所以今天只有小说,而很难有文学？我不知道在今天这种快速变化的生活状态下,选择某种“综合”的方式(高艺术的商业化或者商业行为的高艺术化)是代表着某种智慧呢,还是象征着某种无奈的可悲。也许今天本来就是一个不需要分裂的、矛盾的、极端的生存模式,就像我们正在努力修建的一座座豪华都市一样。就让那些分裂的想法永远留给凡·高自己吧；就让那些怪诞的梦呓永远留给卡夫卡自己吧;就让那些相信孤独和心灵的想法永远留给那些诗人吧;就让那些关于流放和思念的想法永远留给肖邦、拉赫玛尼诺夫他们吧;就让那些关于迷茫和渺小的感受留给平克·弗洛伊德等人吧……

也许对这些问题的思考本身就值得质疑，毕竟在这个杂乱的生活情境中,我们首先学会的就是放弃思考、放弃记忆,

张晓刚“全家福”系列油画作品《我的母亲》《我的父亲》。

创作于 2012 年

甚至不要太相信历史。应该心情愉快地坐下来好好地看一部关于戏说历史的电视连续剧，或者去读一本改了又改的回忆录。

今天还得到一个消息：捷克保密局最近解密了昔日米兰·昆德拉的一封告密信！这封信据说使米兰·昆德拉的老师蹲了三年的监狱。情况属实吗？不得而知。如果真是这样的话，真是又一个关于知识分子的悲剧！——为了某种生存的理由，我们有可能成为一个出卖者，但最后也许我们会成为一个被出卖者。这件事让我回想起去年去布拉格办展时曾问过一个当地的记者："你们怎么看待米兰·昆德拉？"回答是："我们都很爱他，但他爱我们吗？"

四

8月19日，多云，闷热，昨夜下了一宿的雨

都说秋天要来了，气温将会下降，变得凉爽……

但是现在依然还在夏日中。哪怕突然一场暴雨将我们的屋顶击穿，迫使你将东西藏来藏去；或者哪天夜晚和朋友终于可以坐在户外，喝着啤酒，突然一阵风迎面扑来，以为从此就会永远这样凉爽了，其实现在依然还在夏日中。改变的不是季节，而是我们的幻觉，是我们的期望，以及由此引出的对生活的误读。难道夏季和冬季的烦躁、沉闷、无聊、绝望、自囚或放

纵、冥想或张望、质疑或轻狂、贪婪或无欲……真是一种错觉吗？或者仅仅是由季节导致的某种心理暗示吗？

五

8月22日，大晴，阳光和风一起击打在身体上

我看到了你的床，但看到的不仅仅是关于睡眠，不仅仅是关于做爱，不仅仅是关于各式各样的梦幻，不仅仅是关于疲劳时斜躺下来，点上一支香烟，胡思乱想一番，不仅仅是关于阅读，不仅仅是关于和谁在电话中漫无边际地闲聊，不仅仅是为了看一会儿窗外的风景，不仅仅是为了听一会儿音乐，不仅仅是为了和身边的人说一些私密的话语，不仅仅是为了表白，不仅仅是为了欺骗，不仅仅是为了远离，不仅仅是为了让双脚高高悬起，使血液倒流，不仅仅是为了病痛，不仅仅是为了寒冷，不仅仅是为了回忆，不仅仅是为了忘却，不仅仅是为了反省，不仅仅是为了盘算，不仅仅是为了把头藏起来，不仅仅是为了夜晚，不仅仅是为了生育，不仅仅是为了陪伴，不仅仅是希望独处，不仅仅是为了斜躺在那儿舒舒服服地看上一部又一部既无聊又勾人的电视连续剧……甚至不仅仅是为了这几十个私密的理由。

我看到的还有关于沮丧、无奈、迷茫和期待，还有关于守候和死亡。

你的眼睛死盯住那条一米二的等高线，在心中除了寻找还有无休止的质询和怀疑。就是这样，除时间在改变，那条一米二的等高线虽然日渐模糊，却依然存在。

六

8月23日，晴，有风

我不属于这里，我不属于那里；我不属于左边，我不属于右边；我不属于前方，我不属于后方。的确，当我再次驱车从家中按照每日必走的路线前往工作室时，再次感受到这一点。我不属于北方，我不属于南方；我不属于东方，我不属于西方；我不属于过去，我不属于未来；我不属于上面，我不属于下面；我不属于中央，我不属于边缘。无论我从一个城市搬到另一个城市，无论我从一个小区搬到另一个小区，无论我从一楼搬到顶楼，我依然感受到这一点。我不属于里面，我不属于外面；我不属于精英，我不属于另类；我不属于主流，我不属于大众；我不属于多数，我不属于少数；我不属于正面，我不属于反面；我不属于阳光，我不属于阴暗；我不属于喜剧，我不属于悲剧；我不属于城市，我不属于乡村……我甚至不属于自己，我甚至不属于他人；我甚至不属于父母，我甚至不属于孩子；我甚至不属于家庭，我甚至不属于单位；我甚至不属于组织，我甚至不属于个人……

张晓刚在重庆桃花山的居室。

摄于 1987 年

可是当我再次在正午时分醒来，看着阳光射进窗帘的缝隙，打开电视，新闻频道正滚动播出着天灾人祸、世间冷暖时，我意识到，无论如何，我总得属于某一个地方，属于某一种类别，属于某一个群体，属于某一种传承，属于某一个位置，属于某一种角度。此时我感到的是什么呢？如果我是某种动物的话，我既不是马，也不是驴，我是由它们派生出来的一头骡子。

我是一个被时代和命运混装出来的罐头。我的血管里同时流淌着三种不同类型的血——西方的、东方的、社会主义的，我的大脑中同时存在着这三重的记忆。不管我是否同意，是否情愿，它们都将与我的生命随着快速变换的生活顽强地成长。它将变成何种生物，不得而知。我应从这种沮丧中醒来，不再为它烦恼，不再为它是否有价值而斤斤计较，不再为别人如何看待它而忐忑不安。我甚至应该为它而感到欣喜，为它的新生和成长而积极地去生活。就是这样。

七

8月26日，晴，有云

又是一次狂欢之后带出的疲倦与虚无。有时会感到我们常常被迫生活在某种奇怪的循环之中——一方面我们总试图摆脱某种无奈和孤独从而走进“人群”，在这个群体的游戏中去体验兴奋和忘我的感觉；但另一方面，游戏之后引出的却又恰恰是更大的迷茫和困惑。

你走到你的边缘，伸出双手，张开嘴，鼻孔扩张，瞪大眼睛四处张望，听见自己的心跳，感受到血管中快速流淌的血的声音，试图体会着他人的温度，但实际上你仍然生活在自己的玻璃球体中。你蜷伏在自己房间的中央，试图去冥想，但是透过玻璃你看到的不仅仅是自己。你渴望着有一天能进入另一个房间之中，坐在别人的沙发上，睡在别人的床上，打开电视机去窥视别人的故事；或者你干脆把灯关掉，在一片漆黑中幻想着自己所置身的空间，用双手去触摸你以为陌生的东西，但是当你走到镜子前，你看到的仍然是你自己。你把房间盖得很大，足够容纳一百个人；你把餐桌做得很大，足够很多人在此狂吃狂饮；你把音乐声放到很大，让这个空间塞到很满；你疯狂地购买，把各式各样的东西置满于房间的每一个角落；你在每一个房间中都摆上超大屏的电视，还专门弄了一间观影室；你用各式各样的书把书架压到变形；你把房间的每一个角落都装上各式各样的灯泡，让整个空间几乎没有阴影；你把床弄得很软，你把沙发换成超大号，你甚至在阳台上再放上一部可以按摩的沙发；但你把镜子做到最小，几乎只能看见一双眼睛；你把窗帘弄得很厚，只要你愿意你完全可以一直生活在午夜……

你走到你的边缘；你走到他人的边缘；你走到生活的边缘；你走到想象的边缘；你走到道德的边缘；你走到知识的边缘；你走到信仰的边缘；你走到权力的边缘；你走到法律的边

缘;你走到国家的边缘;你走到民族的边缘;你走到时间的边缘……你以为你走到了边缘,你以为你能走到边缘;你以为你能进入另一个房间,你以为你能回到自己的房间;你以为没有生活在玻璃球体中,你以为你可以隐藏在玻璃球体中……

八

8月30日,晴,薄云天

我居然在一本介绍摇滚乐的书上看到卡夫卡的一句话:“你可以逃避这世上的痛苦,这是你的自由,也与你的天性相符。但或许,准确地说,你唯一能逃避的,只是逃避本身。”非常好。想到二十世纪八十年代时,第一次接触到存在主义的东西,也常常谈到逃避和面对的问题。二十多年下来,有些方面似乎也一直徘徊在这两个问题之间(实际上是一个问题的两个面而已)。因为“叛离”(逃避)使我们能坚守住某些内心认定了的东西,而并非人们常常爱说的某些冠冕堂皇的词,诸如“执着”“献身”等等。另外,因为“面对”使我们在追寻之路上有了起码的判断,从而不断调整自己的方向。所以常常会有这样的感受,为了更好地去面对,我们不得不首先学会选择如何去逃避。反过来讲,你想逃避的,恰恰又是你必须面对的。

前天一个老友在故乡举办了真正意义上的第一次个展。我打心眼儿里为他高兴,为他祝福。我知道这个展览已远远不是关于艺术的问题，而更多的可能是关于如何看待自己的生命的问题——几十年来，有无奈，有错位，有迷失，有守候，有逃避——这一切组合成一个人的命运。在生活和心灵的边缘上行走，如何保持方向，如何做到不再迷失和越界，如何继续自己的“游戏”并与生活保持某种一致性，如何让生命的尊严和快乐与琐碎错位的生活若即若离。此种孤寂矛盾的苦痛，当我们逃到南墙时，才发现仍然是只有面对方能获得真正的安宁。写到此不禁又想到了两位曾一度“疯狂”的老友：一位在绝对的理性之后走到了“反面”；一位在极度的感性之后，也走到了他精神的“边缘”……

我不知道是因为我们走得太快了终于使灵魂掉了队呢，还是生活走得太快了，带走了我们的灵魂？也许这条路真的是螺旋状的，每当我们以为走得很远爬到很高了时，看到的却常常是那个简单的起点。也许我们要逃离的不是这条充满迷惑的道路，而是关于这条路的一个基本看法。我们要面对的不是关于这条路的意义和价值，而是这条路是否属于自己。无论如何，每次生活的快车向我迎面扑来时，发现自己本能的选择却仍然是逃离——回到心灵的深渊，再去面对。

整理于2012年元旦，北京

与妻书

◎ 叶永青

叶永青 ——（Ye Yongqing）

艺术家。1958年生于昆明。1982年毕业于四川美术学院油画专业。为四川美术学院教授。二十世纪八十年代初乡土绘画的围观者和见证者，“’85新潮美术运动”时期西南艺术群体的发动者和组织者之一，二十世纪九十年代昆明创库和众多艺术活动的创始者和主持者，二十一世纪艺术创作的个人表述者。

这些书信是1984年至1985年间和亲友的通信，零零碎碎的也不完整，基本上是从重庆寄出的。那时是四川艺术和我个人生活最低迷的时光。幸而给远方的人写信、和身边少量的朋友交往，伴随我度过那些萧瑟孤寂。

——叶永青

一

亚[1]：你好！

平安到家了吗？妈妈的病好些了吗？甚念。

你在贵阳的来信今天收到了，得知你没有赶上昆明的车，在贵阳待一天，吃了不少苦吧？怪我没有想到火车时刻的变动。

你走后天气就热起来了，我钉好了画布并在房子里开始画画，除了吃饭、看书、到教室走一圈基本就是待在屋里，现在画已经上了木炭稿，基本上还是在不断地改动，我以前没有画过这样大的油画，真过瘾，就是我们的房子太小了，我借了一个望远镜（反过来当缩小镜），可总算还能对付，关键是一个人关起来就足够了。但愿会有一个相对进入的精神状态。

---

[1] 即妻甫立亚。

昨天大毛[1]来住了一天(今早送走了他),他说我的画有象征意义的东西。我想,绘画有一个秘密,没有什么象征意义的东西,树就是树,水塘就是水塘,云就是云;云彩就全是云彩,不比别的云彩好,也不比别的云彩坏,人们说什么象征主义,全是胡说,更深的东西是你懂了以后所看到的东西,一个艺术家应当感觉到和懂得许多东西,真正的艺术家既不象征化,也不寓言化——但是任何一个真正的艺术品都散发着象征和寓言的意味。知道有人明白你画的是什么是件快事,我关心的就是这一点,我之所以成为我,这并不重要。

刚儿[2]来信说:"美院这地方'死人'成堆,活着的人没有几个了。"我是早有这种感觉的,经常有一种行尸走肉的感觉,但这种感觉并不重要,是可有可无的,要紧的是能否永远保持那种"不习惯",那种单纯。这也许会失去许多眼前的、偶然的、软弱的、看得见的利益,会掉一些肉。但是一个人为什么应该期待任何民众、任何政府、任何单位的奖赏或赏识呢?唯一的奖赏是把你的作品画好,这对任何人来说都是够好的奖赏,对吗?

如果别人认为我这种态度导致一事无成,成了人类的废材,那我相信他错了!

陈列馆又卖了你的三件陶瓷,得了七元钱,昨天我拿去买

[1] 即毛旭辉。
[2] 即张晓刚。

叶永青与妻子甫立亚。

摄于 1984 年,重庆

饭票,后来剩的钱我买了磁带,因大毛带来了几盘好磁带我都转录了,你的邓丽君也惨遭我的毒手。我又有了几盘现代作曲家米约的《屋顶上的牛》《世界的创造》、意大利现代作曲家曼斯瓦尼的作品及一盘新美国民歌,我很喜欢的。那只猫咪饿了几天,今天打了一次牙祭,现在睡着了。我对它真没有什么责任感,只要不饿跑就行了,谈不上什么好的照顾。

另外刚儿买了两套画册——《自然文库》《科学文库》是以前"美国时代生活书展"遗留下的,一套三十五元,问我们要不要,他帮着买。你有空找他看一看,如好,可以买一套,你决定。

岳母大人好些了吗?行动是否方便?望一定代我问候。还有岳父大人、小姨子、姐姐、姐夫等。你要尽早去一次我家,看望一下我父母、妹妹。

夜深了,我正想画几笔画,原谅暂搁笔,再叙,寄两张照片给你,洗得不好,但我俩那张情绪真不错,有趣。

祝你愉快!

岳母早日康复!

你的漫画画得很有味道,我很喜欢。

1984年6月5日夜草

另:你抽空写封信给系里,尹和二周,尹见我时问了你多次,二周也如此,周书记说她在京打了几次电话给你,未通。说点感谢他们的话,谈谈学习情况,不必说得太好。

还有你上街时注意买点幻灯片壳子,两百个左右,两分钱一个。我的反转片也拍出来了,这个月钱花得多,我是弹尽粮绝了,全靠双刚和法比恩在维持。

二

亚:好!

来信收到,很高兴。我希望你在成都能过得愉快。

我同意你回渝时顺便去荣昌，取回那些陶瓷，但不宜久待,因好像你6月份还有课,这样疲于奔命太累了。对了,你去厂里见有装蘸水的小醋碟望买八个,我好想要,找了许多地方都没有。没有就算了。

昨天让京京的干弟带着去找广告,他们有几张大广告,其中一张是二十四平方米，可惜我现在在昆明最多只能待半个月了，而这样大的画没有一个月是拿不下来的，联系得太晚了,很可惜,不然可以挣一千多元,尽管这是很辛苦的。我准备15号后回重庆,想让小猫再吃母奶,现在这些小家伙已经能闹得天翻地覆,客厅里已没有人的位置了。我想下星期就把它们分了,我带一两只回重庆。

我的这些画画得越来越慢,但还不是吃力,而是冷静。我想通过画使人感到的也不仅是吃力或轻松，而是一种冷静的冥思。我通常是夜里画的,生命的时钟仍在嘀嗒嘀嗒地响,在这嘀嗒声之中能够清晰地听出不和谐的叮当敲击声，夜里万籁俱寂的时候特别清晰……有些时候，我非常喜欢观赏大观河上傍晚的一轮江日向地平线悠悠坠落，我喜欢一天中的这一时刻，倒不是因为这天可以察觉出自己的结局和看清自己可悲的末日，不是的，我喜欢只是因为太阳似乎是像我一样的小伙子，这个小伙子背朝前面，面对我，慢慢地退着离去。或许太阳也在奇怪，我影子上的两条腿为什么那么长。那种时候，我是计算着自己的时间过日子的。我沿着小径，穿过田地，瞪大眼睛，望着一轮红日，我向它做个鬼脸，招呼也不打，就回家睡觉去了，因为我事先知道，明天又能见到它，明天早晨它早已在房子后面的几棵树中间问候着我了。而当夜深人静的时候，苍穹悄悄地暗淡下来，那么壮观，那么深邃。我感到我要为我的那些时光受到谴责，我为腋下夹着一张空白的画布慢吞吞地行走在潮湿的街道上而难为情。于是我发现身上诸多的毛病。迄今一直坚硬的地面，突然在我的脚下倾斜，像轮船的甲板一样摆摆晃晃，于是我就像一只鸡，受到了风的袭击，开始站立不住，跌跌撞撞地迈动步子，而后，我瞪大眼睛大步地飞跃前进……星星窃窃私语，眨眼闪光，带尾巴的流星，从身旁掠过，我只想飞快地回到自己的画架面前……

哦，扯远了，打住吧，近来总是相思就乱想，我给你买了一件六元的短袖衬衣，但愿能合适。

祝愉快！

6月11日

叶永青和妻子甫立亚在西双版纳。

摄于 1985 年

三

亚:好!

今天又是周末,是坐下来给你写信的时候,我很高兴能在一周的奔波后,有这样的一个时刻,安静下来,对心爱的人倾吐些什么,这种感觉是又苦又幸福的……

我收到了你6号寄来的信,得知你又刻了一个木头,但愿你能在期末真的背回那一堆来,想你不会让我失望的。

我这几日不曾画画,背了个相机围着电厂拍了些照片,弄得电厂的那些工人以为我有什么坏念头。我想等把片子冲洗出来后,参考着画几张画,我一直非常想画一些这附近的东西,可以前没有接触过工业之类的素材,心里不太有谱,但我现在是怀着不小的,或者说是极大的热情来临摹这些工厂的,这些我们每天身处其间的东西,若让人们看出除了工厂本身以外,还有一点儿什么意思的话,我将会感到高兴。昨天法比恩对我说她最近老在梦里见到我画的那些被风吹动的树叶子,让我整整高兴了一天。

我晚上仍不太想睡觉,抄写了些东西,其中有一篇是谈"懒觉艺术"的,抄几段给你看看:

十年来,求师访友,足迹走遍天涯,回想起来给我最大益处的却是“迟起”,因为我现在脑子里所有聪明的想法、灵活的意思多半是早上懒洋洋地赖在床上才想出来的。

我真该写几句话赞美它一番，同时还可以告诉有志的人们一点儿迟起艺术的门径。

谈起艺术,我虽不算是门外汉,不过对于迟起这门艺术倒可说是一位行家，因为我天天总是在可能的范围之内，尽量地滞在床上——那是我的神庙——看着射在被上的日光,暗笑四周人们无谓的匆忙,回味前夜的痴梦,那是比做梦还有意思的事,细想迟起的好处,唯我独尊地躺着,东倒西歪的小房立刻变作一座快乐的皇宫。

…………

迟起使我得到不少的好处，总能够补偿我种种的苦痛。迟起给我最大的好处是我没有一天不是很快乐地开头的。我天天起来总是心满意足的,觉得我们的世界无日不是春天,无处不是花园。

当我神怡气舒地躺着的时候,我常想起勃朗宁的诗:“上帝在上,万物各得其所。”(鱼游水底,鸟栖树上,我卧床上……)

迟起不仅能够给我们这甜蜜的空气，它还能够打破我们结结实实的苦闷。人生最大的愁忧是生活的单调,悲剧是很热闹的,怪有趣的,只是那不生不死的机械式的生活才是最无聊的,迟起真是唯一的救济方法。

你若感到生活沉闷,那么请你多睡半个钟(最好是一个钟),你起来一定觉得许多要干的事情没有时间做了,那就非忙不可——“忙”是进到快乐宫的金钥,尤其那自己找来的忙碌。“忙”是人们体力发泄最好的法子,亚里士多德不是说过人的快乐是生于能力变成效率的畅适……

而且当时只怕过了时间,心中充满了冒险的精神。这些暗地晓得不碍事的冒险兴奋是顶可贵的东西,尤其是对于我们这班不敢真冒险的懦夫……

我想凡是尝过生活的深味的人一定会说痛苦比单调灰色的生活强得多,因为痛苦本身好像是很懒惰的,但是能够给我们最大的活力,使我们的生活跳动生姿,世上最懒惰的人们是那种黎明即起,老早把事做好,坐着呆呆打哈欠的人们。迟起所有的这许多安慰,除开艺术,我们哪里还找得出来呢?许多人现在还不明白迟起的好处,这也可以证明迟起是一种艺术,因为只有艺术,人们才会这样地不去睬它。

诸如这类的“散文”我还抄写了几篇,主要是写着玩玩,你觉得还有意思吗?也许你很反感?那就不必认真,就算了。明天开始画画了。

另:我的头发不好,今天洗头一盆都是,回来后我对着镜

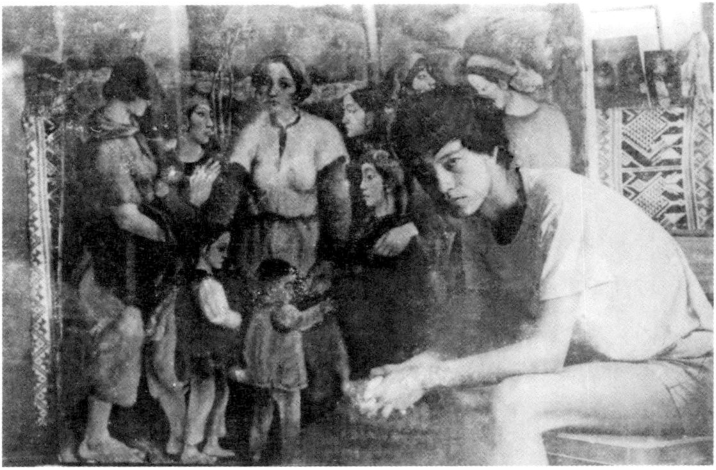

叶永青在创作《牧羊春的撒尼姐妹》。

摄于 1983 年

子观察了一下,如果我剃了光头(不是秃头是光头),自我感觉还是很有"气质"的,的确,气质要救多少男子汉的命啊。

祝:

下周愉快!

你的永青

我写信给家里讲了你棉衣之事,回信又叙。

1985年6月

四

亚妻吾爱:

来函收读,内情尽知,甚慰,至此感慨尤深,四川美院乃烂泥一摊,腐不堪言,你在北京进修,可谓海阔天空,见多识广。子曰,逝者如斯,流水不腐,大千世界如恒河沙数,你我之所观, 乃芸芸众生之一看芸芸众生, 这人群团体之奔走运动不息,织成历史,只知自己不堪为这历史的卷轴上的纰点,而不停思考运动着,或能以画笔描摹一点儿人生与心的真实,辄觉充实,而再生长出再运动的力。但我常从其间认出自我的贫弱和局限,觉今是而昨非,这点使我自慰尚在往前运动尔。

不日吴松将来京观展,吾不知该托其何物略表寸心?我近日仍在桃花山上为桃花居士者,可惜并无什么桃花运也,不甘寂寞,绿豆陈酿,仍吾之性激素矣!

下周我将同日耳曼女婿胡晓刚、单身协会之舞王刚儿及外院的洋粉子去大足一游。想必愉快。

余事下次再谈,只希望你看了信后,能够快乐。上封信接到否?信到复,其他不一一……

1985年10月10日于重庆桃花山

五

亚:好!

好久没有收到你的信,我给你一共写了两封信均未收到回信!是怎么回事?是信被人偷了,还是你根本就没有给我写信?

不知你近来过得如何,是否顺利,身体、心情好不好?十分挂念!

近来学生去看画后,我没有上课,每天看看书、画点画,日子也好打发。昨天把原来写了个开头的小说完成了,看了几遍感觉厉害得很!文字的表达总比绘画的表达要直接得多,同时也细致深入得多。今天开始画一些大的油画,刚画第一遍颜色,我总是选自己最乐意干活儿和专心致志的时候去做,使我所热爱的形象越来越纯粹地从色彩中迎着我走来。在这样的时候我既不欢乐,也不悲伤,既不知生之欢娱,也不知生之无常,在我的心中,自己一度有过的那种虔敬、明朗和单纯的感觉又恢复了。真正的杰作,我有时不寒而栗地感到,刚好是这种方式产生的。

这几天和几个“洋粉子”接触了一下,体验了一下生活,前几天还为法比恩画了一张肖像(画得很不成功),充分感觉到东西方人从心态到体力上的差异。他们也许比我们更无知,但总是比我们直接和肯定。好像世界上的处女地总是由他们先去占有,去开拓。而我们则像瓶子里的一团虫子,虽然不愿在其中,却永远找不到出口飞出来。

夏季和秋季过去了,重庆已经有些阴冷了,北京不知道是否也这样。时序更替快如飞梭,如此日复一日,我们似乎忘记了世界上除去这不声不响的节令变化之外,还有别的东西,看起来,我们似乎已完全沉溺于原始的大欲世界里了。其实,每次梦中,每次在静寂中望着一个个烟头熄灭或者枯萎萧索的树木而坠入沉思的时候,我仍然充满彻悟,仍是一位艺术家,仍然痛感着一种想以精神力量将这过一天算一天的无意义生活改变的渴望。

请吴松给你带点东西和六十元钱,不知收到了吗?另外李季也赴京,不知他能不能在车站买几斤广柑来?我给了他五元钱。你冬天需要的什么东西,如还要带,望来信,有人赴京时我再请人带去。今天去系里,我的工资调整后正工资是六十八元左右,你的比我高一级是七十多元,由于知青算工龄,你的工龄就长了。具体工资数目是多少我还未去看。

就暂时写到这里,望你一定及时给我回封信!

亚,我在等你的回信。

1985年10月17日夜

整理于2011年12月,大理

纪事

◎陈侗

陈　侗 ——（Chen Tong）

画家、出版人、文化评论人。1962年生于湖南，1983年毕业于广州美术学院中国画系，并于1986年任教至今，现为中国画学院副院长。1992年策划出版"实验艺术丛书"，1994年创办博尔赫斯书店，1997年策划出版"午夜文丛"，2012年（联合）创办"录像局"，2016年创办"本来画廊"。出版有《自己的世界——法国的生活与艺术》《马奈的铁路》等著作。2010年获法国文化部授予"艺术与文学骑士勋章"。

一、也许我是生在火车上。

二、六岁以前我由外婆照顾。我不喜欢睡午觉,我问外婆为什么鸡不睡午觉?

三、爸爸当年很爱时髦，他在舞台上认识了妈妈。

四、爸爸有两支手枪。

五、我学习绘画是从临摹样板戏剧照开始的。

六、新兵入伍不光占用了我们的学校，还要表演唱样板戏。

七、我的木头手枪不见了。

八、我用水枪射了爸爸，爸爸用斧头砍了我的水枪。

九、南方的冬天，雪也很厚。

十、爸爸在煤矿，妈妈在乡下学校，我和哥哥肚子饿了煮酱油蒜叶汤喝。

十一、爸爸带我去打针，大街上人们看他写的大字报。

十二、班上同学劳动时，我被派工出黑板报。虽然不用干体力活儿，但也少了和女同学接触的机会。

十三、其实我还是参加劳动的，比方说下午返校时要挑上一担烧完的蜂窝煤，名曰积肥。

十四、第一次到广州是坐货车，在韶关过夜时，我们带的活鸡被人偷了。

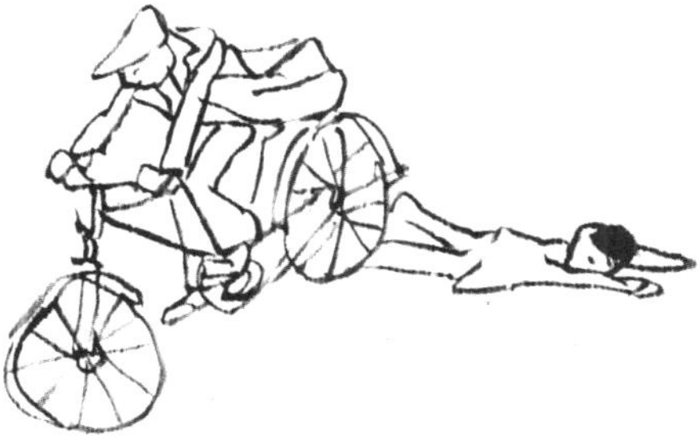

十五、我在家门口被一辆单车从两腿轧过去，却没有留下任何后遗症。

十六、小学四年级时，我每天都遭到同桌的追打，其实他是很喜欢我的。

十七、连环画摊是我的绘画课堂。

十八、隔三岔五我就去新华书店看有没有新的连环画。

十九、1969 年家乡发大水，死了好多人。

二十、唐山地震后，我们县城也传闻要地震，人们在夜里点燃了橡胶皮在街上走。

二十一、我第一次碰女孩子是给她编辫子，因为她要扮演藏女，我参照了刘济荣老师画中的辫子。

二十二、冬天，为了锻炼意志，我只穿很少的衣服到外面吹风。

庐陵巷13号

◎ 刘建华

刘建华 ——（Liu Jianhua）

艺术家。1962年生于江西省吉安市，现工作和生活于上海。他以综合材料为主要媒介进行创作，是中国当代艺术领域最具实验性、代表性的艺术家之一。多次在国内外举办个展，并受邀参加第五十七届威尼斯双年展主题展“艺术万岁”、第六届上海双年展等展览。作品被英国伦敦泰特现代美术馆、英国伦敦维多利亚与阿尔伯特博物馆（V&A）、美国纽约现代艺术博物馆（MoMA）等机构收藏。

我出生在古称“庐陵”“吉州”的江西省吉安市，在那里生活了十二年。四十多年来，我心里对故乡一直刻骨地眷恋。除了对父母的牵挂，还有就是常常浮现在眼前的儿时记忆。刚上初一不久，一个不经意的选择，给我的未来埋下了伏笔，也改变了我之后的成长发展轨迹。而这些，都因为庐陵巷13号。

庐陵巷名称的由来不得而知，它位于老市区中心，从这里穿过被苏东坡“此地风光半苏州”诗句赞美的后河，抬头就可看见赣江了。小时候常与哥哥趁父母不在家时跑到江边，和小伙伴玩耍，在烈日下“狗刨”游泳结伴撒欢，不经意爬到货船上，趁船主无暇顾及顺手摸走一两个西瓜是夏日里常有的乐事，大家享用“美味”后，上岸把领巾做成的泳裤顶在头上，在太阳底下招摇回家，心情非常惬意。

古时江中的小洲是禅林胜地，南宋吉州知府江万里(后任丞相)在此创建书院，四年后的科举考试，吉州考中进士四十三名，文天祥高中状元，皇帝亲书“白鹭洲书院”匾额以示褒奖。于是，书院成为与白鹿洞、鹅湖齐名的江西三大书院。白鹭洲书院所在地现为白鹭洲中学，我小时候经常和伙伴们浮水到白鹭洲上挖植物根茎，嚼吮里面的甜汁，上树摘桑葚，吃得唇齿红里泛紫。

上游堤上有一古塔，这就是吉州著名地标“古南塔”，为三国时东吴名将鲁肃亲自督造。而江边的客运码头因一棵巨大榕树而闻名，这棵伞形榕树有三百多年历史。我小时跟着父母去亲戚家串门,常经此地,现成为吉安的一个景点。溯江东南十余里即是禅宗圣地青原山,禅宗六祖慧能弟子行思于唐开元二年(714年)在青原山净居寺开法化众。之后创立的曹洞宗、云门宗、法眼宗都源自行思的禅宗青原派,香火延续至今。王阳明曾任庐陵知县,在青原山讲学,奠定了江右王学的发展基础,并使庐陵成为“理学之邦”,培养出不少心学传人。

吉安还依次走出了欧阳修、杨万里、解缙等在中国古代占有重要地位的乡人。这是一个有山有水、人杰地灵之地。

我们住到庐陵巷13号,源于当时的一场大火。那时父亲刚从部队转业到地方工作,我家从军分区搬至九曲巷附近,邻居的孩子玩火把整幢房子烧掉了。在市委大院过渡几个月后,父母把家搬到了庐陵巷13号。

这幢建于二十世纪二三十年代的房子,据说民国时是电灯公司所在地。它呈现明显的南方建筑风格,有多个方形柱弯拱连成的长廊,相应有三个独立厅堂并排而立,每个厅堂有东西南北四户人家。

庐陵巷13号是丰富多彩的,邻居们把那里简称为“13号”,每户家庭从人口数、家庭背景到受教育程度均颇为迥异。我在那里生活的时间是1965年到1975年7月,那是个特别的年代。从小我就愿意与邻居的大哥哥、大姐姐们玩儿。我们家三兄弟,哥哥大我四岁,弟弟小我八岁。小时候在父亲的要求下,嘴巴很甜,见了长辈及大哥哥、大姐姐必会礼貌称呼,再加上儿

刘建华(前排左一)与哥哥、母亲、父亲、舅舅(后排右一)在江西吉安。摄于1966年春节

时可爱乖巧,邻居们对我宠爱有加。13号是我年幼时无拘无束玩耍之地,也是呵护我的港湾。有时在外惹了一些小祸,回到家里,邻居长辈会在父母面前为我化解。

从记事到缓慢成长,家庭的环境和父母的教育至关重要。那时父母忙于工作,不一定花很多时间去关注我们,但他们的为人处事、一言一行无时无刻不在影响着我。自己长大成人、成家之后,体会更加深刻。可见家庭及周边环境对人的重要性。

父亲对我的影响是终生的。父亲的老家在江西省吉水县八都镇银村,离市里约五十公里。他是家中最小的儿子,兄姊年幼时都先后夭折。家庭生活困苦,他年少学习努力,成绩也优秀,高小毕业读私塾后,为减轻家里负担,报考了公费的乡村师范学校。但由于借不到路费,只好作罢。为此,他哭了好几个晚上,祖母无可奈何,只能在旁垂泪相劝。这些都是父亲晚年的回忆,我那时更加体会到他为什么时常对我们强调学习、努力、刻苦的重要性。1949年7月,父亲参加工作,在乡人民政府做文书。

1949年12月,在老家堂兄的影响下,父亲参加了解放军,之后的知识几乎是靠自学完成的。他天资聪颖,记忆力好,做事认真,条理性强,在部队很快被重用,调至军分区政治部工作。1962年父亲转业,分配在市贸易公司任副经理。也因此经历,13号的邻居们都称他为“谢经理”。由于文笔好,不久他就被抽调至市委办公室做秘书工作。

或许是在部队里训练养成的习惯，父亲走路时的步子特别重。在通往家里的巷子中，总是人还没出现而重重的脚步声已传到了厅堂，邻居阿姨此时会大声吆喝“谢经理回来了”。而此时的我会警觉地放下手中的所有“活儿”，静候父亲的出现，叫声“爸爸”后迅速离开他的视线。从记事起，我就感受到了慈母严父的家庭氛围，而父亲对我们兄弟三人的严格要求从来都是身体力行。我从小非常惧怕他，但从没有被他打过。母亲在我出生前两年就染上了肺结核病，这在当时是个顽疾，那时很多人罹患此病付出了生命。在父亲细心安排和照顾下，母亲奇迹般地痊愈了。病愈后母亲生育了我，为使母亲少操劳、得到更好的休息，家里的大事小事都由父亲安排决断。父亲也常常会与母亲商量，大部分时候母亲会同意父亲的想法，有时也会提出异议，此时父亲也就依了母亲的意愿。

父亲是一个特别自律的人。老家盛产一种米酒，俗称“冬酒”。顾名思义，这是冬天酿造的酒，以粮食为原料发酵，酒精度数低，营养丰富，父亲嗜好这一口。他下班回到家中，常常让我去帮他买冬酒。家中有一底部向上凹陷的深绿色酒瓶，那是他专用的。我时常独自一人摇头晃脑从小巷走向那个名叫“富春”的店买酒，路上我将小拳头伸进酒瓶底部的凹陷处，再把空酒瓶倒过来，甩着手臂前行，一脸神气的样子。回家路上，我总是会对着装满冬酒的瓶子小抿几口，控制分寸，父亲发现不了。这个经历,应该从上小学三年级开始。从我知道父亲喝酒这事儿起,直到他去世,从没见他喝醉过,连微醺都很少见。我不得不佩服父亲的克制。我分析这与他年轻时的家境及后来部队、工作中的大环境有关,他养成了非常理性的自制力。

父亲从小是家中的独苗, 直系亲属较少。在母亲的家庭中,由于外公在母亲四岁、舅舅出生后不久便离世了,母亲与舅舅从小在曾外公、曾外婆和外婆的呵护下,相依为命共同成长,他们姐弟感情笃深。父母结婚后,这种情感也感染了父亲,父亲视舅舅为自己的亲兄弟。舅舅从吉安县 (现江西省吉安市)文陂镇螺溪村到吉安县城接受初、高中教育时父母对他的帮助,时至今日舅舅常常提及。他们两人的情感远远超出了姐夫与舅子的关系,以兄弟之情形容更为恰当。

小时候家里居住的空间小,父母商量事情时,我们小孩儿都在身边。总是记得父母会一起商量如何给远在景德镇的舅舅寄去东西,我也记住了我唯一的舅舅在景德镇。有时在父母的房间翻阅父亲整理得井井有条的黑白家庭照, 上面有很多舅舅各时期的照片, 我总希望他能早些回吉安, 好给我买玩具。在模糊的记忆中,应该是1965年,舅舅大学毕业参加工作后回吉安探亲,曾给我买过一把黑色的打火药的玩具手枪。

父亲从部队转业到地方,工资待遇还可以。母亲在商业部门工作,收入也稳定,这在13号邻居中属偏上水平。但父亲与母亲会常常在经济上尽量接济曾经对母亲有恩的族亲中的长

刘建华(后排左一)与舅舅、舅妈、
表妹、外婆、弟弟在景德镇。
摄于 1976 年

辈,他们孩子多,家庭生活相对困难。如果不是父亲的理解与支持,在当时的生存环境中,对很多家庭来说是难以承受的。知恩必报是父亲的为人之道。

1969年,父母收到来自景德镇的一封信,是舅舅寄来的,他在信中很高兴地告知父母,他已于当年3月结婚了。随信附有两张照片,一张是舅舅、舅妈的合影,另一张是舅妈的独照,照片颜色是浅褐色,照片上的舅妈很苗条,梳着长辫,穿着一件淡白色衬衣,打着一把黑色的伞,很好看。照片是在小山丘上拍的,父母特别高兴,当时就把照片与邻居们分享,我们这个厅堂的邻居关系真诚、亲密。之后的生活中,常看到父亲与母亲商量,为舅舅、舅妈最初的家庭生活提供一些力所能及的物品,而舅舅、舅妈也常常邮寄或请人捎带景德镇的陶瓷生活用具、工艺美术瓷到13号的家中,父亲除了留一些家用外,其余都分送给亲友们。父亲、母亲、舅舅、舅妈之间的情感和相互关心、帮助,在此无法用任何言语详述。他们无私为亲人着想的品行,贯穿了父母的一生。这也使我能理解,为什么1975年父亲决定让我去景德镇学习时,没有任何顾虑地去信给舅舅、舅妈,而舅舅也很快回复应允。父亲、母亲退休后一直到晚年,舅舅、舅妈又为父母亲及我们这个大家庭中的很多成员提供力所能及的帮助。旁人很难理解和体会我们这个大家庭的相处方式及至深情感,长辈的亲情也影响了我长大成人后的人生态度。

父亲在晚年这样描述自己:韶光流逝,马齿徒增。沧桑迭变,本性不移。钟爱桑梓,尊敬乡亲。不以物喜,不为己悲。挥毫泼墨,含饴弄孙。受恩莫忘,施惠勿念。殷期后裔,师贤正直。时届耄龄,眼花耳聩,心力交瘁,思维迟钝,言谈絮叨,记忆衰退。累赘琐语,乃余心声,爱志之。

父亲的为人处事态度持续影响着我,让我能时常调整人生航行的目标。在我十二岁离开吉安前往景德镇后,他不断地给我写信,谈人生及做人道理,鼓励我好好学习、工作,在事业上有所作为,寄希望能靠自身的努力在社会中立足。信里不会有空洞的大道理,言语中平凡朴实,真情流露。在我之后的事业发展中遇到任何困难,每每想到父亲就特别能有精神慰藉之感,总觉得他在期待我走好每一步。

我们的家庭成员中,还有一位与我没有血缘关系的长者,无论从情感还是辈分上,家里人早就视她为家庭中的一员。母亲染肺结核后,为了让她好好休息恢复,父亲决定请个"保姆",就这样婆婆来到了我们家。婆婆的大名叫邹冬秀,是郊区五里长塘邹家人,从小做童养媳,十三岁不到便成婚。丈夫去世早,有一个女儿,还有外孙、外孙女,他们时常会来13号看望她。婆婆小时裹过脚,三寸金莲走路做事却一点儿也不慢。我从小是她一手带大的,她去很多地方总是带着我。后河洗衣、粮店买米、市场买菜、亲戚家串门,这些过程中时常有满足我嘴馋的时候,我特别乐意跟着她。那时物质匮乏,小孩儿不会有太多零食。婆婆不识字,她心地善良,为人正直。在庐陵巷看到什么不好的事情,她敢于直说,也乐于助人,与邻居关系融洽。

婆婆与我父母之间有个习惯:每晚报账。她会把当天所买的生活物品在心里记下,晚上告诉父母,父母再给钱,或是先给钱再报账, 天天如此。这对一个不识字的老人来说很不容易。13号的房子不隔音,婆婆声音也响亮,每到报账时,邻居们都听得很清楚,把它当作茶余饭后的一桩趣事。

时间催人,婆婆在不知不觉中也慢慢变老了。在她非常熟悉的家务活儿中,时常有力不从心的感觉。这些会从她不多的话语中流露出来,我有时在旁听到,不明白老人家的意思。终于有一天她正式向父亲、母亲提出自己年岁到了,身体力不从心,希望回家安歇。父母虽说不舍她离开,但考虑到她的年岁和身体,无奈之下也只好同意。我们三兄弟与她的感情无法用言语表达,她就是自己的亲人,没有任何隔阂。对于她的离开,我们心里有千万个不愿意。父亲曾说过,如果婆婆是一个人,我们家愿意为老人家养老送终。我相信父亲说的!婆婆离开我家的时间是1974年4月,她在我们家待了十四年!

好在婆婆居住的地方离13号不远, 穿过庐陵巷转过富春店就到了。之后我时常会去她那里玩儿, 有时也会带弟弟前往,老人也总是拿出一些自己做的零食给我们。过年我和弟弟去拜年时,她还给我们红包。我们家与婆婆的情感并没有因离

刘建华的舅舅刘远长在江西景德镇
雕塑瓷厂创研室。
摄于 1978 年

开而割断。父母、哥哥也常去看望,逢年过节都会相互走动。

我是1975年7月离开吉安前往景德镇的,到她1995年11月去世,二十年间一直在外奔波,中间只回去了五次,每次都必去看她。特别是我成家生子后,那年妻子单独带儿子回吉安,婆婆那时身体不太好,眼睛看不太清楚,当她抱着我儿子时,老人家特别开心、高兴。我现在回吉安,在清明、冬至时都会到她的墓地祭拜。回想老人给我的恩和情,特别是母亲身体不好且忙于工作时,婆婆给了我在生活和情感上最大的温暖。她真实、善良、朴实且勤劳,遇到婆婆,是我们家的福分。

庐陵巷13号闹中取静,周边有京剧团、采茶剧团、工农兵电影院、图书馆等单位,这些也是我小时候成长中的乐趣空间。京剧团演出剧场与13号仅隔着一条窄巷,剧团的小食堂和宿舍与13号仅几米的距离。宿舍与13号之间有一方不大的操场,我和伙伴们常常在此追逐嬉戏。每天晚上演员结束演出会去食堂消夜,包子、花卷的香味飘向我们居住的厅堂,特别诱人,嘴馋到无法形容。

那时看八个样板戏是我们奢侈的文化生活,常常跨过剧团宿舍小伙伴家的木质窗户(去掉了两根栏杆,平常方便演员就近上班),就这样看了无数次的样板戏。即便晚上坐在家里写作业,也能听到京剧表演时后台各种乐器的敲击声。

剧团里有一位长得敦实的演员,他总在剧中出演甲乙丙丁之类的配角,上场不断翻跟头,很出彩。他给我印象最深的是会画画，当时看到他画的《毛主席去安源》几乎与印刷品一样，后来才知道是临摹的。他还会乐器，多才多艺，我小时候对他特别佩服。

印象中京剧团的演员外地人较多，他们与我们居住得很近，而心理上似乎又有一种距离。“文革”期间，京剧团是市里最重要的文艺团体。在那个环境中工作、生活的人自信满满。无论如何，小时候的我对八个样板戏已十分熟悉了，居住在京剧团旁，给童年的生活抹上了很多色彩。应该说，那时的教育没有现在这么严酷，竞争也不那么激烈，我们的学业负担相对较轻，还能时常到隔壁看戏，非常快乐。

我家居住的这个小厅堂共四户人家，五间房。除我家住两间外，其余三间住了三家人，父母亲住的那间隔壁是一对七旬老夫妇，我们都称他们为公公、嬷嬷(他们是南昌人，按当地的尊称)。他们和蔼慈祥，公公话不多，在食品公司上班，他白发稀疏，胡子花白，骨架健壮，每次他在小巷里习惯性的咳嗽声传到厅堂时，就知道老人家下班了。公公常常坐在厅堂门口很安静地晒太阳，时不时咳嗽两下。有一次我调皮，不知从哪里捡了个码钉，站在厅堂门口想扔到对面屋顶上。转了两圈，铆足了劲儿，但是没把握好方向，码钉直飞向公公头顶，把他的帽子带飞了。他大声吆喝起来，好在没伤到他，那次把我吓坏了。老人挺仗义，可能怕我挨骂，没有告诉我父母。

紧挨他们居住的是招英阿姨一家。夫妇俩有三女两子，共七口人。招英阿姨的名声在13号可是响当当的。可能小时候生病留下了后遗症,她走路不太方便,即便如此,却一点儿也不比常人弱。我们家与招英阿姨家相处得很好,她对我们晚辈特别关心、照顾,是我在庐陵巷13号最难忘的人。没有读过什么书的她,在那个时代把一个条件差且儿女众多的家庭操持得井井有条。她的丈夫姓胡,大家叫他胡伯伯,在供销社商店上班。他平时讲话少,生性本分,全家靠他一人的工资生活。招英阿姨手非常巧,人也聪慧,遇事反应特快,是那种安于陋室却知天下事的人。她为人大气,总是抽着烟和人说话,交道活络,善于与人相处,因而朋友也多。地处郊区的造纸厂很多人都是她家常客,他们多是响应国家安排从上海来到吉安支持经济建设的技术工人。这些人从上海探亲回来,总会来招英阿姨家聊天拉家常,而当时只有五六岁的我,会安静地搬一个小木凳坐在旁边,听大人们聊很多吉安以外的事情,对上海这座大城市产生了特别多的想象,也知道上海有南京路、和平饭店、外滩、国际饭店、上海大世界、上海第一百货商店等。那时我觉得吉安以外的大城市肯定很精彩。

每年春节前,招英阿姨都会在厨房做很多吃的。由于居住空间小,四户人家的厨房在同一空间,四座火灶,所以每家炒什么菜大家都知道。母亲因保养身体,特别注意忌口,所以很多可口的食物我小时候都很少吃到。当看到招英阿姨做的麻花、芝麻糖、炒花生、红薯片时,我的眼睛发亮,嘴巴就忙不迭

刘远长(左)在景德镇雕塑瓷厂创作作品。

摄于 2002 年 7 月

地叫着招英阿姨。她非常清楚我的心思,会每样抓些给我,以满足我的口腹之欲。小孩子闻到满屋食物的甜香实在是无法自持。

招英阿姨的大女儿叫桂珍,桂珍姐特别喜欢我,去见同学时经常让我同行,我特别愿意,出去玩儿总比待在家里开心多了。从小我就喜欢接触和了解不同的人和事,不太安分,总是向往外面的世界。有一次看到桂珍姐的一位同学家里有两本画画的书,一本是关于人体结构的,作者是美国的乔治·伯里曼,封面是绿色的;另一本是讲如何画铅笔画,像是二十世纪五十年代出版的, 这种书那个年代很少见, 在小城市更是如此。当时我已开始学画,就鼓足勇气向那位大哥哥借,桂珍姐也在旁边帮忙说话,对方看了看我,不知是我的真诚打动了他还是桂珍姐的话起了作用,他同意借给我,但要求尽快看完还给他。那可是工具书,常看常画才能掌握里面的门道,虽不能留在身边时间太长,我当时也还是非常兴奋的。中国很多学艺术的人都学过那本人体结构的书, 而我在十一岁时在家乡接触到了,这很是不容易。

我喜欢上画画与桂珍姐的大弟弟有很大关系。我叫他光华哥哥,比我哥哥大一岁。由于我们两家关系不错,他们俩年纪相仿,常常一起玩儿,建立了深厚的关系,持续至今。有次我们三人去离家不远的工农兵电影院看《英雄儿女》,购票窗口很小,人又很多,那个年代怕买不到票,人们都不排队,所以每个人都拼命挤，就像法国摄影师二十世纪四十年代拍摄的上海市民疯抢物品的场景。他们两人商量后，光华哥哥奋力向前，我和哥哥在后面向前推他，这样不会被两边的人流挤出来。好不容易才买到电影票,那个场景让人记忆犹新。他在学习上很用功,或许是想通过努力学习改变当时的生存环境。至今我都不知道他当时为什么选择学习画画。每天可以看到他在厅堂画画,时间抓得非常紧,现在想来是一直在为自己的理想而努力。

而我是在看了他每天画画后逐渐对画画产生兴趣的。1974年年初,我十一岁不到。那时邻居的大哥哥、大姐姐到了年龄都上山下乡了,他们每次回到13号时,都会诉说农村的艰苦,农民家里饲养的鸡、鸭、狗都是他们的猎取目标,那时他们都处在长身体的时候。我想如果会画画,有一技之长,就不需要上山下乡了,这是简单而实用的道理。

光华哥哥绘画上特别勤奋,一有空就画。在我还不懂色彩时,他已经在写生了,我知道的"铅笔画""素描""速写""写生"等词汇都是从他那里知道的。他常常早上六点左右出门去写生,在我们吃早餐时,已经见他带着一大早出门画的东西跨进厅堂了。

没有正规的训练和方法，那时我只会临摹一些素描人物头像、速写及简单的工笔花鸟。我就读的吉安二中初一年级要举办绘画展,我把这个信息告诉他,说自己不敢参加,他鼓励我一定要参加。后来我就临摹了一张放牛娃坐在牛身上吹笛子的水彩画，没想到居然被选上放在学校大门进门右侧的橱窗里。我的心情一下子飞了起来，小心脏顿时充溢着自信。我画的东西常常给他看，他会指导我该如何掌握一些技巧。他也是以自学为主，没见过有老师正式教他，可他对我很诚心。

一天晚上，光华哥哥从外面回家，我问他去哪里了。他告诉我，与画画的同学去拜访了一位市工人文化宫姓欧阳的老师。光华哥哥很神秘地从口袋里掏出一张叠好的、不完整的小白纸块，上面有用铅笔画的几块粗细、疏密、轻重、长短不一的线条，很好看。他得意地告诉我是欧阳老师当场示范后他索要来的，可见那时他为努力获得学习机会是多么的如饥似渴。我很羡慕他能有这样好的机会。

那时候的绘画学习很不系统，在小地方也没有太多机会和可能性，大部分人都以自学为主，到处打听寻找拜师学画的途径。1974年临近暑假时，父亲的战友范叔叔帮我联系到市群艺馆的王修涛老师学画画，同去的有范叔叔的儿子及另一名战友的孩子。王修涛老师住在离我家不远的高坡上，两分钟就能走到。以前常从他家门口经过时就看到他在厅堂画画，但从不敢贸然走近观看。听他的口音不像本地人，也不知是哪里毕业的，在市的一些展览和画册中可以看到他的作品。机会难得，必须努力才是。一个多月很快过去，自己画素描进步不少，那阶段还是以临摹为主。直到学校要开学了，不会再有大块时间画画，没办法，王修涛老师对我们的绘画训练也到此结束。我又回到了自学画画阶段。

这时，我心里总会想到远在景德镇的舅舅。小时候从父母那里得知，唯一的舅舅是学美术的，做雕塑，也画画。1975年春节，机会来了。舅舅、舅妈带两位妹妹来吉安过年，这是舅妈第一次来吉安，听他们说是搭装货的便车来的，路上走了两天，搭车的人多，全挤在装货的车厢里。

在我的要求下，舅舅带我去赣江边看他画速写，光华哥哥自然也一起去了。那是我第一次目睹专业的艺术家如何进行风景写生，舅舅用炭笔画速写风景，江上的渔舟、机帆船、垂钓者等景象很快呈现出来，寥寥几笔，满纸生动。回到13号，光华哥哥立刻拿出了很多平时画的色彩习作请舅舅指导。可以感到，一个家庭条件困难、靠自学为主进行绘画的高中生是如何抓紧一切机会去追求自己的理想。他的治学态度和持之以恒的决心为之后从事的艺术事业打下了坚固的基础，同时，也让我坚信学习画画、为艺术努力是我未来的方向。

我的绘画兴趣被父亲的一位挚友关注，他也了解我们家的情况，于是给父亲提了一个建议：让我休学一年去我舅舅身边学绘画。我至今都不清楚父母是如何考虑此事的，一天吃早餐时，我突然在父亲的书桌上看到了他写给舅舅的信件，在这之前父母亲并没与我沟通此事，或许他们认为这是一个很好的建议，对我的未来是有益的，不需沟通。不久，舅舅回信了，完全接受父亲的提议,只是提到家里我的妹妹们尚小,去了之后要适当做些家务。当我看到那封信时,心早就飞出去了,只要能看到外面的世界,什么条件都可以答应。不承想这趟本应有期限的远行,因我的执着和命运的安排,就再也没有结束过,我之后人生的所有轨迹都始于此。而光华哥哥在1978年也考上了江西师范大学艺术教育系,之后又取得了南京艺术学院史论系的硕士、博士学位,曾出版《中华民国美术史》《中国明清油画》等具有重要影响的学术专著。

我向就读的吉安二中请好假,行李收拾停当,父母亲通过熟人联系了吉安造纸厂开往景德镇的便车。1975年7月的一天早上,父母二人早早帮我拎着行李,陪我在后河边城建局门口的斜坡上,静静地等待便车的出现。不久就看到一辆解放牌大卡车停在路边,我特别兴奋。司机姓张,与父亲熟识,寒暄几句后,说驾驶室已坐了三个大人,这次恐怕不行,下次再去吧。我的心一下子凉了,我马上说有警察查看时我会蹲下去,更何况我已经向学校请好假,与老师、同学告别了,不能说不去就不去。我态度坚决,也不知道为什么十二岁的我在那天会有这么大的勇气与张师傅"谈判"。而父母此时也一直没说话,看来他们也希望我能成行,无形中给了张师傅压力。僵持之下,张师傅终于开口:"上车,走啦。"记得车子开到南昌时,我们住在江西八一旅社,那天很热,南昌真不虚"火炉"之名。第二天下午三点左右,车子终于开到了景德镇雕塑瓷厂,张师傅带我找到了厂创研室，我见到了舅舅。从此我开始了在景德镇十四年之久的学习、工作生涯。

庐陵巷13号几乎意味着我在吉安生活的全部。虽然只有十年，但在那里我经历了童年到少年转变的重要时期，所有故事都可能改变人的命运。儿时的记忆十分珍贵，在那里度过了快乐的童年及少年时期，我今天从事的艺术专业，和13号有着很大的关系。来到景德镇、昆明、上海之后的情况，都在一些访谈中聊到过，而我在13号的经历却较少提及。其实庐陵巷13号是我人生的源头，通过“流水账”把这些真情实感呈现给大家，让人们了解一下古代庐陵这座小城持续至今的人文历史和淳朴民风。那里是我追梦的开始……

写于2019年1月6日，景德镇

画中人——母亲

◎张恩利

张恩利 ——（Zhang Enli）

艺术家。1965年出生于吉林。1989年毕业于无锡轻工业大学艺术学院。现生活工作在上海，他对日常物品的描绘注重细节以及外观上的破损，而这正是通常绘画所忽略的。

好多年没有写信了，离开老家这么多年只是在大学期间会给我父亲每年会写几封信，记得当时的信里也很少提到母亲，好像没有什么要对母亲说的。

尽管如此，我回老家的时候，还是会和母亲待的时间比较久，那时她年纪也比较大了，我担心她经受不起长途劳累，所以她一直没到过上海，就住在哥哥家里，我心里也一直有种对母亲的歉疚，在我经济条件好转的时候她没有享受到我的照顾，直到去世。

在她活着的时候，我会常常打电话给我哥哥，哥嫂会把电话转给我母亲，说："小利来电话了。"小利是我小名。然后我就大声说几句"保重身体，多吃点"，但我知道我母亲耳朵已经听不太清楚，可能根本听不到我在电话里的声音，我会听到我母亲在电话那头大声说"我都好，放心吧"。我母亲是一个非常善良的人，她是让我不要惦记。在2003年，有一天我哥来电话，说了母亲去世的经过。

关于母亲，我能想起来的事并不多，我们在一起的时间里，只是坐在房间里都不说什么，我偶尔抽支香烟，看看母亲，看着她变得越来越老了，体态也像一个老太太了，脸上时常露出略带羞涩的温暖微笑。这个笑容，让我回想起母亲年轻时的样子，不善言辞且平和的形象，好像从没留过长发，一直是跟肩膀一样长的中长发型，耳朵很大，特别是耳垂很长，应该说这样的耳形是很有福气的，我不知道在母亲的内心里是不是觉得这辈子很有福气。

她嫁给我爸爸是不是很幸福?受了多少气?我爸爸是一个很大男子主义的人,什么事都得他说了算,一连生了那么多孩子,但还好,这些孩子个个都比较省心,虽没有大富大贵,但也不像一些人家的孩子整天在外面惹祸。别人家的孩子家长找上门来吵架的事情,在我们家从没发生过,这也让她老人家这辈子省了不少心。

相对于我爸爸来说,我母亲的心胸更大,一些小事从不放在心上,过去就忘了,从没见过她和别人争吵过,也许几十年的烦心事都让我爸爸承担了,她这辈子还算长寿吧,比我爸爸多活了十三年。

关于母亲的身世,我知道的少之又少,也不知道她是哪年出生的,只知道去世的时候大概的年龄,其实我的哥哥们一定比较清楚,只是从没听她亲口和我说过。

这些对我来讲可能不太重要吧，也许她老人家对我的哥哥姐姐们说了无数次，到我这儿已经不愿再讲她自己年轻时的事了。

我是家里最小的,排行老七,和最大的哥哥相差二十岁。小时候偶尔聚会的时候,大人们聊家常我在边上听到几句,对于每个大家庭来说,爷爷、奶奶和父母从前的经历和故事是最有意思的话题，一个孩子对于听到的一切，都会产生一些幻

张恩利所作母亲的画像,曾于 2004 年展出。

想,夸大那些经历,甚至会和其他小朋友比较,以增加神秘感,但其实他们都是普通人。

我没有见过爷爷、奶奶、姥爷、姥姥,他们去世都比较早,或者说我出生得比较晚,只在相册里见过两张很小的照片,哥哥说这是姥爷和姥姥。

我母亲有个不错的名字叫杨玉楼，她是家中唯一的女孩儿,读过一点儿书。关于母亲的一生,她像大多数善良的母亲一样,平凡得不能再平凡,尽其所能关爱家中的每个成员。我记忆中很小的时候,听母亲对我唠叨过想要一个稳定的工作,这是我小时候特别想要买一个铁皮玩具小车的时候母亲说过的,之后多年都没有再提起。后来父母年纪大了,年长的几个哥哥姐姐们已经工作了,有了自己的家和工资,家里的经济负担也小了,他们每月会给母亲买一些东西或给一点儿钱,算是孝敬父母吧。

我母亲这一辈子没有一个像样的工作，她年轻的时候很想让我父亲走走后门,把她安排进国有单位,我父亲年轻时候在当地有一些关系和权力，只是父亲特别正经，怕别人讲闲话,这也让我母亲遗憾了一辈子,一直没有自己独立的收入,不能自由支配金钱。

当她去世的时候,我想她是安详和平静的,一生唯一的遗憾是没有一个稳定体面的工作，不能在别人面前有太多优越感,但她的子女们都还不错,没有太给她丢脸。母亲离去,我的心像断了线的风筝一样，也减少了对家乡的思念。

母亲的画像我前后画了三张，其中一张在2004年展览的时候展出过，放在一个单独的小空间里，很安详平和的画面，这是我心中希望的母亲形象。

写于2013年12月26日，上海

若有信

◎孙初

孙　初 ——— (Sun Chu)

艺术家。1966年生于山东高密，先后研读于山东工艺美院、清华美术学院、北京画院。1997年定居北京。2003年起任《青年视觉》（*VISION*）杂志视觉总监至今。凭着个人的天分和敏锐的艺术触觉在绘画和设计行业打拼了近二十年。多次应邀为国际知名品牌举办的绘画及设计大赛担当评委。

我的家在山东高密。

1997年,父亲去世,我离开高密,来北京。

我的离家,母亲是不愿意的。农村讲究养儿防老,我这个儿却要离开她。我的三个哥哥和一个姐姐,一直留在高密,他们赡养母亲,直到母亲去世。

二十年的离家生涯，现实中我从来没有写过一封信给家里。我和哥哥们通电话,每年春节回家看母亲。她曾经特别向往天安门,跟我念叨说:“天安门,毛主席像,都是闪着光的?”她以前看画上的天安门,城楼上空画着放射的金光。

可我从来没带她来过北京。她年轻的时候抽旱烟——地里种的烟叶,晾干了搓起来就直接点着了抽,我家的屋子里常年都是烟雾缭绕，像是天天在吸雾霾。晚年的母亲身体很不好,每年春节前后,她几乎都是在医院里度过的,无法远行。后来我用相机拍摄天安门,回家时给母亲看,她是高兴的。

我家里很穷。虽在县城,住的却是一间很小的房子,是一个院子里的一间厢房——小时候居然觉得房子很大，想必是因为我太小,另外房间里很空,几乎没什么家具。

我还记得家里有一张雕花的八仙桌——直到很久以后,我才知道当初的八仙桌,是我们从村里地主家搬来的,而那时候地主已经变成我们的邻居,还老来串门,和气友好。桌子下面的格子里藏着我大哥的口琴。

口琴是大哥的宝贝，他在我们老家是一个怪人。

大哥是1952年生人，比我大十四岁，早年他离开高密，在上海参军。我还记得我三岁的时候，母亲带着我去上海看大哥——那时候他十八岁，帅得很。我们去军营里，女兵们都来逗我玩儿。那次去上海，我留下好多关于味道的记忆，比如汽油味，那是我第一次闻到汽油味。还有香蕉的香味，那是我第一次吃香蕉，惊讶于世界上还有这种好吃的水果。

大哥参军八年后退伍，回到山东崂山，先是在那里的北海舰队里做船只的维护工作。我的父亲是高密县皮鞋厂的工人，他退休的时候，做了一个重要的决定：把“铁饭碗”传给我大哥。那时候皮鞋厂的工作就是“铁饭碗”，父亲退休了，他有选择接班人去“承袭”那个工作岗位的权利。他把我们几个兄弟叫过来，阐述“传位”给大哥的理由：“你们大哥没什么本事，不像你们几个心眼儿活泛，就传给他吧。”

就这样，大哥回到了高密，开始了他皮鞋厂工人的人生，一直到几年前他退休，他还是个工人，连个班长、组长都不是。

他脾气很直，总得罪人，所以说不升职也罢——我甚至觉得他没有因为得罪领导而被赶出工厂就不错了。大哥打光棍到四十多岁时才结婚，在那之前的日子里，我也常常为了“未来的嫂子”而担忧，为这个当时还不存在的人担忧，唯恐大哥坑了她。

在我六七岁时，犹记大哥喜欢读书，还自费订阅了三本杂

三岁的时候，母亲带孙初去上海看大哥，那时候大哥十八岁。摄于 1969 年

志，我记得分别是《中华武术》《口琴》，还有一本名字记不住的文学杂志。当时在农村，谁会看杂志呢？谁又会订阅杂志呢？当时只有县里文化馆才订杂志，可我家每个月都有邮递员来投递杂志，这太奇怪了。

也许是从那时起，大哥在村里人的眼中，就成了一个怪人。尤其他性格单纯，不擅长与人打交道，就更被人觉得怪。

大约在我读小学一二年级的时候，我开始对画画感兴趣。学校对面有个小百货商店，卖蔬菜之类，有时候会有商场的人在门口画个宣传画，比如画一个女孩儿提着菜篮子买菜之类的内容，我觉得画得很好，就经常跑过去看。当时学校里有一位名叫单成基的老师，他原本是山东某大学的老师，后来被放到高密教小学。他像是失去了教学的动力，上美术课，只在黑板上画一个圆就走了。我特别喜欢画画，我会自己努力把圆画得更圆。

单老师不愿意教课，大哥就去别处给我找美术老师。我的第一位美术老师叫宋利华，是高密有名的美术老师——后来学美术并且考出去的学生，基本都是宋老师教过的。我大哥把宋老师请到我家里来，说要请他吃饭。

当时我母亲觉得小孩儿学画画也是件极不靠谱的事儿，是歪门邪道。看见大哥居然带回家一个美术老师，并且是为了教我画画，心里大概不爽，做饭也是不情愿的。

结果就是她只炒了一个菜。那年我只有六七岁，但是心里对这种事却是敏感的，看见母亲只给老师炒了一个菜，心里觉得臊得慌——我对美术老师是特别敬畏的。

我现在还记得那个菜是黄瓜炒肉，在大哥的张罗下，我们和老师吃掉了这个菜。现在想起来，虽然数量少了点，但是那菜里有肉——我们很少能吃上肉的，母亲的心意其实是有的。

后来大哥又做了一件怪事。他跑去青岛给我买回两个石膏像来，农村人根本不知道那是啥玩意儿。

他买石膏像是为了给我练素描用，那两个石膏像应该是山寨产品，因为和现在的美术用石膏像质量相距甚远——它们既不是大卫也不是美第奇，是没有身份的两尊石膏像。其中一个是小天使，脸是扁的，线条也是模糊的，另一个是一尊裸体像，但肯定不是维纳斯。

但那个年代，这石膏像已经是我能得到的最好的东西，当时高密一起学美术的小孩儿都跑来向我借用。

画画的纸也是难求的。那次宋老师来我家吃饭时，我递给他我画的一张素描，是画在封窗纸上的——就是糊窗户的纸，很薄，铅笔一打滑就会把纸扎破。

我的三哥比我大两岁，在他十八岁那年，他利用他的秋裤给我偷回来很多纸。

那年他在一家果品厂当临时工，负责包苹果——用纸把每一个苹果包起来。纸是一种暖灰色的包装纸，不能替代素描纸，但优于窗户纸。他一边包苹果，一边偷偷把纸塞进秋裤的裤腿里,每次塞进去一百多张。下班后原本很细的两条裤腿,就变得粗壮异常。

三哥是我们兄弟几个里最敢想敢做的一个，也是和我年龄最接近的兄长。小时候他带着我去野台子看电影——我们趴在坟头上看露天电影,坟头上长刺的草扎在裤子上。三哥后来娶了高密当地一位厂长的女儿,当时高密迎来改革开放,县里鼓励大家搞企业，三哥去了一家建筑公司，还学起了木工——他结婚时全套的家具都是他自己打的。他开始挣钱,有一次回家,他从兜里掏出一根黑乎乎干巴巴的东西,我咬了一口,说“怎么那么香”,三哥说这是香肠。后来他自己办公司,做建筑,做家具,如今是我们兄弟里日子过得最好的一个,也多亏他多年来在物质上照顾我、照顾母亲。

三哥还喜欢拉二胡——他的女儿现在在中央音乐学院学板胡专业，也算是了了三哥自己的心愿——小时候我们全家在家里奏乐,三哥拉二胡,我吹笛子或口琴,大哥吹箫,邻居们扒着墙头鼓掌。

八仙桌里藏着的口琴,是大哥最宝贝的东西,他每次吹完口琴都要拿水冲干净，然后用手绢包好，藏回八仙桌的洞里面。有一天我偷出来拿走了,下课了在学校墙外面吹口琴,给小伙伴们听。大哥发现口琴不见了,就直接骂我——他猜到是被我盗走了,但是又不能打我,只能骂骂。

大哥是有点溺爱我的,其实他像父亲。就在最近,我去希

孙初的姐姐、姑姑和二哥。

摄于 1975 年

腊旅行,大哥突然打电话来,我说我在希腊,他说他在书里读过很多希腊的故事,就在电话里和我聊起来,一聊就是一个半小时,这时我身边的朋友问我:“是令尊打电话来吗?”

几个兄弟里,二哥是和我一样喜欢画画的。或者说,我是和二哥一样喜欢画画。

有一次,我在家里发现一张画。画面上的人物是李铁梅和杨子荣。画画的纸还不错——至少比我的封窗纸好,哪里来的呢?至今都觉得那纸来路不明。那纸还有些透透的,于是我把纸翻过来,沿着透过来的线条,把两个人物在纸的背面描画了一遍。

二哥一回家,我就把画举出来说:“看我画了一张画!”二哥一秒钟就识破我的伎俩,因为那张纸正面的两个人物就是他画上去的。大哥在精神上很关心我,三哥对我基本上多是物质上的关心,比如偷一点儿纸什么的。我二哥在生活上会照顾我,吃的、喝的,有什么事,他会带着我。年轻时他在一家建筑公司做技工,具体工作就是在墙上打个洞,然后去检测水泥的硬度之类。二十世纪八十年代初的时候,他还带着我一起去打过几次工,在墙里通电线埋管子。第一次跟二哥打工,我赚了一百块钱——大概工作了一星期的工资,那是我人生中赚到的第一笔大钱。

其实我们兄弟几个做什么,到哪里去,母亲是不太干涉的。或者说,我们的放养状态,皆因母亲是个大大咧咧的女

孙初(右)和同学在山东工艺美术学院的合影。

摄于 1994 年

人——有时候我们中的哪个跑出去两天没有回家，母亲也不会发现。

小时候去我姑姑家，第一次见到了我的姐姐——此前母亲也没有跟我交代过我有个姐姐。我是我家最小的孩子，姐姐原本排行第二，但是幼年就被过继给我姑姑，于是在我的童年时期里，姐姐都是不存在的人。

有一年我去姑姑家，第一次见到了我的亲姐姐，大人们跟我说她是我的亲姐姐，我心里想：姐姐？为什么她不回家？

关于姐姐，有一个画面一直在我心里好久：她住在姑姑家，房门是黑漆的，门的一边是姑姑睡的炕，另一边是姐姐睡的床。在靠近姐姐的那一边，姐姐用白粉笔在黑漆门上画了一只白色的鸟，简单几笔，但是画得很好。有一次，我趴在炕上，看见门开着，就特意上前去把门合上，为的是看那只白色的鸟，看半天。那个白色，特别显眼。

后来姐姐参加了村里的表演队，唱歌、跳舞、演戏，演大辫子的喜儿，一边唱戏一边哭。姐姐总能打扮得很漂亮，穿皮鞋——后来也去了皮鞋厂上班——那个时候看见穿着皮鞋骑自行车的姐姐，心里会觉得很得意，因为那个漂亮女孩儿是我的姐姐。

后来姐姐在皮鞋厂里恋爱、结婚，姐夫也是皮鞋厂的。

仿佛她的人生的路就这么确定了：工作、结婚、生子，过一个正常人的日子，也是平常人的日子。埋首于家庭的各种琐事,外面的世界抓不住她。甚至于当年我去了北京,也是隔了好久她才得知消息,仿若一个遥远且不太熟的邻居。

如今她从皮鞋厂退休,又去了我三哥的公司里帮忙,还是每天上班。

如今每次我回高密,见到姐姐,再到和她分别,她都会掉眼泪。有时候我会突然想起,这个平凡的皮鞋厂退休女工,就是曾经能唱能跳而且漂亮的我的姐姐。她的形象在我心里有着巨大的反差,我在很小的时候对她的印象是她能歌善舞,站在舞台上,她是一个不平凡的人。

假如,能写一封信回家,我在心里排的顺序是:大哥、三哥、二哥、姐姐。

写于2015年12月28日,北京

一个关于八十年代的版本

◎向京

向　京——（Xiang Jing）

艺术家。1968年出生于北京，1995年毕业于中央美术学院雕塑系，1999年至2007年任上海师范大学美术学院雕塑工作室教师，2007年起与丈夫瞿广慈一起成立X+Q雕塑工作室。现工作生活于北京。“通过身体说话”曾经是向京的个人标签之一。其重要的个人作品有《你的身体》《敞开者》《一百个人演奏你？还是一个人？》等，通过艺术家的三个不同创作阶段“处女系列”“身体系列”以及“全裸系列”来宣告了这种风格的日臻成熟。

当年有首关于二十世纪八十年代青年的主旋律歌曲《年轻的朋友来相会》,唱的是:

年轻的朋友们今天来相会
荡起小船儿暖风轻轻吹
花儿香鸟儿鸣春光惹人醉
欢歌笑语绕着彩云飞
啊亲爱的朋友们
美妙的春光属于谁
属于我属于你
属于我们八十年代的新一辈
再过二十年我们来相会
伟大的祖国该有多么美
天也新地也新春光更明媚
城市乡村处处增光辉
啊亲爱的朋友们
创造的奇迹要靠谁
要靠我要靠你
要靠我们八十年代的新一辈
…………

就是一种和忧郁症毫无关系的二十世纪八十年代式的乐观主义，这些歌词，在现在看来积极乐观得近乎荒诞。二十多年已经过去，生于八十年代的年轻人都已经为父为母，有时北京城在没有雾霾的天气里也会现出黄金的颜色，那总能让我想起八十年代，城市在金色的夕阳里像一艘蓄势待发的航船。

八十年代中期的北京，晴天好像特别多，也许是因为年轻，也许是因为那时的物质生活实在贫乏，可获得的信息也实在是有限，那时A点到B点的距离比现在要远，城市的概念，也就是三环以内那么大的一块地儿，东边还没成为文化产业密集的地段，即便是在同一个城市，从北边到西边也要花很多时间，所以每个人的生活范围好像很有限，而每件事情在心里的分量也会显得更重一点儿，保留时间长一点儿。

我是1984年考上中央美术学院附属中学的，那时的中央美院附中在美术馆旁边，那栋楼现在还在，就在三联书店隔壁，可已经不知道属于哪家公司了。那栋楼和当年王府井中央美院的旧址的工作室，都是早年苏联专家设计的，墙壁厚实，教室宽敞，最让人心仪的是专业教室的天光设计，是我所见过最好的。天光，本身来自欧洲学院教育体系的审美，源自古典主义时期的“神圣之光”，我想应该与基督教文化里教堂的理念相关。一天里阳光从东到西，好的天光教室屋顶的壁厚以及玻璃窗户倾斜的角度要有科学的计算，让光线整天能照进来，而不会直射到教室里面的任何地方，均匀透彻，整个教室的白

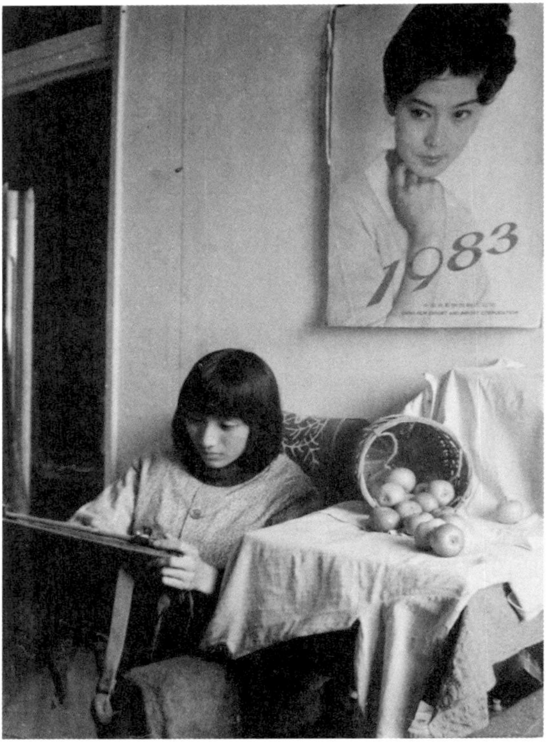

日历上的年份说明那时我正在
备战考学，中央美院附中的灿
烂岁月就要向我露出笑容。

墙是最有效的反光板,把上方的光线均匀地反射到整个教室,所以空间里几乎没有死角,感觉就是在头顶有一盏巨大的无影灯,使得模特脸上的阴影比侧光或者散射光要立体很多,也比一些现在盛行的考前班打灯光画模特的那种假光要高级很多。我后来在一些国外美术馆的空间里,见到过类似的“神圣之光”,你感觉不到明确的光源,只感到整个空间沐浴在一种柔和通透的光线里,西方人的皮肤颜色非常白皙,在那样的光线里像变得透明,阴影里的皮肤不会是暗黑色,而是有一点儿血管的红色和青色隐隐现现,我想这就是油画的文化,要知道颜色是在光里诞生的,不同的光会让人产生不同的色彩认知,优美的顶光是古典主义的美学,它滋养的不仅仅是对形体、对颜色的认知,也是一种对神圣之物的敬畏之心。

隔着两站路的中央美院本部,是我们当时这些附中学生的向往,我们每个人都想当然地认为自己日后肯定能在那里继续艺术梦想。那里一样有苏联专家设计的顶光教室,但在记忆中,中央美院的教室比附中的要暗很多,我想应该是因为学生把教室分割成很多小空间,大家割据地盘,独立一隅,分割空间的同时,光线也被遮挡了很多。但那种私密感让人即刻产生对大学生的仰视之感,那样独立的空间更是令人骄傲神气,它暗示的独立性仿佛是独立人格的隐喻,每每让我们这群高中小屁孩儿在敞亮空间里依然生出对不被窥视、拒绝侵犯的成年和某种神秘未知的神往。

现代人喜欢卖萌装嫩，但真正年轻的时候，是多么地向往成长，记得当时我非常愿意和大学部的学生一起混，也经常潜入那些神奇的画室里，探寻那些传说中的高手的空间。现在看来，那个时代的学院教育不过还是在一种很狭隘的体系之内，人们的见识非常局限，出过国的人很少，大家都是在看画册，在学习和想象里完善自己的知识体系。当时的中央美院以及附中的图书馆很出名，因为图书很丰富，虽然现代主义之后的画册寥寥，但印象派之前的系统还算是有很丰富的收藏，学生不能借所有的图书，但很大一部分进口画册尚能看到，当时每周可以借六本画册，我基本就是每周六本，试图把学生可以借的进口画册通读一遍。很多时候，美术史学习的开始都是在这样一种信息匮乏，但无限渴学的误读与思考里得来的。大学部那些高手，现在看来，多是在学院系统里对欧洲古典美术史痴迷的技术高手，但事实情况恰恰是，正统体系的构建足够扎实，才会有叛逆的“现代”与“后现代”。

附中的课程里有一个很有趣的，就是写生，速写或色彩写生，每周要交作业，平时就是在教室里同学之间互相画，或者附中马路对面、美术馆旁边的小花园里，那些下棋打牌的大爷、聊天的大妈都是我们熟悉的模特，这种虚假的生活体验，是禁锢在遗留的“艺术来源于生活”的苏联体系里的，很多年很多届的学生，拿出速写作业几乎是一样的，因为“生活”就是那么狭窄，没有更多。附中学生每届的数量并不多，那时的老师好像也非常有热情,带着学生出去写生,那个时候没有旅游市场,北京周边的山区和城市景观差距特别大,一进山就像进了另外的一个价值体系, 去沟崖去松山林场这样的地方都是要坐吭哧吭哧的慢速火车, 常常下了火车, 四周就是一片山脊,没有人烟。印象最深刻的是去古北口的金山岭长城,我爬过北京好几段野长城,古北口就是北京最北面的关口,这里的长城在当时没有游客,还感觉离城市很远,就像一个遥远的记忆,被遗忘凝固在此刻的现实里,上面落满了时间的尘埃。野长城在当时是真的野长城,完全没修缮,也没人爬,连入口都很难找到,其中有一段据说是长城在北京这段的最高点,叫望京楼(和现在的望京毫无关系),遥想古代,站在那里,可以遥望整个北京城。我们找到一个入口上了长城,把包、衣服往一块石头后面一塞,空手就上去了,百里之内,长城上下,几乎只有我们这几个少年,在那些残垣断壁之间徒手爬上爬下,越陡峭的地方,山风越凛冽,我们没有累的感觉,只是一副少年心气,渐渐合拍了古代壮士的雄心的跳动,不说话,不回头。

最令人兴奋的,就是下乡写生了,说起来,依然是在“体验生活”的口号下诞生的教育理念,和知青上山下乡异曲同工,只是这是一个月以内的短期学习。它的预设就是好像城里孩子没有生活一样,要去农村描绘广大田园,描绘质朴的农民阶层。那时的下乡是真的下乡,都会选择去些北方农村,河北、山东,最远的一次是去陕北,也都是每个人自己背着捆扎好的行

向京(左三)在附中学习的最后一年与同学在陕北黄土地写生。

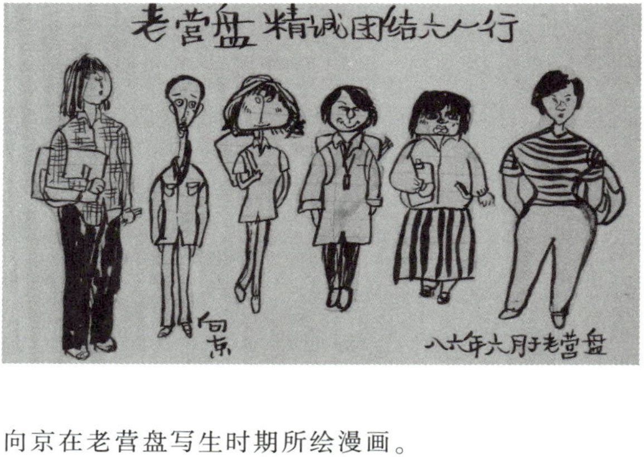

向京在老营盘写生时期所绘漫画。

李,里面有被子、褥子、脸盆、衣物、洗漱用品等等,像真正的远行。我曾在一篇随笔里记下陕北写生时的一个片段,也是当时心境的一种写照。

上美院附中的时候常下乡写生,而且真是住老乡家,一住就是一个月。那时也刻苦,成天从早画到晚。最后一年去陕北,夏天,与我们想象中《黄土地》里贫瘠、苍凉的黄土地感觉完全不同,可笑的是到处是绿油油的庄稼。日头倒毒极了,中午根本不可能出门,会晒昏的。我喜欢一个人走,也不戴草帽,随便到哪儿,坐下就画。四周视线范围之内不会出现几个人,有也是远远地在另外的坡上放羊或种地。空气十分干燥,脸上胡乱长出几个坏包。这样的地方随便都可以入画,可你画起来就老觉得纸小。

我就坐在干净的黄土上,看着画着。太阳火辣辣地晒着,看一眼纸,看一眼景,纸越来越白,景越来越黑,趴那儿画了大半个上午,眼睛都看花了。我只好停下笔来,一阵干干的风刮过,我身上一紧,眼睛慢慢适应了,低头看看刚才的画,发现它空洞而乏味。远处的景色渐渐地调整好了曝光,我安静地坐在那儿,突然就哭起来。黄土地那么大,舒展延绵,太阳依旧过分慷慨地晒着所有的一切,我捧着一大堆乱七八糟的画具,坐在地上无依无靠、无牵无挂、无缘无故地哭着,哭得翻江倒海、淋漓尽致,直哭得远处一片黑云阴险地踱过来了。我哭得终于舒服起来之后,抹净脸上的狼藉,收拾一下画具,一溜烟儿就跑

创作雕塑的向京。

回住处,凶恶的暴雨踩着我的后脚跟就来了。

年轻时多是这样一种荷尔蒙式的情状，如今价值观彻底翻盘,很难有足够说服人的理由,让流行文化中孕育的年轻的孩子欣然接受贫瘠乡村的美学，实操起来会有点像如今一个电视节目《变形记》一样拧巴。但在当时,那是我整个附中时期最美好的记忆,所有的阳光灿烂,所有的晚霞娇艳,所有的翻云覆雨,都在那些曲折蜿蜒的沟壑山脊里发生。人和自然的关系，人自身存在的意义，也是在那样的情景里有最慑人的启示。

我想,八十年代最重要的,是百废待兴又充满希望,我们所经历的,还是一种类似精英主义的教育,会让人产生“我是人群里的少数”“我们是文化的希望”这样的认识或说错觉,物质的贫瘠让人追求精神的无际、个体的卓越。人成长过程中,可以从个人经验和二手经验(读书、听别人的故事、看电影等等)中获得对人生的认知。年轻时本能地总过多依赖经验的部分,读书和其他二手经验也是更多地加强本能的体验的感受。成长之后慢慢具有更多逻辑思维的能力，也更愿意追逐一些终极性的话题。我的个人体会很清晰,差不多一个五年的间隔里,如同一种质变一样,思维的方式和习惯就会有所改变,我想那意味着人和世界的关系，你观察世界的角度在发生着变化,人由此获得不同的对世界、对人生理解的维度和深度。这个虽是后知后觉的领悟，但不断发生让我总需要重新调整对世界的视角，这些还都通过作品得到了确切的物质化的印证，让我自己在后来的时间里看到。

所有的这些对年轻时光的碎片回忆，也许是我自动筛选，记忆的偏差美化了的，为了自我建构的需要，但不可否认，八十年代，是我构建精神世界的重要时间，那一刻确定的底色，一生不褪。

写于2015年12月，北京

家書

卷三

金宇澄 等·著
夏楠·编

天津出版传媒集团
百花文艺出版社

目　录

母亲的一生

◎庄灵

庄　灵——（Zhuang Ling）

摄影家。1938年生于贵州贵阳，1948年全家迁至台湾。中兴大学森林系毕业，曾举办摄影个展及群展多次，著有《电影艺术杂谈》《摄影艺术散论》《新闻摄影》等书，获中山文艺奖、文协文艺奖章、中兴文艺奖章以及吴三连文艺奖之摄影类奖。出版有《逆旅行色》《灵视70》等摄影集。

谨以此文献给为时代、家国,为我们兄弟付出一辈子的母亲。

——题记

母亲名为申若侠(原名申佩芬),1906年生于东北吉林,年少时在吉林念小学和省立吉林女子中学,毕业以后和姐姐申纫侠一同到北平升学;母亲后来念女子师范大学,认识了比她大七岁的在故宫博物院工作的庄严。他们是1931年(民国二十年)在北平结的婚。

1924年到1934年那一段战前在北平的日子,可以说是母亲这辈子最幸福的时光。当时庄、常(常维钧)两家亲如一家人,常伯母葛孚英和母亲十分投缘,她们常一起唱歌、学京剧。

1934年,卢沟桥事变前,日军威胁华北。12月,当时的国民政府行政院核定了故宫博物院南京分院的成立案。其实早在当年3月,父亲便奉派自总院前往南京,负责对已于当年分五批运到南京和上海的六千多箱南运文物做点收,并准备翌年将赴英伦展览文物的选件工作。当时母亲带着年幼的大哥、二哥以及还怀在肚子里的三哥独自留在北平。1935年6月,父亲再度以秘书身份和故宫四位同仁一同押运古物前往英国展览,一直到1936年5月才返回上海。这期间母亲曾偕三个幼子回吉林省亲。

从1937年3月起，由于父亲奉调南京分院工作，从此母亲便和父亲一起，带着年幼的三个哥哥(那时还没有我)护送故宫文物精华，躲避日军战火，一处又一处地逐步往西南迁徙；历尽险阻艰难流浪半个中国，至1965年最后迁运至台北士林外双溪的“台北故宫”新馆为止，时间已经超过了二十八个年头。这期间我们兄弟一路颠踬，断续地从幼儿园到小学，或无校可上，再从小学到初中、高中，一直到大学长大成人，可说是由双亲耗用一生汗水和心血拉拔出来的。当我们兄弟先后就业成家，并且每人都能在兴趣与专长的道路上各自往前发展时，父亲和母亲早已两鬓飞霜，精神和体力也明显不比从前，然而双亲深藏在心底的愿望却始终无法实现。

父亲服务故宫达四十五年之久，他戏称自己是“老宫人”，1978年曾写过《宣统出宫我入宫》一文在报纸上发表；并有一方“老庄老运好”的闲章，一语双关地自况一生护持故宫国宝万里搬迁，每次都能安然完成使命的欣慰与自豪。可是当1980年春天，八十二岁的父亲因肠癌病重住院，在他已陷入半昏迷状态的临终之际，口里犹吃力地喃喃念记着“北平，北平……”父亲自四十岁离开北平，终其一生都没有机会重回故地，这该是他此生最大的遗憾吧！而母亲同样也再没机会重返故乡，和家人好友见上一面，晚年时母亲时常眼望远方喃喃自语，沉浸在她年轻时代的甜美回忆之中……

年轻时代的母亲是幸福的少奶奶，然而来到物资极度匮乏的西南边陲小城或深山僻野，父亲的薪水常常无法准时汇到，这时候的母亲不但要照顾全家人的生活，还要分身处理办事处几位单身同仁的膳食等事务。战前从来不擅家事也没有吃过苦的母亲，这时候唯有咬紧牙关挽起袖子，学会了烧饭、洗衣、打扫、缝补，以及如何哺养教育子女的十八般武艺，成为百难难欺的铁娘子。在贵州安顺的时候，母亲为了贴补家用，每天要步行几千米到东门外的黔江中学去教书。当年母亲上课的薪水好像是每月一担谷子，还要自己找地方去碾成米，然后把一部分换成现金。我印象最深的还有几件事：一次是上小学的三哥，因为突然打雷受到惊吓，从通往父亲二楼小书斋的木梯上不慎摔下，跌断了手臂。当时父亲不在家，母亲赶紧带着受伤的三哥和我们一道，到附近的军医院去看急诊。当时安顺没有电，为了先照X光，必须使用一台要用人力拉索才能启动的发电机，而那台机器可能因为太过老旧，记忆中它的转盘被人用绳子一次又一次地不知拉了多少遍，最后才终于嘟嘟嘟地在阴暗的室内冒出青烟开始转动，一直在旁边焦急等候的母亲这时才稍稍松了一口气。另一件事也让我难以忘怀。当时的我大约五岁，在上幼儿园。有一天一位小朋友的眼镜丢了，不知怎的竟在我的书包里找到，这件事放学后被母亲知道了，她一时气急，竟抓着我狠狠地打了一顿，我还记得当时自己因为第一次挨打而放声大哭。这件事后来学校查清楚确实不是我拿的，于是这顿冤枉的打也成了母亲这辈子对我的唯一一次体罚。尽管事后母亲为此十分懊恼,可是数十年来她对是非善恶的明确判断,以及对子女品行的严格要求,却是从来都不打一丝折扣的。

1944年冬天,我们全家和古物一块儿搬迁到四川巴县(现重庆市巴南区)一品场的石油沟旧址暂时栖身。那里地处深山野谷,除了一条过去专供卡车输运天然气的碎石公路可以通到外面,附近几乎完全看不到人烟。我们一家人和父亲从安顺延揽到的几位故宫同仁,就分住在河岸稍高处原来石油沟旧址留下的简陋房舍里。由于地属荒僻山野,夜里偶尔还能听到慑人的虎啸,于是父亲就给那条山涧取名为虎溪,而整个石油沟则取了一个更富诗意的名字——飞仙岩。我们在飞仙岩几乎住了一年,那里没有学校可念,连买菜买米都得算日子分次走山路到好几里外的龙冈或仁流去"赶场"。当时父亲教我们趁天晴"晒晾"古物时,如何欣赏故宫名画;在每晚睡前教我们兄弟用大家记得的名画朝代、作者和画名来玩接龙游戏;我们上山看他以大笔濡沾石灰水在附近黑黝黝的崖壁上题字;他还以环境为题作诗一首,并讲解给我们听……至于每天督促我们自修习字和算数,告诉我们怎样在屋外辟地种菜、养鸡、挖笋、采蕈,则成为母亲教导我们如何读书、工作、生活的必要学习和体验的内容。因此,在飞仙岩的那几个月成为我们兄弟四人后来最怀念的成长经历。

为了记录在飞仙岩的那段苦日子,母亲和父亲偶尔也会以诗作互相题赠。1945年抗战最艰苦的时候，母亲有一首诗这样描写父亲："慕老吾夫子，行藏似古人，拈髭因炼句，抚髀嗟闲身。门径多修竹，堆书若积薪，半生清绝处，投老益深真。"当时父亲也以原韵答诗一首："不作封侯想，钟情黔妻人，眼中犀角子，相泣牛衣身。惭我谋生拙，劳卿日荷薪，耕前读后趣，偕老乐天真。"胜利后到重庆，被同在四川的老友台静农世伯获悉，立刻和诗一首："羡尔公牡俩，深山好养真，庋藏虽敌国，贫乃到柴薪。少饮三杯满，流亡百劫身，明年出巴峡，依旧老宫人。"这成为那段时期双亲生活与心境的最真实写照。

1946年，全家再和古物一同迁到重庆南岸的海棠溪向家坡，等待回南京；因为心情及经济条件好转，那段时期可以说是母亲打抗战以来最感"轻松"的一段日子。由于战时分藏于四川巴县、峨眉和乐山三地的故宫文物又重新聚放在一起，而负责三地守护的故宫同仁也全部相聚于重庆，因此那阵子故宫驻渝办事处最是热闹不过。母亲因为菜烧得好而被推选为故宫同仁伙食团的委员，因此每当她轮值的时候都会使出浑身解数，令在伙食团包伙的同仁赞不绝口。母亲虽然不胖却能吃肥肉，当时办事处还有几位男同事，尤其是杰出的民俗画家黄居祥先生，认为自己吃肥肉胃口不错，于是母亲就会和他们打赌比赛吃肥肉。父亲最怕吃肥肉，开始时在一旁打趣，把肥肉改名为"凉粉"，以去其俗腻，于是餐桌上每隔一段时间，都会举行"吃凉粉比赛"。尽管母亲难得成为赢家，可是每次看她兴致高昂地和同事比赛吃“凉粉”,那种关外女儿的豪情,常常让我们看得目不转睛。

1947年,全部南迁的故宫文物,先后都走水路经长江三峡运往南京,存进朝天宫旁一幢如古堡般巍峨坚实的故宫南京分院库房。

在南京的日子虽然不及向家坡时宽适,局势也一天比一天紧张,不过父亲和母亲因为有许多老朋友可以时常见面,所以精神上还算是愉快的。当时父亲和母亲都爱昆曲,尤其母亲会吹笛,因此他们俩每逢假日,常会邀请好友来家小聚,饭后大伙便对照着父亲或他们搜集到的昆曲唱本《林冲夜奔》或者《游园惊梦》的简谱及唱词,和着母亲悠扬圆润的笛声,开始一句一句地高声咏唱起来。大概时间长了,有几段常唱的曲调连我和哥哥们也能耳熟能详地跟着拍子哼唱起来。那些曲谱后来都留在南京没能带出,其实来到台湾后也始终再无那样可以找好友欢聚唱奏的机会。记得父亲退休后,偶尔也会要求母亲再吹上一曲,自己便会和着曲调,并不精确地哼唱一段。

母亲这辈子最怕坐船,有好长一段时间连坐汽车都会晕。1948年12月来台湾时,我们都被安置在“中鼎号”登陆舰左舷下方既深且窄的水手舱。母亲自从开船之后就因为晕眩呕吐,完全吃不下东西,到后来连喝口水都会吐出来。几天下来她连坐起来都会感到天旋地转。好容易熬到靠岸后我们从基隆上岸再乘车到台北,全家先被安排住进延平北路一家小旅馆里,大概经过三四天之久，母亲才能慢慢离开卧床开始在室内行走。一直等到1949年元月，我们来到杨梅一幢原先存贮物料的木造仓库二楼暂时栖身之后，她才不再感觉好像人还在船上一样。

我们在杨梅大约住了一个多星期，之后才迁到台中。由于那时员工宿舍尚未建好，我们只好又被安排住进南台中纵贯铁道旁一家纯日式建筑的合作旅社。那阵子每天夜晚躺在旅社二楼的榻榻米上，母亲和父亲为旅馆的住宿和膳食费以及未来生活费用担忧的对话，伴随着窗外不时传来的纵贯线火车呼啸驶过的厚重汽笛声，夹杂着车轮从铁轨接头处高速碾过发出连续的咚咚巨响，让心里同样感到沉重与不安的我们难以入眠。

1949年2月底，全家终于搬到台中糖厂旁紧邻中南线小火车铁道的一长排新建木造平房——振兴路宿舍暂时安定下来。

1950年7月，坐落在雾峰乡北沟村外山脚下的库房、山洞和员工宿舍相继落成，流浪多年的故宫国宝，终于有了一个属于自己的家。为了方便文物的典藏管理，父亲和“台北故宫”“中博”两院原来专责照护古物的同仁，便举家一同迁到北沟。父亲可能为了家居的安静，并没有住进北沟新盖的连栋宿舍，而选择了离库房不远，原先就有的一幢用粗竹竿搭架、竹篾和泥灰做墙、红砖薄瓦为顶、木拉窗木板门的旧农舍，作为全家的新居。屋里墙上常见大蜘蛛和壁虎出没,用薄甘蔗板钉成的天花板上,经常可以听到老鼠奔跑的奇怪足音,更夸张的是连长虫(蛇)和癞蛤蟆也偶尔会成为家里的不速之客。不过因为新居四周都有竹丛和花树,而且库房后面就是林木葱郁的山丘,所以一家人都不在意它的旧和“外客”众多,尤其当父亲援用宋朝大画家董源的名作画题——《洞天山堂》来作为它的斋名之后,让我们不仅住得更自在,甚至像阿Q似的还感到自豪起来。

北沟时代还有一件最令母亲和父亲烦恼痛苦的事,便是每逢学校开学,他们就必须为四个儿子准备足够的注册费用。尽管我们兄弟四人念的都是公立学校,学费都不能算贵,可是对于仅靠工资生活的父母来说还是难以负担,因此每到学年开始前,母亲都会脱下手上唯一的一只镶有三颗宝石的戒指,拿到台中街上一家认识的当铺去变现,过后再省吃俭用地设法赎回来。这种情形几乎每年都要重演一次,直到三位兄长相继从大学毕业以后,才终于不再成为母亲的梦魇。

我们在雾峰北沟住了十六年,尽管全家经济上始终拮据,不过父亲和母亲不仅能安之若素,而且往往还会寻得一些能让自己开心也令朋友惊叹的“特殊事物”,不只可为辛苦的日常生活增添无限乐趣,同时也意外地为艺坛留下一段可以传颂好久的佳话。印象中最深的有两件事。

1963年农历上巳(三月初三),父亲和母亲经过将近一个

“台北故宫”同仁摄于北沟库房门前。

摄于1950年

月的筹备，邀请了多位台中和台北的同事、好友、艺术家，以及四五位刚好在北沟研究中国书画的外国学者，就在山坡底下一条无名小溪的转弯处，选了一块上有疏林可以遮阳的土岸，师法晋代大书法家王羲之于永和九年(353年)在绍兴兰亭举行的集会，也举办了他们来此地后的第一次曲水流觞雅集。当天临时铺地用的草垫和茶食酒菜都由母亲备办，其他像文房笔墨和酒器，如何才能载酒沿溪从上游流下而不致翻覆，如何才能让客人自己从溪中取到酒杯等等，则是父亲必须解决的问题。那次的北沟流觞雅集，酒杯放在将两端有节的竹筒从中央一剖为二而制成的一艘艘有趣的“迷你扁舟”之上，客人则必须用一根一端系着铁丝钩的细竹竿，从水上把酒舟拉到岸边，才能勉强取到幸未翻倒的盛酒瓷觞。

1973年恰逢癸丑，父亲和母亲又于上巳日在外双溪“台北故宫”西侧山涧——“流水音”举办了第二次规模更大、文友更多的曲水流觞雅集。值得一提的是庄府特别研制的酒和肉。每到深秋时节，父亲都会要我们从桂花树上采集盛开的桂花，并且将稍稍风干的橙子皮切成碎丁，然后分别放进瓶装的高粱酒里再封存一段时间。等到农历新年，全家便有好多瓶色泽浅棕或微黄、充满桂花和柳橙清香的特制美酒“木樨香”，可以飨客和送人了。另外“洞天山堂”还有一项绝活，那就是母亲特别仿效四川人利用灶上柴烟挂熏腊肉的方法，经过改良制成的“庄府腊肉”。

在“洞天山堂”(雾峰北沟的家)生活期间

庄灵母亲自己养鸡。

摄于1954年(摄影：庄灵)

2004年2月，当已经年逾七旬的二哥、美丽嫂和三哥分别从旧金山及纽约回来，为母亲庆贺百岁高寿之后，我开车带他们去了一趟台中，重返曾经住了十五年、满载着我们学生时代对家的全部记忆的北沟旧址。然而令人难以想象的是，那天下午，当我们一行在当地好友陈戊兴先生夫妇的带领下，又重新踏进已经被木栅门、围墙和警卫人员完全封锁的梦萦旧地时，立刻就被眼前的景象惊慑到几乎说不出话来：那里除了脚边偶尔可见的断瓦残砖，整个区域已经被恣意蔓生的茅草和杂树覆盖成一片全然陌生的荒林废墟，在斜雨薄雾的黄昏时刻无言地和我们对望着……这个令人难以相信和接受的事实，回来后我们并没有告诉母亲(其实说了她也听不见)，就像四年前“台北故宫”换了一位自诩是专研古代史学者的领导人，不但上任前曾向媒体表示“以后的‘台北故宫’要向巴黎卢浮宫和纽约的大都会看齐”，甚至公开向国际博物馆学界的专家们说“‘台北故宫’应该去除国族文化的象征意义”。似乎故宫文物所代表的中华文化，已经变成“外国文化”了！这件事我自然也没有向母亲报告，否则她一定会在心里纳闷，难道说她和父亲还有许多老同事们一生押运、守护、庋藏、保管的这批故宫文物，不是我们自己国家的文化瑰宝吗？难道说她自己不知怎的已经突然间被变成“外国人”或“世界公民”了吗？

1965年春天，双亲随同故宫文物从台中雾峰迁到台北士林外双溪。那时母亲已因身体状况日渐耗弱而不再上班，家务

晚年时的庄灵父母和他们的孙女庄苹散步。
摄于 1968 年(摄影:庄灵)

杂事也慢慢由搬来和双亲同住的我和内子接手。记得多年前曾听母亲谈过,她年轻时曾经因脚背骨发炎、罹患猩红热还有生大哥时难产而动过三次大手术,为此当然要做全身麻醉,因此她觉得上了年纪后身体和精神的衰退,一定和早年的三次全身麻醉有关。其实母亲身体和精神的衰退,主要是因为她曾罹患“更年期妄想症”的关系。大概在1961年秋天,我们四兄弟平常都不在家,父亲每天到库房上班,白天只有母亲一人在家(当时她已辞去工作),由于她原本就不爱串门和邻居太太们聊天闲扯,于是难免因寂寞而胡思乱想,以致有好长一段时间精神状况不太稳定,常常会无缘无故生气骂人,甚至怀疑父亲和蒋夫人要好(那几年蒋夫人曾多次到北沟看画,身为“台北故宫”古物馆馆长的父亲自然得在旁作陪)。1965年双亲迁来台北后,我们曾陪母亲到医院看过精神科大夫,医生建议她应长期服用镇静剂。

在此期间,在父亲的鼓励下,母亲养成了写日记的习惯。她会将一天的事情记述得非常详尽,偶尔也将自己作的诗词抄录在其中,我们有时还会通过她的日记去查一些无法确定的琐事。

1980年春天,父亲因肠疾病逝后,白天只有帮佣的阿嫂在家,以致母亲常常独自坐在楼上卧室窗前,往往一天都难得说上一句话。同时我们也感觉到母亲写日记的时间越来越长,经常一写就是一个上午,我们也不太注意她在写些什么。有天和内子整理母亲的房间，偶尔翻看母亲1982年的日记，突然发现她那个时期的日记，绝大部分几乎像复印出来的一样。例如每天的开头都是："早起倒痰盂，解大便，洗脸，漱口，梳头，下楼开门，煮水冲红茶饮之，学生已上学（指她的两个孙女庄苹和庄蘅），余将牛奶热之蛋煮之，然后扫院子，打拳浇花……"几乎一字不改，把早晨所有发生的事，时序不分地通通串联在一起，而且有的并不是她做的。另外她对每天家里吃的菜肴特别重视，像其中一天就有"炒空心菜、虾米炒花菜、番茄炒蛋、韭黄炒鱿鱼、盐蛋拌色拉、煎带鱼、排骨豆芽汤……"不仅一样不少全都记录，而且往往还会做适当夸张（据内子说有些菜家里根本就没有做过，都是母亲凭想象杜撰的），我想这一定和她的好胃口有关。不过日记中偶尔也能发现令我们惊喜的描述或诗作，例如1982年11月10日所记："白鹭立溪中，跃跃觅小鱼，冷风袭衣襟，曳杖散步归。"

自父亲过世后，有很长一段时间，我和内子都会把每月的家用，定时交给母亲，然后等我们需要买菜、付燃气费或报费时，再临时向她支领。之所以要这样做，一来让母亲感觉这个家还是由她在当家做主，二来也希望借此能排遣一些她心里的寂寞。

在她过世前的几年，每当母亲看报纸时，往往看一句标题，都会自顾自地大声"解释"老半天，好像她正在跟许多人上课似的。2004年年初，有一天内子和我突然发现，她虽然在读报,但是手上拿的报纸却是倒的,显然她的视力已经退化到分不清字的倒正了。事实上从过去两三年开始,她每天必写的日记,已从日记本换成单张的白纸,后来又从白纸换成了卫生纸(据内子推测,大概母亲的手劲儿越来越差,因为卫生纸较易吸墨水,可能她觉得用卫生纸比较容易写出字来吧)。原先写在纸上的字还可以辨认,只是行列不见了,所有的字都挤在一堆,到后来竟完全看不出纸上的"字"究竟是什么了。不过她每天还是认真地在写,每每我们凑近她耳朵喊她下楼吃饭时,她在听到后都会这样响应:"好,好,等我写完这段就下楼。"

2000年秋天,已从研究院史语所退休的大哥因肺疾过世,这消息我们一直都没有告诉母亲。大嫂每次来家看望母亲,都怕她会问:"庄申怎么没跟你一起来?"一直到第二年大嫂出国和我大侄子同住,母亲始终没有问过她或我们任何一个人。到底母亲知不知道她的大儿子已经不在人世,我们也实在没有办法回答。

2004年我在母亲节记道:我和内子虽然感觉到平日已经难得和我们对话的母亲正一天天明显地衰老下去,可是见到她每日还能照着几乎固定不变的起居习惯平平安安地过日子,心里也实在感到极大的安慰。母亲她老人家这一生为这个家,为我们这一代,甚至我们的下一代,毫无保留地奉献出自己,从来不求回报。如今她除了随时还会惦记着下一餐的吃食之外,别的好像一切都不再重要,也不再关心;似乎她已完全生活在自己的天地和她一辈子忧乐丰实的记忆之中。但愿母亲从此不再有任何烦恼，永远都能在平静的日常生活和美好的回忆里安享天年。

2005年母亲节后，又记：母亲今年九十九岁，其实按照传统算法已经是百岁人瑞了。虽然她双耳重听、视力退化、行动迟缓、口中常念念有词，不过每天还能上下楼梯好多趟；睡眠沉而长，胃口奇佳，没事就要打开冰箱看看里面还有哪些吃的；兴趣来时还会走到钢琴前面，把早年熟记于心的几支老曲子——《苏武牧羊》《满江红》《渔光曲》等，从头到尾毫无停顿地弹奏一遍（尽管有许多音符已经因为听不清楚而严重走了调）。这一年她的生活起居已无法自己打理，走路的脚步也越来越不稳，上下楼更是相当艰难。上个月社会保障部门寄来一纸"感谢状"，写着："申若侠小姐，保健有方，身体健康，全民健保开办后，近十年来从未使用医疗资源，帮助很多民众获得必要照护，济人无数，功德无量……"可惜母亲已经不清楚这些事儿了，否则她一定会感到相当自豪的。

2006年10月，母亲安详地仙逝于台北。

整理于2012年1月，节选自2004年秋献给母亲的贺寿长文《母亲九十九》

寄往彼岸

◎ 汪芜生

汪芜生 —— (Wang Wusheng)

摄影艺术家。1945年生于安徽芜湖。祖籍安徽泾县，安徽师范大学物理系毕业。1973年任安徽省新闻图片社摄影记者。1981年起旅居日本和美国。其山水摄影以大块面的剪影般的黑，与细腻柔美、层次无穷的白和灰做强烈对比，演绎和发展了中国传统艺术的写意神韵。作品集被纽约、巴黎、东京和米兰的世界顶级美术出版社用多种文字出版。作品曾在华盛顿沙可乐美术馆、维也纳美术史博物馆和奥地利克雷姆斯美术馆等世界级美术馆展出。

亲爱的爸爸、妈妈：

好久好久没有给你们写信了。你们都好吗？记得最后一次给爸爸写信应该是1990年12月初我住在纽约的时候。有一天我冒着漫天的鹅毛大雪漫步在圣诞气氛浓郁的第五大道上，突然间被一种从来没有过的感觉笼罩着，我急欲即刻飞回合肥，当着爸爸的面亲口说："我爱您，爸爸，我从心底爱您！"几十年来我从来没有当面对您说过这句话，现在我莫名地预感到我若再不说就没有多少机会了。我多么盼望能在合肥的家里或请您到东京的小酒馆里，给您斟着您最爱喝的花雕酒和清酒，像兄弟般地搂着您的肩膀和您谈心，问您的寒暖，问您的心事……

那年，我在最后给您的信中和您约定，一定在妈妈生日(圣诞节)前赶回合肥的家。可是因为和纽约出版社的合同谈得不顺，结果不仅圣诞节没能回家，连春节也是在纽约过的。春节后不久我就急匆匆地赶回东京，到了东京我就给您打电话，告诉您我马上就回国。可是令我至今也不解的是，您听到是我的电话后，不等我说完就急急地说："城儿，你等一下，我让妈妈来听电话。"为什么您不和我说话呢？我当时就明显地感觉到了您在强忍着一种情绪。(您是否当时就知道我们不会再相见了呢？)

没想到第三天就得到您突患脑溢血倒下的消息。

我无言了。我知道这是上苍故意惩罚我。他不让我过于简单地得到原谅,他要我慢慢地忍受着忏悔的痛苦。

爸爸,我知道您和爷爷奶奶一样,沿袭着老祖宗的传统,从心里偏爱我这个汪家的长子。可妈妈却从小就受着西方的教育,反礼教,反封建,追求女性解放,她十八岁就离家走向社会,是个投入追求新思想的革命洪流中的新女性。这样一个以妇女解放为出发点开始人生道路的妈妈,怎么会容许自己的家里有封建的男尊女卑的观念?这就是妈妈和爷爷奶奶不断产生矛盾的主要原因。这也是一旦我和姐姐弟妹们发生冲突时,妈妈总是站在我的“对立阵营”中作为他们的强大后盾的原因。我说得对吗,妈妈?由于妈妈持这种态度,所以在家里看来好像一贯“懦弱”的爸爸,您不会站到妈妈的对立面上去袒护我,但是您还是在心里偏爱着我的,我感觉得很清楚。

可奇怪的是,长大以后,对妈妈,我的笑容像开了花一样,而对您却经常是冷若冰霜,处处和您顶撞,甚至还“教训”您。这是无礼、无知、狂妄、愚昧,还是任性?尽管如此,您也一直没有停止过对我的疼爱。一听说我要回家,您早几天就开始默默地编排着菜谱,以您那罕见的厨艺和浓浓的父爱来迎接您的儿子。我刚到东京不久就生病了,虽然我一直瞒着你们,但消息传到您的耳中后,您着急、焦虑,除了四方求药外,还千方百计托人买到新生婴儿的胎盘,自己用瓦片一点一点地烘烤,然后研磨成粉,又一颗一颗地装进胶囊寄到东京……我无法遍数您对我的疼爱,太多了,太深了,但我这个忘恩负义的逆子只知沉溺在这个爱的海洋中肆意地享用它，毫不珍惜地耗费它，却迟迟想不到去回报您。直到您要离开我们的前半年，我才恍悟到再不回报就晚了。没想到这种“恍悟”却是上苍对我的惩罚：让我恍悟了，却不给我任何回报的机会，以致我在无止境的忏悔的痛苦中不能自拔。但我对此毫无怨言，我甘受惩罚。

在我小时候的印象中，爸爸您是一个很伟大的人，成天不是在外面做报告、开会，就是在我们家的客厅里招待很多“重要人物”。可您总是很忙，在家里很难看到您的身影。有一次您带着我出去和朋友们吃饭，给我留下了很深的印象。那是一家临长江而立的饭店，透过阁楼栏杆眺望月色下的江面，那美啊，至今一直刻印在我的脑海里。有一年您主持一个大会的筹备工作，您也带我去了。那大会的会场在我幼小的心目中简直就像人民大会堂一般宏伟。后来当我考入了大学重新回到芜湖，再去“瞻仰”那个会场时，竟令我失望不已：那不过只是一个小小的两层楼的工人俱乐部而已。

我从小就喜欢听你们诉说你们年轻时的故事，我几乎就是在听着你们对过去的回忆中成长起来的，好像你们一生中最精华的部分都浓缩在二十世纪三四十年代了。在我的想象中，那是一个充满理想和热血的时代，几乎所有的真正的社会精英们都是为着理想而活着，为了理想而奉献着自己的生命和才华。对那个你们一直向我描述，早已逝去了的时代的憧憬,深深地影响了我的整个人生。你们说的那些故事比小说中或电影里的都精彩万分。譬如说,1932年,爸爸和周文叔叔在飞行集会时,打扮得像两个“小开”似的,提着一个新买的皮鞋盒(其实里面装的都是您连夜刻出来的传单),如何甩开特务们的跟踪,如何爬到南京路先施公司的顶楼上,如何一个人望风,另一个人把传单撒向南京路上的群众堆里。像这样紧张惊险的精彩故事,在你们那个年代的岁月里何止成百上千,那就是你们每天的生活。你们当时活得真潇洒,那种活法才叫个精彩呀！吸引着你们,驱使着你们的是“真理、正义、理想、真善美”。这些都遗传给我了,使我有了一种对真善美极为敏感的气质,疾恶如仇,嫉庸俗如仇,成了一个始终摆脱不了痛苦的理想主义者。因为我理想中的世界是一个充满了“真善美”的世界,可现实中却充满了“假恶丑”。特别是今天的世界只崇拜金钱,精神萎靡,找不到理想,令我窒息,痛苦不堪,但是我为自己继承了你们的理想主义而感到自豪。爸爸妈妈,我很感谢你们。爸爸,您的多才多艺是我从小景仰的,我小时候喜欢画画也是受您的影响, 您淡淡的几笔就勾画出一幅惟妙惟肖的人物头像,让我惊叹不已,那个头像至今还深深地刻印在我的脑海中。您十八九岁就在安徽大学投身于左翼文化运动,除了编辑报纸外还发表了不少文学作品, 在安庆和张天翼、叶以群、周文和刘丹等文化人筹组了“左联”安徽分盟。1932年您到了上海正式加入“左联”,任职于“左联”东北(沪东、闸北)区

汪芜生(前排居中)三岁时,
全家和二舅(居中)合影。
摄于1948年

委，先后负责组织、宣传工作时，区委机关杂志《文艺》的编辑及封面设计、插图绘制工作就是您承担的。1933年秋，您的公开职业是在良友图书公司当编辑和设计，那时您的美术才华得到进一步的发挥，您负责全部文学书籍的美术装帧和广告设计工作，您的作品深受当时先进的日本“左翼”出版物美术装帧风格的影响，受到国内进步文化界的欢迎，您把日本和欧美的书籍装帧特色糅合起来，形成了人们通称的“良友式”风格。您负责了《苏联大观》《布罗斯基》《列宁回忆录》《母亲》及良友多种书籍的美术装帧设计。您先后设计了《良友文学丛书》《良友文库》《中国新文学大系》《中篇创作新集》等作品的封面和广告，为宣传“左联”和进步文学、冲破敌人的反革命文化“围剿”做出了贡献。您还和赵家璧合编了大型史料画册《中国现象：“九一八”以后之中国画史》，编纂出版了《高尔基作品选》并作序文《高尔基走过的道路》。这期间您又加入了进步美术团体“野风画会”。

1935年春夏，您应李公朴、柳湜、艾思奇等人之邀，共同筹办了读书生活出版社(今三联书店前身之一)，大家力举您担任经理兼业务部主任。同年底，您又奉中共上海地下党组织之命，把真名汪汉雯化名为王亦民，与另外四个人一起，辗转通过敌人的封锁线，作为首批上海文化界人士被派去陕北保安从事革命工作。到了保安，毛泽东就去你们的窑洞看你们，和你们聊天，问你们想干什么。不久您就被任命为中国工农红军大学文化教员，您的学生都是那些身经百战的红军将领，您记得最清楚的就是许世友和陈再道等，他们在下课后还挤在您的窑洞里缠着您，要您给他们讲述上海滩的故事，他们也给您讲述战场上的趣事。

1936年10月19日鲁迅先生逝世，党中央为悼念鲁迅先生，在中央广场召开了群众大会，会上继毛泽东讲话后您做了发言，介绍了鲁迅的生平。在担任大学教员的同时，您还兼任朱德总司令的秘书，毛泽东经常来找朱德，您就和他们一起吃饭。此外，1936年11月您还和丁玲、成仿吾、李伯钊等人筹组了“中国文艺协会”，您被选为干事，担任联络部部长。1937年您因病回沪，整理了在延安积累的资料，撰写了一些通讯稿，其中《伟大的天才政治家、军事家》一稿，内容就是毛泽东印象记，因为您在朱德身边工作时几乎每天都和毛泽东共餐，有不少第一手资料；您还为报刊撰写时事小品，内容大部分是宣传抗日民族统一战线；“七七”至“八一三”期间撰写《军队中的政治生活》，介绍红军的政治工作，由上海生活书店列入“抗战丛书”出版，据说这本书至今还被列为国防大学的教材。1937年至1939年，您担任西安《秦风日报》总编辑兼《救亡周刊》编辑，在延安应塔斯社远东分社邀聘，任延安特约通讯员，文章相继发表在《真理报》和《消息报》上。同时您还筹办了边区通讯社，出版《边区通讯》刊物。1938年，您回上海把妈妈接来延安，又与徐冰、向仲华共同发起筹组了“中国青年新闻记者协会延安分会”,您担任驻会常务理事。您所参与的这一切现在都已经刻印在中国现代史中了。我为您而感到光荣和自豪。

您干哪行精通哪行，最叫我吃惊的就是1958年大炼钢铁时，时任安徽省民建和工商联副秘书长的您被抽调到统战系统钢铁厂担任厂长,一个从来也没有学过理工科,从来也没有接触过冶金工业的您，竟然通过自学画出一张张专业的高炉结构蓝图,并且还改进了传统的高炉结构,做出了多项革新。二十世纪六十年代初,天灾人祸,没有饭吃。您就把机关办公室改造为小球藻养殖场,您身穿白大褂,成天在试管和瓶瓶罐罐中转悠,活脱脱的一个生物科学家!

您的才华都全部贡献给解放中国的革命大业了，您真是“共产党指向哪里，就打到哪里”，您甘愿成了革命事业中的“一颗小小的螺丝钉”了。您难道从来没有想过“成名成家”吗?也许您把这个梦想也奉献给革命了。您不管在哪一行坚持下来,把您的才华集中到一点,您都会成为一位大家的。也许那样您对人类的贡献会更大些。正是痛感到你们的才华没有更好地发挥出来,我才决心此生只做一件我最想做的事,而且要把它做好。即使是从这一点上来说,我的人生都是你们给造出来的。

妈妈是一个天下最慈祥最知性的母亲。记得我小时候每当家里客厅高朋满座时，我就悄悄地坐在妈妈身边的小毛毛凳上,静静地听着大人们的讲话。记得有一次帮佣提着一把硕

妈妈董曼尼七十三岁生日，汪芜生和爸妈
在日本东京。
摄于1983年12月25日

大的铜壶给客人们上茶,我一脚绊在铜壶嘴上,把脚踝给烫了一个茶杯口大的伤口。为此每天下午妈妈一边给我讲故事,一边给我换药,累了整整一个冬天。比我大两岁的小姐姐喜欢和邻居的小孩儿们“疯”,成天不着家,每当吃饭,妈妈都要到左邻右舍去叫个遍。相比之下,别人都说我很乖,成天牵着妈妈的衣角,从花园走到客厅,从客厅走到厨房,片刻也不撒手。当我刚刚认得几个字的时候,妈妈您就让我们读《卓娅和舒拉的故事》《古丽雅的道路》《钢铁是怎样炼成的》等大部头小说和普希金的诗歌。您还把客厅里的古瓷罐当作地球,把小茶壶当成月亮,给我们演示着天体运行的规律。

您出身于官僚大家庭,从小养尊处优,从没有吃过苦。十八岁,您从法国人办的教会学校——上海启明女校毕业后,就和您的表哥袁殊离家出走,置一己的私利甚至生命都全然不顾,满腔热血扑向探求真理之路。1932年,您和丁玲等人发起成立“左联中国妇女文艺研究会”后,为了发动工厂的女工们,您亲自到安迪生灯泡厂去当女工,在工厂里组织夜校补习班,为女工们提高文化水平。在您的一生中,您总是站在老百姓和“弱者”一边,您的口头禅就是:“平凡有什么不好?做一个凡人有什么不好?”1952年你们到北京去,你们当年的老战友老朋友们不是新中国的当政者就是文艺界大名人,他们都对你们说:“小汪,曼尼,你们待在安徽干什么?到北京来呀。”你们却认为“我们参加革命是为了理想,又不是为了升官发财”。大概就是这种“做一个凡人有什么不好”的价值观，使你们拒绝了所有的邀请，执意留在了安徽。

你们完全是出于你们自己的信仰而为共产主义贡献终生，你们丝毫也没有升官发财的念头，我从心底钦佩你们。你们对拉帮结派营私深恶痛绝，你们厌恶靠亲朋好友的关系去谋官职谋私利，所以你们放弃了去北京的机会，留在地方，兢兢业业地完成地方政府分配给你们的工作。你们从不去求人“走关系”，妈妈后来被分配到合肥市一个偏远的小学当教师。您不仅毫无怨言，而且还真心诚意地把这个工作当作一项神圣的使命，全心全意地做好它。您每天长途跋涉去学校，夜以继日地批改着小学生们的作业，呕心沥血地培育着一株株幼苗。又有谁会想到您的亲哥哥，正是当时新中国教育部党组书记兼常务副部长、大名鼎鼎的教育家董纯才呢？您从来不想“沾光”，从来不想走这个“关系”，即便您被排挤到一个小小的酿造厂去当会计，您依然没有怨言，依然把酿造厂的工作当作一项神圣的使命来对待。在那个缺吃少穿的年代，您每天挤着公共汽车去上班，勤勤恳恳，尽职敬业；下班时还要拖着疲乏的身子，背着扛着大包小袋的胡萝卜缨来喂养一家八九口老小。谁又会想到这个普通的会计当年竟是出身于官僚大家庭，是一个连手绢也不会自己洗的大小姐，是一个二十世纪二三十年代在上海滩的文化界叱咤风云的知识女性，是一个在延安创办群众艺术馆、在重庆和皖南冒着生命危险从事党的地下工作的革命战士？您与世无争，工作任劳任怨，对人和善，几乎所有人都对您交口称赞，您成了我们全家的骄傲。可是只因为您不走“关系”，不愿低头求人，被某些人视为“不入流”，最后连这个小小会计工的工作也保不住，1965年您被迫退职了。这下您有怨言了，您十八岁离家走向社会，就是为了争取女性解放，倡导女性自食其力，可革命了一辈子，到头来自己自食其力的权利也被剥夺了。可是您从来不说，只是每天洒泪喝闷酒解愁。那是十几年的灰暗日子啊，每天为您买酒成了我和小姐姐的差事，忍受您酒后的发泄，成了我们全家的愁云暗雾。一直到七十年代后期，您才在朋友的推荐下被安排到省文史馆工作。

虽然你们从二十岁起就投身共产主义革命事业，但是你们始终没有加入共产党。这是多年来使我纳闷不解的疑问。你们始终如一信仰共产主义，相信中国共产党，并始终在中国共产党的领导下从事革命事业，甚至还担任过很多重要工作。譬如爸爸除了在延安担任过那么多重要工作外，日本投降时，又被新四军七师任命为芜湖市办事处负责人，全面负责对日本受降和接管芜湖市的工作。但是您却一直没有入党。记得您曾说过，在红军大学时校长曾很关心您的入党问题，您当时真诚地认为您还不具备条件，而婉言谢绝了。那以后呢？你们从没有放弃过你们的信仰，甚至冒着生命危险为共产党从事地下工作，为什么一直没有入党？

我后悔以前没有好好和你们谈谈心，我很想知道你们是怎么想的。因为我也同样面临这个问题,我也从来没有参加过任何组织，甚至连任何艺术家协会也没有参加过。关于这一点,我从没有分析过是什么样的心理使然,我只知道我生平最害怕的就是失去我精神上的自由，我忍受不了上面有个老板或上司在指使我该做什么，我也忍受不了扎在人堆里那没完没了的是非和相互磨耗，我只希望我能按照我的价值观集中精力去做我认为应该做的事。1981年我刚到东京时,有一家大型报业集团对我非常好,给了我很多的帮助和照顾。日本的几大报业集团各自都是一个很大的山头，如果你能依附在某个山头之下,便会得到很多帮助和照顾,事业的发展会快很多,但是你也必须为此受到很多牵制。所以我虽然对他们非常感激,却本能地和他们保持了距离。“吃人家的嘴软,拿人家的手短”,我可以得到的帮助是很多,要付出的代价却是我无法付出的“自由”。对我来说真是“生命诚可贵,爱情价更高,荣誉吸引人,金钱亦需要,若为自由故,统统皆可抛”。你们是不是也是为了以一个完全自由的意志，为自己信仰的共产主义奉献终生呢?

记得我小时候,有一次你们带着全家去赭山公园玩,全家大小兴高采烈准备了半天终于上路了，骑在年轻的潘叔叔脖子上的我却老大不高兴,一路上闹别扭闹个不停。爸爸终于忍不住发火了,让潘叔叔把我送回家。我那个委屈呀,无论留在家里的爷爷奶奶怎么劝我，我仍然开足了音量，悲天恸地，号啕大哭，哭累了就睡，醒来再哭，足足号哭了整半天。我对往事的记忆力很差，唯独儿时的这个片段一直深深地刻在记忆里抹消不掉。时至今日，我才突然发现我孤独的秉性早已在儿时就扎下根了。从那以后我对什么全家人呀，全班同学呀，大家伙儿出去玩的兴头，压根儿就没有过。能逃则逃，逃不掉就当作任务或工作去应付，快乐没多少，感到的就是累。

爸爸妈妈，你们和姐姐弟妹们肯定认为我很喜欢社交，大凡家里任何涉外的事都"理所当然"地交给我做。其实我那是迫不得已的。因为我要做事情，我要在有生之年做出一番对得起我自己的事情来，所以我要和这个世界打交道；又因为我对这个大千世界很好奇，对组成这个世界的各色人等很好奇，我贪婪地观察他们，我拼命从他们身上汲取着各种吸引我的知识和经验，我抱着极大的热情在他们之中寻找着我的同类，不分三教九流。可等人生的路走了相当一段后，我突然对社交兴趣索然，孤独的本性一下子整个儿统治了我。现在回想起来，儿时的那段号哭还是很有含义的，那是对这个世界的一种悲哀的绝望，对身处这个世界的我的一种委屈和自怜。你们还记得吗？从七十年代初开始，几乎每年吃年夜饭时，全家大小都在热热闹闹欢天喜地时，我却一个人躲在卧室里泪流满面地听《梁祝》，你们肯定认为我在想念去了美国的女朋友，其实并不全然如此，那是一年一次直面孤独灵魂时的哀号。

虽然我的人生极为孤独、坎坷和艰辛,在理想和现实的夹缝中挣扎,但是我和你们一样,一直走在我自己选择的道路上,我没有苟活,我尽了我最大的努力在做着我最想做的事。我感谢你们给了我真诚、善良和一颗爱美的心,我可以毫无愧色地告慰你们的在天之灵,我没有辜负你们的培育和教导,是你们的好儿子。

今天正好是妈妈百岁诞辰,我代表延姐、鸠姐、寿弟和七妹的全家衷心祝愿您生日快乐!遥祝爸爸和妈妈在天国天天快乐!

你们的儿子城

写于2010年12月25日,上海

回家的方向

◎ 阮义忠

阮义忠——(Ruan Yizhong)

摄影家、摄影评论家。1950年生于台湾宜兰,喜爱美术,二十岁时在《幼狮文艺》杂志做编辑,后任职《汉声》杂志英文版,开始拍照。1975年任《家庭月刊》摄影编辑。1981年开始发表《映象之旅》《户外札记》《灵巧的手》等二百多部纪录片。他撰述的《二十位人性见证者——当代摄影大师》《当代摄影新锐》《摄影美学七问》在华人摄影界具启蒙作用。个人摄影专题包括《北埔》《八尺门》《人与土地》《台北谣言》《四季》《恒持刹那》等。

《潜水钟与蝴蝶》的作者在他中风瘫痪之后，依旧完成了这部令人动容的回忆录。他靠的是用眼皮一眨一眨地指示，让助理拼出字母。他虽然失去了一切，却没万念俱灰，因为他的躯壳里面还幸存着记忆与想象。正是这两点，使他仍能创作，仍能启发别人。对所有的创作者而言，没了这两样，就什么都没有了。

我的想象力一向不丰富，记忆力也不是很好。回想自己的成长过程，时常觉得有点鼻酸，因为从小我就是个不被了解的孩子，父母总是限制我做这做那，吓止我的想象，要求我认命接受大家都接受的生活规范。我很少被鼓励，如果说有，那就是来自祖母、外祖母这两位和蔼可亲的长辈。

祖母与外祖母是亲戚，都姓蓝，均来自宜兰头城的龟山岛，是随吴沙从大陆漂洋渡海来台湾开发宜兰的人的子孙。祖父在我刚懂事不久就离开了人间，因此阮家的一切都由祖母掌管。除了大伯迁到礁溪自立门户，二伯因入赘而为家族所不容，其他五位叔伯，包括我爸爸，都没有分家，共住在一个大院里。祖母非常有威严，不必发号施令，所有人就对她恭敬、顺从。看到孙子们，她却总是笑逐颜开。

她的命非常好，曾经弥留三次，家属把后事都准备好，连灵堂都搭了，她却又回神过来。直到第三次，大家半信半疑地过了一两天，才敢像办喜事那样举行了丧礼。她最喜欢孙子辈在她入睡前帮她捶腿，总是说，好好捶，有奖赏。有时是人家送的苹果、梨子,有时是月饼、糕点。在早年,这都是很昂贵的零食,她经常舍不得吃,到最后都快坏了。也因为如此,我们尝到的水果、甜品都不是很新鲜,那种将坏未坏的味道,我到现在还记得。除了吃的,她还会给一点儿零用钱。不晓得为什么,她特别喜欢我来捶,大概早就看出我跟其他的孩子不一样,更需要这些额外的犒赏。尽管这些小插曲让我觉得祖母是位心胸宽阔的人,可是让我更讶异的是,她有乡下人罕见的开放思想。

记得高中时,我们那保守得可怕的乡下,视自由恋爱为异端奇行。可是,祖母却曾鼓励我去追求一位父亲为医师的女同学,简直是越老越前卫。她虽目不识丁,却有个好记性。镇上邻居的大小事情,她都了然于胸。众人七嘴八舌话是非时,她总是用朗朗笑声化解尴尬。大家常说我是令人头痛的怪小孩儿,可是在记忆当中,祖母却总是夸我是好宝宝。光是这一点,就足够帮我度过难熬的童年, 让我在儿童期的受伤经验成为日后的创作源泉。

她的名字好听,是单名一个“凤”字。她的人好看,只要想到她,一个几近完美的形象就会浮现在我的脑海里。所有的苦仿佛都跟她无关似的,因为她自有办法将人生的不顺遂吸收、消化。大家说到她,都会赞叹:“这是一个太有福气的人,没有几个人能像她这样。”不管什么年头,日子如何难熬,祖母总是心满意足地过着每一天。她走了以后,也依然留在每个人的心坎里。

阮义忠八岁时的全家福。

摄于1958年

外祖母的命可就截然不同了。一想起她,就会想起她往生的那天。读小学的我从学校放学回家,一进屋子,木工学徒就对我诡异地笑着:“你外婆荡秋千去喽!”我一头雾水,问他,这是什么意思?外婆怎么可能荡秋千?我认识的外婆总是在工作,手上的活儿从没停过,怎么可能去玩小孩儿把戏!再往屋里走,一个人也没有,所有人都跑到镇郊外拔雅里的外婆家去了。

外公去世得早,外婆跟舅舅们守着那几亩田,整日忙个不停,收成却不够还债。平时勉强过得去,可是绝不能有人生病。他们会欠债,就是因为外公常年卧病。可是,舅舅犯了甲状腺肿大,必须时常找郎中抓药。妈妈虽然时常暗地资助娘家,但也无法让他们的日子好过些。在得知自己患了没法治的癌症后,外婆在最短的时间内上吊自杀,以免成为家里的负担。每每想到她就连多一天的担子也不愿意让别人扛,我就难过得想哭。

由于不懂避孕,妈妈每两年就会生一个小孩儿,根本来不及照顾。因此,每个小孩儿几乎都有一段时间被送到外婆家。我又是最常去住的,只要一捅娄子,大人就会将我往那儿送。外婆家是我所认识的最苦的人家了,餐桌上少有荤食,多半是腌得死咸的酱瓜、豆腐乳、蔬菜和地瓜。猪是养来卖的,鸡鸭是过年过节祭祖用的。所有食物都是自家生产的,能不花钱就不花钱。茅房里连草纸都没,得用竹片揩屁股,小孩儿皮肤嫩,常被刮伤。我总认为自己是苦命的乡下人,到了他们那儿,却成了表兄弟心目中幸福的镇上人。

从我认识他们,就是连电灯也没有,天黑沉沉的才点上蜡烛。为了惜火,大家都得早早睡觉。夜里偎在外婆的怀里入睡,我才知道,他们的被窝比家里的还硬、还重、还不暖。日子这么苦,我却不曾看过外婆愁眉苦脸,虽然很少开怀,可是脸上总显得信心十足,仿佛确知下一季的收成会比这一季足,明年的冬天会比今年暖。

就在这么苦的日子里,外婆还是栽培出了争气的儿女。一位舅舅在台北餐饮界闯出了字号, 一位阿姨也终于读到商专毕业, 在一家大公司当会计, 嫁给了本省第一代企业家的儿子。可是,外婆享受不到儿女们的成就。以我的理解,她其实是一位最棒的母亲、一位最好的老师。她虽然也不识字,却有很高的人生智慧,经常告诉我:“阿忠啊,人家不喜欢你,是因为他们不了解你。只要你认真努力,将来一定会有出头之日,会比我认识的所有人都有出息!”那样的话,在当时的我听起来,根本就是哄小孩儿。此外,小时候,我所得到的面额最大的零钱,还是外婆给的。以所得与付出的比例来说,她是我这辈子见过的最慷慨的人。

外婆知道,我一直偷偷喜欢着一位同班同学。那位女同学的名字到现在我还记得,叫黄栖凤。有一次要从外婆那儿回家时,她塞了两个柚子给我:“拿去请栖凤吃吧!”我不知道该怎么请,大哥强忍笑意,叫我照他的法子:“你就站在她家门口朝里面喊:‘栖凤,这两个柚子给你,我要找你去散步。’”

我在街对面的黄家门前守候了不知几个小时,隔一会儿就照着叫一遍,也不知道栖凤早就羞得从她家后门不知逃往何方了。这件事让我懊恼了很久,因为话一传开,整个镇上的人都说我年纪虽小,却是胆大包天。

祖母与外祖母豪爽大方的个性,也同样反映在一位龟山岛的亲戚身上。他以打鱼为生,我们都叫他龟山阿舅。每回阿舅出海捕鱼,在镇郊大里渔港靠岸后,都会到街上采办一些日用品。经过我们家时,总是会送来这次渔获中最贵的生猛海鲜,不是龙虾就是石斑鱼。这些珍馐,就连有钱人家也没法常买,可是我们家却经常吃得到。把最好的东西送给别人,是罕见的美德,却也是龟山岛民的天性。

龟山岛的面积仅2.85平方千米,海拔才400米,曾是头城的一个里,居民最多时,达百余户、千余人。我的老祖先在清代咸丰三年(1853年)的农历十二月间,由福建乘着“顺天号”货船扬帆出发。船上满载着南货,准备在鸡笼屿(基隆的古名)靠岸销售,没想到一阵强劲北风使航向偏差,让他们误把龟山岛当成鸡笼屿而登陆了。由于此地海域鱼量甚丰,使这批生意人兴起改业之心,回家将大人小孩儿接来垦荒安居。

第一批移居龟山岛的有七户人家,我的祖母和外祖母正是他们的后代。岛上女子纷纷嫁来头城镇之后,龟山岛的人迹

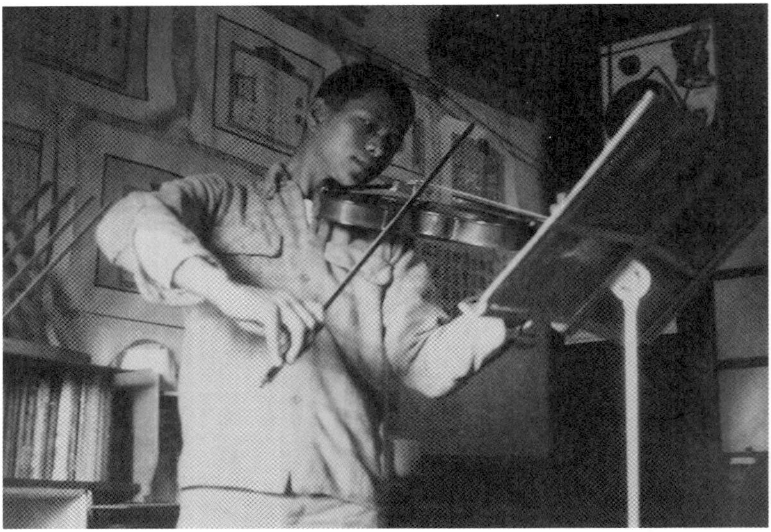

高一时的阮义忠存钱学小提琴，
但手已僵硬，拉不好，只得放弃。
摄于1967年

就一日比一日稀少了。1975年时,岛上从鼎盛期的一百户人家衰减到只剩三十余户。那一年,他们在农历六月十五的妈祖诞辰举行了一年一度的大祭拜之后,尽数迁出,移居对岸的大溪港。龟山岛上人们繁衍生息一百三十多年的历史就此落幕,整个岛现在被列为管制区,一户人家也没有。

我初中时去过一趟龟山岛,是家族中极少数看过龟山岛祖宅的人。当时,除了当地岛民,外人要去造访是相当不便的,光是各种手续,就会搞得乡下人头昏脑涨。

那时岛上还没有电力供应,村落饮水是抽水机从地底深处打出来的,半咸半淡。由于山壁陡峭,角度高达50度,因此住户都在龟山岛西南边的一个小山坳里密集地挨靠着。居住环境之差,本省没几个角落比得上;而我的祖先就是在这里长大的,我的血液里有这种半咸半淡的水分。

这里什么都没有,树长不高,人也没地方可去。所有住家围着一洼小池塘,每个人都好像被囚禁起来一样。然而,这里的人却都有我们那个小镇镇民罕有的大气度,开朗、热情,把每位访客都当贵宾。

在岛上过夜的当晚,我辗转反侧,难以入眠,因为一种从未听过的声音周而复始地在耳边袅绕。原来,整个龟尾巴是条长长的浅滩,上面尽是经年累月被浪冲洗的卵石,颗颗都是标准的正圆形。浪来了,它们就被咕噜咕噜地冲上岸;浪退了,它们又被咕噜咕噜地卷下去。

在兰阳平原的任何角落,都可以看到龟山岛。虽然踏上那块不毛之地的人很少，它却成了宜兰的象征与地标;“龟山朝日”还是兰阳八景之首。可望而不可即似乎才能成为梦乡,才会孕育梦想。

年岁渐长,我终于明白了祖母与外祖母为何那样豁达。她们都是有梦的人，替未来赋予希望。而我的双亲却都不敢做梦,因为他们太脚踏实地了,从不想象,只求把眼前的每件事都做好。

一想到父亲，我就会想到，有阵子我整天闹着要去龟山岛,为了打消我的念头,他仿佛变了个人似的,竟然没有命令我,而是利诱:“如果你不去龟山岛,我就送你一只手表。”那是我这辈子第一次拥有手表的良机,不用说,我当然是屈服于重贿之下了。他是怕我渡海发生危险。在父亲那不苟言笑的威严背后,其实是慈爱的。可是我也没就此罢休,两年后,在龟山阿舅的强力担保下,我终于得以成行。

当我在台北闯出名号后,有天难得返乡一趟。那时家中已有哥哥嫂嫂们打点;已退休的父亲常在镇上小庙走动,忙得很快乐。大半辈子忙于家务,没什么人际关系的母亲一闲下来反而发慌。

那天，我看见母亲倚在门旁，出神地望向北方马路的尽头。看见我靠近来,好像感触很多,说她要是识字能看报纸该有多好,日子就不会这般无聊了。我和母亲这辈子难得对话,那天居然也多聊了几句。

她说:“我虽然什么都不会,什么也不懂,却把九个孩子都一个一个平安地带大了!”

我说:“我们这些孩子还真是幸运,为了把我们喂饱,爸爸妈妈时时刻刻都在忙,也没时间管教,兄弟姐妹却没有一个变坏。”

没想到,这句话却让母亲刹那之间泪流满面。

我在母亲的身边站了许久,除了深深自责之外,也不知怎么安慰她才好。突然之间,我想到自己上小学的第一天,母亲就是站在这个位置,告诉我:“爸爸妈妈都在忙,没办法陪你去学校。你站在这里等,看到背书包的学生从这里经过,你就跟在后面走。要记得,往右边走的才是去小学,往左边走的是要去中学,不要跟错了哦!”

右边正是北方,也是日后我离乡而去的方向。

第一天上学的印象深刻极了,我没鞋穿,光脚丫子被路上尖尖的碎石子扎得好痛。太阳越来越大,把石头晒得越来越烫,我只有尽量踏向石块中冒出来的杂草丛,边走边跳。学校仿佛永远到不了。

离开家乡的几十年间,我到了世界上的很多地方。在参加广东美术馆为我举办的回顾展——“阮义忠,转折点——一个时代,一本杂志,一个人”开幕式后,我回到老家,在一个旅游区的观光饭店举行了一场小型个展。

在剧变的台湾,宜兰被认为是最有规划、最能保存本土特色,又没有工业污染的地区,如今俨然成了著名观光胜地。

可是,故乡已面目全非,变得让我不敢与它相认。这么多年来,我也搬过几次家,明白家与故乡都会变,不变的只有童年的记忆。这次展览,我特别挑了一张三十年前返乡所拍的照片当海报与邀请卡。画面是一个戴着斗笠,穿着汗衫、短裤,光着脚丫的小男孩儿,顶着烈日,走在一条碎石子路上。

从他身上,我仿佛看到了自己,也看到了回家的方向。

写于2009年11月25日,台北

我和父亲

◎任曙林

任曙林——(Ren Shulin)

摄影家。1954年出生于北京。1976年开始摄影，师从狄源沧先生。主要作品有《先进个人》《八十年代中学生》《山村女孩儿二十年》《矿区劳动者》《气息》《两个女人》《云南风景》等。

2011年,摄影集《八十年代中学生》一书出版时,我把它献给了我的父亲,这对我来说应该是没有选择的事情。

——任曙林

父亲是党的高级干部,而我干的事情却是属于个体户了,按时下的习惯说不通。

我的父亲是农民出身，虽当过初小教员，但也只念到高小。他年轻时做过不少行当,不到二十岁时,参加了国民党,还当过县党部的委员。后来他加入了共产党,1949年时,级别是师级。因为他是卢沟桥事变以前入的党,算作老红军待遇,去世前是商业部的副部长。父亲的这些经历，他从没有对我说过。十几年前,山西省武乡县续写县志,详细记载了那一段历史,父亲的名字多次出现。这才使我在心中逐渐完成了一个父亲的整体形象,而这时他已经离开我好几年了。

父亲在我心中的印象开始是平和与严厉并存。小时候跟随他上街,他总喜欢同修鞋的、卖冰棍的人交谈,极耐心,极认真,一聊就是好长时间。我听一会儿就溜到附近去了,但我记住了他或蹲、或弯腰的样子。偶尔遇到头上包手巾的乡下人,他更是会主动去说好些话,说到兴头上,会用手比画着什么。我感觉他那时候特别高兴,我也知道了一些更有意思的东西。再大一点儿,我知道了我们是干部家庭,但我却没有比别人优越的感觉,父亲对待劳动人民的态度,在我心中根植下了人人平等的种子,从此再难移去。

许多时候父亲对我是严厉的。最难忘的一次是在一个下午,我贪玩没有做作业,他回家发现后问我为什么,我谎称学校组织去看电影了。他不信,用手拽着我的一只耳朵,出了家门。母亲在后面劝说,父亲根本不听,直奔电影院而去。童年的玩伴在身后跟了一大群,我是丢人丢大了,耳朵又痛,那十几分钟我终身难忘。星期天我爱睡懒觉,父亲一早出去遛弯,回来见我还在床上,二话不说,立马打开窗户,紧接着拿走被子,那可是冬天呀,看你起不起。妈妈总是说几句,但不敢干涉。

父亲对劳动十分重视,亲自教我如何扫地:不能起土,要压着扫,扫前洒瀨水要轻而匀,等到半干不干时再扫。那时我觉得家里的地面太大了。家里东西坏了,父亲总喜欢自己动手捣鼓,最终是否修好了,我记不清了。反正这是我最兴奋的时候,拿个小板凳,凑到旁边,总想动动手,摸摸那几件有限的工具也是快乐的。我从上小学开始就喜欢捣鼓东西,开始是偷偷地,也经常拆了装不上,后来手艺见长,居然能把闹钟组装上了。很奇怪,母亲总是反对我拆家里的东西,而父亲却是默许的。母亲总是给我买玩具,印象最深的是一套铁皮玩具,一堆浑身布满窟窿眼的彩色铁条和一盒电镀的螺钉螺母, 我是百玩不腻,只觉得变化无穷。后来,我这套心爱的东西就找不到

这是父亲给我拍的，也是给我个示范，告诉我上下左右框取到那里。我再给父亲拍必须严格按照这个来。

摄于1966年夏，北京三里河

了。我清楚地记得那套玩具盒上全是外文字母,听父母讲,那是外国货,挺贵的。

1965年,我上小学四年级了。父亲搬来一套古书,装在一只挺讲究的木箱子里,后来我知道它是《资治通鉴》。大概有一百多册,线装的书,可那些线基本都断了,父亲给我的任务是用线重新装订好。他教我怎么走线,怎么结扣,挺细的缝衣服线要呈平行状,不许缠绕;最后的扣要系在书脊的孔里,外表看不出来。装订古书走线有个顺序,不能错,剩下的就是无穷无尽的耐心了。开始的新鲜感不久就过去了,这成了我每天放学后的一项作业。太烦了,我就坐在窗台上工作,不时可以看看外面的景色,想着那一箱子书什么时候能干完呢。这段时光的好处在许多年后才显现出来,我先是十六岁去工厂当维修钳工,再以后就是漫长的摄影生涯。那种耐心与认真,让我获益终身。当然,那套书最终还是没有完成,1966年的到来,父亲终止了我的工作,我获得了解放。

父亲从来没有讲过他买照相机的原因。有一次他告诉我,他年轻时在太原买过一台美国产的柯达照相机,随机还配了两个胶卷。他曾用那台照相机回武乡老家给奶奶拍过照片,那时爷爷已经不在了。

这件事我一直记在心上。1987年,我第一次回老家,疯狂地在老屋的各个角落搜寻旧物,令我吃惊的是二叔家窑洞墙上的镜框里,居然有我百日的照片,更令我惊喜的是,我找到了爷爷的画像和奶奶的照片。

那张已经褪色的照片夹在一本旧书中，它是我在一个装衣服的大箱子中翻到的。我趴在土炕上，双手轻轻地捧着照片，生怕它破碎了。要知道这是我第一次见到奶奶。她坐在老屋前的大木椅上，头上裹着一块布，而且裹得特别好看，上身的大褂很长，都快到膝盖了，裤脚用带子捆住，有点像绑腿，再往下就是小脚了。她微点着头，目光庄重，双手五指平伸，有些紧张地放在腿上，一双小脚伸放在椅凳后。也许是年代久远，照片显得像画像，但那确实是用底片做出的照片。回到北京后，父亲告诉我，当时他拍照时，奶奶觉得小脚不好看，特意藏在椅凳后边。经过我反复推算，那一年应该是二十世纪二十年代。我的奶奶在1949年以前就过世了，我只能在照片里想象那段逝去的岁月。

我上小学时正赶上三年困难时期。那些年冬天，早晨起来，我家楼道里不时会有一两个流浪的人，脏脏破破的。家里的保姆开门发现了他们，父亲总是叫母亲拿出些吃的送给他们，有一次还给了一位老大爷一件衣服。

母亲总说父亲老农民习气不改，这却使我从小有机会接触接地气的人们，在同各色人等的聊天中，父亲总是轻松愉快地把对话展开，这对我影响很大。我后来佩服美国《国家地理》杂志的记者，以他们为榜样训练自己，认为优秀的摄影师必须善于同各种人打交道，能够在最短的时间里，进入到对方的时空中去,而这一切远非我们宣传的同群众打成一片那么简单。

父亲几乎极少过问我的功课,母亲倒是总让我默写生词,逼我造句,到后来索性请来了家教老师。我喜欢玩,特别是野游,这绝对要“归罪”于父亲的言传身教。小学岁月里,父亲几乎每星期都领我和妹妹去玉渊潭公园,他多次告诉我:那里是真山真水。这一点也老被母亲说是老农民习气,翻译成今天的话不就是土吗。这土,让我从小有机会经常置身于真正的大自然中,切身体会着那湖水和晚霞,使我童年的灵性得以延续,并在我后来的视觉观看中保持着相对的纯粹性。低头看看今天,生活中土腥味日益减少,脚下的土地没有蚯蚓,连草都需要年年去种,吃的从哪里来的?不清楚。如果连动物们都生存不下去了,我们人类能活得长久吗?

我一二十岁时挺“愤青”的,成天也琢磨什么理想呀,又红又专呀,时常同“落伍”的父亲辩论,曾经把他气得够呛。我十六岁去工厂做工人,是机床厂的维修钳工,我因此很得意。成天在工人阶级中,似乎有资本同父亲讨论些大话题了。那几年父亲在宁夏回族自治区平罗县的干校劳动,那儿多年后成了拍摄《红高粱》的地方。我常给父亲写信,问候几句后,便是大段大段的论说了,现在想来苍白得很。厚厚的信寄出后,便盼望着他的回复。父亲来信了,总是嘱咐我认真工作,要勤奋不要怕吃苦,却极少回应我的大问题。我时常很失望,不知他在

父亲喜欢田野自然，遇到这样的河，一定要在河边待一待，我们自然也跑不掉。

摄于1966年夏，北京三里河

想些什么。我总希望父亲将之前某个下午与我讨论的大问题继续下去,但那就像电光石火稍纵即逝了,他再也不同我讨论政治问题,甚至后来都否认他曾经与我讨论过那样的问题,我当时迷惑极了。我也曾感兴趣他早年间的国民党生涯,因为我后来看到有的老革命早期也曾在国民党干过,但是父亲从不给我讲他的那段历史,有一次问急了,他还骂了我。我真正知道他的那段历史是在他去世之后,我背上十几瓶北京的好酒一个人去了我的家乡山西省武乡县胡家堖村。县政府对我可热情了,我径直出入那座衙门的大楼,那是我沾了父亲的光。后来他们给我寄来一本县志,厚厚的一大本书,我这才了解到父亲国民党时期的革命生涯,只可惜父亲生前没有看到这一天。

我同父亲的辩论在他八十一岁那年达到高潮。我从没有听他说过怀疑自己的信仰,我知道他们那一代人是真心信着什么的。但那段时间发生的事情令我十分激动,也很愤慨,几乎用质问的口吻同他说话,无非是想让他认可我的看法,但他不看我,紧闭双唇,面容沉重,我永远无法知道他那时心里在想些什么。后来我不再同老人辩论了,但父子间的谈话,无论多么轻松有趣,只要涉及那年的事情,他从没有说过一个字。

我是怎么喜欢上摄影的?表面上看是因为父亲买了一台

照相机，后来相机便落入我的手中。可他从没有给我讲过什么，在玉渊潭照相也不让我动手，冲洗胶卷都是他亲自去，至多派我到照相馆把照片取回来。但他无意中培养了我的许多基本素质，看似与摄影无关，多少年下来，我才发现那些基础支撑我走得远一些，再远一些。讨论摄影是否属于艺术是多余的，首先应该问自己的是：你真的喜欢这件事吗？它在你的生活中能成为离不开的一部分吗？我童年的许多遐想，在与父亲的郊游中得以延续，在与众人的接触中，得到地气的滋养，也许它时常细若游丝，但毕竟没有切断。正因为没有切断，真正属于自己的感觉有了成长的可能。

也许，摄影只是他漫漫人生中的一小朵浪花，却为我开启了人生的一扇大门，它只有开始，没有尽头。照片已是我生命不同阶段的映照，伴随着我的悲欢离合、喜怒哀乐，这已经足够了。父亲不仅给了我肉体的生命，也给了我灵魂的空间，使我不至于像行尸走肉般活到今天。父亲离开我许久了，后来我拍了许多照片，父亲他都不知道，但我自己知道，我多么想让他知道，他的儿子被他领到了一座没有尽头的高山上。

我的工厂时代是十六岁到二十四岁，也是我学习摄影最疯狂的时期，我曾经给他拍过一些照片，他总是极认真地听我的摆布，极专注地进入我规定的情景中去。后来我拍摄中学生，也曾给他看过几张，他看得很认真，却也没说过什么。

我参加工作后，干的是维修钳工，工厂在北京郊外的卢沟桥畔，每星期回家一天，平时都住在青工宿舍，这个节奏一猛子就是八年多。我努力钻研业务，是个很不错的手艺人，但就是这样，我也没放弃摄影。开始时父亲总对我说，要安心工作，后来不知怎的，就不怎么反对我钻研摄影了。1978年，我报考北京电影学院，他很支持我复习功课。那年我参加了复试，而且是两次，当然最终还是没有踏进学校的大门。考学失败，父亲更加鼓励我钻研摄影，他带我去北京电影制片厂，拜见他的老战友赵子岳先生。赵老师给我引见了一位电影摄影师，后来还告诉我，北影厂有个地下摄影沙龙，每星期都有老师讲课，北影厂的不少子弟都在那里学习。就这样，我认识了池小宁，认识了一伙志同道合的朋友。星期五沙龙的学习，使我有幸拜狄源沧先生为师，使我从业余走向专业。这是我摄影道路上关键的一步，环环相扣。值得感谢的人很多，饮水思源，我更加怀念我的父亲。

我父亲生长在山西省武乡县，读完初小后就离开了那里。我生长在北京，从原籍上讲，武乡是我的老家，北京应该叫作故乡。自己世代居住的地方叫家乡，所以准确地说武乡应该是我的家乡。记得二十世纪八十年代后，我曾几次请父亲带我回武乡，可他一直没有答应我，后来他自己回去了一次，那是他离乡近五十年后第一次回去。为这，我怨恨过他，也一直想不通为什么。

到1987年，我思乡的心情已十分迫切，终于在这年的6月，

一日回家，我身上带着相机，就对父亲说：我给你拍张照片吧。父亲笑了，没说什么，很认真地把他的书桌归拢了一下，坐在那里，真的修改起他自己写的东西。我想给他的脸上补些光，但闪光灯把桌上的台灯照白了，台灯罩子的图案原本是很漂亮的。

摄于1988年3月，北京和平里

我向单位请了一个星期的长假,买了一箱酒,背上它奔家乡去了。

我一个人走得很坚定,也很从容。记得太阳已经落山了,我才找到那个叫胡家垴的小山村。我在二叔家住了几天,也见到了三叔。他们带我去拜祭了祖坟。姑姑家离县城很近,我在她家也住了几天。有一次她烧火做饭,我拿个板凳凑过去同她聊天。姑姑问我离婚这么久,怎么还没有找上,要不在老家寻一个。她告诉我,那年大哥(我父亲)回来,看到弟妹们的孩子都成了家,有了小孩儿,谈起灵儿的事(我的小名叫灵儿),哭了。

当时我惊呆在灶坑旁。我从没有见过父亲掉眼泪,1985年我要离婚,父亲只对我说,结婚是自己的选择,离婚你自己拿主意。离婚后,我似乎获得了自由,哪知它对父亲的内心造成如此大的伤害。我第一次见到父亲掉眼泪,是他去世前的一刻。当时他已经昏迷了一个多星期,全靠脖子上插的管子维持生命。那天晚上十一点多,示波器突然显示异常,护士去叫大夫的时候,他干枯的手突然抓住了我的手,我很惊慌,不知所措。我不知道他想表达什么,他因为患脑血栓已经好几年不能说话了。我蹲在病床一侧,另一只手握在他的手上,双眼紧紧地看着他的脸,好像没有几分钟,他的右眼皮动了动,眼睛破天荒地开启了一条很窄的缝,一滴浑浊的泪水缓缓地流出了眼眶,仅此一滴,再没有了。我清楚地记得那滴泪水静静地停

现今家附近有几片水，难得的是岸边没有人工的铺设，泥土与花草延伸到水里，就如同小时候的三里河。水边有芦苇，好几种水鸟生活在里面。小儿出生后不久，我就把他带到这里，如同当年父亲带着我。

摄于2012年9月，北京柳荫公园

留在下眼睑上,连同那颗跳动了八十七年的心脏,一起安详地睡去了。后来母亲告诉我,那叫辞行泪。

我开始明白了父亲的许多心思。在他去世的前几年,我曾带着当时的女友去医院看望他。我们临回去时,他对我们讲,希望你们努力学习工作,实现自己的愿望。我心里很清楚他讲的愿望是什么。那年我已经离婚六七年了,总算交了女朋友,父亲很高兴,希望我们最终能够成功。后来父亲去世了,我们最终还是分了手。父亲九泉之下有知,一定会很难过的。

父亲虽然参加革命多年,但毕竟是农民出身,传统观念还是很强的。孩子结婚成家对他来讲是严肃的事,也是件大事。他平时嘴上不怎么讲生活之事,总是让我们努力工作学习,其实内心是很在意结婚生子的。而恰恰在这个问题上,我令他失望,令他伤心,也令他在家乡的弟弟妹妹面前抬不起头。他参加革命进了城,弟弟妹妹们一直住在乡下农村,可今天他的儿子却弄成这个样子,他怎么愿意带着我回家乡呢?我曾想,如果我没有离婚,他也有了孙辈,他会多高兴地带着我们一同回家乡啊!

父亲是要面子的人,而我又特立独行,父子之间会有一些矛盾。过去我不理解他,总认为他保守、传统,其实自己的一些想法念头,多飞在空中,双脚并没有踏在土地上。

父亲有弟弟和妹妹,但他只对我的姑姑讲过我的生活,那次回家乡,只有姑姑悄悄问了我。我向姑姑保证过,一定找个好媳妇,并说好下次一定一家三口一起回来。姑姑一直盼望着这一天。2011年,我带领家小直奔武乡县,当我跪在黄土青烟中时,父辈的亲人都与我一土之隔了。

回到家乡使我心静,使我想起许多平时想不起来或想不明白的事情。家乡的山山水水使我看到自己的影子和印迹,我也从家乡开始了解父亲,这个影响我一生的人。我不再怨恨父亲,我开始理解一个耄耋之年的老人对儿子的深爱之心。怅然的是,了解父亲从回到家乡开始,理解父亲从他去世后开始。

山西省武乡县胡家垴村,那里沟壑纵横,植被稀少,太阳当空的时候,山野和村庄十分安静。近些年,这里成了继井冈山、西柏坡之后最重要的红色旅游之地,家乡喧闹了起来。父亲1936年加入共产党,在半个多世纪的岁月中,他没有动摇过自己的信仰,在这点上我佩服他。信仰可以选择,但不能心存二意。他在干校劳动时,负责保管收获的南瓜,一次炊事员来领瓜,却发现老鼠已经把瓜吃空了,原来老鼠从地下打洞直接钻入南瓜中,为这事炊事员还发了脾气。事后父亲在信中告诉我:宁夏的老鼠真狡猾。母亲曾经偷偷从小贩那里买回一辫蒜,父亲非让退回去。从情理上我支持母亲,父亲的原则性给我留下深刻印象。老共产党人李先念一家同我们家还是有些交情的,母亲多次让父亲找他帮忙家里的事,父亲却一直没有去办。

父亲文化水平不高，却是十分勤奋的人。他有个习惯，无论看什么，都要到地图上找一找，拿个放大镜寻上半天。我从小喜欢看地图，大概也是从这里来的。后来参加自学考试，我的地理分数总是最高的。父亲告诉过我，许多知识一定要和地图结合起来，才能记住、记牢。我从小喜欢野游探险，上中学时喜欢徒步考察历史古迹，毫无疑问这是父亲对我的影响。父亲退休后，每次生病去医院，他总是尽量让我们陪他去，实在不行，考虑再三后才给单位打电话，请求派车接送。每到这个时候，他总是提前站到楼下，不让驾驶员等候。母亲总说车来了你再下去，父亲不听。

父亲喜欢大自然，这也许是他购买照相机的原因。我童年去过无数次的玉渊潭公园，成了我摄影的第一站。在那真山真水中，父亲喜欢什么呢？他最喜欢在湖水边看晚霞、落日和芦苇荡，还有那天空中飞翔的鸟儿。这时他总爱双手抱在胸前，眯起小眼睛，视线平和又很深远。父亲生于1908年1月3日，1994年9月21日去世，在人间生活了八十七载。走的那一天是农历八月十六，同我们过完最后一个中秋节后转身西去，也算是老人给我们留下了念想吧！

我的父亲叫任象贤，参加革命前叫任子才，我猜想它大概寄托着爷爷奶奶的希望。后来为什么改了名字，我没有问过父亲，我猜想大概是他自己的主意。关于我的名字，我曾问过父亲,他告诉我:当年行军打仗,经常野外宿营,清晨曙光照进树林,一条条的非常好看。

完成于2017年,摘录自2018年出版的《不锈时光》

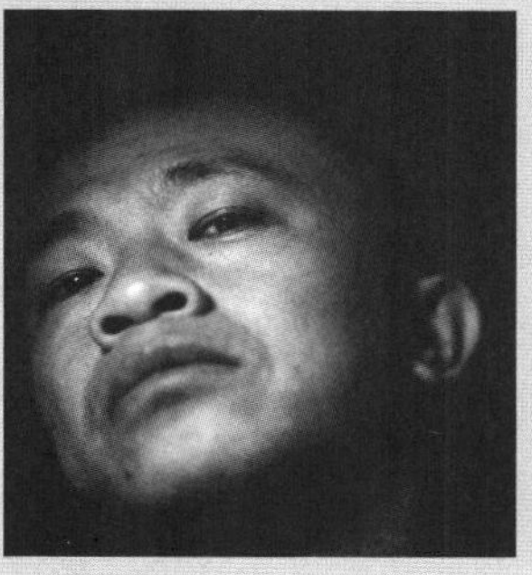

张海儿——(Zhang Hai'er)

摄影师。1957年生于广州,1982年毕业于上海戏剧学院舞台美术系,后在广州美术学院研读油画专业。二十世纪九十年代工作生活于巴黎,为法国《解放报》工作。曾为VU图片社合约摄影师、《新周刊》首席摄影师。居广州。

来,笑一笑

◎张海儿

在我的职业生涯里(如果那也算职业生涯),长期深埋心里不便透露的一个事实，就是当别的艺术家运用他们灵动的精神或睿智进行创作时,我却只是受着荷尔蒙的驱使,把创造当作满足欲望的替代。这个所谓的创造,开始是借助于绘画,后来是更加迅捷的摄影,选材和动因越来越和性扯上关系。最初我想,这只不过是对年少成长时期那种社会禁欲的反动,后来才发现这个倾向越发不受控制。在选题、素材的获取和作品实施上，我从来都是听任肾上腺素潮汐般的涌动来调节行事节奏,有时哪怕让人觉得没来由就崩溃般地停滞下来。至于手法的直露,我一直争辩说这不过是形式的质朴。由于我一向精力充沛,逮谁画谁,见人就拍上一张,以至大部分人都认为我很有活力,很进取,而我也认为是这样的。直至有一天,一位艺术家朋友直言不讳地说:“你的作品充满力量、触动人心,已经够好了。而我的作品,则来自思辨。”这句话让我很不好意思,觉得自己是个还没开窍的混混。

1985年我在广州美术学院读研的时候，我独自享有一整间画室。隔壁的一间,是另一位研究生的领地,中间只隔了一堵不到五毫米厚的复合纤维板墙。整个第一学年,我都在这间画室里画人体。顺便说一句，在那个年月美术教育界有个共识,就是得先画好人体,一个人才能算是有绘画的资质。而我,虽说以前在上海读本科时没少受这种训练,但还远未开窍。那年的夏天闷热潮湿,作为新学年的第一份作业,我开始了一项长达一周的功课——画一幅女性全身裸体油画。指定给我的模特是一位三十五岁的北京女士，她完全不具备我们外省人对首都女子期待的那种绰约风姿（甚至不具备一般女性应有的体态),但这丝毫没有让我畏缩,为了取得合格画家的资质,我装得若无其事知难而上。

这项乏味作业的周期是如此冗长,所以在绘画过程中,到了守则中规定的每半小时的五分钟休息,我就给她十五分钟,甚至听任她在工作时呼呼大睡。六天就这样慢腾腾地,怎么都熬不过去。有一天的那么一刻,作为调剂,我拿起搁在一旁的照相机(我生平的第一台照相机),漫不经心地为她拍了几张照片。那时我还未热衷于拍照，也没有意识到就此惹下了祸种。后来事态发展得很快,陆续有人找上门来谈话,查的就是我给裸体女人拍照片的事。这时候,我虽然感觉到了事态的严重,但局势已非我所能控制,所以也就以死猪的姿态迎接这扑面而来的滚烫开水。末了,如那时所有这类事情的结局一样,我乖乖地交出了照片底片,并写了一篇貌似深刻的检讨书。现在想来，当时的我居然还为这件天知地知的事是如何被上面知晓的这个问题煞费苦心而百思不得其解,以致无暇细想:为何一具裸体在绘画上没有问题,拍成照片就成了祸害呢?本来我是有可能借此契机在社会伦理学上作为一番的。

在结束这个故事之前要交代一下的是：在拍照前我的确征得过模特女士的同意,土地公公可以做证!她还难得地振奋起来为我摆出几个娇媚的姿势呢。

到1989年，我已婚七年，另有两年频繁拍照的经历，但仍未想过以照相为生。两年来就成天和美术学院的同学或前同学们厮混着，相互以各自貌美年轻的妻子为缪斯，拍下数以万计的照片。作为混混，当时由于不隶属于任何企事业单位，精力又是如此过剩，于是大家决定向外开发资源，当然，就是女人。不过要找女孩儿做模特，那时并非易事，更不用说遇到像亨格利·乔[1]那样的问题——说服裸体女人摆好姿势让人拍照。所以我们每天操心的事，就是如何泡一个女孩儿，把她泡成模特(那个年代就这点好，老大的人不务正业每天干些不着边际的事还不遭骂，也没人说"没有出息"这类低级趣味的话)。那时一块儿胡混的除了几个美术学院的本科生外，还有杨小彦和邵宏，两位如今已是美术史和图式研究的专家，另有一位中山大学叫英格丽的女孩儿，姓什么我忘了，是美国加利福尼亚州圣迭戈来的留学生，喜欢摄影，常屁颠屁颠地跟在我们后面，很傻很可爱。有趣的是，各位家眷居然也常常从公司溜号出来和我们厮混，而且，常常是她们为我们这些不争气的家伙"获取猎物"。记得有一次，我们在街头"捕获"到一位漂亮姑娘，围上前一顿恭维后就迫不及待把人家拽到花园酒店大

[1] 亨格利·乔，作家约瑟夫·海勒小说《第二十二条军规》中的一位人物，第二次世界大战美国空军驻意大利撒丁岛的飞行员，摄影狂热者。

堂后的太师椅上狂拍乱照,临了索要芳名才知道姑娘姓陶,是深圳一家大酒店的客服经理,怪不得那样临危不惧。虽然三五成群四处狩猎很让人兴奋,但在拍摄那种我认为有私密性的照片时,我是不敢召唤这帮狐朋狗党的,否则,不仅是人家姑娘要饱受惊吓,我做事也无法专注。当然这样做会有损失,那就是在狩猎时没人来壮你的鼠胆。

话说那天我如常骑着自行车在东华东路[1]一带瞎转——今天这里仍破旧如初,留有几分老城的可爱——偶然瞥见路旁有位烫卷发的女孩儿,丰腴得有点费里尼电影里的那种感觉,嘴唇红艳艳的。我当即有点犯傻,犹豫着要不要请她做模特。就在踌躇的时候不见了她的踪影,我登时慌了手脚,对搭讪的畏惧一下子忘到了九霄云外,忙掉转车头在交错的小巷里胡乱追寻,直至在一处巷口把她截住。在听我笨拙地解释过这突兀举止的意图后,她只是向我要了纸笔写下一处地址,并说:"明天到这儿来找我,如果能见着面那我就答应你。"

第二天我按纸条上的地址寻找,刚到那地方就被吓着了。原来这是一处戒备森严的部队机关,身高和打扮都极像雷锋的卫兵荷枪实弹站在水泥墩上,神情严肃。我定定神打消转身就跑的念头,拿出家住省委机关大院时和警卫连士兵打交道

---

[1] 东华东路,位于广州市原东山区,今天的越秀区,是一条由东向西的旧街道。

三岁半的张海儿和哥哥在广
州一家照相馆留影。
摄于1961年6月1日

的那一套应付了卫兵的严厉盘查。如是我通过了几道哨卡,径直到了女孩儿的宿舍并看到她惊愕的脸。后来女孩儿告诉我,她当初这样约见为的是确认我并非坏人。“如果这么严格的哨卡你都通过了,证明你坏不到哪儿去。”她说。我本想告诉她除我外,也只有真正的坏人才能通过这样严厉的盘查。不过我还是忍住了没说,我不是个处处扫兴的人。后来,自然是她答应了做我照片里的主角,然后我们就兴致勃勃地开始挑选拍照用的衣裳,我别有用心地只拣超短裙和无袖T恤往她的包里放,放完后约好拍照时间就走了。等待拍照的两天里,我按捺着兴奋摩拳擦掌准备好好表现。我找到父亲的一位下属,以前在部队做过宣传干事的,求他回原单位找来一台哈苏500C/M[1],我知道他有。这台装着标准镜的瑞典老相机已破旧不堪,取景器的毛玻璃破碎得四分五裂,用透明封箱胶纸粘在一起,不过从外表看还是比我的尼康帅。那时我还没看过安东尼奥尼的《放大》[2],但也知道一台哈苏相机确实可以让人看上去很专业。另一件物品我要在这次拍照用上,在这里说出来非常不好意思:那是一条来自巴黎的吊袜带。那时我已到法国游历过,巴黎旧书店成堆的十九世纪色情明信片吸引了我,上面的姑

[1] 哈苏500C/M(Hasselblad 500C/M),瑞典哈苏公司1970年出品的一款成像片幅为6×6厘米的120规格照相机。

[2] 《放大》(*Blow-Up*),由意大利导演M.安东尼奥尼执导的一部电影。片中男主角是一位摄影师。

娘千娇百媚,个个下身都系着一条吊袜带,充满诱惑。我想,这应该就是后来我那一发不可收的恋物倾向的源头了。这条吊袜带是那种老派的宽幅式样,但我觉得它附在新新女孩儿的身上一定会带出不同的风韵。它是我在皮加勒街区的一家色情商店购买的。色情商店的老板一般都是些粗鲁的人,这家的不同,多愁善感,动不动就流眼泪。这位智利人当时正在申请法国的艺术家居留权,他给我看了他的许多画作,说真的不怎么样,但我还是很礼貌地控制自己不要扫他的兴。临了,我给他拍了好多照片。他的店,那种氛围,使我想起布拉塞拍摄的巴黎夜店。1990年,我再次到皮加勒去看他,还到他在卢依里的住所去过,这次我看出来他是一位同性恋者。不过这些都得到此打住,因为和我拍女孩儿无关。

拍照那天我激动万分但又得保持仪态,我只记得自己频繁地整理布景、调节三脚架,借以掩饰那种不知所措。那天的很多细节都想不起来了,只记得在女孩子系吊袜带够不着大腿后侧的时候我上前帮忙,裙下溢出的芬芳让我意乱神迷,颤抖的手怎么都无法将吊袜带准确地扣到袜口沿上。

再后来,我又拍了很多很多的女孩儿肖像,并把整个系列笼统地称作“坏女孩”。我的本意不是要呈现社会学意义上的那种坏,而只是将自己身上的许多不洁都通过这些女孩儿丰腴白皙的肢体消解掉。

前几天,我又到那处部队机关去看过,它还在。那些三层高朴素的宿舍楼都没有了，堵在眼前的是一座超大玻璃幕墙包裹的大厦,牌坊也改得不成比例,像娱乐会所的门脸。水泥墩子还在(应该也不是原来那座),上面站着的士兵打扮得像曼谷的交警,穿着花哨的新制式服装,戴着塑料头盔,站得笔直笔直。我还是比较喜欢士兵打扮得像雷锋。

二十多年的拍照生涯我养成了许多不好的秉性,比如,即便是在最没有必要的场合我也随身带着一台相机，幻想着不要错过任何侥幸碰上的女孩儿。事实上,由于身手不够矫健,我多次失去了宝贵的瞬间——宁芙们不是移出焦点就是眨巴了眼睛，有时太激动自己的手还会像帕金森患者那样剧烈地颤抖起来。对频繁失焦的追悔导致我频繁地做着相同的梦,在梦中总是出现美貌的女子——香软娇媚的那种，挑逗我想要拍上一张的冲动。但这时我的手头不是没有相机,就是相机的快门永远按不下去。要命的是，在转身狂奔回家取相机的时候，总有几个永远想不起名字的狐朋狗友取我而代之黏在女子身旁让我妒火中烧。取相机的道路总是荆棘丛生,充满艰难险阻,有时双腿还不听使唤怎么也迈不开。更为滑稽的是,有时因为路途遥远，在克服重重困难的过程中故事的发展就转而进入了毫不搭界的另一场景。而在那些成功地进入拍照环节的梦境片段里，照相机总是瞬间变成一只破烂不堪的铁铅笔盒，弹簧噼里啪啦地往外蹦。还有一些梦境就更加荒诞不经：比如置身于一架存在于航空史早期的木结构飞机上掠过

张海儿与妻子胡源莉用借来的
相机留影于广州家中。
摄于1984年7月1日

小时候生活的街区，自己则像投弹手那样自上而下地拍摄街面上的行人，机翼刮在电线杆上啪啪作响……

当然，这些梦从未真正困扰过我，我甚至还自以为准确地对它们解析过几回。但是，对自己作为一个从业者的状态，我从来没能到位地自我解析或被人描述过。直到不久前重读约瑟夫·海勒的《第二十二条军规》，才发现他描绘亨格利·乔的文字，恰似以我为蓝本的肖像：

> 他常带着一架结构复杂的黑色照相机着了魔那样到处奔跑，老想用这只照相机给裸体女人拍照。他拍的照片一张也印不出。他不是忘记装胶卷、打灯光，就是忘记揭开镜头盖了。要说服裸体女人摆好姿势让他照相，这可不是一件容易事，可是亨格利·乔在这方面自有窍门。
>
> “我这个人赫赫有名，”他常常这样大声嚷，“我是《生活》杂志大名鼎鼎的摄影师。来拍一张出色的照片，好登在大杂志的封面上。那样就成了好莱坞的大明星，有用不完的钱，离不完的婚，一天到晚和男人们睡觉。”
>
> 天底下没有几个女人听了亨格利·乔的这种甜言蜜语不动心的。妓女们总是热切地一跳站起身，无论亨格利·乔要求她们摆什么稀奇古怪的姿势，她们一定立刻照办。女人使亨格利·乔神魂颠倒。他把女性当作偶像，狂热地崇拜她们。他觉得女人是美妙的奇迹，看着令人赏心悦

目、心醉神迷;她们是取乐的工具,威力大得无法估量,锋芒锐利得无法容忍,而且娇艳已极,卑鄙无耻的家伙是不配享用的。亨格利·乔只能把裸体女人之所以会落到他手里解释为一种极大的疏忽,这种疏忽一定会很快得到纠正的,因此在有人得知消息把她们骤然带走之前的短暂时间内,他总不得不尽可能地利用一下她们的肉体。玩弄她们呢还是给她们拍照,他始终犹豫不决,因为他发觉同时做这两件事是不可能的。事实上,他觉得这两件事几乎一件也做不成,因为他随便办什么事总像中了邪那样非急匆匆不可。他的照片一张也印不出,而到手的女人一个也没有玩成。奇怪的是,亨格利·乔在当兵之前倒确实担任过美国《生活》杂志的摄影师。

这就是我,鼎鼎大名的照相混混,不像亨格利·乔那样总能得到命运的眷顾碰上美女守护神的疏忽,也赶不上为《生活》杂志担任摄影师。虽说为美国《时代》周刊拍过几年照,但如今向往的却是随时光倒流回去拍那种香艳的月份牌。作为一个拍照强迫症患者,我还真不在乎拍的是什么。说到底,这个世界总有些事物是别的摄影师拍不来或不屑一拍的,那,就统统交给我吧。

写于2010年1月16日,广州

那些为我布施的人

◎肖全

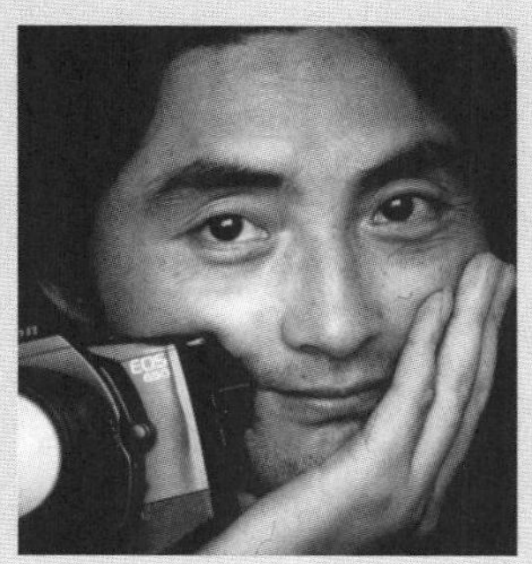

肖　全——（Xiao Quan）

摄影师。1959年生于成都，曾在海军航空兵部队飞行四年。1991年出版《天堂之鸟》（三毛摄影专集）。同年年底在台湾举办个人摄影展。1992年在瑞士举办个展。1993年在法国参加摄影联展。1996年出版摄影画册《我们这一代》。2000年出版《我镜头下的美丽女人》。2004年10月参加紫禁城国际摄影大展。2006年在上海、北京举办个展“女人·时间”。2008年在上海参展“马克·吕布和他的朋友们”。2008年在北京参展“表情写在中国人脸上”“一个国家的肖像”等。

1980年北京的春天,我在部队收到一张汇款单(一百八十元整,汇款人:肖禄生)。上面是我父亲用钢笔填写的字迹。我很清楚这一大笔钱意味着什么，这是我父亲近两个月的工资(我当时的军饷是九块钱),是家里省吃俭用给我的支援。从邮局取出钱背在军用书包里,兴奋地在军营里吹着口哨,心里又高兴又沉重。

等到星期天请假外出,我天不亮就到了火车站。

在前门的一家商店，我买到了我的第一部照相机（海鸥205,一百六十九元)。从那一刻起,我知道,这下不一样了。我突然获得了一种希望和权利。

我开始在部队用飞行工作之余的时间做图片报道，从我的战友拍到海军司令,从地面拍到空中。我的照片在《海军报》《解放军画报》不断出现。我已经慢慢学会了观看,并体验飞机位移带来的变化,修正着我过去对时空的理解。在驾驶舱里穿云时那种速度产生的刺激和兴奋,让我感到青春无限美好。

我在部队服役六年(最后一年津贴二十四元),记忆中我只用了一把牙刷,我订了多种摄影杂志,从中知道了一些西方摄影师的名字,卡什、亚当斯、布勒松等。那是在遥远的国度一些像神一样的人物。在中国美术馆我看到了亚当斯的个展,那些精致的黑白风景照片离我这么近,却又那么远,摄影到底是什么,我怎么可以走进去？那是一个巨大的磁场,好在这些先辈们亮招了,告诉你什么是好东西。这样一来它诱惑你了,让你尝到一点儿甜头，并帮助你建立执着，让你把时间、精力、金钱甚至生命全搭进去。

1984年年底，我离开部队回到成都。带回去的除了那部照相机，更重要的是照相机后面的那双渴望看见东西的眼睛。我开始和艺术家混在一起，自己的头发也慢慢留长了。我同样是在拍我熟悉的人，不知不觉我拍的人越来越多了。

1990年，我在画家何多苓家里认识了一个台湾人，很快我的个展在台湾举办。我再也忍不住了，我内心里的那股劲儿在往上蹿。我要把所有的时间和精力给到摄影。

1991年，我把自己用来打大锅饭的铁饭碗扔了，靠拍照片来养活自己。因为我拍了三毛，出了那本《天堂之鸟》，杨丽萍托人来找我为她拍照。

在这个阶段，我清晰地感受到了人和自然亲近和谐的关系。为什么在拍摄的兴奋期会脑子一片空白，所有的动作都是下意识的。其实摄影已经令我达到忘我的状态，我应该有了属于个人的“进入”通道。

从给三毛和杨丽萍拍的照片里，除了看到了她们，仿佛也看到了我自己。与人真诚自然地相处会换来同样真诚的神情和自然的动人影像。

1992年，我被李媚邀请去《现代摄影》工作，这是一本在中国二十世纪八九十年代非常重要的刊物。在这里我又往前跨了一大步。李媚家里和《现代摄影》编辑部都拥有许多西方摄

肖全在天上飞了四年，操作油门、起落架、
襟翼以及眼花缭乱的电门和开关。
摄于二十世纪八十年代

影师的画册，我在这里认识的摄影师越来越多。

一个叫何奈·布里的法国摄影师这样说道："作为摄影师，我们注定不能成为富翁，我们的钱只够买胶卷、交房租，然后买一桶汽油倒进破旧的大众牌汽车里。但是我们很幸福，我们见证了这个时代。"在深圳这样一个商业极端发达的城市里，夜晚一个人在编辑部看到这样的文字，我心跳加速，眼睛湿湿的。

不久我又得到一本书——《摄影大师对话录》，这是法兰克·霍瓦与他的玛格南图片社的同事们的访谈录。从书里我又"结识"了一大堆更让我喜欢的摄影师。

约瑟夫·寇德卡，一位捷克摄影师。二十世纪六十年代他在他的祖国遭到入侵时，拍摄了他一生中最重要的一组照片。之后在法国政治避难，无数个年头他在欧洲只身流浪。只有放睡袋时，他才知道自己在哪里过夜。到了冬天他回到巴黎玛格南狭小的工作室制作照片，他很喜欢看书听音乐，可惜没有属于自己的房子。一个北京的漂亮女孩儿听我读到这些文字，曾潸然泪下。

马克·吕布的访谈非常吸引我。这是一个经历丰富、感情细腻的法国摄影师。他年轻时曾参加过抗德游击队组织，拍摄过纳粹重要的战犯，也拍摄过英国首相丘吉尔和中国的第一代、第二代领导人。他的足迹遍布世界各地，他的爱情故事更是令人羡慕。"当我遇到我所爱的女人后，她让我重新出发了。”他的成名作——《埃菲尔铁塔上的油漆工》,为他赢得了巨大的声誉。

连做梦也没想过,我会和马克·吕布结缘。1993年6月,他又一次来到中国,我有幸成为他的助手。一个星期后即将七十岁的马克·吕布身背五台徕卡相机,威风凛凛,走道飞速,眼观六路,胸有成竹。他在二十世纪五十年代开始对中国进行报道时,我还没有出生。他对这个东方古老国家的兴趣、情感以及他个人的预见,都非常执着甚至固执。

二十世纪九十年代初期的广东,正是中国改革开放的前沿。在深圳的晶都酒店对面,竖了一张邓小平的巨幅画像,马克·吕布当然知道邓小平对于中国意味着什么。他当时拍下的正在绘制的邓小平画像的图片,成了他那一时期很重要的作品,并在西方广为传播。今天看来他的嗅觉是相当敏锐的。

1994年他再次来到中国,在北京为唐朝乐队拍照时,向他们打听我的消息。几天后我们又在深圳见面了。“你妈妈一定给你吃了不少好东西,你长胖了。”马克·吕布和我激动地拥抱。

也是在那段时间,我对深圳熟悉的、早已失去新鲜感的场景做了不少记录。马克·吕布在回国去罗湖海关的途中对我说:“你生活的国家正在发生想象不到的变化,你一定要坚持拍照片!我有个朋友只用业余时间来拍照,可是她长期不断地积累,同样有很大的成就。你也一样,经过五年十年你的照片也会非常重要的。”

在与马克·吕布的交往中我学到了不少宝贵的东西。那就是坚定自己的目标，一步一步地往前走，要把我从1986年开始拍摄的中国文艺精英系列持续下去。我在深圳与朋友一起创办了另一本杂志《街道》，在繁重的采访工作中等待着新的机会。

很快张艺谋邀请我为他的电影拍剧照，那是1994年的年底。这样我又能为我的书多拍几个人物了。在张艺谋的剧组里，除了感受到他的世界性的被关注度，让我印象更深的是他的勤奋、忘我的工作态度以及作为凡人的情感纠葛。

谁会想到，这部电影的法国投资人是马克·吕布的朋友。当他看到我所拍的马克·吕布，他问我：“你介不介意我把马克叫来，和你一起拍照？”“当然不，我一年没见他了。”张艺谋给我讲过，在他拍上一部戏《活着》的时候，马克·吕布也在剧组待过。“他非常能吃苦，我们在大雪天里多冷啊，老头儿穿一军大衣一个人在山上走。”

上海的冬天也很冷，我专为马克·吕布买了一个很贵的保温壶，每天为他泡上热乎乎的果汁。马克·吕布的到来令我十分开心，在剧组里也多少满足了我一点儿虚荣心。为一个世界级的大师做过助手，现又和他“同台竞技”，这实在是我的造化。

和马克·吕布一起工作极大地提高了我的自信心，他让我的眼睛越来越明亮了。

肖全在部队时画的一幅素描，是临摹一张名为《迎风》的照片。
摄于1983年

在餐馆里等着上菜时，他对我讲："你的英语较好，但还应该更好。"并补充道："学英语的最好办法，是找一个说英语的女朋友。"他用筷子像教书先生那样在手中晃着，纠正我的发音。可惜说英语的女朋友直到2000年才出现。

马克执意要给我酬劳，为他做助手。他说："这是你挣来的，你还得买胶卷。"

第二年金秋的北京，马克·吕布在中国美术馆举办个展"行摄中国四十年"，在展厅里，他用了我为他在中国拍的工作照，并说我的稿费可以买他两本书。在展览的新闻发布会上，他告诉记者他一系列的拍摄计划。比如他又要去印度和土耳其。我想这是一个七十三岁的人对自己身体的肯定和炫耀。毫无疑问，他的"宣告"刺激了所有拿照相机的人。

两年之后我所在的那家杂志社停刊了，我再也不想做记者了。中国的经济正在突飞猛进，我的朋友纷纷开公司，并拉我为他们拍广告。越来越多的电话打进来，有很多大公司、大银行。是啊，我快四十岁了，该有个自己的窝了，慢慢我被这些订单拖住了。好像全中国人民都在拼命赚钱。

其实，这些年我从没有停止过思考，我曾有过很多冲动和计划，但因各种各样的原因没能成行。

我很久很久没有见过马克·吕布了。一年飞快过去，十年同样很快。最值得庆幸的是，这十年我不停地周游，在城里拍照片挣钱，身心落满了灰尘，再去山里冲洗。与大自然的气息重新接通后,我在喧嚣的都市里存有了一份清静。

在昆明，一个叫张天师的人对我讲:“你不适合在经济很发达的城市里生活,你不是今人,你是魏晋南北朝时期的人。”

这些年我常常一个人玩儿,在蛇口爬南山,在海边骑自行车,去球馆打斯诺克。朋友说我自由自在,然而我心里很清楚,我是欠着“债”的。在别人的眼里你是不能停歇的,过去你为了拍《我们这一代》,用了十年时间,好像也吃了一些苦。为什么不坚持下去?

1995年我回成都,把一个大箱子寄放在朋友家里。他去北京搞对象了,我的箱子在他家被自来水泡了一个月,那里面有马克·吕布给我的画册、毕加索的画册……我一边撕开那些被牢牢粘住的画面，一边掉眼泪，我一定要有一个能放行李的家。

这个放行李的家要得可不轻松啊，它花去了我太多时间和精力。有数不清的夜晚我睁着眼睛在检讨自己,我不能放纵自己。当然,我没有生活在魏晋南北朝时期,我在改革开放前沿的深圳。毫无疑问在我最需要清醒和坚强的时候,总有一个影子在我身后出现。我记得他对我说的话,也记得我暗自许下的诺言。

2009年6月,我从威尼斯坐火车到巴黎,我和马克·吕布又见面了。从1996年到2009年,十三年过去了,他还有十天满八十七岁,我也差三个月五十岁了(他说我看着像三十八岁)。他开始没认出我来，在他的印象里我是一个留着马尾辫很瘦的人。我电脑里的图片帮助他找回记忆，很快他笑了，用手搭在我的肩上，并让他的助手送给我他的照片。马克·吕布在他的照片上签名，一张是他1971年在北京拍的周恩来总理，另一张是他在二十世纪九十年代拍的上海。

我在他宽大的工作室里眼睛都看不过来，全是他的照片和底片，还有许多迷人的东西。在靠窗的柜子里我发现了我再熟悉不过的宝贝家伙，跟随马克·吕布闯荡世界的五台徕卡相机。它们静静地躺在那里，光荣退役了。这是我曾经为他背过的，他所有的镜头我都很清楚。我可以准确地从他的摄影包里摸出他要的镜头(马克·吕布刚进玛格南时布勒松和卡帕都曾深深地影响过他，甚至于他的摄影包摆放的方式。因此我着迷于他的摄影包，我把他的镜头按序排列：28毫米、35毫米、50毫米、90毫米)。马克·吕布走过来拿起一个用易拉罐做成的玩具相机逗我，给我拍照。“镜头”弹出来后他又笑了，他天真得像一个可爱的孩子。

在他的书架上我看到了我的书《我们这一代》，里面有我1996年用钢笔给他写的信。马克·吕布看了信又翻开书，当他看到杨丽萍时，他问我：“这是你女朋友？”“不，是我好朋友。”马克问话时的表情很顽皮。

一个从美国打来的电话采访马克·吕布，一个多小时的聊天过程中他眉飞色舞，谈他拍美国前总统肯尼迪的妻子杰奎

肖全(后排右一)全家福。

摄于二十世纪七十年代初

琳、拍中国的黄山。

我把这些年拍的照片从电脑里放给他看。(过去他每次看见我都会说:“快,给我看你的照片。”)他对我真诚地说:“你是一个很好的摄影师。”这么些年了,再次得到他的鼓励我非常感动。我本来应该受到他的批评,我真的很不用功。马克·吕布用他一贯的方式激励我。

我中他的“毒”很深,我也很想像他那样找一个能“让我重新出发”的女人。我向马克·吕布提要求,为他和他的太太凯瑟琳拍合影。他们爽快地答应,在取景器里看着这对幸福的人甜蜜地相依,我的心里升起一种情绪,非常温暖。能在马克·吕布的家里为他们拍照,我真切地感到了幸福。

凯瑟琳亲自去买菜,留我在家用晚餐。我向凯瑟琳讲述当年我和马克·吕布在中国的故事,逗得她很开心。

2008年5月在上海由《生活月刊》杂志主办的“马克·吕布和他的朋友们”摄影展很热闹,马克·吕布没能亲临,他的胳膊受伤了。我向他们描述那天的情景,我说:“我们要感谢这个来自西方的摄影师,是他用了半个世纪持续地对中国进行报道,向世界展示中国。”

马克·吕布一边喝着红酒,一边听我的赞美,脸上很平静。凯瑟琳则轻轻地点头。她当然知道马克·吕布这一生用了多少时间在中国、在摄影上。

马克·吕布对我说:“跟我去街上买点东西。”我和他下楼到了马路上,我想起我们在中国那些美好的日日夜夜。他在杂货店一边买东西，一边用手指着外面对我说:“好照片，好照片。”八十七岁了,他还在观看,并且是那样的不露声色。我顺着他手指的方向按下了快门。

回到家里他又给我和自己倒了红酒，我对他太太凯瑟琳讲:“我不敢相信此时此刻正在发生的事，对我来说这是我多年的梦。”在和凯瑟琳告别后,马克·吕布拉我进了一个不大的房间,里面有很多盒子装着照片。他对我说:“如果有一天我不在了,这些是留给我的孩子们的,当然也有凯瑟琳的一份。”他指着镜框里的一张照片说:“这是我拍的第一张照片（他的处女作是一张法国的街景)。”他又拿出几幅作品:“这是我1957年在北京拍的(天桥一带摔跤的场面),这是我在中国拍的最近的照片了(2005年北京的女模特)。”我问他:“你还会去中国吗?”他说:“也许。”他在家从不用电梯,坚持爬楼梯,他给自己安排了至少十年的工作。

马克·吕布把我送到家门口，我拥抱了他:“好好保重,马克,我会想你的！”

我非常清楚,从马克·吕布的家出来,我应该怎么着。他是我永远的榜样。

是啊,我有很多时间,放下杂念,接着去享受摄影带给我的可能性和喜悦。

写于2009年12月15日,成都

我阿爸，一个在实存中挣扎的基督徒

◎ 冯君蓝

冯君蓝——（Feng Junlan）

摄影师。1961年生于香港。三岁时随宣教士父亲到嘉义开拓教会，从此在台湾落脚。自幼喜欢美术。1979年进入协和工商美工科学习。毕业后一直从事美术设计工作。后因参观阮义忠的摄影展而开启眼界，但仍未摸过相机，1985年开始学习摄影。近年创作《微尘圣像》《道在万物》《互为肢体》《草芥》等摄影作品，传达了信仰令人宁静、充实、坚定、圆满的力量。

挥别2012,教会在待降节期、岁末的活动终于告一段落。日前给独居加拿大多伦多市立老人公寓的母亲去电，与她报告过去一年我在教会里的工作。母亲突然幽幽一句:算算你爸都离开十八年了……不单只母亲,我也老是缅怀爸爸,更且继承了他的衣钵。

我们兄妹三人生长在一个基督教的传道人家庭，父亲隶属于源自英国的循道卫理宗。他在周遭同道中的表现相对突出;这一方面因为他天资聪敏,也肇因于艰难的生命历练所锤就的非常性格。

父亲老家是广东省鹤山市，出生前我阿爷给他起名“国财”,他却鄙弃他阿爸给他起的名,以为庸俗不堪;尔后易名“家豪”，该是期勉自己可以出人头地吧。我阿爷是加拿大华侨,但既不风光,也没多少见识,是个老粗。阿爷跑过船,我记得他手臂上刺了青，一支形状不怎么样的锚头。他的后大半生,据说全在温尼伯的中国小餐馆帮厨。当年凭恃挣加拿大纸(指加币)的优势,足以让他先后返乡讨了两房媳妇;但却没有能力把家人安顿在身边,只把他们丢在老家。我阿爸是二房的幺儿，是阿爷在1930年返乡几度春风所播的种。不等孩子出世,阿爷便返回加拿大。未几,“二战”爆发,日本侵华。为躲避战祸,父亲随家人逃去柬埔寨,投靠早前嫁到金边的大姑。父亲直至三十三岁那年,与他的阿爸我的阿爷从来未曾谋面。

我对父亲的童年所知无几,只知道他幼时家境清寒,连双鞋子也没有,老吃辣子酱油拌饭,也吃不饱。只知道他是家里唯一得机会念书、爱念书又很会念书的孩子;却因此得罪迫于生计早早外出打工、年龄差距一大截的兄姐,为此常挨忌恨打骂。我祖母又是个成天沉迷牌桌的赌徒。等到十七岁中学毕业,父亲便迫不及待离开家人返回广东故乡,好为自己另觅出路。父亲离世前曾简短行文自叙生平, 总结一句:“1949年以前,生命一片灰白、荒唐,无一足述。”

父亲在1948年夏天自越南返乡。就在那年,信仰的救恩闯进并翻转了他的生命。一次, 父亲在本乡雅瑶听了一场布道会,当即灵里翻腾,茅塞顿开,一把鼻涕一把泪地信了救世主,并于次年复活节主日领受洗礼。受洗后,父亲在恩姑宋履虔教士(当年正是宋姑在街头把我阿爸拖去了一场布道会)全心全力的抬爱栽培下,随即前往重庆神学院学习,预备成为一名传道人。1950年夏转上海贾玉铭博士灵修神学院。白云苍狗,时移世易。后神学院关闭,父亲离开家乡,去了香港。

抵港后的父亲举目无亲,承蒙宋教士的关系,暂时得以在宋姑弟弟宋彼得牧师家人的米店仓库栖身。(宋姑自己却没来港,在改革开放宗教政策得到恢复和发展后,她与教会弟兄姐妹合力募资在雅瑶改建了教堂。)一次,宋牧师原本受邀在某神学院校友会上讲道,却因腹泻不克前往,临时指派才读过两年神学的门客代为上阵。父亲当日不负所托,并得席间伯特利神学院院长蓝如溪教士赏识, 这才有机会回到神学教育体系

冯君蓝(右三)儿时的全家福。

摄于二十世纪六十年代末

半工半读,并在修业期间结识了后半生的伴侣。

父亲于1956年毕业,并在次年与神学院同学张洁云女士(我母亲)结婚。一开始,父亲进到循道会香港堂担任宣教士七年。期间,母亲先是产下才出世便夭折的姐姐,收拾悲恸,而后再陆续生下二子一女:吾兄君熊、我与阿妹玫君。传道人薪俸微薄,父亲每月才得二百五十元港币,我一家五口,光是分租一个仅够大伙儿躺平的房间就得一百九十元钱,教会住房津贴只一百元,生活自是十分拮据。又因父亲毕业的神学院不被所属宗派认可,不得升任牧师职。

1963年,父亲自愿受差派到台湾嘉义开拓教会,比起香港,当年的台湾生活费用相对低廉,我家生活一夕改善。原本在港的时候,失联了三十年的阿爷突然联系上我父亲,来信说,他在加拿大已经退休,要父亲把他接到香港,但以当时我家的生活条件如何允许。

我们在台湾租了宽敞的住房,就在抵台的第二年,某日,父亲领着他所钟爱的长子君熊,口袋装着一张阿爷的大头照,自嘉义搭火车北上台北松山机场,迎接他素未谋面的老豆(广东话,意为父亲)。未几,又把柬埔寨的阿嬷接过来团聚。只是这份出自一片孝心的安排,并不能保证什么。我阿嬷是个心里没有太平的人,她来了以后,先是对我温良老实、逆来顺受的母亲百般挑剔、言语羞辱,说她蠢,嫌她丑,配不上自己儿子;又嫌我父亲工作没有前途;嫌台湾是落后的乡下地方,比不上曾经被法国殖民的金边。这份迟来的天伦终于还是难以为继。一次,阿爷在酒过三巡后受阿嬷挑拨,抢起菜刀欲追砍父亲,三代同堂就此破局。祖父母拎了皮箱坚持自己搬去台北,这才天下太平。直到后来,老人家身体孱弱再固执不了,我母亲在他们最后的日子,付出许多关爱殷勤侍奉公婆,阿嬷这下才向母亲认错,盛赞她大仁大量,竟不记恨。

我父亲也许因为成长过程中从来没有爸爸, 在原生家庭也不见仁爱,加上长期的贫困窘迫,一旦信仰撞击生命,免不了几番挣扎,造就出冲突的性格。作为一个知罪的罪人、一个在信仰里重生得救的新人、一个勠力学习立志效法的门徒、一个感恩图报的神职人员,父亲可谓攻克己身,总是勉力向善、行善,事主爱人。他努力遵从《圣经》的启示,引导自己和教内弟兄姐妹,行走在正道上。他不关心自己的牧区、所属宗派,犹能跨越宗派之藩篱,提出可行的合作方案,以利教义广传。父亲也进到监狱,长期默默担任义务教师,劝化鼓励受刑人,甚至为出狱的人谋出路。

父亲本来天资聪颖、思维敏捷、行动果决,长于逻辑推理,辩才无碍,颇富文采。他求知若渴,手不释卷,总是夜到三更才舍得去睡。我对父亲有两个深刻印象:其一是父亲每夜挑灯夜战,伏卷陷入沉思的背影;其二则是父亲在圣坛前主持圣事、站在证道台上声如撞钟如有神助的传讲。他巨大的形象令我幼小的心灵深受震慑。父亲同时深谙人性,懂得人情世故,开明豁达，慷慨好客；家里总是敞开门户，却忙坏了母亲。他又勇于尝新，知足而乐，总能在平淡平常的生活中提炼出醒人心魂的意象，对美的事物也有与其出身不相称的卓越品位。

父亲对人不摆架子，凡事亲力亲为，不喜欢劳烦别人，很得人缘。但另一方面，父亲不徇私、不讲情面、标准高，挑剔得很；他不能忍受因循苟且、虚应故事；不能忍受所处环境的一丝凌乱，不能忍受窗台上的灰尘、杯里的茶渍；不能忍受粗俗无礼、幼稚无知；他疾恶如仇，脾气火暴。只是那些好的部分他大多用以示外人；待他气力耗尽回到家里，我们多半得领教那些难以相处的部分。面对平庸的我们，一个嫌弃的眼神、几句刻薄的言语、一记耳光、一顿好打，就此把孩子推得老远。我不明白父亲如何可以对外人宽容，却对自家人如此严苛，厚此而薄彼。

1986年以后，他离开工作了十五个年头的东吴大学校牧的岗位，远赴加拿大多伦多循道会任牧职。借着书信往返，借着他情词并茂的文字，反倒拉近了彼此的心灵，修正了我对父亲的记忆。他对自己孩子其实仍有温柔深情的一面，只是给他的坏脾气掩盖了。后来我自己第一次当了爸爸，小儿阿隼夜里睡觉总踢被子，我得一而再再而三地给他重新盖上；这个动作也叫我记得从前每晚父亲必定会到儿女房里巡视、为我们盖被子的情景。现在我定睛在儿子熟睡的脸庞，才真正可以明白父亲眼里有着同样的温柔。另一方面，我却也承袭了父亲性格

父亲带他的孙子阿隼前
往他即将葬身的墓园。
摄于1994年

中暴烈的成分。即使知道不应该,偶尔仍抑制不住地对阿隼咆哮;当我不经意地把外头的烦恼压力带回家,碰巧他又使性子时……

1994年,父亲得知自己罹患肝癌,到了末期,已经转移。他自己主动写信告知我们这个噩耗;冷静、坦然的字里行间没有一点儿情绪波涛,却令地球彼端的我数夜不能成眠。稍后我与妻子商议,决定抛下手边的工作,带阿隼到加拿大陪他阿爷度过在世的最后日子。父亲在电话那头先是拒绝,说是不愿打乱我们的生活,反而让我们的母亲受累,他自己能坦然面对云云,但终于熬不过我的坚持。“你们一定要来就来吧!”他说。再次见到父亲的当儿,我强忍不哭,他原本肥壮的体格整整瘦了一圈。经过两次化疗,父亲头发掉得厉害,他索性让我妹夫天虹帮他剃个光头,倒也十分中看。虽然父亲为了不叫我们操心,强颜欢笑,但我仍然感受到,病后的他,除了体力明显衰退,掩饰不了眼神的疲倦,还增添了几分落寞。偶尔我从父亲房间经过,看见他坐在床沿上,合拢的双手垂挂在两腿之间,似在祷告,颓丧着头,像一株枯萎的盆栽。父亲的胃口也因为化疗而倒尽,曾经叫他无法抗拒的甜食,现在已经起不了诱惑作用。但他仍坚持偶尔自己开车去探访会友。

在教会主日证道时,有执事体贴地为他准备了一把高椅子,也总被他推到一旁。宣讲时,父亲犹奋力发出铿锵有力的声音,只是听得出来有点勉强了。而一旦证道完结,他便颓然瘫在讲员的座位上,像气力耗尽的士兵。一如往常的是,宣讲的内容仍发人深省,对生命对真理的洞见更见诚挚深刻。只是,我们父子俩相处时向来的疏离,一旦面对面仍没有多少改善。我常常只是呆坐在那里陪伴父亲,忧伤地注视他,却说不上什么。

有一次父亲兴起,自己开车载了一家人到墓园去。小儿在车上问他:“阿爷,你带我们到哪儿去玩儿呀?”父亲微笑着回答他的长孙:“阿爷带你到我将来的家去玩儿呀!”一路上大伙儿肃静得很,没人再说什么。到了墓园,父亲首先打破沉默,充满感恩地告诉我们,教会已帮他择好一块小小的坟地。他本想将来火葬后让我们把骨灰带回嘉义兰潭,就在我祖父母的坟里挤一挤,但总不好坏了会友的美意。而母亲已在加拿大住得习惯,没有回台湾的打算,又有妹妹、妹夫一家照应。加拿大的墓园有专人打理,不劳家人去扫墓,父亲不愿劳烦别人的性格依然。

又有一回,我问父亲身体疼痛不,他说不痛的,因为他告诉上帝,自己不畏死,就怕痛,所以上帝怜悯他,顺了他的意。后来我陪他去医院,医生也这样问他,并告诉父亲不用强忍,医院可以提供吗啡止痛。他也照此回复医生,只是那洋大夫似乎不大相信,三番两次告诫他没必要硬撑,而我自己是相信父亲的。

碧兰(从前父亲在安素堂的会友)写了封长信来,要父亲别失去信心,说吴勇长老之前得了癌症,医生给判了死刑,凭借笃定的信仰,就照常活得好好的。看过信,父亲只是一笑,泰然地与我说:“阿蓝,若上帝要我长命些,我不会轻生;若上帝以为我该回家了,我又何必眷恋强求?”

又有一个下午,我在房里呵斥小儿,出客厅后,父亲皱着眉头劝我,要我对孩子别过分严厉,别吓坏了他。我觉得可笑,就回他一句:“爸,要是在从前,换作是我们,你早一巴掌赏过来了。”父亲突然神情变得忧伤:“我真是这样吗?我得恳请你们原谅了,你如果知道爸爸从前这样对你们是错了,自己有过痛楚的经验,又何苦重复我的恶行报应在你自己孩子身上?”我立时羞愧起来,后悔打了孩子,也后悔刺痛父亲。

陪伴父亲两个多月后,正要返台的前夕,一个下午,我为了激发父亲的生存意志,就问他:“爸,从前你不是说,退休以后想回嘉义乡下养老,或写本书吗?”父亲当然看透我的心意,他勉强对我苦笑:“写什么呢?有什么非我写不可吗?”他沉默了几秒又说:“倒是,我记得你读初中的时候,曾经立誓成为传道人,现在呢?”不想父亲反过来将我一军,就回他:“爸,你知道我今年都三十三岁了,有老婆孩子要养,更何况以我高职毕业的学历,想要读神学,那可是需要六七年的事,谈何容易?不可能了,太迟了!”父亲却一脸严肃地回我:“阿蓝,什么时候,你觉得该是兑现你对上帝的承诺,就永远不嫌迟。我知道你喜欢美术,喜欢你的工作,我只是说,当时候到了,总不嫌迟。”当

父亲最后一个生日当天，适逢礼拜日，他在桌前做上台证道前的预备。

摄于1994年7月3日

日，他与我说的话，其实令我颇为懊恼，感觉父亲难于讨好的性格终究不改，觉得这些年来自己在工作上的表现仍得不到他的肯定。

我记得小时候，每逢学校考试成绩发下来，若是考得好，我便会得意扬扬地把成绩单呈到父亲那儿，请他签名，实则想要讨他的赞许。但不论我考得好坏，父亲永远是一副不置可否的表情，径自签了名交回到我手上。有时，我觉得自己在他眼里似乎未曾真实存在过，或永远只是个侏儒。这一直要到我与父亲一样走上传教人的道路，才明白，父亲在基督信仰里的价值体系实迥异于世俗——好成绩、高学历、世俗的成功，远远不及他所关注的价值：对自我的否弃，对人、对万物、对神的爱。

在父亲过世五年之后，那时我已结束了原来的美术设计工作，进入神学院修业。有一天我突然领悟过来，明白自己即使在父亲死后仍然不自主地想办法讨好他，迎合他对我的冀望，遂不由得悲从中来。

回台湾的那天，由于父亲身体虚弱，我们就只在他所住的公寓门口道别，并由父亲带领家人做祷告。父子一场，终于到了曲终人散的时刻。我再也按捺不住，紧紧地拥抱住父亲痛哭失声，而他竟也摆脱为父的矜持与我哭成一团。这是我有生以来第一次看见父亲哭泣，且哭得像个孩子。在我的记忆里，父亲一直是个不能被屈服的硬汉；而此时，他那单薄的身躯依偎在我的臂膀间……

我想起小学二年级暑假,那年,父亲在香港与我们道别,预备只身前往新加坡的神学院做两年的进修。父亲送我们到港口搭回台湾的船。收锚启航前,他在甲板上与母亲和妹妹相拥,然后走到我和哥哥面前,伸出他有力的手掌,使劲与我们握手:“照顾你们的妈妈和妹妹,现在你们是家中的男人了。”然后微笑着步下船去。那是我生平第一次感觉到父亲对我们的托付与肯定,以一种平等的方式,以致我永难忘怀。

时隔二十六年,同样是在分离的场合,我的臂弯里承载着父亲对我的托付。他从来没有要我们在他身后照顾母亲,他不认为需要说,因为知道我们一定会。此刻他是把他自己对我们的爱和盘托出,是把他的信仰,他一生的追随传承给我,以一种只有在我做了上帝的仆人之后才能领悟的方式。

父亲在我回台湾以后的两星期被他信奉的主接去。我自己则在挣扎了两年之后进入神学院,承继他的衣钵。

完稿于2013年1月9日,台北士林

我的成长与父亲

◎朱德华

朱德华——（Zhu Dehua）

摄影师。1962年生于香港。多年来游走于艺术与商业之间。曾参与欧洲及亚洲多个地区的艺术及摄影展览。其作品被多所博物馆、美术馆、商业机构及私人收藏。1993年获亚洲文化协会授予爱克发青年摄影家奖，同年成立朱德华摄影工作室至今。

我出生那年,台风蕴黛袭港,把香港岛赞育医院的产房打烂了,院方将所有待产孕妇转移到九龙的广华医院,最后我便在那里出世了。住在港岛的人有点地域上的优越感,总觉得九龙人带点土气,新界人更是耕田的乡下人。我三岁以前住在赤柱监狱职员宿舍,我父亲是监狱署督导员(狱警),退休前升至警长级。我三岁搬到歌连臣角惩教所职员宿舍居住,在那里长大至中学毕业。

我小时候非常顽皮活跃,父母给我的印象是对我有限度的管教,自由空间很大。歌连臣角环境优美,背山面海,有足球场、篮球场、游泳池、乒乓球场及小童游乐场等设施。宿舍内还有个电影放映室,每逢星期六晚上播放电影给所有职员及家属观看。我父亲就是放映员,印象中他对所有机器都很在行。他还很喜欢拍照,这对我后来踏上摄影之路影响很大。父亲在澳门出生,十三岁移民到香港,原来是造船厂的木匠,后来香港造船业式微,为了生计和我们的将来,选择了监狱署的工作。薪水高,福利好,宿舍环境优美,对我们的健康成长有很大帮助。但我始终感觉到父亲上班时非常之不开心,经常愁眉苦脸。偷听到他向母亲吐苦水说压力很大,为了孩子却要忍下去……

每当父亲放假或节日,他都拿起他的木工工具造这造那,有一次他竟然造了一只木船送给我玩儿,非常漂亮,装上马达可以在水上航行。我知道他为了生活及家庭放弃了自己的兴趣，记忆中他从来没有向我们三兄弟抱怨过一声，他只是默默承受着一切。父亲是个寡言的人，有空只会往木工处钻，此外最大的兴趣是钓鱼。他年轻时非常喜欢运动，经常跟朋友踢足球，但年纪越大性格越孤僻，有空只是一个人独自去钓鱼。父亲现在八十多岁，身体尚好，但几乎足不出户，不见任何人，不做任何事。

父亲年轻时也爱摄影，他有一台德国造的“单眼佬”相机，经常替我们拍照，也大方借给我玩儿，我便用它来拍我的玩具。在空地、树林或沙池里，我布置好场景，便放上我的玩具公仔，有超人大战怪兽，有牛仔红番骑马枪战，有二次大战场景美军大战德军等，这些是我最早期的摆拍作品，全部以黑白为主。但似乎都离不开打。有时我怀疑自己有暴力倾向！我小时候极为顽皮。距离我们宿舍不远处便是囚犯的监仓，分布在整个山脚的斜坡上，有几十个，每个监仓都是一幢独立屋，每幢住上十五至三十个囚犯，视乎监仓的大小而定。歌连臣角惩教所是属于低设防监狱，专门关十七至二十一岁的轻度犯罪的青年犯，刑期大都在两年左右。我们去打球、游泳的路都要经过监仓，有时我会将乒乓球剪碎，用锡纸包裹，再把锡纸扎上很多小孔，然后用火柴把碎片点燃，锡纸球便会放出大量很臭的浓烟。我做上几个，选择一个仓，把锡纸球从天窗抛入监仓里，浓烟便弥漫整个监仓，他们却逃不了，只有大声叫骂，我却乐上半天。

朱德华(左一)十三岁时的全家福。

摄于1975年

行为良好的犯人,父亲会叫他们去我们宿舍帮忙做点事,例如帮母亲移动家具,替我们几兄弟理发,等等,父亲会请他们抽根烟或饮一杯咖啡作为报酬。能够到监仓以外的地方走走,他们便很心满意足了,愿意为你做任何事。父亲是好好先生,息事宁人,不会与同事争执,对上司忍气吞声,更不会对囚犯太凶。当时我眼中的父亲是懦弱怕事的人,没有男子气概。长大了才明白,如果与同事争执,因为大家都住在宿舍,是邻居,对我们生活会产生很多不便。对上司更加如此,如果开罪了上司,有可能被调派到很偏远的地方工作,更甚是没了这份工作,我们连住的地方也没有了。另外对囚犯太凶(当年狱警仍有殴打囚犯的习惯),他怕将来会被寻仇。因此父亲是被同事和囚犯们尊敬的。有一次我惹怒了父亲,大概七八岁左右,原因全忘记了。只记得父亲把我抱起抻直双手,把我从家门口的走廊栏杆处伸了出去,准备抛我落楼,当时我们住在三楼。母亲在旁极力阻止:“你不要那样做,阿华是我们的大儿子,你这样是谋杀啊!”最后父亲把我抱回来放在走廊再没有理我了。那次事件把我吓得半死,但顽皮的性格仍改不了。

十二岁那年的暑假,我被一只黑狗在右小腿上狂咬了一口,流了很多血,缝了很多针,整整一个月不能走路,父亲每天背我到宿舍附近的诊所清洗伤口换药,每次遇见那只黑狗便追打它。

每年放暑假是我的黄金时期,暑期作业留待开学一星期前才做。其他时间便是玩儿。整个歌连臣角惩教所建筑群建在一个凸出海湾的岩石上，三面环海，只有一条通往市区的车路,所有车辆和人出入都要经过大闸关卡。但周围没有围栏,除了球场、泳池以外,整个山整个海都是我们小孩儿玩儿的地方。因环境关系,我很快便学会了游泳,不久也学会了徒手潜水。暑假时几乎每天都去海边潜水、捕鱼、捉蟹。监狱对面的海湾是禁区,但有些渔民不理会,照样在那里捕鱼,他们会把捕鱼的笼子用绳子串在一起,然后分别放到海床捕鱼,他们通常会在早上放好笼子,黄昏或翌日早上再来收。我们趁他们放好笼子离开以后,便潜到水底把绳子割断,偷走笼子。跟着,我们便用偷回来的笼子捕鱼。当时一到夏天,整个海湾满是鱼,我们会因应水流安置好笼子的入口位置,在笼口拴上面包、油条或用虾酱揉的面团。鱼会游去笼口吃东西,我们便坐在橡皮艇上,静静地去到放置笼子的海面上,趁鱼吃东西的时候用船杖猛力拍打水面,鱼受惊便往前冲入笼子,笼口因装有倒刺,鱼入了去便游不出来,困在里面。在夏天,我和二弟平均两至三天捕一次鱼,下两个笼子,每次收获大概有五六十尾鱼,鱼平均都有十岁左右的小孩儿的手掌那么大。母亲最喜欢吃鱼,每次我们把渔获交给她的时候,她便大乐,除了有鲜鱼吃之外,最重要的是节省了很多钱。大的鱼她会用来清蒸,小的用来煲粥或煲汤,蟹用姜葱蒸,螺就白灼,或把螺肉用蒜头豆豉炒,美味非常。但与父亲比较,我们的渔获只是小孩儿玩意儿。父亲花一个晚上可以钓到五斤重的石斑。除了水还有山,我们也喜欢带点粮、去行山或爬岩石,但回想起来真是惊险万分,因那里有很多悬崖,一失足便赔上性命。

我十岁那年,最小的弟弟出生了,他带给我难忘的回忆和歉疚。一个半夜,母亲把我从梦中推醒,说:“快去叫父亲回来,弟弟要出世了,要父亲送我去医院。”父亲当时守夜班,我知道他看守的位置,但半夜要我一个人去找他实在很害怕,二弟还在睡觉,我挣扎了很久,但看见母亲很痛苦的表情,只有硬着头皮出去。那晚风很大,四野无人,街灯把树影照到路上乱舞,像鬼魅似的扑到我身上。走过那段十分钟的路像过了一年。

父亲从医院接母亲和幼弟回家那一天仍是暑假,父亲吩咐我和二弟留在家中不可以外出直至他们回来。在家中等了大半天,无所事事,心里只想着去游水。他们回来那一刻我非常高兴,不是因为多了个弟弟,是因为可以去游水了,记得父母一踏入家门,我连幼弟也没看一眼便拉着二弟溜了。

幼弟快一岁,母亲把他放在学行车上,吩咐我看着他,她做家务。婴儿期的幼弟很可爱,在学行车上很安静,像一团粉团,我忽然想把他抱起来亲一亲,但抱起他的时候竟然失手,把他掉到地上,头着地,母亲听到撞击声跑过来一看,跟着便立刻送幼弟去医院急诊。幼弟没有哭,没有发声,只是呆呆的,但两天不肯吃东西,第三天才肯吃一点点,当时把我吓得全身发抖,幸好他后来好起来了。父母没有责备我,但我至今感到

朱德华父亲年轻的时候。

内疚。幼弟是我们三兄弟中最聪明的,念香港大学天体物理专业取得硕士学位。他的好成绩和我把他掉到地上有无关系就不得而知了。

我中学毕业后我们搬离了宿舍,住在九龙。父亲计划退休,买了一个很小的公屋单位。我们全家搬了过去,他被调回赤柱监狱看守重犯,变回“单身”住在单身职员宿舍。监狱处是轮班制的,每星期总要轮两三晚夜班,加上路途遥远,父亲很少回家,每餐都在职员饭堂吃,一星期回家一次才吃到母亲做的饭。赤柱是全香港最严防的监狱,所有重犯都囚在那里,相对要求职员的纪律及素质也特别高。我相信父亲当时的心理压力很大,脾气变得很坏。我进入反叛年龄,爱上画油画和跑步,精力充沛,凡事有自己的一套观点,对涉及艺术或设计的事物有莫名的冲动。我每天清早五时起床去跑步,七时回家冲凉,吃早餐后画画至九时多便上学。晚饭后继续画至十一时半才睡觉。放假或有空便往湾仔的艺术中心钻,什么艺术展览都看。当时我对香港所有的艺术家都了如指掌,很自豪。跑步锻炼了很好的体形,我有六块腹肌。我油画画得很好,老师曾经问过有否兴趣卖画,他觉得我的作品里面有一两幅应该可以卖出去。但我最后决定不卖。

当时我和父亲的情况像是天堂和地狱,我在天堂,他在地狱。每次他回家的时候我只有和他吵,什么都吵。也不知为什么,最后总是不欢而散。有一阵子我拒绝和父亲沟通,什么事都经母亲传话，这情况维持到两年后我去日本留学才完结。

中学毕业后，因会考成绩不理想，我放弃升学，改读设计课程，但考不到理工学院设计系，便跑去读白英奇专业学校，一年后转往大一设计学院，上了两年多设计课程，总觉得所学的东西不是我期望的，很失望，便起了去外国留学的念头。原本打算去美国，但因家里穷负担不起，机缘巧合下去了日本。

下决定时很仓促，没有仔细准备，不到半年，人便在东京了。起初与三个同学合租一个大单位共住，后来全都闹翻了便各自搬走，我找了一个很小的公寓，只有六块榻榻米大。整座公寓是木造建筑，完全不隔声，左邻右舍每晚在房内做什么全听得一清二楚。公寓只有厕所，每两户共享一个，没有浴室，我每天要到“钱汤”(公共浴场)冲凉。冬天太冷，我三天才冲凉一次。在日本留学的日子是我一生中最寂寞的时刻。语言不通，文化差异很大，同其他地方来的同学合不来，大部分时间我是一个人过的。我到东京不到两个月便花光母亲给我原来预算用一年的开支，不敢告诉母亲没钱，我要做兼职赚钱才能维持生活。我做过很多兼职：寿司店杂工、厨房洗碗工、侍应生、洗车工人、废铁搬运工、翻译、导游、婚宴拍摄等。在日本读摄影令我开窍，明白艺术是什么，发觉在香港时所学的只是流于技术层面，没有思考上的训练。这把我以往一切的价值观打破，而一个人生活也令我长大。

我在日本生活期间承受过很多挫折。做兼职导游，出团时我们身怀巨款,因全团人的酒店住宿费、餐饮费、旅游巴士费全都是实时现金支付的。平均一团四十人的日本本州岛八天游,公司会给我三百万日元带在身上。我通常会把钱全放进一个皮质的特长钱包内,再放入西装外套的内袋里。出团期间,那件外套是永远穿在身上的。有一年夏天,我带了一个香港的旅行团途经富士山山中湖,旅游大巴停泊在一个停车场,所有团友下车去洗手间或到商店买零食。因那天实在太热,我一早已把外套脱下搁在旅游大巴的车头挡风玻璃处,我也下车去洗手间,忘了把外套带上,回来时外套竟然不见了。报了警,但最后也找不到。钱包内有二百五十万日元,等于我两年的学费。公司要我全数还清,因为是我的疏忽,但可以在两年内分期还清。这下真的惨了。在公司与经理商讨期间,我终于忍不住哭了出来,我当时只有十九岁,就跌进人生的谷底,对我的打击很大,直到现在,我也没有把这件事告诉父母。

每逢学校假期,公司便要求我接团,把我的行程安排得满满的,希望我尽快还清款项。公司把我的底薪全数扣起,收到的小费要和公司对分,剩下的钱仅够我每天的生活费。所以上课期间我还要做其他兼职才能应付学摄影的材料开支。这件事之后一段期间,我从其他全职导游口中才得知公司因为我这次失钱事件被日本警方调查了很久。因为在日本的外国留学生工作赚钱是非法的。在东京只有两家香港人开的旅行社专门提供导游接香港及东南亚旅行团,一到农历年或暑假等假期旅客蜂拥而来,为数不多的全职导游根本应付不了,所以需要大量的留学生作为兼职导游。从谷底爬回来花了很大的气力和时间,也令我非常讨厌导游这份兼职,钱一还清,我便立刻辞工了。不过这份工作令我见尽人生百态,上了非常宝贵的一课。

我最怕空闲的日子,时钟像停顿了一样,特别是冬季的黄昏,在东京下午四点钟便天黑。由四点钟到吃晚饭的七点钟,这三个钟头过得特别漫长寂寞,特别思乡,特别想家。每年三月学期完结回香港一次与家人见面,最多只能逗留两星期,因为没有钱,要返回日本做兼职。回港逗留期间基本上没有时间与父亲谈话,但因见面少了反而少了摩擦,相处时气氛融洽了很多。有一年,我留了点钱在机场免税店买了支白兰地送他。他从来没有表示过喜欢与否,但看见他珍而重之地放在家里客厅的组合柜里,高兴的时候喝上一小杯。

毕业回港后在城市当代艺廊办了第一次个展,所有相框由母亲资助,但我知道那些其实是父亲的钱。

写于2011年圣诞,香港

韩　磊 ———— (Han Lei)

摄影师。1967年生于河南开封，1985年至1989年就读于中央工艺美术学院学习书籍装帧艺术，大学二年级开始摄影实践，毕业后曾在深圳《现代摄影》杂志担任设计师两年。后开始持续三年的个人旅行并拍摄大量旅途照片，现工作和生活在北京。1994年至今在世界各地参加摄影联展或举办个展。1998年获美国"琼斯母亲文献摄影奖"，作品被多国艺术机构或个人收藏。

奇妙的三年

◎ 韩　磊

1991年的某一天,也就是我大学毕业后的第二年里,我坐在位于深圳市桂园路的这间属于《现代摄影》杂志的办公室里,热带的阳光从百叶窗直射进来,桌上平摊着一大堆凌乱的带有各种编号的照片,当时我在这里任职这本杂志的版面设计师。我喜欢摄影,而且大学的专业是书籍装帧,所以《现代摄影》的主编李媚姐和她的丈夫老范义无反顾地招我进来加盟。每期出版之前,我必须把所有的图片按照编号对应插在我设计好的版面里。

此时,我盯着李·弗里德兰德的这张照片发呆迟疑着,毫无疑问,他一定不会是被大众所能广泛看懂和感兴趣的摄影家,但是无论如何,他的照片里满载了自由随机的天性,面对眼前触手可及的现实毫无障碍地观察的锐利,以及将他对现实的疑虑以一种最为平常的方式拽进他的照相机镜头的非常能力。我清楚并不是所有人都具备这样的能力,这是他的天赋。我骄傲地明白,这种天赋也同样一直在我的身上生长着。某种叛逆、自由和罔顾一切世俗态度的基因,也像某种毒素每时每刻在体内侵犯着我。在那个青春的年代,我满脑子天马行空,一片落叶和一声来自远处的暧昧的噪音都能引起我对于外部世界的想象。我对主编李媚姐说:“我在这里做上两年,然后我需要走出去。”李媚姐以她的理解和无奈从心里给了我一个最人性化的默许和支持。

其实我根本不知道走向哪里。只是,正像贾木许的电影

《漫长假期》里的独白:在一段时光发生之后你会有一种新的感觉,有些声音告诉你,就到这儿吧,天下没有不散的筵席,去另一个地方试试。不同之处可能只是冰箱或者桌子的样式什么的,但是你会有一种感觉,觉得自己必须继续漂泊,你也许不方便离开,但是感觉促使着你。

所以,我来到了这里。黎明时分,度过了一夜火车上混乱的时光,一条冰河延伸到我的脚下。一个男人将垃圾捆扎得像巨大的飞机翅膀,他扛着它失重地走在冰河上,远处的烟雾整齐飘向一边,更多的人像从地下唐突地冒了出来,我拿着我的照相机和满口袋的胶卷将所有离奇和好奇的东西拍下来。对我来说,到达一个陌生的地方,便是一次充满了紧张和刺激的经历,与当时更为流行的拍照片的趣味不同。我拍下那些地域性的、看似盲目的人,一张张动人地散落在人群里的男人或女人的非同寻常的脸……你可以说这便是那个时代的印记,但是我必须承认,我对时代的印记毫无兴趣,驱使我到达这里和按下快门的动力是本能的和漫不经心的,我从中获得的兴奋的体验或许只是一刹那,而后就消失得无影无踪。重要的是,我眼前的这个画面之于我,一定是日常的,陌生却不同凡响的,这便是我的全部收获。

那个时代,那些小城镇的火车站成了我最刻骨铭心的图像记忆。从一个地方到达另一个地方,经常是毫无心理准备的,火车站候车室里的人经常麻木地待在那里,我判断,这里

韩磊大学毕业前在湖南省
凤凰县实习时留影。
摄于 1989 年

或许有一半人不是准备搭乘火车而是长期栖息在这里的。我曾经拍下了一张曝光严重不足的照片，在陕西省的某个寒冷阴暗的候车室，一个穿着军大衣的满脸污垢的男人围着中央的一个煤炉大声唱着歌，嗓子像是刚刚被撕破了一样。我举起相机对着他要拍的时候，从一间小屋子走出一个高个子中年男人，对着我喊道："你要拍什么？这里你能拍到什么？！"而后，在那个号称"米脂的婆姨，绥德的汉"的绥德县，我亲眼看到那里的男人非同寻常的"男子汉"气质。在县城当地一个狭小而花哨的照相馆里，店主正在为一对男女情侣拍照，高个子男子的确是帅气，穿上时下流行的西服，对着镜子用梳子拼命把头发往后赶，墙上贴着周润发的招贴画，那是一个生动而销魂的场景。然而，不和谐的一幕屡屡出现，这名男子总会以粗俗而霸道的言语对待身边那个清瘦的女子，而她却总会忍受着一言不发。我虽然不能清楚地听懂他们的语言，但我能够体会那时的基本情况，摄影师在忙碌着，并不时调节现场的气氛，有时，那个帅男子又会超乎寻常地对女子施以极大的温柔和关爱，就这样，在这个五彩缤纷的小照相馆里，灯光忽明忽暗，我确信这名女子基本上是幸福而满足的。

从这里走过一座桥，走过一座山，看到一座城墙，男人们穿着清一色的流行的黑色西装，戴着墨镜，抽着烟，三三两两散布在那里，城墙边那些有着奇怪造型的枯树上面，零散地扎着各种颜色的纸花。我预感到这里将会发生什么，在那种即兴和毫无准备的旅途中,我说不清为什么,这样的预感随时会产生,而后便是对于预感到的事情发生的期待。我每天充满着略带点患得患失的猎奇心理。我甚至觉得，旅途是危险却刺激的,危险往往发生在看似最为平常和看似最为安全的一刻,在很多地方，我无法揣测当地人的心理，他们的眼神古怪而异样,每一个不同的地区,似乎人们的思维方式、眼神和对于善恶的理解截然不同,而这种随时伴随着我的异样感,是出现在我照片里的最基本的东西,这就是我的现实主义。

在赤沙镇的山区,冬天的寒冷到了无以复加的地步,一个拖拉机车队载着十三个“被干掉”的恶人游行示众。他们双目紧闭,额头上有伤口。他们恶贯满盈,已经是被送进地狱之门的十三个鬼,这刺激而血腥的社火游行在静悄悄地进行着。比这个悲剧更为悲剧的是，此时我已经用完了我身上的所有胶卷……在此后的数年,这种刺激而独特的“血社火”一直吸引着我,这也造就了我在2005年冬天那次困难而艰苦的重游,并且用一台4×5大胶片机为这十三个“恶人”分别拍了照。一直到今天为止，我尝试在摄影棚里精心准备并拍摄的那些小人物肖像，几乎全部来自那个时期旅行途中经历的深刻难忘的角色。

在二十世纪九十年代的那三年时间里，我每天都用全新的热情和精力去面对那种新鲜的、全然不同的人和景。主观上,我期待着大量的情景进入我的镜头,你可以以一个现实主义的审视观去看待所有的照片,但之于我,那是一堆属于我的主观到难以剪辑的无序的影像片段，这是属于我自己的那个时代的纪念品。在更长时间的盲目旅行中,在不断的空间交替的过程中，我体会到这眼前的生活更像是一部混沌得毫无出路的电影，谁能说我拍下的那些大量的胶片记录的不是一部电影呢？当所有的照片的细节在暗房的显影液里面慢慢显示出来，我可以清楚地记得每一张照片拍摄时的场景和当时的气氛,甚至是嗅到当时的气味……

时光已去,众多的变迁在这片土地上发生着,一切似乎都变得物是人非。从南到北,从西到东,人们的眼神、人们的思想、人们的穿着打扮都开始变得惊人的相似。我不需要再去旅行了,坦白地说,这无法令我再有热情,现实已经没有了满足我猎奇心理的条件。

这场跨越了三年时光的个人行走，使我见识了不同地域处于常态化的各种人性，我看到了现实世界和人性的辽阔与狭窄。大多数时间,我看到的东西是焦灼和令人不快的,你可以说这或许是个天生的悲观主义者的一次梦游的经历，但我的动机很清晰:拍照和体验未知的生活。在我的生命当中,我始终信奉用你自己的眼睛观看和审视你将要怀疑的一切东西,当你见过了太多的东西并对它们有所审视,你将获得更多的经验去解释将要到来的现实。我必须承认,这个物理意义上的行走虽然经历的时间是三年，但心理上的体验似乎跨越了一个世纪。我没有办法停下来去“深思熟虑”,我无法判定这样的游历和观察对于一个人心智的影响是好是坏，但我可以确信的是,消极的影响一定是有的。

回到城市,我试图忘掉所有游历中的不快。在小城镇游历的过程中,大城市成为我调节心绪的地方。但最惨烈的情况却发生在大城市,在北京的某一天,我丢掉了内有三部相机和所有胶卷的整个包。那时,正好是我旅行的第三年年尾,我试图将我的心理调整到一个较好的状态，丢掉相机似乎成为一个契机,这似乎暗示我,旅行可以结束了。

我意识到,我不能使自己再去走第四年,我已经全然没了热情,我的热情仅仅在这三年中有效,过期作废。我不是一个带着使命感的人,一定要感谢这一点,否则我将会被我的沉重压死。我必须承认在那段青春的岁月里,我是一个略带沉重、偏执甚至有点自虐和些许矫情的毛头青年，过了很多年我明白,那个时候的我,是强迫自己生活在幻觉的现实和现实的幻觉里。但对我而言,那的确是一个躁动的、狂热的、处处都会令我亢奋的年代。

我从来不想经由照片去让人们了解现实的苦难或不幸，我不相信一张照片能改变一个人或一群人的现实的命运。相反,我在那些所谓人道主义记录摄影里面看不出人道来。我确信,如果你是诚恳面对着你眼前的现实,你是善意而小心翼翼的，你一定要在你的照相机和你拍摄到的对象之间设定一个有效的距离，而不是某种“人道”的侵犯。在这三年，我拍摄的成千上万张照片，没有一张是出于某种特殊意图按下快门的。相反，我认为所有的所谓照片报道都将是带着作者主观篡改意识的。现在，这些等待冲洗出来的照片之于我的意义只有一个，那就是通过观看这些照片，我似乎可以免费享受到故地重游的乐趣。当一个现实的景象被定格为一张照片，这张照片里的最微妙的信息，那些呈现的细节，便是最好的东西。

很多年过去了，那三年或许是我人生比较有特殊意义的三年，因为旧时代的面貌一去不返，而值得回味的往往是那些曾经在我面前出现过，在自己的生命中擦肩而过的一些有着鲜明地域色彩的面孔，能够留下来的是照片，这便是照片无可替代的价值。那些反映在照片里的细节为我提供了面对未来的最为宝贵的经验。摄影成了我生活中的一种习惯，然而并不是生活的全部。摄影原本就是即兴的、方便有效的观察和便于同现实交流的方式，从这个意义上看，我不是也不想成为一个准专业的摄影家，我甚至不是一个那么狂热地喜欢摄影本身的人，一旦有那样的企图，我将失去所有的激情和敏锐。

多年来，我不断地在国内和国外办我的摄影展览，然而我在挑选展览照片的时候尽量回避了那三年拍到的东西，我不希望自己沉迷在任何一种挥之不去的怀旧情怀里，也不希望给人看到这便是我的全部。是的，那的确是少之又少的局部，然而我不得不说，这个少之又少的局部，却是一段闪烁着迷人的晦涩记忆的旅程,已然是属于我个人的巨大精神财富。

“李·弗里德兰德将他的影子投射在前面行走的金发女子的身上。”这是我能够谨慎而冒昧地用文字直接阐释的一张黑白照片……因此我清楚,一切对于图片的文字注脚都是徒劳而愚蠢的。

写于2010年12月13日,北京

故园三章

◎ 颜长江

颜长江——(Yan Changjiang)

摄影师。1968年出生于湖北秭归，广东梅州人，现居广州，从事摄影与文字工作。1990年毕业于武汉大学新闻系。2003年《夜间动物园》获平遥国际摄影节中国当代摄影师大奖铜奖，2011年《归山》(与肖萱安合作)获连州国际摄影年展评委会特别奖。

茶园寺

现在,在网络之世,我确切地知道,我曾经历过“古代”。比如这样一个场景:夜,破烂的瓦屋下,柴火灶前,一锅红苕热烈地蒸腾;祖孙三人,煤油灯下,就着剁椒,吃着烫嘴的红苕——多年以后,我看见凡·高《吃土豆的人》,很有共鸣,那是西方的古代。

那时,父亲在运动中受到波及,母亲也在外教学。在一个小小的偏屋里,我和婆婆、哥哥一起过活。有时要去借米,而大多数是借不到的。当天的情形也是这样:没米吃了,婆婆就说,去对面坡上挖苕吧!婆婆和我哥拿着扁担和一个箩筐,牵着我。我那时大约就三四岁吧。出门就下坡,然后就过河。这条河很小,有一个小瀑布跌下来,形成一个小凼子。凼子的水再流几步,就有一串跳墩子。我们顺利过了河,走几步来到我们家的一小垄自留地。婆婆和哥哥就在土里扒,就有奇形怪状的红苕出来,慢慢挤满箩筐。我心里也很高兴。

然后,好像天色突然暗了,婆婆拉我们赶紧往回走。走到河边,山水已经下来,又浑又急,石头墩子们也只是若隐若现了。婆婆和我哥先把我弄过了河。然后他们抬着箩筐过。我哥也才八九岁,抬不动了,一下子就站到了河里。我还记得箩筐也泡在急流里起伏摇晃的样子!那箩筐一偏,一些苕就被水冲走了——这时只见我哥冲到河里,去赶那些水中的红苕。就这样他就在水里一跳一跳……直到现在,我都还记得,哥哥那和浪一起变远的身影。

然后,我记得的唯一的一句,是婆婆呼喊他的小名:“强子,不捡哪,快回来啊!”我哥这才上了岸……于是我有了平生最难忘的晚餐。那一个个电影似的特写镜头,震撼我终身。

我害怕书写故园。现在也怕写这个地方:它地属湖北宜都,位于三峡群山伸向江汉平原的余脉之下,一个叫茶园寺的山沟。比起我大后待过的三峡,它没那么好看壮观,也没啥文物古迹——所谓寺,也只剩下一棵大桂花树而已。然而,它在土地之上,就凭这一点,它就足以告诉我,最优美的是什么。

是什么呢?屋后漫山的南竹,竹林中呼哧着爬坡的火车,火车又会钻进远处的洞子,那里有一道雄浑的大岭;屋前公路上偶尔路过“日本车”(当时少见的大卡车)……当然更为重要的,是那条河。我哥总在凼子里游泳,将我举到河中开涮。最激动人心的,是我哥组织的大型捕鱼活动。选择一个河的小湾,腹大口小那种,喊一声,大家都扑上去,三下两下将口子堵上,这就形成一个小小的内湖。然后我哥他们将水戽出去,同时撒上生石灰,这时奇特的场面出现了:石灰在水里冒出阵阵气泡,而鱼们,就像喝醉酒似的,开始摇晃起来,浮起来,多种多样,憨态可掬。大家捉得轻而易举,所有的水生生物“群贤毕至”。这种一网打尽的感觉,简直让我心醉。直到现在,我都一年有几回要梦见捕鱼。梦中的鱼不管多大,都是醉生梦死的样

湖北宜都茶元寺小学门口，照相师傅出于同情拍下了颜长江(右)生平第一张照片。

摄于1971年前后

子。平生快事,此为第一。

我哥还会做轴承小板车,会用芦苇秆做算筹,会扎扫帚或捉蜈蚣卖钱,也会在公路上锤小石子贴补家用——他总有赚点小钱的方法。而我没出息,但也可以放几只羊。傍晚回家时,只要到了公路上的门前小路,就乱赶它们一下,它们就一下蹿回家了。

我读完了一年级,就到宜昌跟爹妈上学去了。放假回到家一看,大家说那只羊让车给撞死了。当时还有它的肉可以吃,但我没吃。我很久都不再吃羊肉。大家都看过《国家地理》在南美拍的那张著名照片吧,一个小孩儿面对被碾死的羊,水汪汪的泪水流满面庞。我很理解他的心情。

那不是普通的可怜可爱之类。那是乡村中,一个人可以对这个世界的一切——尤其是细节(它们都会放着自己的光芒),有一种难以言明的深邃的感情,仿佛大家是一体的。村上春树有本《寻羊冒险记》吧,他也很懂。可以说,土地上的东西不好说清,只能说,富有文学性。最让我觉得魅力无尽的,是一种时光漫长的感觉。它反映在以下几方面:夏天,公路边杨树永不停歇的知了声;雨后,瓦檐上落下的雨点声音,一滴,一滴;门外,墙边,鸡咯嗒咯嗒的啄食声,一天不停,每日如是;到了冬天,时间就好像不存在了。天色暗如幕布,千山鸟飞绝,万径人踪灭。

只有那个小瀑布永远唰唰着……多么寂静!而所有的,那山那坡，也都在静止着。我感到有些心慌，有点孤独。按我后来的理解，那就是一种古意。对，就是范宽的雪景寒林，就是“日暮苍山远，天寒白屋贫”……

每当望着家乡的这番景色，我心里就回荡着父母弹奏过的《渭城曲》：“……历苦辛，历苦辛，历历苦辛，宜自珍，宜自珍……”虽然我还小，但已听懂，以下相当悠远。

而在这凛冽的意境中，散落的瓦屋下面，一定有亲人和柴火的温暖。堂屋中总有个火塘，似乎永在燃烧，人们也永远地围火而坐。扒一下余烬，也有刚烤熟的红苕。烟把每个人都熏得不时流泪，也将梁上的腊肉熏得更黑——快过年了。如果火不足了，大人就会叫一声“跟老子来”，拿个锄头，拉着我们，上得后山，就在雪景寒林中，刨出一截枯树来。于是火又旺起来，烟又大起来，而温暖也可望延续下去。

这种温暖，是城里无法给予的。所以我们总是闹腾着回乡过年。美好的事物，总在冬节里的雪景和寒意中相对而出。比如客人，在冬节里就更像客，而主人就更像主人。有一天我看到一个十五六岁的女孩儿，在门口犹豫不决。她脸上有点淡红，就像冻果子的颜色——果子冻过就是这样的。她穿着一件红的羽绒衣，那衣服会在颀长的身体上微微打个弯。

她应是无法妥帖安顿好自己的青春了，加上农村人老实，所以在门外静静地立着，不说话。

在湖北，贵重的客人叫作“娇客”，形容她是最恰当的。偏偏她还在雪天,穿个红色。我虽然小,但也觉得她标致得没法说。所有向火的人们,都想知道她是哪里来的。就有人暗暗问我的幺爹。幺爹虽是主人,也不敢打听,只能低声说:好像是谁带来的小亲戚。

过路客吧。众人也不敢再说。这个情景我印象很深。本来我觉得我们那地方收成总不太好,白菜和青椒就从来没长整齐过,不想到了万物沉闷的冬天,这一片贫穷的土地上,竟有这么动人的姐姐来。我立马感到家乡神奇起来。当然她走了,我又失落,仿佛错过。

终于年节到来,那完全就是一天天地慢慢等待,渐渐沉醉,又慢慢醒来。最眩晕的是大年三十晚上。我想说的倒不是喝酒,而是喝完团年的酒后,我们暖暖地上后山,山上的祖宗们也得过个热闹年哪!借着白雪映着的月光,在林中摸索。林外鞭炮声还在近一声、远一声,我们在雪地中深一脚、浅一脚,欢快地谈笑着。那竹林,都叫大雪压弯了,形成一个白的穹隆,其下有新点的数十盏香火,让人觉得温馨得很。当有人放铳的时候,那竹上的雪就大团散落下来,那一瞬间,这落雪,林里林外的爆竹,那香火,人间的温暖就此在我面前炸开,盛开,拥抱着我……

这一种感觉,也是没办法说。然后,一连数日的拜年,也是动人。那就是一场山间的游荡,走来走去,山重水复,有个沾亲的,就坐下来,行礼,醉一顿,然后再恹恹地上路。整日就醉在亲情里,醉放在那万物枯黄而只有麦韭青青的寒冷山川。“莫笑农家腊酒浑”,这一句诗非到此不能领悟到它的妙处的,而马远的《踏歌图》,非此不足以有共鸣的。Beyond乐队的《农民》写得也是这番情形,也还写得很贴。说实话,如果不是饿肚子,做一个农民,要比城里人幸福得多。我小时候就还真饿过肚子,但觉得那是我最幸福的时光。

那真是最后的田园社会。我的童年,还在集体经济时期。那不是一个好的经济模式,但历史是复杂的,对于孩子而言,那是个天堂。后来我再回去,看到表弟表妹们都不是我们那样玩的了,电视就更加让大家不再有伙伴关系。渐渐地,过年也不写春联了,也没有莲花落艺人叩门了。柴火不再烧了,新楼也代替了旧瓦房,人事也已沧桑。婆婆去世了,那时我刚到广州工作,没下决心回去送终,实在是我的罪过。她也埋在了屋后山坡上,身边都是亲人。再一次回到故乡过年,却是奔丧:幺爹去了。

他的一辈子也平凡,先是务农。我还记得他在小煤窑找了个工作,就靠人力往高处拉煤筐,这样攒一点儿钱办了和我幺妈的婚事。后来成了正式的矿工,说起来他还不无得意。这在乡下也确实不错了。然而,2008年过年前几天,他死于肺癌,那是矿工的职业病。他死时才五十岁。

我在大年初一回乡。山岭上覆着残雪,我一瞬间仿佛回到少年时光。我们又将一位长辈送上后山的林中,距我婆婆的坟也不远。雪景依然有古意,但再也没有烛火。这过年的几天里,我家乡竟没有了爆竹声。农村的凋落竟然如斯。一条新修的大公路碾过我记忆中的旧公路,宽得碾住了部分小河、小山和仅有的水田,包括我们的小自留地。那条小河,早因污染,没了鱼蟹。

幺爹过世,家乡的亲人更是不想待了,差不多都南下,和我哥一起做点生意。二爹连房子也卖了。现在,幺爹的儿子,我的表弟也生小孩儿了,但却是生在广州。新的一代总给人新的希望,但再也不会回乡。以后,怕只有上坟才回去了。

有坟就还是家乡。我离开家乡后,就没过过舒坦日子。挣扎二十年,混了一身伤。平心而论,我最幸福的还是童年,最浪漫的还是那不用花钱买的农村生活。现在我总想找个日子,回去靠在我婆婆的坟上。你说我们赚钱有什么用,婆婆也没用上。我就烧它几张百元钞票又怎么样。我就靠在坟上,喝酒,抽点烟,看着那道大岭和云,白天然后晚上。我一点儿也不怕,那将是我最安心的时刻。仿佛我毕生的奋斗,最后也不过是为了这样。

观 音 桥

观音桥是长江流域一个很普遍的地名。叫这个地名,我看大多是因为太苦太穷,于是,都浪漫地幻想观音菩萨踏桥而来……

宜都与松滋交界的观音桥,是外公外婆生我母亲的地方。我自小觉得那块土地, 虽然只在二十里外, 但跟茶园寺没法比,说穿了,简直不是土不是地,那里的山头,全是麻沙组成的沙砾。麻沙细长方正,如同方尖碑,只不过小很多,我小时候在那儿,每天都要把山坡当作滑梯,唰啦啦滑下去,扎得屁股生疼。这东西不存水,那么可以想见,这屋后坡上的菜园子,门前的水田,那母亲赞美过的田园,是几百年来的人们不知费了多大力,才制造出来的!

贫穷就透在我亲戚们的身上,像一股子气味,朝我这个城里娇客扑面而来。面黄肌瘦,质朴焦躁,散发着生命本原那种呼叫般的气息。我的舅舅们老表们,就像这麻沙晶体,性格耿直,而且也确实身材高大,像崔健说的,像一把刀子,牢牢地插进这块土地!

这块土地,血性是比较足的。没听说出过什么文人,但武将倒是有不少。比如贺炳炎,国民党方面的,也有几位中将少将。

麻沙地上更盛产优秀的农民,我大舅舅就是。他爱死了这块地,每天早上起来,都会把稻场扫一遍,再去放牛,深情地看着四围山川。还记得他拉着我的小手, 向我介绍那远山叫什么,那小河叫什么。我小舅舅也是,可以挑最重的担子。我很自豪地跟在后面,知道他总能拿到当天最高的工分。后来,他还去过海南找个能人搞稻种。那人叫袁隆平。

好玩的事情还有不少：外公总坐在巨大的草窝里，那窝由稻草编成，舒服极了。自他之后，我再也没见过这种家具；家里没什么荤菜，有时舅舅们就会突然扛个网，我们背个篾篓，跟着下河，那河虽细，但他们总有本事将网撒圆并网到鱼。有时拆下门板，往池塘里一放，立在上边撒网，竟也不掉下来，实在潇洒得很。

夏天的傍晚，田里的人们总是忙到很晚。舅妈会在骂骂咧咧中煮饭。炊烟就这一炷那一炷地升起，人们此起彼伏地呼喊，拖拉机还在轰鸣，而牛们在回家的路上不时深吼一声。这激动人心的土地啊，现在想起来，于我如圣境。我总在等待那晚饭，记忆中永远是面疙瘩汤（在鱼米之乡，这是穷的表现）。劳作的人们总是很晚才回，而我常常是在星空下的凉床上被摇醒，舅妈或者表哥们会大笑着，给我一大碗面疙瘩。

有一天，天还没完全黑下来。我和表哥看到对面的山头上那座榨油坊的上边，有一团火球掠过，走了一阵子。所以，我可能是看过不明飞行物的，到现在还有点信。其时，是1980年前后。

这是一种异象。在观音桥，异象是很重要的，亲人们相信在大事件发生之前，会看到一种异象。我认为，这也是穷的。

我的大舅给我生了四位表兄弟，分别命名为文、武、双、全，行辈为“明”字。明双表哥很机灵，他跟我是“一命”的。“一命”这

湖北宜都乡下，柳树花被孩子们当作玩具。
摄于1974年前后

个词很好,意思是同年龄。我们就玩得多一点儿。有一次,他突然问我,一首红色歌曲的歌词。那歌词依稀是:“爹呀,娘呀,送到哪里去,送给那亲人解放军。”当时我们忘记这最后一句了。爹和娘到底到哪里去了呢?我只好认为,大约搞男女之事去了……

然后就是一天下午,我们遵大人的命令,到屋后坡顶的菜园子去摘菜。那天天光明亮地照着菜园子,土壤与植物的香味在俯身的时候回旋,而直起腰来,可以看见白云,微风从脸上擦过。这时邻家园子里来了个妮子,也是干活儿或者摘菜。记不清她样子了,好像有点清秀可爱。明双哥就手舞足蹈,时不时抛出一句话,逗她一下。那妮子也就不时回嘴。最后,明双哥快乐地唱起歌来:“爹呀,娘呀,你到哪里去?我们到茅茨里去搞×。”

我呆若木鸡。于是,就听到小姑娘那咬牙切齿的拉成长调的骂声:“这个死明双,我告诉你爹妈去啊!”

明双哥和她的声音,我现在还记得,真是好听,明亮如那天的天气和绿油油的菜园……

我渐渐地大了,去得也少了,每次回去,亲人们一见我,都会绽开欣喜的笑脸,发出“嘿——呀”的惊叹声,足足要拖十秒那么长。这种感情,别处都没见到过。与此同时,我感觉到观音桥正发生巨大的变化,仿佛野龙苏醒。两个舅舅家的人都是很“狠”的,这个字眼也很好,在我们那里表示能干。小舅舅搞来的稻种救了大家,他也当了大队支书,后来又坐上了镇水泥厂厂长的“宝座”,成为掌握一方命运的大人物。而明文表哥跑起运输,明武哥开起了锯木厂。大家都往死里做,我感到这巨大的能量,隐隐约约也有些担心。

有些事情就这样发生了。距离舅舅家近十里,一座叫鸡笼观的山沟沟,水发源的地方,是二姨妈家。那也是我常玩儿的地方,有表兄弟三个。二表哥叫李明科,长得也明亮,像土地和树一样质朴。二十世纪八十年代了,那么偏僻的大队,当地的年轻人没什么好搞的事情就到乡镇小煤窑去挖煤。有一天,传来消息,二表哥出事了:两个大队的煤窑,坑道很接近,终于大家要抢同一坨大煤。明科表哥紧急受令安放雷管,不慎炸成重伤。

听说他住了很久的医院。又听说他腿断了失去了劳动能力,人废了。终于,我有天回去,怯怯地面对明科表哥了。他确实有点迟钝,身上也还有伤痕。然而他笑了,慢慢地对我说:“你是长江。”

据此我认为他其实很清醒。但清醒的人会绝望。不久之后,他自挂了“东南枝”。

到了我大学毕业的前后,又传来明双出事的消息。其时,我小舅已是水泥厂的负责人,明双也就在那里打工。他得了爆发性肝炎——上午还在挑粪种园子,准备做完了活儿去相亲的,突然就是暴风骤雨般的病,医疗条件差,家里也没多少钱,很快就过世了。

我回去了。给他上坟。他的坟,居然就在屋后麻沙坡上,菜园子旁。在那个小土堆前,我发了一下呆,响了一串鞭。

在明双哥与明全弟之间,还有一位表妹明琴,是我们表姊妹中最漂亮的。她过继给小舅,也到厂里当了检验员,结了婚,也生了孩子。可她也出了事。

明武哥一直在观音桥家乡住, 距镇上的水泥厂有二十多里。现在对我说,那一天傍晚,异象出现了:他刚上床,就发现屋里飞进来很多白蛾子,他们两口子就扫啊扫,扫了一撮箕。然后,大嫂就急急来了,告诉他们:明琴出事了。

明琴是这样出事的:那晚她换班后去球磨机边取样,那地点有一搅拌用的“龙槽”,就是一根钢筒内有钢球在地下打转那种。这机器刚维修过,维修人员忘记上盖了。明琴没看见,就跌了进去。人就这样不成了样子,腰以下都搅了……

我不久也回去了一趟。我甚至有些暗暗的庆幸,因为我没有眼见这些悲痛的场景。据说小舅身为副厂长, 也没追究什么。人已逝,又如何。

小舅也是拼命型的,后来是厂长,再后来是董事长。他是一方乡亲所依赖的神一样的人物。然而,后来他又给人整了下去。老表们也做了各种生意,有的就奔到镇里、县里,观音桥没那么热闹了。到近年,水泥集团破产了,老表们基本南下打工,于是观音桥更加冷清了。

二十来年,观音桥走了一个中国农村标准的来回。一场天翻地覆,然后又归于沉寂。生活虽然变好,世道依然艰难,而乡村破产,了无趣味。历史在土地上偶一闪回,只是在这个闪回中,我损失了三位老表。

有一天我同旅法的摄影师曾年聊天,我讲了三位老表的故事。我说,我怎么也想不到一块贫瘠至极的土地上也会放出骇人的能量。

他就说,你还到处找什么题材,还不如拍拍写写你自己的家乡。我想是的。只是我也还没有时间和勇气去了解母亲家族的故事。那故事在母亲的讲述中,如雨后春笋,多如烟海,让我望而生畏。

我记住一个场景就够了。那是我最愉快的回忆,现在我只愿停在那一刻——我的明双哥停留在欢笑的青春里,我迄今为止比他多活的二十年,并不比那一刻更有真意——那是山坡,菜蔬,阳光和白云,少年和姑娘,还有吹过他们的微风,同风景一样明亮的语词和歌唱。

施家台

我觉得人活一场,就是要想明白。想一想我自个儿,三十岁以前确实不太明白,现在四十岁了,终于不迷糊了。然而,三十岁以前虽不明白,但日子过得好,好得似乎将后面的运气也预支完了。大约我正是赶上了一个趟儿,这个趟儿对那些天真但有些天分的人是很好的:我生于二十世纪六十年代末,是能正常上学的一代,同时我也有珍贵的时代记忆,而又目睹了最后的“古代”田园;我上了最为自由的武汉大学,并体验了理想主义的八十年代;我又在1990年毕业后来到广州,当了改革开放最前沿的潮头。广东那年月,有才能就会有相应的公平,我事业亨通,步步高升,名声不小,收入不错,简直成了故乡父老眼中的能人。一句话,我的青春正赶上中国的青春期。我够幸运。

是的,往下一代看去,我们的经历,我们的跨度——咳,我们真是一个活标本!我活得真是过于有时代感了,或者说,太得意了。当新的世纪,中国步入青春期后的中年时,我也改变了自己,以至于人生颓唐。我“老”了。

仿佛存在一种时间差,我的哥哥情形好了起来。也在世纪初,他辞去宜昌的公职南下,他在广州的城中村找到了商机:将农民出租屋包下,装修成有人管理的智能型廉租房。他的生意很好,家乡亲人也纷纷来投靠,家乡似乎整体搬到了这儿。做生,过节,结婚,满月,辞年,拜年,湖北的习俗,竟然在广州这一群体中完整地流传。几年下来,不少混得好的,已开上车,买城里的房。以前是观音桥茶园寺的,去县城里买;以前是县城的,现在去宜昌市买房;以前是宜昌市的,现在广州市买房。

我早就是广州仔了,难道我得去外国买房?不。我在漫长

颜长江在武汉大学。

摄于二十世纪八十年代

的精神危机之后，我知道，我倒想回乡！当然，我只能幻想回去。这两年，有一阵，天天画那梦中小院的结构图，竟成了我的精神支撑。

没想到有位朋友先于我实现了。

这是2011年5月某一天的事了。我是上夜班的，上完最怕睡眠不足，然而做报纸的，手机也不敢关。不料那天早晨，手机一响。一看是5时49分，叫苦不迭。再看内容："长江：希望没搅你美梦。此刻我已过襄樊，往澧县，雾气升腾，故乡真美。我想，无论家乡气候多么恶劣，我都不打算再离开她。老魏。"

唉，真搅了我美梦了！不过，当看到"我都不打算再离开她"，我心中突然震动，并升起一股巨大的暖流。我知道，这话非同小可！背后有巨大的决心，同时，他的生活将完全改变。他闯深圳，闯大连，恐也有二十来年了，发过财，也坐过牢，中间艰难困苦不知多少。现在，他看透了，走得比我远了。

魏壁的信任让我备感荣幸，随即祝贺——"我很感动。一时良宵美夜，星河灿灿，境界全开。恨不能亲身往贺，非此不足以分享。旧山松竹，少年老大啊！我知道这种感觉，尤其是火车上，醒来凭窗，有我们那里田野的气息……回到要埋你的地方啊……你何德何能！"

我知道他是走在焦枝线上，就说："你过枝城十多里，右望，有白河水库大坝，水的那方，就是我家乡观音桥了。"

老魏说："啊！我先打算告诉你的，那一片水，静止得如一面镜子,有白鹭划过。”

魏壁返乡，我看成是这个时代的一个文化事件。他回去后,也偶尔发个短信。我在城中庸碌的时候,而他已在冬天过年之前,起好了他的大屋。我也问过,他北方的老婆怎么办,他叹气说,她实在不愿南下,而他一定要回到湖南。即便不回,两人也走不下去了。分了……

由此可见家园的力量。2012年8月,我颓唐已极,于是决定回一次,要路经老魏的新居了。哥哥听说了,怕我开车不安全,同去。像小时候打捞红苕一样,他这次帮我打捞精神食粮。那一天早晨,从广东英德出发,我们一路向北。为了当晚赶到湖南北部,我湖南全境没停过,路难行,夜晚偏又大雨。挣扎到了澧县,已是午夜时分。我将车停在大街上,放着交响乐。不久老魏从一辆小车中招手,跟着他停定。我们欣喜若狂。只是他后面钻出个大肚子的姑娘,长得很清秀。老魏大声介绍道:长江,这是我媳妇!

得,这小子一回乡,啥都顺了:娶得真快,房子也快,儿子也快了!后来他才对我悄悄说,这是一位朝鲜族姑娘。他南下回乡的时候,她决定跟随他。有见识的姑娘!

他家有个好名字,梦溪镇。到了施家台小村,房屋建得较挤,最后的一个新屋,就是魏家了。老魏是好古之人,但屋子虽是瓦屋式样,材料全是现代的搞法。欣喜之下,我也有轻微的失望。第二天一早,老魏拉上朋友李春林,邀我们去周围行走一番。这也是外面朋友来到的例行节目。他戴个草帽，拄个竹竿，背稍微有点驼的样子，显得有些老，我想这有故意的成分，这样就有点像陶渊明了。我们随他走田埂，闻稻香，看池塘，访老农。那乡间气息，我很亲切，但说实话，田和屋都收拾得不算好，风景也没啥。然而我明白，这是老魏的圣地。

我知道，只要是家乡，它所有的细节都会蒙上圣光。

我邀请他也去我家乡看看，他们正有此意。于是，我们开着两部车，往北。也就十多里，就是湖北了。查看地图，距观音桥的直线距离也就四五十里！我们两位好友，现在才明白，真可以算是家乡人了！

路边白杨高高地招展，越往前行，心里越是畅快。人生得意，莫过偕友回乡！不久江汉平原尽了，开始入山。车近茶园寺，我的手机拍个不停，仿佛那东倒西歪的屋子，树木水稻，每一样东西，都是那么珍奇，而可供我以后长久欣赏。我们看了一眼幺妈的房子、二爹的旧居，那里，正是我少时家的所在。老魏立在路边，看着房子若有所思。他一定在想：长江原来如此……

我们先去了观音桥。那小时候婆婆拉着我的手走过的路，曾经多么漫长，时而搭个便车，有时叫个小船（或棹孤舟），而今竟是一晃而过。眼光是那样贪婪。大舅新逝，看了一下坟园。明双哥的坟来不及去。我只能在高处俯瞰一眼，那曾经明亮的埋他的菜园。

回到茶园幺妈家。不久宜昌的朋友肖萱安、李朝晖也开车

颜长江回到茶元寺祖母坟前，魏壁拍下照片，又邀颜作诗，魏写在照片旁。名为《茶园远望》。摄于2012年

来到。说起小时候下河洗澡的事情,老李便提议,他爱死了那个小凼子,不如下水。于是四五个中年人,就这样下来。大家全部裸体,也不管数米之上,正是公路桥,往来车上人可能看见。小河已不如小时候齐整,人少了,河也烂了。凼子下的跳墩子,自然也早没有了。我哥嬉笑着,仿佛少年。

稻场上,晚饭。四围是我的山。晚上宿于何处?本来的计划是宜昌市,城市的条件,通常认为是多么的好。我舍不得这里,但我怕大家笑话,不敢说。临到上车,我想,本来这一程是我这个病人来治病的,我得坚持一下。于是我沉吟道:“我想留下。”我哥一愣,豪迈地说:好,我陪你!老魏一笑:“这就对了,我也正有此意!”

于是又复欢笑。幺妈家住下。四点我才睡着,可五点又醒了。这时手机传来短信:长江,快起来,外面景色正好!

我拉开门,魏壁和李春林正站着,穿得严严整整,背好了器材三脚架。真是好朋友,如此欣赏我这平常的家乡。他们是真正懂得土地的人。土地就是信仰。

于是在未亮的沉郁天色中,我们到了山后,看了婆婆的坟,走过小时候我的上学路。家乡,已像是一围替我保护着的文物,仅存一种巨大的沉默。我想寻找一处宅基地,可我们这山地,已没多的地了,而我本来也只能接受,在原地数十米之内。我还是要我小时候的视野,小时候的角度……

只是不会给你宅基地了,给了你,你也不会回来建了——

四十岁以后明白了,可是你也无奈了。

这一天,魏壁说:"长江,你说得最多的一个词是'我小时候'。"是的,我确实只有那时是快乐的。我生于土地,何等有幸!

几天之后,我回广州的时候,又鼓足勇气同哥哥说,还住魏家。于是又到"咱家"。我发现,我渐渐爱上魏家新房和那里平淡的村景了。那仿佛是我另外一个家乡,因为,他替我们实现了能够居住的家乡。几个月后,老魏要我给他快出生的孩子想个名。他家在施家台,本姓施,想给儿子恢复本姓。我们想了很多,最后他来短信了:别想了,孩子就叫施家台。以家乡的名字作为姓名。太合适不过了!今年春节前,老魏来广州做照片,我哥安排他们一家人住进了城中村。我看到了施家台,我的义子,胖墩墩,动他就憨笑。我没有孩子,如同没有故乡。我爱死他了。

在电影《1942》里,历经人间地狱的主人公,最后拾到一个幸存的孩子,老人牵着孩子的小手,给了人一点儿希望。

是的,故乡已逝。愿此生,能执着孩子的手,我们再回故乡。

写于2013年年末,广州

看图说话

◎付羽

付　羽———（Fu Yu）

摄影师。1968年出生于辽宁兴城。1993年毕业于鲁迅美术学院。出版作品有《四季平安》《银盐习作》《绚烂》等。现生活、工作于北京。

儿时的付羽。

摄于1970年

我想了一下,能回忆起来的事儿,几乎都是有照片提醒着的,好像没有拍照纪念的事儿都不存在了。

爸爸就拍照

这两张照片是1970年我两岁多的时候爸爸给拍的，脸上柔和的光线来自画面右边的一大张白纸的反光。

爸爸有一本《简明摄影化学》,是我见过的第一本摄影书,薄薄的,比32开的书窄,封面上有一张照片,是一个锥形量杯和一卷散开的135胶卷,光线很像这两张照片。家里还有一张爸爸拍的分身照,照片上一左一右、一前一后有两个他在上同一级台阶上,爸爸跟我说是在遮光罩前用黑纸挡住一半曝光,再换挡住另一半在同一张胶片上做二次曝光。爸爸还给我讲过用暖壶皮做一台放大机的故事。

我五岁时有一次爸爸带了很多湿照片回来，晾满了家里的桌面和柜盖,4英寸的照片,铺在报纸上,面朝上,面是绸纹的,每一张照片里都是苹果,有整个儿的有剖开的。

弟弟跳起来

这张是我拍的第一个胶卷里的一张,拍摄于1984年。之前两年我跟我大舅冲过一次胶卷,我们蒙在一个被子里,他把胶

弟弟跳起来。

摄于1984年

卷放在一个碗里显影之后递给我,我在另一个碗里定影。这次这个胶卷是我自己冲的,窗子用牛皮纸帘子遮着,在炕沿儿下,也是用碗装的热水溶开的显影粉和定影粉,把胶卷放进去时水是比手热的,到快冲完时才发现屋里原来是雪亮的。1985年,我在一个旧剧场里的美术班学画的时候,在舞台台板下面的一个角落里找到了一个显影罐,黑塑料的,胶带式的,适用于120胶卷的。伸到罐子里转动片芯的叉棍是用木头后做的,做得很规矩,以至于我还以为原装就是木头的。这是我最早的显影罐。

拍这卷用的相机是海鸥4A,景深表是好看的斑马纹,背带和机身连接的扣也精致机巧。

照片上的水是小凌河,地平线上有锦州的古塔,曝光是按照胶卷盒上的“薄云遮日”来的,快门速度用了最高的1/300秒,按下快门时相机在跟随我弟弟转动,所以人比背景实一些。一直都觉得把人凝固在空中很有趣,1991年我买了有1/2000秒快门的雅西卡FX-3 Super2000时,马上就拍了寝室里每个同学跳起来的照片。

做一个相机拍一张

照片里是我弟弟和我,是1985年夏天,用一个自己做的简易相机拍的。我用纸板做了两个套在一起的盒子,里面糊上了

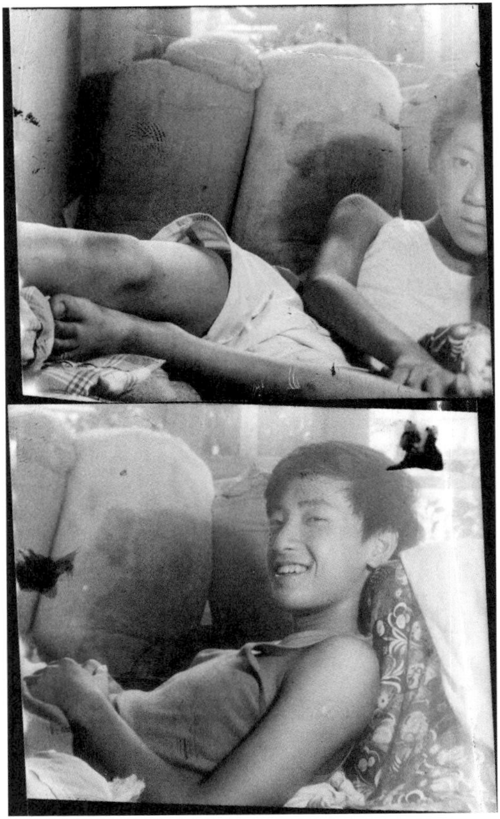

用自制的简易相机拍摄的照片。

摄于1985年夏

包相纸的黑纸,盒子缩到最短的时候是17厘米,是当作镜头的一个玩具望远镜的物镜的焦距，我聚焦太阳大概量出的这个数。光圈是剪了一个黑纸圈贴上去的,大约是f/11,快门就是在镜头前的一个双层的纸框,中间夹着一条开了口的120胶卷的背纸,胶片是剪断的120胶卷。当时用的曝光时间是十几秒,是在一个表格上根据灯泡的瓦数和距离查到的，表情和姿势在这十几秒里是保持着的,看着摇头电风扇摇到头再摇回来。这个相机只拍了这两张,之后就把镜片拆回到望远镜上了。

那段时间还用一个盒子拍过一张针孔照片,拍在一张7英寸相纸上,冲出来负像再印成照片;还用木盒做了一个横放着的简单的放大机,用了一次,放出两张6×6厘米的照片,是局部放大的。

1986年买长城DF4之前,多数拍照都是用借的相机拍的,所借的相机多是偷偷拿家里或单位的，所以在相机拿到手到还回去之间能拍什么就拍些什么。

禄来相机

1988年,我在鲁迅美术学院学雕塑,在需要给做完的泥塑拍照留影时拿到了系里的禄来相机(Rolleiflex),是planar f/2.8镜头的。我用它拍了这张石膏像的照片,胶卷是简装卷,过期的,画面上可以看到很多斑,是用大光纸印的,还上了光。照片

在鲁迅美术学院学习时期

拍摄的雕塑照片。

印出来时我马上意识到这和我以往的照片明显不同，有很不一样的影调节奏和很不一样的细节方式，我把这些不同完全归因于这台禄来相机，并开始猜想，我在杂志和书上看到的那些大师的毛糙的照片如果能看见原作，也许都有这样的影调和细节，也许更好。

不久之后的泥塑头像课上，老师上课带来一张资料照片，是系里一位老先生年轻时从德国带回来的，是他留学时的泥塑头像作业的照片，7英寸光面的，纸基薄薄的，有一点点黄，影像清晰清澈，颜色比正黑略偏一点点褐，相片背面有细平的纸纹，印着一个5厘米左右的蓝色的长方印章，上面有些铅笔写的字母，我拿在手里翻来覆去看了好一会儿，它也同样是太不同于我之前见过的照片了。我第一次用进口胶卷时也有类似的感觉，当时是1990年，是一个熟人从单位的大盘片上剪下来的一段，大概有6米，偷偷带出来给我的，冲出来后看齿孔的旁边印着“FUJI FG”。

小相机基辅35A

拍这张照片是在专业课的课堂上，我坐下来休息，把基辅35A掏出来放在旁边的桌子上，大概对了一下方向，轻轻按下了快门，没人注意到我在拍照片。

基辅35A是苏联仿联邦德国的米诺克斯（MINOX）的，很

用小相机基辅35A拍摄的照片。

小，快门几乎没有声音，35毫米f/2.8的镜头，自动快门能到4秒，我是1989年在五爱街花五十块钱买到的，随后，因为漏光，我拆掉了翻盖把镜头固定了。

那两年里，我时常会把它揣兜里带几天，随手就会拍两张，当时隐约感觉到，要是兜里有一个相机，眼睛能看到什么就会很受这个相机的影响。

配 方

我在看我爸爸的《简明摄影化学》时就想过要试试上面的配方，后来又买了满是配方的《暗室百科》，1990年年底，我在系里要拆的老暗房里踅摸时，找到了一大瓶对苯二酚，借着这瓶对苯二酚，我之后几天又在照相材料店和试剂店买了几种药品和一个架盘天平。随后的1991年的元月和2月，我配制并使用了五十种冲洗液，包括胶片显影液、相纸显影液和定影液。配方大部分是《暗室百科》里的，用的水是沸腾过几分钟的自来水，我把60米的太行盘片分装成每个80厘米、能拍十八张的胶卷，按斤买了“辽源”放大纸的纸边，把够大的都裁成了5×7英寸。通常在前一天把第二天要用的冲洗液配好，然后拍一卷，马上冲出来，接着就放大，再把放好的照片贴到一本皮上印着“鲁迅美术学院第十届团代会第十七届学代会纪念”的本子上，在旁边抄上配方。

鱼缸。

摄于1991年

这张鱼缸的照片是这个本子里的第一张照片，1991年1月1日拍和冲印的，胶卷显影液用的是FX-5，是为了看每升125克亚硫酸钠对柔化颗粒和扩散高光的作用，相纸显影液是AgfaA100。

当时用的相机是蔡司的Jenaflex AM-1，镜头有50毫米和28—70毫米两只，为了要马上冲出来看效果，拍的时候都不会走远，就在房前屋后，拍的内容也大多是能突出显影液特点的，比方说拍这张的时候就是想着画面里要有高光、有黑白分明的地方，好能看出来高密度部分的溶开扩散。

为雕塑创作拍素材

1991年6月，我买了雅西卡（YASHICA）FX-3 super2000机身带50毫米f/1.9标头和28-80毫米f/3.9-4.9、75-210毫米f/4.5两只变焦头，随后又买了个雅西卡109机身。如同当时学英语要买收录机一样，我当时的借口也是要拍雕塑、翻拍资料和为做雕塑拍素材这些。

这张照片是1992年在塔什库尔干县的班迪尔乡拍的，都是用的50毫米标头，胶卷是分装的乐凯100盘片，显影是用的莱依茨溶液，这个配方能把不同条件的胶片冲得比较一致，放大纸是厦门3号光面。冲卷和放大都是在系里的新暗房，搬到新楼后，暗房钥匙就一直在我手里了。

新疆采风素材照片。摄于1992年，新疆塔什库尔干县

“萨巴第效应”临摹作品。制作于1994年

当时是我们几个同学有两个半月的时间在外地转，算是考察采风,为毕业创作积累素材。我拍了四十六个卷,带的胶卷用完了,但当时路过的几个县城已经买不到黑白胶卷了。除了一些纪念照，拍照的时候我总是叮嘱自己照片要对后面的雕塑创作有帮助。

萨巴第效应

“萨巴第效应”是在曼雷的故事里听来的,说他在显影的时候暗房门被突然打开,影像见白光后反转了。我在1989年临摹了一次,在显影中途打开了日光灯,看到了影像反转并出现了边缘线。

这张照片是1994年做的，原底是用玛米亚(MAMIYA) RB67、T—MAX100拍的,用制版胶片拷贝,在显影制版胶片的中途打开白光,冲洗完成后再用这张片子拷贝,重复这个过程几次就是现在这个样子。当时还做了一卷黑白胶卷的反转冲洗,办法有一点儿像,是在显影后漂白再见白光。

我常被这些小伎俩吸引，虽然时不时地想起来应该让摄影有用处,但总是被它本身的趣味打败。

广告静物照两幅。

静　物

这两张照片是为杂志拍的，两个跨页，是前后页。我在为广告和杂志拍照的时候被称作“静物摄影师”，桌面静物拍摄是我工作的一大部分，拍的时候，安安静静的，相机和静物台摆好后就基本不再动了，然后看着取景屏一点一点把东西摆进去、把画面组织起来。日复一日的，像是不停地做基础练习。好玩儿的部分是过程中的很多小伎俩。

四季平安

2002年年底，我从朋友手里买了一套康泰时(COMTAX) G2，有28毫米、45毫米、90毫米三只镜头。之后同往常新相机到手时一样，有空的时候就拍一拍，叫“试机器”，过了段时间，又买了一个一样的机身和一只21毫米的镜头。相比当时在棚里的工作上的拍摄，G2的自动对焦、自动曝光、电动过片和单手操作，都让我觉得放松、自由。到2009年时，就这样拍了有一千一百多个胶卷了。“四季平安”是2008年这些照片展出时的展览名，名称来自出门拍照时常常能见到的春联横批。

这两张照片中的前一张是2003年开始用G2不久的时候拍的。后面一张是2008年展览前不久拍的。

付羽在2008年“四季平安”展览上展出的两幅照片。

第一张是在内蒙古的正蓝旗的元上都遗址，我站在城墙上向北拍的，风非常大，画面中的车是我停在那儿的。爱克发(AGFA)的APX100胶卷，用雷电露显影的，雷电露可以冲出很有力量的影调，同时还有很大的密度范围和均匀清晰的颗粒，那几年的135胶卷几乎都是用它冲的。

第二张拍的是位道人，在宁夏中卫的一个道观里，这个道观只有他一个人。当时光线很暗，相机里是感光度400的Tri-x胶卷，快门速度好像也只有1/6秒。之前有一回给一位僧人拍照，那个庙里也是只有他自己，光线也很暗，他从箱子里拿出了一件新袈裟穿上，面对着我，开始哼唱佛经，同时左手在摇一个铜铃。我屏住呼吸准备按快门，这时他突然哭了起来，同时还继续唱着佛经摇着铃，我拍了很多张，但都没能拍实。

罗伯特·弗兰克

2007年9月30日，在我工作室，罗伯特·弗兰克翻看我拍的一些14英寸照片的时候，看这张的时间比看别的长了一些，我猜他可能是觉得猩猩和人照相这个事儿有趣，就把这张照片送给了他，并问了他照片制作得怎么样。他又看了一眼照片，问我："你喜欢吗？"我点了一下头，他说："那就可以，不过，要是拿给编辑的话，它太暗了。"10月7日我去他纽约的公寓见他时，看见这张照片被贴在门后的墙上。

猩猩与人的合影。

摄于2004年8月1日,北京动物园

当天晚上我们一起吃晚饭,他坐在我正对面,快吃完时,我举起米诺克斯来拍他,他一点儿表情都没有地看着我,这时候过片扳手扳不动了,我准备换胶卷,他一直看着,我直接就卸掉了后盖,忘了把胶卷先捯回暗盒,看见了胶卷时愣了一下,又慌忙地往回装后盖,这时我听见他大笑的声音,我抬起头,看见他右手指着我手里的相机,左手食指擦着眼角的眼泪。

跟随庄学本

2008年秋到2009年春,我有差不多半年时间在放大庄学本的照片,是李媚老师和蔡萌委托的。在放大的二百二十七张中,有一百七十四张是庄学本1934年到1940年间旅行时拍的照片。那些天里,我一个人在暗房,把一张张有七十年历史的底片装入徕兹2C(Leitz FOCOMAT IIC)放大机的片夹,看着它们在尺板上的投影,慢慢体会摄影者当时的感受和愿望……有时候会觉得自己就在庄学本拍摄的场景里,在不远处靠墙站着,看他调整完相机,打量着被摄者,等了一会儿,轻轻地按下了快门。当显影液里相纸上的影像渐渐饱满的时候,也好像能听到庄学本在说:可以了,这样行了。

庄学本1934年7月在杂谷脑寺庙拍了那张著名的《嘉绒少女》,我2018年8月到了那里,在街上给一位穿着嘉绒服装的老

庄学本作品《嘉绒少女》。

摄于1934年，四川理县

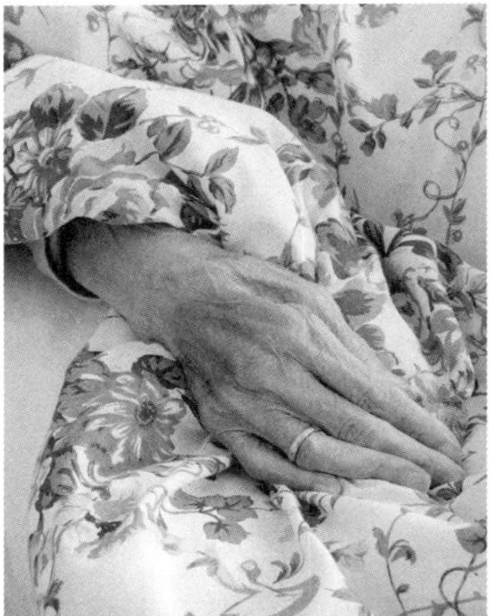

奶奶的手。

摄于2010年10月底

奶奶看手机上的《嘉绒少女》,她说:“认得,四大队的,当官家的女子,人没了。”还从街对面喊来了“嘉绒少女”的晚辈年轻人,但他们看了照片说不知道阿婆年轻时的模样。

我在2009年4月见到了拍这张照片的相机,禄来双反的标准Ⅰ型,摄影镜头是f/3.8、焦距7.5厘米的蔡司天塞镜头。

奶奶的手

2010年10月底我拍这张照片的时候,奶奶九十九岁,是她去世前的十几天。我很小的时候,她就跟我说过她是九十九岁的寿,那年夏天,我们跟她说再活一百天就是一百岁了时,她摇了摇头。那几个月里,奶奶总是在讲她享的福我们只见过一点点,她吃过的海物我们都没见过……有一天她跟我说:“你要哭都没办法哭,你只能哭:我那享福的奶呀!你要是不死你还享福哇。”说着就笑起来停不了,奶奶爱笑,笑的时候要用手绢掩面,笑得厉害的时候还要停下手里的事儿,回房间去笑完。

这张照片用的是百合NE相纸、刚刚过期了的Pyro ABC显影液,拍摄用的是禄来双反3.5F相机、爱克发APX100胶卷。图案里的花是蓝紫色的,蓝紫色在黑白照片里一般比眼睛看到的感觉要浅些。

石榴。

摄于2010年9月

习　作

2006年后，我原来在画册上见过的著名作品开始经常见到原作照片。2009年秋，我把工作室搬到了宋庄，开始基于在原作上得到的认识专心做摄影练习，到2011年7月，共用了十一盒8×10英寸一百张的相纸。其间，蔡萌做靳宏伟先生的藏品展《原作100》，过程中，我帮忙整理照片，又多次打开原装裱，直接接触原作照片。那段时间也拍了一些照片。

照片中石榴的力量感有一部分原因是因为用了75毫米广角镜头。照片也是2010年9月拍的，相机是星座TOYO 45A，胶片是ADOX CHS50ART，这个胶片我只用过这一盒。

付　奕　来

付奕来是2011年11月出生的，之前的9月，我把工作室搬到了家的附近。

这张是用米诺克斯相机拍的，月子里，一个纪念。

当　下

2014年4月，卢恒帮我买的集光Durst1200放大机寄到了，我用它替换了其他几台放大机，现在暗房里只有一台

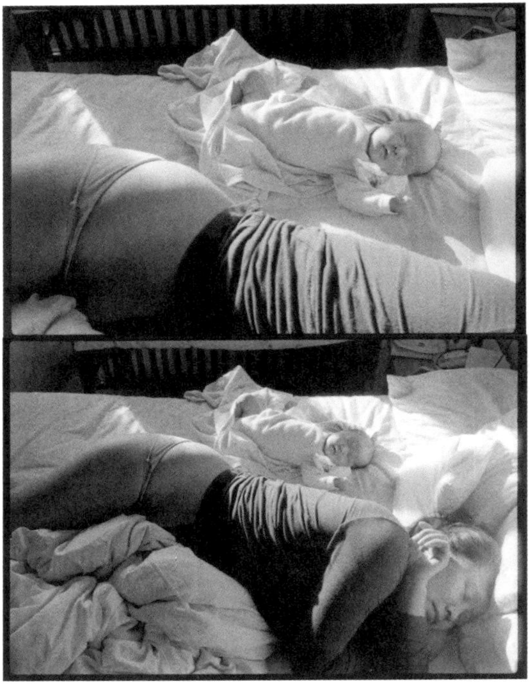

月子里的妻子江林和
新生儿付奕来。

Durst1200了。对于做到同样工整的照片，我用Durst1200实现起来要轻松得多。我操作它的时候想到过：是不是祖师爷要通过这台放大机把漂亮赏给我。

第一张照片是永定河里的一块石头，2012年抱着付奕来去郊游的时候拍的，也是4×5的禄来Retro100 Tonal胶片，300毫米镜头。我当天拍了三块大石头，这是最南边的那块，拍的时候，付奕来在附近爬着。

第二张照片是用 Forte PW17 相纸放大的，PW17 相纸能把亮部影调呈现得非常迷人，纸的质地也高级，平滑的表面上有浅浅的光泽，我最后的几张PW17 相纸都用来印家人的照片了。这是 2013 年 11 月的时候，那时白天我一个人在家带小孩儿，时常用禄来双反拍照片。

整理于2020年5月，北京

永定河的石头。
摄于2012年

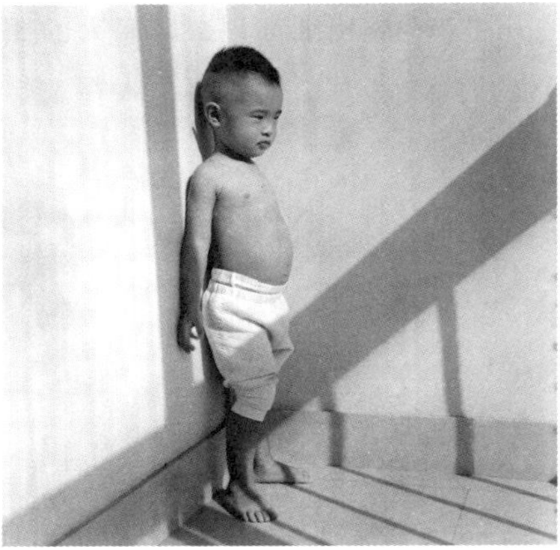

用 Forte PW17 相纸放大的付奕来的照片。
摄于2013年11月

一个人一生只有一个故乡

◎木格

木　格 ———— (Mu Ge)

摄影师。1979年出生于重庆巫溪，现居住在四川成都，毕业于四川师范大学，曾担任摄影师、图片编辑及大学教师等工作。曾举办个展：2013年“山水”（MILS画廊，澳大利亚悉尼）、2013年“尘”（禅画廊，日本东京）、2012年“Asphal Photo”（Tanto Tempo画廊，日本神户）、2011年“回家”（Anastasia Photo画廊，美国纽约）、2009年“回家”（禅画廊，日本东京）、2009年“回家”（GIM画廊，德国布莱梅）等。

一

太阳落山的时候车子驶入了山区,雾气渐起,映照着山的边缘,山变成了金色。常年的风把山形侵蚀得圆润,我们遇见了略带金色的大山,此时路况最佳,山在空气里,就像鱼在水里,怡然自得。入夜的时候,山路是没有路灯的,靠着两侧的反光标识夜路开起来也很顺畅,四周慢慢沉寂了下来,外部的纷扰暂时落下帷幕,行车的人们得到喘息,慢慢沉浸在自己的世界当中,音乐在小小的空间里流淌,三人同时望向窗外深蓝色的天空和暗灰色的云,其中一人感叹道:“终于快到了。”女儿也应声回道:“我知道,山的后面就是奶奶家。”“对,再坚持一会儿,就到了。”

妻子每每提起尖山, 都会玩笑似的补一句:“当初以为是重庆,两个小时就到了!结果要走一整天。”是的,说起尖山在重庆,不如说它在陕西或者湖北,从地理位置看,这里更靠近三省交界的地方。

谈话间,敖家垭口近在眼前,家很近了,路两侧很窄的地基上建起了两层高的民宅。宅子贴着道路,人、舍、路之间极为紧密。在山区开车时常会遇见在路上散步的人,车子来了,他们也不慌张,慢悠悠地只管按照自己的节奏走,不似城市道路上的人们那样。山区里的道路另外有意思之处在于,不仅承载了道路的功能,还兼备休闲广场、晾晒场、露天酒席,功能综合且强大。再向前走,宅子多了起来,穿过相对热闹的镇中心,右拐进入后街,再左转看见尖山小学,家便到了。父母已做好了饭菜,此刻刚好是晚饭时间。这是回家典型的一日。

二

尖山是一座很偏僻的小镇,距离重庆市巫溪县城或者云阳县城,大约还有80千米。尖山镇因一座山而得名,山小而尖,山顶只能容纳不足十人。站在山顶,能看到小镇全貌。我离开小镇十余年从未想过回去,这不是指短暂的停留,而是重新开始在那里生活。

这十余年,思乡之情很淡,一来兴许我这样的年龄,关注的焦点多是向外,大部分的时间在路上,头脑里面所想多是目光所及的人和事;二来小镇青年,出去意味着更多的机会,在考上大学的时候,家人的欣喜多于不舍。从初中十来岁便离开家到县城独自生活求学,为未来到远方做准备,后来再到成都,离开是必然的方向。

在尖山,离乡被称为“找活路”,第一次出远门,父母和邻居、亲戚都想象着如何安全到达对于我们太过于遥远的成都。但对于我来说,反而害怕路途太快,我和同伴思量再三,选择从尖山乘半天的汽车到达云阳长江码头,乘坐两天两夜的轮船到达重庆,再坐十六个小时的火车到成都。离开了举目都是

曾经的故乡只剩下一棵大树，很多时候告诉自己已经回不去了，但是我的根还在这里。

熟人的小镇，这记忆极其深，以至于我在后来拍摄长江的时候，满脑子都是记忆里某种场景的再现。

然而，少年离家必然就会回去，那是在每年新年。交通工具是轮船和长途汽车交替，浑浑噩噩地睡了一路，每次到敖家垭口，就自然醒来，这里离家大约只有十分钟车程，于是收拾行囊准备下车。第一次带女朋友回家，刚到家里，就约了从小玩到大的兄弟骑着摩托车到垭口玩耍，三个年轻人，脸被深冬的风吹得通红，站在一块石头上，我给她拍了张照片。最近几年开车回家，带着孩子和妻子，到了垭口，仍要将车停下来，在山头上坐上一阵，对面是深邃的山坳，风总是吹得呼呼作响，云变幻不停，就像回家的仪式，需要在这里完成。我一次又一次地凝视大山，山腰处是新开辟出来的公路，这条路最早是一处绝壁，而后是碎石路，慢慢换成土路，再是沥青路面。出去和进来，都是必经之路。2006年，我在这里拍下了两张照片放在摄影集《回家》里，编排的时候，一张选在了开头，另一张作为结尾。

从2004年到2009年，期间无数次的返乡之旅，目睹沿途的场所拆掉和重建，一路上的观察和体验成为《回家》的基调。尤其是在开县（现重庆市开州区）拍摄的时候，老城的建筑物在短时间内一座座拆掉。某日见一位老人站在废墟上，凝视着曾经的家园正在被推土机一点点地推掉，那种感受，随着建筑物的轰然坍塌，越来越强烈。我切实地相信故乡再也回不去了，

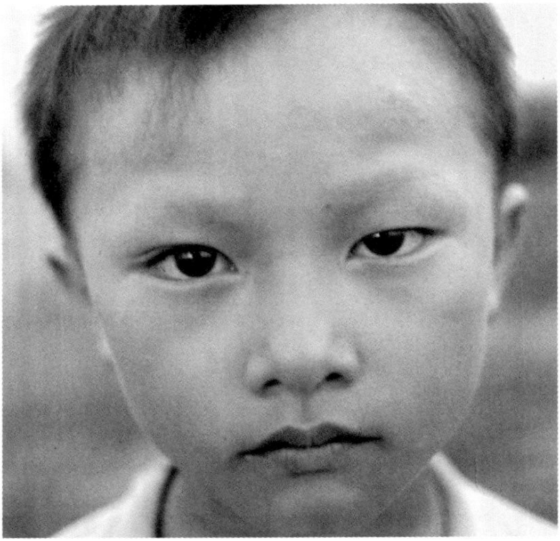

邻居家的小朋友，收入
摄影集《回家》。

我甚至希望人们在谈论《回家》时提到“回不去的故乡”。回家就像诘问，是否真的有家可回？

三

生活总在继续，我的人生迎来了第一次最大的改变：结婚生子。第一次因小家伙的降临，家被重新解构，家庭成员结构发生了改变，“我”承上启下，身份发生了转变。

那一年父母从尖山来成都生活。那一段时光，多是居家过日子。我的心境随着日常对家庭的观察发生了改变，沉潜下来，尝试从孩子和家庭的眼中去了解这个世界。孩子玩耍和看待世界的方式都是从好奇开始，于是对身边事物特别感兴趣，就这样开始了《尘》的部分，那个阶段我拍摄了花瓶里的铁丝，铁丝改变了形式放在花瓶里，当有光线照射到瓶中映在墙上，便有很美但又很残酷的感觉。我慢慢去感受日常中的一切，去爱这个世界，而不是去嘲笑它。《尘》喻指灰烬：“生命轮回，从哪里来就回到哪里去，灵归赐灵的神。”它像某种指引，暗示着未来。又似一句箴言，规谏劝诫迷失的人们。那个阶段，我认为“何处有家人，何处便是家”。

父母都在身边，生活很美满。我们期待他们能习惯城市的生活，长久地待在城市，这样能相互照应。为此在成都郊区购置了一处带花园的房屋，母亲可以闲时种些蔬菜，打发时间。

每次回故乡过年，都会习惯性地给
周围的邻居拍一些合影。

就这样过了三年,小女渐大,愈加独立,父母也清闲起来。一日,母亲跟我聊起还是想回到熟悉的山村居住,她想念山里清静的生活,交往甚密的邻里,喂几只鸡鸭的趣味。三年确实抵不过六十年,虽然儿女都在近旁,孙女乖巧,城市生活便捷。2013年春节后不久,他们收拾好衣物,返程回乡,活了半辈子,最终还是要为自己而活。尖山的屋子,常年无人居住,光是收拾打扫就用了几天时间,然而他们高兴。

三年相处,从无到有,女儿与奶奶格外亲密。从那以后,回尖山待的时间便越来越长。然而从成都到尖山,从尖山到成都,单程七百五十千米时常来回折返。从清晨开到日暮,太阳落山的地方便是家。回到尖山,带着小女山中捡河石,林中寻松果。山水就在近前,童年记忆开始发酵,现实与记忆交汇。一日又一日,乡村的生活变得具体起来,类似农户劳作的自然过程,四季随时节更替。清晨少年将羊群放置在青山绿水的林间,然后坐在石头上等待日暮归家的时光;农户顶着日头,一锄一锄地劳作到傍晚,这类情景和我的日常工作多么相似,都是由一点一点具体的细节构成,它既不遥远也不神秘。我逐渐希望自己从偶尔"逗留乡间"获得一点儿"刺激",变成和家人常在一起,被这里的一切所支持,并引导日常的生活和工作。成都是妻子的家乡,尖山是我的家乡,在两者之间,我们希望平衡,希望能在乡村和城市找到一些连接点,搭起成都与尖山来去的路。

四

去年夏季送女儿回尖山度夏。

一月后，回去接她。这次时间充裕，一家人专程去看望在中岗乡深山里酿酒的表舅。途中满山的野栗子树，树上挂着猕猴桃枝。有时候路中间突然掉下来一段藤蔓，空白的高度刚好车子可以过去。蝉鸣声无处不在，雄蝉运用不同的声调激昂高歌，在这个盛夏的山林中，有声似无声。吃过午饭闲来无事，一行几人出去转山。山中植被茂盛，山花竞相开放，白色的党参、粉色的野百合、野地里蓝色风铃草摇曳生姿，蛇莓躲在小路一旁的草丛中，半山凉湿荫蔽的密林中覆盖着不起眼的草丛，母亲指着说那就是黄连，我问："是我们平日里说的黄连药吗？"母亲拔起一株，递到我面前："你尝尝看。"我用手指摸了摸根部黄色的粉末，然后放入口中，入口果然极苦。这传说中的黄连，今日算是见了真身。

有好些植物，在生活中反复听到关于它的点滴，但从未见过，特别是中药材之类，药用的部分见得多了，怎么能联想到党参的花这么惊艳。再往前走，花草丛中散落着几个木桶，木桶周围围了不少蜜蜂。一问，原来这些都是蜂桶。

山中人顺应天时地利，给自己建屋的同时给蜜蜂也建了巢。这巢如果舒服了，蜜蜂便会在这里长久地安营扎寨，这些蜜蜂都是自愿来的,山中的药花野花随意采集。也就是说巢一建好,人便不用再管理了。一年又一年,只要年岁好,一年一次割蜜,收获颇丰;但如遇雨水丰沛的年月,花朵刚开就被雨水打落,则可能颗粒无收。这里是大山深处,安静无扰,植被丰盛,芳香馥郁,自然是蜜蜂喜爱之地。

妻子向来咽喉就不利落,咳嗽起来中药吃了不少。现在吸取教训,听了长辈的话与火锅之类的重口味断绝关系。都是四川人,看着锅中沸腾的辣椒,她只能修炼自己的内功,渐渐地也爱上了清淡的口味。朋友们都笑称她为“养生达人”。逐渐在这些经历中,感悟到人的身体天生就有一处“要害”,是短短长长的一生中最容易出问题之处,就像有的人感冒老是流鼻涕;而有的人一来就咳嗽,鼻涕是不会有。鼻子或者咽喉,总是和你纠缠不清,最后老中医会告诉你,每个人生来都有自己的要害之处,一出问题首先就是它了。总之,就是认了吧,它就是你身体最柔软的部分。必须受到最特别的待遇。这次在山中偶遇好蜜,自然高兴得不得了,一定要带回家一大罐子,好好安抚我们的喉咙。就是这样在机缘巧合下与蜜结缘。

五

如今, 我们在成都和尖山有了更多的事情可以去完成。2015年从立秋到大雪我们一直待在尖山,天气日益寒冷,林子

每次路过巫峡的入口，总会习惯性地停下来四处看看,看着水位一天天地上涨,到达今天的一百七十五米,总有种很遥远的感觉。

里的野百合已经没了踪迹,百合的鳞茎在土地里冬眠,等待着立春后再次萌发。家百合要晚一点儿,种子刚好成熟,地上部分在慢慢荒芜。冬日的大山既有趣又贫乏。万物凋零,静悄悄地隐匿在林下的泥土里。你若有时间则能发现其中的乐趣。就像海德格尔笔下的描述:“群山无言地庄重,岩石原始地坚硬,杉树缓慢精心地生长,花朵怒放的草地绚丽而朴素的光彩,漫长的秋夜、山溪的奔涌,积雪的平原肃穆的单一,所有的这些风物变幻,都穿透日常存在,在这里突现出来,不是在‘审美的’沉浸或人为勉强的移情发生的时候,而仅仅在人自身的存在整个融入其中之际……”对,融入其中之际。

人们常说回不去的故乡,述不清的乡愁。我从“何处有家人,何处便是家”,到现在觉得其实故乡不变,它一直在那里,随着我们的经历不断地改变,我们离开它,又通过外界重新认识它。我逐渐坚定起来,不希望故乡停留在想象和怀念当中,而是打算做一些具体的尝试。我们正在寻找一种乡村生活的可能性,当然,不是为了隐居,而是希望能建立起适合我们生活方式的场所,让回故乡的路和离开故乡的路之间有一座桥梁,不是回不去,而只是工作和生活环境彼此有些差异。现在我们寻找在故乡生存的方式,首先我们会通过互联网销售故乡的山珍杂货,和村民一起把故乡的良品分享到外面,再邀请不同行业的艺术家来乡村驻留,同时开展出版计划,让更多的人能够来感受乡村。故乡不应该是待不住的,它应该既能回去,也能停留,当你离开,那只是为下一次回来而离开。我们的工作需要城市,我们的故乡却只有一个,如何去平衡,相信每个人都能找到适合自己的方式。现在看来,目前选择的生活方式,是这十几年来种下的因果。我们从蜜出发,开始寻觅家乡山中良品。有时候会想木格堂是什么?我想说我们也不知道。我们在两地生活,由生活中生发的事物是无定式的。

如今做摄影已过十年,回看自己的作品,从《回家》沿着长江水返乡,到《尘》里面真真切切的生活物像,再到新作品《备忘录》,依然是围绕着"家"开始,原来自己的内心一直不曾离开过故乡。

写于2015年12月25日,成都

告白

◎ 欧家成

欧家成——(Ou Jiacheng)

摄影师。1984年出生于台北,现居无锡。自由摄影师。现在无锡江南大学做摄影讲师。2003年至2006年就读于台湾逢甲大学水利工程学系,2012年于纽约国际摄影中心纪实摄影项目学习。2015年“家族遗产”入选台北青年艺术博览会(Young Art Taipei)专家见面会;2015年入选北京红门画廊第二届“克里斯特尔·露丝·贝尔(Crystal Ruth Bell)艺术家驻地计划”;2015年“家族遗产”在第三届新加坡摄影书节参展。

父亲。

桃园老家,照片上左一为爷爷。

“我们赤裸着来，孤独地活，又寂寥地死去，只有拥有爱和友情，才能暂时创造一个我们并不孤独的假象。”在开始写这篇手记时我想到了奥逊·威尔斯说的这句台词。我想要先介绍我的家族，但不知从何说起，可能是到了我这一代人并没有像是上一代人那样对家族的向心力，以至于我对家族的了解都是很片面的。我想从我自身说起，我的父母、家庭和成长过程，以及我是什么人。所以这篇记述会像是我的自白。

我出生在1984年的夏天，那时台北的长庚医院对面开了台湾地区第一家麦当劳，我就是在那间医院出生的，父亲和他哥哥、弟弟一起经营一家贸易公司，在我出生之后母亲就是家庭主妇。诚如一般的家长一样，母亲想要给我最好的一切，自小我便就读于私立幼儿园、私立小学，只有初中短暂地在公立学校待过。作为独子和家中的希望，印象中我的童年就是各种补习班和被告知“某某功课好，多跟他一起玩儿”之类的话。是的，可以想象剩余的时间我会自己看书，跟机器人模型说话。至于我的学习只能用“差强人意”来形容了。小学时，有一学期我所有的科目都考了满分，但是当排名出来时我却是全班第七名，母亲不解地跑去学校跟老师理论，而老师给的回应却是“某某是模范生，某某钢琴弹得好等，总评下来家成只能到第七”，这对一个十岁的小孩儿是多么大的冲击，从此之后我就再也不认真读书，长大后回想这件事可能是我现在人格缺陷的导火线。

父亲的球具——手套。

客家年菜。

至于高中更不在话下,正值血气方刚又叛逆的青春期,高中三年逃学玩乐队,去网吧玩游戏,学期成绩没有倒数但也是在班级的后段,我想我母亲一定伤透脑筋。但是运气还不错,我居然顺利地被推荐上了大学,念的是水利工程科系,其实我并不喜欢, 但家里还是有点老派的观念, 觉得男生得念理工科。我也是硬着头皮在读,每年都是安全过线,但是像是微积分之类的科目倒是一路重修到了大四。

在大四那年我的母亲离开了, 当时我正在一个学生家里当家教,忽然接到父亲的电话,我跟父亲其实不亲,自小都是家庭主妇的母亲养育我,父亲在外工作较多,所以父亲会主动打给我的次数也不多。电话那头父亲的声音哽咽且沉重:“家成……你妈妈过世了。”我不记得我是怎么自己搭大巴回到台北的,只记得是我堂哥来车站接我的,一直到了停车场我才掉了第一滴眼泪。之后花了很长的一段时间接受这件事情,毕竟母亲走得很突然,我连跟她好好道别的机会也没有。这件事情造成家中很大的变化, 毕竟家里跟我最亲近的母亲突然消失了,我得重新认识一直都不是很亲近的父亲,毕竟我们只剩下彼此。毕业后我独自外出工作,当过公司小职员,之后又去影楼和婚纱公司当助理, 一直在逃避我心目中已经不再完整的家,而这段日子里父亲也有新的女伴,以至于我开始怀疑我在家中存在的重要性。

之后就一直在外独自生活,在外工作,甚至出国读书,都是一直在试着逃离家的范围，算起来至今我独立生活在外也将近十个年头。经过时间的磨砺，家的概念在我心目中已经和当初转身逃走时不一样了。而我，的确不是个有很完好家和家族概念的人，我更向往自己自在地生活，但有些事情我不得不面对，父亲是我唯一的亲人，而他正在逐渐老去。诗人安妮·塞克斯顿说过："我的父亲是什么样的人并不重要，重要的是我心目中的父亲是什么样的人。"我开始每次回台湾时，会陪着父亲去公司上班，一起去公司旁边的摩斯汉堡吃早餐，和父亲的交流真的不多，也鲜少说心里话，只是互相陪伴对方，过年过节时也会带着父亲回老家祭祖，给我母亲上香；主动联系母亲那边的亲戚。也许是逃离了这么久的罪恶感使然，抑或是我只想让年迈的父亲放心，总之我在尝试着重新回到这个家中。

尽管在回家的路上，我明白我还是只会停留片刻便再次启程独自旅行。也许跟一般人不太一样，家并不是我的避风港而是我重新拿起的责任，使我看清我来自什么地方，未来要带着怎么样的心境离开它。奥斯卡·王尔德说："孩提时，我们会很爱我们的父母。渐渐长大了，我们会对他们评头论足，但是我们还是会原谅他们。"

写于2015年12月31日，无锡

家書

卷四

金宇澄 等·著
夏楠·编

天津出版传媒集团
百花文艺出版社

目　录

故里杏花店

◎施养德

施养德——（Shi Yangde）

设计师。1944年生于福建石狮，五岁移居香港，二十世纪九十年代末期移居上海。创办印刷媒体“养德堂”，亦为香港设计师协会创始会员。先后担任香港出版业协会理事主席和多家上市公司设计、艺术顾问。他给自己定位是“生活家”——“十岁以前是画漫画的，二十岁以前玩纯艺术的，三十岁以前是做平面设计的，四十岁以前是做广告的，五十岁以前是做出版的，六十岁以前是生活美学家，七十岁之后是什么好玩儿做什么！”

年轻的时候,希望自己能死得有气势,中年的时候,希望自己能死得光彩,年老的时候,希望自己能死得安详。而谁也不能确定自己在什么时候离去,每个早晨,太阳光从窗外透进来的时候,总把一室的寒意带走,暖暖地将另一个日子交代在手中。母亲端进来的一杯牛乳、一个力康蛋、两块面包开始了另一个日子。看着母亲的背影,心里就有点过意不去,她是那么敏锐地知道我什么时候起床,什么时候穿好衣服,应该在什么时候把早餐拿进书房给我。那么有规律,有时间性,有时候真的令自己心寒起来,万一有一天没有人再睡在书房里……

很多事要去忧虑,很多不能安排的事会发生,但不能因为太多的忧心而不去生活,不去面对现实。

我们都不再年轻,甚至日子越深远,内心越感觉苍老,但这都不重要,在我们面对面的时候,没有什么更真实,只要那时候我们还懂得亲情,懂得将日子用爱来拱起,只要这些日子长存,管他世界倒转来走,管别人把爱恨写满墙。

那时,已无关乎生死,我们的岁月也曾用爱与恨填满过,也在风风雨雨中度过。窗外特别宁静,在日落后的小楼上,总多几分苍凉。有谁能在一个五光十色的世界里静静地度过他的下半生?有谁能依赖着一点点再也找寻不到的真爱而活着?

写这些散文是在三十年前的很多个晚上,回到香港,突然想起了去世的父亲,而留在身边的母亲似乎离自己很远;那一刻,很想亲口告诉她,她比我年长十八年,但我的心并不年轻,我们有不一样的寂寞,但却有一样的亲情。

母亲,您的手那么遥远,每日我都在默想,倘若我能紧紧握着您的手,那么我希望能跟您拥抱在一起。母亲,愿我们见面时,您会宽恕我的一切。这些日子以来,我已经不能平静,每当我在未婚妻子的眼里看到月光,看到杏花,我就会念及您,念及那年的雨季……

西街。30号。在街道的石旁,这里没有霓虹灯,这里不植杏花树,一列列的平屋,一列列的窗子。我出生的地方,不在这里,在故里的杏花店。母亲告诉我,我出生的那一年刚好是镇里大忙季节,恰巧那年是旺季,祖母说是我替家里带来丰裕,母亲又哭泣着对我说，第二年父亲便不告而别，一去去了五年。母亲还很年轻,家务全由她去张罗,身子虽然软弱,干起活儿来也头头是道,祖母乐得很,有一个那么能干的新娘子。家里人丁稀少。儿子又不明下落,只有我一个孙儿,祖母说要替我娶个好女儿家,好配个门当户对。我不懂什么是好女儿家,我那年才五岁,只知道麦糖甜。祖母逢人就说我聪明,样样都要找婆婆,样样记得婆婆。杏花店,杏花树,杏花糕,价钱便宜得很,我从来不要,祖母说我是大家公子,样样都要好的才配得上。家有数十亩田，又有一间酒铺和一间卖胭脂绣花的小店,母亲做起老板娘,她还绣得一手好花,杏花店的妇人都说母亲是才女。哎,可是母亲夜夜都坐在床边哭泣,那时我还不

施养德与父亲的合影。

摄于1947年,福建石狮

懂事,反正母亲总是这样的,满脸忧愁,满眼的沉默。看到她的脸就会想起下雨天,我真怕和她一道睡,她总爱穿着红嫁衣一直哭到天亮。以后的日子,我便跑去和祖母同睡,我未曾见过祖父,祖母很早就守寡。我总觉得自己是祖母的儿子,母亲像是家里的管家。

没有什么比这个更难受了:母亲整天在窗口呆望,她在看些什么?这里没有好看的风景,母亲当时很年轻,穿着红旗袍,那朵杏花别在头上。我小小年纪,看不出什么,我也懒得张望了。每逢这个月,镇内总是够忙碌的,买卖交易的鱼市、盐市、肉市便设在这里的杏花店门口,母亲一定不是在看那些,有什么好看?一尾尾小小的黄花鱼又不是池内的莲花。杏花店的四边是花布市,红缎袄、绣花边的鞋都是够抢眼的,母亲不会注意这些。杏花店东边有唱戏的,有茶楼,母亲不去那些地方。我记得那是下大雨的晚上,母亲在烛灯前低着头做着黑布鞋,我的脚没有那么大,母亲不是做给我穿的,我问她做给谁穿,她抬起眼笑了起来,眸子里有一株株颤动的烛花,她说:“做给你爸穿的。”

爸爸?什么是爸爸?母亲说有祖母才有爸,有爸才有康弟,有妈才有康弟。我那时才知道自己也有一个爸爸,怪不得大丽叫兴伯爸爸。大丽比我大三岁,她说她去过城里,城里有红草帽系红飘带,还有游乐场,说得我的心也花了。我向大丽说,我会去一个比她去过的更大的城。她说我吹牛,赌气三日三夜不理我，但第三天又跑到我家里吃麦糖。我问她：为什么你叫兴伯做爸爸？为什么不叫我爸爸？她说我傻，谁生你就叫他爸。谁生的我？母亲红着眼，用手紧紧地拥着我，她说，康弟，爸爸回来你就会见到他。我说我要马上见到他，我要像大丽一样有个爸。母亲不禁哭泣起来，那又是一个细雨绵绵的日子，我不喜欢女人哭，大丽从来不哭，我喜欢她。

祖母抚着我的头发。她说我的头发卷曲，不像爸爸。爸爸在哪里？那是一个没有雨的晴天。祖母也红了眼，她说爸爸在很远的地方，那里有高楼大厦，那里有大马路，那里有大桥。我问爸爸什么时候回来，她说很快了。然后转过脸去望街外的太阳，瞳子里满是希望的阳光，在那个时候，我只能眼巴巴地等着爸爸回来。大丽问我等谁，我哭着说等爸爸，大丽也跟着我哭了，我们曾经发誓不哭的，而现在我们竟坐在那株杏花树下相对而泣。兴伯看见，以为我们吵嘴，不明不白地骂了大丽，又把我抱回家。兴伯住在我家的地上，不敢得罪祖母。祖母见到我哭，她说要买城里最好的东西给我，我哭着说不要，我就要爸爸。

没有爸爸，不想爸爸，有了爸爸，便要爸爸。祖母说我傻，不知道我想些什么。我每天坐在大丽身边问爸爸有什么好，大丽说爸爸很爱她。我说婆婆也疼我，我还故意说，爸爸不如婆婆好。那年我才七岁，人人说我聪明。在街的一个角落，有一位老人替人写对联和书信，我真想写一封信给爸爸，他听见我那么说,把滑落在鼻尖的眼镜抬上一抬,惊奇的眼光把我吓了一跳,他一本正经地摇摇头。我向他伸舌头,然后转过身垂着头,把扎脚的裤管抽了抽,然后去东边看唱戏,《关公斩将》《五虎平西》《四郎探母》。

母亲拣了这天回娘家,雨又大,路又滑。我不肯跟她去,去了外祖父又会用脚趾偷偷夹我的屁股,外祖母又会拉着我的手,说又白又滑。母亲笑着自己坐轿去了娘家。她那天显得格外高兴,也许娘家有喜事,真后悔不跟她去,到娘家准有棉花糖吃。母亲去了之后,我见到祖母的脸色不大如意,整天唉声叹气。祖母眼睛有些红肿,一定是哭过。她独自坐在厅里,我打门缝张望,她见到我,招手要我坐在她怀里。她抱着我,然后又习惯性地望着窗外,这时正逢下雨,杏花被吹打得漫天纷飞。我从未那么细心去看窗外的杏花,祖母的一双手把我紧紧拥着,我把脸伏在她怀里,她若断若续地说:“康弟,你要跟婆婆,还是要跟妈?”我猛地睁着眼,看了她大半天,我看见她眼里蒙上了一层泪光,我心里有点怕,又有些茫然。妈妈的脸色今天那么好,而祖母却一直要掉眼泪,我不知道怎样说。像一个女孩子似的,伏在祖母怀里哭着哭着哭着……

风过后,花狼藉。母亲满脸笑容地踩过满街满巷满庭院的杏花推门进来。祖母的眼睛有点昏花。母亲站在她身边很久才发觉。我睁着红肿的眼站在她们中间,时间给予她们更多的痛苦——很久很久之后,我仿佛看到她们眼里都有泪。

五岁的施养德。

摄于1949年，香港

这一天的天气真好,杏花店似乎特别热闹,一街的人都是闹哄哄的,母亲笑脸迎人地从东边走向西边,杏花店的人们都围绕着她道贺,我没有兴趣跟着她,干脆一个人去窗下那棵杏花树下静坐,许多年岁相仿的小伙子围过来,他们野,祖母说不要跟他们在一起。我拖着大丽的手去河边,他们笑我们是一对,真是说不出好话,大丽比我大三岁呀。大丽的眼睛看得我真难为情,她忽然问我将来想不想她?我不懂将来,她难道很明白?我问想什么,她潮湿着眼,眼里有朵燃烧的凤凰花,我真想把它摘在手里,我伸手去,把她的眼泪揩去,她哭啊哭的把眼都哭肿了。我不喜欢母亲哭,但大丽哭得真美,他们说七岁的男孩儿懂得啥,但至少我知道大丽是怎样哭的。大丽眼里的凤凰花真美,我手背上大丽的眼泪还未干,大丽手里的草帽系着红飘带。她说那是城里的货,她要送给我,我说不要,男孩子不戴红草帽,她生气地转身走了。

晚上母亲缝了一件小夹袄给我, 祖母老是坐在一边低头沉思。母亲对她总是一脸过意不去的样子。她们围着烛台坐了一个晚上。蛾虫、夜莺、杏花上的浅露,烛光与月光,树的影子,母亲和祖母的影子,一切是那么协调,一切是那样平静。我想,如果爸爸在这里多好,但祖母说,爸爸很快会回来了,很快会回来了……

阳光下盛开着杏花,赶集的人一清早便在杏花店喧嚷。母亲对我说,今天要坐轿去神庙烧香,那儿有耍把戏的,有卖棉花糖的,有很多很多的人,热闹得很。我要祖母一道去,祖母不去,我也不去,闹很久都不肯跟母亲走,祖母又说又哄,不知道为什么她哭得满眼通红, 我真怕她哭昏过去, 就这样睁不开眼。母亲说,如果不跟她去,祖母要哭坏了,她说的时候满眼都是泪痕,叫人看了也心酸。我只好叫祖母别哭,我跟母亲去就是了,怎知道祖母哭得更伤透心,把我紧紧拥着不放,我心里有种莫可名状的难受。祖母把我们送到大门口,门上的门神已经昏黑得不见面相,女佣都在门口外服侍祖母,我记得清清楚楚,去年去朝拜,祖母欢天喜地在门口送我们。

我想打开轿缝看看天,看看那条去神庙的路,我记得路边有一列杏花树。但母亲今天很固执,要我静静地坐着,不要东张西望。我看着母亲的脸,不知是悲是喜,那种表情我真看不懂。

轿子停下了,母亲在轿内叫我别紧张,然后掀开轿门——我看见的不是神庙, 而是我和大丽偷偷溜来拾火车票根的火车站!母亲骗我!母亲骗我!我怒视着母亲,她拉着我的手,很温柔地问我,想看看爸爸吗?现在我们要去找他,他住在一个港湾,我们要坐火车,之后搭汽车,然后又坐渡轮,那种很大的货轮……我听不进耳,眼睛已经红了,跟着哭了起来。母亲手足无措,连忙叫我别哭,哭得她心也烦了。这时来火车站的外祖父和替我们送行装来的兴伯连忙从月台上走过来, 他们问我为什么哭,问得我的心越加伤痛。我大声嚷,我要婆婆!我不要见爸爸！我要婆婆……他们面面相觑。祖母的形象在我心里永远是那样鲜明。母亲哭得不成样子了，头发有些松散，垂在额前。我什么也不想，只要婆婆。火车站的钟楼初次鸣钟，他们更加心急如焚，一味讨好我，连天上的星星也说要买给我，但星星比不上婆婆的眼睛。最后母亲抱起我。走向车站进口处，他们说不能错失了这一班车的时间，那时的日子很乱。我挣扎着想逃走，口里一百句婆婆、一千句婆婆。母亲拿不了主意，终于放下我，扑在她娘怀里哭起来。现在是清晨，阳光真柔和，麻雀飞向钟楼，车站满是缤纷的脸，他们的眼光一直扫向我的脸上，我抹了抹眼泪，骤然我发现两个熟悉的身影走过来……

我奔向她们，心里勾起了一种比分离更凄凉的情绪，连心也向四方纷飞，我高兴得连眼泪都掉下来，于是我紧紧地抱着祖母不放。我越哭越厉害，越哭越伤心，真想连天也哭下来。大丽站在一旁垂着头，手里还紧紧地握着那顶红草帽。祖母怎样哄我我也不肯跟母亲走，我现在也不想见爸爸了。祖母也哭得好伤心，流了一脸眼泪。我哭着叫祖母别哭，她说要我跟着母亲，她才不哭，我说我情愿替她哭了。这时候一只蝴蝶掠过我们的脸，我睁了睁眼，才看见祖母身后的母亲，她一双又是期待又是焦急的眼看着我哭起来。我感到十分疲倦，祖母温暖的手轻抚着我的头发，我哭着笑着在自己的哭泣声中睡了。

把夜掌握，犹如把杏花树植在心中。每当我看到夜，看到杏花树，我就想起那一天晚上，我清醒之后，发觉我躺在车厢

施养德父亲与母亲的合影。

摄于1960年

里的惊惶,母亲的手轻抚着我的头发,我抬起眼,灯光便走入我的眼帘,走上我的肌肤。我看着母亲安宁的微笑,带着一种歉疚但又满足的眼光,令我想起祖母,我没有再哭,把脸转向车窗外,列车在开行,路途真长,星子们在车窗的风景内飞过,月光月光月光,一池的月光,我又想起大丽眼内的凤凰花。我低下头,眼睛立即触到那顶红草帽,帽内还有一束杏花。母亲的脸色是那么喜悦,也许她心里都是丈夫的影子。她要我吃下那碗粥,我说不吃就不吃,我想祖母想得厉害,就这样眼里又忍不住掉眼泪。母亲说再过几年祖母也会来和我们住在一起。我不理这些,谁知道几年之后,或是千年之后又是怎么一回事?就这样我伏在车窗上低泣起来。玻璃上的脸真凄切,窗外闪送一只一只的蛾虫,我真想变成一只蛾,然后飞回杏花店去,飞回祖母的怀里,这时她一定在烛前伤心,蜡泪一定流了满桌。

月光月光月光,月光扰乱了母亲的心,来这港口已经半年了,和父亲见了面之后,他又去了另一个更远的城市,而且又娶了另一个妇人。这出乎母亲的意料,而我没有好好地安慰她,甚至不让她接近我。我伤了她的心,我仍清清楚楚地记得十四年前她哭着的悲切的脸,在黑夜中,在乱星中,在一株一株的灯花中。那晚父亲搭夜班的邮船来看母亲,在港口,他见到我便要抱我,我胆怯地躲在母亲身后。母亲要我叫他爸爸,我不敢叫,我不想叫,我说我不叫,母亲就这样哭了。母亲,宽恕我,如果我能向您展示一切,我会那样做,但请原谅我,我现在只能向您致万分的歉意。这十几年,我未曾尝试亲近您,但当我远离您,走上父亲走的路,我才明了母亲年轻时的一切感受。祖母逝世了,大丽姐姐也出嫁了,爸爸又去了另一个城市,现在连我也走了,在爸爸的城市流浪。您孤零零的一个人住在那个港口,那份孤独,您能忍得过这一年吗?哎,母亲,您的手是那么遥远……

整理于2019年12月

母亲的花圃

◎ 林怀民

林怀民 ——（Lin Huaimin）

编舞家，云门舞集创办人兼艺术总监。1947年生于台湾嘉义。十四岁开始发表小说，二十二岁出版《蝉》。大学就读于台湾政治大学新闻系。留美期间研习现代舞。1972年自美国爱荷华大学英文系小说创作班毕业，获艺术硕士学位。1973年创办云门舞集。1983年应邀创办台北艺术学院（现为台北艺术大学）舞蹈系，出任系主任、研究所所长。舞作包括：行草三部曲、《风·影》《竹梦》《水月》《家族合唱》《流浪者之歌》《九歌》《我的乡愁，我的歌》《红楼梦》《薪传》《白蛇传》等八十余出。

1969年赴美留学的时候，母亲送我到松山机场。临别时她说：“你尽管去，不喜欢美国就回来！不一定要拿什么博士学位！”

云门赴欧公演前，她千叮万嘱：“要好好照顾舞者，要让大家吃好、睡饱，不要让大家着了凉……”千言万语没有一句提到她自己的儿子。临行前夕，母亲戴上老花眼镜，凑着台灯为我的牛仔裤缝补破绽。缀补着，谈话是意识流的：小侄子的新牙，父亲的感冒，花圃前夜开了一朵昙花……忽然叹口气：“你跟爸爸一样，运动神经不发达，也没音乐细胞，怎么会去跳舞？”灯火下，母亲的问号透着无尽的无奈与低回。

我的“庭训”里充满了父亲“震耳欲聋”的期许，却不记得母亲希望我变成什么样的人物……除了要我们兄弟做一个“有用的好人”。我成年后的发展事事使她震惊。外人提及时，她又“处变不惊”地告诉人“他从小就喜欢的”，仿佛早有预感。

1972年回台湾教舞事出偶然，后来“玩物丧志”要成立舞团，母亲苦劝数月，晓以大义，多次发出最后通牒。等我找定了练舞所，她却静静送来明镜数片。成立云门舞集之后，家里变成我的客栈，晚间排练时，父母经常“散步路过”，在舞室门口张望一阵。

母亲出身新竹望族，留学东京。偶尔提到学生时代，不外是草月流、音乐会、咖啡屋……后来远嫁“下港”乡间，跟着父亲荷锄下田，挑粪施肥，处理大家庭的三餐洗涤。父亲工作忙，母亲里外一脚踢,在家背着幼弟理家务,手中一把戒尺督促我和弟妹做功课。父亲电话一响,仿佛只是五分钟,她又打扮齐整出门去了。夜半醒来,隔着蚊帐只见她跪坐桌前为家用赤字伤脑筋。

如今提将起来,她只说,嫁给父亲把她的“神经线”训练得又粗又韧。五十岁之前,她为父亲的仕途担惊受怕;五十岁之后,她为云门公演的票房捏把冷汗。销票不是云门的作风,她只有干着急。

看到观众如潮,母亲的惊多于喜,因为始终没心理准备要做“艺术家的母亲”,也不十分明白为什么大家对她儿子的作品会有兴趣。然而,她是最积极的观众。首演之后,她和我开“座谈会”。“你看到没有?玛莎·葛兰姆舞团舞者的裙子和京剧服装都有颜色相称的衬里?”“人家女生头上都是戴花的,不能从头到尾都梳包包头!”“不错,大家都很有进步,手指也有了表情。”“不能因为观众鼓掌就觉得自己很不错了。”在种种“更上层楼”的建议之后,“座谈会”的结语是永恒的:“过瘾过足了吧?让我们收收摊子,开始做正经事了。”

但是她心里雪亮,始终明白云门的工作是“兹事体大”的正经事,只是不免期盼做这件正经事的,最好不是自己的儿子,特别是她儿子步入中年之后。实验舞展的消息,母亲是在报上读到的。她打电话来:“报上说你和一条绳子挣扎是什么意思?”“绳子是布景。”“别骗我!我以母亲的权力要求不许有

林怀民(后排右二)与家人在台北合影。
摄于1967年

绳子,会勒死的。只要有绳子就不许演!”“保证没有绳子!”

首演下午排演时,我忽然看到母亲坐在黑黑的观众席中!我很尴尬,只好把绳子给她摸:“你看,是软的。”又把肚皮亮给她看:“你看,没有一点儿痕迹,一点儿也不痛。”实践堂里人很多,母亲很平静地离去,托人转告:“夸张的表情是不对的!”散场后回了家,母亲很平静地表示:“这是最后一次了!跳舞是年轻人的事。”说完就上楼,留下我和她为我准备的鸡汤。

我们住在台湾南部的时候,院子很大,母亲养鸡饲鹅,种了许多玉米、青菜。搬到台北,空间只宜于莳花种树,母亲晨起浇水、施肥、剪枝、除虫,一切在安静中进行,有如她下厨、洗衣、扫地。突然,有一天,在例常的匆忙出门时,我发现搬入时龟裂的泥地,在母亲的晨昏灌溉下已经长了青苔,而侧院早已草木扶疏,一片绿意。

父亲和我们兄弟各自忙着自己的工作,母亲只是一个倾听我们报告工作近况的忠实听众,默默以四时不断的鲜花迎接我们回家。人去屋空之际,母亲把无尽的无奈和低回默默地注入她小小的花圃。父亲的事业有起有落,我的工作恒常曲终人散,唯有母亲“无业”的事业始终一枝独秀、四季常春。我发现自己常在力竭心灰时,对着母亲蓬勃缤纷的花圃发呆,而得到重新出发的力量。

实践堂表演结束后,有了难得的闲暇。母亲很高兴我终于给自己放了几天假。暮春,花圃盛放着最后一批杜鹃花,招来台北罕见的粉蝶。聊着家常，我试着为母亲按摩，才惊觉她双肩僵硬如石。母亲忽然提及，每日晨起，臂膀总是没有知觉。我还没来得及细问，她却盘算起明天的工作：得去买只捕蝶网，毛虫吃去许多花瓣和嫩叶……

该去学好按摩，我想。

写于1982年5月9日

今，补记：

家父2001年过世，她2004年往生。

关于家母和花，想起一件事。住院卧床期间，家母说起“二战”后台湾处处荒芜，她种下大片草本花，收获了几簸箕的花籽。她把花籽分寄一百所学校机关，请大家莳花，并盼来年把存活率、开花率告诉她。结果，家母笑着告诉我：只收到一封复函，来自台湾大学园艺系。

那是1945年，家母二十四岁。

重温于2012年12月7日，台北八里

百岁老父

◎ 吕敬人

吕敬人———（Lü Jingren）

设计师。1947年出生于上海。清华大学美术学院教授、国际平面设计师联盟A-GI成员、中国美术家协会平面设计艺委会副主任、中国出版协会装帧艺术委员会副主任、“书籍设计”丛书主编。作品曾获得包括莱比锡“世界最美的书”在内的国内外多项大奖，2012年在德国克林斯波书籍艺术博物馆举办“吕敬人书籍设计艺术展”，2014年担任德国莱比锡“世界最美的书”评委，2016年起陆续在美国、韩国等国家举办个展。

父亲百岁寿辰，兄弟几个要做本纪念册子送给他，每人约定写一篇文字。

其实很多年前就想做这件事，将我们五兄弟成长的经历、父母的悉心栽培以及对阿爸、姆妈的感恩之情记载下来，尤其是1994年妈妈离开我们，心中有千言万语，诉说我对这位世上最善良的女人、心目中最圣洁的母亲之爱，但迟迟没有落笔，理由仍然是一个字：忙。

在父母的眼里，孩子们的事永远是他们心中的头等大事，而当我们要为父母付出的时候，总有一大堆理由为自己寻找解脱之词。

如今父亲百岁，我们五个兄弟也已先后进入花甲之年。而对维系生命整整一百年、跨越两个世纪、经历三个朝代的世纪老人，既度过了沧桑忧患、坎坷挫折，也得到爱妻和子女给予他心灵慰藉的日日夜夜。在当今这个心浮气躁、功利至上的大环境下，从父母身上，我们却得到很多在社会得不到的为人做事之道，而令我们去甜美地回顾。

2003年，我回上海向爸爸索求一张他的书法墨宝。爸爸的毛笔字我从小喜欢，他虽没专门入门拜师，却是从颜体、欧体、柳体中自悟自学，深得其中奥妙。他的书法遒劲、苍阔，笔势流经之处有一股疾风迅雷之势，在文人书法中很少有这样旁道独幽的韵味。我也十分喜欢他的钢笔硬笔书法，几十年来不知收到他多少封书信，他总是惜墨如金，言简意赅，却面面俱到，没有半句废话和多余的词，他的书信便条均讲究格式布局以及文字间的疏密张弛，从中看出爸爸思绪的逻辑条理和审美情趣，致使他的文字落在纸面上如行云流水，有一气呵成之感。

爸爸爽快地答应了我的请求，只是自谦年事已高，久未动笔，担心有负我的期盼而出丑云云。待我又一次到上海，父亲郑重其事地将一纸书法慢慢舒展，当书法全张摊开，我眼前好似一道亮光闪过，挺拔雄浑的几行大字展现在我的面前，我惊骇于一位九十六岁的老人有如此力透纸背的笔力。爸爸笑呵呵地在一边念叨："献丑，献丑。"我心里明白，爸爸是很高兴的，他把一生追求的人生理念写在纸上，并作为家训传递给我们后代。"敬事以信，敬业以诚，敬学以新，敬民以亲"，父亲以我的名字中的"敬"字诠释的这四句话，字字有着沉甸甸的分量，句句饱含父亲的深情嘱托。我们五兄弟的今天，就是父母昔日苦心点拨严持家教的结果，在我们身上无论是求学、执业、做事、为人都隐现着父母的影子。

应该说我的童年时代是幸福的。外界的狂风暴雨均被父母遮挡在外，我们兄弟五个在父母的羽翼保护下得到和风细雨般的良好教育和关爱，更为始终在家庭中洋溢着的那种文化艺术氛围所陶冶。

父母为五兄弟设立的可供阅读的五人图书室、全家周末的戏剧观赏、每年清明的郊外扫墓、夏日公园的家庭野餐、秋

九十二岁老父爬长城。

摄于2000年

季外地的旅行采风，还有兄弟们久盼的圣诞礼物和一年一度隆重的祭祖盛事……

每年初夏，爸爸的藏画要拿出来进行晾晒，数百卷轴的书画铺满了整整一个晒台，我们五兄弟像供奉神灵一样以敬畏的心情细心展开画卷，领略品尝古代巨匠大师的水墨丹青，书道妙法像涓涓细流渗进我们的内心，日积月累终生受用。父亲还专将二哥和我送入师门学画，为了他所尊拜的中国传统艺术神殿还能有延续香火的人。五兄弟得益于父亲对戏剧、绘画、书法、摄影、体育、旅行偏爱的影响，家中经常组织幻灯播放会；自编自导的木偶戏专场演出；有摄影作品的自制洗印设备和暗房；有每周举行的篮球、乒乓球赛事，爸爸有空便会亲自执哨；冬季父亲会带着我们去浴室包房，五兄弟个个披挂浴巾分别扮演古装京剧人物，假模假样地唱一台《华容道》《空城计》……一向怕吵闹的父亲，此时也会默默地欣赏着。

父母寓教于乐，我们在轻松欢快的家教气氛中写日记、练书法，当然也要接受他们严厉的学校功课、考试成绩检查，违反家法也会招惩具伺候。

花季少年美好的一切均于1966年噩梦来临而告结束。和许多的家庭一样，这十年留给我们更多的是不幸和悲伤。回想那些日子，父母在困境中坚强地挺过来，我以背叛家庭的“革命”出走对待父母含辛茹苦的悉心抚育，而他们却用爱和宽容温暖着各奔东西的五个孩子的心。如同二十世纪六十年代初

五兄弟。

摄于1950年

的那几年，母亲忍受着严重的肝肿大步行数十里到郊区农村以物换得鸡蛋和蔬菜，来填充正在长身体的五个男孩儿的营养。自然,当时家中资财丧失殆尽,整日挨着批斗、承受身心煎熬之苦的父母，仍然悉心维系着只有中国式家庭才会拥有的那种父母子女间的温馨亲情，保护着这个极易受伤害的家和五个孩子。

记得远离家乡的我每次回家探亲，妈妈总要为我精心煲一锅上海人最爱吃的腌笃鲜砂锅汤(一种南方人爱吃的烹调,将鲜肉、竹笋、百叶、火腿、咸肉等放进砂锅慢火炖熬,鲜美无比)。几十年来,我只要一想到能享受母亲的这道佳肴就馋涎欲滴。1994年，妈妈在灾难中留下的后遗症终于导致病发住院。正在日本留学的我赶回来探望她,妈妈此时已无力言语,当父亲来探视时,妈妈对着俯身聆听的父亲倾全力说了一句:"不要忘记给敬人做'腌笃鲜'拨伊喫(上海话,给他吃)……"母亲这辈子为这个社会,为众多的病人,为丈夫及子女奉献一生,在生命即将燃尽的一刻,她仍在想着为儿子做些什么,我的眼泪再也止不住,天下没有比母爱更值得珍惜的了。

母亲仙逝转眼已十数年，至今仍不忘她圣母般慈祥的眼神和她亲手烹制的"腌笃鲜"的清香。与母亲的温柔不同,爸爸以严父的姿态来关照我们这调皮而不安分的五只小老虎。对于父亲的严厉家教，兄弟五个长大成人后才由幼时的惶恐转为由衷的感激。我的四个哥哥都是我成长历程中的榜样,我钦佩他们,并得到他们无微不至的关爱,也许因为我是他们之中最小的弟弟，我相信这是父母的慈爱之心给予他们每个人的烙印。

我做书籍设计,与父亲不无关系,从父亲的藏画中得到什么是章法结构、经营赋彩的知识,在五人图书室中受到读书文化的熏陶。爸爸在购得的每一本书上都要写上一行竖排的“五人图书室”居于上方,下面姓氏“吕”与五兄弟共用的“人”字上下各居一方,五人姓名中间的一个字由老大名字中的“立”居中,二、四的“吉、达”和三、五的“卓、敬”分立于两旁,成为一个独特的Logo——我们五人图书室特有的标志，它一直给予我设计意识方面潜在的影响。

父亲是做丝绸企业的，在经营管理中也注入了他的艺术观。他专门请国外的设计师为他设计商标、包装用纸和宣传品,另外还有色彩绮丽的丝绸印染样本。小时候,特别喜欢这些设计精美别致的图形和文字。有着到处涂鸦毛病的我偏偏手下留情,不忍心破坏这一张张美妙的印刷品(幼时不懂事,平时特别喜欢画画,回到家拿着笔在房间大墙上乱涂),并且我会珍惜地装订保存起来。这大概是我最早做的小本本,打眼,穿线,上封皮,画上个图案,写上几个文字,还蛮像一本书的。

如今我正式从事书籍艺术设计工作和这一专业的教学,我时时感激父亲给予我的影响，从绘画的感性创作到设计的理性思维,更重要的是理解形式与功能的关系,把握设计秩序之美的驾驭规则,其中的感悟均来自父亲的修为。父亲做每一件事都十分注重规矩，讲究细节的完美，品味完成运作的过程。小时候我特别喜欢看父亲捆扎包裹,小到包扎一个邮件、礼品盒、镜框,大到电扇、沙发或箱柜。你看他打包裹的架势,一手拿着绳头,一手扶着物品,只见包裹在手中上下左右地旋转,绳子随之在这个六面体的空间中钻云破雾般来回穿梭,父亲镇定自若身板笔直纹丝不动，物品始终没有腾空离开过桌面,三下五除二,一个捆绑结实、富有形式美感的包裹就这样搞定了。你看绑绳的排列走向奇巧，每一处绳结编法严谨合理,每一个环扣是如此富有创造性,包装纸的边角折叠是那样整齐规矩,凡是较重的物品均会做出一个舒适的拎手(拎手也是捆扎的这一根绳子的延续，自始至终不间断地一气呵成)。不管是方形、圆形、长筒形、多边形的物品,一经爸爸神奇的捆扎,最终呈现的是一件集形式与功能、实用与美感完美结合的艺术品,这简直可称之为一种捆绑艺术,用当下五花八门的时髦艺术门类来判定，父亲也可称作是一位“行为艺术家”。

我们五兄弟几十年来天南海北地走，收到爸爸寄来的各种包裹物品,南来北往路经上海时的大包小包行李,远至二十世纪六七十年代的上山下乡,近至八九十年代出国留学,所有需要绑扎的物品全由老父一手包办。倒不是我们偷懒,而忍心

全家福。

摄于1993年

看着花甲老人为我们受累打包裹，全因他那一手讲究结构科学、追求形式美感、化迂腐为神奇的捆扎术实令我们在父亲面前缺乏自信心。比较起来，兄弟中唯有四哥继承得最好，我们其他几个兄弟甘拜下风，四哥捆扎的物品看得舒心，拿起来放心。直至最近，老父九十多岁，还精心包扎了两个紫檀木画框让我带回北京，一个让你赏心悦目、安全可靠的艺术包装。

今天，我们享受着数码时代带给人们的方便和快捷，那双来自与生活休戚相关、能够感悟物态之美的手，其功能似乎在慢慢退化。当我在给学生讲授设计艺术时，不忘父亲的身体力行，在年轻人中去极力唤回人之本来具有的与自然亲密接触的创造本能。

父亲一百岁，这是一个多么了不起的年龄，一个世纪生命的抗争，一个仁者生命的善意回报。回顾父亲百年磨难的坎坷生涯，他卧薪尝胆，苦心经营他的事业；他血气方刚，持大刀报名参加抗日敢死队；他忍辱负重，承受一次次运动和劫难；他严格教子，培养出五个于社会有用之才；他护妻爱家，树立了一个健康和睦家庭的楷模；他热爱艺术，倾其所有热衷于古字画的收藏……他是我们五兄弟敬畏的严父，也是我们尊崇的慈父。

我曾与爸爸在上海朝夕相处二十年，直至1968年离家出走，以后的四十年是离多聚少，我们兄弟也分别天南海北，远离故土，但父亲始终是我们五兄弟心灵沟通的驿站，家——永远是五只候鸟倦归的温暖栖息地,因为有爸爸在,我们还想继续回到他的身边更久更久……

写于2007年夏,新改于2015岁末,北京

慈母三唱

◎孙冕

孙　冕 ——— (Sun Mian)

媒体人。1953年生于广东汕头。1987年参与创办“中国第一份彩印娱乐报纸”，出任副主编兼发行广告经理；1992年创办三九广告传播公司；1993年在广东创办《晨报》；1995年创办侨刊《七天华讯》；1996年8月创办《新周刊》并出任社长。2003年，五十岁的孙冕第一次登上了雪山；2010年问鼎珠穆朗玛峰。

你的身躯
是一棵参天大树
在春风里挺直老腰
撑起一片灿烂的云天
让儿时的岁月变得更加柔软

你的胸怀
是一个没有风浪的港湾
随手摘下一朵夏日的霓彩
便让怀里的那艘
人生的小舢板
在甜蜜的光阴里
扯起风帆

你的深情
是那座巍巍的大山
在收获的季节里
矗立在远方
请一缕清风
捎来一支悠悠的摇篮曲
让游子随时看到
你慈祥的眼光

你的思念
是一个带阁楼的老房
在冬雪到来之前
烧红你的温情
将孩儿们的心焙暖
再编造一个好梦
永远聆听到
你在远山的呼唤

一

我的包里永远放着母亲父亲的结婚照。母亲长得好看,是我们家的骄傲。母亲排行老四,上头有三个姐姐。她出生那天,外公正在他开的布店里打理生意,当他得知外婆又生了一个女儿时,一跺脚说:“又赌输钱了!”接着,他叫人把母亲抱去送给一个卖水果的邻居。好在我大姨得知,死活也要把母亲抢回来。

说起母亲,外婆老是骄傲地说:“我生做好(长得好),养的早仔(女孩儿)也生来雅(长得漂亮)。”她夸我母亲在读书时“像只蝴蝶一样在城里飞来飞去”,很惹眼,人见人夸。也不知父亲是哪辈子修来的福,四十岁的老男人把如花似玉的母亲

孙冕母亲与孙冕四兄妹
在汕头（右一为孙冕）。
摄于1965年

娶来,那年,母亲才十九岁。

父亲年轻时就患病,得了耳聋的后遗症,两耳不闻窗外事,缺少人情世故,也不懂得疼爱母亲。母亲临盆到医院是自己一个人去的。生下我时,父亲都不晓得去医院照料母亲,害得母亲喝的是邻家的汤,最让母亲不爽的是当她把我抱回家时,父亲揭开我的襁褓,看看我黄了吧唧的额头,说了一句恼人的话:“咦,不知能不能养得活?”害得母亲暗地里老抹眼泪。

从我记事起,就知道母亲是个贤惠善良的女人。她上有我阿公阿嬷,下有四个叽叽喳喳的孩子,还有个不懂人情世故的丈夫,大家的吃喝拉撒全打理得妥妥帖帖。艰难岁月里,常常是盐水猪油粥过日子,只有在发热生病时母亲会给我熬碗肉粥,可母亲还把无家可归的孩子带回家,把仅有的鸡蛋给人家的孩子吃。母亲说:“当人家有难时要靠近他,当人家过好日子时就离开他。”看到路上有块玻璃,母亲会捡到一边去,说:“不要刺伤挑担的农夫。”看到雨中冷得哆嗦的老人,母亲会把他请到家来给人一碗热粥。母亲的一句大白话,这些一点一滴,可让我们几个孩子受用终生,成了我们做人处世的准则。

那年父亲被关起来改造,在境外的姑姑不了解国情,来信指责母亲为何不去救我父亲,而且断了每月一次的一百港元的家用,这可是全家的命根呀。那时,我不知母亲心中的忧愁,吵着要报名去海南岛上山下乡,有人说我父亲身份不好,逼母亲把我家隔出一半给穷人住……母亲真的熬不过去了,当她

孙冕(左一)和二弟、三弟在汕头。

摄于1960年

想走上绝路那一瞬间,我的老尾弟踏进家,一声“妈妈”的呼唤,把母亲骤然从噩梦中拉回,放下手中那条夺命的绳。这事母亲好多年后才在一次全家团聚时说出来:“如果不是为你们这群死鬼头,你妈早早去见上帝了。”母亲这么一说,让孩子们惊吓得魂飞魄散,顿觉眼前的母亲无比伟岸。母亲从来不会对孩子们提任何物质钱财的事,却心里时时关切儿孙们的“头烧额热”,自称是个“儿女迷”。

母亲在1976年的半年间把我和妹妹、弟弟先后送出家门,老大我在广州,老二妹妹在香港,老三细弟在泰国,老四尾弟留在汕头。孩子们哪里知道母亲心中的苦楚呀!有一次我无意间从母亲床上的草席底下发现一沓母亲写的手稿, 全是用潮州歌仔格式,表达母亲对孩子们的思念,字里行间流淌着母亲的辛酸泪。我永远忘不了的一幕情景:1973年父亲退休后,我才有机会顶职当了工人,在一个个我加班的深夜,我知道母亲都在阳台上等待我归家。我们当孩子的都知道,不管我们走到哪儿,母亲那双期待的眼睛,就是我们心里一盏永远的明灯。

每年春节,在外的孩儿们都会飞回汕头陪老妈。这家人疯得很,高兴了会在大街上唱着“解放区的天是明朗的天”扭秧歌,老妈排头我排二,老二、老三、老四接着排。街上有人看得高兴了报以笑颜,看得不高兴了当一家疯子,无所谓。那年,中华人民共和国成立了,全国人民开心了可以一起跳。现在,改革开放了,我们一家开心了当然也可以跳一跳,又不妨碍治安。

初中时的孙冕（右一）与同学们。

摄于1966年

现在,日子过好了,往日母亲眉头上的愁云尽散,一家人玩得开心时,常没大没小对她“阿妈、阿姨、阿姐”乱叫,还只允许她活到一百零二岁,因为她的老妈也只活到一百零三岁。“活那么老做什么呀,给你们这些无作为的儿女拿我的骨头当鼓槌呀。”母亲会这么说。

有时候,孩儿们开心了,决定提升母亲的规格,让她活到一百二十八岁。她还讲条件:“一百二十八岁?你们就好意思看我瘫在地上爬来爬去?”

“怕什么呀,白骨精对她奶奶不是很孝顺的嘛,”细弟最会逗老妈开心,“你变作老妖精,我们就变作白骨精!”一家人笑翻了,开始叫老妈为老妖精。

母亲得意起来,就开始说她的妈妈如何是城里第一新娘,讲她几姐妹又如何美丽动人的故事给我们听。我们听兴奋了,回报她的是唱起了“月亮在白莲花般的云朵里穿行……听妈妈讲那过去的事情……”看她满足的笑容挂满那张皱褶多多的脸,我心里荡漾起一阵无比的幸福感。

只要母亲在,儿女就有风吹雨打都不怕的港湾,即使生命中有许多爱情、家庭、事业的沮丧和无言的寂寞,也能让我死去的心重新起搏,可以傲视尘世给我带来的不安,恢复那颗年轻的、力量澎湃的心,让所有的梦想唾手可得!在母亲广袤厚实的土壤里,孩儿们的生命之花可以乱长、疯长,永不凋谢!永远有那一扫云天阴霾的气魄!

跑,任你撒着野疯跑,谁又能跑出母亲的臂弯?

2009年5月10日于广州海风轩

二

汕头老家的阳台,是母亲修身养性的乐土,养了许多的兰花,还有父亲活着时养出来的几盆小盆景,有棵叫“大头神”的小叶榕树,盘着几十年长不大的根块,它很坦然地面对父亲母亲对它的照料。岁月对它来说,就是看着孩子们从小变大再变老,看着父亲母亲从年轻变得年迈;还有,就是从这个房子的阳台搬到另一个房子的阳台,用它长不大、长不老的生命,以不变看万变。

爷爷住的那两层半的砖木结构的老屋带着一前一后的阳台,那是我们儿时离天最近的地方,伴着父亲种下的番茄和屋旁那棵百年老槐树送来的清香,晚上躺在凉席上数星星,成了记忆中不可缺少的天地。

作为家中老大,在后来给父母亲挑选新居时,必选带有天台的顶屋。于是,这棵“大头神”也见证了我们一家家景的升迁历程。看它在盈尺之间,将不老的岁月盘得枝丫舒展,油光闪亮,相信在它的叶脉和根须里能找出我们一家情感的密码,蕴藏着父亲在它身旁晨操、母亲在它眼前照料花花草草的气息与身影。我在想,等待有科学技术能提取和破译这种密码,这

“大头神”交给子孙后代，将是多么巨大的一笔财富哦！

自从母亲搬了新居，有了更大的阳台，她巴不得栽下一片森林，居然种了三棵杧果和一棵龙眼树。这次，妹妹陪着母亲来到广州，带来满满当当一袋刚摘下的杧果，只因我在端午节那天的电视节目里读过一首诗，说到杧果树，母亲就把杧果带过来了。不爱吃水果的我，尝到这杧果，那叫个甜美呀！那是母亲的心。

那年，我离家到广州读书，天没亮，妈妈已把粥熬好，她在透过那碗鸡蛋粥散发的热气，悄悄地打量我，我不敢与那双忧郁的眼睛对视。在前后不到半年内，她已把我的妹妹和二弟送去给我远在他乡的二姑妈、小姑妈当孩子。姑妈早年因生活所迫，远渡重洋去谋生。她们都是接生婆，一辈子接下无数孩子却没自己的孩子，潮州人重礼教，重骨肉之情，要走了我妈妈的两块心头肉，如今，作为排行老大的我又要离家出走，去追求我的文学梦，而留下一生操劳、体弱多病的妈妈，和耳朵失聪的爸爸及年仅十六岁的小弟弟。

我提着一个朋友给我钉的小木笈走了，这一走就是三十五年。至今，我不敢去提及那个清晨。

离家三十五年，这是妈妈第二次到广州来居住，第一次是二十四年前我的儿子出生不久，妈妈来帮着带。这次是《新周刊》十五年刊庆，我特意把八十岁高龄的妈妈请来看看，在发言中说：我离家三十五年，前二十年为其他机构做报纸编杂志,后十五年创办了《新周刊》,这些年我母亲不知儿子在外面做了些什么、做得怎么样,但她会翻阅每一期《新周刊》,数数广告页码:广告少了,知道儿子日子不好过;广告多了,她以为儿子日子好过了。今天我假公济私,把妈妈请到现场,希望大家能给我妈妈一次掌声。当现场响起掌声时,我喊道:妈妈,起立!看着妈妈在妹妹的推搡下,缓缓起立对众人拱手作揖的那一刻,始觉对母亲似乎有了个交代。

可是,那漫长的三十五年,妈妈的内心是怎么熬过来的,直到昨天,带妈妈去眼科医院检查眼睛时,我才真真正正知道:妈妈那双眼睛里残破不堪的视网膜是眼泪泡烂的。那一刻,我的心充满说不尽的酸楚!——三十五年的功名成败,换来母亲的老态龙钟和步履蹒跚,谁又能算清这笔账呢?母亲膝前的冷清、骨肉远离、孤心伴枕、情感之欠债,谁又能还得清?!

2011年8月28日记于拉萨

三

席慕蓉说:当我是少女时,我很怕黑,怕陌生人,怕一切可怕的事物,但当我今天成为母亲时,为了我的孩子,我变成一只准备对抗一切危险的母狼。

寒冬还没到来,人们的心还徜徉在秋色的爽朗中,而在冰冷刺心的世风里,被车碾过的小悦悦终于熬不住了,她走了。

即便,小悦悦的母亲可以变成一头对抗一切危险的母狼,猛扑过去撕咬造成丧女之痛的无良,可是,她无从下口呀!

我们真的很怕黑,怕在堕落成陌生人的社会,再也找不到人问路回家;怕小悦悦不敢睁开眼看的可怕的事物,吓得梦里都会变成孤魂野鬼;怕心的痛找不到止痛的药,怕在黑暗中哆哆嗦嗦,怕黎明前的黑暗。

我在微博上对儿子说:儿子,小悦悦走了。你还记得吗?那年我们骑单车回祈福新村,在洛溪大桥前,遇到一个骑摩托车的小伙撞上一个骑单车的老头,有七八人围观就是没人伸手,是我们爷俩将他们扶到路旁,叫来救护车运走他们,我记得,你第一次见到血,双手发抖。那年你才十三岁。十二年过去了,今天,你如果见到小悦悦被车碾到,你会去救她吗?儿子回答:一定会救!

我还记得，那天很热，柏油马路烫得像刚抽走柴火的锅底,两个伤者躺在血泊中,一辆公共汽车开到跟前将喇叭摁得呱呱乱叫。我跳将起来,怒目横视,指着司机大叫:“你摁什么摁啊？快下来帮我救人啊！”那司机愣了,再也不敢出声。

我们都是这个世界的过客,我们都为人子女,也会为人父母。有人对此感叹,有“父子的旅行”一说:希望你涉过更深的溪水,登上更高的险峰,穿越更辽阔的荒漠,你一定要超越我,因为你是我生命的更高延续！虽然我时刻监督你，不太夸奖你,但你要明白,父与子就是这样在生命中旅行,等待被儿子超越是每个父亲的骄傲！我说："父子的旅行"从儿子出生就开始了，永不结束。

爸爸妈妈没有带过我们去旅行。两岸关系紧张的那几年，几乎天天都能听到防空警报，为避同室操戈，每家每户要自挖防空洞。邻居江叔抄家伙帮我家挖洞，掀开老地砖，挖出二尺浊水池，别说人钻进去防美式炸弹，放只鸭，鸭也嫌水浅。

无奈，妈妈带我们兄弟姐妹几个，搭小火轮到乡下外婆家"防空避难"去。那算是一次超级的"母子的旅行"。

六十公里的水路，小火轮吭哧吭哧要走上四五个小时。孩子们在船上上蹿下跳，尽情消耗快乐的时光。对岸的战机没飞来，海战还没打响，江面像绸缎一样柔软，阳光在水面上跳舞，小火轮内的柴油味夹杂着鸡蛋炒饭的香味。

妈妈像摁水葫芦瓜一样，摁住老大老二溜，揪着老三老尾在她怀里啼。母鸡带小鸡似的，连哄带揪也其乐融融。小镇没有过往车辆，孩童一个接一个地扎进外婆家门前那条通往榕江的小河道，溅起高高的水花，真勇敢，看得真让我闹心，那时我还不会游水。

胡同里突然多了一群孩子，东邻西家的人都来外婆家看热闹，外婆就把妈妈带来的水果糖分派给邻家小孩儿。

胡同中间那个大水缸种着莲藕，花期正盛，不时招惹来些细长尾巴的小蜻蜓，我们叫它们"姿娘仔"，只因它们长了对好看的大眼睛和小蛮腰。

不知是什么节气过什么节,夜里,孩子们都聚在巷子口的宽埕(入巷口稍宽敞的地方)玩耍。外婆说,旁边那个叫“四点金”的大宅是她的。我问她:“那你为什么不住里头呀?”“被你外公赌输钱赔给别人了!”外婆面色不好看。外婆和妈妈的旅行有没有?不知道。只知道我和妈妈的旅行是从搭火轮看外婆开始的。

那一夜,宽埕就是孩子的天堂。巷子里那个叫“大头”的孩子王,为了表示白天在小溪里欺负我的歉意,带我玩“烧塔”。他用碎瓦片一层一层叠成一个小瓦塔,点燃塔内的柴火,当瓦片烧红时,大头一声令下:撒盐!我从他手心里抓出一撮盐,撒向火塔,霎时,火光中噼里啪啦跳动蓝色的火苗,孩子们欢叫起来,彼此看到眸子里的光!

大头在白天里将我背过小溪,途中却把我抛下,任我在水中挣扎又手脚无措,幸亏二表哥揪起我的头发,将我拖上岸才让我免于淹死。此刻,白天记下的恨,在火光中烟消云散。这时,我觉得大头就是我的大佬。

妈妈带着我唯一的一次旅行,没遇到她要变成对抗一切危险的母狼的危险,却将人间那温馨的亲情友情烙在我的脑海里。

父亲早早走了,“父子的旅行”只能延续在我和儿子的生命里。“母子的旅行”却生生不息,今天,妹妹陪着妈妈来北京,我要带她们去看天安门,要请好医生修补好妈妈因思念离家的孩子而哭坏了的眼睛，让妈妈的眼睛能穿透浊世的阴霾看到美丽的星空。

写于2011年10月27日,北京现代城

重新整理于2012年岁首,广州

童年杂议

◎ 李保峰

李保峰 ——— (Li Baofeng)

华南理工大学学士、华中理工大学硕士、清华大学博士、德国慕尼黑工大高级访问学者。1956年生，目前担任华中科技大学建筑与城市规划学院教授、博导，《新建筑》杂志社社长。主持多项国家自然科学基金项目。获清华大学优秀博士论文一等奖；国家级教学成果二等奖。2015年被《城市·环境·设计》杂志（*UED*）选为十年百名中国建筑师。

我1956年出生于东北吉林，自小生活在蛟河县(现为蛟河市)部队大院。院子以及童年小伙伴的形象已在记忆中模糊，我只有些爬房顶的印象，据说我家阿姨见状不敢叫我，怕我因惊吓而摔落下来。当然，那不可能是高楼。

蛟河县当时好像只有一条大街，部队大院临近火车站。七岁后，我随大院子弟集体乘火车出行成为常态，从小县城去“大城市”吉林，在八一小学住读。在我脑海中，吉林八一小学与小学同学几乎没了印象，但却依稀残存当时乘火车往返于蛟河及吉林的景象，还有亘古不变的铁路播音腔：“大丰满车站快到了，请准备下车的旅客……”

1966年父亲转业，我们一家五口从吉林乘火车经北京去武汉。火车的外观与以前我往返于蛟河、吉林之间的相同，但里面却是一个个的小房间，我们全家住一个房间，服务员热情周到。十岁的我第一次来到首都，只知道北京有天安门，父亲带我见到了那个比我想象中小得多的天安门，对此我非常失望，这大概是人生中第一次尺度体验教育。这个故事至今仍是我给学生讲尺度问题时的保留内容，尺度感是不能仅从书本上学的！

从吉林八一小学转学到武汉航空路小学，明显感到学校设施质量的降低，但同学充满歧视的顺口溜又让我意识到还有更差的学校：民办小学坏又坏(汉口方言，发音为“槐”，意指“差”)，棺材板子当黑牌(汉口方言，意指“黑板”)，这是嘲笑附近的民办小学的。多年后我作为知青下放农村，才发现民办小学并非最差。这些童年记忆与目前我正在进行的“基于教育公平目标的基础教育标准化研究”有着密切的相关性。

从东北到武汉，印象最深的是夏天。父亲曾在夏季的北京身穿皮大衣坚持数小时，这大概类似于范格尔(P.O.Fanger)的人体热舒适试验，“试验”后他决定定居武汉。武汉的气候给我的震撼源自眼睛！当时武汉夏季的黄昏，竹床密布街巷，户户皆睡在室外，对于来自东北的孩子，这真是一种视觉震撼！我们当然也“入乡随俗”。回想起来，睡在街巷实在是一种难得的社会交往行为，由墙面和楼板包裹起来的三维空间的家在此时转换为二维空间的竹床，虽然还有领域感，但因其开敞，故对不同家庭之间人们的流动已无阻碍。每天从晚饭后到入睡前，我流窜于各家的竹床之间，听那些叔叔阿姨大哥大姐讲故事，跟几位业余乐器演奏高手学习演奏，与那些棋类爱好者切磋象棋和军棋。如今，中学课堂的内容早已忘却，但在竹床阵听到的故事以及乐器演奏高手的形象却历历在目。四十年后，我的博士论文中还对此进行了大段的描述！在没有互联网的时代，竹床阵便是信息的海洋和交往的平台，在此，知识的获取和思想的成长以润物细无声的方式进行着。在冬季寒冷、夏季不热的东北怎能获得如此有趣的体验！

父亲到武汉后，在湖北工业建筑设计院工作。计划经济时代，工业是国家建设的重心，如同现在许多大型设计院都冠以

李保峰与母亲合影。

摄于1958年

“工业建筑”之名称,这可谓时代之烙印。那时设计任务是根据国家计划按地区分配,中南院管中南五省,湖北院管湖北省,武汉院则管武汉市。

湖北院办公楼是令我印象深刻的建筑:五层高,平面为L形,两翼长度不等且彼此成钝角,建筑、广场均不对称,入口上方有一大片由钢窗拼接而成的玻璃幕墙和整块的实墙面。现在想来,作者一定毕业于同济大学或华南理工大学,间接接受过包豪斯的教育,否则怎会在那个时代设计出如此不对称的大型建筑!

因为父亲是设计院的领导,家里来客不断,我不仅知道他们的主要工作是画房子,而且从父母对各位客人的评价中还了解到设计房子是分工种的,建筑工种的图最好玩:蓝天、白云、绿树、明亮的房子、呆呆的人群。设计院有很多好玩的叔叔阿姨,毕业于天津大学的建筑师杨月碌叔叔,在我家单元门两边的墙上打格子、画铅笔稿、涂红漆,“四海翻腾云水怒,五洲震荡风雷激”,仅半天时间,优美的印刷体对联就跃然墙上;一位矮胖的叔叔每晚在设计院走廊的共鸣最佳处操着男低音唱歌,“小小寰球,有几个苍蝇碰壁,嗡嗡叫,几声凄厉,几声抽泣”,现在想来,不知是领袖最新诗词的政治激发还是人体荷尔蒙的作用,我想他当时一定还没有女朋友;还有一位来自上海、毕业于同济规划专业、从事工厂总图设计的王阿姨,讲一口上海普通话,喃喃细语,从不着急,衣着永远得体;设计院学历最高的年轻建筑师，听说是华南理工大学毕业的研究生，他后来去了北京，改革开放后又回了广州，在岭南继承和发展了一片新天地，他就是何镜堂院士；一位父亲的世交，1949年拒绝去台湾，却选择留在大陆为国效力，1977年年底我考上大学，他送我全套老式铜制绘图仪器，研究生毕业我留校任教，他嘱咐：建筑师一定要实践，在大学教书切忌变成“吹牛家”。设计院是我最早的“大学前”专业教育机构，高考时我的全部志愿都是建筑学专业，一定与儿时的成长环境有关。

受设计院建筑师叔叔的影响，我尝试用打格子加平涂的方法画毛主席肖像，颇受邻居喜爱，小学美术老师也予以重点培养，我便自以为是，不甘只画单色平涂的肖像，决定用水彩临摹油画《毛主席去安源》，结果除了大背头、长衫、油布伞与原作略有相似外，面孔完全不像，几经涂改，伟大领袖竟成了大花脸！

二十世纪六十年代后期，国民经济逐渐停滞，社会不再需要设计人员，于是大量工程师被下放到农村从事体力劳动。湖北工业建筑设计院被撤销，全体人员下放鄂西山区，直至七十年代才回到武汉并入中南建筑设计院。

那时我十多岁，父母均受到冲击，此后也就没了什么快乐的记忆。我还大致记得家里被翻乱的状况，后来才知道那不是小偷光顾。父亲因身体不好，没有被下放，但作为留守人员，却要经常去鄂西山区看望下放人员。一次在去郧县的路上发生车祸,他昏迷不醒,经过数小时,回到武汉后便被直接送入同济医学院的手术室剖腹探查,结论是胃破裂。谁知手术中突然停电,不得已用手电筒照射完成了腹腔大手术,此后便留下了无穷无尽的后遗症!学建筑后我才知道,那栋平面为“土”字形的病房大楼是冯纪忠先生二十世纪五十年代的大作, 该楼分区清晰、高效便捷、立面朴实,但伟大的作品在那个时代竟难以提供救死扶伤的基本保障。

我自小不是胆大包天的“打架大王”,也不是循规蹈矩的“乖乖孩”,对于学习基本没有印象,但出坏主意、干坏事之后的快感至今尚存。我曾经带着妹妹用刀片将一毛钱纸币裁掉一小条,再去商店买东西,看能否被营业员阿姨发现,我们为顺利地将那张“窄钱”花出去而坏笑。现在看来,这大概可以算是关于比例视觉敏感度的调查。当时京广铁路穿过汉口的中心,我们常常将五分硬币放在铁轨上,等火车压过后再循着闪光方向去轨道上的碎石中找寻被放大了很多倍的、闪闪发亮的椭圆形金属片,不知这算不算材料冲压体验。如今京广线北移,该铁轨已被架高,成为市内轨道交通一号线。我还曾用面筋当胶爬树粘知了,实践多但成果少。我喜欢自制弹弓击石打鸟,有一次石子竟射到了小伙伴的头上,血流不止,遂被告到父亲单位,身为干部的父亲觉得丢尽颜面,逼着我去人家门口当众道歉。《地道战》是当时为数不多的电影,我模仿抗日英雄,在我家住宅的后面挖防空洞,晚上用菜油点灯,挖洞不止,

李保峰(前排右一)与姥爷、父亲、母亲(后排左一)、姨妈及妹妹们合影。
摄于1963年

在洞内能藏得一人时,我便失去了兴趣。不记得是哪年,我觉得家里的五屉桌高度不舒服,便偷偷用小锯条将四条桌腿锯短了一点儿,自以为不会被发现,哪知桌腿被锯短后,中间挂抽屉的木梁也随之降低,“改造工程”立即被爸爸发现,严厉的惩罚接踵而来!这大概算是我进行的第一次人体工程学试验。我还曾将嘴里含着的绿豆从细竹筒中吹出,这种攻击出其不意,令小伙伴难以提防,有一次竟将绿豆吹入了邻居的眼皮之内,还好没造成失明。小学老师对我的评价是不关心集体,我想用行动证明自己也是关心集体的,便为班集体做了个木质报夹,老师很高兴,对我给予了表扬,可在接受表扬的时候却发现报夹早已被我遗失。

在蛟河县爬房顶到底是记忆,还是母亲多次提及后在我脑中形成的画面,我已无法分辨,但在汉口的飞檐走壁却是真实的记忆。汉口航空路24号的苏联式单元住宅清一色二层高,坡屋顶,一楼住户有后院,二楼住户带露台,我们身轻如燕,通过红瓦屋面穿行于各户露台之间,至于为何放着平路不走,却非要登高冒险,以如今的年龄已经无法解释了,但“第五立面”与地面上完全不同的景象却仍记忆犹新。上初中后,我不想绕远路,几乎天天与小伙伴翻院墙去上学,这种两点一线的通行方式效率极高。另外,每周日下午去与我家两墙相隔的同济医学院看篮球比赛,不想绕道的我们也采用翻院墙的高效交通方式。我想,十年前史蒂芬·霍尔(Steven Holl)在北京设计当代万国城(当代MOMA)提出开放式社区概念时,绝不会想到三十年前的中国孩子早已使用翻院墙的方式解构了围墙！几十年过去了,中国的大院模式仍未改变,同济医学院的边界尚存,只是围墙变成了连续的临街商铺,此时谁再翻墙,定会被视为梁上君子。

我的童年,虽然因父母受冲击而缺乏甜蜜,但也因不需刻苦学习而轻松无比;虽然家在小县城,本人却常驻“大城市”吉林;虽然到了更大的城市武汉,但因武汉也是“大乡村”,倒是让我养成了较为包容的性格。数千公里的旅行,在当时对于一个十岁的孩子来说是难得的旅行启蒙。我至今未读万卷书,行路却远不止万里,其间收获自不待言!

写于2014年,武汉

吕　澎 ——— (Lü Peng)

策展人、艺术批评家。1956年出生于重庆。1977年至1982年在四川师范学院政治教育系读书;1982年至1985年任《戏剧与电影》杂志社编辑,1986年至1991年任四川戏剧家协会副秘书长;1990年至1993年任《艺术·市场》杂志执行主编。1992年为广州双年展艺术主持。2004年于中国美术学院博士研究生毕业,获博士学位。现为中国美术学院艺术人文学院副教授,成都当代美术馆馆长。

昏暗的时间

◎吕澎

1975年夏夜，木镶板建造的生产队队部知青寝室里，我躺在有蚊帐的床上，翻阅一本没有封面和封底的小说。小说是《堂吉诃德》，作者是塞万提斯。那几天晚上，书中桑丘的故事让我不断笑出声来。我记不住书是从哪里借来的，我要说的是，这是我阅读的第一本外国小说。那时，仅仅是小说里的人物和他们的故事，就能够让我获得异常的享受。不过，我记得我没有从书中得到任何更多的启示：阅读是直观的，大脑没有任何分析能力。1975年我十九岁，在床的一旁的木桌上，只有两本书：《中学英语》和《语文》课本。我很少翻弄这两本教材，大脑是如此的空白，知识只限于加减乘除和阅读一般的中文字，除了一些政治口号和领袖语录，我对世界没有多少认知。所以，《堂吉诃德》能够让我在深夜的山区持续不断地笑出声来，是可以想象的。

1974年的初秋，我随着上山下乡的洪流到了四川省汶川县漩口区白花公社蔡家杠大队第一生产队。这个地方就是2008年5月12日汶川大地震靠近震中的地点，我回去慰问老乡时看到，一队和二队之间的山沟已经被地里喷出来的山石填成了一个小平坝，这里立了一块牌子做了说明。在1974年的一天，我随成都市公安局知青办公室的人与其他几个知青，到了山下的白花公社。我和另一个知青跟随生产队副队长一块儿上山，山很陡峭，他帮我背着行李，一路告诉我：今后要好好接受贫下中农的再教育，好好劳动，这样他好给我写总结，如果我表现好，就可以回到成都去工作。那天下着雨，天空阴暗，山路泥泞，从山下到山上，我们走了差不多一个小时的时间，我们被生产队的书记和社员们欢迎了一下，能够记得那些感到稀奇和不解的脸：朴实、善良、没有文化，几个年轻人有点狡黠的神情。从此，我在这里生活了两年半的时间，中间我经常设法参加县文化馆或者州文化馆举办的美术训练班，试图让自己的日子过得快一些，过得开心一些。这里是大山，经常可以看到白云飘浮在山腰，风景适合作画，所以每当十天一个休息日，我会背上舅舅给我做的精致画箱在山上写生，水粉和油画都有。从十九岁在白花公社旁边的一个山顶上拍的一张照片来看——我也似乎记得，好像那时我没有什么忧郁、感伤的情绪，甚至还带有一点儿盲目的憧憬，我与其他知青和农民一样，早出晚归，夜晚除了政治学习和批判会，没有什么特别的活动。一个城市里的年轻人，在山上与农民一道种苞谷，悄悄盼着有一天能回到成都的家，完全没有其他的复杂思想：没有哲学、没有宗教、没有文学、没有娱乐；有开会、有劳动、有画画、有等信、有睡觉。这样的日子直至1976年，我被招回成都，在65厂（一间在当时值得骄傲的国防军工厂）当工人。

1977年下半年的一天，我在65厂216车间会议室参加车间领导召集的政治学习。这次学习的主要内容，是由车间党总支书记对恢复高考后第一次参加考试的年轻工人进行思想教育。这位姓鄢的书记严肃地对我们说："国家给予了你们一次

吕澎在四川省汶川县白花公社蔡家杠大队一生产队当知青。
摄于 1976 年

读大学的机会,我们也拦不住你们。你们中间如果有人有幸考上了大学,那就去当‘精神贵族’;如果没有考上,就给我好好地在车间里当工人。”他的情绪不太好,他对车间里数位想读大学的年轻人抱有敌意。我们这些在车间里工作一年不到的年轻工人很清楚他的意思:我们这些想读书的人大脑里仍然保留着封建社会和资产阶级“唯有读书高”的思想,不安心工作,轻视劳动,看不起工人这个职业。我们知道,倘若没有考上,我们将不被重用和发展,这个时期的“重用”和“发展”的含义就是从工人升到班组组长、工段长、车间主任、厂部门干部和厂领导。

离开工厂,到了学校,最初几天的内容好像仍然是政治学习——讨论上大学的意义,有一位女同学在谈到能够读书时哭了,激动不已。那时,我感觉到了自己的生活真的开始发生变化。几乎所有的同学每天都废寝忘食地读书和学习,晚上自习的时间大多是在教室和图书馆阅览室里度过的,记忆中的情况是,我真正的读书生涯是从1977年才开始的。我的专业与政治、经济、历史和哲学有关,这样,我开始了对斯宾诺莎、黑格尔、萨缪尔森、马克思、普列汉诺夫的阅读,开始了《红与黑》《安娜·卡列尼娜》《战争与和平》《静静的顿河》《悲惨世界》《堂吉诃德》的阅读。这些书大多是新华书店从仓库里找寻出来的旧书,书店用人力木板车一车车地拉到学校里来,每次遇到这样的机会,同学们几乎都会发生争抢,直至空空的木板车离去。当时大家都注意到了，尽管还有关于旧的中国书籍的讨论，如《古文观止》《聊斋》《老残游记》等等，但同学们更关注的是西方著作。在这个时期，大家几乎是在本能的怂恿下去观看外面的世界，西方的一切充满神秘和新奇。其实，读了书后我们才知道，中国人了解西方的欲望很早很早就有了，用中国古人的部分思想能够消除“人类进步”这个概念的意义，或者让我们指出进化论的局限性，就像早年梁启超对西方“一战”之后的社会困境所做的批评一样。

我所认识的很多以后很出色的同学在学校一开始就不是很规矩地听课读书的，这样的人总是在上课期间到学校附近的茶馆喝茶、看书和讨论问题。茶馆一旁的荷塘漂浮着荷叶，能够唤起我对自然状态的沉思，的确，正是在茶馆里的阅读、讨论和思考，使我们开始有了理性，开始真正理解为什么人应该对自己提问。开始发现“理想”“抱负”“目标”“事业”这类词需要重新填塞内容，开始渐渐意识到刚刚过去的历史悲剧不应该仅仅由个人来承担，开始渐渐感受到了感情与个性的重要性——特别是在偷偷听了邓丽君的音乐之后。

我在大学期间成绩平平，经常通过抄写同学的笔记去应付考试；自由散漫，经常逃课或者不认真听课；思想落后，因为总是给班主任提出奇怪的疑问，让人感到缺乏坚定正确的政治方向与立场。但是，对于我们这些经历过艰苦的农村与工厂生活、第一次通过考试进入大学的人来说，对任何形式主义的标准和要求都会产生反感。真实的状况是,我们终于在大学生活中体会到了从来没有体会过的自由：我们组织讨论政治和历史问题的“五四学会”,鼓动同学参与学校所在地区人民代表的选举，讨论马克思早期哲学手稿和相关联的人的异化问题。即便嘴里嗑着瓜子,也在对这个国家每天发生的事情给予评论和关心,我们的确关心着这个国家和民族的命运。

1977级的同学大多数出生于二十世纪五十年代，他们之前的主要经历或观看的景象是之前十年的动乱:抛撒传单、挥舞红旗、街头辩论,至少,我对旁观过的场面保留了深刻的印象,对所住的大院(中共中央西南局的宿舍)里的斗争记忆犹新,即便是“复课”之后回到学校,大多数的人也没有增加多少知识。所以,记忆中的大学四年里,主要的场景是三个:听课的教室、读书的图书馆以及睡觉和讨论问题的寝室。事实上,我对美术史知识的学习就是从大学读书开始的。

大学我读的是四川师范学院(现为四川师范大学)政治教育系,因为四川美术学院没有考上,这个专业不能满足我画画的爱好,我便很快开始考虑设法与美术专业产生联系,我想到了学习美术的历史。事实上,在那个时候,我并不清楚是否存在一门关于美术历史的学科，带着可能有一个美术史学科的假设,我查询了学校图书馆,管理员给我找出来的是朱光潜的《西方美学史》上下卷。我很失望,除了在书中看到了达·芬奇的名字和关于他的艺术思想的介绍外，我没有看到关于中外画家的任何信息。我又到四川省图书馆查找,管理员给我找出了一本钱君匋老先生的《西洋美术简史》(1949年出版),由于不能将书带出图书馆,我花了几乎一个星期的时间,将全书抄录了下来,这是我学习美术史的第一本教材。很多年后,我将这份抄录的美术史送给了钱君匋,他说这是一个很好的纪念。

了解西方美术史的心情是如此的迫切,使得我不仅利用暑假到四川美术学院抄写早期油印的西方美术史教材,同时也在举办的外国书展里复印美术史的著作,以增加更多的资料文献。在第二学年的时候,我在只有公共课一年级英文基础(北京第二外国语学院的教材第一册)的情况下,开始了对英国美术史的翻译。有常识的人都知道,读书学习是需要循序渐进的,可以想象,在英文基础极其糟糕的情况下翻译专业著作肯定会错误百出。英文系的同学嘲笑我:"你最好把你的教材学完了再去翻译,从专业的角度上看,你这样的急切是很可笑的。"这个道理我非常明白,可是,当时我看到英文版的西方美术史所产生的急于阅读和获取知识的心情的确是难以言表的。

二十世纪八十年代是阅读西方的时期,我将四处找到的西方美术史著作翻译出来,不管是否能够出版。今天想来,自己有关西方美术史的知识是在这个时期通过翻译积累起来的,我有一份1988年的录像记录:图像画面里,我正在与易丹大谈瓦萨里与文艺复兴,这也旁证了我的记忆。这个时候,湖南美术出版社的李路明向我约稿，写一部关于中国八十年代现代艺术的书，我没有答应，我告诉李：中国现代艺术有过分“拿来”西方现代主义之嫌，写这样的书究竟有什么意义我想不清楚。直到1989年4月，我还是坚持这个看法：我们正在赶路，中国艺术家究竟有什么创造能够接续人类的艺术历史？我的确没有想明白。

在八十年代相当长的一个时期，我对“艺术”与“文化”充满崇敬与向往。我翻译和阅读可能读到的书，我相信有一种遥远不可企及的精神，即便说不去追求也值得去接近。一个小小的英文词“other”也会使我感到一种神秘、一种与天国接近的空间、一种不可捉摸的异物。总之，一个小小的符号提示，会使我浮想联翩，思绪不断。今天想来，直到1989年5月，我都处在对世界的了解与认识中，没有任何特殊的经历和人给我特殊的教诲与经验，因此我没有什么特别的能力与智慧去应对这个时代，只是从书本里获得的知识在我的内心建立了一个明确的信念：人必须依靠自己对社会与个人做出判断和决定。但是，我很快知道，一个充满理想主义的时代彻底结束了；面对现实，后来我也这样来看：形而上学的时代终止了。尼采、叔本华、萨特、弗洛伊德安睡在书架上，我觉得好像必须离他们而去了。之前，人们还对西方哲学热衷之至，对来自西方的名词夸夸其谈，之后，我清晰地记得：冬天的落叶随着寒风的催促，在干燥的地上刮出轻微的“吱吱”响声。这个时候，我已经非常

刚完成《中国现代艺术史:1979—1989》的吕澎。
摄于1990年春

清楚地意识到，文字的力量太弱小了，于是，我渐渐减少使用从翻译书中获得的概念与名词。1989年底，我开始与易丹写作《中国现代艺术史》，我们试图通过记录过去而向曾经的理想主义依依不舍地告别。我意识到了，本质论的精神出发点固然可嘉，但是已经失效了。我们真的要在信仰或者信念中度过一生？难道信仰与信念本身不需要通过物理世界进行求证？

之后，我开始参与到物质主义的生活中，开始帮助艺术家卖画，开始参与创办杂志(《艺术·市场》)，开始筹备广州双年展。回想起来，这些都来自1989年底与易丹写作《中国现代艺术史》的采访经历：当杭州的街道下着凄凄小雨，张培力坐进人力板车感到充满高级享受时，我意识到物质的力量可能是现代艺术家唯一的生路。

我记得在1991年写了一篇文章《'85情结与当代问题》，开始思考文化与艺术的策略问题，我指出了本质论的弊病：道德主义、理想主义以及心理主义，这些都是政治、文化与艺术失败的原因，说到底，我对八十年代现代主义中的本质论的有效性完全失望了，所以我带着不情愿的眷恋告别了形而上学的过去。这一切促使我与在广州和深圳的黄专、邵宏、严善錞和杨小彦共同推动了1992年广州双年展的举办。广州双年展在当时因为将艺术与市场扯到一块儿，遭到了普遍的诟病甚至咒骂，但今天，这个展览已经是不断有研究论文出现的历史事件，九十年代及之后的艺术发展，证明一个更加物理主义的时代已经到来,难以回避。广州双年展让我重新理解了很多关于艺术、艺术家以及社会方面的问题,之后,我将自己完全扔进了谋生的市场汪洋,遭遇着没有终结的危机与困难。所以广州双年展是我人生的一个标志:今天我的所有经历与言行,都能够在这次展览和之前的背景中找到原因。1996年,我在"四十小结"里写下了进入九十年代后的个人体验:

> 我决定寻求经济基础的建设——我开始公司的经营,开始与只对金钱感兴趣的人打交道,开始被有钱的人指挥来指挥去,开始了对过去的陌生,开始对金钱非常重视但又对名利缺乏激情,开始注意到自己随时都可能死去因而提醒自己生活中的得失无关紧要,开始产生虽然事情有了美好的开头也随时准备失败的态度,开始懂得一百个人就有一百个真理以致唯一的真理十分难以论证,开始知道人生游戏有不同的规则关键是你参加哪种游戏,开始明白努力是必需的但不一定非要有一个预期的结果,开始发现哈姆雷特对责任的焦虑在今天成为笑话,开始发现被称为爱情的东西更加可以触摸而缺乏诗意,开始发现每个人都在忙碌却更少有人来得及思考忙碌的目的,开始发现生活的物质形态变得更加精致而生活的精神状态愈加粗糙不堪,开始发现文化人越来越对金钱感兴趣而商人越来越想到文化圈内圈虚荣,开始注

意到继续自称“知识分子”的人在继续遮蔽知识分子的虚弱与尴尬，开始注意到今天的文人仍然在有意或无意模仿旧文人的言行款式却显得越发肤浅和不适时宜，开始羡慕青少年，开始真正懂得在中学时老师不厌其烦地告诉我们的青春的宝贵是真的，开始理解老人对年轻人的态度，开始真正意识到时间的珍贵，开始稳重不慌不忙地做事，开始无所畏惧但又轻轻松松，开始反复回忆往事中某次场景或某个人的姿态或细节，开始对过去的一切无论坏事还是好事均给予美好的评价，开始再次去思考友谊、理解与同情的真正含义……不胜感慨的各种开始。

1998年，我和几个朋友(易丹、舒群、路海燕、肖全、赵士林)陪李泽厚先生去九寨沟和大草原散心。一路上讨论不少学术问题，我将讨论的内容编辑成一本小册子《自然说话》出版，今天读上去也感到特别亲切。在这本书的序言里，我有如下一段记录，居然也涉及了塞万提斯《堂吉诃德》中的人物，时间转瞬即逝，我注意到，与二十多年前不同，如果再读这本小说，已经完全是另一番心情:

到达大草原的目的地叫作“朵里台”。这时，快落山的太阳给大家说不出的感受。李先生没有太多的言语，他只是走走看看，听从我们的安排。趁着黄昏的阳光，我们拍了照之后，每人都向当地藏民要了一匹马，在藏民的牵引下骑着马朝着远处缓缓而去。李先生与赵士林一开始没有骑马的打算，后来居然也骑上马跟了过来。毕竟这时我们已经在走回头路，而李先生和赵士林正向着我们走过的方向非常缓慢地走去。当李先生和赵士林回到帐篷喝酥油茶时，天已经全黑了。赵士林第二天在车上给我们谈了一个感受：当他和李先生骑着马到了山顶的尽头时，他突然感觉到李先生骑着马，从后面看上去那剪影，像堂吉诃德似的，无助地面对黑暗的大自然。舒群补充说："那么你赵士林就是桑丘喽？"这个比喻使大家大笑不止。

写于2013年11月27日星期三，艾依水郡61号

我的三个家

◎ 李宗盛

李宗盛 ——（Li Zongsheng）

音乐人。1958年生于台北北投。1972年十四岁时迷上吉他。1979年就读于新竹私立明新工业专科学校电机科。自二十世纪八十年代起影响华语乐坛而被冠以“音乐教父”之名。为人熟知的作品有《寂寞难耐》《我是一只小小鸟》等，新近作品有《给自己的歌》《山丘》等。近十年居北京。

北 投 家

这个发展迟缓的小镇像是一件长辈送给你的旧毛衣,明显的过时,却让人满心温暖。

若是遇到这样冬日的雨天,雾总是先蒙住大屯山的头,然后蹑手蹑脚地朝淡水河方向漫去。

我很喜欢空气中经常弥漫着无所不在的、淡淡的硫黄气味。置身其中始终让我有婴儿的感觉,如同在母亲子宫中被羊水包裹一般让我感到安心。

知道我是潘老师儿子的一代差不多已经凋零，还好能认出我就是那个送燃气的大有人在。

当年帮家里送燃气所带来的好处并不只是让我青春的身体有了足够的锻炼，更大的意义是让我彻底地熟悉了家乡的样子并且牢牢记住了。它同时也养成了我性格中比较市井的那一面,我喜欢这个部分的自己并且刻意地保留它。

后来成为一个知名的音乐人这件事并没有改变我跟北投的关系,我经常衣着丑陋地走在街上。

我认为家乡的人不会盯着我看的逻辑很简单：写歌的不见得比卖小笼包的高明。

在这里我不是陌生人,我是这小镇的孩子。

在中和街小山坡上的屋子是为我当时将要展开的新生活而准备的。

那时我刚刚开始另一段婚姻,小女儿刚两岁。与滚石的工作关系在两个月前结束时当然有些许感伤，但是二十年无日无夜的音乐生涯早已让我疲惫不堪。我知道我不想再如往日那样工作了。事实上我在几年前就已经想自己动手做吉他并且开始研究资料。我认真地想回到音乐的起点去寻找另一个身份。我一点儿也不介意暂时甚至永远也不再做我以前所擅长的那些事。

迁往上海并不是一个困难的决定。或者说,我们并没有怎么特别讨论。新的婚姻很好,我并不在意我要带着一家老小去一个几乎全然陌生的城市生活。我从二十世纪九十年代初就多次造访这个因为改革开放而受益的城市。我承认我对它只有肤浅的认识。我总是被细心礼貌地招待,进出于五星级酒店的套间与演出的场地。

在滚石的最后两年,我在组织里显得格格不入。我并没有被通知参与一些重要的会议，以避免制作方案因为我的坚持被退回重整。在整个音乐行业被网络泡沫托高的时候,像我这样的制作出身的老臣显得不识时务而注定要被时代的大潮淹没。

梁静茹与五月天是我在滚石制作总监任内最后签下的两份合约。

2000年12月31日,我离开光复南路288号5楼,与滚石十七年合作告终。

身为小学老师的母亲和李宗盛一起在台中的教师会馆。
摄于 1965 年

北投家的装修其实还很新。孩子们经过两个暑假的练习，刚刚能在家里的短道泳池找到感觉。

住中目黑的时候买的器皿还没机会用。温哥华的生活照刚刚整理出来等着裱框。

打包的时候，我对妻子说上海什么都有，然后毫不犹豫地将给孩子们做早餐的松饼粉丢弃。

2001年3月5日飞机在虹桥机场降落。对于将要面对的生活其实我没有准备。

我从2012年7月开始收拾，准备在冬天来到之前带年迈的母亲回到这个被荒置十年的家。

我开封之前留下的物件，解开一个又一个自己十年前亲手系上的结。不断涌现的记忆令归置东西的进展缓慢，以至于整个夏天我都在做这件事。

这过程仿佛是对于时间、情感乃至于记忆的一次缝补。有些东西断了，我得把它接起来才能在这屋子里往下过。

不过有些事是回来之前就先做了。比方说……

那些担心再也接不起来的记忆，已经用了好几年的时间妥善安置。

那些可能会无法按捺住的情感，也都用理智好言相劝愿意安分了。

在整理东西的时候我决定不买新家具，能用的旧物件都要继续使用。

清晨,台北中山北路,二十岁时的李宗盛。

摄于 1978 年

因为无论这十年发生了什么，我离开这个家的时候一切都是美好的。

上 海 家

在准备开始叙述上海生活时我是这样想的。

居住在这城市大约两年半的时光里所发生的事，一定程度上决定了我接下来几年的人生样貌。可写的东西很多……我唯一需要注意的是别让后来众所周知的感情低潮变成这一段叙述的主题。我只需盘算好写哪些,哪些略过不提,哪些草草带过。

而现在，我已经停下来好几天了，这的确出乎自己的意料。

我给自己三分钟写下关于上海的联想……看看还记得哪些。

漕宝路,虹梅路,桂平路,虹许路,延安高架,直。小仇,小周,小凤,小鸡,爷叔,婶婶,彤彤,毛毛。名都城,玫瑰园,月季园,古北家乐福,星巴克,丁香花园,上海中学国际部,广播大厦录音棚,瑞金医院。

想说一点儿关于那两年半的生活，却发现即便在离开这个城市好几年后的今天,还是不容易的。

一个影响自己那么深刻的城市,追索回忆时却那么费力、那么模糊、那么贫乏。

索性我先假设那两年半里或许真的发生过一些我一直没弄明白的事。

我查找过去的电子邮件、工作日志、便条纸、电话短信、家庭生活录像、照片……终于得出一些蛛丝马迹。

所有的线索显示上海时期的我是个拥有大量时间却无所事事的人。我跟那些蹲在桂平路上吃西瓜解渴等待工作机会的农民工并无二致。我也的确曾经活得像一碗隔夜面条那样缺乏光泽、松垮肿胀。

如今我喜欢将上海的生活解释成一种试探，当我事过境迁往回看，它揭发了我不愿承认的懦弱或提醒了我从不自知的坚强。只是我当时不知道这两者对我都是好的。

2003年10月，我离开这个城市的时候，我对即将发生的不幸浑然不觉。

搬往北京不久，我的第二段婚姻就走到了尽头。

北 京 家

2003年10月中旬到的北京，不久就入冬了。我在刚装修完却供暖失灵的办公室里冻得直打哆嗦。

跟上海一样，这个城市里我几乎没朋友。我弄不清楚东南西北，而且北京大得让人心慌。

奄奄一息的婚姻招来周刊的狗仔队，他们架起相机在小区院子里守着。

我躲在工作室里望着录音室全新的器材发愣。我不知我还用不用得到这些器材,我不知这城市打算怎么对待我。

对我来说,这是一个糟透了的开始。

在北京,再大的事也终将显得微不足道。我认真地这样感觉。这样的理解,对我往后八年半的生活是有帮助的。

几个月以后的一个寻常午后，虽然我对即将发生的事已经早有准备。可是当我签了字离开酒店走进炙热阳光的那一刻,我仍然打了一个冷战。

法律上我已恢复单身。我决定留下来看看人生能把我怎么样。

我庆幸自己当时没有选择离开北京。

作为单身男人与单亲爸爸，把原来要投注在卧房的精神体力转移到厨房是明智并且必须的。

给孩子做饭带给我极大的乐趣,其实更像是一种寄托,让我不至于垮掉。

我有两台冰箱与一个储物柜改成的食材室。我通常下午五点钟回家做晚餐,早上十点半起床做盒饭。每周总有几个午夜,我会开一瓶酒慢慢喝,然后耐着性子跟那些需要时间的菜彻夜周旋。

另一个支持我留在北京的原因,是我的吉他事业。

暑假时李宗盛与同学自带器材，在台北找
了个咖啡屋,求老板给地方免费唱歌。
摄于1979年前后

如果有人是在我描述我跟吉他之间种种的故事时，中途才加入的话，有很大的可能他会以为我在说的是一个人，而不是一把吉他。我老爱跟人家说吉他如何改变了我的一生。

我在十四岁那年开始弹吉他，然后学着把心中的话用歌来表达。我靠吉他才能用音乐来认识自己，确定自己存在的价值。对这个一生帮我的老伙伴我心存感激。没有它，就没有今天的我。

在人生风浪起伏的时刻制琴有着说不出的滋味，世事越不确定让我越想定下心来做琴。我在豆各庄的作坊待的时间比以往任何时候都长。

对我来说，留在北京把心思放在制琴上其实是一次自我完成跟修复。琴在我十四岁时救过我，我肯定它在我四十六岁时也能救我。这一点我深信不疑！

单亲爸爸与制琴师这两个角色像两个锚将我牢牢钉在这片土地上。

在我察觉台湾来的朋友要适应我的北京口音的时候，我知道我确实已经适应了北京生活。

北京已经像台北一样成为另一个我任何时候回去都不会感到陌生的城市。

比起从前，在北京的这几年我没怎么写自己的东西。

主要是我不知道几年颠簸的生活要怎样去表达，又会怎样被理解。

所以我打算再放一放,不着急写……直到那一天,也许更通透、更圆熟了再下笔也不迟。

简单地说，过去九年我们一家在青年路的小区租来的公寓里踏实地过着日子。

我把母亲接来同住,所以能多点时间陪她,把娃娃带大然后看着她们离家念大学。我经历了一些意想不到的人生,但是也走过来了。

我想我这一生无论什么时候回想在北京的时光，都将感到温暖与安慰。

写于2012年1月6日凌晨5点,台北北投家中

素朴为家

◎口述：王澍

整理：夏楠

王　澍———（Wang Shu）

建筑师。1963年生于新疆。同济大学建筑与城市规划学院建筑设计与理论专业博士，现为中国美术学院建筑艺术学院院长，“业余建筑工作室”主持人，中国美术家协会环境艺术委员会委员，中国实验建筑先锋之一。建筑作品包括苏州大学文正学院图书馆、上海顶层画廊、宁波美术馆、宁波博物馆、中国美术学院象山校区等。

一

先从我的“愤青”时代说起。

那是二十世纪八十年代末，整个社会都充斥着一股很强的批判味。我在东南大学上到大二,已公开向老师们宣布:没有人可以教我了。

因为我已经把那些老师都看明白了。我开始进入自学状态。那也是一个激动人心的年代。我们那个班被戏称为“大师班”，连每次作业不及格的学生都认为自己是大师的坯子,都坚信自己做得很好,跟老师辩论“为什么给我不及格”。当年那种学习状态是，你到夜里十二点还会看到同学捧着一本黑格尔的书坐在楼梯上,一直看到凌晨三点还不回宿舍。大家都进入了自学状态。这跟那个时代有关,其实老师能教给你的东西非常有限。适逢新艺术新思潮,每个人都抓住机会用各种方式自学。

1987年我二十四岁,血气方刚目中无人,写了一篇很长的论文——《当代中国建筑学的危机》，批判了整个近代中国建筑界的状态，从各位大师一直批到我的导师为止。大师名字里,当然有梁思成。那篇文章没有地方给我发表。

当年我们那一代人当中,或许我想问题会更深入一些,更具探索性。很多人在批判,我则总在问一个问题:批判完了我们做什么?是不是经过批判,经过这种所谓的革命就真的能诞生新的价值观或者新的事物？那时我就并不肯定这种事情一定会发生。这种对于“建设性”的觉醒，源于我在大学一年级时遇到的校长和恩师钱钟韩。那是一个让我永生难忘的人。

整个学校有九个系，刚进校时每个系要派一个学生代表去听校长训话。我很幸运……其实至今也没弄清楚为什么他们选了我作为建筑系的学生代表。钱钟韩校长是钱锺书先生的堂弟，是那个年代很特殊的人。他在欧美游学七八年之久，但没有在任何一所学校读完过，也没有取得任何一所学校的学位，他的时间主要花在了各个学校的图书馆里。他回来后搞出了一个“钱氏定理”，用一个定理就变成了一位大家都非常尊重的学者。那个年代会出这样的人。他在给我们训话的时候，主要是在教我们如何向教师挑战——“你们不要迷信你们的老师，你们的老师可能前一天根本没有备课，你要认真准备的话，你用三个问题，一定会问到他在台上下不来的。”——他认为只有进入这种状态的学生才是他认为的好的学生，而不是那种听话的、拿高分的学生。

刚入学就有人来指点你，这是很幸运的事！所以我到后来胆量很大。

记得在大三，我曾向老师提出画那种彩色的商业效果图的问题，为什么每个作业都要以它来结束。在我看来它基本上就是骗人的，是纯商业的，是用来博取甲方的喜好。那时商业刚有了点苗头，还没发生，但我意识到这个东西已经是这样一

四岁时,王澍被送回北京。

摄于1967年

种性质。所以我向老师说我拒绝画这个图。老师当然很愤怒。后来事情闹大，他们说，你们派几个学生代表到教研室来谈判。我带了四个学生去谈判。结果就是，教师们开放了，同意学生可以用任何形式来表达，不再限制你必须要画这样的图。对学生做这样的开放，那可是这个系历史上第一回！这是我们通过斗争获得的。还发生过很多类似的事，以至于凡有此类事发生，系里一定会将源头归结为我。

硕士毕业时，我的论文答辩全票通过，学位委员会最后却没有给我学位。“这个学生太狂了！”之前已经有人给我传话，告诉我若不改论文就没有可能获得学位。我的论文题目是“死屋手记”，明显是在影射我们自己的建筑系和整个中国的建筑学的状况，有人说中国建筑学其后二十年发生的事都已提前在你那篇论文里讨论了。我一个字也没改，离开学校前影印了五本放在学校阅览室。后来的很多学生都翻过，但当时我们的老师基本看不懂。

二

十年后的1997年，我参加东南大学八十周年校庆，当年系里的一位青年教师见到我，说：“你这个人变化很大。你一点儿也不酷啦！”我问，我原来怎样？

“原来啊，你在‘东南’的时候，每次当你从走廊走过来，我们都感觉不是一个人走过来,而是一把刀走过来,那把刀是带着寒风的,大家会不自觉地避开。”

十年,正是妻子对我的改变,让我变得温润平和了。我写硕士论文时已经与我妻子认识。她对我的影响深远而又无形,其实到今天为止,我当年的那种劲儿还埋藏在很深的地方,但是它的外面你能感受到的已经很亲和圆润,不那么危险,不那么生硬了。但它真正的那种力量并没有丧失,反倒多了很湿润、温暖的东西。

这种蜕变你自己很难知道。2007年的一天,妻子站在我新完成的建筑(中国美术学院象山校区)面前,对我说:“别人不喜欢它很难的,因为它有很温暖的东西让你感觉到你会爱上它。”我就知道,发生在我身上的这个变化真的很大。那已是又一个十年过去。

实际上,这种感觉对我来说,我觉得像是苏醒。可能在我童年,再小一点儿的时候就已经有了。接下来你经历社会的巨大变动,度过青年的愤怒阶段,很多新的思想接进来,融合完了你会发生一次蜕变,蜕变之后你还能回到你一开始的那个原点。这是一个很漫长的过程。

这个原点,它是一种普通的生活,但又不是平庸的生活。

做象山校区项目的时候,让我有了一种全新的角度来看我以前所经历过的。我觉得象山校区在很大程度上是对我童年的回忆。

我的童年处在二十世纪六七十年代。我随母亲在新疆，母亲工作的那所学校，因为停课整个校园被开垦成了农田。我和那些老师一起变成了农民。白天劳动，晚上农民们会聚一起喝着云南来的上好普洱茶和咖啡。我们谈普希金，谈鲁迅，谈很多中国的外国的事情。现在回头来看的时候，你能清楚看到当年那场运动的性质。很多人回忆那个年代就很愤怒很伤感不是吗？因为那是很可怕的年代。但当时间过去，有一些其他东西会被你看到，我当年不过是一个小孩儿，在一个小孩儿眼里，我看到了我该看到的东西。

我喜欢那种跟土地的关系。辽阔的土地，土地的气味，庄稼的种植过程，种植与收获，我都有极大的兴趣参与。我在七岁时已经为家里挑水。新疆的水桶是最大号的，洋铁皮的，从我们家到水井有四百米路程，第一次挑我只能挑半桶，因为容易洒出来。慢慢地越来越有技巧。夜里去挑的时候，也一个人在水井上摇辘轳；冬天摇辘轳，脱掉手套，一贴上去那个铁辘轳会把手上的皮粘到手柄上，皮掉下来就会剧痛。但你仍然每天在做这件事。想想我是一个蛮奇怪的小孩儿，挑水挑到会觉得这是一种自我磨炼。重复，重复，重复。我从来没有说过“这是很累的活儿，不想干”之类的话。我喜欢挑水，而且我能体会到挑水过程中的那种快乐。

我想其中一个原因大概是由于我读书很早，挑水的路上我就会想书上的内容。在那个时期大家都看不到书，而我太幸

读小学时的王澍。

摄于1974年，西安

运了，母亲被临时调到自治州做图书馆管理员，我可以进入书库看所有不外借的书。七岁到十岁的年月里，我就是这么乱看书度过的，包括大部分外国文学的翻译本和中国的古书（繁体版）。

我爱干活儿，估计还有一部分是源于天性。七岁以前，我跟姥爷在北京生活。他瘫痪在床上，身上会起皮疹，每天我都要做我姥姥的帮手，用很粗的盐，蘸点唾沫，用手给他全身抹盐。家里的一些亲戚偶尔说起过去的事，告诉我这个躺在床上的姥爷原来是干什么的。后来他就被定级为八级木匠，那是工人的最高级别。后来公私合营后失业，不得不靠给北京人艺做布景赚俩小钱。

1960年的某天，姥爷干活儿时出了大汗，中午他躺在四合院的中堂里睡了一觉，给风吹了，就全身瘫痪。瘫痪后全家人把他照顾得特别好，他在床上躺了十六年后去世。我也算是曾经看护过他。如果讲支持的力量的话，他这儿，像种子一样，会埋藏在小孩儿的心里，待到合适的某一天它会发芽。就像我现在为什么要求一年级的学生必须要全部学木工，它已经在我主持的学院里发芽了。

三

我一向认为我首先是个文人，碰巧会做建筑，学了做建筑这一行，从这样的一个角度出发，我看问题的视野就不太一样。

十岁后我迁到西安上学。开始没有校舍，全在帐篷里上课。后来一边用着临时借的校舍,一边建新校舍。新校舍是用工地的那种竹篷的方式搭的。我后来在这种竹篷学校上了两年。帐篷学校和竹篷学校的经历,让你知道学校原来还可以这样。

从小学高年级到高中毕业我都是班长。从来不打架,但是谁也不敢打我。基本评语是特别内向。这个班长也不管事,只是让大家看着我是每天最早到学校打扫卫生、冬天会早上六点半到教室烧火点煤炉的那个人。全班的黑板报我一个人出，每一期我都会办得让全校震惊,因为每一期都很不一样。这可能源于我在新疆的生活环境。我的父亲和他的朋友们在一个很棒的剧团里,都是演员。他们谈的是艺术和文学。我从那时就意识到什么叫创作……这就是,除了学习之外你知道什么叫文采飞扬,什么是文气。我那种文人的孤傲是早年就养成了。

认识妻子以后,抹平了大半。事实上她对我最大的影响，更是关乎心性的修养。比如这种:一整天不干什么,人的心灵还很充实。

我晒太阳,看远山,好像想点什么,好像没想什么。我能这样度过整整一天。看到春天,草变成很嫩的绿色,会心里一痒。当我用一种缓慢的、松弛的、无所事事的状态来看它的时候，就不一样了。无所事事是很难学的一门学问。但我逐渐学会了。无所事事时,突然间脑子里有东西闪过,站起来,一提手,把该画的东西画出来,再不需要像以前那样憋着想,这样还是那样。

我们结婚后的第一个七年,我都是这样度过。说起来,这七年主要靠她的工资在养我,我打零工,偶尔挣一笔。她属于自然而然的人,工作对她来说意义不大,挣个工资嘛,她只是对她感兴趣的小事情很专注,比如去西湖边闲荡,去哪个地方喝杯茶,逛逛菜场或者百货商场,又或者去哪里看个朋友。问题是,我逐渐地能适应了这样一个状态。

这种感受是来自心性的。关键这个心性自然了,滋养了,你就朦朦胧胧地发现,你想做的建筑,要传达那种文化里最好的状态和精神,你用一种很急的心态是做不出来的,简单的模仿也没有意义。首先,一个人的心性变化,看待人、自然,你真正的眼光发生了很敏感和很细腻的变化;你看进去了,又看出来了。你看下雨,看很长时间,雨怎么下,从屋脊顺着哪条线流下来,滴到哪里去,它最后向哪个方向走。你会对这种事情感兴趣。你就会想,有没有可能做一个这样的建筑,让大家清楚看到,雨是从哪儿下来的,落到那儿之后流到了哪儿,从那儿又流到了什么地方,每个转折、变化都会让人心动。

这不是靠看书的。在这个阶段,我看中国的书越来越多,但基本上我没有看过任何和建筑有关的书。这个阶段我称之为“忘却”。经过这七年,我发现了内心里最适合自己的东西是哪一种。

我想讨论一个和生活最有关系的建筑:中国园林。白居易有三间平房,前面一小畦菜地,再用竹篱简单围一下,这中间就发生了变化。它一定是有什么在里面。所以可能从那儿开始,我任何一个建筑都是园林。不管是表面上像园林的还是外表八竿子打不着的,都是,它已经用各种形态进入我的建筑了。

这个七年结束之前,我用了半年时间在我们五十平方米的房子里造了一个园林。我做了一个亭子,一张巨大的桌子,一个炕,还做了八个小的建筑,作为我送给妻子的礼物。那是八盏灯,我亲手设计的,每一盏灯都挂在墙上。这个房子,如果说小的话,小到可以塞下八个建筑,它有多小呢?

在这些年里,我跟很多工匠建立了很好的友谊。我开始对材料、施工方法,变得非常熟悉。我亲眼看到每一颗钉子是怎么敲进去的,每一块木头是怎么制作成型的……彻底搞清楚这件事的全过程。我做后面的每一个建筑,可以说都是在对这件事极为了解和熟悉的基础上施行的。

……基本上,我在追求一种朴素的、简单的、纯真的、不断在追问自己来源和根源的这样一种生活和艺术,我常自省——到现在我们都这么认为,还有些东西没有达到,还有些状态没有实现,都是和自己的修养有关。

写于2009年1月4日,杭州

黄源顺 —(Huang Yuanshun)

媒体人。1965年生于香港。香港大学文学院英文系毕业。1988年加入《号外》杂志(创于1976年),1992年升任总编辑。1994年和友人合组设计公司。1999年重返《号外》出任出版人及总编辑。2003年现代传播集团收购《号外》后转任集团出版总监,先后参与集团旗下杂志如《周末画报》《新视线》的出版工作,更以出版人身份参与创办《生活》《健康时尚》等杂志。2008年2月转投香港《信报》,参与随报附送双周刊《优雅生活》的创刊工作。

舒适区

◎ 黄源顺

有一天，一位朋友问我，是否觉得现实是很残酷的。我的脑海突然联想起两个英文单词：comfort zone。然后我答道：那要看你的“comfort zone”有多大，越大现实便越残酷。

维基百科把comfort zone译作“舒适区”：“指的是一个人所处的一种环境的状态和习惯的行动，人会在这种状态之中变得舒适并且没有危机感……当人围绕自己生活的某一部分建立了一个舒适区之后，他就会开始倾向于待在舒适区内，而不是走出舒适区……走出一个人的舒适区，他们必须在新的环境中找到新的不同的行动方式，同时回应这些新的行动方式所导致的后果。”

舒适区越大便越舒适，对走出去的能力和勇气要求便越高，到真的走出去后所面对的现实反差便可能越大。

虽然我知道很多人都未必能立刻把这个概念搞清楚，但它却是最近数年烦扰我最多的一个问题。我不知道我的舒适区算不算大，但事实上最近几年总是徘徊在走不走出去的两难局面中。

都是大前研一惹的祸。他的一本《后50岁的选择》中让大家重新诠释人生下半场的主张，勾起了我原本一直潜藏心底的疑惑。你也可以说这是我的中年危机吧。人到中年，做了二十多年的工作，也真的像大前研一所言，是完成了人生的上半场。如果拿平均退休年龄为六十五岁来计算，那么我大概还要再做二十年，刚好便是下半场的长短吧。

所以自己现时身处的，正好是中场休息的时间，确实应该认真地思虑自己下半场的工作策略和人生目标。而我发现，我的成长背景和人生取向让我要考虑的事情其实很简单：是走出去呢，还是待在舒适区里？

因为自己打从出来社会工作便一直做着同一类型的事情，宏观一点儿说，便是关于传递信息的工作，具体一点儿说，便是出版杂志。虽然曾经在中间有几年是离开了杂志行业和朋友开设了广告公关公司，但为杂志媒体撰稿的工作在过去二十多年从未间断过。

所以我最熟悉的工作肯定便是出版杂志。我的舒适区也就是一本杂志的规模和范围。我也可以想象自己就这样在一本杂志里再干它二十年，是完全没有问题的，生活应该无忧，工作上也定能尽展所长。

但是，自从看过我很喜欢的一位作家丹尼尔·平克(Daniel Pink)的著作《驱动力》(*Drive*)后，我好像又得到另一种启示。《驱动力》主要探讨到底是什么力量在推动着我们工作。作者简单列出了三个原动力。第一个是Autonomy，即可以自主的空间，让你很自由地决定自己的工作方向和方法；第二个是Master，即对自己的工作能够积累相当的经验和能力，驾轻就熟，甚至发展到大师级别的高级境界；第三个是Purpose，即工作的意义。我便是受这些原动力牵引着不断地深刻反思，导致在舒适区的边界徘徊。

小学时的黄源顺和堂姐在维多
利亚公园泳池边。
摄于二十世纪七十年代

其实我是经常感恩的，因为可以做着一份自己喜爱的工作，而且又可以获得算是不错的酬劳。寓工作于娱乐，寓娱乐于工作，每天开开心心地上班，超时工作也怀着愉悦的心情，相信这是很多人的梦想。

所以我也不可能像有些人一样，他们可以把工作和生活分开，工作归工作，是为了糊口，不工作时的生活便是另一个世界，生活里从来不可能出现工作，亦从来不会把工作带回家。

因此像丹尼尔·平克般和我谈工作的意义，我大致就会把它看成是生活的意义，甚至人生的意义，因为我的生活和工作在很早以前就已经融合在一起了。现在我做杂志出版工作，算是有自主的空间，又颇为熟悉，但当谈到意义时，我开始有所保留。

我从二十多年前开始便在做生活方式杂志，从来没有做过其他类型的杂志，例如汽车或财经等，所以如果让我形容一下一本生活方式杂志的意义，到底我要通过这本杂志传递什么信息时，我的选择可以如天上的星星般繁多，因为生活方式从来便是多姿多彩的，而每一个人的生活方式都可以与众不同，不像专业类型的杂志般能够简单地以专业作为导向，成为经营杂志的意义。

但如果我要把下半场的工作以至人生意义都认真考虑的话，那么走出舒适区似乎便是我唯一的方向，因为要我在下半

高中时的黄源顺。

摄于1983年

场依然维持着目前的生活方式和杂志平台的运作，我不太肯定这是不是我想过的人生。

当然你会说，讲了这么多舒适区，说穿了，不就是生活的底线罢了，走出去便意味着接受崭新的挑战，但到底走出去后往哪里走，要做什么，这才是关键啊！是的，既然现实是残酷的，如果还要我们走出舒适区去面对它的话，我们面前必定需要有一个真实而完整的方向，才值得让我们这样冒险甚至牺牲。而我很幸运自己能在过去数年的时间里渐渐把握这个方向。

而一切缘起，便要说到一本我最喜爱的日本杂志《乐活》(*SOTOKOTO*)。这本生活方式杂志于1999年由日本杂志界教父小黑一三创办，开初是以寻找一种绿色城市生活方式为主题，随后数年之间便敲定以“乐活”作为杂志的主张，成为全球第一本围绕这一主张发挥的生活方式杂志。

乐活（LOHAS）英文全写为Life style of Health and Sustainability，是在2000年由美国社会学者保罗·雷(Paul H.Ray)在出版的书籍《文化创意者：看五千万人如何改变世界》(*The Cultural Creatives: How 50 Million People Are Changing The World*)里提出的生活方式概念，意指世界先进城市人口里已出现了这样一群拥有文化、喜爱创意生活的人，他们主张生活方式必须是健康和可持续的。中文普遍翻译为“乐活”。

“乐活”这个翻译太过简化，我还是喜欢以直译的“健康及可持续的生活方式”来形容它。健康快乐当然重要，但后面那个“可持续”亦是不容轻视的。当然,说到“可持续”这个课题,又很容易扯到严肃的环保问题上,这也是为什么每当提到乐活的概念时,很多人的反应都是觉得脱离现实,要大家早睡早起,让大家节衣缩食,生活很清淡,感觉很辛苦,仿佛什么生活的乐趣都没有了。

我当然并不这样认为,但一时三刻,也很难想到该怎么做才能让大家改观,我只是直观地认为这是十分重要的生活方式,是自己追求的理想生活方式。直至看见小黑一三接受访问时说到对乐活的体会,我仿如灵光一闪!他这样说:“最初接触到美国传来的乐活理念,我以为这是一种全新的生活方式。但随着时间的推移,我发现这不是新的生活,而是过去的生活,类似于三百年前的江户时代,所以乐活其实就是一种回归,一种返璞归真。”

便是这种回归,这种返璞归真的态度,让我把自己这些年来在生活方方面面所追求的事情进行回溯,有如打通了任督二脉,身心舒畅,对“大道至简”有了更深层的体会。

大道至简,真理尽在最简单的地方,而且一直存在,只是我们城市人把事情复杂化了,我们要做的便是回归自然。而小黑一三所说的是回到三百年前的江户时代,我的体会则是回归到二十世纪工业革命之前便已经足够了。在那些年代,人们生活的态度都是自然而然的,不会盲目追求,生产都是以人手能够做到的规模为限度,这样便不会为做而做,人们不以量为本，只会觉得够用就好了。

当然，我们活在二十一世纪，回到从前是不可能的了。回归的说法，只是一种方向性的提议，是想给大家提供一个已经发生、容易把握而且极具参考价值的历史模式。因为如果我叫大家都一起参与乐活的生活方式，大家可能没那么容易联想到一个健康及可持续的生活方式到底应该是怎么样的。是否意味着大家都要放弃城市的工作，回到大自然里务农？是否大家都要放弃华衣美服，上街只穿旧衣服，不用包包用环保袋？是否大家都要放弃好酒美食，清茶淡饭，终此一生？

明眼人都知道乐活不是如此的，乐活追求的是健康正面的人生，讲究的是可持续发展的生活模式，而每一个人的性格和取向都不同，所以我们只是以从前的年代来做比喻，而不是要大家具体照搬地生活，更重要的是学习当年人们对待生活和生命的态度，珍惜大自然的资源，重视和亲人好友的关系，专注于自己擅长的工作（想象那些埋头苦干的农夫和工匠），大家当会明白的。

当然，大家又会说，写或讲都太容易了，真要付诸实践时，又是另一回事了。我自己的体会便是，如果要让自己的下半场能循乐活的方向走的话，走出舒适区是必然的事情，但在走出去之前，不妨为自己先做一件事，便是把舒适区缩小收窄，先为自己的突破做好准备，那么到真正走出去时便更容易适应崭新的环境和挑战了。

当大家参透“越少越自由”这句话时,自然能拨开云雾见青天，开始清晰地看见什么对自己是重要的，什么只是身外物。拥有越少,人便越自由,这其实是老掉牙的道理,可它和人类贪婪利己的本性是相矛盾的，需要人类得到足够多的历练才能超越,才能打从心底明白并奉之为金科玉律。

我自己当然还在摸索阶段，但以之作为我缩小自我舒适区的格言,我发觉它帮助很大。我近年有一个体会,我自己觉得蛮好笑但又绝对值得思考实行的是，我开始觉得一个人的积蓄不需要太多,因为我们都有朋友,到了我们生活费不够用的时候,其实大可去找朋友接济一下。于是近年我开始向一小部分好同事好朋友说出我的这个想法，告诉他们将来有一天我有可能会到他们家敲门化缘求一顿饭！他们听后的反应都很不错,都觉得这当然没问题啦。

按照我这个方向缩小自我舒适区的话，最理想的是到我们行将就木的时刻,便应该是孑然一身,什么都没有了。光着身体来,光着身体去,不用再理会什么舒适区,那该是最舒适的吧。

写于2012年1月,香港

献给我母亲

◎ 叶锦添

叶锦添 ——— (Ye Jintian)

视觉艺术家。1967年生于香港。毕业于香港理工学院高级摄影专业。自1986年参与第一部电影《英雄本色》起，二十多年来他参与了多部电影、戏剧的美术与服装创作。他的合作对象包括吴宇森、李安、蔡明亮、田壮壮、李少红、关锦鹏、陈国富、陈凯歌、冯小刚等知名导演，以及台湾著名舞蹈团体云门舞集、当代传奇剧场等。2001年凭电影《卧虎藏龙》获奥斯卡“最佳美术设计奖”与英国电影与电视艺术学院“最佳服装设计奖”，是首位获得以上荣誉的华人。

日子如浮游的落日，一切都在快速浮动着，像是没有终点的旅行。寒气潜藏于游离的光谱之中，视野中无人，深邃的海床流动着汹涌的能量，好不热闹，但何以四野如此孤寂？

…………

我往日美梦　如昙花转瞬一现
醒觉已无言　望有天新的开始
像冲击海浪　如潮涌翻过彼岸
前路我不必惊现
何惧莫测变化

记当初　曾立志超于人群
自然愿到天涯踏遍异乡
往天冲　迎着那风暴翱翔
唯谁伴我攀险转谁伴我

有一种歌谣，提示着往日的信息，味道浓烈，带有强烈的熟悉感，每一句歌词都记忆得那么清楚。它包含着一种情绪，往日心里牵挂的东西，今天总有不一样的感觉，那个词里面的境界，埋藏在记忆里最深的地方，每次总会从它新的力度，渐渐形成一种美化中的诗意。那时候很多回忆，都会收藏在这种味道里，有些事情，现在已经不再成为阻碍与困扰，但当时却是梦想，一种心里存在的动力。

朦胧地在夜空中追逐着那种闪光，那个不断变幻的景象，有一种残酷的亲切感，笼罩着一切，这好像是记忆分解后的一些片段，呈现分崩离析的状态，划开了现实与梦境的分别，那梦境藏在记忆之中，乘着潜在的动力，慢慢消融在意识的表层，形成一种朦胧的风景。

约束的家园

少年时，迷糊地追逐着永不止息的饥渴，我要离开那个给我约束的家园，但是我心中却一直认为总有一天能证明我可以凌驾于它所给予我的压力之上，并能永远拥有它，但当我带着胜利的孤寂回去时，一切已然改变，那个记忆中的时态，已不复存在，那种压迫着我的无形重量，已经变质，这使我困惑如昔，无从解放。那个长久在梦中呼唤着我的世界，已经消失在现实之中，这时候我带着无法偿还的情绪与疲惫的身躯，无法找到回家之路。

有一种不可磨合的东西，使记忆中的梦境与现实分隔着，它们仍然活在从前的时态延续中，我却抽离于外，有如到达了另外一个次元，孤独地飘浮。

家在何方？它的意思已经变得很脆弱，却又无比清晰，勾

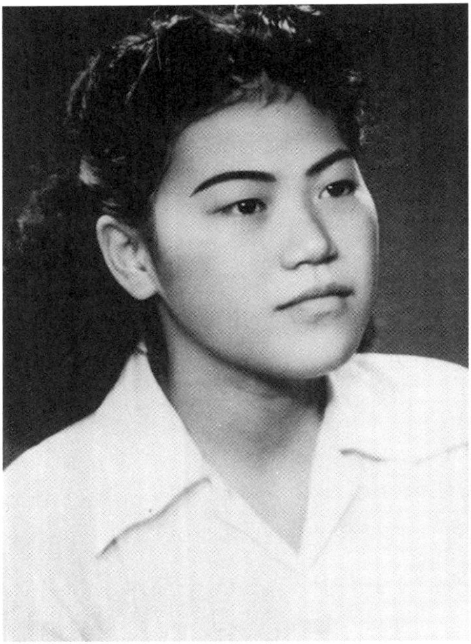

叶锦添的母亲。

摄于二十世纪五十年代

勒又粉碎着记忆的变奏。

梦醒方知身是客,反问客从何处来,因梦而醒,因醒如梦,孰梦孰醒?

然而梦中的种子,弥漫了一片记忆的荒原,那色彩总是灿烂得令人欣慰,可是这种美丽总是躲藏在大地的最深处,屹立其中,高处不胜寒,脚下空空如也,无着地的痕迹。

朦胧的爱

在一个洞穴中,感觉到野兽毛皮的粗糙,在温暖与奶汁鲜嫩的怀抱中,幼狮的身体,被母亲的舌头不断地舔着,那种湿润的摩擦, 渐渐地深入幼小灵魂的记忆里, 它感觉这里很温暖、安全,没有是非对错,可以放任地自然安睡。

某一些重叠的印象中,翻开了童年的情境,我看到了阳光灿烂的午后,味道浓烈的烟火弥漫着视野,人影在烟雾的背后显得朦胧,他们都非常巨大,我只能用无穷放任的哭闹把内心的恐惧赶出,引人注意,等待着机会,得到母亲的关注,使我可以扑向那仿佛永不消失的依靠。那温暖的气息,使我相信自己可以跳进无底的深渊,也不会粉身碎骨。

她在我心里有一种平凡的力量与一种不可磨灭的血缘温度,在我无助的时候会伸出手来,不管她明不明白。

她体现一种平凡香港人的生活态度,自保、贪小便宜、学识不足、凡事息事宁人,却有着一种“家”的凝聚力量,使我感到一种既有的温暖。这却是我当时急于挣脱的枷锁。总是被闲置在家中一个角落,总是有一种忽略所造成的无聊限制。这种疏忽存在于那时代之中,成为一种共同的记忆。

在当时,理念的行进遥不可及,在香港,几乎可以说是无法实现,只是家里弥漫着一种放任的态度,在她的经历中,她的价值观与我的并不一样,但她总会容忍我做的一切,她可说是放任又保守,一直唠叨却从不干涉,使我在父亲严密威严的监视下仍然可以偷偷地留住一片天。

在那一个奇妙的夜, 我在漫长的工作中独自跑到她所处的加护病房, 已经很久没有见面, 我又重新面对那冰冷的空间,她看着我说“她是你的”,指着身边发亮的心电监护仪,闹着说这是我的什么人,并仔细地形容这个人的轮廓,一个她从来没有见过的人,分不出是她的想象或是一种梦中的呓语。她口中的那形象仍然在我们中间慢慢浮现, 有一种无形的温暖感,使我充满生命力——即使当她病危的时候,加护病房漆黑如墨, 当我们说起这些时, 气氛总能变得有一点儿调皮与轻松。她自然地微笑着,好像在翻看一件准备已久的礼物,就如某一个自然的午后,我们在家里闲聊的情景,她把这一切送抵我的内在,她并不知道,一时轻松的解放使我对世界的一切,产生了有意义的切入点。

她在我的心中,一直代表着沉重的责任与道德感:儿女应当孝顺父母。一种循环着生命伦理的价值观,使我产生充满压力的愧疚感,那时候我的状态异常虚无,因漫长的等待所产生的慵懒,每天在混杂中浮游的不实在感,对未来一无所知,对她的承诺都是虚言,不切实际。自己的执迷却被周围的人群抽离,好像流放在人间的边缘,等待有一天终将放弃自己的理念,重新无奈地要求被这个庸俗的社会所容纳。

家里的白事,我逃避了大部分的责任,只有父亲与哥哥在全力处理大小事务,一切井井有条。我却在空白一片的无知觉中度过了每一个情节,好像另一种被孤立的苍凉。母亲走了,我感觉自己十分孤立无援,在她的葬礼上,我犹如一个无声的参与者,守在灵堂的边缘,看着她变了一点儿形的脸,亲切却冰冷,一切该结束了?

她过世后,我对留在香港的兴趣淡然,只要有任何的机会就想远走高飞,无法停留在不着边际的等待中,想尝试一种积极的摆脱,在一个陌生的世界中重新开始。但当时,我一无所有,没有一种可以实现的具体方向,只能盲目奋进,只要回归现实的节奏,无奈又会在现实之中恢复正常,这时候,内在有种东西无法负荷。就如精神放逐一样,我一个人渡海到台湾,从此与香港隔绝,这里没有半个认识的朋友,我刻意地在一个陌生的地域重新开始,每天考验着自己的思想与实力,找寻机会去实现奇思怪想,在困苦中自得其乐。在香港的生活并不富裕,来到台湾更是穷困,但我仍然拥有乐观的性格,这是我动力的来源。朋友在一个一个地增加,幸运的是,都是一些至今不变的朋友。人总是在最穷困迷惑的岁月里,才会感觉到友情的珍贵,虽然没有预先的准备,但是在台湾很快就稳定下来,朋友们也接受了我的性格与追求。但是每当一段时间过后,梦境中就会出现她的身影,我们在梦里重复地活在同一个家里,重新感受到的那种亲切,犹如在真实的时空中发生。我与她的生活在梦中延续着,慢慢形成了一种只有我俩或只有我的世界里独一无二的经验。在梦中,其他人物、家人,他们并不存在,也没有人知道,这是一种只有我与她继续发展的记忆;在梦中,她有时候健步如飞,有时候卧病在床,有时候回到医院黑暗的房间里对视,就犹如从一种活着的记忆中暂离,独自进入了另一个记忆的世界,一切又重复地延续着,但那些记忆支离破碎,虽然印象深刻,但是延续着的那份情感关系与现实很疏离。

“咚咚”的声音,交集着时间的无常,在她过世后的十数年,曾经对那份温暖的渴望仍然通过某种形式联系着,我可以看到她的身影仍然存在,她活生生地在那些梦境中存在着,就好像有另一个平行的世界,时光不断错乱、反转,我们共同的时间逃过上帝的眼睛,使现实暂离,在那个片段残缺的章节中重生着。只是每次梦醒总会泪流满面,不可止息,难以完成的志向与失落的亲情折磨着我,让我忘了身处的时间,好像活在一个不属于任何界域的真空地带,无法找到确定的立足点,残缺的现实世界,延续着我的疑惑,我不断在梦境中重复惊醒,好像存在着一个抹不掉的记号。

目睹死亡的发生,我真切地靠近了她残弱的身体、虚浮的气息,我体会到死亡慢慢地逼近,生命的气息渐渐地远去。在医院的走廊上,我感觉到一种无可抵抗的力量,在那尽头牵引着,仿佛有一条通往阴间的通道,弥漫着超越现实结构的能量,可窥见那无尽的黑暗,与冷冷白光下的现实,却成了我们分离的十字路口。

黑暗中带着疑惑与恐惧,潜藏于现实的背后,使我在这种疑惑中断折,找不到方向,只能感受那种黑色的残酷与无常,带着恐怖的火焰在黑暗的荒原中起舞,那里将会是一个什么样的世界?母亲的影子,是否将会隐没其间,她将要迎接什么样的未来?不可理解的魅惑,使我陷入无法解脱的状态,她将会一直留在我的心中,不可消解。

死亡的时态

从此以后,我对死亡开始有一种特殊的亲切感,生与死的影像经常交叠在一起,在我的意象深处,经常会浮现出这些错综复杂的关系,对死后的世界充满想象与好奇,灵魂从肉体变异中抽离,即使原来本为一物,但灵魂本身在离开身体后,也因受流动的气场的改变而分解。灵魂的分子,会化入空气之

叶锦添与病中的母亲合影。

摄于二十世纪八十年代，香港

中,等待着下一次的聚合,但那时候,我们再也找不到从前,死亡在某种意义上来说就是诀别,只能在梦中重现生前的存在,以假借生存的形式出现,但那个新的存在,只残留在那复杂的聚合记忆之中,不再有新的现实流动力。它将永远地裹藏在另一个世界里,那个只有在梦境中才能触碰到的世界。它可能是存在于某个人本身的意识里,在宇宙的原理中,无限是不断地重复,它的终极只有虚无,死亡就是进入那个虚无的世界。在那个世界,感受着前面黑暗的空间,慢慢移动前进,听到变异的声音,看到不熟悉的意象,却已无法辨析,所看到的一切现象都只能接受,因为已经没有生存的权利了,那时候,记忆在意识内分解,回到原始的状态,最后再延续到下一个生命的实体。

对死亡的意识浓烈, 死亡的美感便会在现实生活中形成一种诡异的氛围,在熟悉的事物中产生一种虚拟的状态,就犹如在一个再平常不过的地方,发现一种不平常的存在感,使一切静止,并变得虚无,但这时候,却能鲜活地感受物质本身的动力。那种耸动的静默,来自我们的知觉层面,只是平常的意识无法触及, 只有受到死亡的震撼时, 那种知觉才会重新出现。在阴冷死寂的氛围里,原始的知觉会再现,与现实的身体抽离,进入了灵魂的世界。

在鬼魅的世界, 有一种超脱凡俗的洒脱, 没有人间的限制,也不会纳入宗教的至善的单向思维,人总会对自己的存在产生怀疑。从怀疑到投靠绝对信仰的中间有一个不确定地带，在这里，允许我们暂离一些束缚，进入一种没有本体的状态，去感受内在的真实。这里的一切变得虚弱与模糊，摇摆不定，又带有强烈的阴寒之气，是一个寂虚的世界，是美学中死亡审美的花园。

在鬼魅的世界中，我却找到温暖的凭借，死亡的恐惧与美丽建构着一种绝色的氛围，花的意象生生不灭地闪烁在我的意识内，从我的意识中慢慢流出，一种已然消失的时间感一直构筑着那个神秘世界的氛围，透视着那种迷恋内在的神秘。

在一种至阴至柔的世界中迷航，死亡一直存在于我创造性的世界中。沉迷于死亡的美感，也使我对静止的时态产生强烈的好奇，在东方的古典审美世界中，静止经常发生在一幅画、一帖书法上，在那流动的线条中，呈现过去时的静止，在书画上，无论画面上描画得如何生动，它都是一种死的艺术，一种不再发展的时态。

我开始执迷于记录死亡的行动，那种时态性意味着它将会过去，因此我一直追求一种散漫的时态，一种内在的反时间性，使这种存在状态不至于死亡。

但是在那浩瀚的虚无中，我所认识的无形世界，却充满情感，对所有的物质拥有着强烈的好奇心，好像碰到一个又一个很久以前就认识的朋友，那种吉光片羽充满一种神奇的似曾相识感，通过所有物质的表面，都看到里面的时间纹理，关于各种温度的记忆,包括属于我的和不属于我的都隐含其中,在一种绝对的静止状态里,我感觉到生命的幻象。

通过想象我将自然的世界划分了非常多的层次，这种每天在发生又重叠着的时间内容，已形成了一个可捕捉的抽象网络,不断闪烁着一种新奇与古老的熟悉感,自然对我来说已经成为一双向内观看的眼睛,包含着诗情的维度。

我从此以各种手法去捕捉瞬间流逝的奇观，找寻一种深幽隐秘的内在镜像。

佛寺的念诵

这一年,兄长决定投身向佛,终于踏上了清净的路。

佛教的念诵声在一个陌生的国度响起,声音由远而近,那寂静的世界,暂离世俗的帷幕,在无边无际的世界中,学习与提炼,每天享受自然的福音,追求内在的平静与喜悦,一种单纯的缘觉,在我身边响起。

一直与家里人分地而居，有很多关于他们的印象都来自记忆,甚至现实中遇到时都带点抽象的味道,因为生活在两个不同的地方,哥哥成为一座可以沟通的桥梁,维系着我与“家”这一概念的关系。他的离开并没有让我察觉到这意味着什么,一切都只是轻轻地带过。

在一个冰冷的寒夜里,哥哥从远处到我的家里暂住,他又提起他的决定，我带点逃避又疑惑的心情，跟他细谈内在世界的种种，精神的世界总是不断在虚无中找寻真实的撞击，提升自我，面对有力的挑战，这是人生的功课。我们超越平常地深入交谈，那一夜很寒冷，但我并没有感觉，那种寒冷已注入了我的血脉里，延长了它的寒度，重叠在我无法解脱的种种记忆与困惑之中，成了永久的寒冰。这时候我感觉潜意识里有种说不出的巨大的寂寞，正要汹涌地浮现在那寒冷的夜，成为我与他、我与家延续记忆的定格，再一次归入虚无。

在那一段光辉灿烂的日子里，每一次兄长都会在场陪伴着我，我和朋友们争取着巨大的荣耀，他即使静默地站在旁边等候与分享，对我都无比重要，那种热力慢慢地填补着我童年的失落。

当他诉说自己快要出家了，我还是将信将疑。那时候，我对他所提到的家的感觉十分淡然，他说要经历人生最后一次机会学习精进，远离现实的界限，我在蒙眬中察觉那条线从此将我俩分割在两个截然不同又重叠着的世界。当他真正地跨过了这条界线，我们在人生道路上就会分道扬镳，再也无法一起分享世俗的快乐，这使我感受到一种真正的割裂感，在我的心里划上一道痕迹。

童年时，我们活在一个热闹又封闭的世界，周围不断发生着五光十色的事件，我潜在的心里一直与他较劲，总是从他的表现中感受到无比的压力，有时为了争看电视里同时播放的不同节目,就引发了冲突。他是家里年纪最长的孩子,我却排行老四,凡事都做不了主,只会在他的后面做跟屁虫。被他一掌推开,我即使胸口十分郁闷,但也不作一声。某一天有人送了两盒象棋到我的手中,一盒是给兄长的,一盒留给我,但两盒棋子不同,一盒是用塑胶做的,而且少了一枚棋子,一盒是木质黑色的棋子,反着白字,制作也比较精致。下意识地,我把这盒好的送给了他,可是他接到时并不知道我还有一盒,而且棋子少了一枚。

童年时单纯的记忆里,他是我梦想的启航者,追随着他的步伐,一直透过他的行动去探索心中奇异的世界。一次又一次地,他带我进入了新奇的领域,散发着一种可炫耀的光芒。

念诵声一直重复着某种频率, 内心的节奏慢慢随着微风静止,潜在的河流清洗着沉厚的杂念,人的身体里七情六欲将归化为一,产生一种重复的节奏。我相信这种频率是宇宙最原始的节奏,处于这种声音之中,就能静心于寂静的精神世界,从实像中看到虚像,精神与大气同体,觉悟自然生命的奥妙,宇宙的运动自有原理,一切的故事都将随之化为虚无。

回　家

时间静止地留住记忆的变奏,使它不至于变形。

黑色是路的尽头,又是路的开始,一生在这路上循环不息地流动，久久地存在于内在追寻的依靠，一个把一切收藏于其中的所在。那无法平静的纷乱终有一天会止息。真实的平静是否已然存在于茫茫的路上？

完稿于2009年1月6日，于路途中

认知祖父与父亲

◎童明

童　明———（Tong Ming）

建筑师。1968年生于南京。其祖父童寯为著名建筑师、建筑教育家，与吕彦直、梁思成、刘敦祯、杨廷宝一起被合称为中国近现代“建筑五宗师”。为承祖父衣钵，童明投入建筑专业的学习，1990年毕业于南京东南大学建筑学专业，1999年毕业于上海同济大学城市规划专业。现为同济大学建筑与城市规划学院教授，童明工作室（TM Studio）主持人。建筑作品包括苏州平江路董氏义庄、十全街苏泉苑，南京高新区服务中心、台州路桥区小公园街区改造，上海周春芽艺术研究院等。

在家中,父亲可能就是我最晚认识的一个人。这基本上可以归结为性别角色的因素。父亲不像母亲,整天都会絮絮叨叨地围在你的身旁。在我的记忆里,由于需要领导一个研究所的科研与教学,父亲在学校里一直都很忙碌,白天基本上不在家,晚上也要关起房门伏在灯下,而且经常十天半个月地出差。另外我上高中以后,逐步开始离家住校,一直到彻底离开南京。

其实我和父亲之间的生疏更多是在性格方面的隔阂。自小时候开始,我和父亲之间的话语就不多,甚至在照片夹中连一张单独的合影都找不到。

现在可以坦率地承认,我很害怕自己的父亲。父亲的身材一直都比较健硕,一般人站在他的面前都要感到气短一截,更不用说小孩儿了。同时父亲的脾性也比较暴躁,两句话合不来,嗓门儿就会高上八度。因此父亲不在家时往往还好,他一出现,家里原先较为随意的气氛立刻就会变得凝重起来。

一个月前,父亲所在的研究所为他过八十岁寿辰。尽管我们已经在家里为他庆贺过数次,但是一接到母亲的电话,我还是从排满了的日程中腾挪了一个空当,从上海匆匆赶回南京去参加。

前来的宾朋将一个五六桌的餐厅包间坐得满满当当。除了几位从复旦大学、上海交通大学赶来的和父亲年纪差不多的挚友,在座的基本上都是父亲的学生。他们差不多一半我都认得,有几个还是我上大学时的同窗,经常聚在一起踢球。好久未见,他们有的头发已经花白,或者谢顶,但也大多成了学校里的教授、博导,甚至是院长、校长。在匆匆打了一圈招呼后,我挑了一个角落,在父亲的旁边坐了下来。气氛很热烈,他们似乎也很难得聚在一起。大家纷纷向父亲表达了祝福,父亲也被主持人拎起来说几句话。父亲显得有些激动,看得出来他已经为此等待了许久。这还是我第一次看见父亲在他的地盘里公开讲话。他先是装模作样地在口袋里摸了一会儿,接着又有些沮丧地说讲稿给拿错了,既然根据最新精神,不念稿,开短会,那就只能简单讲讲了。房间的角落里依稀发出了一些笑声,接着就安静了下来。

按照惯常,父亲应该说的就是一堆致谢。但没想到父亲在踅摸了几个因事未来的学生后,话锋一转,不知怎么就跳到了他的学生时代,谈到了他的大学教育,这是一个以前从未和我们提到的话题。

父亲1955年毕业于北京大学物理系,差不多就是中华人民共和国成立后的第一批北大学生。而在我的概念中,他的几十年就是在南京工学院的这个小小的电子研究所里度过的。他提到了当时北大教育的严格,以及同学之间的竞争,对他而言,这是一段难以忘怀的人生磨砺。他说刚进北大时,在第一次物理测验中,老师就给这些一年级新生一个下马威,试题中除三分之一尚可理解外,其余的都是一些量子力学、光学物理

父亲童林夙与祖父童寯。

摄于1956年

之类的问题,就如同让今天的小学生去参加奥数考试那样,多半的试题别说不会,可能见都没有见过。结果可想而知,这些平时拿九十分、一百分如家常便饭的天之骄子们一下子就打蔫了,从教室出来后,一个个灰头土脸、唉声叹气。但是后来的分数却没有想象的那么糟糕,老师还算手下留情,大多数学生都顺利过关。他们问老师分数是如何计算的,老师说,知道你们大部分题目都不会做,因此最后的分数是先开根号然后再乘以十,这样,三十六分的就等于六十分,可以及格了,而一百分的仍然是一百分。这样做,为的就是让你们别太骄傲,你们知道的东西仍然太少。但是另一方面,这种无知的状态也属正常,重要的是在不懂的难题前也需要保持挑战精神。

父亲讲的另一段故事就是北大的教育鼓励学生要有勇气去挑战老师的权威性。当时北大流行一个笑话,就是一个气急败坏的数学老师将一个把简单代数公式都弄错的学生拉在一旁,恶狠狠地训斥了一顿,说他连初中生的水平都不如。而这个被逼到角落的学生一边连连道歉,承认犯下了愚蠢的错误,同时又怯弱地提醒老师:您的分数给我加错了,是不是您的水平连小学生……

在听父亲讲这些段子的时候,周围人们的脸上都荡漾着被逗乐的笑容。在场的没有一个人走神,大家都屏住呼吸,神情专注地听他讲这些。突然父亲话锋又一转,开始长篇大论地痛斥当前大学教育的现状和其中的问题,从学院里的普通教师一直数落到校长。幸亏他的一个正在担任学校教务处处长的学生正好因事没来,否则按照这种情形应该要钻到桌下了。

父亲绝对是一个好老师,嗓音洪亮,思路清晰,简明直接。而今天,像他这样在教室中能够气势逼人、醍醐灌顶的教师真是越来越稀有了。父亲在北大的经历我是第一次听到,在刹那间,我突然明白了父亲那种强大气场是从何而来。

最近每次回家,父亲的话明显比以前多了,过往的很多事情也开始愿意和我聊起。

以前我只是朦胧地知道, 父亲大学一毕业就被派到旅顺当了一段时间的海军,但是现在知道这只是其中的一部分。他在海军经历短暂的训练后,就被派往由钱三强、何泽慧领导的物理研究所,后来改名为原子能研究所。他们这些新兵蛋子接受过彭德怀等人的接见,要他们好好干下去。言下之意,如果没有什么意外,父亲很可能就会加入到后来“两弹”的研发中去了。然而一年后,也就是1956年,我奶奶在南京去世,祖父也突然患了脑膜炎,在家中孤单一人,没有人照料。情急之下,父亲被当时的南京工学院紧急调了回来, 安排进了与原先专业没什么太多关联的电子工程系担任教师。再两年后,父亲就和母亲结婚,在南京祖父的身旁安家了。

现在我开始能够理解父亲那种不易亲近的脾气了。不管什么事情,他似乎都积攒着一股怨气,就如同一堆干草一样,一点就着。在家里,他从来没有表现出他所谓的北大的开朗风格,小时候,如果我们的行为稍有不顺他的意思,或者有时斗胆和他顶杠,他就会眼睛一瞪,呵斥道,你懂个屁。母亲在这方面一直颇有微词,但是一提到父亲在专业方面的才能,她就会立刻更换一种崇拜神情,就如同一名小学生似的。其实父亲在南京工学院后来又变更了几次专业方向,但无论怎样,他始终都是一个很有影响力的人物。二十世纪九十年代初,他领导创建了我国第一个高等院校与国际著名跨国企业（荷兰飞利浦公司)的长期合作项目,并成为国内电子物理学领域的领军人物和显示器件技术领域的著名专家。母亲总是说,如果父亲不是这种容易火暴的性格,如果父亲能够更加温和一些,圆滑一些,他在他的领域里能取得更多的荣誉。

父亲说，一生中给他留下印象最深的一次教训是来自他的父亲、我的祖父。当时他还在北大读书,祖父正好有一次到北京出差,两人约好晚上七点钟在中山公园见面吃饭。当父亲花费一个多小时从北大赶过去时,时间已经过了十分钟。祖父站在公园门口,脸色铁青,冷冷地说,你迟到了,我今天没有时间了,明天你再来吧。说完转身就走了。父亲说,他不记得后来是怎样回到北大的,这件事情足足让他傻愣了好几天。从此以后,父亲在任何场合从来也不曾迟到,但是同样的苛刻也相应转到了对待别人上。

祖父的严厉在我这里的体会并没有父亲那样深刻。后来听建筑系的老师说,祖父当年在教室里也是非常令人胆战的,

童寯出国留美前夕。

摄于1925年

许多学生由于不能接触他那冷峻的眼光，往往捂住自己的图纸以免挨批。

祖父给我留下的印象更多的就是寂寞。晚年的祖父总是形单影只，脸上基本没有什么表情。他在建筑系里被比喻成一座钟，你不敲他，他就一直静默地待在那儿。祖父的作息极其规律，基本上都在家里。从我记事起，祖父就已退休，常常天不亮就会起床，然后一个人默默地坐在黑暗中，直到母亲起来后给他做好早饭。祖父每天上午七点钟都会雷打不动地前往学校，中午才回来，这个习惯一直持续到1983年去世为止。中午他会午睡一会儿，然后在小桌前写写画画。晚饭后他来来回回地在小院里散步，接着就听着收音机，很早就睡了。

当时我还没有开始上学，和祖父待在一起的时间比较多。祖父从来没有让我感到害怕过。很多时候，家中只剩下我们两个，安静得只听得到墙上挂钟的嘀嗒声。天气好时，我会在院子里忙着捉虫子，而他则坐在花架下看书。天热时，我会应他的要求帮着扇扇子、赶蚊子。而天冷时，我有时也会睡在他的房间里，打个地铺，和他一起听一点儿也听不懂的外文电台。偶尔由于父母有事儿来不及送我去幼儿园，祖父就带着我走过去。从太平南路走到太平北路，这段路即便我现在快步走，大致也需要半个小时。我的幼儿园差不多就在南京工学院的校园里。有几次因为幼儿园没有开门，祖父就径直把我带到他在系里的办公室。祖父在工作时的状态我现在已然没有什么

童寯的水彩画《威尼斯圣马可广场》。

印象,只记得祖父当时坐在一间四墙围满黑皮书的房间里,书桌放置在当中,上面也堆满了书。

祖父所从事的专业在我的童年记忆里并没有留下什么烙印,只知道他是看书的。后来考大学时,祖父早已离世,我在自己的志愿表上填满了数学或者计算机之类的专业,这一举动惹急了家里的所有人。母亲为此专门到我所在的中学和我谈了一个下午,苦口婆心地劝说我改报专业,说你是我们家里最后一个考大学的孩子了,如果你不学建筑学,那么爷爷的专业就没有人继承了。为此我苦恼了很长时间,因为在当时的中学里,几乎没有人知道有一个专业叫建筑学。

由于这个阴差阳错的改动,后来我就几乎一直生活在祖父的影响之中,不仅上学时的老师差不多都是祖父的学生,大学毕业后,我又做了二十多年祖父的资料整理工作。

一转眼,父亲也已经到了童年记忆中祖父的状态,而且祖父的许多习惯也自然地转移到他的身上。尽管已经过了八十岁,尽管在学校的事情已经全部结束,应该带的学生也都已经全部毕业,父亲仍然每天骑着摇摇晃晃的自行车去学校,一待就是一上午。

这就是一种宿命,父亲仍然凭着惯性继续着自己的生活,仍然充满精力地去搜寻新的想法,仍然保持着对年轻人嗤之以鼻的习惯。除了一些可有可无的审稿工作外,他经常趴在一台老掉牙的电脑上摆摆弄弄。与他经常保持邮件往来的哥哥

祖父童寯与两个孙子童文、
童明(右)于南京宅院中。
摄于1974年

说,尽管没有人理睬,老头子在电子显示方面的一些想法仍然超越时代。

由于专业方面的差异,父亲与我之间的话语仍然不多,除了有些事情需要商量外,我们之间也不会闲扯一些鸡毛蒜皮的琐事。每次回家,除了问候身体方面的情况外,就似乎找不到什么其他话题了。

三年前夏天的一个晚上,我在上海接到母亲的电话,说父亲突然病危,被送进了重症监护病房。第二天一大早,我就心急火燎地搭上早班车赶到南京,想着就是能够见上最后一面。父亲躺在病床上昏迷不醒,原本已经十分肥胖的身体更是浮肿起来。一次小小的腿部感染导致了冠心病的复发,进一步又导致了肺部感染和内脏器官的衰竭。父亲的身上被插满了各种各样的管子,很可怜地被困在一堆仪器中,呼吸急促,高烧不止。我和母亲站在旁边,无计可施,只能用手握住他的手,希望能够多挽留他一会儿。这一摇摇欲坠的状态持续了两晚,父亲竟然奇迹般地挺了过来,甚至一周后就差不多可以下床行走了。

那次的奔波让我意识到,原来强悍的父亲瞬间就变得如此虚弱了,但是父亲对这一险情倒是毫不介意,很快置之脑后。除了饮食稍加注意之外,他该做什么还是做什么。现在我每次回家结束,将要返还上海时,他会学着时髦的方式和我“熊抱”一下,说声哥们儿再见,然后一把就将我推出了家门。

原先我还并不太在意上海和南京之间的一个多小时路程,然而自从有了这次经历后,时时刻刻的担忧让我觉得这层距离也变得遥远了;甚至有时也在想,必要时将父母一起接到上海来。但是我也知道,他们是无法被说服的。

不知是为了什么,父亲与母亲的使命似乎就像是在坚守阵地,坚守在祖父亲手设计建造的、自己在其中生活了一辈子的小院里。这个小院曾经协调一致地消融于一片老城街坊之中,而如今却被奇异地孤立于遍布周围的高楼大厦之中。对于父母而言,生活的时钟已经凝滞,南京的家宅小院也仍然维持着旧时的模样。我想,他们是否也在禁不住地期待,回到三代同堂时的情形。

写于2013年1月9日,上海

致母亲书

◎欧宁

欧　宁 ———— (Ou Ning)

艺术家、策展人、出版人。1969年生于广东遂溪，1993年毕业于深圳大学。城市研究纪录片《三元里》《煤市街》在世界各地展出。曾任深圳、香港城市建筑双城双年展总策展人。现任《天南》文学双月刊主编、哥伦比亚大学访问教授、波士顿艺术设计与社会研究中心(CAD+SR)高级研究员。出版有《北京新声》《漫游：建筑体验与文学想象》《南方以南：空间、地缘、历史与双年展》等作品。

在泰国清迈府圣东巴县半湄乡，一天的日照刚刚退下，夜色慢慢把这里的稻田、竹林、香蕉和油菜花染黑，朋友们放起了孔明灯——妈，这里凉风习习，我只穿着单薄的衣裳，想起在北京严寒中的你，也想起了家乡。在你养育我长大的广东省遂溪县下六乡，也应是炊烟四起的时候了。小时候你经常在田里劳作一天，回家后便急着给我们做晚饭。在那个贫困的年代，我们很少吃得起米饭，多数都是把大量的番薯和少量的米一起煲成粥。我现在好想念番薯粥的甘甜解渴，想念我仓皇成长的日子——随着年岁增长，我总是这样陷入日暮望乡的惆怅。这也是为什么我一定要把你接来北京的原因。

你日复一日老去，待在那个你一生不曾离开的地方，守着家里的空屋，一个人面对日益复杂和令人忧虑的农村现状和日常生活，让我放心不下。我爱家乡，但不能接受它那令人绝望的现实。我思念的家乡，其实就是你的言语和形象在我们身上唤醒的记忆，是一段不复在现实中存在的岁月。我要把你接来北京，就是要让你和你身上贮藏着的记忆常伴我们的左右。当然，最重要的是我们可以照顾你。今天依然贫瘠和毫无起色的下六乡，我们仍会经常回去，因为那里有我们的祖坟，我们以后的灵魂也会回到那里。我庆幸仍然有一个可以回去的家乡，一个地理上的点，一个灵魂停泊的所在。不管如何，我绝不会嫌弃它。

还记得数月前我为劝说你来北京，与你通过一次两个多小时的电话。你一直不肯,因为你觉得这会给我们添麻烦。放下电话后我不能自控,以泪洗面,为你的固执、我的失败。多年来你的心总在我们身上,碰上什么事情总是优先考虑子女,从不为自己着想。你习惯了贫困,生活节俭,也习惯了一个人在农村独处,对城市心存恐惧。你的固执让我的一切言语都显得如此无力。我恨自己不能说服你。我恨自己半生离乡背井,换了一个地方又一个地方,在这个世界上离你越来越远,看你的次数越来越少,和你说话越来越疏离。你心中一定很困惑,不知你的儿子变成了一个什么样的人,不知他在干什么,不知他在想什么。尽管你后来终于来了,我们也有数次深夜长谈,但我发现岁月已在我们之间留下了一条鸿沟,我为这种阻隔感到懊恼万分。

我是什么时候开始离开你的呢?屈指算来,也有二十八年了。那一年,我考上了县城的初中,开始了寄读。县城离家六十多千米,每年寒暑两季,我都要奔走在那条红土泥泞、两旁尽是尤加利树和蔗林的乡间公路上。第一次长时间离家,我并未不习惯,但当第一个冬天来临,我盖着家里给我的那条又薄又短的被子,正在发育长高的身体因寒冷而失眠时,我还是流泪了。初中三年,家里给我的生活费平均每月只有五元,贫寒的体验几乎可以说是深入骨髓。我长得又瘦又黑,是一个脆弱不堪的少年。每年暑假,我要回家帮工,有一次因为长时间在田里插秧,被毒日烧灼,到黄昏收工时双眼竟看不清路,是你让

欧宁(第二排右三)和同学们的一次郊游。

摄于1984年夏,广东遂溪(摄影:陈标)

我扯着你的衫尾把我牵领回家。又有一次,我用自行车从田里把刚打下来的两袋沉甸甸的稻谷驮回家，路上竟遭邻乡野蛮的大男孩儿作弄。我不喜欢这样的生活,暗下决心通过上学读书来求变。

所以初中三年我的成绩一直优异，我获得了免试直升市一级高中的机会。那是1985年,我的人生开始转轨。刚开始时,我还是像多数农村来的苦孩子一样，经常独自攀上宿舍楼的顶层,俯瞰城市灯火,暗暗立志要出人头地,改变家境。我曾经在初中时熟读并摘抄路遥的小说《人生》,也多次看过根据它改编的电影，我不想重复像高加林那样的农村青年的窘迫生活。但一本署名为老木编选、内部交流的《新诗潮诗集》彻底改变了我的志向。我在数学课上写下了我的第一首模仿北岛的诗——《梦》——妈,我在精神上离家出走,滑向你所不理解的人生,正是始自此时。我的高中政治老师把这本书借给了我,他还介绍我看《人民文学》上刘索拉、徐星和孙甘露的小说,让我听瞿小松、谭盾、叶小纲和郭文景刚出版的录音磁带,让我看《美术》杂志介绍的“新潮美术”,关注《读书》杂志上关于“传统文化与现代化”的讨论。我在学校里成立了“探索社”,用蜡纸刻印小报和自己的诗集，开始用这些出版物来消化和演绎我看到的各种崭新事物。

我第一次离省远行是去上海,那是1987年。这年暑假我没有回家，我借了同学的钱，先到深圳见了我的诗人朋友孟浪

(孟俊良,你以前看过他的照片,留着大胡子的上海人),然后从广州乘火车北上。在火车上,我满脑子都是我曾读过的穆时英、刘呐鸥和施蛰存的文字,想象着上海这个我朝思暮想的大城市。我去拜访了诗人默默(朱维国),他的弟弟伤风(朱维峰)是和我通过无数次信的同龄诗友,他带我去外滩。当我看着黄浦江开阔的江面,听着海关大楼传来的钟声,这个城市的历史感像一颗致命的子弹命中了我,我站定在那里,眼眶湿润,灵魂一瞬间接驳上了许许多多我崇拜的、曾经在此生活工作战斗的作家和知识分子。就是在这一刻,我决意以后要成为像他们一样的人,纵使命途坎坷,也要一往情深。

就是在这次出行,我认识了一个刚刚参加完高考的上海女生,高我一届,也写诗,我耗尽了青春期的热量来暗恋她,把她和我喜欢的上海混为一体。我热爱二十世纪八十年代的上海,这个中国最大的产业工人聚居地,仍然流转着早期"左翼"文艺的气息,那时写诗的朋友都住在郊区(现在已经变成市区了),我日落时去谒邹容墓,深夜到宝钢谈诗,头一次被黄酒灌醉。我和这个上海女生的感情在此后的十多年中有过两次反复,直到无望而终。而在这十多年,我读完深圳大学,出来工作,结婚又离婚;妹妹初中毕业离家打工,结婚生子;大弟高中毕业,也加入打工行列;二弟考入我的大学,毕业后最先到了北京;三弟好不容易战胜他青春期的苦闷,顺利考入同一所大学。当我们一个个长大成人,你也开始变老了。你日渐枯瘦的面容,我慢慢发福的身体,好像也在暗示着我和你的距离越拉越开。虽然亲情仍在,但我已变得令你越来越难以理解。

大学四年,我几乎没有上过什么课。没有我喜欢的老师,有一位我曾读过他许多著作的刘小枫,在我入学那年去了瑞士巴塞尔读神学博士。我天天和全国各地的诗人通信,或和本地的艺术家一起空谈。我喜欢上崔健的音乐,从他那里开始又去听更多的音乐。我写诗比高中时更多了,但多数都不能在公开的刊物上发表,只能在各地朋友们编的油印刊物上刊登。

整个社会向商业化大幅度转移,对写诗而言可能是一个极大的打击。许多诗人纷纷沉寂,苦闷彷徨,连1986年在《深圳青年报》主持“现代主义诗群大展”的徐敬亚也天天窝在家中,日渐消沉。诗歌在我们的精神生活中大面积撤退。我在1991年和香港诗人黄灿然创办了一本叫《声音》的诗刊,又在1992年和徐敬亚等接办北京诗人芒克等创办的《现代汉诗》,但整个氛围让这类独立文学活动难以为继。我自己也在寻找精神的出路……

这时台湾的滚石唱片公司推出“魔岩三杰”窦唯、张楚和何勇的唱片,它们在街头随手可以买到,那里面放出来的音乐令我吃惊,特别是张楚,他的歌词比许多诗人的诗更有力量!我发现音乐经由唱片公司的发行渠道,可以接触到更广阔的人群,于是我决定投身其中。那时深圳开了也许是中国的第一间酒吧,从蛇口码头的外国轮船上流入的墨西哥小瓶装啤酒

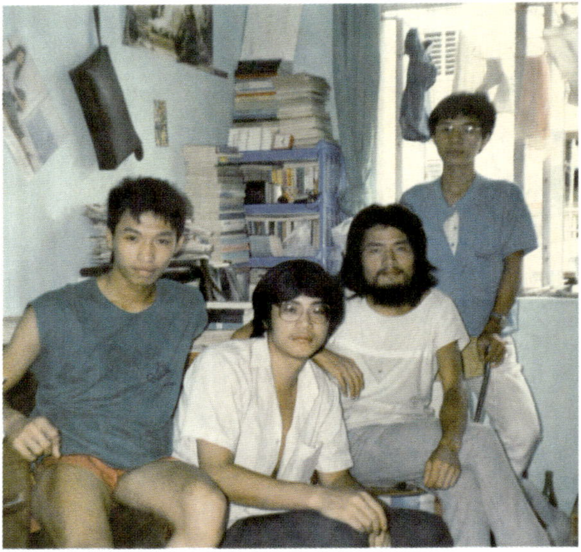

欧宁第一次到深圳，在《深圳特区报》宿舍与朋友合影。左起：蒲以强（罗迪）、陈寅、孟浪、欧宁。
摄于1987年（摄影：徐丹娜）

苏尔和科罗娜大行其道，人们舍弃了港式的夜总会而在酒吧饮酒交际，一种新的娱乐方式和社会空间出现了。人们对音乐的需求量激增，这启发我成立了一个叫“新群众”的独立音乐团体——它其实是以前诗歌结社的延伸，要在这新的空间中继续以前在文学领域的表达欲和对“群众”进行启蒙的冲动。我开始策划演出，但不屑与那些流行音乐的“穴头”争锋，我们做的几乎全是北京摇滚乐和外国另类音乐，并且每次演出都出版小册子免费派发给观众——它可以说是对民间诗刊传统的再发展。我们分析罐头音乐的弊端，推举独立和另类音乐，主张音乐生态的多元化，倡导人们听音乐要使用大脑，要有自己的独立判断，要成为“新群众”。

在我大学将要毕业的那年，一些与我相熟并有共同爱好的同学开我的玩笑，说像我这样的人一定找不到工作，最后说不定要回乡务农。是的，那时我对职场一无所知，同学的玩笑的确让我深感焦虑，我轻松写完了一篇关于波德莱尔的论文，比班上的同学更早出去找工作。那时在中国仍属新生事物的平面设计刚刚在深圳发端，我偶然间看到一本在深圳举办的首届“平面设计在中国”展览的画册，从中再去了解新兴的广告行业，决定以自己的写作能力投身其中成为文案写手。虽然我在校园内外的诗歌和文学圈子里已经过了数年不问世俗的生活，但一想到你和家里对我毕业后的期望，就不敢对找工作的事情有一丝松懈。事实上所谓的社会并没有我想象的那么残酷无情,我很快就在一家广告公司找到了工作。而投身音乐活动的组织,则完全是正式工作外的兴趣。

在拿到第一份工资时,我不禁感慨万千。大学四年,家里一直借钱给我交学费,而平时的吃饭和日常开销则主要靠妹妹打工的微薄报酬和女友(后来成为你的儿媳妇又与我分开)的帮助。我欠下的债要一一偿还,但一直以来我却对赚钱缺乏热情,只喜欢去发展自己的兴趣,我要承认这是我自私的一面。幸好中国这十多年来有了很大的进步,从事我喜欢的文化工作不再像以前那样注定贫困潦倒,因为经济发展到一定程度,人们开始意识到文化行销的重要性,而文化本身也开始创造经济价值。所以我今天还可以一边从事我感兴趣的工作,同时还可以有不错的收入。把你接来北京,其实是更进一步的偿还,不仅是想你吃好一点儿,穿好一点儿,还包括安排出更多的时间,填补我多年在外没法与你朝夕相处的大片情感空白。而你过惯了困顿节约的日子,把一张机票的钱都视为天文数字,更不能接受北京的生活成本与下六乡的对比。你的固执曾让我痛苦万分。

我知道最让你心里过不去的是我一直在北京租房居住,并且在离婚后一直独身。因为在你的脑海中,人没有房产,没有家庭,便没法在这个世界立足,这样的人生便够不上美满。你一直认为我照顾弟妹和家里,甚少顾及自己,所以买不了房,结不了婚,你不愿再来北京加重我的负担。我独身是因为对婚姻的审慎，我自己的经历，你与父亲终日争吵勉强维持的关系都让我对婚姻不太乐观，与有没有房产没关系。而我不买房则另有原因。

在我写诗、做音乐之后，我也做过设计，组织过许多电影活动，还拍过纪录片，参加过许多艺术展览。我2005年曾拍过一部叫《煤市街》的片子，记录了北京大栅栏地区一条叫煤市街的街道上三个家庭的拆迁故事，所以对这类事件的过程、前因和后果有过深切的体验和了解。妈，如果你理解了我上面说的道理，我想你一定不会再催促我买房了。你曾告诉我，你今天认得几个字，完全靠你还是少女仍未出嫁的时候，被乡里安排参加毛泽东思想学习小组，你在那里不仅学会了识字，也被灌输了一种立场。因为你的出身，你对阶级观念有强烈的体认，你一直同情弱者，对他们的处境感同身受。而那些被拆迁的人，在我眼中就是弱者。我今天的思想和行为，其实并未超出我小时候你对我的言传身教。

在深圳读大学的时候，有一天我到工厂里找妹妹，她因为不堪忍受流水线上漫长繁重的工作，再加上思念家乡，对着我哭诉。我为此写过一首诗，献给她和像她一样成千上万终止学业，离乡到城市谋生的打工妹。妹妹牺牲了她的青春，让我这样的哥哥可以读完大学，成为所谓的知识分子，每当想起对她的亏欠，我便泪流不止。我还拍过另一部片子《三元里》，记录了广州城中村中众多在低处生存的外来打工者，他们多数来

欧宁在深圳新世纪酒店留影。此时的他已在深圳组织了崔健、唐朝乐队、刘以达等人参与表演的超过二十场各种音乐演出。
摄于1996年(摄影:肖全)

自内陆的贫困省份。我也曾在深圳的城中村生活过,我把自己看成是他们的一员。每当我在镜头里看见他们干着各种最粗重的工作,住着最逼仄的出租屋,吃着廉价难咽的食物,而脸上仍然露出满足的微笑时,我就想起了我的家乡下六乡,那个我出生长大的穷地方,人生的原点。和我一样,他们在城市里疲于奔命,打拼讨生活,支撑他们精神世界的正是他们每个人远在他处的家乡。我用镜头呈现他们,是因为我从他们身上看见自己的来路,看见他们的悲哀。

当我在不同的地方放映我的影片,讲解我的思想时,我像你一样,同情弱者,并表达我的困惑。我现在从事一些艺术和设计展览的策划工作,还将主编一本新的文学杂志,也发展一些自己的创作项目,不管是展览、杂志还是自我创作,都是我迎向一些令人困惑的社会问题的媒介, 我动员和邀请不同的智慧力量来探索求解,形成观点然后对外表达,只想让我们眼前的世界脱离混沌,更加清晰。

你在北京和我们在一起也有四个多月了,每天足不出户,任凭我们怎么劝说动员也不愿向外挪出一步。你说我请保姆太奢侈,希望辞退她而让你接替她的工作;你不喜欢冰箱里的食物,说它们不如乡下的新鲜;你不喜欢和我们一起上餐馆,因为太铺张浪费;你不喜欢坐车,因为太多的红绿灯让车时走时停使你头晕;你不爱看电视,因为没有广东话节目……你又动了要回去的念头,我真不知道该如何挽留你,因为连我自己都对在大城市生活产生了动摇。北京的城市面积过大,交通状况也令人生畏,如果抛开工作机会和文化资源来说,它真不是一个适合生活的地方。这几年我一直在动移居农村的念头,一方面是因为我最近的思想兴趣转向了农业、农村和农民,另一方面也是为了寻找一种与城市不一样的生活方式。这种移居不是避世退隐,而是进一步面向现实。

我这次赴泰国,就是去看那里的艺术家如何在农村地区工作。在这之前,我已去过安徽、江苏、河北和河南的农村,我也去过台湾,走访了许多在农村生活和工作的朋友。中国的农村大多数都像下六乡一样,它们有的向城市奉献土地,有的则输送劳动力,但都无法延续自己的生命与活力。在此时走向农村,完全是逆潮流而动,去选择大多数人急于抛弃的生活,但我的念头已越来越强烈。我现在仍在为选择哪里的农村而举棋不定,而手头的工作也一时难以交割。也许说不定哪一天我就回下六乡去了——如果是这样的话,我又走回了自己的起点——我和你也许有可能回归童年时的关系,彼此再无阻隔,再无争执。这样最好,妈妈,我将陪伴你在家乡终老……

写于2010年12月11日至22日,清迈、曼谷、北京

一场寻找家的对话

◎ 口述：郭锡恩、胡如珊

整理：黄玉琼

郭锡恩、胡如珊——
(Lyndon Neri & Rossana Hu)

建筑师，如恩设计研究室与设计共和创始合伙人。现工作生活于上海和伦敦。郭锡恩毕业于加州大学伯克利分校，获建筑学学士学位；在哈佛大学设计研究生院(GSD)取得建筑学硕士学位。胡如珊毕业于加州大学伯克利分校，获建筑学学士学位；之后获得普林斯顿大学建筑及城市规划硕士学位。如恩设计研究室荣获2010年度英国《建筑评论》杂志新锐建筑奖及美国《建筑实录》杂志评选的“2009年度世界十大设计先锋”等国际奖项。两人同时活跃于教育和研究领域。

一

郭锡恩:我是菲律宾华侨。去美国,是因为在菲律宾家里发生了一件事。爸爸当时是个挺成功的生意人,菲律宾华人圈里也经常发生绑架案。有一天,突然传来叔叔被绑架的消息。

胡如珊:然后被撕票。

郭锡恩:对。所以爸爸草草结束了当地的生意,为的是安全快速地把我与哥哥都送到美国读书。我申请了七所不同地区的中学,都被录取之后,家里决定去旧金山湾区就读一所寄宿学校雅典娜中学(Athenian High School)。最开始只有我们两兄弟去了美国,父母和两个弟弟一个妹妹还留在菲律宾宿务。

胡如珊:我家的情况不太一样。父亲在上海解放前几天,跟着他国民党空军的舅舅到了中国台湾。那时他十五六岁,在上海念一所寄宿制初中。飞抵中国台湾后又去了美国,过了四十多年,才有机会从美国重返家乡。

我爸爸很小就失去了父母。老家是南京的县城高淳,南京大屠杀时期父母离世……所以自小他就随着舅舅一家生活。到台湾后,舅舅便成为他唯一的亲戚。我从小对“亲戚”的认识就是妈妈的家族,爸爸家只有一位舅爷爷,其他全是一片空白。在更小的时候,我还以为全世界都是如此。

妈妈的家族在清代从苏州被派到台湾,扎根台湾已经好几代。我出生之前,妈妈的四个弟妹就已经都移民到美国,而我记忆中受日本教育的外公外婆也一直住在日本。1979年,因妈妈的弟妹们都已安居在美国多年，我们的小家庭也移民到美国。同一时期,我的很多小学同学也相继出国。

我跟郭锡恩会认识,是因为我们的父亲在教会里认识。我有一个哥哥一个姐姐,我跟着他们,在教会的青年团契上认识了郭锡恩。他是我姐姐哥哥同辈的朋友。我那时才十二三岁,大家都把我当作小孩子。

郭锡恩:到美国去的时候我十五岁。爸爸要求我礼拜日最好都要上教堂。我对胡如珊印象很深,但她大概对我没印象。

胡如珊:我不是没印象。他跟他哥哥总是一起出现,认识他的前五六年,我都根本分辨不清谁是谁。那时候感觉他俩很相像,他们的谈吐,所在的圈子,让人真的很难分辨。他俩中的一个同我讲话时,我常常会问,你是哥哥还是弟弟?在每周的教会活动上我们都会见到彼此,我知道有他这个人,知道他家的一些背景,但只是停留在这个程度,很多年都是如此。

我进加利福尼亚大学伯克利分校(以下简称“伯克利”)的第一年,是郭锡恩在那里念书的最后一年,也是我们开始交往的第一年。当时我倾向于念建筑,但建筑到底是什么?对此,我仍然很模糊。那几年,伯克利的建筑系在美国排名最高。虽然伯克利是加利福尼亚大学系统里头最好的分校，但我其实更想去加利福尼亚大学洛杉矶分校。因为我家住在湾区,伯克利是离家最近的学校,我想离父母远一些,但他们又想让我留在

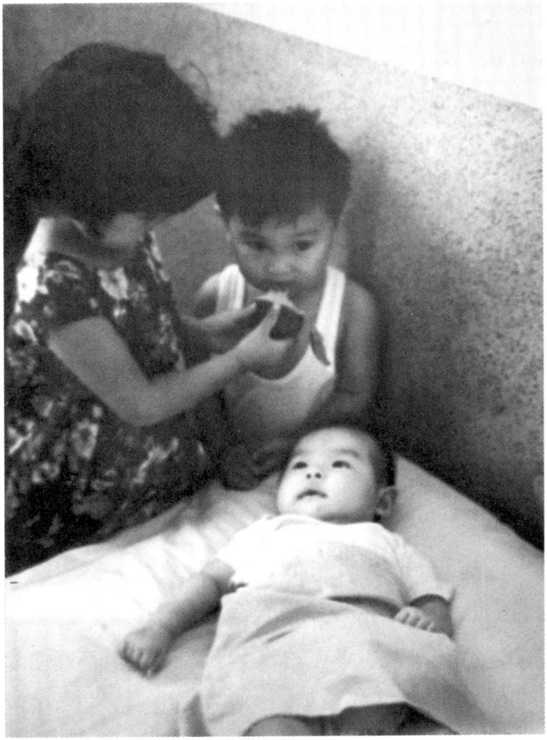

胡如珊三个月大。

摄于1968年

身边。最后选择伯克利,很大程度上是因为父母给的压力。

暑假前,我开始为新学年选课,姐姐告诉我,教会有一个年轻人叫郭锡恩,就在伯克利读建筑,可以去咨询他,看能不能得到一些建议。从那时起,我才开始跟郭锡恩有一对一的接触。他从家里带了一堆画作和设计作品给我看,那是我第一次接触到建筑学院的作品,当时就觉得,哇,好厉害哦,怎么那么好看。他对建筑的热忱当然就影响到我。开始上课后,因为他的指点我就顺利很多。

郭锡恩:其实我一开始学的是艺术,绘画。申请的时候,我以为建筑是比较偏技术的,就不太有兴趣。直到第二学年第一学期,我的两个弟弟也来了美国,爸爸不放心,就打算在菲律宾待半年,另半年待在美国。我开始紧张,因为我对他撒了谎,说我在大学主修工程。我爸爸要我哥哥做一个经济学家,我做工程师,我弟弟做律师。但实际上,每个人都完全没有做他想让我们做的事……于是,第二学年末我就准备申请换专业。当年申请转系的人很多,所以我也颇为慌张,幸好绘画系也有基础数学、基础物理这些与建筑系一致的通识课程,最终也很幸运地转系成功。不过,我还是需要说服爸爸,毕竟,建筑并不是工程。那是1985年,美国的经济,特别是房地产开发特别红火。爸爸以为建筑就是房地产开发商。我还记得他说:“郭锡恩,你很有想法,工程没有前途,建筑比较有。”我没有接话,其实我要做的,跟他所想的,完全不一样。

郭锡恩(右)五岁。

摄于1970年,菲律宾

二

胡如珊：1992年5月，郭锡恩从哈佛大学研究生院毕业，我们8月结婚，9月我开始上普林斯顿大学研究生院，都是在同一个暑假。倒也没有怎么事先计划，那时大家都是这样。

郭锡恩：如果我有我的计划，我想早一点儿结婚。

胡如珊：那我要是有我的计划，我想晚一点儿结婚。

郭锡恩：见到胡如珊的第一面，我就知道她会成为我妻子。我相信胡如珊是上天安排给我的。我花了很久才说服她嫁给我。她觉得我特别奇怪，男人通常很怕给出承诺，而我就是想要承诺她。我向她求婚很多次，她一直拒绝，六年后才终于答应。因为我到哈佛大学的时候，有一段时间她开始想念我……

胡如珊：其实是这样的，结婚之前我们在一起六年，前三年在同一个地方，后三年，他在波士顿，我在旧金山，坐飞机六七个小时，比从上海到北京还要远两三倍。那个时候没有微信，没有电子邮件，交流只能靠打电话，还有三小时时差。我们交往时有一半的时间是远距离联络的。

郭锡恩：六年后她同意与我结婚，在婚礼前一周还有一丝不确定。她写了一个纸条……真是太疯狂了，居然到那一刻还不能确定。

郭锡恩与胡如珊的婚礼。

摄于1992年,美国湾区

胡如珊：是一种本能吧，女人的本能就是会质疑很多东西。

郭锡恩：是。但我一直都很确定。

胡如珊：我是很理智地在看待婚姻。很小的时候我就觉得，自己这一生应该不会结婚，我不认为有任何感情可以持续那么久。但是，我跟郭锡恩在一起六年，其中三年分居两地却依旧维系着关系。虽然我认为自己结婚时年纪有点小，才二十四岁。不过年纪小也有好处，结婚后，我就定下心来，非常专注，把求学路上最后几年的研究生院读完，开始工作，按部就班地工作生活。结婚六年之后我生了老大。我其实也一直不想要孩子。

郭锡恩：我要五个。

胡如珊：对，为了他，他要五个，已经为他生了三个。

郭锡恩：谢谢。

胡如珊：五年间我生了三个孩子，隔一年生一个。那时我们俩都在迈克·格雷夫斯设计事务研究所（Michael Graves & Associates）工作。老大出生后，我在家待了五年。郭锡恩那时候比较辛苦，负责很多亚洲地区的项目，一直出差。我就像一个单亲妈妈，一个人在家带孩子。我觉得，不上班的那五年是人生中最辛苦的时期。一是体力上，工作的疲惫只是反映在脑力上，而带孩子，则有太多需要亲自动手处理的事儿，半夜需要起来喂奶，无法睡觉，会明显感到体力撑不住；二是心理上，每天面对不会讲话的小孩儿，渐渐从一个变成三个，先生又经常不在，也没有帮手。看着先生和好朋友们的事业蒸蒸日上，心里会生长出一种不平衡。相较之下，自己每天在家里做的事情，只是打扫、买菜、做饭、换尿布、给小孩儿洗澡……会觉得这些事没什么意义，看不到价值。在家那五年，体力上最辛苦，心灵上也最孤独。

郭锡恩：我也知道她的情况。第三个孩子出生的时候，我非常清楚地意识到，不能再这么下去了，否则她会发疯。我已经在迈克·格雷夫斯设计事务研究所工作十年，接下来十年会怎么样？研究所的工作很稳定，薪水也比较高，因为那时我已经是总监，但我心里清楚，如果不做出些改变的话，我们关系的一部分就要被毁掉了。我记得我一直在向上帝祷告，祈祷他赐予我智慧。我知道胡如珊是一个很能干的人，但她在那五年看着她的朋友一个个变得成功，我到各地出差，看花花世界……

那是一个圣诞节，我们的家人到东岸来过圣诞。我们刚买了一栋新房子，装修尚未完成，电话来了："郭锡恩，上海外滩三号的客户，想要一个人代表迈克·格雷夫斯设计事务研究所在上海待六个礼拜。"我原本打算介绍我的手下去，但上海业主表示，只想要我过去。所以我就请研究所的合伙人帮忙去协商。他希望我能够留在新泽西，因为我可以为研究所招揽很多项目。所以，他对上海业主提出了异常离谱的要求：郭锡恩的妻子与三个孩子需陪同前往,需公务舱,需波特曼酒店的特别套房,需配车,需配司机……还需支付郭锡恩四倍薪酬,因为他在专心处理上海项目的同时,必然会失去获得其他项目的机会。提案放进传真机,发出去五分钟后就被传了回来,业主同意了全部的要求。我心想,嗯,好像有点意思。而且,这对胡如珊来讲也是一件好事,她终于可以稍微休息一下,因为提案的一部分要求是:配两个阿姨。

这六周,是我最忙的时候。

胡如珊:基本上他都不在家。我们住在波特曼酒店,他在隔壁恒隆广场的办公室工作,每天凌晨三点回来睡觉,七点起来去办公室。但对我来说,上海是一个新环境,又有阿姨帮忙,确实很好地休息了一段时间。

郭锡恩:外滩三号的项目在前期拖了很久,三年都未能动工。我接手后,所有事情都进展得特别迅速,业主就要求项目经理:"你能请郭锡恩多待一段时间吗?"于是,委托时限便从六周延长到两个半月。随后遇上非典,我不能回美国,委托又延长到六个月。六个月到期,业主问:"郭锡恩你还能再延期吗?拜托了!"最后,整个项目做了一年。迈克·格雷夫斯设计事务研究所也很高兴,他们从这个项目中赚到很多。经历了这件事,让我对未来产生了新的想法,或许我该辞职,开创我们自己的事业,我跟胡如珊可以再度一起工作。在上海,我可以重新唤回那个最优秀的胡如珊。

郭锡恩(右二)七岁和家人合影。

摄于1972年,菲律宾

三

胡如珊:对我而言,家的概念是脱离地域性的。回顾这一生,我差不多在每个地方都待了十二年。长大的高雄,十二年;在湾区,不算芝加哥,十二年;普林斯顿,十二年;上海,到2016年满十二年。一轮又一轮。这也是一种当代现象,因为科技和互联网的关系,虽然还会受到时间限制,但空间限制已经被抹去。通过微信、电话,我可以跟父母即时联络。我们的女儿2014年9月也去了美国念寄宿学校。但是那种感觉,跟以前郭锡恩离开菲律宾到美国去是很不一样的。家就是家人,跟地方的关系反而没有那么紧密。

郭锡恩:我同意。我是在菲律宾长大的华侨,华侨永远没有家的感觉。我的童年不是在马尼拉、宿务这种大城市度过的,而是在菲律宾东边一个很小的城市,叫作奥三棉示室(Ozamiz City),中国人不太多,但是关系非常紧密。当地有中国的学校、中国的诗会……中国人称呼菲律宾人为“环纳”(“土人”的意思)。我从三四岁起就听大人这么说,心里便清楚,这里不是家。我阿嬷每晚睡觉的时候都会对我讲:“小孩子啊,(总有)一天你要回家,你要回常山。”也一直讲故事,描述我们的老家是什么样子。她2015年仙逝,一百零五岁。给我的感觉,就像是家族的老祖宗过世了。是她把中国带进我们心中,

郭锡恩与大儿子和女儿。

摄于2001年

她常常说，你不要忘记，你是从哪里来的。

一年前，我去菲律宾宿务，讲毫无口音的当地方言，当地人还问我，你哪里像菲律宾人？我在美国，念最好的学校，英文没有任何口音，也从未被接纳为美国人。奇怪的是，来到中国的时候，虽然中文讲得不太顺，但我第一次有这种感觉，我不再是一个外国人。旁人很自然地接纳我，认为我一定是中国人。

在建筑行业寻找"中国之声"的时候，中国建筑师榜单上往往没有我们，中国产品设计师榜单上也往往没有我们。我常跟胡如珊说，没有人会接纳你，除非你的作品足够好。如果你做得好，人人都想得到你。现在，菲律宾称我们是"菲律宾之声"。2013年，去美国领《室内设计》名人堂的奖项[1]的时候，我们被称为"一度属于美国"的美籍华人。但你永远要记得你是谁，以后你的作品没有那么棒了，他们就会扔掉你。

你是谁，跟地方无关。是家庭，是周围的人们，塑造了你这个人。我八岁画画的时候，爸爸经常叨念："你这个孩子，一直画一直画，到底是会赚钱还是不会赚钱？"阿嬷就同他说："去，你不要讲话。" 又同我说："你不要相信你爸爸，你画得很好看。"她一直在旁边看我画图，鼓励我："很漂亮，我不知道为什么老师不喜欢，但我觉得很漂亮。"她离世后，我的一部分也随

---

[1] 由《室内设计》杂志（*Interior Design*）主办，是美国室内设计界的至高荣誉，每年评选在室内设计界做出突出贡献的个人，授予名人堂正式成员的荣誉。

她一同消失了。

胡如珊：郭锡恩的家族是很亲密的。我爸这边没什么亲戚，我妈这边的亲戚也多半在国外，所以我们是一个小家庭。我也很感激我父母没有他们就绝对没有今天的我们。最可贵的，是我从他们那儿得到的爱，我觉得，我们可能属于比较自私的一代，相对会更注重自身的事业，很难做到像他们对待我们那样对待我们的孩子。我爸妈那一代一切的所作所为，都是为了孩子。不只是我爸妈，那一代的父母几乎都是这样，把他们的所有都奉献给孩子。

郭锡恩：是的。我父母为我所做的，也是我会尽力为我的孩子们做的。我跟胡如珊都从优质的教育中获益，所以，我会支持我的孩子去念他们想念的任何学校。我们存的钱，从来不是为了去换更好的车或房子，我宁愿把钱花在教育上。

身为父母，我们的声望也很重要。我们如何在这世上做人，我们如何与他人相处，这些声望会对他们有所助益。我爸爸借他的名望，帮助我成长为今天的模样。这种"声望"，是做一个好人、一个善良的人、一个帮助他人的人、一个奉献的人的声望。声望会荫庇你的孩子。

如果我们可以做到这几点……

胡如珊：就够了。

郭锡恩：就可以回家了。

写于2015年12月30日，上海

杨树鹏 ——(Yang Shupeng)

电影导演。1970年生于陕西宝鸡。中学毕业后从事了四年消防员工作，1992年进入海南某影视公司担任撰稿，1994年进入新华社海南分社电视中心担任编辑，2000年进入中央电视台，先后担任《实话实说》节目编导、《电影传奇》节目总导演。2007年拍摄电影处女作《烽火》，获上海电影节亚洲新人奖提名，2009年拍摄电影《我的唐朝兄弟》，获北京大学生电影节最佳喜剧奖、澳门国际电影节最佳新导演奖。

破碎的阳光

◎ 杨树鹏

一

我出生时天无异象，陕西宝鸡的街头有男男女女游行，庆祝青年节，大洋彼岸，四个美国大学生因为抗议美国的东南亚政策，被国民警卫队士兵打死。几个月之后，我跟着父母迁往甘肃，并在甘肃住了十几年，一直到我自己选择离开。

从1980年到1990年，从我十岁到二十岁，十年间，阳光夺目，青春暴烈。

二

整个二十世纪八十年代，中国充满各种奇异的际遇，前端是改革发轫，反思寻根；末端是人心浮躁，世事浇漓；中间，像一座高山一样耸立着“’85新潮”美术运动，正是它，把我变成了现在这个样子。

那年我背着书包，站在甘肃长庆一中的门前，我从外地转学至此，那个地方更小，而庆阳——这个有十字街的县城，俨然是个大城市。我所在的初二年级竟然有八个班，每个班都有那么多鲜活的少女，发出尖叫，在走廊里奔跑，阳光照射在她们的裙子和辫子上，让我瞠目结舌。我发愣的时候，我身边站着的老三也在发愣，他跟我长得很像，也是从小地方转学来的，我们俩一起发了一会儿愣，被好心的美少女叫进教室坐下，我记得就在那个下午，我的青春期咣当一声，开始了。

两年之后，我和老三已经成了“老铁”，上学在一起，放学也在一起，除了睡觉，我们总是待在一起，我们有说不完的话。尖叫着的美少女们已成惯常的风景，有个别闯进心田，但这个姓陈的美少女完全没有眼光，竟然看不出我是一个有追求的青年，于是就此别过。1985年，我没有考上高中，也没有考上中专，摆在我面前的只有一条道路，修改自己的年龄，去当一名消防员。决定去当消防员那天晚上，我和老三伙同几个哥们儿，在一家小饭馆撮了一顿，耗资人民币十五元，有酒有菜，一瓶白葡萄酒，弄得五个少年都有些微醺，回家路上秋雨绵绵，我们头发和外套湿漉漉的，心中充满“强说愁”的忧伤。

与此同时，在那些遥远的地方，大城市的文艺青年们正在用绘画、诗歌和小说改变着世界，但我们并不知道，我们刚刚学会打架，打得不怎么老练，我们还没有诗歌，只有无名怒火。

我们的无名怒火完全是封闭的小县城和动荡的青春期造成的，我们那个小地方，盛产无所事事的街头少年，他们发型怪异，举止孟浪，看见少女就吹口哨，看见不忿的男子，就上去暴揍一顿，一切都乱哄哄的。

没有来由，街头经常扬起一阵尘土，一帮少年就滚打在一起，一会儿就有一个血人从人群中冲出来，一溜烟跑远。我，攒下零用钱，去邮局买最新的一期《诗刊》，不是为了看诗歌，而是为了看一个大眼睛的姐姐，不知道为什么，这个大眼睛的姐姐显得忧郁,坐在一个不起眼的角落,售卖各种报纸杂志。我通常买《诗刊》《大众电影》这两种,大眼睛姐姐告诉我,《诗刊》每次只进三本,买它的人很固定,一个是我,另一个是医院的宣传干事兼诗人,第三个是图书馆的主任兼诗人。我为此又害羞又骄傲,一个十几岁的娃娃,用《诗刊》装样子,实在让人不知道说些什么好。我买了一年《诗刊》之后,突然很想写诗,就在此时,我修改了年龄,将要当一名消防员,在秋雨绵绵的夜晚,老三和朋友们为我送行。第二天,我前往一百公里之外的消防队报到,接受集训。

三

我的诗歌之路, 和我在消防员生涯里遭受的磨难紧密相连。我年方十五岁半,却冒充一个十八岁青年,体力和心理状态明显跟不上,新兵集训的第三天,我就摔倒在训练场上,脚踝严重受伤,迅速肿起,被班长赵春元背回宿舍,只养了三天就返回训练场,左脚因此留下旧患,不能坐火车,不能长途步行,这算不算青春留下的印记之一我不太清楚,但青春给我留下太多印记,随便一抓一大把,伤口和文身,诗歌和记忆。

在整个集训期,我脑子里想的只有一件事:熬过去。六个月实在漫长,冬天白雪皑皑,我们在清晨出操跑步,跑着跑着我居然睡着了, 跑出了队列, 中队长对我处以体罚——接着跑，那个早晨我一直在操场上跑步，战友们都在排队打早饭，我却一身战斗服，丁零当啷，哐哧哐哧，在铺满白雪的操场上跑个不停，备感耻辱，诗情荡漾——这些事儿促动了我写下一些句子，相当幼稚，我到死都不会将它们公布。

另一件事情直接推动了我的写作，集训结束后，我被抽调去整理支队仓库，这不是什么了不起的荣誉，就是中队长随手一指——你，你，还有你，去吧。于是我跟随车辆，来到支队，每天在仓库，将左边架子上的装备倒腾到右边，将右边架子上的装备倒腾到左边，倒腾了两天，我发现墙角堆着一大堆稿纸和文具，“杀心”顿起，抓起稿纸和钢笔就塞进大衣里，没有原因，就是想带走它们，同去的战友见我真没拿自己当外人，也纷纷下手，钢盔、皮靴、皮带、军衬衣、军绒衣、手套、袜子、大裤衩子——不一而足，大家傻得不透气，塞得像一群大象，蹒跚着走出仓库，当时就被抓个正着，人赃俱获，抵赖不能，支队长老王相当生气，劈头盖脸一顿臭骂，溜达到我面前，看我脚下堆着的是钢笔、墨水、稿纸，有几分惊讶，问我，你偷这个干吗？

我说，我想写小说。

老王很感慨，当时就把我给放了。

为了不辜负这些稿纸，我开始写作，那个时候，八十年代中期，文学青年比文学还多，就像有一个时期倒钢材的比钢材都多一样。我遇到了凌云，光看这个笔名，你就知道这人有多么乡土，这个人确实比较乡土，但他写诗，写的是那种朦胧诗。

他借给我两本书,一本是普希金的,一本是波德莱尔的,我只看了一页普希金的书就受不了啦, 浑身都是鸡皮疙瘩, 我相信,这是翻译的问题,说不定俄文原文要好看得多。翻译害人,就像庸医杀人,毁掉了我心目中的普希金,于是我只能照着波德莱尔的道路前进。

凌云戴着一个黑框眼镜,职业是油井数据的测量技术员,住在一个阴森森的实验楼里,我常常擅离执勤岗位,跑去找他聊天,他读我的诗歌,并做出评判。有一年,甘肃最有名的文学刊物《飞天》派了两位编辑,到我们那儿组稿,编辑们邀请了一批文学青年参加讨论,我不在受邀之列,因为我是个消防队的小混混,没人知道我在写诗,但是凌云这个人比较厚道,他把我的诗歌也送去, 编辑们从大堆稿件里将我的诗歌抽出来,问,杨树鹏是哪位?

凌云说,他没有来。

编辑说,这一大堆诗歌里,最好的是他的诗歌,我们要见见他。

我的诗歌在《飞天》上发表,支队长老王很高兴,一脸先知先觉地说,你看你看,我就说了嘛,这小子,行。

这件事算给大老粗形象的消防队伍露了脸,我因为“有文化”,被提升为防火参谋,每天夹着一个黑色的文件夹,去各个单位检查,但我其时青春正浓,察觉到世界正在变化,为自己毫无办法而苦恼。

四

我不但写诗，也开始打架，不但打架，还偷偷去了南方，接受了改革开放春风的吹拂。我第一次到广州，看到巨大的健力宝广告牌，第一次到深圳，看到更巨大的万宝路广告牌，第一次抽进口香烟、喝可口可乐、听广东劲歌，我看到满街的人穿着牛仔裤忙个不停，无数大厦在拔地而起，心里产生了焦虑，我深感时代在变化，却无力参与。与此同时，文学扑面而来，那种老旧的不合时宜的写作已经被苏童、叶兆言和余华等人撕开一个口子，文风为之一改，电影方面，《红高粱》《黄土地》也头角峥嵘。我在电影院看了两遍《红高粱》，深深地被这部电影吸引，内心相当蠢动，产生了为电影做点什么的冲动。

然而我仍必须回到消防队，继续做一个无所事事的消防员，仍然被中队长和班长当作不服从管理的人对待。他们很厌憎我不踏实于自己的工作岗位，每天写写画画想入非非，我也很厌憎他们蝇营狗苟，被修整成一个豆腐块的样子，我这种吊儿郎当的态度，被他们以各种借口惩罚，包括烧锅炉、评小黑花——我一直觉得管理成年人，像管理幼儿园小孩儿一样用什么小红花、小黑花这种做法十分幼稚，因而抵触得厉害，也就成为拿到小黑花最多的人。那一段时间我无比焦躁，试图参与到正在发生的巨大变革之中，然而闭塞的小县城在阻挡我

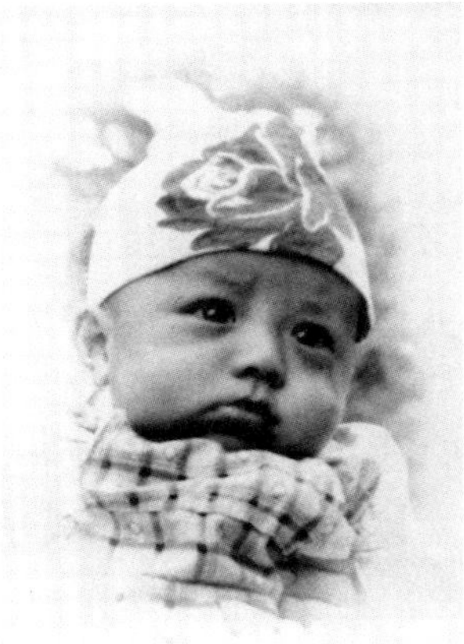

襁褓中的杨树鹏。

十六岁的杨树鹏初抵广州时发现时代剧变。

摄于 1986 年

这么做,我已经决心离开。

到了这个时候,我基本上还是个愣头青,除了打架,就是写诗和看小说,最奇妙的场景就是,当地的混混走进我的宿舍,被我床头堆着的书搞得很是困惑,他们无法将读书的我和打架的我联系在一起,我自己也很困惑,跟他们一样,我不知道为什么要读书,也不知道为什么要打架,这一切所为何来?我一点儿都想不清楚。有一个混混,拿着《百年孤独》问我,这书好看吗?我说,好看啊。

他把这本书借走了,过了很久之后,他对我说,看不懂,但是挺好看的。

这就是我十九岁时的生活状态,每天都在看书,越来越不适应被约束被管理,我态度倨傲,但内心孤独地在一个铁一样的营盘里晃悠,直到有一天,我又想出去旅行了。

我去了北京,正好是5月,街头沸腾,人心也沸腾。

6月,从北京回来之后,我写了一个电影剧本,叫作《劫数》,这个剧本写得很糟糕,写到一半就写不下去了,因为没有什么故事可讲了。

我们是没有故事的一代,想讲的话,始终闪烁其词。

五

二十岁转眼来临,我二十岁生日的纪念,是结束我的消防员生涯。我已经做了四年消防员，第一次出火警的时候，因为同车的战友过于激动，一把将我从消防车上推了下来，我吧唧一声倒在火场前，围观群众爆发出善意的哄笑，我恼羞成怒地爬起来，整理好钢盔，消失在同样装束的战友群中。第一次救火就像初恋，总是记得很清楚，我冲进火场，铺设水带，眼角不时掠过那些围观群众，希望从中发现敬佩的目光。四年，我救了十几次火，抗了好几次洪，打过好几次架，我恋爱，失恋，写出诗句，再把它们忘记。

做出决定的时候也是天无异象，1990年早春一个平常的日子，下着鹅毛大雪，我穿好皮衣，背着一个小包就离开了，耳机里轰响着摇滚乐，我踏着积雪，走向未知的、全新的生活。

写于2011年1月6日，北京

在房前屋后吃草

◎ 撰文：朱赢椿

整理：曾丽娴

朱赢椿 ——（Zhu Yingchun）

设计师。1970年12月出生于江苏省淮阴市。随园书坊设计总监；南京师范大学出版社装帧设计部主任；从事书籍装帧设计及图书策划。2007年，他设计的《不裁》在德国莱比锡被选为“世界最美的书”铜奖，并被德国国家图书馆收藏。2008年，其创作并设计的《蚁呓》获“世界最美图书”荣誉奖。

有关家的记忆,也是对苏北农村的记忆,一直停留在我小的时候。面对现在这蓝色铁皮屋顶的厂房和纵横交错的水泥马路,总是觉得生硬得让人无法亲近。

将时间倒回,在记忆里寻找童年的故事,家的故事,闭上眼浮现的是房前屋后杂草堆里的野草、野果、小虫。它们生动而自由,总在不经意间给小时候的我带来许多惊喜和快乐。

那时我家是临河而建的三间平房两间厨房, 再普通不过的乡间农舍。屋后的平地里会应时地种上油菜、麦子等作物,门口的几畦菜田供着全家人的蔬菜青口, 菜畦外几棵不知道年纪的老桃树,结过些小小的桃,等不及它们长大就被大家都摘光了。那时的苏北农村生活,是清贫,但因为靠着田地,家里的日子也并不局促困顿。

因为物质的贫乏,自然的馈赠显得极其重要,这馈赠不仅是日常的粮食作物,也是和煦的阳光、刚发芽的蒲公英、漂亮的甲虫,是一切可以让孩子快乐的东西。姿态万千的自然,让我学会了感受,用敏锐的五感去捕捉土地上时刻展现的生机,去和花一起绽放,和果实一起成熟。

农村的四季总比城市来得分明,到了冬天,江浙的阴冷带着看不见的水汽,让身上穿了一个冬天的夹袄,显得更厚重。在以经济不发达为背景的童年故事里,没有玩具和糖果,万物枯寂的冬天,家边小河上结的一层冰都会引逗着我们去踩踏。少不更事时,总觉得童年那么漫长,我们需要自己寻找打发时间的办法。但这种冬天里为数不多的乐趣，只要远远地被路过的大人看见，都少不了一顿高声呵斥。

唯有翘首以盼，期待春天的到来。对自然的感知与依赖最早源自一颗不安于室的心。对山野田间的向往不仅让小时候的生活变得有趣，更重要的是有了盼头。等到春暖花开，万物生长，我们就开始了新一年在野地里的奔跑。对我来说，春天最重要的是野草野果又要发芽，意味着又可以尝到那些熟悉的味道了。有时是一抹甜，有时是眉头微皱的酸涩，都是一味稀罕。嘴里有了滋味，心里才会暖。

在我小时候，走不远，房前屋后就是我的大天地。

寻常地里种植的瓜果也可口，但远远满足不了我对于味道的向往，只有野草野果才能激发我的无限好奇；或许也是为了赌上我少年时的骄傲，“你们看这个可以吃，味道还不错呢。我才找到的哦”。来自自然的味道，总让我没缘由地觉得心安。

尝的野果多了，我心里便有了一个时序表，从早春的第一口甜开始，每个时节都有我喜欢的味道。

初春，在远看还是一片衰颓的荒草地里，开始钻出了像小竹笋般的植物，红头绿身，细圆锥形。这就是乡人口中的“茅安”“茅草芯”，它是春天里最早可以找到的“零食”，学名谷荻，是茅草初生叶芽后处于花苞时期的花穗，那时地头的寻常物。我常常捋一把放在口袋里，抓在手里，可以甜上一下午。采它的时候，需要小心地把它“提”出来，将它从深处拔断，剥去皮，

童年时的朱赢椿。

(绘图:雅歌)

放在嘴里嚼起来甜甜嫩嫩。等再过些日子，嫩嫩的谷荻不见了，叶子间抽出像穗一般的东西，便是摇曳着的白色茅草花，采来和伙伴打闹逗趣，又别有趣味。

现在餐厅里常见的甘蔗马蹄茅根水中的茅根就是谷荻的根，小时候，这细细的茅根根本就不值一提，到了秋冬，我有更好的滋味——芦根。

等一年的芦苇花开尽，就到了挖芦根的时候。和家人说一声“挖芦根去”，就拿着家里称手的小铁锹来到河岸边，掘开或深或浅的淤泥，连挖带拽地将芦根拔出来，对那时的我来说不是件容易的事，额头和背上都渗出汗水，但是为了那甜甜的味道，一切的付出都是值得的。不似茅根般纤细，长长的芦根呈长圆柱形或扁圆柱形，运气好时能挖出一指节粗的芦根来。简单剥去芦根外裹着的泥土，也顾不得身上手上的土，用河水洗净，就可以甜甜地嚼上好一会儿，远胜甘蔗带来的满足感。

在试吃野草野果方面，我着实是大胆得惊人，带着几分自信，带着“长得好看的东西，味道应该也是甜的”的简单想法，房前屋后的野果都是我尝试的对象。

四五月份，家门口的老桃树还没开始出桃胶，便有绿色藤植爬上枝干，叶子和红薯叶有几分相似，挂的果却远不及红薯可爱。这就是“瓢瓢”。

“瓢瓢”老熟后，黄色的荚状果身从中间纵裂开，种子像蒲公英般带着翅膀，可以随风借力，飞向远方。种子飞走后，果壳

谷荻——乡人口中的“茅安”，是春天里最早可以找到的“零食”。

芦根——一年的芦苇花开尽，就到了挖芦根的时候，芦根是秋冬的好滋味。

萝藦——“瓢瓢”老熟后，种子像蒲公英般带有翅膀，飞向远方。

呈瓢状，不知道这是不是“瓢瓢”得名的由来，最近才知道它的学名叫萝藦，很美的名字，药用价值也不低，相传早在《诗经》中便有关于它的记载。

我更喜欢的是未成熟时的“瓢瓢”，绿色的椭圆果身，头部尖尖的，像极了一个拉长了的棉桃，外皮可见疣状斑点，遍布果身，比成熟时的模样又怪了几分。好奇心作祟时，也不忌讳它的长相，只小心采下来，叶梗处流出的奶白色汁液不易清洗还需小心，这些小事对于常常流连于野地的我来说太司空见惯了。第一次尝吃“瓢瓢”记忆犹新。小心地掰开绿色果壳，露出白色的瓤，用舌尖轻轻舔下，稍等几分钟，确认没有其他不适后，才会继续品尝这山野的奇味。吃过一次没有问题后，就可以放心地将“瓢瓢”当成零食，吃多了还得出了“瓢瓢”越小的时候味道越好的经验与小伙伴分享。

从口味上来说，“瓢瓢”并不及“茅安”和芦根，但它样貌总是让人好奇，更不要说长得好看的野果，自然更是让人垂涎。这种全凭直觉和美丑好恶来尝吃野草野果的行为，被家人发现了自然少不了训斥和恐吓。尤其是在吃“野草莓”的时候，就曾被奶奶严厉地斥责过。

“野草莓”就是常见的蛇莓，虽然它全草供药用，有清热解毒、活血散瘀等效用，但是似乎在所有大人口中它都是毒蛇的爱物，是孩子们需要远离的危险野果。在我奶奶眼中，蛇莓大抵是这样：“蛇最喜欢在它的下面休息，多数蛇莓下面都有蛇

蛇莓——“野草莓”就是常见的蛇莓，似乎在所有大人口中它都是毒蛇的爱物，是孩子们需要远离的危险野果。

龙葵果——“野葡萄”龙葵果的味道比“野草莓”好些，带着些甜酸，运气不好时也会吃到苦的。

吐的唾液，蛇的唾液有大毒，吃不得。”但真相怎样，就不得而知了，反正在我偷吃蛇莓的记忆里并没有什么突然出现过蛇怪，或中过什么毒。

盛夏时节里，知了的叫声平添几分燥热，只有到暑气渐渐散去的傍晚人才能缓过神来，我便在家周围寻找黄色的五瓣小花，找它不是为了摘来取乐，而是为了等待。因为再过一两个月花叶落尽，花中间的花托慢慢膨大，长着长着便是奶奶口中吃不得的红果果。它那么好看又带着光泽，不能吃着实让人觉得委屈，悄悄在河边洗净，放进嘴里有的苦、有的酸，味道并没有多好，但伴着一份紧张和刺激，又是另一种赏味的心情，对那时从未吃过草莓的我而言，也借着它幻想真草莓的滋味是不是也如这般。

比起要避开家人偷偷吃的“野草莓”，吃“野葡萄”和“野枸杞”就显得光明正大多了，在野地里发现了，采一把放在口袋里，还能骄傲地和小伙伴分享这种快乐。

采“野草莓”的时候，“野葡萄”龙葵果也差不多成熟了，它的味道比“野草莓”好些，带着些甜酸，运气不好时也会吃到苦的。

第一次注意到“野葡萄”是在我家的屋顶瓦缝里，一串串圆圆的小黑珠挂在瓦上，看上去甚是可爱，大着胆子爬上去，采来丢进嘴里，又一种新零食被发现的快乐在心头弥散。“野葡萄”龙葵果属于茄科，成熟后呈黑褐色才可食用，但亦忌过量，未成熟的青色果实含有龙葵碱，才是食不得的。小时候的我就凭借着对味道的天赋和对美丽果实的好奇，尝了各式的野果，并未出现什么不良反应，想来也是侥幸得很。

所有的野果里，只有野枸杞可以轻松得到家人首肯。野枸杞的颗粒要比现在常见的枸杞颗粒小，比“野葡萄”的稍大，新鲜的野枸杞口味鲜甜，大家都爱吃也就更难找，通常需要动用更多的智慧和观察力。这种寻找的喜悦是家院里种植的瓜果无法带来的。而我更喜欢秋冬之交已经被风吹得半干的枸杞，总觉得被风“滋养”过的枸杞比鲜枸杞更有嚼劲和滋味。

时过境迁，儿时的平房、儿时的家早已不见，唯有将那时熟悉的野草野果一一画下，如同又重述了一遍自己成长的故事。对于我而言，房前屋后的百草与虫鸣就是最好的童年，情感的家仓，也深深地影响着我现在的美学观念。家，之所以让人难以忘怀，因为这里的一草一木都是共同的回忆，是亲人间情感的中枢；有了共同的记忆，人与人之间即便随着境遇的不同而慢慢疏离了，也总有可以共同笑谈的故事。

人们终其一生不过是在不断回溯着童年里那些不经意的梦，停不了的念想。这野草野果的滋味，也正是少时自己的人生滋味——并不因为物质的匮乏而忽视这些深藏在自然里的秘密，感恩那些质朴味道给自己留下的满足和快乐。

但野草野果背后所寄托着的对春的无限期盼却只能永远地留在记忆里。

写于2015年1月，南京

十年

◎郑宗龙

郑宗龙——(Zheng Zonglong)

编舞家,云门舞集艺术总监。1976年生于台北万华,小时候跟着家人四处摆摊;街头活力和人生百态成为他日后创作的源泉。台北艺术大学舞蹈系毕业,曾任云门舞集舞者,2002年开始创作,作品在欧美亚澳舞台演出,屡屡获奖。2006年双人舞作品《狄德贝许》获德国"诺芭蕾"(No Ballet)当代编舞比赛铜牌奖。2011年作品《在路上》获西班牙马斯丹萨(MASDANZA)编舞大赛首奖、罗马编舞大赛"最佳团队",并获得台湾新艺术奖"年度表演艺术奖"等。

刚满三十岁这一年，你正在流浪，瘫躺在克什米尔的船屋上什么事也不去做，一躺七天，你不像身体那样平静优雅，望着白天黑夜流转的光阴，只是躺着，你知道纠结的感受从未真的消逝过，分不清是心、是脑，还是幻觉。

凌晨傍晚回荡在稀薄空气里的祈祷声让你片刻放松自己，广播喇叭里沧桑老者的歌声，不怎么美妙，却如巴黎圣心堂的圣歌声、万华龙山寺的诵经声，启动你不知从何而来的感动神经。你必须起身，移动自己，是谁的呼唤，让你面对现实，搞定失控的火车班表、失控的三轮车夫、失控的乞丐。

没多久，你还是迷恋沙漠里的星空，舍不得离开，为此你说服自己要编一支关于星空关于那遥远的地球上第一个站起身来的人类的舞。因为太了解你了。只有不断地逼你往前，往前，不断地强迫你在地图上持续地移动更换地方过夜，才能摆脱你过于浪漫的慵懒，从北绕到南再往东北走，途经加尔各答往回程起飞班机的德里前进，才知道你瘦了，累了，为了前进而昏了头。在清晨的火车车厢里用树枝刷牙，成为公交车月台边一排整齐划过的风景之一，你背上的行李越来越少，却赖在路边说：不想再走了。望着身旁一家子用垃圾升起一团火来准备烹煮被苍蝇覆满分不清是什么的漆黑平底锅时，才知道，我也失控了。

直到在菩提迦耶大觉塔前，这双脚双手并合的瞬间，你跟我才从童年的晨间点香，记忆中无数的脸庞交汇，欢愉与苦痛齐袭的那一瞬间，一起掉下两行分不清楚到底是谁的眼泪，是谁在感动。大多数的时间你我是这样双轨交错并行着，许多空闲的时间，让两者好好交战一下，不用担心正常模式下的自己会出来虚情假意，顾全大局，破坏这种我真心诚意认为的正常的不太正常。

三十岁，第一次进云门编舞，林怀民老师希望这个舞团能补足云门不常在台湾演出的缺憾，在各乡镇、小区、部落演出，没有正式舞台，常常是学校操场、磨石子地的穿堂走廊、山上海边原住民部落的集会所，一台手拉音响，地板扫一扫，随地开台就起舞。罗曼菲老师不仅接下重担，更爱才惜才，不断挖掘热爱舞蹈的年轻人， 不论是舞者还是创作者。伍国柱的作品，无须灯光布景氛围，所到之处，乡亲们、同学们总是聚精会神，随着舞作的发展，时而用笑声、时而用身体立刻响应，分分合合，来来往往。这一年，曼菲、柱子，相继离开了。未曾见过怀民老师掉眼泪，他依旧如硬汉般，呐喊着排练，将眼镜往额上一扳，配着汤汁和酱油混杂的水饺，在餐桌上改着各种白天从办公室传来的文字稿。而我，就在从观音山流下的小溪旁，八里的旧排练场，开始认识这一群和我一样失去曼菲老师、失去柱子的孤儿朋友。

一条河，是对岸连绵不绝沿着河展开来的金黄色沙丘，再过去些的远方的绿树和蓝天交汇成的一条不规则的曲线。瓦

郑宗龙排舞中。
(摄影:李佳晔)

纳拉西的恒河畔,一副包裹着金色布料的躯体,躺在堆栈整齐的木材上,圣牛们在前面闲晃,拉屎,摇尾巴,一块块黑色的牛影,在失焦的画面里流动,阶梯上的我托着下巴,等着点火,被包裹的尸体,没棱没角,圆弧温柔的线条,静静地向着天,也在等待。那高举火炬的人,很慢很慢,将火炬往木材深处探去,那么一下,躯体像飘在火焰之上分不清是谁在动了。我们存在的躯体,与柴火一同消逝,只有记忆和思想才能逃脱生命的限制。母亲真会挑时间,流浪期间,电话就响这么一次,从台北打来的,她担心着我的安危,电话铃声,正在烧焦的味道,开始蜷曲的身体,瞬间将我拉回现实。

这一年我们在教会地下室哭垮了脸送走柱子,在德国路德维希港饭店停车场紧绷着身体听着曼菲离开的消息,我不懂死亡,害怕时,母亲教我念着菩萨的佛号,她说这样心就会宁静,念着念着,恐惧的涌浪随着时间的流逝退回深蓝色的大海里,规律摇摆的潮汐让心再次恢复平静。早晨的暖身课,一如以往,像仪式将要开始前的预备场景,舞者们进到教室,几句寒暄,各自在地板上找好位置,戴耳机,毛巾包头绕颈,拉撑着身体,扳着、拧着身上不同的关节,课一开始,这众人共同呼吸的时刻,为一整天的辛劳排练,凝聚出一道宁静却充满能量的光芒。我知道,你们藏着悲伤,却牵着偏乡的小朋友开心跳舞。你们拖着跟心情一样沉重的行李,巡回在乡间、在纽约、在北京、在欧洲,在众多的谢幕和掌声中成长。跟柱子工作过的

云门舞集到台湾乡间学校演出。

摄于 2012 年(摄影:马岭)

你们,为年轻创作者设了一道非常高的门槛,没有人可以糊弄你们,同时,你们也无不全力以赴,成就创作者的奇怪梦想。我看见曼菲、柱子点燃的星火,在你们每天面对自己的困顿煎熬的时刻,在你们扶携彼此之时,在你们与众人接触与他们分享舞蹈的欢乐与美的时刻,逐渐燃起,传递。

火已点燃,我敬爱的朋友们,或过去或现在或未来的朋友们,我渴望着没有你我之分,种类之别,身会烧尽,意将长存,一如薪火。

写于2016年1月4日,台北淡水

后 记

这套《家书》(四卷本),是在2014年版《家书》(生活·读书·新知三联书店出版)的基础上扩充而形成的。在重新分册时,我们虽然将各位作者按通俗意义上的行业领域进行了大致区分,但也只是一个参照,因为我们想保持它的开放性,让这个选题计划仍在未来继续。

追溯起来,我在当时工作的杂志《生活月刊》为《家书》的约稿发出第一批十几封电子邮件,那个时间竟是2009年。我仍然记得鼓励我制作这个选题的徐冰老师,他淡然说出的那段话:“我想,要是问每个人,一定都会有那部分(精神家园)的。我是……来源于母亲性格中那种对现实的宿命感和感恩,以及在任何困境中的自尊和不放弃的态度。”

我决定在每年春节制作一本《家书》别册。几年积累下来,应邀写作《家书》的作者名单越来越长,大多数时候我的约稿都得到了回应。每个人倾诉的对象或重点不尽相同,但都是生命里至为重要的经验分享,是在其困顿迷失时给予过光照和指引的所在:亲密的人、某个地方、某段时光,又或许是莫可名状的精神之旅。就这样,“家”的定义也慢慢被确认为“精神家园和力量源泉所在”。

“家书”就是对“家”的告白。

人很难说从不受到任何人的影响。以我自己为例,感觉一直在接受他人的恩惠,他们精神的动能在某个不经意的时刻给予我慰藉和力量。因我原本是欠缺的,一路跌撞而行。

从决心做《家书》这个主题那天起,“家”这个字眼儿总会冷不丁地跳出来,促我思考:什么是家呢?

2016年国庆节前夕,我为申请日本签证办完了最后一个证明文件,坐在出租车里给在武汉的母亲打电话:“妈,我从杂志社辞职了。”

“哦,你要去哪里?还在上海吗?”

真是“知女莫若母”。我都没有说我会离开上海。没料她一句话就“点穴”了。“不在上海”,我嗫嚅了一下,说,“我要去日本。”

“去那么远?不能就在上海工作吗?”

三句话就讲完了全部。以前她对我的要求是:不能就在武汉工作吗?2002年,因为《新周刊》一本名为《飘一代》的别册里的一句话,我从武汉“飘”去了广州,一待七年;又因工作需要

“飘”去了上海，又是七年。这十四年除了春节难有机会跟她相聚，偶尔因为出差路过武汉，电话那头母亲的最后一句是：“回来了还决定去哪里？”

不能想深，想深了就会出现兀自泪流一脸稀里哗啦的狼狈样——的确有几回我就是在机场巴士或出租车里，打着电话就这样了。

母亲是一个很倔强的人。跟父亲见过一面、通信半年以后，竟然不顾她父亲（我外公）断绝父女关系的威胁，从广西打包行李只身远嫁湖北，嫁给我父亲这个一文不名的孤儿。尽管如此排除万难才能结合，但他们的生活却并不和睦，记忆中他们时常争吵。小时候的我曾见到母亲红着眼睛躲进房间，我不知如何安慰，站在一旁，倒杯水，看着她，她说：“真后悔没有听你外公的话……”

在做《家书》之前，我对母亲是有抱怨的。在我十七岁那年岁尾，父亲过世了。当时我在学校参加高考前的会考，她和哥哥都对我隐瞒了这件事，来不及悲痛，两人匆促办完了丧礼。我至今痛悔没有见到父亲最后一面，总是会梦见最后一次见他的时候，他后脑勺闪耀的白头发。我跪倒在父亲的床边痛哭，感觉天塌下来，母亲将我抱起，用尽全身的力气，紧紧搂住我，说：“孩子，你要坚强！”

有点一夜长大的感觉。我本来内向，从那之后变得彻底沉默寡言。后来认识的一些朋友以为我很开朗，是因为上了大学以后，我在校报记者团强迫自己接受锻炼而慢慢变得开朗起来(不然就没有办法完成采访)。我也因此了解，性格并不一定是天生的。强迫成习惯，习惯成自然，自然成性格。我性格里有一部分便是后天养成的。“你要坚强”这四个字开始的时候就像一个符咒，渐渐地它已长成了我身心的一部分。

其实很感恩找到了《家书》这个路径，并坚持下来，借由这么多人的倾诉，我也缓慢缓慢地跟母亲、跟自己达成和解，从破洞中爬出来一点点修复。

我明白了一个道理，人因为欠缺得以完全。

不知不觉经过了三四年，我在日本已经开始了新的学习和工作的旅程。我也体会到了那种力量在身体里生长的感觉。与此同时，这套《家书》(四卷本)，也因为百花文艺出版社诸位同仁的协力支持，形成了今天的面貌。回看过程，每一次讨论、每一步曲折似乎都拥有了意义。

关于《家书》，我们想讨论的是，作为个体的人，以何为依托行走至今天，并将继续走下去。

夏 楠

写于2020年3月，日本京都